ZAGINIONY METAL

BRANDON

SANDERSON

ZAGINIONY METAL

Przełożyła Anna Studniarek

Wydawnictwo MAG
Warszawa 2022

Tytuł oryginału: *The Lost Metal*

Redakcja: Urszula Okrzeja
Korekta: Magdalena Górnicka
Ilustracja na okładce: Dominik Broniek
Opracowanie graficzne okładki: Dark Crayon
Projekt typograficzny, skład i łamanie: Tomek Laisar Fruń

ISBN 978-83-67353-21-2
Wydanie I

Wydawca: Wydawnictwo MAG
Pl. Konstytucji 5/10, 00-657 Warszawa
www.mag.com.pl

Wyłączny dystrybutor: Dressler Dublin sp. z o. o.
ul. Poznańska 91, 05-850 Ożarów Maz.
tel. 227 335 010
www.dressler.com.pl

Druk i oprawa: CPI Moravia Books s.r.o.

Ethanowi Skarstedtowi,
który jest człowiekiem Honoru.

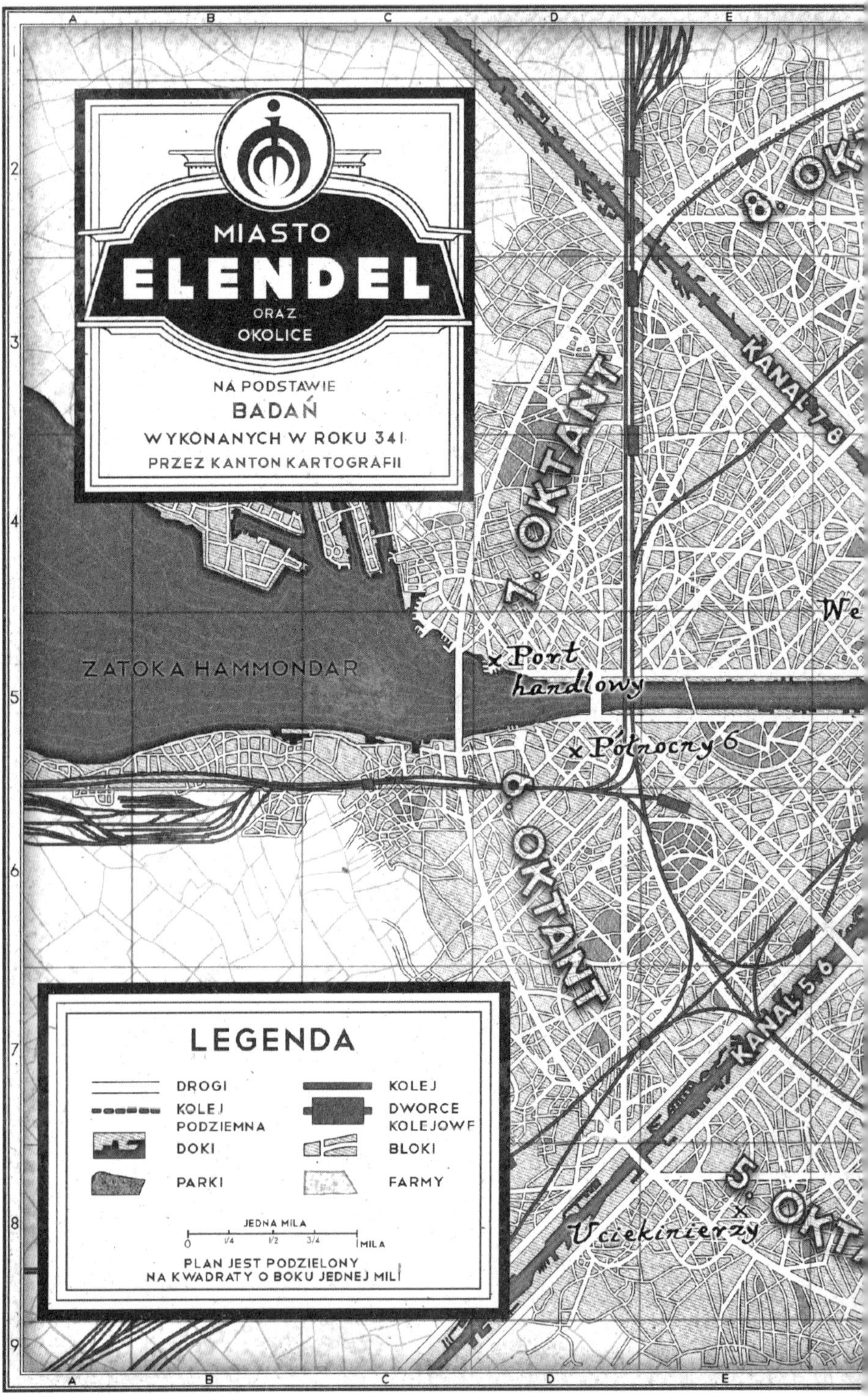

MIASTO
ELENDEL
ORAZ
OKOLICE
NA PODSTAWIE
BADAŃ
WYKONANYCH W ROKU 341
PRZEZ KANTON KARTOGRAFII
ZATOKA HAMMONDAR
7. OKTANT
8. OKTANT
6. OKTANT
5. OKTANT
KANAŁ 7-8
KANAŁ 5-6
Port handlowy
Północny 6
Uciekinierzy
LEGENDA
DROGI
KOLEJ
KOLEJ PODZIEMNA
DWORCE KOLEJOWE
DOKI
BLOKI
PARKI
FARMY
JEDNA MILA
0
1/4
1/2
3/4
MILA
PLAN JEST PODZIELONY NA KWADRATY O BOKU JEDNEJ MILI

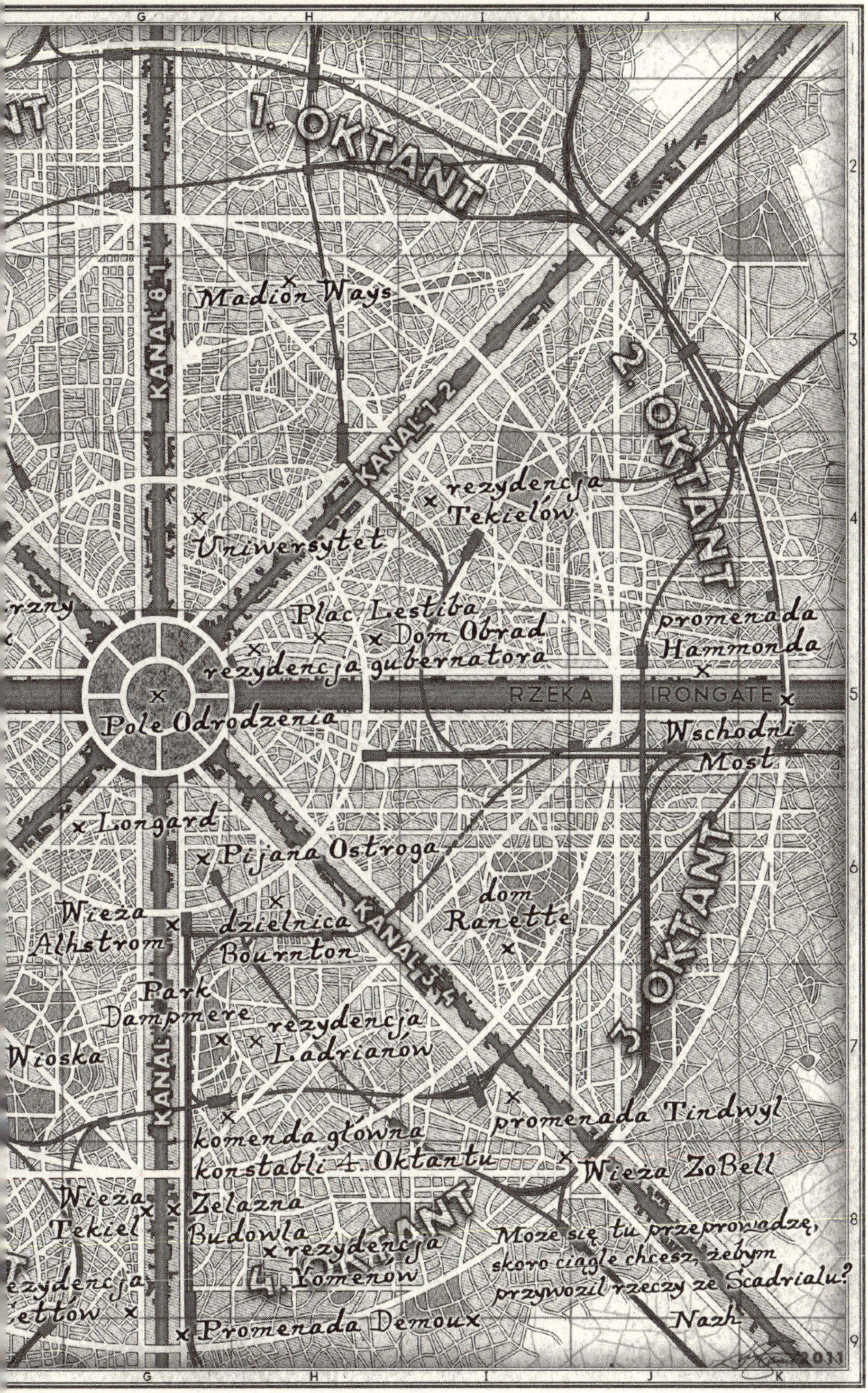

G H I J K
1 2 3 4 5 6 7 8 9
1. OKTANT
2. OKTANT
3. OKTANT
4. OKTANT
KANAŁ 8-1
KANAŁ 1-2
KANAŁ 3-4
KANAŁ
RZEKA IRONGATE
Madion Ways
rezydencja Tekielów
Uniwersytet
Plac Lestiba
Dom Obrad
rezydencja gubernatora
Pole Odrodzenia
promenada Hammonda
Wschodni Most
Longard
Pijana Ostroga
dom Ranette
Wieża Alhstrom
dzielnica Bournton
Park Dampmere
rezydencja Ladrianów
Wioska
komenda główna konstabli 4. Oktantu
promenada Tindwyl
Wieża ZoBell
Wieża Tekiel
Żelazna Budowla
rezydencja Yomenów
Promenada Demoux
Może się tu przeprowadzę, skoro ciągle chcesz, żebym przywoził rzeczy ze Scadrialu?
Nazh
2011

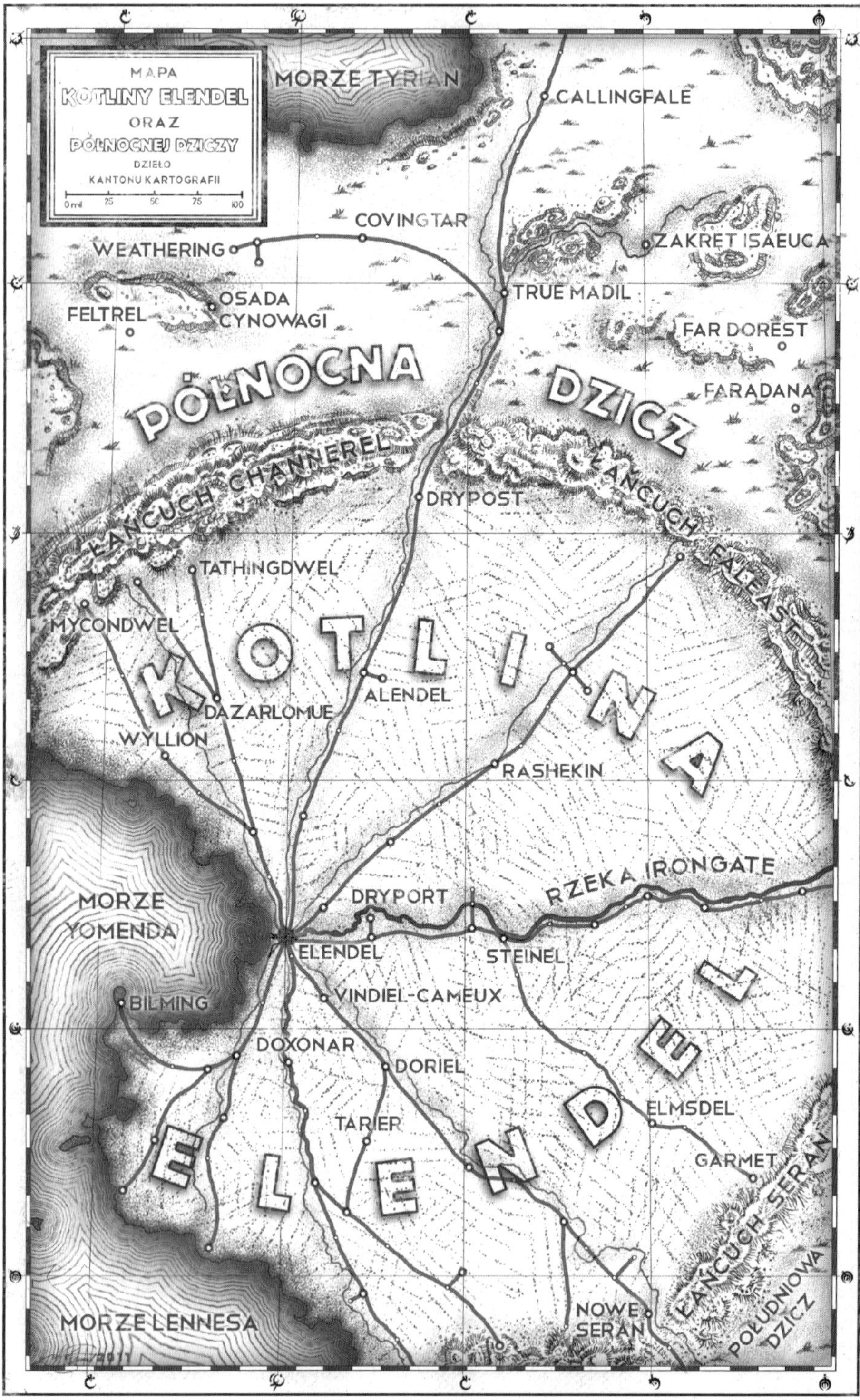
MAPA
KOTLINY ELENDEL
ORAZ
PÓŁNOCNEJ DZICZY
DZIEŁO
KANTONU KARTOGRAFII
0 mil 25 50 75 100
MORZE TYRIAN
CALLINGFALE
COVINGTAR
WEATHERING
ZAKRET ISAEUCA
TRUE MADIL
OSADA
CYNOWAGI
FELTREL
FAR DOREST
PÓŁNOCNA
DZICZ
FARADANA
ŁAŃCUCH CHANNEREL
DRYPOST
ŁAŃCUCH FALEAST
TATHINGDWEL
MYCONDWEL
KOTLINA
ALENDEL
DAZARLOMUE
WYLLION
RASHEKIN
RZEKA IRONGATE
MORZE
YOMENDA
DRYPORT
ELENDEL
STEINEL
VINDIEL-CAMEUX
BILMING
DOXONAR
DORIEL
ELMSDEL
TARIER
GARMET
ŁAŃCUCH SERAN
ELENDEL
MORZE LENNESA
NOWE
SERAN
POŁUDNIOWA
DZICZ

NAJDALSZE STARE TERRIS
TORINOST
KALLING
HATHSIN
MORAG
CHANNEREL
MORZE TYRIAN
PÓŁNOCNY ŁUK
UKRYTE WYSPY
ZERINAH
PÓŁNOCNA DZICZ
KOTLINA
FALEAST
MORZE YOMENDA
ELENDEL
POŁUDNIOWE WYSPY
MORZE LENNESA
POŁUDNIOWA DZICZ
UTRACONE
POŁUDNIOWY ŁUK
POŁUDNIOWE
MALWIAŃSKIE
KONSORCJUM
BEZMASKOWCY
KARTOGRAFICZNEGO KONSORCJUM ELENDEL
DOKŁADNA
MAPA KOTLINY
ORAZ
POŁUDNIOWEGO KONTYNENTU
OPARTA NA LEGALNIE UZYSKANYCH
MALWIAŃSKICH MAPACH I INNYCH ŹRÓDŁACH

PROLOG

Wayne słyszał o łóżkach. Inne dzieciaki w Osadzie Cynowagi je miały. Łóżko brzmiało znacznie lepiej niż mata na ziemi – zwłaszcza taka, którą musiał dzielić z mamą, kiedy noce były zimne, bo nie mieli węgla.

Poza tym pod łóżkami były potwory.

Ano, słyszał o mgielnych upiorach. Ukrywały się pod łóżkiem i kradły twarze ludzi, których znałeś. Co znaczyło, że łóżka były miękkie na górze, a pod spodem był ktoś, z kim można było pogadać. To było zardzewiałe niebo.

Inne dzieciaki bały się mgielnych upiorów, ale Wayne doszedł do wniosku, że po prostu nie umiały negocjować. On mógł się zaprzyjaźnić z czymś, co mieszkało pod łóżkiem. Trzeba mu tylko było dać coś, czego chciało, na przykład kogoś innego do zjedzenia.

Tak czy siak, nie miał łóżka. Ani krzeseł. Mieli stół. Zrobiony przez wujka Gregra. Zanim zmiażdżył go milion kamieni i zmienił w miazgę, co to już nie mogła tłuc ludzi. Wayne czasami kopał w stół, na wypadek gdyby duch Gregra patrzył i lubił mebel. Rdza jedna wie, w całym domku z jednym oknem nie było poza nim niczego, czym wujek Gregr się przejmował.

Ale Wayne miał stołek, więc usiadł na nim i bawił się kartami – rozdawał i chował je w rękawie – kiedy czekał. To była nerwowa pora dnia. Każdego wieczoru bał się, że ona nie wróci do domu. Nie żeby go nie kochała. Mama była jak bukiet słodkich kwiatów w szambie świata. Ale dlatego, że pewnego dnia tato nie wrócił do domu. Pewnego dnia wujek Gregr – Wayne kopnął w stół – nie wrócił do domu. Więc mama...

Nie myśl o tym, pomyślał Wayne. Sfuszerował tasowanie i karty poleciały na stół i ziemię. I nie patrz. Dopóki nie zobaczysz światła.

Czuł kopalnię. Nikt nie chciał mieszkać obok, więc Wayne i mama mieszkali.

Celowo pomyślał o czymś innym. Stercie rzeczy pod ścianą, które wcześniej uprał. To była stara robota mamy, co to nie dawała dużo pieniędzy. Teraz on to robił, kiedy ona pchała wózki w kopalni.

Robota mu nie przeszkadzała. Mierzył różne ciuchy – czy to staruszków, czy młodych kobiet – i udawał, że nimi jest. Mama przyłapała go parę razy i się zezłościła. Jej irytacja wciąż go dziwiła. Dlaczego miałby ich nie przymierzyć? Po to są ubrania. Nie było w tym nic dziwacznego.

Poza tym czasami ludzie zostawiali rzeczy po kieszeniach. Jak talia kart.

Znów sfuszerował tasowanie, a kiedy zbierał karty, nie wyjrzał przez okno, chociaż czuł kopalnię. Ta ziejąca tętnica, jak dziura w szyi, czerwona od środka, z której wylewało się światło jak krew i ogień. Mama musiała grzebać we wnętrznościach bestii, szukając metali, a później uciekać przed jej gniewem. Ale człowiekowi w końcu zawsze zabrakło szczęścia.

I wtedy je zauważył. Światło. Z ulgą wyjrzał przez okno i zobaczył kogoś idącego ścieżką i trzymającego latarnię, żeby oświetlić sobie drogę. Wayne pośpiesznie schował karty pod matą i położył się na niej. Kiedy drzwi się otworzyły, udawał, że śpi. Oczywiście, widziała, jak zgasił światło, ale doceniała wysiłek, jaki wkładał w udawanie.

Usiadła na stołku, a Wayne ostrożnie uniósł powieki. Mama nosiła spodnie i koszulę zapinaną na guziki, upinała włosy w kok, a jej ubranie i twarz były zabrudzone. Siedziała wpatrzona w płomień latarni, przyglądała się, jak tańczy, a jej twarz wydawała się bardziej wychudzona niż wcześniej. Jakby ktoś wydrążył jej policzki kilofem.

Ta kopalnia ją zżera, pomyślał. Nie pochłonęła jej tak jak tatę, ale ją podgryza.

Mama zamrugała i skupiła wzrok na czymś innym. Na karcie, którą zostawił na stole. Ech, do diaska.

Podniosła ją i spojrzała na niego. Przestał udawać, że śpi. Inaczej oblałaby go wodą.

– Wayne, skąd wziąłeś te karty?

– Nie pamiętam.

– Wayne...

– Znalazłem.

Wyciągnęła rękę, a on niechętnie wyjął talię i ją oddał. Schowała znalezioną kartę do pudełka. Do diaska. Cały dzień będzie chodziła po Cynowadze, szukając kogoś, kto je „zgubił". Nie pozwoli, żeby przez niego marnowała czas.

– Tark Vestingdow – mruknął Wayne. – Były w kieszeni jego kombinezonu.

– Dziękuję – odparła cicho.

– Mamo, muszę się nauczyć kart. W ten sposób zarobię na nas dwoje.

– Zarobisz? Kartami?

– Nie martw się – powiedział szybko. – Będę oszukiwał! Nie da się zarobić, jeśli się nie wygrywa, sama wiesz.

Westchnęła i rozmasowała skronie.

Wayne spojrzał na karty.

– Tark. On jest Terrisaninem. Jak tato.

– Tak.

– Terrisanie zawsze robią to, co im się każe. To co jest ze mną nie w porządku?

– Nic nie jest z tobą nie w porządku, kochanie. Po prostu nie miałeś dobrego rodzica, który by tobą pokierował.

– Mamo. – Zsunął się z maty i wziął ją za rękę. – Nie mów tak. Jesteś wspaniałą mamą.

Przytuliła go, ale czuł jej napięcie.

– Wayne, zabrałeś scyzoryk Demmy'ego?

– Wygadał? Niech go rdza weźmie, tego zardzewiałego sukinsyna!

– Wayne, nie przeklinaj.

– Niech rdza porwie tego zardzewiałego sukinsyna! – powiedział z akcentem robotnika kolejowego.

Uśmiechnął się do niej niewinnie i został nagrodzony uśmiechem, którego nie umiała ukryć. Naśladowanie głosów zawsze ją uszczęśliwiało. Tato był w tym dobry, ale Wayne był lepszy. Szczególnie teraz, kiedy tato nie żył i nie mógł już mówić.

Po chwili jej uśmiech zniknął.

– Nie możesz zabierać rzeczy, które do ciebie nie należą, Wayne. Tak robią złodzieje.

– Nie chcę być złodziejem – powiedział cicho Wayne i położył scyzoryk na stole obok kart. – Chcę być grzecznym chłopcem. To się po prostu… zdarza.

Przytuliła go mocniej.

– Jesteś grzecznym chłopcem. Zawsze byłeś grzecznym chłopcem.

Kiedy to mówiła, wierzył jej.

– Chcesz usłyszeć historię, kochanie? – spytała.

– Jestem za stary na historie – skłamał, choć rozpaczliwie pragnął, by ją opowiedziała. – Mam jedenaście lat. Jeszcze rok i będę mógł pić w gospodzie.

– Co? Kto ci to powiedział?!

– Dug.

– Dug ma dziewięć lat.

– Dug wie różne rzeczy.

– Dug ma dziewięć lat.

– Znaczy się za rok będę zwijał dla niego gorzałę, bo sam jeszcze nie będzie mógł jej kupić? – Spojrzał jej w oczy i zaczął chichotać.

Pomógł jej przygotować kolację – zimną owsiankę z fasolą. Przynajmniej nie była to sama fasola. Później zwinął się pod kocem na macie, udając, że znów jest dzieckiem, żeby wysłuchać historii. Łatwo było mu udawać. Wciąż miał odpowiednie ubranie.

– Oto historia o Bezczelnym Barmie, Niemytym Bandycie.

– Ooch... Nowa?

Matka pochyliła się i gestykulowała łyżką.

– Był najgorszy z nich wszystkich, Wayne. Najpaskudniejszy, najwredniejszy, najbardziej śmierdzący z bandytów. Nigdy się nie mył.

– Bo porządne zabrudzenie się wymaga kupy roboty?

– Nie, bo on... Zaraz, żeby się pobrudzić, trzeba się narobić?

– No wiesz, trzeba się wytarzać.

– Na Harmonię, dlaczego miałbyś to zrobić?

– Żeby myśleć jak ziemia.

– Żeby... – Uśmiechnęła się. – Och, Wayne. Jesteś taki uroczy.

– Dzięki. Dlaczego mi wcześniej nie opowiadałaś o tym Bezczelnym Barmie? Skoro był taki zły, dlaczego nie opowiedziałaś mi jego historii na samym początku?

– Byłeś za mały. – Odchyliła się do tyłu. – A historia jest zbyt przerażająca.

Ooooch... Ta będzie dobra. Wayne aż podskoczył.

– Kto go dopadł? Stróż prawa?

– Allomanta Jak.

– On? – jęknął Wayne.

– Myślałam, że go lubisz.

No, wszystkie dzieciaki go lubiły. Jak był nowy, interesujący i przez ostatni rok rozwiązywał różne skomplikowane sprawy kryminalne. Przynajmniej tak mówił Dug.

– Ale Jak zawsze doprowadza złych gości pod sąd – jęknął Wayne. – Żadnego nie zastrzelił.

– Nie tym razem. – Mama zabrała się za owsiankę. – Wiedział, że Bezczelny Barm był najgorszy. Zabójca do szpiku kości. Nawet towarzysze Barma, Gud Zabójca i Niemożliwy Joe, byli dziesięć razy gorsi niż jakikolwiek inny bandyta, który kiedykolwiek włóczył się po Dziczy.

– Dziesięć razy? – powtórzył Wayne.

– Aha.

– To dużo! Prawie podwójnie!

Mama zmarszczyła na chwilę czoło, ale później znów się pochyliła.

– Ukradli wypłaty. Zabrali pieniądze nie tylko tłuściochom z Elendel, ale wypłaty zwykłych ludzi.

– Sukinsyny!

– Wayne!

– Dobra! Zwykłe psy w takim razie!

Znów się zawahała.

– Czy ty... wiesz, co znaczy słowo „sukinsyn"?

– To taki bardzo wredny, wściekły pies.

– A wiesz to, bo...

– Dug mi powiedział.

– Oczywiście, że tak. W każdym razie Jak nie mógł znieść okradania zwykłych ludzi z Dziczy. Bycie bandytą to jedno, ale wszyscy wiedzą, że kradnie się pieniądze, które idą do miasta. Niestety Bezczelny Barm dobrze znał okolicę. Więc pojechał w najtrudniejsze tereny Dziczy i zostawił swoich dwóch towarzyszy, żeby pilnowali kluczowych punktów na drodze. Całe szczęście Jak był najdzielniejszym z ludzi. I najsilniejszym.

– Jeśli był najdzielniejszy i najsilniejszy, to czemu był stróżem prawa? Mógł zostać bandytą i nikt by go nie powstrzymał!

– Co jest trudniejsze, kochanie? Postępowanie właściwe czy niewłaściwe?

– Właściwe.

– To kto jest silniejszy? Gość, który robi to, co łatwe, czy ten, co robi to, co trudne?

Hm. Pokiwał głową. Ano. Ano, rozumiał.

Mama przysunęła latarnię bliżej, aż jej twarz zaświeciła.

– Pierwszą próbą Jaka był Człowiek, potężna rzeka na granicy dawnego terytorium kolossów. Woda płynęła szybko jak pociąg, to była najszybsza rzeka na całym świecie... i pełna kamieni. Rozłożył się tam Gud Zabójca, na drugim brzegu, i wyglądał stróżów prawa. Miał takie dobre oko i pewną rękę, że z odległości trzystu kroków potrafił zestrzelić z człowieka muchę.

– A po co miałby to robić? Lepiej strzelić człowiekowi prosto w muchę. To musi bardzo boleć.

– Nie taką muchę, kochanie.

– To co zrobił Jak? Podkradł się? Stróżowie prawa się nie podkradają. A w każdym razie myślę, że tego nie robią. Założę się, że się nie podkradł.

– No więc...

Wayne ściskał koc i czekał.

– Jak strzelał jeszcze lepiej – szepnęła. – Kiedy Gud Zabójca wycelował w niego, Jak strzelił pierwszy... prosto nad rzeką.

– Jak zginął Gud? – szepnął Wayne.

– Od kuli, kochanie.

– W oko?

– Pewnie tak.

– Więc Gud wymierzył i Jak też, ale Jak strzelił pierwszy i trafił Guda prosto przez celownik w oko! Tak, mamo?!

– Aha.

– I jego głowa wybuchła, jak owoc, jeden z tych kruchych, co to mają twardą skorupę, ale w środku mają maź. Tak to się stało?

– Absolutnie.

– Niech to, mamo. To koszmarne. Naprawdę powinnaś mi opowiadać tę historię?

– Mam przestać?

– Do diaska, nie! Jak Jak przedostał się na drugą stronę rzeki?

– Przeleciał. – Mama odstawiła pustą miskę i machnęła rękami. – Wykorzystując moce Allomancji. Jak lata, rozmawia z ptakami i zjada kamienie.

– Rany. Zjada kamienie?

– Aha. Więc przeleciał nad rzeką. Ale następne wyzwanie było jeszcze gorsze. Kanion Śmierci.

– Ooooch... Założę się, że jest ładny.

– Dlaczego tak mówisz?

– Bo nikt by nie odwiedził miejsca nazwanego „Kanion Śmierci", gdyby nie było ładne. Ale ktoś je odwiedził, bo znamy nazwę. Więc musi być ładne.

– Piękne. Kanion wijący się między rozpadającymi się skalnymi iglicami. Popękane szczyty są wielobarwne, jakby ktoś je pomalował. Ale to miejsce jest równie niebezpieczne, jak piękne.

– Ano. Ma sens.

– Jak nie mógł nad nim przelecieć, bo drugi z bandytów ukrył się w kanionie. Niemożliwy Joe. Był mistrzem pistoletów i też umiał latać, i zmieniać się w smoka, i jeść kamienie. Gdyby Jak próbował się prześlizgnąć, Joe strzeliłby mu w plecy.

– To sprytny sposób, żeby do kogoś strzelać. Bo ten ktoś nie może odpowiedzieć tym samym.

– Fakt. Dlatego Jak do tego nie dopuścił. Musiał zejść do kanionu... ale w nim było pełno węży.

– Niech to przeklęta rdza porwie!

– Wayne...

– No to zwykła nudna rdza! Ile węży?

– Milion węży.

– Niech to przeklęta rdza porwie!

– Ale Jak był sprytny. I pomyślał, by zabrać ze sobą jedzenie dla węży.

– Milion kawałków jedzenia dla węży?

– E tam, tylko jeden. Ale węże się o niego pobiły, więc pozabijały się nawzajem. A ten, który został, był oczywiście najsilniejszy.

– Oczywiście.

– Więc Jak przekonał go do ugryzienia Niemożliwego Joego.

– A Joe zrobił się cały fioletowy! I krwawił z uszu! I kości mu się roztopiły, a taki stopiony sok z kości popłynął mu z nosa! I zmienił się w kupkę sflaczałej skóry, ale przez cały czas syczał i beczał, bo zęby mu się topiły!

– Dokładnie.

– Niech to, mamo, ty to opowiadasz najlepsze historie.

– Jest jeszcze lepiej – powiedziała cicho i pochyliła się. Ich lampa już dogasała. – Bo zakończenie jest niespodzianką.

– Jaką niespodzianką?

– Kiedy Jak przebył kanion, który śmierdział teraz martwymi wężami i stopionymi zębami, dostrzegł ostatnie wyzwanie: Samotną Mesę.

Ogromny płaskowyż pośrodku równiny, która poza nim była całkiem płaska.

– To żadne wyzwanie. Mógł pofrunąć na szczyt.

– No i spróbował – szepnęła. – Ale mesa była Bezczelnym Barmem.

– CO?!

– Zgadza się. Barm dogadał się z kolossami, tymi, co to zmieniają się w wielkie potwory, nie tymi normalnymi, jak starsza pani Nock. A one pokazały mu, jak zmienić się w ogromnego potwora. Więc kiedy Jak próbował na niej wylądować, mesa go połknęła.

Wayne sapnął.

– A później zmiażdżyła go zębami, łamiąc jego kości jak...

– Nie. Próbowała go połknąć. Ale Jak był nie tylko sprytny i nie tylko dobrze strzelał. Był czymś jeszcze.

– Czym?

– Wielkim wrzodem na dupie.

– Mamo! To przeklinanie.

– W historiach można. Posłuchaj, Jack był wrzodem. Zawsze robił dobre rzeczy. Pomagał ludziom. Utrudniał życie złym ludziom. Zadawał pytania. Doskonale wiedział, jak zepsuć dzień bandytom. Więc kiedy został połknięty, wyciągnął ręce i nogi, a później popchnął... i stanął Bezczelnemu Barmowi w gardle tak, że potwór nie mógł oddychać. Wiesz, takie potwory to potrzebują kupę powietrza. A Allomanta Jak udusił Barma od środka. Później, kiedy potwór leżał martwy na ziemi, Jak wyszedł spokojnie po jego języku, jakby to był dywan ułożony przed powozem dla jakiegoś bogacza.

A niech to.

– To była dobra historia, mamo.

Uśmiechnęła się.

– Mamo. Czy to historia... o kopalni?

– No, pewnie my wszyscy od czasu do czasu musimy wejść do pyska bestii. Więc... może i tak.

– No to jesteś jak stróż prawda.

– Każdy może być.

Zdmuchnęła latarnię.

– Nawet ja?

– Zwłaszcza ty. – Pocałowała go w czoło. – Jesteś tym, kim zechcesz, Wayne. Jesteś wiatrem. Jesteś gwiazdami. Jesteś wszystkimi nieskończonymi rzeczami.

To był wiersz, który lubiła. On też go lubił. Bo kiedy to mówiła, wierzył jej. Nie mógł inaczej. Mama nie kłamała. Dlatego zwinął się pod kocem i usnął. Na świecie działo się wiele złych rzeczy, ale kilka było w porządku. A jak długo ona była przy nim, historie coś znaczyły. Były prawdziwe.

Aż do następnego dnia, kiedy w kopalni był kolejny zawał. Tego wieczoru jego mama nie wróciła do domu.

CZĘŚĆ PIERWSZA

1

Dziewiętnaście lat później

Marasi nigdy wcześniej nie zeszła do kanałów, ale było dokładnie tak koszmarnie, jak sobie wyobrażała. Niewiarygodny smród, rzecz jasna. Co jeszcze gorsze, czasami podeszwy jej butów ślizgały się na czymś, przez krótką chwilę grożąc przewróceniem się w „błoto".

Przynajmniej zachowała dość rozsądku, by włożyć mundur ze spodniami, jak również wysokie do kolan buty robocze ze skóry. Ale nic nie chroniło przed smrodem, odczuciami i – niestety – dźwiękami. Kiedy robiła krok – z mapą w jednej ręce, a karabinem w drugiej – jej podeszwy odrywały się od podłoża z chlupotem niemal mitycznych rozmiarów. Byłby to najgorszy dźwięk na świecie, gdyby nie dorównywało mu narzekanie Wayne'a.

– Wax nigdy nie zaprowadził mnie do zardzewiałego kanału – mruknął, unosząc latarnię.

– W Dziczy są kanały?

– No nie – przyznał. – Pastwiska śmierdzą niemal równie paskudnie, a on zmusił mnie, żebyśmy przez nie chodzili. Ale, Marasi, tam przynajmniej nie ma pająków.

– Pewnie są. – Uniosła mapę do jego latarni. – Po prostu ich nie widziałeś.

– Możliwe – jęknął. – Ale kiedy widać pajęczyny, jest gorzej. No i jeszcze są, no wiesz, ścieki.

Marasi skinęła w stronę bocznego tunelu i oboje skręcili w tę stronę.

– Chcesz o tym porozmawiać?

– O czym? – spytał ostro.

– Twoim nastroju.

– Z moim zardzewiałym nastrojem wszystko w porządku. To dokładnie taki nastrój, jaki powinien mieć człowiek, kiedy partner zmusza go do wepchnięcia nosa w te wszystkie rzeczy, które wychodzą z zadka.

– A tydzień temu? Kiedy prowadziliśmy śledztwo w sklepie z perfumami?

– Zardzewiali perfumiarze. – Wayne zmrużył oczy. – Nigdy nie wiadomo, co ukrywają za tymi wyszukanymi zapachami. Nie można zaufać mężczyźnie, który nie pachnie tak, jak powinien mężczyzna.

– Potem i gorzałą?

– Potem i tanią gorzałą.

– Wayne, jak ty możesz mieć pretensje, że ktoś udaje lepszego? Ty zmieniasz osobowość za każdym razem, kiedy zmieniasz czapkę.

– Czy mój zapach się zmienia?

– Pewnie nie.

– Wygrałem dyskusję. W moich argumentach nie ma dosłownie żadnych dziur. Koniec rozmowy.

Popatrzyli po sobie.

– Powinienem sobie kupić jakieś perfumy, co? Ktoś przejrzy moje przebranie, jeśli zawsze będzie mnie czuć potem i tanią gorzałą.

– Jesteś beznadziejny.

– Tym, co jest beznadziejne, są moje biedne pantofle.

– Mogłeś włożyć ciężkie buty, jak ci radziłam.

– Nie mam ciężkich butów. Wax mi je ukradł.

– Wax ukradł ci buty. Naprawdę.

– No, są w jego szafie. Zamiast trzech par jego najbardziej eleganckich pantofli. Które jakimś cudem trafiły do mojej szafy, zupełnym przypadkiem. – Spojrzał na nią. – To była uczciwa wymiana. Lubiłem te buty.

Marasi się uśmiechnęła. Pracowali razem od prawie sześciu lat, od kiedy Wax przeszedł na emeryturę po odkryciu Żałobnych Opasek. Wayne był oficjalnie konstablem, nie jakimś obywatelem z uprawnieniami, działającym ledwie w granicach prawa. Nawet od czasu do czasu nosił mundur. I...

...i Marasi znów się poślizgnęła. Zardzewiałe piekło. Gdyby się przewróciła, on nie przestałby się śmiać. Ale wydawało się, że to najlepsza droga. Trwała budowa sieci podziemnej kolei obejmującej całe miasto, a przed dwoma dniami jeden z robotników złożył interesujący raport. Nie chciał wysadzić kolejnego odcinka, bo odczyty sejsmiczne wskazywały, że znajdują się w pobliżu jaskini, której nie było na mapach.

W tych okolicach pod Elendel pełno było starożytnych jaskiń. Jednocześnie w tym rejonie często pojawiali się i znikali członkowie jednego z lokalnych gangów. Jakby mieli ukryte wejście do nieznanej, niewidzialnej kryjówki.

Przyjrzała się mapie, na której znajdowały się uwagi inżynierów – jak również starsze notatki wskazujące na pobliską osobliwość dostrzeżoną przed laty przez budowniczych kanałów, która jednak nigdy nie została zbadana.

– Myślę, że MeLaan zamierza ze mną zerwać – powiedział cicho Wayne. – Może dlatego ostatnio moje ogólne usposobienie bywa nietypowo przygaszone.

– Dlaczego myślisz, że ona to zrobi?

– Bo powiedziała mi „Wayne, pewnie za parę tygodni z tobą zerwę".

– To uprzejme z jej strony.

– Myślę, że dostała nową robotę od gościa na górze. Ale to nie w porządku, że robi to tak powoli. To nie jest właściwy sposób, żeby zerwać z chłopakiem.

– A jaki jest właściwy sposób, żeby zerwać z chłopakiem?

– Walnąć go czymś w głowę. Sprzedać jego rzeczy. Powiedzieć jego kumplom, że jest dupkiem.

– Miałeś interesujące związki.

– Nie, przeważnie kiepskie. Spytałem Jammi Walls, co jej zdaniem powinienem zrobić... Znasz ją? Prawie co wieczór można ją spotkać w gospodzie.

– Znam ją. To kobieta o... złej reputacji.

– Co takiego? Kto tak mówi? Jammi ma doskonałą reputację. Ze wszystkich dziwek w okolicy, ona najlepiej robi...

– Nie muszę słyszeć dalszego ciągu. Dziękuję.

– Zła reputacja. – Zaśmiał się. – Powiem Jammi, że tak powiedziałaś, Marasi. Ona ciężko zapracowała na swoją reputację. Liczy sobie cztery razy więcej niż wszystkie inne! Zła reputacja, naprawdę.

– I co ona powiedziała?

– Powiedziała, że MeLaan chce, żebym bardziej się postarał w naszym związku. Ale myślę, że w tym przypadku Jammi się pomyliła. Bo

MeLaan się nie bawi w gierki. Kiedy coś mówi, naprawdę tak myśli. Czyli to... no wiesz...

– Przykro mi, Wayne. – Marasi wsunęła mapę pod pachę i położyła mu dłoń na ramieniu.

– Wiedziałem, że to nie będzie trwało wiecznie. Na rdzę, wiedziałem, wiesz? Ona ma... Ile? Tysiąc lat?

– Jakieś dwie trzecie tego.

– A ja nie mam nawet czterdziestki. Bliżej szesnastu, jeśli wziąć pod uwagę moją dziarską młodzieńczą konstytucję.

– I poczucie humoru.

– Święta prawda. – Westchnął. – Ostatnio było... ciężko. Wax się zrobił elegancki i w ogóle, a MeLaan znikała na całe miesiące. Mam wrażenie, że nikt mnie nie chce. Może moje miejsce jest w kanałach, wiesz?

– Wcale nie. Jesteś najlepszym partnerem, jakiego kiedykolwiek miałam.

– Jedynym partnerem.

– Jedynym? Gorglen się nie liczy?

– Nie. Nie jest człowiekiem. Mam papiery potwierdzające, że jest żyrafą w przebraniu. – Uśmiechnął się. – Ale... dzięki, że spytałaś. Dzięki, że się przejmujesz.

Pokiwała głową i ruszyła naprzód. Kiedy wyobrażała sobie swoje życie jako detektywa i stróża prawa, nie przewidziała tego. Przynajmniej już tak nie śmierdziało. A może się przyzwyczaiła?

Z ogromną satysfakcją znalazła, dokładnie w miejscu zaznaczonym na mapie, stare metalowe drzwi w ścianie kanału. Wayne uniósł latarnię i nie potrzebowali wyczulonego wzroku detektywów, by dostrzec, że niedawno z nich korzystano. Srebrzyste zadrapania po jednej stronie futryny, klamka wytarta z wszechobecnego brudu i pajęczyn.

Ludzie, którzy wybudowali kanały, odkryli je i oznaczyli jako miejsce o potencjalnym znaczeniu historycznym. Ale notatka zaginęła ze względu na nonsensy biurokracji.

– Nieźle. – Wayne pochylił się obok niej. – Robota detektywistyczna pierwsza klasa, Marasi. Jak wiele starych map musiałaś przejrzeć, żeby to znaleźć?

– Za wiele. Ludzie byliby zaskoczeni, wiedząc, ile czasu spędzam w archiwach.

– W historiach pomijają zbieranie informacji.

– Robiłeś to w Dziczy?

– Odmianę typową dla Dziczy. Zwykle trzeba było wcisnąć jakiegoś gościa twarzą do koryta, aż przypomniał sobie, komu podkradł prawa do poszukiwań, ale zasada jest taka sama. Tylko więcej przekleństw.

Podała mu karabin, a sama przyjrzała się drzwiom. Wayne nie robił z tego wielkiej sprawy, ale ostatnimi czasy trzymał broń i ręce mu nie drżały. Nigdy nie widziała, by strzelał, ale powiedział, że zrobiłby to, gdyby to było konieczne.

Drzwi zostały zatrzaśnięte, a po tej stronie nie było zamka. Najwyraźniej ludzie, na których polowała, też znaleźli je zamknięte – wzdłuż jednej krawędzi było sporo zadrapań. I dość miejsca, by wsunąć coś między drzwi i futrynę.

– Potrzebuję noża, żeby się przez to przedostać – powiedziała.

– Możesz wykorzystać mój ostry jak brzytwa umysł.

– Niestety, Wayne, nie jesteś typem narzędzia, którego teraz potrzebuję.

– Ha! Podoba mi się.

Podał jej nóż z plecaka, w którym trzymali między innymi linę i zapas metali, na wypadek gdyby mieli stawić czoło Metalicznym. W takim gangu nie powinno być Allomanty – to byli goście z rodzaju „potrząsnąć sklepikarzami, żeby dostać pieniądze za ochronę". Jednak niektóre raporty wzbudzały jej niepokój i była coraz bardziej przekonana, że za tą grupą stał Krąg.

Minęły lata, a ona wciąż szukała odpowiedzi na pytania, które dręczyły ją od samego początku jej kariery jako stróża prawa. Grupą znaną jako Krąg niegdyś kierował wuj Waxa, Edwarn, a później okazało się, że należała do niej również jego siostra Telsin. Grupa ta wyznawała mroczną postać zwaną Trellem, oddawała jej cześć, a może nawet pomagała jej realizować plany. To był bóg, tak myślała. Ze starożytnych czasów.

Gdyby udało jej się złapać właściwych ludzi, może w końcu uzyskałaby odpowiedzi. Ale nieustannie jej się nie udawało. Najbliżej odpowiedzi była przed sześcioma laty, ale wtedy wszyscy, których pojmali – w tym wuj Waxa – zginęli w wybuchu. I tak oto ona wciąż goniła za cieniami, a reszta elity Elendel pracowicie ignorowała zagrożenie. Bez dowodów ona i Wax nie mieli jak potwierdzić, że Krąg w ogóle istniał, poza sługusami Edwarna.

Za pomocą noża udało jej się unieść sztabę, która zamykała drzwi z drugiej strony. Kawał metalu spadł z cichym brzękiem, a Marasi ostrożnie otworzyła wejście, za którym znajdował się prymitywny tunel prowadzący w dół. Jeden z wielu w tym rejonie, pochodzący z czasów starożytnych przed Katacendre. Z czasów mitów i bohaterów, opadów popiołu i tyranów.

Ona i Wayne wślizgnęli się do środka i zamknęli za sobą drzwi. Na wszelki wypadek przygasili latarnię i ruszyli w głąb.

2

– Fular? – Steris odczytywała z listy.

– Zawiązany i spięty. – Wax go poprawił.

– Buty?

– Wypastowane.

– Pierwszy dowód?

Wax wyrzucił w powietrze srebrzysty medalion i złapał go.

– Drugi dowód? – Steris zaznaczyła punkt na liście.

Wyjął z kieszeni niewielki plik dokumentów.

– Tutaj.

– Trzeci dowód?

Wax sprawdził kolejną kieszeń, zatrzymał się i rozejrzał po niewielkim gabinecie – jego biurze senatora w Domu Obrad. Zostawił je...

– Na biurku w domu. – Uderzył się w czoło.

– Przyniosłam zapas. – Steris sięgnęła do torebki.

Wax uśmiechnął się szeroko.

– Oczywiście, że tak.

– A nawet dwa. – Steris podała mu kartkę papieru, którą schował. Następnie znów przyjrzała się liście.

Mały Maxillium podszedł do matki i z powagą wpatrzył się w swoją listę bazgrołów. W wieku pięciu lat znał litery, ale wolał tworzyć własne.

– Rysunek psa – powiedział Max, jakby czytając z listy.

– Może się przydać – zgodził się ojciec. – Są całkiem użyteczne.

Chłopiec podał go z poważną miną i powiedział:

– Rysunek kota.

– Też mi się jeden przyda.

– Nie radzę sobie z kotami. – Max podał mu kolejną kartkę. – Dlatego wygląda jak wiewiórka.

Wax uściskał syna i z szacunkiem odłożył kartki razem z innymi. Siostra chłopca – Tindwyl, bo Steris lubiła tradycyjne imiona – gaworzyła w kącie pod opieką guwernantki Kath.

W końcu żona podała mu pistolety, jeden po drugim. Wyposażone w długie lufy i ciężkie, zostały zaprojektowane przez Ranette, by robić groźne wrażenie – ale miały dwa bezpieczniki i nie były naładowane. Od dłuższego czasu nie musiał do nikogo strzelać, ale wciąż wykorzystywał swoją reputację „Senatora Stróża Prawa z Dziczy". Ludzie z miasta, szczególnie politycy, łatwo dawali się zastraszyć bronią palną. Woleli zabijać ludzi nowocześniejszymi broniami – ubóstwem i rozpaczą.

– Czy pocałunek od żony jest na tej liście? – spytał Wax.

– Właściwie to nie – odparła zaskoczona.

– Rzadkie przeoczenie. – Całował ją przez dłuższą chwilę. – To ty powinnaś tam wyjść, Steris. Zajmowałaś się przygotowaniami bardziej niż ja.

– Ty jesteś głową rodu.

– Mógłbym wyznaczyć cię jako przedstawicielkę wypowiadającą się w naszym imieniu.

– Proszę, nie. Wiesz, jak się czuję w obecności ludzi.

– Czujesz się dobrze w obecności właściwych ludzi.

– A czy politycy kiedykolwiek zachowują się właściwie?

– Mam nadzieję. – Obciągnął marynarkę i odwrócił się w stronę drzwi. – Bo się do nich zaliczam.

Wyszedł ze swojej komnaty i ruszył do sali obrad Senatu. Steris miała patrzeć ze swojego miejsca na balkonie dla widzów – wszyscy już się nauczyli, jak bardzo zależało jej na tym, by zawsze siedzieć na tym samym krześle.

Kiedy Wax znalazł się w ogromnej sali – w której panował gwar, kiedy senatorowie wrócili po krótkiej przerwie – nie udał się na swoje miejsce. Senatorowie przez ostatnie kilka dni debatowali nad obecną ustawą, a jego przemowa była ostatnia w kolejce. Zdobył to miejsce dzięki wielu obietnicom i wymianom przysług, bo liczył, że pomoże to jego argumentom, da mu największą szansę na zapobieżenie koszmarnej decyzji.

Stanął z boku podwyższenia dla mówców i czekał, aż wszyscy usiądą. Założył kciuk za pas z pistoletami i górował. W Dziczy trzeba było nauczyć się dobrze górować, kiedy przesłuchiwało się więźniów – a Wax był wstrząśnięty, jak wiele z tych umiejętności działało również tutaj.

Gubernator Varlance nie patrzył na niego. Poprawił fular i sprawdził puder – z jakiegoś tajemniczego powodu widmowo blada cera była ostatnio bardzo modna. Później wyłożył medale na biurko, jeden po drugim.

Na rdzę, tęsknię za Aradelem, pomyślał Wax. Kompetentny gubernator był miłą odmianą. Jak... zamówienie jedzenia w hotelu i odkrycie, że nie jest najgorsze, albo spędzenie czasu z Wayne'em i zorientowanie się, że wciąż ma się zegarek.

Jednakże charakter pracy gubernatora był taki, że niszczył dobrych ludzi, złym zaś pozwalał radośnie unosić się z prądem. Aradel odszedł przed dwoma laty. A wybór wojskowego jako kolejnego gubernatora miał sens, ze względu na napięte kontakty z Południowym Kontynentem. Wielu mieszkańców niedawno odkrytych krain – tam, gdzie mieli statki powietrzne i dziwne maski – nie było zadowolonych z przebiegu wydarzeń przed sześcioma laty. A dokładniej z faktu, że Żałobne Opaski trafiły do Kotliny Elendel.

Obecnie Elendel musiało stawić czoło dwóm podstawowym problemom. Pierwszym byli mieszkańcy Południowego Kontynentu, z których najważniejszą nację zwano Malwianami. Niemal bez ustanku powtarzali, że Kotlina jest mała i słaba. Byli agresywni, wymachiwali szabelkami. Varlance miał być płotem, który przed tym ochroni, choć Wax zastanawiał się, gdzie zdobył te wszystkie medale. O ile Wax się orientował, niedawno powstała armia nie uczestniczyła jeszcze w żadnych potyczkach.

Drugi problem był znacznie bliższy. Chodziło o części Kotliny znajdujące się poza stolicą, ludzi mieszkających w tym, co nazywano zbiorczo zewnętrznymi miastami. Od lat, może dziesięcioleci, napięcia między stolicą i całą resztą narastały.

Zagrożenie ze strony innego kontynentu było wystarczająco dużym problemem. Ale w oczach Waxa było bardziej odległe. Tym, które uważał za bezpośrednie i które wzbudzało jego największy niepokój, była perspektywa wojny domowej między jego własnymi rodakami. On i Steris od lat próbowali jej zapobiec.

Varlance w końcu skinął na wicegubernatorkę, Terrisankę. Miała kręcone ciemne włosy i nosiła tradycyjną szatę. Waxowi wydawało się, że znał ją w Wiosce, ale to mogła być jej siostra, a nie miał pomysłu, jak o to spytać. Tak czy inaczej, posiadanie Terrisanina wśród personelu było dobrze widziane. Większość gubernatorów miała przynajmniej jedno z nich w swoim gabinecie – zupełnie jakby Terrisanie byli kolejnym medalem, którym można się było pochwalić.

Adawathwyn podniosła się i ogłosiła:

– Gubernator wysłucha senatora z rodu Ladrianów.

Choć Wax na to czekał, nieśpiesznie wkroczył na podwyższenie – oświetlane od góry potężnym elektrycznym reflektorem. Obrócił się powoli, rozglądając się po okrągłej sali. Z jednej strony siedzieli urzędnicy obieralni – senatorowie, którzy zostali wybrani na stanowisko, by reprezentować gildię, zawód lub historyczną grupę. Po drugiej siedzieli lordowie – senatorowie, którzy uzyskali swoje stanowisko dzięki urodzeniu.

– Ta ustawa... – ogłosił Wax, a jego głos odbijał się echem w całej sali – ...to beznadziejnie głupi pomysł.

Niegdyś, na początku jego kariery politycznej, mówienie tak otwarcie ściągało na niego gniew. Teraz dostrzegł uśmiechy na twarzach niektórych senatorów. Spodziewali się tego po nim – a nawet to doceniali. Wiedzieli, jak wiele problemów miała Kotlina, i cieszyli się, że był wśród nich ktoś gotów mówić o nich głośno.

– Kontakty z Malwianami są bardziej napięte niż kiedykolwiek dotąd. To czas, by zjednoczyć Kotlinę, a nie wbijać klin pomiędzy naszymi miastami!

– Tu chodzi o zjednoczenie! – zawołał ktoś. Senator dokerów, Melstrom. Był marionetką Hastingów i Erikellów, szlachetnych rodów, które konsekwentnie były cierniem w oku Waxa. – Potrzebujemy jednego przywódcy całej Kotliny. Oficjalnie!

– Zgoda. Ale w jaki sposób wyniesienie gubernatora Elendel, stanowiska, na które nie może głosować nikt spoza miasta, zjednoczy ludzi?

– Da im kogoś, kto będzie dla nich autorytetem. Silnego, kompetentnego przywódcę.

A to, pomyślał Wax, spoglądając na Varlance'a, jest kompetentny przywódca? Mamy szczęście, że w ogóle przysłuchuje się tym naradom, zamiast przeglądać harmonogram spotkań promocyjnych. Na razie, w czasie dwóch pierwszych lat urzędowania, Varlance ponownie otworzył siedemnaście miejskich parków. Lubił kwiaty.

Wax trzymał się planu, wyciągnął medalion i podrzucił go w powietrze.

– Przed sześcioma laty miałem małą przygodę. Wszyscy o tym wiecie. Znalazłem rozbity malwiański statek powietrzny i pokrzyżowałem plany zewnętrznych miast, by wykorzystać jego tajemnice przeciwko Elendel. Powstrzymałem to. Przywiozłem ze sobą Żałobne Opaski, by zostały bezpiecznie przechowane.

– I prawie zacząłeś wojnę – mruknął ktoś z sali.

– Wolelibyście, żebym pozwolił, by spisek doszedł do skutku?! – odkrzyknął Wax. Nie było żadnej odpowiedzi, więc podrzucił medalion i znów go złapał. To był jeden z wpływających na ciężar medalionów, dzięki którym statki Malwian mogły latać. – Czy ktoś na tej sali odważy się zakwestionować moją lojalność wobec Elendel? Możemy się pojedynkować. Nawet pozwolę, żeby ten ktoś strzelił jako pierwszy.

Cisza. Zasłużył na to. Wielu obecnych na sali go nie lubiło, ale go szanowali. I wiedzieli, że nie był agentem zewnętrznych miast.

Podrzucił medalion i Pchnął go wyżej, aż do sklepienia. Kawałek metalu opadł, migocząc w świetle reflektora. Kiedy go złapał, spojrzał na admirał Jonnes, obecną ambasadorkę Malwian. Siedziała na specjalnie wyznaczonym miejscu w sali Senatu, gdzie zasiadali również burmistrzowie zewnętrznych miast, kiedy odwiedzali stolicę. Żadne nie przybyło na to posiedzenie. Widoczna oznaka ich złości.

Ta ustawa, gdyby została przyjęta, wyniosłaby gubernatora Elendel ponad wszystkich burmistrzów zewnętrznych miast, pozwalając jemu lub jej interweniować w lokalnych sporach. Aż do etapu usunięcia burmistrza, ogłoszenia wyborów nadzwyczajnych i aprobowania kandydatów. Choć Wax zgadzał się, że jeden przywódca byłby ważnym krokiem do zjednoczenia Kotliny, ta ustawa była jawną obelgą wobec wszystkich ludzi mieszkających poza stolicą.

– Znam wasze stanowisko lepiej niż ktokolwiek. – Wax obracał medalion w palcach. – Chcecie zademonstrować siłę wobec Malwian. Udowodnić, że potrafimy zmusić nasze miasta, by ustąpiły wobec naszych zasad. Dlatego przedstawiliście tę ustawę. Ale to jedynie pokazuje, dlaczego tak frustrujemy wszystkich spoza Elendel! Rewolucjoniści w innych miastach nie zaszliby tak daleko, gdyby nie mieli poparcia mieszkańców. Gdyby przeciętna osoba żyjąca poza Elendel nie była tak rdzawo wściekła na naszą politykę handlową i ogólną arogancję, nie znaleźlibyśmy się w tej sytuacji.

– Ta ustawa ich nie udobrucha! To nie jest „pokaz siły". Została opracowana, żeby wzbudzić oburzenie ludzi. Jeśli ją uchwalimy, to tak, jakbyśmy wręcz domagali się wojny domowej.

Pozwolił, by to do nich dotarło. Pozostali byli zdeterminowani, by robić wrażenie silnych wobec wrogów zewnętrznych. Ale gdyby pozwolić im swobodnie działać, zmusiliby samych siebie do wojny konfliktami wewnętrznymi. Problemy z Malwianami były realne, ale nie tak pilne. Z drugiej strony wojna domowa byłaby niszczycielska.

Co najgorsze, ktoś w tajemnicy ich do niej popychał. Wax był przekonany, że Krąg znów wtrącał się do polityki Elendel. Jego... siostra była zamieszana. Nie był pewien, dlaczego chcieli wojny domowej, ale starali się od lat. Gdyby pozwolił, by trwało to dalej, tylko przysłużyliby się prawdziwym wrogom, a otaczająca go teraz elita i rewolucjoniści w zewnętrznych miastach mieliby powód do płaczu.

Wax wyjął plik dokumentów z lewej kieszeni. Schował rysunki psa i kota, a resztę uniósł, pokazując ją zgromadzonym.

– Mam tu sześćdziesiąt listów od polityków z zewnętrznych miast. Reprezentują dużą frakcję, która nie chce konfliktu. To są rozsądni ludzie. Chętnie, wręcz z zapałem współpracowaliby z Elendel. Ale są też przerażeni na myśl o tym, co ich ludzie zrobią, jeśli wciąż będziemy im narzucać tyrańską, imperialistyczną politykę. Proponuję, byśmy odrzucili tę ustawę i zaczęli pracę nad czymś lepszym. Czymś, co rzeczywiście będzie działać na rzecz pokoju i jedności. Zgromadzenie narodowe, z przedstawicielami każdego z zewnętrznych miast... i obieralnym najwyższym urzędnikiem wybieranym przez to ciało.

Spodziewał się gwizdów i kilka usłyszał. Ale większość zebranych milczała i patrzyła, jak unosi te listy. Nie chcieli pozwolić, by władza opuściła stolicę. Bali się, że wpływ zewnętrznych miast zmieni ich kulturę. Byli tchórzami.

Może on też, bo wizja, że Krąg pociągał za sznurki, go przerażała. Kto z tych, którzy patrzyli teraz na niego, był w tajemnicy jednym z ich agentów? Na rdzę, nawet nie rozumiał ich motywacji. Chcieli wojny – jako drogi do zyskania władzy, z całą pewnością. Ale kryło się w tym coś więcej.

Słuchali rozkazów czegoś znanego jako Trell.

Wax obrócił się powoli, wciąż unosząc listy, i poczuł ukłucie niepokoju, kiedy stanął plecami do Melstroma. On strzeli, pomyślał.

– Z całym szacunkiem, lordzie Ladrianie – powiedział Melstrom. – Niedawno został pan ojcem i wyraźnie nie wie pan, jak należy wychowywać dzieci. Nie może się pan poddawać ich żądaniom, musi pan zachować stanowczość, wiedząc, że pańskie decyzje są dla nich najlepsze. W końcu to zrozumieją. A Elendel jest jak ojciec dla dzieci, zewnętrznych miast.

Prosto w plecy, pomyślał Wax, odwracając się.

Nie odpowiedział od razu. Zanim odpowiedziało się ogniem, trzeba było starannie wycelować. Już wcześniej dyskutował na ten temat – głównie prywatnie – z wieloma z senatorów na tej sali. Robił postępy, ale potrzebował czasu. Z tymi listami mógł wrócić do każdego wahającego się senatora i podzielić się słowami. Ideami. Przekonać ich.

Instynkt podpowiadał mu, że gdyby do głosowania doszło tego dnia, ustawa zostałaby uchwalona. Dlatego nie przyszedł tu, by powtarzać argumenty. Przyszedł z kulą w komorze, gotów, by strzelić.

Złożył listy i schował je do kieszeni. Następnie wyjął mniejszy plik – dwie kartki – z drugiej kieszeni. Te, które przyniosła Steris, na wypadek gdyby zapomniał. Pewnie skopiowała wszystkie dokumenty z drugiego pliku. I siedem innych rzeczy, których wcale nie potrzebował – ale czuła się lepiej, gdy miała je w torebce, na wszelki wypadek. Na rdzę, ta kobieta była zachwycająca.

Wax uniósł kartki i ostentacyjnie przekręcił je do światła.

– Drogi Melstromie… – czytał na głos – …cieszy nas, że jesteś gotów wysłuchać głosu rozsądku i wciąż popierać przewagę handlową Elendel w Kotlinie. To mądra decyzja. Przez następne trzy lata będziemy ci przekazywać pół procenta naszych dochodów z przewozu towarów w zamian za osobiste poparcie tej ustawy. Rody Hasting i Erikell.

Na sali zapanował chaos. Wax wsunął kciuk za pas z bronią i czekał, aż ucichną okrzyki oburzenia. Spojrzał w oczy Melstromowi, kiedy mężczyzna osunął się na krześle. Ten zardzewiały idiota właśnie dostał ważną lekcję – nie zostawiaj dokumentów potwierdzających twoją korupcję, kiedy twój przeciwnik polityczny jest wyszkolonym detektywem. Idiota.

Kiedy okrzyki w końcu ucichły, Wax znów się odezwał, tym razem głośniej.

– Żądam, by odbyło się posiedzenie w sprawie nieprawidłowości i sprzedania głosu przez senatora Melstroma, co jest jawnym pogwałceniem zasad antykorupcyjnych.

– I w ten sposób opóźni się głosowanie nad ustawą o zwierzchnictwie Elendel? – odezwał się gubernator.

– Jak możemy nad nią głosować, skoro nie możemy być pewni, czy głosy są oddawane w dobrej wierze? – zauważył Wax.

Kolejne okrzyki oburzenia. Wax znosił je, patrząc, jak gubernator naradza się z wicegubernatorką. Ona była bystra. Wszystko, co osiągnął Varlance, a co nie wymagało przecięcia wstęgi ani ucałowania niemowlęcia, było najpewniej jej dziełem.

Kiedy zebrani się uspokoili, gubernator spojrzał na Waxa.

– Ufam, że może pan potwierdzić autentyczność tego listu, Ladrianie.

– Mam złożone pod przysięgą pisemne oświadczenia trojga ekspertów od pisma ręcznego, które potwierdzają, że list nie został sfałszowany. A przygotowany przez moją żonę szczegółowy opis uzyskania listu jest wyczerpujący i nie do zakwestionowania.

– W takim razie sugeruję zorganizowanie posiedzenia w sprawie nieprawidłowości – stwierdził gubernator. – Po głosowaniu nad ustawą o zwierzchnictwie.

– Ale... – zaczął Wax.

– Zażądamy... – przerwał mu gubernator – ...by Melstrom, Hasting i Erikell wstrzymali się od głosowania. Dzięki czemu nie będzie ryzyka korupcji.

Niech to.

Niech to. Niech to. Niech to.

Zanim zdążył się sprzeciwić, wicegubernatorka stuknęła młotkiem.

– Głosowanie za dalszymi pracami?

Większość senatorów podniosła ręce. W takim przypadku wystarczała prostsza metoda z podniesieniem ręki – chyba że liczba głosów była wyrównana. Nie była.

Prawdziwe głosowanie, nad ustawą, miało się odbyć.

– Masz pan jeszcze w planach jakieś eksplozje, Ladrianie? – spytał gubernator. – Czy możemy przejść do rzeczy?

– Żadnych eksplozji, Wasza Ekscelencjo. – Wax westchnął. – One były specjalnością mojego byłego partnera. Chciałbym tylko zwrócić się do izby z ostatnią prośbą. – Jego manewr się nie powiódł. Miał teraz ostatnią kartę do rozegrania. Prośbę nie Waxilliuma Ladriana. Ale Świtostrzelnego, stróża prawa.

– Wszyscy mnie znacie. – Zaczął się obracać, patrząc im w oczy. – Jestem prostym człowiekiem z Dziczy. Nie radzę sobie z polityką, ale rozumiem wściekłych ludzi i ciężkie życie pracujących kobiet i mężczyzn. Jeśli mamy przyjąć rolę rodzica, powinniśmy dobrze traktować nasze dzieci. Dać im szansę, by wypowiedziały się w swoim imieniu. Jeśli nadal będziemy udawać, że są maluchami, zaczną nas ignorować... w najlepszym wypadku. Chcecie wysłać im wiadomość? Wyślijcie wiadomość, że się przejmujemy i chcemy ich wysłuchać.

W końcu wrócił na swoje miejsce obok Yanceya Yaceczki, dobrodusznego i cierpliwego mężczyzny – i jednego z senatorów, którzy rzeczywiście go słuchali.

– Niezła robota, Wax – szepnął, pochylając się w jego stronę. – Naprawdę niezła robota. To zawsze czysta przyjemność.

Yancey zagłosuje tak jak on. Właściwie spora część szlachetnie urodzonych popierała Waxa. Choć wiele z tego, co ostatnio mówiła Marasi sprawiło, że Wax czuł się niezręcznie ze swoją odziedziczoną rolą, w tym przypadku lordowie mogli się okazać odrobinę mniej skorumpowani niż ich odpowiednicy. Senatorowie obieralni musieli walczyć o zachowanie swojego stanowiska, a zagłosowanie za tą ustawą mogło poprawić sytuację ich wyborców.

I na tym polegał problem. Według najnowszego spisu więcej ludzi mieszkało teraz poza miastem niż w nim. Większość praw pochodziła z czasów, gdy było jedno miasto i garstka wsi. Teraz, kiedy z tych wsi wyrosły miasta, ich mieszkańcy chcieli mieć większy wpływ na politykę Kotliny.

Elendel nie było już mizerną osadą podnoszącą się po apokalipsie. Stało się narodem – nawet Dzicz się zmieniała, rosła, unowocześniała. Na rdzę, biorąc pod uwagę obszar Dziczy, mógł sobie wyobrazić czasy, kiedy więcej ludzi będzie mieszkać tam niż w samej Kotlinie.

Musieli dać tym ludziom prawa polityczne, nie ignorować ich. Wciąż miał nadzieję. On, Steris i ich sojusznicy od wielu miesięcy starali się osłabić poparcie dla ustawy. Niezliczone kolacje, przyjęcia, a nawet – co zaczął robić dla niektórych przedstawicieli miejskiej elity – lekcje na strzelnicy.

Wszystko po to, by zmienić świat. Głos po głosie.

Gubernator rozpoczął głosowanie i lady Mi'Chelle Yomen oddała pierwszy głos – przeciwko ustawie. W jego trakcie Wax czuł taki sam niepokój, jak przed konfrontacją z grupą bandytów. Na rdzę… to było jeszcze gorsze. Każdy głos był jak wystrzał. Lady Faula i senator Vindel. Jak zdecydują? Pomyślał. I Maraya? Została przekona czy…

Dwoje z nich zagłosowało za ustawą, razem z wieloma innymi, co do których nie był pewien. W miarę upływu czasu Wax czuł coraz większy niepokój, gorszy, niż kiedy został postrzelony. Ostateczny wynik – sto dwadzieścia dwa głosy za, sto osiemnaście przeciw.

Ustawa została uchwalona. Poczuł jeszcze większy niepokój. Jeśli miał powstrzymać wybuch wojny domowej, musiał znaleźć inny sposób .

19 MAREWILLA, 348 r. Vol. 32, No. 247

DWIE PO

BILMING

„Żadne dwie pory roku nie są takie sam

Handerwym przedsawia NICKI SAVAGE i KOMPAS Duchów

W moim ostatnim liście wraz z Nawiedzonym i moją dwójką towarzyszy Bezimiennych Nieśmiertelnych widzieliśmy, jak Monetostrzelna Vila Mecant łapie Kompas Duchów i zeskakuje z kamiennego występu we mgłę. Wciąż jednak miałam przy sobie aluminiowy klucz, który go uruchamiał. Wiedząc, że Vila powróci, powierzyłam klucz Nawiedzonemu, który wykorzystał swoje piekielne pistolety, by przenieść się na inny występ. Ja zostałam, by przekonać moich pozbawionych twarzy towarzyszy, że mam plan… Który, rzecz jasna, miałam.

Rozdział 8: „Lot ornizaura"

KeSun przewróciła oczami.

„A jak dokładnie zamierzasz śledzić Vilę i skłonić ją do ujawnienia się?"

„Aluminiowe kości, które zabraliśmy z kamieniołomu ornizaura". Poklepałam wielki plecak Tabaara.

Jęknął z głębi korpulentnego ciała.

„O nie…"

„Jesteś doskonały w imitacji" zachęciłam go. „Pamiętasz, jak byłeś kolosem Człowiekiem w *Bohaterze wszystkich wieków*? Byłeś mistrzem. Poradzisz sobie".

„Nie może". KeSun założyła ręce na piersi. „Nie beze mnie. To ja mam doświadczenie w naśladowaniu ptaków". Odwróciwszy się do Tabaara, powiedziała: „Jeśli jesteś gotów oddać mi część kontroli, przeniesiemy pannę Sauvage ponad otchłanią".

„Ale reszta mojej kolekcji…" Torba kości poruszyła się na jego plecach.

„Wrócimy po nią". W głosie KeSun brzmiało współczucie zarezerwowane dla Tabaara. „Obiecuję".

Spojrzała na mnie i uniosła brew.

„Czy mogłabyś odwrócić wzrok? Wolelibyśmy, żebyś nie widziała nas, kiedy się…"

„…stapiamy" dokończył Tabaar.

To, co nastąpiło, było jedną z najdziwniejszych rzeczy, jakie widziałam, dziwniejszą od Bestii z Mody Belmona albo czasów, gdy byłam asystentką Allomanty Jaka.

(*Ciąg dalszy poniżej zgięcia!*)

Dwie pory roku chciałyby wycofać komentarze naszej drogiej redaktorki Kyndlip Teranvyl sprzed dwóch tygodni, sprzed jej zniknięcia, w których porównała naszego kochanego burmistrza do „rozzłoszczonego dzika – ani mądrzejszego, mniej atrakcyjnego i niezdolnego do powstrzymania się od wytarzania się w każdym błocie, na które trafi".

USTAWA O ZWIERZCH
ZAGRAŻA JEDNO

JEDNOŚĆ CZY PODZIAŁ?

Gubernator i wicegubernatorka

Za kilka dni Senat Elendel ma głosować nad czymś, co największy politolog Bilming, profesor Garven Munz, nazwał „najpotężniejszą zmianą naszej struktury władzy od czasu Słów Stworzenia".

Przed głosowaniem zaplanowano wiele dni przemówień, debat i robienia wrażenia, zaś spojrzenie zewnętrznych miast skupia się na tak zwanym Senatorze Stróżu Prawa z Dziczy. Jego ostatnie odwiedziny na północy Kotliny umocniły jego podejście, z którym zgadza się wielu mieszkańców zewnętrznych miast – Reprezentacja Ponad Zwierzchnictwem.

Gubernator Varlance i jego zausznicy gwałtownie sprzeciwiają się temu podejściu, a ich poglądy podsumowują odważne stwierdzenia wicegubernator Adawathwyn, zgodnie z którą „Będziemy potrzebować silnego, doświadczonego przywództwa, kiedy nasi zamaskowani przyjaciele z Południa przyniosą nam wojnę". Przedstawicielka Malwian, admirał Jonnes, wyglądała na wstrząśniętą i nie wróciła na obrady Senatu po przerwie.

Kiedy Varlance'a spytano, czy on również uważa, że Kotlina podąża w stronę wojny z Malwianami, jedynie poklepał się po piersi, na której ostentacyjnie zawiesił swoje medale.

(*Ciąg dalszy na drugiej stronie*).

UK

Minę
i dzie
w oc
ny p
repo
zadre
każd
prze
Aż c
poja
codz
znajc
Prosz
łać n
biur

LIST DO REDAKCJI

Po raz kolejny muszę wyrazić sprzeciw wobec przyjmowania przez was reklam Przedsiębiorstwa Soonie, producentów „Szczeniaczka Soonie", którzy również ignorowali moje liczne listy dotyczące ich historycznie rażącego przedstawienia towarzysza Wojowniczki Wstąpienia jako terrisańskiego wilczarza, choć uczeni wielokrotnie udowodnili, że współczesne rasy psów nie istniały w Dniach Popiołu i że Strażnik Wojowniczki Wstąpienia nie był wilczarzem, a **wilczakiem**.

Z niechętnymi

OD REDAKCJI

Gemmes Millis, p.o. red. nacz.

ZAKAZAĆ NOSOPIŁKI!

Widzimy ich na każdym ugorze i pustej działce. Włóczędzy i nieroby, wśród nich nawet nasze dzieci, zbierający się w bandach i „grający" w grę samego Śmierci – nosopiłkę. Ci „gracze" powinni chodzić do szkoły albo pracować w fabrykach! Tymczasem ich źle wycelowane piłki trafiają niczego się nie spodziewających automobilistów i zaśmiecają drogi. Burmistrz zakazał tego hultajstwa przed miesiącami, ale konsi tego nie egzekwują. Na R*zę i Zn*enie, niektórzy nawet dołączają do nich! Przyjdźcie na Wiec Przeciwko No-

Lot ornizaura

Choć rozpaczliwie pragnęłam spojrzeć, szacunek dla moich towarzyszy skłonił mnie do spełnienia ich prośby, choć odgłos ich stapiania się kojarzył się z ośmiornicą całującą się z wielkim ślimakiem. Przez dziesięć minut.

Kiedy wolno mi było znów spojrzeć, stojąca przede mną bestia przypominała pozbawioną piór wersję ornizaurów, których obrazy widzieliśmy w kamieniołomie, z długimi, cienkimi kośćmi i nietoperzowymi skrzydłami. Po bokach

„D
łam ,
wyst
Vil
na z
czek
Sp
otwa
nia u
stali
w pr
Zask
stała
poza
Te
„N
naty
w str
Sz
koro

3

Marasi przyglądała się odciskom stóp w pyle. Wyglądały, jakby powstały przed paroma tygodniami i już zebrał się w nich kurz. Podeszła do Wayne'a, który badał tunel nieco dalej, w miejscu, gdzie zaczynał opadać ostro w dół i wymagałby mozolnej wspinaczki. Mężczyzna popatrzył na nią.

– Skoro tak łatwo wślizgują się do miasta i je opuszczają, to musieli znaleźć inną drogę – powiedział. – Tędy nie chodzą regularnie.

– Zgoda. I tak powinniśmy zachować ostrożność, na wypadek gdyby zostawili czujki.

W odpowiedzi Wayne przygasił latarnię i szepnął:

– Chcesz iść dalej bez wsparcia?

– Na razie. Przeprowadzimy zwiad i zobaczymy, co się nam uda znaleźć. Wolałabym nie mobilizować wszystkich, jeśli to ślepa uliczka.

Razem ruszyli tunelem. Fakt, że szlak był trudny i na pierwszy rzut oka mało uczęszczany, uspokajał ją. Jeśli wróg przebywał na dole, ale korzystał z innej drogi, to było mniej prawdopodobne, że ona i Wayne zostaną dostrzeżeni.

Ostrożnie schodzili korytarzem. Na rdzę... całe szczęście włożyła spodnie. Jeśli miała się poślizgnąć i rozwalić głowę, mogła zrobić to z godnością. A przynajmniej z tą resztką godności, która pozostawała kobiecie po godzinnej wędrówce przez kanały ściekowe.

Próbowała przestać rozmyślać o tej kwestii, wyobrażając sobie, że jaskinie musiały być równie starożytne, jak Wojowniczka Wstąpienia – a może nawet starsze. Te tunele przespały zniszczenie świata, Katacendre, rozkwit i upadek Ostatniego Imperium. Czy te kamienie, po których teraz kroczyli, spadły ze sklepienia w czasach Popielnych Gór?

Nie mogła się nie zastanawiać, czy nie natrafią na mityczną Kołyskę Ocalałego – Czeluście Hathsin – choć wiedziała, że to głupota. Wax powiedział, że je odwiedził i nie natrafił na magiczne metale z legend.

W końcu dotarli do wyjątkowo głębokiego szybu prowadzącego w dół. Był właściwie pionowy, choć miał dużo występów i pęknięć w skale, które umożliwiały wspinaczkę. Wayne znów rozjaśnił ich latarnię i spojrzał z powątpiewaniem.

– Jesteśmy pewni, że stąd przyszli? – spytał szeptem.

– A kto inny zostawiłby tamte odciski stóp?

– Odciski stóp?

– W kurzu? A w pobliżu wejścia były jeszcze zaschnięte ślady błocka z kanałów? Naprawdę, Wayne, jak na detektywa bywasz zadziwiająco mało spostrzegawczy.

– Ty i Wax jesteście detektywami. Nie ja.

– To kim jesteś?

– Barierą dla kul. Gościem, który wali w czaszki. I czasami wybucha.

– Dziś nie będziemy robić nic takiego – szepnęła Marasi. – Zajrzymy do środka, sprawdzimy, czy mam rację, a później wyjdziemy, żeby uzyskać zezwolenie i wsparcie.

– To pewnie też będziemy wracać tą drogą. – Westchnął i wyciągnął z płóciennego plecaka zwój liny. Znalazł stabilny kawał skały, obwiązał wokół niego sznur, a drugi koniec wrzucił w ciemność.

Zaczął schodzić jako pierwszy, Marasi podążała za nim z karabinem przerzuconym przez ramię. Zejście okazało się łatwiejsze, niż się spodziewała, bo na linie były węzły. I tak rozbolały ją ręce.

– No więc... – zaczął cicho Wayne, który wisiał poniżej. Dotrzymywał jej kroku, zamiast ruszyć przodem. – Chcesz poznać moją listę sposobów, na jakie kobiety łamią prawa fizyki?

– To zależy. Jak bardzo mizoginiczna jest? Podasz mi liczbę na jakiejś skali?

– Yyy... trzynaście?

– Na ile?

– Siedemnaście?

– Co to w ogóle za zwariowana skala? – szepnęła Marasi, zatrzymała się na głazie i spojrzała na niego z góry. – Dlaczego wybrałeś taką skalę? Dlaczego nie, chociażby, szesnaście?

– Nie wiem! To ty spytałaś mnie o skalę. Posłuchaj, to jest dobre. Kobiety. Łamią prawa fizyki. Od dawna nad tym rozmyślałem. Co najmniej od paru dni. Spodoba ci się.

– Jestem pewna.

– Pierwszy sposób. – Wayne zsunął się na kolejny występ. – Kiedy zdejmują ubrania, robią się gorętsze. Dziwne, co nie? Normalni ludzie robią się chłodniejsi, kiedy zdejmują...

– Normalni ludzie? – powtórzyła, idąc za nim. – Kiedy mówisz „normalni", masz na myśli mężczyzn?

– Yyy... no tak.

– Czyli połowa świata nie jest normalna? Kobiety nie są normalne?

– To brzmi trochę śmiesznie, kiedy tak to ujęłaś.

– Tak myślisz?

– Zrozum, chciałem tylko zwrócić uwagę na coś interesującego. Użyteczne obserwacjonowanie o naturze cosmere i relacji między płciami.

– Sądzę, że wymyśliłeś coś, co cię rozbawiło, i szukałeś pretekstu, by powiedzieć to na głos. – Wylądowała na niewielkiej półce obok niego i w końcu zobaczyła dno. Znajdowali się mniej więcej w połowie szybu.

Spojrzał jej w oczy.

– Więc... no... czternaście? Na siedemnaście?

– I rośnie. I to nawet nie jest prawda, Waynie. Wielu mężczyzn robi się gorętszych, kiedy zdejmują ubrania. Zależy od mężczyzny.

Uśmiechnął się szeroko.

– A co z Allikiem?

– W przypadku Allika chodzi raczej o maskę.

– Tak często podnosi tę zardzewiałą maskę, że można się zacząć zastanawiać, po co w ogóle ją nosi.

– Dla Malwian poruszanie maski to jak... emfaza. Pozwolenie, by inni ludzie zajrzeli pod maskę, nie jest niczym niewłaściwym, choć udają, że to tabu... i może kiedyś nim było. Teraz lubią sposób, w jaki pozwala im wyrażać uczucia.

Wayne przerzucił nogi przez krawędź i zaczął schodzić dalej. Zostawiła mu trochę przestrzeni i ruszyła za nim.

– Więc... Chcesz usłyszeć numer dwa?

– Właściwie... w pewnym sensie tak.

– Ha! Tak myślałem. Wax by odmówił.

– Wax miał całe lata, by przyzwyczaić się do głębi twojego zepsucia, Waynie. Mnie wciąż zadziwia, jak bardzo potrafisz się pogrążyć za każdym razem.

– W porządku. Numer dwa. Spytaj kobietę, ile waży. A później ją podnieś. Okaże się, że przybrała na wadze. Feruchemiczki, co do jednej.

– Wayne, ten żart jest tak stary, że ma brodę.

– Poważnie?

– Absolutnie. Kiedy byłam dzieckiem, mój ojciec żartował sobie na temat kobiet, które nie przyznają się do swojej wagi.

– Niech to. Staruszek Harms znał ten dowcip? – Popatrzył na nią szeroko otwartymi oczami. – Do diabła, Marasi. Czy ja się starzeję? Czy to był dowcip staruszka?

– Bez komentarza.

– Przeklęci konsi i ich małomówność. – Wayne dotarł na dno i ostrożnie, z cichym szelestem ubrania i butów na kamieniu, zeskoczył z liny i przytrzymał ją dla Marasi.

Zeszła na sam dół i dołączyła do niego.

– To jaki jest numer trzeci na liście?

– Jeszcze go nie mam.

– To lista z dwóch elementów, z których jeden jest głupi?

– Z których dwa są głupie – mruknął ponuro. – A jeden najwyraźniej również geriatryczny. Te same dowcipy, co lord Harms. Tracę styl i tyle. – Spojrzał jej w oczy i wyszczerzył zęby. – Czy to znaczy, że w tej parze mogę być tym zrzędliwym starszym gościem? Ty możesz być tym młodym energicznym, który cały czas przeklina i podejmuje błędne decyzje życiowe.

Uśmiechnęła się szeroko.

– Czy będę miała przynoszący szczęście kapelusz?

– Tylko jeśli będziesz dobrze go traktować. – Przycisnął dłoń do serca. – I zdejmować go, zanim wydarzy się coś pechowego, żeby nie psuć mu reputacji.

– Zapamiętam. – Wpatrzyła się w głąb tunelu prowadzącego od szybu. – Ale skończmy z gadaniem… choć uwielbiam się dowiadywać, co wypączkowało ostatnio w twoim mózgu, nie możemy sobie pozwolić, żeby nas usłyszeli.

Znów przygasił latarnię i ruszyli tunelem. Ludzie na komendach czasem posyłali jej współczujące spojrzenia, bo była partnerką

Wayne'a – ale tak naprawdę on potrafił być dobrym konstablem, kiedy mu się chciało. A zwykle mu się chciało.

Na przykład teraz na jej prośbę zamknął się i skupił na pracy. Wayne'owi brakowało ogłady i czasami był boleśnie zadowolony z siebie, ale był też dobrym partnerem. Nawet doskonałym. Jeśli tylko dostało się do wnętrza jego bańki – nie Allomantycznej, ale osobistej. Wayne był jak fort, z zewnętrznymi murami i umocnieniami. Jeśli byłeś jednym z nielicznych szczęściarzy, których wpuścił do środka, miałeś przyjaciela na całe życie. Takiego, który stanie u twojego boku przeciwko dosłownym bogom.

Znajdziemy cię, Trellu, pomyślała Marasi, skradając się. Pierwszy raz usłyszała to imię z ust umierającego, przed laty – i była coraz bardziej przekonana, że Trell był bogiem o ogromnej mocy, jak Harmonia. Nie możesz ukrywać się bez końca. Nie, jeśli chcesz wciąż wpływać na świat.

Wayne złapał ją za ramię i zatrzymał bez słowa. Następnie wskazał malutkie światełko daleko w tunelu przed nimi. Ostrożnie przebyli tę odległość, a kiedy wyjrzeli za róg, zobaczyli dokładnie to, na co Marasi miała nadzieję – w odległości zaledwie kilku stóp para mężczyzn w kamizelkach i kapeluszach grała w karty na odwróconej skrzynce. Na ich prowizorycznym stoliku migotała nieduża lampka.

Marasi skinęła do tyłu. Wycofali się oboje, na tyle daleko, by nikt nie podsłuchał ich szeptów. Spojrzała w ciemności na mężczyznę, zastanawiając się, jakiej rady udzieli. Powinni dalej się rozglądać czy to było wystarczające potwierdzenie, by pójść po wsparcie?

– To tragedia – szepnął Wayne.

– Co?

– Biedny sukinsyn ma wspaniałe karty na rękach – szepnął Wayne. – Układ jeden na milion. A gra ze spłukanym kumplem na warcie? Rdzawe marnotrawstwo pełnego koloru Ocalałego...

Marasi przewróciła oczami i wskazała na niewielki ciemny tunel odchodzący od głównego.

– Zobaczmy, dokąd prowadzi ten.

Za nimi w tunelu odbiło się echem głośne przekleństwo – najwyraźniej gość z dobrymi kartami właśnie je pokazał. Nieduży tunel zawracał w stronę strażników, ale wkrótce zorientowali się, dlaczego nie był pilnowany – okazał się ślepą uliczką. Choć przez szeroki na dwie stopy otwór w skałach do środka wpadało trochę światła.

Przysunęli się do niego i wyjrzeli na średniej wielkości jaskinię – rozmiarów przeciętnego magazynu w dokach – pełną mężczyzn i kobiet pakujących towary lub wylegujących się na zaimprowizowanych meblach. Otwór robił wrażenie części naturalnej formacji skalnej – woda kapiąca ze sklepienia sprawiła, że ścianę pokryły dziwne narośle i występy, zasłaniające coś, co kiedyś mogło być większym przejściem. Marasi i Wayne znajdowali się jakieś piętnaście stóp od dna jaskini.

Odetchnęła głęboko i przyjrzała się temu, co się działo. Było tutaj. Miesiące pracy. Miesiące obiecywania Reddiemu, że jest na dobrym tropie. Miesiące łączenia doniesień o kradzieżach, zeznań świadków i dokumentacji przepływów pieniężnych. I oto było. Duża baza przemytników umieszczona pod samym miastem, a ufundowana – na ile mogła to ocenić – przez grupy wpływów z zewnętrznych miast i Krąg.

Rzeczywiście tu było. Na Prawdziwe Imię Harmonii... udało jej się.

Wayne spojrzał na nią z szerokim uśmiechem i sprzedał jej kuksańca.

– Nieźle – szepnął. – Naprawdę nieźle.

– Dzięki – odszepnęła.

– Kiedy opowiesz o tym konstablowi-generałowi, pomiń moje narzekania na ścieki.

– A kiepskie dowcipy?

– E, je możesz zostawić. Musisz dać ludziom to, czego oczekują, bo inaczej nie uwierzą w twoje kłamstwa.

Marasi rozejrzała się. Trzydzieścioro siedmioro ludzi, wliczając dwóch wartowników, wszyscy uzbrojeni. Nawet robotnicy mieli kabury. Zgodnie z uzyskanymi informacjami w tych skrzyniach było pełno wyposażenia wojskowego – w tym przerażające ilości materiałów wybuchowych. Gang próbował zacierać ślady, dopuszczając się również bardziej przyziemnych kradzieży, ale była przekonana, że wie, co się tu naprawdę dzieje.

Elendel wywierało nacisk na zewnętrzne miasta, odmawiając wywożenia pewnych towarów – w tym broni – ze stolicy, która była centralnym węzłem wszystkich linii kolejowych. Ta grupa działała jak zwyczajny gang, zajmowała się wymuszeniami i innymi tego rodzaju rzeczami, ale Marasi była niemal w stu procentach przekonana, że ich celem było wysyłanie broni do Bilming, obecnej stolicy interesów zewnętrznych miast.

Nie podobało jej się, że zewnętrzne miasta zmuszano do działania w taki sposób – ale członkowie tego gangu zabijali niewinnych ludzi na ulicach. Poza tym najpewniej współpracowali ze złym bogiem, którego celem było podporządkowanie lub zniszczenie świata.

– No dobra – szepnął Wayne i pokazał palcem. – Widzisz tego gościa tam, na tyłach, w eleganckich ciuchach? To niemal z całą pewnością członek Kręgu. Może nowy Cykl.

Marasi pokiwała głową. Cykl był najniższym poziomem, który naprawdę liczył się w Kręgu. Byli to miejscowi przywódcy, którzy wydawali rozkazy wynajętym mięśniakom. Miles Stożywotów był Cyklem i odpowiadał przed Garniturem, który był jego zwierzchnikiem. Ten mężczyzna był ubrany elegancko – bardziej strojnie niż pozostali w jaskini. Był również szczupły, umięśniony i wysoki. Jako Cykl mógł być Metalicznym. Lepiej więc nie lekceważyć go w walce.

– Strzel temu gościowi w głowę z tego swojego karabinu – powiedział Wayne. – Założę się, że podda się nam cała grupa.

– W prawdziwym świecie to tak nie działa – szepnęła.

– Oczywiście, że tak. Jeśli ten gość im płaci, reszta sukinsynów nie będzie miała powodu, żeby walczyć dalej.

– Nawet gdybyś miał rację... a szczerze w to wątpię... nie tak to zrobimy. Potwierdzenie, koordynacja, wsparcie i odpowiednia autoryzacja. Pamiętasz?

– Staram się nie – mruknął. – Nie możemy tego zrobić na mój sposób? Nie mam nic przeciwko paru gościom, którzy robią swoje, ale wolałbym nie leźć znowu przez to błocko, a później wrócić tutaj i odkryć, że banda zniknęła. Zwińmy ich teraz.

– Nie. Twój sposób wiąże się ze zbyt wielkim chaosem.

– A to coś złego, bo...

– Wiesz, jest ta cała sprawa związana z byciem stróżem prawa.

– Jasne, jasne. – Sięgnął do płaszcza i wyjął błyszczącą odznakę. W mieście z nich nie korzystali, woleli papierowe dokumenty.

– Czy to... stara odznaka Waxa z Dziczy? – spytała.

– Wymienił się ze mną.

– Na co?

– Pół pasztecika z mielonym mięsem. – Wayne uśmiechnął się szeroko. – W końcu go znajdzie. Po pewnym czasie bardzo trudno je zignorować.

Pokręciła głową i machnęła w głąb tunelu. Musieli jednak przygasić latarnię – a przez to niewiele widzieli. I dlatego, mimo że byli ostrożni, kiedy wrócili do głównego tunelu, zaskoczyli strażnika, który wszedł do niego, żeby sobie ulżyć.

Spojrzał na nich w ciemności i krzyknął. Wayne pół sekundy później pozbawił go przytomności, ale od strony głównej jaskini dobiegły ostrzegawcze okrzyki.

Stojąc wciąż nad nieruchomym ciałem, Wayne spojrzał na nią i znów się uśmiechnął.

– Mój sposób!

4

Marasi i Wayne nie mogli uciec trudną drogą, którą dotarli do jaskini – nie, kiedy po piętach deptał im cały gang. Poza tym chciała złapać tego Cykla, który z pewnością ulotniłby się po wszystkim.

Niestety znaczyło to, że Wayne miał rację. I tyle w temacie protokołu.

Czas zrobić to na jego sposób.

Wypadli do głównego tunelu, w którym drugi ze strażników mierzył do nich z pistoletu. Wayne stworzył bańkę prędkości, co dało im obojgu szansę odsunięcia się i otoczenia strażnika.

Kiedy bańka zniknęła, gangster wystrzelił w pustą przestrzeń. Wayne dopadł go po krótkiej chwili i zaczął tłuc laskami pojedynkowymi. Marasi zostawiła go przy tym i wybrała sobie odpowiednie miejsce. Za stolikiem do gry znajdował się szeroki tunel, najpewniej prowadzący do głównej jaskini. Przyklęknęła, uniosła karabin, wycelowała i próbowała się uspokoić w oczekiwaniu...

Wystrzeliła w chwili, kiedy ktoś się pojawił. Jedynie szkolenie na strzelnicy powstrzymało ją przed próbą natychmiastowego przeładowania. To był nowy karabin półautomatyczny Bastion, więc pozostawiła go na ramieniu i zastrzeliła kolejną osobę, która potknęła się o leżące ciało. Ci z tyłu zawołali ostrzegawczo i nikt inny nie odważył się wbiec do środka.

Wayne otarł czoło, pozostawiając nieprzytomnego gangstera na ziemi.

– Masz magiczne pudełka?

– To nie magia, Wayne. Malwiańska technika różni się, ale...

– Magiczne pudełka od twojego chłopaka. Ile?

– Mam trzy Allomantyczne granaty. Nowy projekt. I dwa hukowo-błyskowe. Wax naładował dla mnie jeden z granatów, zanim wyruszyliśmy.

– Zmyślne. Masz plan?

– Ty utrzymaj ten tunel. Ja wrócę do tamtego otworu i rzucę parę Allomantycznych granatów, żeby zaskoczyć grupy wrogów, a później będę cię osłaniać, kiedy wejdziesz do środka. Jak już znajdziesz się poza linią ognia, podążę za tobą.

– Masz to jak w banku!

Rozdzielili się, mężczyzna skierował się w stronę dwóch ludzi, których zastrzeliła. Podniósł jeden z ich pistoletów i wystrzelił kilka razy w stronę głównej jaskini – nie po to, by kogoś trafić, ale żeby zmusić ich do ukrycia się. Ręka trochę mu drżała i odrzucił broń natychmiast po tym, jak opróżnił magazynek, ale i tak zrobił ogromne postępy. Choć z drugiej strony, jak sądziła, nie musiał być jeszcze bardziej morderczy.

Zostawiła go i wróciła do otworu, który okazał się niezłym stanowiskiem dla strzelca. Dostrzegła kilka grup gangsterów kryjących się za pobliskimi skrzyniami i patrzących, jak Wayne strzela z drugiego pistoletu.

Marasi ostrożnie wyjęła nieduże metalowe pudełko z woreczka u pasa. Przez całe życie cierpiała z powodu rozczarowania i nawet lekceważenia ze względu na swój bezużyteczny talent Allomantyczny. Mogła spowolnić upływ czasu wokół siebie, co było… cóż, niezbyt przydatne. Zasadniczo sprawiało, że z punktu widzenia wszystkich dookoła zamierała – nie brała udziału w walce, co dawało przewagę jej wrogom.

Czasami znajdowała dla niego zastosowanie, ale właściwie przyswoiła sobie rzekomą prawdę, że jej umiejętności były słabe.

I wtedy poznała Allika.

Jego rodacy szanowali wszystkich Metalicznych, czy to Allomantów, czy to Feruchemików. Choć Allik czuł podziw dla Waxa i jego widowiskowych mocy, jej umiejętności zrobiły na nim równie wielkie wrażenie. Twierdził, że miała jedną z najbardziej przydatnych zdolności Allomantycznych. Trudno jej było to zaakceptować, ale efekt był taki, że jeśli miało się dostęp do pewnych dość wyspecjalizowanych technologii, można było postawić świat na głowie.

Allomantyczny granat miał jakieś półtora cala średnicy i buczał, kiedy spalała kadm – absorbując jej energię. Nie otoczyła jej bańka spowolnienia – ten nowy projekt sprawiał, że cała moc szła do skrzyneczki. Naładowała go wcześniej, ale od tego czasu minęło kilka godzin i chciała go uzupełnić.

Starannie oceniła odległość i rzuciła go w stronę grupy wrogów, którzy ukrywali się za stertą skrzyń. Miesiące ćwiczeń się opłaciły, bo udało jej się umieścić urządzenie dokładnie pośrodku gangsterów, którzy tak skupiali się na Waynie, że ledwie zauważyli, kiedy potoczyło się między nimi.

Granat wykorzystywał ettmetal, którego użycie było ściśle ograniczone przez Malwian, więc nie miała pretensji do gangsterów, że nie wiedzieli, do czego służy. Wśród samych Malwian też nie były częste. Nawet jeśli ci ludzie słyszeli o urządzeniach – a mogli, Krąg z nich korzystał – najprawdopodobniej nigdy żadnego nie widzieli.

Sekundę później wokół urządzenia pojawiła się bańka spowolnionego czasu, więżąc około dziesięciorga mężczyzn i kobiet. Szybko doładowała i rzuciła drugi z trzech granatów – ten wycelowany w nieco bardziej oddaloną grupkę wrogów. Dobrze wycelowała i uwięziła kolejną ósemkę.

W jaskini rozległy się okrzyki „Metaliczny!", kiedy reszta gangsterów zauważyła, że ponad połowa z nich zamarła. Ci poruszali się niezmiernie powoli, próbując uciec z bańki – ale Marasi spodziewała się, że wcześniej wyczerpie się dziesięciominutowy ładunek granatów.

Zdjęła karabin i zaczęła osłaniać Wayne'a, który wślizgnął się do głównej jaskini – i nawet udało jej się trafić dwóch z tych, którzy pozostali. Mężczyzna przez chwilę poruszał się tak szybko, że aż się rozmywał, po czym wypadł z bańki prędkości i przeskoczył pęknięcie w skałach. Potrzebował trochę czasu, żeby odzyskać talent i stworzyć kolejną bańkę, ale mogła przysiąc, że ten czas się kurczył.

Ominął uwięzionych ludzi – będą musieli się nimi zająć później. Na razie wykorzystał zamieszanie, żeby zbliżyć się do paru wrogów. Zauważyli go, ale znów się rozmył – i zaatakował ich z góry, z wysoko uniesionymi laskami pojedynkowymi.

Ich okrzyki bólu zwróciły uwagę innych, co pozwoliło Marasi postrzelić kolejnych dwóch. Później wróciła do głównego tunelu. Zajrzała z niego do jaskini z magazynem i wbiegła pochylona do środka – starannie omijając lekko migoczące granice baniek otaczających granaty. Aż za dobrze wiedziała, jakie to uczucie być otoczonym przez to powietrze lepkie jak melasa, kiedy wszystko wokół poruszało się jak błyskawica.

Znalazła osłonę w pobliżu urządzeń do pakowania, a gdy pozostali gangsterzy się zorientowali, od skał i metalu wokół niej zaczęły się odbijać pociski. Jako dziewczynka czytała o wyczynach Waxa w Dziczy – a im dłużej była konstablem, tym więcej niedokładności dostrzegała. Jasne, historie wspominały o ostrzale. Zwykle jednak pomijały to, z jakim hałasem kule trafiały w cel. Kiedy zasypywały otaczające ją urządzenia, miała wrażenie, że dała małemu Maxowi pałeczki i puściła go luzem w sklepie z naczyniami.

Chwilę później dźwięki spowolniły – jak fonograf działający z ułamkiem zwykłej mocy. Powietrze wokół niej zamigotało, a Wayne oparł się o urządzenia. Na twarzy miał szeroki uśmiech – a na ramieniu krwawą ranę.

– Robisz się niedbały. – Skinęła w stronę rany.

– Daj spokój. Każdy gość może się dać czasem przypadkiem postrzelić. A zwłaszcza jeśli gania z dwoma kijaszkami w sali pełnej spluw.

– Ile stopu bizmutowego ci zostało?

– Mnóstwo.

– Pewien jesteś?

– Jasne.

– Wayne, jestem z ciebie dumna. Naprawdę go nie marnujesz, jesteś oszczędny, jak cię prosiłam.

Wzruszył ramionami, jakby to nie było nic specjalnego, ale ona była z niego szczerze dumna. Dostawał przydział z komendy i na początku ich współpracy metal zawsze mu się kończył w trakcie misji. Planowała porozmawiać z kapitanem Reddim o zwiększeniu przydziału, ale odkryła, że Wayne wykorzystywał stop bizmutowy do wszelkiego rodzaju celów niezwiązanych z walką ani pracą detektywa. Robienia dowcipów, przebierania się, żeby rozbawić dzieci, od czasu do czasu kradzieży.

Miło było widzieć, że radzi sobie lepiej.

– Ilu idiotów zostało? – spytał.

– Jedenaścioro.

– To więcej, niż umiem zliczyć.

– Chyba że chodzi o kieliszki w konkursie picia.

– Święta prawda.

Razem wyjrzeli zza urządzeń, które służyły do przybijania wiek do skrzyń. Wayne natychmiast pociągnął ją z powrotem. Kula poruszająca się w zwolnionym tempie dotarła do granicy bańki, śmignęła w powietrzu nad nimi, uderzyła w drugą stronę i znów spowolniła. Pociski zachowywały się nieprzewidywalnie, kiedy trafiały w bańki prędkości i nigdy nie było wiadomo, w którą stronę polecą, kiedy do niej dotrą.

– Gość w garniturze ucieka tyłem – stwierdził Wayne. – Chcesz go złapać czy wolisz zostać tutaj i walczyć z pozostałymi?

Przygryzła z namysłem wargę.

– Musimy się rozdzielić. Ty jesteś lepszy w walce z grupami. Poradzisz sobie z tymi?

– Czy większość z tych skrzyń nie jest pełna rzeczy, co to robią bum?

– Tak...

– Zapowiada się niezła zabawa!

– Granatom zostało jeszcze jakieś osiem minut.

– Świetnie. Zobaczę, czy uda mi się złapać tych sukinsynów żywcem. Mogę wyciągać ich jednego po drugim z baniek, wykorzystując moje własne bańki, żeby je zneutralizować. Widzisz, ćwiczyłem i coraz lepiej sobie radzę z robieniem mniejszych i większych. Jak dobrze pójdzie, podejdę do granicy jednej z twoich baniek, postawię swoją tak, żeby objęła jedną osobę, i ją wyciągnę.

– Wayne! To niesamowite. Powiedziałeś Waxowi? Kontrolowanie rozmiarów baniek jest bardzo trudne.

Wzruszył ramionami.

– Gotowa?

Wyjęła z torebki granaty hukowo-błyskowe i podała mu jeden. Następnie wyciągnęła zawleczkę z drugiego, żeby podpalić lont.

– Gotowa.

Nawet jeśli powiedział, że miał „mnóstwo", stop bizmutowy był rzadki i drogi. Musieli zachować ostrożność.

Wayne opuścił bańkę, a ona rzuciła granat. Kiedy wybuchł, wyłonili się po obu stronach maszyny. Wayne rzucił się na ostatnią grupę gangsterów, a ona pobiegła za Cyklem, który zniknął za metalowymi drzwiami na tyłach jaskini. Po chwili do nich dotarła i bez trudu otworzyła zamek wytrychem. Posłała spojrzenie Wayne'owi, którego szybko otaczali wrogowie. Ukrył się za skrzynią oznaczoną MATERIAŁY

WYBUCHOWE. Mrugnął do niej, wyciągnął zawleczkę swojego granatu hukowo-błyskowego i wrzucił go do środka.

Cudownie. Miała nadzieję, że wiedział, co robi. Wayne miał niezwykłe wręcz zdolności uzdrawiania – ale wciąż mógł odnieść obrażenia zbyt duże, by je uleczyć. A każdy wybuch, który oddzieliłby jego metalmyśli od większej części ciała, doprowadziłby go do śmierci, jak to się stało przed wiekami z Ostatnim Imperatorem i Żałobnymi Opaskami.

Cóż, nie mogła przez cały czas pilnować Wayne'a. I z całą pewnością ona nie przeżyłaby wybuchu... cóż, dowolnych rozmiarów. Prześlizgnęła się przez drzwi i zamknęła je z głośnym hukiem. Kilka chwil później cały kompleks jaskiń się zatrząsnął, ale ona skupiła się na swoim zadaniu – biegnięciu ciemnym tunelem za Cyklem, który – spośród wszystkich w jaskini – miał największe szanse udzielić jej odpowiedzi.

5

Wax wlókł się przez salę Senatu, a inni schodzili mu z drogi. Nie chcieli spojrzeć mu w oczy – nawet ci, którzy głosowali za nim. Odwracali się, kiedy ich mijał, przeciągali i rozmawiali.

W korytarzu skierował się w stronę swojego biura, idąc po ozdobnej mozaice na podłodze i pod szeregiem żyrandoli. Kryształ i marmur. Takie było teraz jego życie. Wszystko, przed czym uciekł jako młody chłopak, ozdabiało każdy jego krok, a cienie wydawały się głębsze, mimo migoczących światełek nad głową.

Wierzył, że jego osiągnięcia jako senatora mogły przyćmić jego dokonania jako stróża prawa, jeśli liczyć korzyść przyniesioną jak największej liczbie ludzi. A to znaczyło, że porażki miały znacznie większą stawkę. W Dziczy polegało się na swoim pistolecie, instynktach i umiejętności zadawania właściwych pytań. Tutaj musiał liczyć, że inni postąpią właściwie. A na razie nie było większej próby dla jego wiary w ludzkość – wziąwszy pod uwagę seryjnych zabójców – od współpracy z politykami.

Wszedł do swojego gabinetu i odkrył, że czeka na niego cała rodzina, włączając w to guwernantkę Kath. Próbował nie pokazać po sobie niezadowolenia, ale Max i tak wyczuł jego nastrój, został z Kath i bawił się swoim szczeniaczkiem Soonie.

– Tak zmarnowaliśmy rok pracy – warknął Wax, opadając na krzesło.

– Zrobiliśmy wszystko, co się dało. – Steris usiadła obok niego.

– Naprawdę? – Spojrzał na stertę jej notatników. – Wiem, że zapisałaś sześć z nich nowymi sposobami na przekonanie pojedynczych senatorów. Gdybyśmy mieli więcej czasu...

– Zrobiliśmy wszystko, co rozsądnie dało się zrobić, biorąc pod uwagę nasze inne zobowiązania. – Zawahała się. – Prawda, Waxie?

Spojrzał jej w oczy i zobaczył, że się trzęsie. Na rdzę. Dla niej to było równie trudne, czyż nie? Skup się, ty zardzewiały idioto. Ujął jej dłonie i je ścisnął.

– Tak. Staraliśmy się ze wszystkich sił, Steris. Ale w ostatecznym rozliczeniu to nie była nasza decyzja.

Wciąż mocno ściskał jej dłonie. Steris była niewiarygodnie opanowana – towarzyszyła mu od jego powrotu do Elendel, choć nigdy by się nie spodziewał, że stanie się dla niego tak ważna. W tej chwili jednak czuł jej drżenie. I... niech go rdza, jeśli on nie robił tego samego. Tak wiele poświęcili, by powstrzymać tę ustawę. A każdy zardzewiały senator, z którym rozmawiał, powiedział, że potrzebuje więcej czasu. A teraz zagłosowali w taki sposób? Teraz...

Nie. Dokonało się, pomyślał.

– Musimy myśleć o przyszłości – powiedział.

– Tak. Przyszłość. – Skinęła głową i rozejrzała się. – I może na chwilę opuścić ten budynek. Na razie myślę jedynie o różnych sposobach, w jakie dogodna katastrofa naturalna mogłaby obrócić go w ruinę.

Wax chrząknął i pomógł jej zebrać ich rzeczy. Kiedy to robili, dostrzegł kopertę w narożniku biurka. Nie było jej wcześniej, prawda? Podniósł ją i poczuł, że przesuwa się w niej coś ciężkiego. Kula?

Nie, odkrył, kiedy ją otworzył. Kolczyk. Towarzyszyła mu krótka wiadomość. „Będziesz musiał stworzyć drugi, kiedy przybędzie właściwy metal".

Nie miał pojęcia, co to znaczyło. I nie obchodziło go to. Nie dzisiaj, Harmonio, pomyślał. Daj mi spokój.

– Co to? – spytała Steris.

– Coś od Harmonii – odparł Wax.

Zawahała się i popatrzyła na niego.

– Czyli najpewniej coś bezużytecznego – dodał.

Zacisnęła wargi. Była ocalitką i nie do końca oddawała cześć Harmonii, którego uważano za boga Ścieżki – osobnej, choć komplementarnej religii. Jednakże po wszystkim, co zrobili i co widzieli, Steris przyjęła nieco... synkretyczny punkt widzenia Boga. W każdym razie wiedziała, że kiedyś wyznawał Harmonię.

Obecnie... cóż, jego i Boga łączyła skomplikowana przeszłość. Wax czuł, że poradził sobie z najgorszymi problemami, jakie miał z Harmonią, w czym pomogła ich rozmowa tuż przed tym, jak założył Żałobne Opaski. Ale to nie powstrzymywało Waxa przed wygłaszaniem złośliwych uwag. Tego dnia wcisnął kopertę do kieszeni z tyłu i zapomniał o niej.

Spakowali się – na rdzę, przy dzieciach ciągnęli ze sobą tyle rzeczy. Steris myślała o kolejnym dziecku, ale Wax się tym martwił. Wolał, żeby nie miały przewagi liczebnej.

Z drugiej strony... nie mógł powstrzymać uśmiechu, kiedy Max biegł korytarzem, pilnując, by jego szczeniaczek Soonie skakał po płytkach z czarnego marmuru, omijając białe. Wax nie widywał innych senatorów z rodzinami. Twierdzili, że obecność dzieci w budynku była oznaką braku szacunku. Ale skoro tak bardzo szanowali ten budynek, dlaczego zaszydzili z niego tym głosowaniem?

Duża część zagłosowała tak, jak chciałeś, przypomniał sobie Wax. A pozostali się boją. Że zostaną uznani za słabych. Interesów zewnętrznych. Nie wszyscy są żużlem dlatego, że zagłosowali przeciwko tobie. Pamiętaj o tym. Są wśród nich dobrzy ludzie. Jak w każdym zawodzie. Po prostu... nie chciał teraz o tym myśleć.

Na zewnątrz flota zmotoryzowanych powozów przybyła po senatorów. Odjeżdżali na przyjęcia, wystąpienia albo nieformalne spotkania. Nawet ci, którzy współpracowali z Waxem, rzadko go zapraszali, chyba że chodziło o wspólne planowanie. Zupełnie jakby uważali, że jest ponad zwyczajne spotkania towarzyskie. Albo może sprawiał, że czuli się niezręcznie.

Kiedy rodzina zebrała się, by zaczekać na kierowcę, Max pociągnął go za marynarkę.

– Tatuś ma smutasa? – spytał głośno. – Ja nie lubiem smutasa. Bardzo jest zły, on.

Sposób, w jaki to powiedział, sprawił, że kilku senatorów parsknęło. Wax uniósł brew.

– Wujek Wayne znów uczył cię akcentów?

– Aha – powiedział Max nieco ciszej. – Ale mówi, że nie powinienem ci tego mówić, żebyś pomyślał, że jestem geniuszem i doszedłem do tego sam. – Uśmiechnął się. – Powiedział mi, że mam tak mówić w obecności senatorów, bo to ich zdenerwuje. A dzisiaj oni muszą się zdenerwować, prawda? Bo zasmucili ciebie i matkę.

Wax pokiwał głową i ukląkł.

– Ale nie musisz się tym przejmować.

– Wiesz, co sprawia, że czuję się lepiej, kiedy jest mi smutno? – spytał Max.

– Przytulanie Tenny'ego? – Wax poklepał pluszowego kandrę po łebku.

– To też. No... i... latanie? – Spojrzał na ojca wielkimi, pełnymi nadziei oczami.

Ich automobil podjechał do krawężnika i wysiadł z niego Hoid, ich kierowca.

– Pański powóz, sir. – Otworzył drzwi pasażera.

Na rdzę, kto mógł odmówić dziecku, kiedy tak patrzyło?

– Dziękuję, Hoidzie. Proszę, zabierz moją żonę, dokądkolwiek zechce się udać. Kath, masz uprząż?

– Tak, milordzie. – Podała Steris niemowlę, po czym sięgnęła w głąb ogromnej torby z zapasowymi ubraniami i ręcznikami. Rzuciła uprząż Waxowi, który w zamian oddał jej marynarkę i kamizelkę.

Poczuł ukłucie szelmowskiej radości, kiedy w obecności wszystkich założył skórzaną uprząż i zamocował Maxa na plecach. Następnie ucałował czule Steris i obiecawszy jej, że spotkają się w domu, upuścił łuskę po kuli i odwrócił się w stronę tłumu.

– Nie bądźcie zazdrośni ani nic! – krzyknął Max. – Pozwoli się wam przejechać całkiem niedrogo, jeśli tylko grzecznie poprosicie i przestaniecie być bandą sukinsynów!

Tak... może powinien porozmawiać z Wayne'em. Na razie jednak pomachał tłumom i wzniósł się w powietrze, a Max wykrzyknął radośnie.

6

Tunel, do którego weszła Marasi, nosił ślady starożytnej cywilizacji – pozostałości ceglanych ścian zasłaniające szorstką naturalną skałę. Gładka podłoga, wykuta i wyrównana. Kinkiety na ścianach, teraz pokryte rdzą, jakby cierpiały na jakąś straszną chorobę.

Wyjęła ostatni z granatów, który naładował dla niej Wax. Te nowsze utrzymywały ładunek przez wiele godzin – choć po takim czasie działały krócej. Trzy, najwyżej cztery minuty. I tak czuła się lepiej, trzymając go, i dlatego niechętnie odłożyła karabin na ziemię i wyciągnęła pistolet. Do tego było w nim mniej metalu niż w karabinie, co oznaczało, że był nieco lepszym narzędziem w walce z potencjalnym Allomantą. Z tego samego powodu zostawiła torebkę z zapasem metali, choć zatrzymała pas i kilka niezrobionych z metalu narzędzi przydatnych w walce z Allomantami.

Z granatem i pistoletem w ręku skradała się ciemnym tunelem. Członkowie gangu zamontowali elektryczne światła wzdłuż ściany po prawej, obwiązując przewody wokół starożytnych kinkietów, one jednak migotały sennie, jakby za chwilę miały zgasnąć. Wkrótce dotarła do kolejnej dużej jaskini. Zatrzymała się przed wejściem, przykucnęła i przyjrzała drodze. Cykl tędy przeszedł i częściowo chciała ruszyć za nim najszybciej, jak się dało. Jednak ostrożniejsza część jej osoby zachowała spokój, czekając na zasadzkę.

W tej jaskini znajdowała się długa, wąska rozpadlina biegnąca od jej lewej do prawej. Niegdyś wznosił się nad nią starożytny most, który jednak zawalił się przed laty – i brzegi szczeliny o szerokości około szesnastu stóp łączyła teraz nowsza konstrukcja z lin i desek. Od rozpadliny i mostu dzieliło ją jakieś trzydzieści stóp skalistego podłoża – a po drugiej stronie w ścianie znajdował się otwór kolejnego tunelu.

Nie ruszyła w stronę mostu. Zawahała się, wciąż w wejściu do jaskini. Te ceglane ściany były takie stare. Kto je wybudował przed stuleciami? Czy to było coś jak Grobowiec Początkowych w sercu Elendel? Czy ludzie kulili się w tej jaskini, wśród walących się ścian i mostów, gdy Harmonia tworzył świat na nowo?

Tak czy inaczej, niepokoiła się. Cykl ją zobaczył, a instynkt podpowiadał jej, że nie uciekł tak po prostu, wystawiając plecy na cios. Przygotował pułapkę. Rozejrzała się uważnie i dostrzegła ciemny kształt za skałami między nią a rozpadliną. Pewnie miał nadzieję, że Marasi wbiegnie na most, a wtedy strzeli jej w plecy.

Niestety, kiedy go zauważyła, wstał i uniósł broń. Marasi odruchowo uruchomiła granat – który przyciskała do piersi. Wypuścił potężne Odpychanie Stali, wyrwał pistolet z jej dłoni i wyrzucił go do przodu. Broń wpadła prosto do szczeliny.

Zareagowała w ostatniej chwili, bo Cykl wycelował w nią i wystrzelił cały magazynek – i żaden pocisk nie trafił, kule skręciły na boki i wbiły się z trzaskiem w kamień. Marasi pobiegła prosto w stronę mężczyzny, w słabym świetle dostrzegła jego elegancki garnitur. Cykl miał bardziej surowe rysy, niż się spodziewała. Masywny kark, zarost na brodzie.

Miała nadzieję, że nosił metal, a zbliżając się z granatem, wytrąci go z równowagi. Tymczasem mężczyzna jedynie stracił pistolet, który został Odepchnięty na drugą stronę rozpadliny, uderzył w ścianę i spadł w pobliżu ścieżki.

Poza tym wydawało się, że – podobnie jak Marasi – jest dość mądry, by nie nosić przy sobie zbyt dużo metalu.

– Z upoważnienia komendy głównej konstabli 4. Oktantu... – zatrzymała się dziesięć stóp od mężczyzny – ...zostajesz aresztowany za unikanie ceł, wymuszenia i nielegalny transport broni. Zostałeś rozbrojony i nie masz dokąd uciekać. Zachowaj się rozsądnie i poddaj.

Mężczyzna jedynie wyszczerzył zęby. I zaczął rosnąć.

Jego garnitur miał guziki na rękawach, które rozpięły się, zapewniając miejsce jego absurdalnie rozrośniętym mięśniom. Marynarka pozostała na miejscu, ale również się powiększyła dzięki sprytnie rozmieszczonym wzdłuż boków drewnianym guzikom.

Do diabła. Feruchemik. Nie wyglądał na Terrisanina – ale Wayne też nie. Nie zawsze dawało się to ocenić.

Marasi się wycofała. Walka na pięści z kimś sięgającym do siły szybko skutkowała zmiażdżeniem twarzy. Dlatego jedynie wyłączyła granat, by zachować resztę ładunku, i pobiegła w stronę mostu oraz pistoletu po drugiej stronie. Cykl rzucił się naprzód i stanął między nią a mostem, po czym ze śmiechem rozerwał liny podtrzymujące konstrukcję.

W porządku. Feruchemicy różnili się od Allomantów. Nie mogli po prostu wrzucić do ust kolejnego kawałka metalu i działać dalej. Może uda jej się uciekać dość długo, by skończyła mu się siła.

Mężczyzna puścił linę i pozwolił, by cała drewniana konstrukcja się zawaliła.

– Trell był tobą szczególnie zainteresowany, stróżu prawa – powiedział głosem, który wydawał się zbyt wysoki jak na tak ogromne ciało. – Jakże to miło z twojej strony, że oddałaś się w moje ręce.

Marasi odwróciła się i pobiegła po karabin. Słyszała za sobą dudniące kroki, zbliżające się, zmuszające ją, by rzuciła się na ziemię tuż przed tym, jak dotarła do broni. Dzięki temu udało jej się o włos uniknąć wyciągniętej ręki.

Przetoczyła się, kiedy Cykl uderzył pięścią, sapnął i uniósł zakrwawioną rękę. Feruchemiczna siła mogła być niebezpieczna – wiele z Metalicznych Sztuk mogło zaszkodzić użytkownikowi. Marasi udało się uchylić również przed kolejnymi ciosami. Na szczęście dla niej, mężczyzna nie miał okazji ćwiczyć swoich mocy. Mimo przygotowanego ubrania miał problemy ze zgrabnym poruszaniem tego masywnego ciała.

Jaki Feruchemik nie ćwiczył swoich umiejętności? Ruszyła w stronę karabinu, uniosła się na kolana i na wpół rzuciła się, na wpół upadła, żeby go złapać. Mężczyzna ruszył jako pierwszy, przeskoczył nad nią i złapał broń. Następnie złamał ją na dwie części i cisnął lufą w Marasi.

W ostatniej chwili uruchomiła granat, co sprawiło, że lufa odskoczyła w stronę Cykla – ale niezgrabnie trzymała urządzenie, które prawie wyślizgnęło się z jej palców pod wpływem odrzutu.

Odpychanie Stali. Przeniesienie siły. Nie tylko Cykl korzystał z mocy, z którymi nie ćwiczył.

Wyłączyła skrzyneczkę, kiedy mężczyzna się uchylił. Lufa jej karabinu odbiła się od ściany z tyłu i potoczyła w jej stronę. Marasi sięgnęła po nią, żeby użyć jej jako pałki.

Niestety, mężczyzna złapał ją za lewą rękę – tę, w której trzymała granat. Jego potężny uścisk miażdżył ciało i, na rdzę, miała wrażenie, że mógłby połamać jej kości. Przeklinając z bólu, sięgnęła do pasa i wiszącej na nim pochwy. Ze łzami w oczach uniosła niewielką błyszczącą broń i wbiła ją w rękę mężczyzny.

Zawył i puścił ją, a później wyrwał zakrwawione ostrze.

– Szklany sztylet – powiedziała. – Klasyka.

Spiorunował ją wzrokiem i uniósł rękę. Krwawiąca rana zaczynała się zasklepiać.

Do diabła. Feruchemiczne uzdrawianie? To był dowód. Nigdy nie spotkała nikogo, kto miałby naturalnie dwie Feruchemiczne moce. Wykorzystywał zakazaną wiedzę. Hemalurgię.

Marasi złapała lufę karabinu i cofnęła się, ale ich ustawienie sprawiło, że w ten sposób zbliżała się do rozpadliny. Każdy krok sprawiał, że oddalała się od drzwi, przez które weszła i przez które mogłaby uciec. Na rdzę.

Cofała się krok za krokiem, w jednej ręce trzymała lufę karabinu, a w drugiej granat. Ile ładunku pozostało? W chaosie nie pilnowała, ile zużyła.

Cykl podążył za nią, jej sztylet wcisnął za pas. Nagle jego oczy zaczęły emanować słabym czerwonym blaskiem.

– Trell wybiera sobie gospodarzy – powiedział. – Awatary napełnione jego mocą. Chciałabyś być osiągnięciem, które potwierdzi, że jestem godny nieśmiertelności, stróżu prawa? Wystarczy, że umrzesz.

Nie przestawała się cofać, a jej umysł pracował gorączkowo. Mężczyzna nie wyglądał, jakby się przejmował, że wkrótce straci siłę. Za chwilę przyprze ją do krawędzi rozpadliny, w pobliżu sterty głazów, za którą wcześniej się ukrywał. Stanęła za nimi, ale nie były dość wysokie.

Szybko obejrzała się i zorientowała, że szczelina, od której dzieliło ją teraz zaledwie kilka cali, miała co najmniej pięćdziesiąt stóp głębokości. Nie mogła uciekać w tamtą stronę.

– Stoisz na skraju przepaści. – Podszedł bliżej. – I co teraz? Może czas... Jak to brzmiało? Zachować się rozsądnie i poddać?

Marasi ustawiła granat, by uruchomił się z kilkusekundowym opóźnieniem, i wcisnęła go w szczelinę między skałami. Następnie zaczepiła lufę karabinu pod pachami i przycisnęła ją mocno do piersi.

Cykl zmarszczył czoło. I wtedy uruchomił się granat.

Przeniesienie siły. Każde Odpychanie wywołuje równoważne Odpychanie zwrócone w przeciwnym kierunku. Granat popchnął lufę karabinu, która z ogromną siłą rzuciła Marasi do tyłu – prosto na drugą stronę rozpadliny.

Uderzyła plecami w ścianę. To wystarczyło, by ją oszołomić, ale wtedy granat się wyczerpał. Opadła na ziemię. Znalazła się bezpiecznie po drugiej stronie szczeliny, jak zaplanowała, ale była zdyszana i oszołomiona.

Przez łzy w oczach widziała, jak Cykl biegnie i przeskakuje rozpadlinę. Podniosła się niezgrabnie, na wpół oślepiona bólem, i zaczęła się rozglądać, desperacko szukając pistoletu...

Tam!

Mężczyzna wznosił się nad nią jak przerażający cień, unosił rękę, by zmiażdżyć jej czaszkę. W odpowiedzi wpakowała trzy kule prosto w jego twarz. Upadł na ziemię.

Do diabła, pomyślała i mimo bólu podniosła się do pozycji siedzącej. Wax ciągle robił takie rzeczy. Zeskakiwał z urwisk, skakał we wszystkie strony i uderzał w różne rzeczy. Jak to możliwe, że jego ciało nie zostało przez to zniszczone?

Obmacała żebra z nadzieją, że nic nie złamała. Jej lewe ramię protestowało najgłośniej. Skrzywiła się. Ból tak ją rozpraszał, że z wielkim trudem zmusiła się do skupienia. Strzał w głowę powinien powstrzymać Krwiotwórcę przed uzdrawianiem, ale coś kazało jej się upewnić.

Powlokła się, by obejrzeć trupa. I odkryła, że rany od kul na głowie mężczyzny się goją, rany w czaszce zasklepiają.

Do zardzewiałego diabła.

Przewróciła bezwładne ciało na plecy i wyciągnęła zza pasa mężczyzny swój nóż. Uzdrawiał się, mimo że został trafiony w głowę? Coś było bardzo nie tak. Znów do niego strzeliła, ale to było tymczasowe rozwiązanie.

Dlatego rozerwała koszulę mężczyzny – ukazując cztery kolce wbite głęboko między jego żebrami. Jak podejrzewała. Z nożem w dłoni zabrała się do wydobywania kolców. Zaczęła pracować szybciej, kiedy się zorientowała, że co najmniej jeden z nich wykuto z dziwnego metalu, pokrytego ciemnoczerwonymi plamami niczym rdzą. Takiego, którego poszukiwali od lat.

Cykl nagle otworzył oczy, mimo połamanej szczęki i otworów w czaszce. Marasi zaklęła i pracowała szybciej, naprężała zakrwawione palce, by wyciągnąć pierwszy z czterech kolców, które były tak mocno wciśnięte między żebra, że trudno je było wyrwać.

Te oczy. Świeciły teraz na czerwono.

– Znów nadchodzi popiół – powiedział mężczyzna zakrwawionymi ustami, a jego głos brzmiał dziwnie zgrzytliwie. – Świat padnie jego ofiarą. Dostaniecie to, na co zasługujecie, i wszyscy zmarniejecie pod chmurą czerni i dywanem spalonych ciał obróconych w popiół.

Marasi zacisnęła zęby, próbując wydobyć śliski od krwi kolec z rdzawego metalu.

– Wasz koniec – szepnął. – Wasz koniec nadchodzi. Albo w popiele, albo z rąk ludzi złota i czerwieni. Złoto i...

Marasi wyrwała kolec. Czerwony blask przygasł, ciało osunęło się, a uzdrawianie zakończyło. I tak pomacała szyję mężczyzny, a nawet kiedy nie wyczuła pulsu, wydobyła pozostałe trzy kolce.

I wtedy w końcu oparła się o ścianę, jęcząc cicho. Lepiej, żeby Wayne znalazł jakiś sposób na tych pozostałych złodziei – bo Marasi wątpiła, by udało jej się teraz podnieść pistolet. Zamknęła oczy i próbowała nie myśleć o tym straszliwym głosie.

7

Max wołał do Waxa, by ten skakał wyżej, szybciej. Okrzyki radości chłopca niosły się ponad szumem wiatru i łopotem ubrań. Na rdzę, to było zaraźliwe. Wax był poważnym dzieckiem, co nie zmieniło się, kiedy dorósł. Nawet on jednak potrafił docenić uniesienie, jakie wywoływało dobrze wykonane Odpychanie Stali.

Nagła prędkość, chwila bezruchu w zenicie. Żołądek podjeżdżający do gardła, kiedy zaczynało się opadanie. Nie przypominało to żadnego innego doświadczenia, jakie mógł mieć człowiek – a przynajmniej mieć je i przeżyć.

Do miasta zbliżał się malwiański statek handlowy, lecący z wykorzystaniem tych ich dziwacznych urządzeń z ettmetalu. Wax i jego syn skakali nad miastem, a ich perspektywa była jednocześnie uproszczona i rozległa. Z takiej wysokości można było dostrzec podział na oktanty wzdłuż głównych ulic. Zrozumieć i poczuć różne dzielnice, ściśnięte slumsy z ich wymuszoną bliskością, obszerne, a jednocześnie odizolowane tereny rezydencji.

Kiedyś Wax sądził, że tego rodzaju doświadczenie – nie tylko wysokość, ale również ruch, przemieszczanie się wysoko nad miastem – zawsze będzie domeną Monetostrzelnych. A później malwiańskie statki powietrzne wzięły to założenie i wyrzuciły je przez okno z wysokości trzech tysięcy stóp.

Tak czy inaczej, wciąż miał wrażenie, że ta perspektywa należy do niego. To było jego miasto. Wrócił do niego i przez lata nauczył się je kochać. Symbolizowało wszystko, co najlepsze w ludzkości – pomnik pomysłowości, dom tysięcy różnych idei, typów ludzi i doświadczeń.

Na prośbę Maxa wzniósł ich wyżej, wykorzystując drapacze chmur jako kotwice, od których mógł się Odpychać, w jedną i drugą stronę, aż wylądowali w pobliżu szczytu jednego określonego budynku – Wieży Ahlstroma. Mieszkali w apartamencie na ostatnim piętrze, który Wax wybrał nie bez powodu. Dotarcie na szczyt przesadnie wysokiego budynku za pomocą Odpychania Stali było trudne, bo zaczynało brakować kotwic. Na szczęście w pobliżu tego drapacza chmur znajdowało się kilka wysokich budynków, co zapewniało mu kotwice pozwalające Odpychać się do środka.

Tego dnia Wax nie zatrzymał się w apartamencie. Wzniósł ich na dach, gdzie znajdował się nieduży wbudowany pomost, z którego robotnik mógł opuszczać urządzenia do mycia okien. Wax wylądował na nim, a Max się odpiął, choć wciąż był przymocowany do uprzęży mocną linką. Wax nie obawiał się, że okaże się zbyt słaba – zaprojektowała ją Steris.

Max wyjął torebkę wironasion i zaczął zrzucać je wzdłuż ściany budynku, patrząc, jak, wirując, opadają w stronę ruchliwej ulicy poniżej. Mimo wysokości Wax słyszał klaksony samochodów na drodze. Sześć lat i konne powozy stały się rzadkością. Postęp był jak ekipa wyburzeniowa. Albo dotrzymywało się mu kroku, albo zmieniało się w stertę gruzu.

Pomost był zwrócony na północ. Po jego lewej migoczące wody Zatoki Hammondara były jak szeroka arteria prowadząca do... Właściwie nie wiedział do czego. Mieszkańcy Kotliny nie byli badaczami. Mimo swej miłości do opowieści o młodym Waxie albo, co gorsza, tym głupcu Jaku, większości wystarczało miasto. Na tym polegał problem z Elendel – było w nim wszystko, co potrzebne, więc po co wyruszać na poszukiwania gdzie indziej? O istnieniu całego Południowego Kontynentu dowiedzieli się dopiero, kiedy przyleciał statek powietrzny, żeby zbadać Kotlinę.

Owszem, od tego czasu odbywały się wyprawy. Ale większość ludzi była zadowolona z życia tutaj, a on nie mógł mieć do nich pretensji. Jego największe wysiłki mające na celu poprawę warunków życia skupiały się na Kotlinie. Nie wiedział, co zrobić z Malwianami. Sześć lat, a wciąż przytłaczał go nagły ogrom świata.

Max podskakiwał wesoło i wyrzucił całą garść wironasion. Jego fascynacja dużymi wysokościami sprawiała, że Kath czuła się nieswojo –

ale tak to już jest, kiedy chłopiec od niemowlęctwa spędzał wiele czasu na plecach ojca, który zwykłe środki transportu uważał za zbyt czasochłonne.

Wax spojrzał na północ w stronę Dziczy. W stronę niezwykłości, tajemnic i życia, które kochał. Poczuł...

Na rdzę. Nie poczuł smutku.

Zamrugał i przechylił głowę. Od czasu powrotu miał wrażenie, że Elendel jest obowiązkiem. Przygoda i swobodna znajdowały się poza miastem i przywoływały go. Choć przez lata wszystko zmieniło się na lepsze, wciąż to czuł. To wezwanie. Aż...

Aż do dziś. Dzisiaj przypominał sobie te elementy życia, które kochał na północy – ale nie pragnął ich odzyskać. Miał tu życie, które na równi kochał. Może bardziej, jeśli wziąć pod uwagę ciepło, jakie go przepełniało, kiedy Max się śmiał. To... to było jego miejsce. Co więcej, chciał, żeby to było jego miejsce.

Ta świadomość go uspokoiła. W końcu... przestał czuć żałobę, czyż nie?

Wax uśmiechnął się szeroko, podniósł Maxa i uścisnął go mocno – choć chłopiec nawet jako niemowlę za bardzo się kręcił, żeby dłużej znosić coś takiego. Wkrótce, na prośbę syna, zaczęli grać w grę „przynieś", którą chłopiec wymyślił przed kilkoma miesiącami. Max rzucał wiklinową piłeczkę z małym kawałkiem metalu w środku, a Wax próbował przenieść ją na dach pobliskiego budynku. Wiklina sprawiała, że gdyby spadła, nie spowodowałaby większych szkód, ale metal pozwalał mu celować. Kiedy trafiła na miejsce na dachu, przeskakiwali, żeby ją zabrać.

Max rzucił, ale Wax miał problemy z popchnięciem piłki wystarczająco daleko.

– Rzuć ją wyżej – poradził chłopcu, kiedy ją odzyskali.

– Jeśli ją podrzucę, spadnie nam na głowy – poskarżył się jego syn. – Chcę, żeby poleciała na tamten budynek.

– Najpierw wysokość. Zaufaj mi. Im wyżej ją rzucisz, tym dalej mogę ją popchnąć.

Max znów spróbował, a większa początkowa wysokość sprawiła, że Waxowi udało się umieścić piłkę na dachu wybranym przez chłopca. Później skoczyli za nią. Zastanawiał się, co ludzie w sąsiednich drapaczach chmur myśleli o senatorze przelatującym obok ich okien z dzieckiem przypiętym na plecach.

Niestety, gra odwróciła jego uwagę jedynie na krótki czas. Bawili się od pół godziny, kiedy wylądował na dachu i ujrzał oszałamiający widok. Malwiański statek, który widział wcześniej, zbliżył się.

Drewniana konstrukcja, poruszana ogromnymi śmigłami, unosiła się w powietrzu nad Elendel. Wax wiedział, że Kotlina próbowała zaprojektować własne statki powietrzne z wykorzystaniem helu lub gorącego powietrza. Ale rozmiar kabiny, którą mogłyby unieść takie statki – według najbardziej optymistycznych przewidywań – był niczym w porównaniu z tym, czym dysponowali Malwianie. Ich statek szybował i był jak forteca na niebie.

To nie był statek handlowy, jak sądził wcześniej. To był okręt wojenny. Pokaz siły, choć nieszczególnie wrogi, ponieważ zbliżał się powoli i nisko na niebie. To miała być deklaracja, nie groźba.

Dlatego Wax ponownie starannie zapiął Maxa i wzniósł się w powietrze w stronę statku, zdecydowany dowiedzieć się, co się dzieje.

8

Marasi w końcu udało się znaleźć drabinkę techniczną, po której zeszła na dno rozpadliny, i drugą, prowadzącą z powrotem na górę. Wyczerpana dotarła do głównej jaskini, wstrząśnięta tym, co widziała i co musiała zrobić. Ale miała przy sobie niedużą książeczkę z liczbami i datami wysyłki, którą znalazła przy trupie, a to wyglądało obiecująco.

Niosła również coś o wiele bardziej niebezpiecznego. Cztery kolce. Co ciekawe, ten z czerwonymi plamami nie lubił dotykać pozostałych – odsuwał się. Dlatego zawinęła go w kawałek materiału i trzymała je w osobnych kieszeniach.

Zatoczyła się przez metalowe drzwi i ujrzała chaos. Duży wybuch wywołał serię mniejszych eksplozji, o czym świadczyły ślady na ziemi. Na dnie jaskini leżały odłamki, kawałki urządzeń i niepokojąco dużo ciał.

Wayne kucnął na samym środku w porwanym ubraniu i grał w karty z całą grupą związanych gangsterów. Rozłożył ich karty na ziemi przed nimi – choć wszyscy mieli ręce związane za plecami.

– Jesteś pewien, że chcesz zacząć od tej, stary? – spytał Wayne, wskazując kartę, którą jeden z mężczyzn postukał palcem u nogi.

– Jest najwyższa – stwierdził mężczyzna.

– Aha, ale czy jesteś pewien? – Wayne spojrzał na swoje karty.

– No... tak myślę.

– Niech to. – Wayne wyłożył swoje karty. – Zagrywam trzy ósemki na dziewiątkach. Wygrywasz.

– Ale... – odezwał się inny mężczyzna – ...ty znasz nasze karty... Dlaczego grasz w taki sposób?

– Muszę udawać, że nie widzę waszych kart, przyjaciele. Inaczej co to za zabawa? Oszukiwanie to jedno, ale jeśli po prostu mogę zobaczyć, co zrobicie, to... cóż, równie dobrze mógłbym zabawiać się sam ze sobą. A to można robić w znacznie przyjemniejszy sposób.

Marasi zatoczyła się w jego stronę. Miał ich piętnaścioro, w różnych stopniach uwięzienia. Dokładnie tak jak mówił, wykorzystał swoją bańkę prędkości, by przeciwdziałać jej bańce spowolnienia i wyciągać ich, jedno po drugim. Jego panowanie nad własnymi mocami było coraz bardziej imponujące.

Nie zaskoczyło jej, że tak wielu wziął do niewoli – Wayne nie lubił zabijać. W tej kwestii oboje byli zgodni. Co się zaś tyczy gry w karty... cóż, w tej chwili jego wyczyny właściwie już jej nie zaskakiwały. Usiadła na resztkach połamanej skrzyni.

– Wayne, przydałaby mi się twoja pomoc.

– Zanim związałem tych wszystkich gości, ty już zabiłaś tamtego kolesia w garniaku. Widziałem, że odpoczywasz, więc postanowiłem dać ci trochę czasu.

Nawet tego nie zauważyła. Na rdzę, ramię wciąż ją bolało. Skrzywiła się i rozejrzała po jaskini.

– No więc... – odezwał się Wayne. – Niech to. Przeszłaś na kanibalizm czy coś?

Marasi spojrzała na swój mundur, który był zalany krwią.

– Kanibalizm? W tę stronę poszły twoje myśli?

– Kiedy człowiek widzi damę zalaną krwią, od razu naturalnie przychodzi mu na myśl, że może ucztowała na wątrobach ludzi, których pokonała. Nikogo nie oceniam.

– Nie oceniasz? Wayne, to jest coś, co absolutnie powinieneś oceniać.

– Racja. Wstydź się.

Westchnęła.

– A ja myślałam, że w końcu przyzwyczaiłam się do twojej wayneowatości. – Pokazała kolce, z których każdy miał sześć cali długości i dużą główkę... Z wyjątkiem najmniejszego, najbardziej interesującego, który był wąski i długi na niecałe cztery cale. – Wydobyłam je z ciała Cykla. Gdybym zostawiła je w środku, wróciłby do życia, uzdrawiając się.

– Jak? To tak nie działa.

– Dla niego działało. Przyczyną może być ten inny kolec.

– Czy to...

– Trellium? Tak. Musi być.

Wayne zagwizdał cicho.

– Powinniśmy to uczcić. Zostawiłaś dla mnie trochę wątroby?

Posłała mu beznamiętne spojrzenie, na które odpowiedział szerokim uśmiechem.

– Nie jemy ludzi – powiedziała do jeńców. – On żartuje.

– Ej, Marasi. Starałem się zdobyć reputację w oczach tych gości.

– Włamaliśmy się do ich jaskini, pokonaliśmy ich przywódcę, wysadziliśmy większość ich towaru, zabiliśmy połowę z nich, a resztę wzięliśmy do niewoli. Myślę, że twoja reputacja jest w porządku. – Zmrużyła oczy, kiedy zauważyła, że wszyscy jeńcy są na bosaka. – Czy odważę się spytać, dlaczego zdjąłeś im buty?

– Sznurówki – wyjaśnił Wayne, a ona spojrzała na ich związane ręce. – Stara sztuczka z Dziczy, kiedy nie masz dość sznura. – Skinął w bok i oboje się odsunęli, żeby porozmawiać w cztery oczy. – Mamy dużo więźniów, Marasi, a sznurówki nie utrzymają ich dość długo. W każdej chwili jedno z nich może wyciągnąć nóż, który przegapiłem... albo, co gorsza, pistolet. Więc...

– Natychmiastowe Wsparcie?

– Na rdzę, kocham ten kryptonim.

– Jak długo dzięki temu szybciej się wykąpię, nie mam nic przeciwko. Za tymi drzwiami, przez które wyszłam, musi być droga do miasta... a po prawej jest drabina, po której można zejść do rozpadliny. – Zawahała się. – Sprawdzisz dla mnie ciało? Mam to straszliwe przeczucie, że przegapiłam kolec i on przyjdzie po mnie.

– Jasne. – Wayne rozejrzał się po jaskini. – Niezła robota.

– Wysadziliśmy wszystko i zabiliśmy gościa, który miał najwięcej informacji.

– Przeżyliśmy, powstrzymaliśmy gang złoczyńców, ochroniliśmy miasto, uniemożliwiliśmy naszym wrogom otrzymanie zapasów i odzyskaliśmy ważne metale. Jak dla mnie, to rdzawo dobra robota. Jesteś wobec siebie zbyt surowa, Marasi.

Cóż... może i była. Tego się nauczyła, dorastając w takich okolicznościach. Dlatego pokiwała głową i przyjęła komplement, czując, jak robi jej się trochę lżej. Wayne odbiegł, a ona wróciła do związanych gangsterów, trzymając pistolet w celowo groźny sposób.

Ich miny świadczyły, że nie musiała bardzo się wysilać, żeby ich zastraszyć.

– Macie szczęście – powiedziała, głównie po to, by odwrócić ich uwagę. – Zostaniecie potraktowani uczciwie. O ile nikt nie zrobi niczego głupiego. – Sięgnęła do kieszeni i na razie zignorowała książeczkę, którą zabrała Cyklowi. Zamiast tego wyjęła notatnik, który był jedynie odrobinę umazany krwią. – Mam tu listę praw, którą wam przeczytam. Słuchajcie uważnie, żebyście wiedzieli, jakie macie możliwości i na jaką prawną ochronę możecie liczyć.

Otworzyła notatnik i spaliła kadm, tworząc bańkę spowolnionego czasu, która obejmowała ich wszystkich. Miała nadzieję, że jej wykład ich rozproszy, bo gdyby rozglądali się na zewnątrz, zobaczyliby, że ostatnie płomienie gasną zbyt szybko.

Więcej wskazówek nie mieli – w jaskini było ich znacznie mniej niż na zewnątrz, gdzie ruch słońca na niebie, spadające liście i przypadkowi przechodnie uświadomiliby im, co dokładnie się dzieje. W czasie, gdy dla Marasi i gangsterów mijały minuty spowolnionego czasu, Wayne biegł na komendę po wsparcie.

Marasi dokończyła recytację i powoli obeszła jeńców, trzymając pistolet w gotowości i paląc metal. Kilku z nich znieruchomiało, kiedy ich mijała – próbowali rozwiązać węzły. Wayne miał rację. Tak duża liczba jeńców oznaczała, że sytuacja była potencjalnie nieprzewidywalna. Mogła jedynie mieć nadzieję, że wsparcie wkrótce dotrze.

Na razie jednak pozwoliła sobie na myślenie o Cyklu, którego ostatnie słowa przypomniały jej to, co powiedział Miles Stożywotów, kiedy umierał. „Pewnego dnia ludzie złota i czerwieni, nosiciele ostatniego metalu, przyjdą tu. I oni będą wami władać".

Dotknęła kolca z trellium w kieszeni.

„Znów nadchodzi popiół" – powiedział dziś Cykl.

To nie mogła być prawda. Katacendre oznaczało śmierć i odrodzenie świata. Opady popiołu należały do mitów i starych opowieści. Nie do współczesności, z jej elektrycznymi światłami i automobilami napędzanymi benzynowymi silnikami. Prawda?

Zadrżała i spojrzała w stronę drzwi na tyłach jaskini, z nadzieją, że zobaczy konstabli. Poczuła ulgę, kiedy rozmyty ruch wskazał, że ktoś wszedł. Marasi prawie zdjęła bańkę, ale zatrzymała się, kiedy zobaczyła, że to tylko jedna osoba. Kto to był? Wayne? Rozmyta postać śmignęła do granicy bańki i stanęła tam na chwilę.

To dało Marasi dość czasu – właściwie mgnienie oka – by dostrzec kobiecą sylwetkę w ciemnym ubraniu, z czarną tkaninową maską na twarzy. To nie była malwiańska maska, kojarzyła się raczej z czymś, z czego mógłby korzystać złodziej krążący nocą. Nieznajoma była szczupła i miała proste czarne włosy. Wydawało się, że patrzy Marasi w oczy, po czym znów się rozmyła.

Marasi być może mogłaby zdjąć bańkę, ale wszystko minęło zbyt szybko. W rzeczy samej, kiedy wciąż próbowała zrozumieć, co się wydarzyło, do środka wpadła gromada rozmazanych postaci w brązowych mundurach konstabli. Chwilę później Wayne wskoczył do bańki spowolnionego czasu. Sięgnął po własne moce i wzajemnie się znieśli, przez co wokół nich powstała bańka normalnego czasu.

Na rdzę, czy ona mogła stać się tak dobra ze swoimi bańkami? Miała tak wiele pracy, że tego rodzaju eksperymenty wydawały się niemożliwe, ale mimo wszystko... to było zadziwiające. I dziwaczne, że jej własna bańka spowolnionego czasu nie wywierała teraz na nią wpływu. Odwróciła się w stronę znieruchomiałych gangsterów, z których jednemu udało się rozwiązać i próbował uciec.

– Dotarliście w samą porę. – Marasi spojrzała na konstabli zgromadzonych wokół bańki z sieciami i sznurami. – Wayne... mijałeś kogoś po drodze do środka?

– Nie. – Zmarszczył czoło. – Dlaczego? Twój trup wciąż tam jest, martwy tak samo jak wtedy, kiedy go zmartwiłaś.

– Ktoś tu był przed chwilą. Jakieś piętnaście minut temu w zwykłym czasie? Przyjrzała się nam i uciekła.

– Dziwne. Wciąż masz te kolce?

Sprawdziła kieszenie munduru – trzy kolce po jednej stronie, jeden po drugiej, nie zostały naruszone.

– Tak. Gotowy na zdjęcie bańki?

Skinął głową i jednocześnie przestali spalać metale, co pozwoliło Marasi wydać rozkazy konstablom. Poruszali się metodycznie, złapali mężczyznę, który próbował uciec, i mocniej związali pozostałych. Medycy na wszelki wypadek sprawdzili zabitych, a inni zajęli się zbieraniem dowodów.

– Chodź – powiedział Wayne. – Oni się tym zajmą. My powinniśmy pokazać Waxowi, co znaleźliśmy.

– Po tym, jak się trochę oczyścimy. Biorąc pod uwagę, jak ty śmierdzisz, Wayne, nie chcę nawet wiedzieć, jak ja śmierdzę. Ale tak. Musimy porozmawiać z Waxilliumem.

Nie tylko o kolcach. O świecących czerwonych oczach i tajemniczych śmierciach. „Dostaniecie to, na co zasługujecie, i wszyscy zmarniejecie pod chmurą czerni i dywanem spalonych ciał obróconych w popiół". Pozostawiła jaskinię innym konstablom i podążyła za Wayne'em, który prowadził ich na zewnątrz.

9

Przybycie okrętu wojennego z pewnością było wydarzeniem, ale nie bezprecedensowym. Przybywały od czasu do czasu, za zgodą.

Choć leciał nisko, wciąż był zbyt wysoko, by Wax mógł do niego dotrzeć za pomocą Allomancji. Potrzebowałby metalowej kotwicy o niewiarygodnych rozmiarach, by Odepchnąć się tak wysoko – albo też potrzebowałby... no cóż, metali, do których nie miał już dostępu.

Była chwila, kiedy nosił je wszystkie. Transcendentne mgnienie niewiarygodnej siły – jakby dotknął samej Studni Wstąpienia. Ale wolał nie skupiać się dłużej na doświadczeniu Żałobnych Opasek, by wszystkie inne chwile nie wydawały się w porównaniu z nią blade.

Dziś zwrócił uwagę na swoją obecność, robiąc kilka wysokich skoków w pobliżu statku. Wysłali niedużego zgarniacza po niego i Maxa, i dali im medaliony, które zmniejszały ich ciężar, choć Wax go nie potrzebował. Wzbudził niepokój zamaskowanych malwiańskich lotników, kiedy oddał go z powrotem – przypomnienie, że był Podwójnym.

Z pięciu narodów, które zamieszkiwały Południowy Kontynent, Wax miał najwięcej kontaktów z Malwianami – tymi ludźmi. Jako jedyni wysłali ambasadora do Elendel. I coraz częściej wszystkie oficjalne kontakty z Południem odbywały się przez nich. O ile się orientował, ostatnie sześć lat wstrząsnęło polityką na Południowym Kontynencie jeszcze bardziej niż w Kotlinie. Niegdyś burzliwa rywalizacja uspokoiła się i doszło do zjednoczenia. Po co kłócić się między sobą, kiedy na północy mieszkały prawdziwe diabły, które w każdej chwili mogły dokonać inwazji? I nieważne, że rodacy Waxa nie potrafili jeszcze wybudować statków powietrznych.

Kilka minut później zgarniacz – wyglądający jak otwarta latająca łódka rybacka – przybił do większego statku. Max został wyjęty z uprzęży i stał cierpliwie, trzymając ojca za rękę. Wejście na pokład prawdziwego statku powietrznego było tak ekscytujące, że Wax czuł jego drżenie. A kiedy znaleźli się w głównej jednostce – na korytarzu z ciemnego drewna, którego ściany wyginały się na zewnątrz jak rura – Max zasalutował czekającemu na nich człowiekowi.

Mężczyzna był kapitanem, o czym świadczyła jego skomplikowana maska. Drewniana, ale rzeźbiona i inkrustowana sześcioma różnymi metalami wokół oczu. Mężczyzna spojrzał na dziecko, ale nie zasalutował w odpowiedzi, jak to często żartobliwie robili konstable, kiedy Max im salutował. Nie podniósł też maski.

– Szanowny Metaliczny. – Kapitan skinął głową, patrząc na Waxa. – I... o ile się nie mylę, Szanowny Dawny Nosiciel Opasek?

– Zgadza się.

– A także ten, który zabrał Opaski, które powinny zostać zwrócone ich prawowitym właścicielom.

– Również się zgadza. Zgodnie z umową oddałem je kandrom... na przechowanie, by żadna nacja nie mogła panować nad ich mocą. Skoro muszę o tym przypomnieć.

Milczeli przez kilka chwil, patrząc na siebie.

– Jestem admirał Daal – powiedział mężczyzna z niejaką niechęcią. – Witaj na pokładzie mojego dawnego statku, Błogosławiony Złodzieju.

– Dawnego?

– Zostałem wybrany na nowego ambasadora Konsorcjum Malwiańskiego w waszym kraju.

Malwiańskie... Konsorcjum? Wydawało się, że zjednoczenie Południa się zakończyło.

– A co z Jonnes? – spytał Wax.

– Wraca do domu. Uznano, że była zbyt... przyjacielska.

Cudownie. Zaiste, zmiana polityczna. Lepiej nie mówić nic i nie wychodzić poza wymianę uprzejmości, żeby przypadkiem nie podsycić napięcia.

– W takim razie niech pan pozwoli, że będę pierwszym senatorem, który przywita pana w Kotlinie. Liczę na dalszy pokój i korzystny handel między naszymi narodami.

– Korzystny? Może dla was.

– Obie strony skorzystały. Macie dostęp do naszych Allomantów.

– Ograniczony dostęp. Zbyt ograniczony w porównaniu ze znacznymi ustępstwami, jakie otrzymaliście.

– Trzy zgarniacze? Garść medalionów? Wszystko właściwie bezużyteczne, ponieważ nie potrafimy ich samodzielnie utrzymać ani tworzyć nowych.

– Z pewnością nie spodziewacie się, że oddamy wam środki produkcji? Sprzedaje się towar, nie fabrykę.

Za każdym razem, kiedy próbowali uzyskać więcej informacji na temat medalionów od ludzi, którzy się na tym znali, trafiali na mur. Bez wątpienia, była to malwiańska tajemnica handlowa, co stanowiło częściowe wyjaśnienie, ale kiedy rozmawiali z Allikiem, regularnie dostrzegali rozbieżności między tym, co mówił, a co rzeczywiście widzieli. Dlaczego w malwiaskiej armii nie było żołnierzy Feruchemików obdarzonych wyjątkową siłą, bystrością umysłu albo innymi niebezpiecznymi Feruchemicznymi talentami? Dlaczego nie istniały Allomantyczne medaliony? Im więcej Wax się dowiadywał, tym bardziej był przekonany, że kryje się w tym tajemnica, sugerująca, że medaliony nie były ani tak skuteczne, ani wszechstronne, jak utrzymywali Malwianie.

Jasne, pomyślał Wax. Żeby przypadkiem nie podsycić napięcia. Milczał i wpatrywał się w admirała. Atmosfera była napięta jak w czasie pojedynku w samo południe.

I wtedy Max pociągnął go za rękaw.

– Yyy... tato?

– Tak? – Wax nie spojrzał w dół.

– Potrzebuję kibelka.

Wax westchnął. Napiętych sytuacji dyplomatycznych nie poprawiała obecność pięciolatka. Ale mogło być gorzej – mógł zabrać ze sobą Wayne'a.

– Czy jest dostępny? – Wax zwrócił się do Daala.

– On może zaczekać.

– Czy ma pan dzieci, ambasadorze?

– Nie.

– Pięciolatek nie zaczeka.

Po kolejnej chwili napięcia admirał westchnął i obrócił się na pięcie, po czym poprowadził ich obok zamaskowanych marynarzy.

Wax podążył za nim z synem. Lata spędzone w towarzystwie Allika i innych z Południa sprawiły, że czuł się swobodnie w obecności tych zamaskowanych twarzy. Jednakże taki szereg ukrytych w cieniach oczu sprawiał, że z trudem powstrzymywał niepokój. Nikt się nie odezwał, nikt nie uniósł maski. Wax w przeszłości śmiał się i pił z Malwianami, ale ta załoga wydawała się zupełnie inna.

Daal gestem wskazał łazienkę.

– Ojej! – Max zajrzał do środka, gdzie zapaliło się elektryczne światło. – Jest taka mała! Jakby stworzona dla mnie!

– Pośpiesz się, synu.

Max zamknął drzwi i zajął się swoimi sprawami, nucąc cicho. Wax stał z admirałem i czuł się niezręcznie. Właściwie żałował, że nie ma przy nim Wayne'a, który potrafił przerwać takie napięcie – tworząc napięcie zupełnie innego rodzaju. Takie, które pozwalało rzekomym antagonistom wspólnie przeżyć chwilę zażenowania, a może nawet zrozumienia.

Zastanawiam się, czy on robi to celowo, pomyślał Wax. W przypadku Wayne'a trudno było powiedzieć. Czasami wydawał się niezmiernie wnikliwy. I nieuchronnie psuł to wrażenie. Ale człowiek nie mógł się nie zastanawiać...

– Żałobne Opaski – odezwał się Daal. – One są bezpieczne, ta?

– Tak zakładam. Nie widziałem ich od czasu, kiedy je dostarczyłem.

– Mijałem stanowiska ogniowe wokół miasta. Opowiedziano mi o nich. Ich maksymalny zasięg prosto w górę wynosi... Ile? Tysiąc stóp? Może dwa?

Wax nie odpowiedział. Odrobinę więcej, ale... szczerze mówiąc, niewiele, przynajmniej nie prosto w górę, wbrew twierdzeniom propagandy. I choć zgarniacze dostarczone do Kotliny mogły się wznieść na półtora tysiąca stóp, wiedział, że niektóre malwiańskie statki mogły żeglować tak wysoko, że powietrze robiło się rzadkie i gdyby ludzie przebywali tam dłużej, umarliby.

– Można się zastanawiać, co by się stało, gdyby nasze narody spotkały się w bardziej... wojowniczej epoce – powiedział Daal. – Jedno szybkie bombardowanie i wasze miasto złożyłoby się jak stara flaga.

– Całe szczęście, że spotykamy się teraz – odparł Wax.

Admirał odwrócił się do niego, jego oczy błyszczały w inkrustowanych metalem otworach.

– Co byście zrobili? Gdybyśmy tak po prostu zaatakowali?

– Nie wiem. Ale sądzę, że byłoby wam trudniej, niż wam się wydaje.

– To ciekawe, jak często wasze gazety powtarzają te same stwierdzenia. Przechwałki na temat skrytobójców kandra i żołnierzy Allomantów. Choć wiem, że waszym demonicznym nieśmiertelnym nie wolno zabijać. A wasi Allomanci? Powiedz mi, jak dotarłeś na ten statek? Własnymi siłami czy...

Cóż za uroczy osobnik.

– Oczywiście nie żyjemy w takich... brutalnych czasach – przyznał Daal. – Nie przybyłem tu, by zacząć wojnę, Szanowny Podwójny. Niech pan nie robi takiej oburzonej miny. Ale jestem przedstawicielem wielu z nas, którzy czują, że wasz naród wykorzystał naszą... pobłażliwą naturę. Szczególnie w kwestii Żałobnych Opasek. Są nasze i powinny znajdować się u nas.

Wax chciał się sprzeciwić. Wyjaśnić, że Opaski znaleziono na terenie Kotliny. Że zostały stworzone przez kogoś z Północy, nie z Południa. Że umowa została zawarta uczciwie. Ale ten mężczyzna go podpuszczał, a Wax – cokolwiek zrobił w przeszłości – nie wypowiadał się w imieniu Elendel. Był tylko jednym przedstawicielem z wielu.

Nie dał się sprowokować.

– Tę dyskusję może pan przeprowadzić z naszym gubernatorem i naszym zgromadzeniem ustawodawczym. I być może z Bogiem.

Zamaskowany admirał wpatrywał się w niego i nic już nie powiedział. Ale na rdzę, jeśli napięcia narastały...

To absolutnie najgorszy moment, pomyślał Wax z frustracją. Po uchwaleniu Ustawy o zwierzchnictwie, istniała realna możliwość, że Kotlina rozpadnie się jako jednostka polityczna. Jak zareaguje na to Południe? Daal powiedział, że nie chce wojny, ale jeśli Południe dostrzeże w Kotlinie łatwy łup?

Ich początkowe spotkania oszołomiły Południowców. Północna kraina pełna Metalicznych i chodzących mitów? Ale wzajemne kontakty sprawiły, że wzajemnie dostrzegli swoją zwyczajność. Mity stały się ludźmi. A każde społeczeństwo wie, jak zabijać innych ludzi.

Max w końcu wyszedł i uniósł mokre ręce, żeby udowodnić, że je umył. Daal zaprowadził ich z powrotem korytarzem, a Wax zapiął syna w uprzęży.

– Dobrze było pana poznać, Ladrianie – powiedział ambasador. – Dobrze dla mnie, ta? Pokazuje mi, w które historie mam wierzyć.

– To znaczy w które?

– W te prawdziwe, rzecz jasna. – Daal skinął na jednego z marynarzy, który otworzył drzwi, ukazując miasto poniżej. – Ufam, że czas spędzony tutaj okaże się zyskowny. Życzę miłego dnia, senatorze.

Wax z westchnieniem wyskoczył ze statku powietrznego, na co Max zareagował radosnym okrzykiem. Chłopiec wyraźnie uważał to spotkanie za jasny punkt absolutnie cudownego dnia.

Wax ostrożnie spowolnił ich opadanie kilkoma Odpychaniami, po czym przeskoczył z powrotem do Wieży Ahlstroma. Najwyższe piętro miało pomost do lądowania i już po chwili obaj wpadli do apartamentu, a Wax starannie zamknął za nimi drzwi.

Steris właśnie układała Tindwyl do snu, ale po chwili wyszła do salonu. Max bawił się układanką, a Wax przygotowywał sobie drinka.

– Matko! – Chłopiec podniósł głowę. – Zrobiłem dziś kupę na statku powietrznym!

– Och! – powiedziała z całym entuzjazmem dla tego tematu, jaki mogła w sobie wzbudzić jedynie matka. – To ekscytujące.

– Dostałem dziwny papier toaletowy! – Podniósł go. – Jest biały, nie brązowy! Wymieniłem się na niego, jak mówi wujek Wayne!

– Och. A co zostawiłeś w zamian, kochanie?

– No wiesz...

– Racja. Oczywiście. – Steris dołączyła do męża przy barku i objęła go w pasie. – Co się stało?

– Nowy ambasador. Nie bardzo nas lubi. Chce odzyskać Opaski. Wygłosił kilka zawoalowanych pogróżek.

– Wspaniały dzień na coś takiego.

– Miałaś rację co do harmonogramu zjednoczenia. Ambasador ogłosi nowe konsorcjum państw pod flagą Malwian.

– To nam nie pomoże. Senat Elendel uzna dzisiejszą ustawę za sposób na stworzenie narodu ze skonfliktowanych miast, przeciwwagę dla malwiańskiego imperializmu.

– Inna nazwa na podbój.

Wax powoli sączył alkohol. Czasami szydził z elendelskiej whiskey... ale tak naprawdę czasem można było dostać fantastyczny trunek. Mocny w smaku, dymny i pełny. Polubił ją bardziej niż tę z Dziczy – i była o niebo lepsza od tego czegoś, co Jub Hending pędził w swojej balii, a co sprawiało, że człowiekowi za karę schodziła skóra. Wciąż jednak tęsknił za dobrym piwem z Dziczy.

– Mam potencjalnie dobre wieści. – Steris wysunęła list z kieszeni... odmawiała noszenia spódnic, które były ich pozbawione, nawet jeśli uznawano je za szczyt mody. – Przyszedł pod twoją nieobecność.

Wyjął kartkę.

Spotkaj się z nami w rezydencji o 3. Ekscytujące wieści.

Marasi

Popatrzyli po sobie.

– Zabieramy ze sobą Maxa czy nie? – spytał cicho Wax.

– Jak duże jest prawdopodobieństwo eksplozji? – spytała w odpowiedzi Steris.

– Z nami nigdy nic nie wiadomo...

– Zostaje tutaj z Kath. I tak ma przyjść jego nauczyciel historii.

Wax pokiwał głową.

– Idę się umyć, a później możemy ruszać.

10

Marasi poczuła się tysiąc razy lepiej, kiedy przyszła do komendy głównej konstabli 4. Oktantu wykąpana i ubrana w ulubiony mundur składający się z kamizelki i marynarki oraz spódnicy długiej do połowy łydki.

Jako detektyw formalnie nie miała obowiązku chodzenia w mundurze, ale zwykle i tak go nosiła. Mundur był symbolem. Oznaczał, że reprezentuje coś ważniejszego niż ona sama – mieszkańców Kotliny i dobro ich wszystkich. Mundur uspokajał tych, którzy ją widzieli – a w każdym razie tych, których cieszyła obecność konstabla. A jeśli ostrzegał tych, którzy mieli niecne plany, to był jeden z powodów istnienia prawa.

Kiedy weszła, młodsi konstable w głównej sali opuścili raporty, ucichły rozmowy i wszyscy spojrzeli na Marasi. I rozległy się oklaski.

Na rdzę, zawsze czuła się z tym dziwnie. Współpracownicy nie powinni nikogo oklaskiwać, prawda? Więcej niż jeden z nowych konstabli – z których większość była kobietami – patrzył na nią wielkimi oczami, kiedy przechodziła. Marasi wiedziała, że była inspiracją dla Wilhelmette i Gemdwyn, które zgłosiły się w poprzednim roku.

To sprawiało, że czuła się rozdarta. Z jednej strony wolałaby, żeby gazety przestały o niej pisać. Z drugiej strony, jeśli była to inspiracja dla innych kobiet...

Tak czy inaczej, z zadowoleniem weszła na tyły, mijając gabinety wyższych stopniem konstabli. Nawet kilku z nich zawołało z gratulacjami. Zatrzymała się i porozmawiała z niektórymi, pytając o ich śledztwa. Choć tak naprawdę chciała zabrać się do pracy, to też było ważne. Nigdy nie wiadomo, kiedy będzie potrzebna wiedza innego konstabla.

Poza tym dobrze było mieć przyjaciół wśród równych sobie. W końcu.

Wreszcie zbliżyła się do gabinetu Reddiego. Po drodze minęła wychodzącego konstabla Gorglena – wysoki mężczyzna niemal sięgał sufitu. Skinął jej głową i poszedł w swoją stronę, a ona znalazła Reddiego w dużym gabinecie na tyłach. Siedział przy biurku i wpatrywał się w nie ze zmarszczonym czołem. Jego sumiaste wąsy posiwiały i wiedziała, że ciąży mu mundur konstabla-generała. Ostatnimi czasy był bardziej politykiem niż oficerem i połowę czasu spędzał na naradach z przywódcami miasta.

– Konstabl Colms. – Podrapał się po brodzie. – Czy widzisz w tym jakiś sens? – Pokazał jej rysunek, który okazał się prostym szkicem przedstawiającym konstabla Gorglena jako żyrafę ukrywającą się w mundurze. Na dole napisano „Zatwierdzone przez ekspertów".

– Porozmawiam z Wayne'em – obiecała.

Reddi westchnął i wsunął kartkę do bardzo dużej teczki w rogu biurka – tej, w której trzymał skargi na Wayne'a. Najwyraźniej przestał odkładać ją do szafki.

– Przepraszam, sir – powiedziała.

– Przepraszam? Na rdzę, konstablu. Przepraszam? Ilu ludzi aresztowaliście dziś we dwoje? W każdym razie nie przepraszaj za niego... mam przeczucie, że gdybyś nie pilnowała konstabla Wayne'a, ta teczka byłaby dziesięć razy grubsza.

Uśmiechnęła się.

– Radzi sobie lepiej, kiedy da się go przekierować do... bardziej produktywnych działań.

Reddi chrząknął i podniósł kolejną teczkę.

– Nie mów mu tego, ale całkiem zabawnie mnie naśladuje. Choć powinnaś wiedzieć, że dziś znów szukało go tych dwóch mężczyzn w melonikach.

– Ma pan pojęcie, kim są?

– Jakaś firma księgowa, najpewniej ich dział windykacji. Wydaje się... że Wayne jest tym razem winien pieniądze jakimś ważnym ludziom, Marasi. Takim ludziom, których nawet ja nie zniechęcę.

– Zajmę się tym – powiedziała z westchnieniem. Na Opaski Harmonii... miała nadzieję, że Wayne nie ukradł czegoś naprawdę wartościowego.

– Pozostawię to tobie. – Reddi postukał knykciami w teczkę. – Gubernator siedział mi na karku, żądając dowodów na to, że zewnętrzne miasta zdobywały broń, a ty je dostarczyłaś. Dziękuję, Marasi. Naprawdę.

– Mam nadzieję, że dostarczę ich jeszcze więcej, sir. Mam notatnik ich przywódcy, który zawiera interesujące informacje na temat przewozu towarów. – Wyjęła książeczkę i ją otworzyła. – Będziemy musieli ją skopiować, oddać do działu badań i łamania szyfrów, na wypadek gdybym coś przegapiła, ale już wyczytałam pewne interesujące rzeczy.

Postukała w znajdującą się blisko początku listę.

– To seria prób nadzorowanych przez Cykla, które miały na celu sprawdzenie, co da się wwieźć do Elendel bez zatrzymania przez celników i wzbudzenia zainteresowania służb.

– Chwileczkę. Do Elendel?

– Zgadza się.

– Wwożenie towarów do Elendel nie jest nielegalne. Ta grupa łamała prawo, wywożąc je.

– I dlatego jest to tak intrygujące. A do tego lista zawiera same zwyczajne rzeczy. Żywność, tarcica... ale zanotowali, co zostało sprawdzone, jaka wielkość skrzyń wzbudzała podejrzenia, wszystko.

– To... niejasno niepokojące – stwierdził Reddi. – Nie mam pojęcia, co to wszystko znaczy, a to jeszcze gorsze.

– Zacznę w tym grzebać – obiecała Marasi. – Na razie oddam kilka innych kartek do przepisania. Będzie pan miał twarde dowody, że znalezione dzisiaj materiały wybuchowe i bronie miały zostać przemycone do Bilming. Ten ładunek opuszczał miasto, podobnie jak wiele innych. – Zawahała się. – Mam taki pomysł.

– Mów dalej....

– Potrzebuję autoryzacji, żeby przez jakiś czas działać poza miastem... i jeśli to możliwe, musimy utrzymać wieści z dala od prasy przez kilka dni. To oznacza uciszenie pozostałych konstabli. Wiem, że będzie trudno, ale pozwoli mi to dopaść ludzi, którym tamci mieli dostarczyć zaopatrzenie.

– Co planujesz?

– Według tej książki ktoś w Bilming wkrótce będzie się spodziewał dostawy. Broń, materiały wybuchowe i... żywność.

– Pasuje do tego, co znaleźliśmy w jaskini. – Reddi spojrzał na pierwsze raporty. – Mnóstwo żywności.

To było interesujące. Dlaczego przemycali suchą żywność do zewnętrznych miast? Czy to były racje dla żołnierzy lub marynarzy?

– Tak czy inaczej, w takich okolicznościach Krąg zazwyczaj zachowuje ciszę w eterze – powiedziała Marasi. – Na dole nie widziałam żadnego sprzętu radiowego... zresztą byli na tyle głęboko, że sygnał i tak by się nie wydostał. Najprawdopodobniej więc nasi wrogowie nie wiedzą, że ich ekipa jest spalona. Co znaczy...

– ...że to my moglibyśmy wysłać ładunek – dokończył Reddi. – I być może pojmać ludzi, którzy za tym wszystkim stoją.

– A przynajmniej przesunąć się o krok wyżej w łańcuchu.

– Będą się spodziewać, że spotkają się z jednym ze swoich. – Konstabl-generał podrapał się po brodzie. – Nie uda się nam utrzymać tego podstępu dość długo.

– Cóż, sir, mamy trupa Cykla.

– Wielu ludzi nie wierzy w tę tajemniczą organizację, którą ścigasz, Colms. Wiesz o tym, prawda?

– A w co pan wierzy, sir?

– Wszyscy ci ludzie, których przesłuchiwaliśmy przed sześcioma laty, z pewnością mieli jakieś plany. Wciąż nie jestem w stu procentach pewien, czy to nie był spisek zewnętrznych miast... a wizja jakiegoś złego boga nie do końca do mnie przemawia. Ale jeśli mam być szczery, nauczyłem się nie obstawiać przeciwko tobie.

– Musi pan przyznać, że wuj Waxilliuma był co najmniej zamieszany w jakąś organizację paramilitarną.

– Tak, i ktoś zamordował go w więzieniu, razem z jego zwolennikami. Jeśli mówisz, że to Krąg, wierzę ci. Ale musisz mieć świadomość, że gubernator i jego ludzie chcą, byśmy oficjalnie skupili się na zewnętrznych miastach i zagrożeniu, jakie stanowią dla zwierzchnictwa Elendel, nie jakimś tajnym stowarzyszeniu, które być może pociąga za ich sznurki.

– Zrozumiano, sir. Ale sądzę, że możemy osiągnąć oba cele. Większość ludzi, których złapaliśmy, to zwykłe bandziory, nie członkowie Kręgu. Założę się, że jedynym tam, na dole, który miał jakikolwiek kontakt z Kręgiem, był mężczyzna, który miał tę książkę. Zgodnie z nią w dniach poprzedzających dostawę ci przebywający w mieście muszą zachować ciszę w eterze, żeby nikt ich nie podsłuchał... więc nikt w Bilming nie spodziewa się, że się z nimi skontaktuje. Wierzę, że możemy ich zaskoczyć. Szczególnie że mamy tego trupa.

– Chwileczkę, jak pomoże nam trup?

– Pomyślałam, że poproszę Harmonię, żeby użyczył nam na czas operacji kandrę do naśladowania zmarłego. Wayne mógłby grać rolę standardowego pomocnika, mówiącego z akcentem z Bilming, co jeszcze pomogłoby w realizacji planu.

– Och. No. Tak.

Reddi czuł się niezręcznie, kiedy sugerowała, że jest blisko z Harmonią – a było to dość zuchwałe z jej strony, bo nigdy nie poznała go osobiście. Śmierć znała znacznie lepiej od Boga.

Tak czy inaczej, Reddi nie lubił kontaktów z kandrami – Bezimienni Nieśmiertelni wzbudzali jego niepokój od całej tej afery z Cyruliczką. Pewnie wolałby, gdyby Marasi zrobiła swoje i nie wspomniała, jak. Ona jednak chciała, by wszystko było zgodne z zasadami.

Mieli prawo wiedzieć, jak uzyskiwała rezultaty – nie osiągnęła ich bez rzeczy w rodzaju malwiańskiej technologii wypożyczonej od Allika czy dostępu do Bezimiennych Nieśmiertelnych. Pierwotnie miała nadzieję, że kiedy postawi sprawę jasno, odzyska bardziej rozsądną reputację. Myliła się. Ale i tak miało to swoje zalety.

– Moje propozycje reform? – spytała. – Patrolowania dzielnic nędzy i odpowiedniego szkolenia konstabli? Jak wygląda sytuacja?

– Inni konstable-generałowie wyrazili zgodę. Wszyscy poza Jammsem, ale sądzę, że po dzisiejszym dniu mnie posłucha. Musimy tylko skłonić gubernatora, żeby podpisał się pod tymi pomysłami. – Zmrużył oczy. – Podoba mi się ten twój plan z wysłaniem ładunku. Przygotuj szczegółową propozycję.

– Oczywiście, sir. Musimy działać szybko.

– Otrzymasz pełne wsparcie wydziału. Gubernator będzie tak zadowolony z dzisiejszych wyników, że mogę ci niemal zagwarantować dodatkowe fundusze, jeśli twoja operacja będzie ich wymagać. Zaczekam na propozycję, ale w międzyczasie wyślę ludzi, żeby zajęli się uzupełnianiem zapasów, które zostały dziś zniszczone.

– Dziękuję, sir. – Odetchnęła z satysfakcją.

– Coś nie w porządku, konstablu?

– Nie, sir. Po prostu… doceniam drogę, którą kroczyłam i dokąd mnie doprowadziła.

– Doceniaj ją w wolnym czasie, konstablu!

Spojrzała na niego z ukosa, na co odpowiedział lekkim uśmiechem.

– To są rzeczy, które powinienem mówić – wyjaśnił. – Gubernator lubi, kiedy jestem szorstki. Pewnie lepiej spełniam oczekiwania. A, zanim zapomnę. Konstabl Matieu mówi, że masz mi coś do pokazania? Coś, o czym nie wspomniałaś w raportach. Chodziło o książeczkę?

– O nią i coś jeszcze. – Wyjęła kolce z torby. – Chcę, żeby te trzy oddał pan naukowcom na uniwersytecie. – Uniosła czwarty, cieńszy. – Ale ten zamierzam zatrzymać na jakiś czas.

– Na Zniszczenie... – szepnął Reddi. – Czy to... atium?

– Nie, choć jest niemal równie mityczny. Sądzimy, że to trellium, metal spoza świata.

Spojrzał na nią z ukosa. Wzmianki o innych światach również wzbudzały jego niepokój i Marasi podejrzewała, że nie zaakceptował do końca tego, co mówiła o Trellu.

– Czy to nie jest to coś, czym wysadzili więzienie? – spytał konstabl-generał.

– Nie wiem, czy wierzę w tę historię. Nie ma dowodów, że wuj Waxa miał to przy sobie.

– Mimo wszystko bądź ostrożna. Jeśli jest choć w połowie tak paskudny jak ettmetal...

– Będę ostrożna. Zamierzam dostarczyć go lordowi Ladrianowi, by go zbadał.

Reddi chrząknął.

– Wydawało mi się, że on przeszedł na emeryturę.

– To zależy. – Marasi wsunęła kolec z trellium z powrotem do torby. – W tym momencie powinien pan uznać, że będzie pracował nad tą sprawą.

– Cóż, nigdy nie odebrałem mu uprawnień konstabla. – Reddi otarł czoło chusteczką. – Spróbuj powstrzymać go przed... wywołaniem incydentów. Kiedy jest w coś zamieszany, sytuacja często robi się... niepokojąca.

– Zrobię, co w mojej mocy, sir.

– On nie ma żadnych innych ukrytych członków rodziny dążących do zagłady ani na wpół oszalałych żon o mistycznych mocach, prawda?

– Jeśli ktoś się pojawi, każę mu złożyć raport. I może przesunąć konfrontację z nimi na następny kwartał, z przyczyn budżetowych.

Reddi się uśmiechnął.

– Cieszę się, że jesteś tutaj, Colms. Nie tylko ze względu na swoją karierę. Cieszę się, że w okolicy jest ktoś racjonalny, kto... no wiesz, równoważy szaleństwo. Ruszaj. Goń za tajemnicami i daj mi znać, czego potrzebujesz.

Pokiwała głową z głęboką satysfakcją, wyszła z jego gabinetu i wróciła na korytarz. Osiągnęła tak wiele – w życiu i w tej sprawie. Udało jej się – osiągnęła to.

I to wszystko? Odsunęła tę irytującą myśl na bok i pośpieszyła do kantyny, gdzie wzięła sobie kanapkę i zaczęła zjadać ją pośpiesznie. Nie zostało jej wiele czasu do spotkania z Waxem. Wciąż jeszcze została jej połowa, kiedy sprzątaczka przyszła zabrać tacę.

– Wciąż jeszcze została mi połowa. – Marasi podniosła resztę kanapki.

– Dzięki – powiedziała sprzątaczka, wyjęła kanapkę z ręki Marasi i odgryzła kęs. – Zgłodniałam.

– Wayne. – Marasi przyjrzała się z westchnieniem jego twarzy. – Co ty wyprawiasz?

– Ukrywam się przed tymi księgowymi.

– Tymi dwoma mężczyznami w garniturach i melonikach? Znów wypytywali kapitana Reddiego o ciebie, Wayne. Komu tym razem jesteś winien pieniądze?

– To nie twoja sprawa – powiedział, odgryzając kolejny kęs kanapki.

Można by się spodziewać, że będzie wyglądał głupio w czepku i fartuchu służącej, ale – po dołożeniu sztucznych piersi – wyglądał nieźle. Wayne'a nie można było oskarżyć o kiepski gust modowy. Jedynie o kiepski gust.

– Sądzę, że to moja sprawa – stwierdziła Marasi.

– Wcale nie. Dopilnuję, żeby już nie zawracali głowy staremu Reddiemu. Skontaktowałaś się z Waxem?

– Wysłałam mu wiadomość. Spotkanie o trzeciej.

– To po co marnujemy czas na przebieranki? Mamy robotę!

11

Wax wylądował przed frontowymi drzwiami rezydencji Ladrianów, domu jego przodków. Steris przestała obejmować go w pasie – jak zawsze w locie ściskała go ze wszystkich sił, ale jednocześnie uśmiechała się radośnie.

Weszli po schodach i Wax otworzył zamki kilkoma Odpychaniami Stali w ściśle określonej kolejności. Inni mogli używać kluczy, ale mało kto mieszkał w budynku. Służba przeniosła się do wieży razem z Waxem i Steris. Ostatnimi czasy budynek miał jednego lokatora, który zatrzymywał się w nim co jakiś czas.

– To my, Alliku! – zawołał Wax.

Poza zapewnieniem mieszkania Malwianinowi rezydencja przeszła przez te lata niejaką przemianę. W apartamencie w Wieży Ahlstroma mieli ograniczoną przestrzeń, więc Wax i Steris trzymali w niej wszystko, co było związane z ich projektami i zainteresowaniami.

Na piętrze Steris miała trzy pokoje na swoje księgi rachunkowe, notatniki i katalogi – które przeglądała w wolnym czasie. Rzeczy, które uważała za potrzebne – ostatnimi czasy dostarczane na zamówienie – przytłoczyłyby mniejsze domostwo. Jednak Wax, ponieważ wielokrotnie skorzystał z jej przygotowania, uznał, że nie ma powodu protestować.

Steris poszła do łazienki, żeby poprawić fryzurę po locie, ale Wax zatrzymał się przy drzwiach, gdzie wisiała para długich płaszczy z Dziczy. Jeden był biały, drugi – jego stary – pocięty na dwie warstwy grubych pasków. Mgielny płaszcz. Na kołku nad każdym z nich wisiał kapelusz z Dziczy. Nie była to do końca kapliczka. Ponieważ jeden z ludzi, których symbolizowały, nie umarł – po prostu jego przygody wyglądały teraz inaczej. Mimo to Wax zatrzymał się, ucałował czubki palców, a później przycisnął je do drewna pod kapeluszem Lessie. Ponownie nie był to do końca rytuał. Jedynie coś, co robił.

Chwilę później zza balustrady na piętrze wyłoniła się zamaskowana głowa.

– O, cześć! – powiedział Allik. Jego obecna maska była jaskrawoczerwona, z pasmami żółtej farby wypływającymi ze środka. Sprawiała, że wyglądał na przejętego, jakby jego twarz pociła się promieniami słońca. A później uniósł maskę i jego szeroki uśmiech promieniał jeszcze bardziej.

Mimo drobnej, patykowatej sylwetki i nieco zawstydzającego zarostu, z Allikiem należało się liczyć. A przynajmniej, jeśli chodziło o jego ciastka.

– Nowa partia jest prawie gotowa! – zawołał do Waxa. – O, Głodny!

– Nie zaczynaj od nowa, Alliku – rzucił ostro Wax. – I nie przyszedłem tutaj dlatego, że jestem głodny.

– Ale i tak zjesz, ta?

– Ta – przyznał Wax.

– Doskonale!

Allik opuścił maskę i zniknął w swoim pokoju na piętrze, w którym przez cały czas płonął ogień na kominku. Zainstalował w nim również piekarnik, bo dla Malwian nie istniało coś takiego jak „za gorąco". Formalnie był „młodszym ambasadorem dobrej woli" w Kotlinie, tytuł ten uzyskał przed dwoma laty, kiedy zdecydował się zamieszkać właściwie na stałe w Elendel. Waxa to ucieszyło. Allik nie oszukał nikogo swoimi ciągłymi „przypadkowymi" wypadami do Kotliny, by spotkać się z Marasi.

Poza tym... Jego ciastka były... no cóż, były bardzo dobre.

Marasi i Wayne się spóźniali, więc Wax poszedł zaparzyć herbatę, Steris zaś przyniosła „kilka" ksiąg z pierwszego piętra. Wróciła, uginając się pod ciężarem co najmniej dwóch tuzinów, i opadła na kanapę w salonie. Wax podał jej filiżankę herbaty, po czym zmarszczył czoło i udał się na poszukiwanie źródła dziwnej woni.

Właśnie znalazł pół starego pasztecika z mięsem w kieszeni mgielnego płaszcza, kiedy przez frontowe drzwi wbiegł pies. Duże, szaro-białe szorstkowłose zwierzę, które sięgało mu prawie do pasa.

– Cześć – powiedziało kobiecym głosem. – Przyprowadziłeś Maxa?

– Nie. Chciałem przeprowadzić parę eksperymentów, a wiesz, jak one się kończą.

– Wybuchowo? – spytał pies... MeLaan. – Niech to. Bez powodu zachowałam to ciało.

– Naprawdę lubisz aportować? – Wax pozbył się spleśniałego pasztecika. – Z tego, co wiem, większość z was nie znosi ciał, które nie są ludzkie.

– Owszem, są poniżające. – MeLaan usiadła na tylnych łapach. – Tyle że ciało... wywiera wpływ. Trudno to wyjaśnić śmiertelnikom. Pomyśl o tym jak o ubraniu. Jeśli masz na sobie elegancką, błyszczącą suknię, masz ochotę tańczyć i wirować. Jeśli jesteś w spodniach i trzymasz na ramieniu siekierę, cóż, pewnie masz ochotę coś rozrąbać. Korzystam z tego rodzaju ciał tylko wtedy, kiedy wymaga tego misja. Ale kiedy już mam je na sobie... – Wzruszyła ramionami, co na psim ciele wyglądało dość dziwnie. – Ale dziś nie ma dla mnie aportowania. Idę się przebrać.

Ruszyła w stronę pokoju, w którym Wax pozwalał jej trzymać inne ciała – kości, włosy, paznokcie. Na szczęście większość kości nie była prawdziwa. MeLaan preferowała to, co kandry nazywały Prawdziwymi Ciałami, z kamienia, kryształu lub metalu.

Dołączył do Steris w salonie i przeczytał połowę najnowszego wydania gazety – młody gazeciarz dostarczał je Allikowi każdego dnia – kiedy usłyszał kroki Marasi i Wayne'a w holu. Ta dwójka bywała głośna jak pociąg towarowy. Pokręcił głową i pociągnął łyk herbaty.

– Tutaj! – zawołała Steris i Wayne po chwili wpadł do środka. – Wayne, czy mógłbyś choć czasem pamiętać o wytarciu butów, zanim naniesiesz błota? To nie Dzicz.

– Ciesz się, że to tylko błoto. Dziś przemierzyliśmy wnętrzności ziemi, Steris, i było w nich pełno tego, co normalnie jest we wnętrznościach.

– Doskonale koszmarny opis.

– Ej, przestań ciągle narzekać. – Wayne przeskakiwał z nogi na nogę. – Mamy wieści. Mamy wieści!

Marasi podeszła i wyciągnęła z torebki coś długiego i wąskiego. Pojedynczy kolec, przypominający długi gwóźdź, zakończony jak igła. Srebrzysty metal miał czerwonawe plamy, widoczne najlepiej, kiedy odbijał światło.

Wax sapnął.

– Masz go. Jak?

– Pamiętasz tamten trop w kanałach, o którym ci mówiłam? Natrafiłam tam na członka Kręgu, wzmacnianego Hemalurgią, który kierował bandą zbirów.

– Całe szczęście, kiedy Marasi z nim skończyła, nie miał już żadnego pożytku z tego kolca – dodał Wayne.

– Formalnie rzecz biorąc, wciąż miał z niego pożytek. I dlatego musiałam go usunąć. Wax, on miał cztery kolce. Czy to nie powinno pozwalać Harmonii na kontrolowanie takiej osoby?

– Podobno – zgodził się.

To był cały problem z Lessie. Choć liczba zależała od gatunku, zasada była taka sama – jeśli ktoś przebił się zbyt wieloma kolcami, oddawał panowanie nad sobą Harmonii. Była to furtka w Hemalurgii, która sięgała starożytności, kiedy Zniszczenie bezpośrednio kierował Inkwizytorami, takimi jak sam Śmierć.

Ostatnio Marasi zaczęła trafiać na członków Kręgu obdarzonych zbyt wieloma mocami. Wax z początku w to nie wierzył, ale skoro to potwierdziła...

– W jakiś sposób obeszli ograniczenie. – Wax przyjrzał się kolcowi z trellium. – Może ma to jakiś związek z umiejscowieniem tego kluczowego kolca?

– Wax, ta grupa pakowała zapasy dla Bilming – powiedziała Marasi. – Broń i racje.

Popatrzył na Steris. Na rdzę... zewnętrzne miasta najwyraźniej sądziły, że wojna jest nieunikniona. A dzisiejsze głosowanie mogło oznaczać, że rzeczywiście tak jest.

Mimo to... dostać w swoje ręce kolejny kolec z trellium po tak wielu latach... Przypominał mu to, co stało się z Lessie, ale Wax i tak zmusił się, by wziąć go do ręki. Ten nie pochodził z jej ciała. Nie wiedzieli, czy jej dziwne kolce z trellium wpływały na jej szaleństwo. Kandry twierdziły, że to nie była wina kolców, ale coś zwróciło ją przeciwko Harmonii i popchnęło na ścieżkę paranoi. Coś wzięło kobietę, którą kochał, i zmieniło ją w Cyruliczkę. Nie zamierzał przyjąć do wiadomości, że w pełni panowała nad sobą.

Udało mu się zapomnieć o tych starych cierpieniach i dlatego wziął kolec do ręki i przyjrzał mu się. Ten metal był – podobno – materialną postacią ciała boga. Podobnie jak harmonium, zwane również ettmetalem. Czego mógł się dowiedzieć z tej nowej próbki?

Drzwi się otworzyły i do środka weszła MeLaan ubrana w stylowe niebieskie spodnie i koszulę zapinaną na guziki. Ostatnio preferowała androginiczny wygląd, z bardzo krótkimi jasnymi włosami i ledwie zaznaczonymi piersiami. Dla przyjaciół często zachowywała podobne rysy twarzy. Ta na przykład wyglądała zupełnie jak ona – choć szczuplejsza, w mniej oczywisty sposób kobieca.

Jak zwykle wybrała wysokie, smukłe ciało – to miało co najmniej sześć stóp i cztery cale. Wycierała głowę ręcznikiem – po włożeniu nowego ciała lubiła umyć włosy, żeby łatwiej je uczesać i sprawdzić, czy poprawnie je rozmieściła.

– Ej! – zawołała, kiedy dostrzegła kolec w palcach Waxa. – Czy to jest to, o czym myślę?

– Aha – odparł Wayne. – Marasi przerobiła jakiegoś gościa na kotlet, żeby go zdobyć.

– Nieźle! – stwierdziła MeLaan.

– Nie przerobiłam nikogo na kotlet – sprzeciwiła się Marasi.

– Ona woli wątróbkę.

Odpowiedzią na te słowa Wayne'a było wściekłe spojrzenie.

– A skoro o mięsie mowa, czy zostawiłeś pasztecik w kieszeni mojego mgielnego płaszcza? – zapytał Wax.

– Yyy... To było... no...

– Wiesz, że będę go teraz musiał oddać do pralni. A ty za to zapłacisz.

– Ej, nie masz dowodu, że ja to zrobiłem.

Wax jedynie na niego spojrzał.

– Nie możesz mnie skazać na podstawie przeczucia. – Wayne założył ręce na piersi. – Znam swoje prawa. Marasi zawsze odczytuje je ludziom, kiedy już skończymy ich bić. Mam prawo do bycia sądzonym przez równych sobie.

– Owszem – wtrąciła Steris. – Ale gdzie znajdziemy tyle ślimaków w tak krótkim czasie?

Wayne odwrócił się gwałtownie w jej stronę i – po krótkiej chwili – uśmiechnął się szeroko. Ta dwójka coraz lepiej się dogadywała, na co Wax patrzył z przyjemnością. W tej chwili przyglądał się kolcowi. Jakie były jego właściwości? Czy dało się go stopić? Czy...?

Po chwili sięgnął do tylnej kieszeni. Trzymał w niej, prawie zapomnianą, kopertę, którą wcześniej znalazł na biurku. Otworzył ją i wyjął żelazny kolczyk, tradycyjną ozdobę Ścieżkowców – i sposób na obcowanie z Harmonią. Przebicie ciała metalem było sposobem na połączenie z Bogiem i dawało mu pewien wpływ na człowieka.

Znów przeczytał wiadomość: „Będziesz musiał stworzyć drugi, kiedy przybędzie właściwy metal".

Na rdzę. Dlaczego Harmonia kazał mu zrobić drugi kolczyk, najpewniej z metalu Trella?

Rzecz jasna, w kopercie nie było wyjaśnienia. Harmonia aż za dobrze znał Waxa. Tajemnica była lepszym sposobem na zwrócenie jego uwagi niż wyjaśnienie.

Niech go diabli.

Znów schował kopertę.

– Dobra robota – powiedział do Marasi. – Naprawdę dobra robota.

– Dziękuję. Powinniśmy mieć szansę dopaść wkrótce innych członków Kręgu. Planuję prowokację.

Odwróciła się do MeLaan, która stała oparta o ścianę z rękami założonymi na piersi. Jak na kogoś, kto całe życie poświęcał podstępom – naśladował innych i wypełniał misje zlecone przez samego Boga – bez wątpienia lubiła się wyróżniać. Dziś jej policzki były w pewnym stopniu przezroczyste i ukazywały jej szmaragdowy szkielet.

– Przydałaby mi się twoja pomoc, MeLaan – powiedziała Marasi. – Mam trupa, który musi powstać i chodzić... na tyle długo, by oszukać Krąg.

MeLaan się skrzywiła.

– Chciałabym, ale... mam coś do zrobienia...

– Moglibyśmy się dostosować do twojego harmonogramu.

– To może być trudne. Bo to tak jakby na innej planecie.

– Na innej planecie? – powtórzyła Marasi.

– No, może między planetami? Nie jestem do końca pewna. Harmonia chce, żeby niektórzy z nas wyruszyli, zaczęli prowadzić badania, uczyć się o cosmere. Bo stało się oczywiste, że cosmere wie o nas. – Skinęła na kolec trzymany przez Waxa.

– Jak to jest? – Marasi spojrzała na MeLaan z pewnym... głodem w oczach. – Podróżowanie tam. Jak... wy to w ogóle robicie?

– To trudne. Zarówno dotarcie na drugą stronę, która jest odwrotnością prawdziwego świata, jak i podróżowanie. Obawiam się, że wkrótce wyruszam, ale dowiedzenie się, co robi Krąg, jest priorytetem dla Harmonii. Poproszę go, żeby wysłał jedno z nas, by pomogło w twojej misji, Marasi.

Wax spojrzał na Wayne'a. MeLaan miała odejść. Wkrótce? Musiał przycisnąć przyjaciela i spytać, jak się z tym czuje.

W tej chwili jednak do środka wpadł Allik z tacą pełną parujących ciastek.

– Aha! – Jego uniesiona maska ukazywała szeroki uśmiech. – Pełny pokój. Kto ma ochotę na ptysie cynamonowe do zanurzania w gorącej czekoladzie! Wasze zatroskane twarze świadczą, że znów planujecie uratować świat. Do tego trzeba dużo czeko, ta?

Wax uśmiechnął się, ciesząc się entuzjazmem Allika. Wrócił do siebie po stracie przyjaciół, torturowanych przez Krąg, który pragnął wydobyć z nich informacje na temat statków powietrznych. Ludzie są elastyczni, pomyślał Wax. Potrafimy ciągle kształtować się na nowo. A jeśli nie jesteśmy do końca tacy sami jak wcześniej, to dobrze. To znaczy, że możemy wzrastać.

Allik podał Marasi kubek gorącej czekolady – niemal komicznie duży – i mrugnął. Wzięła go za rękę i uścisnęła ją z uśmiechem. Cztery lata flirtowania i dwa lata oficjalnego spotykania się, a czasami wciąż zachowywali się jak para uczniaków. Wax wiedział o tym więcej, niż chciał, bo Steris robiła notatki, a później pytała, czy powinna zachowywać się w równie absurdalny sposób.

– Jeszcze jedno, Wax – powiedziała Marasi. – Zabrałam notatnik Cyklowi, którego dziś zabiłam. Co myślisz o tej kartce?

Podała ją i Wax wrócił na swoje miejsce, a Steris patrzyła mu przez ramię, kiedy odczytywał oznaczone datami wpisy w notatniku.

– Wygląda jak... Rejestr wwozu towarów do Elendel, z notatkami? „Kwadratowa skrzynia o boku trzech stóp, ostemplowana znakami produktów żywnościowych, skontrolowana cztery na sześć razy. Większa skrzynia ze stemplami ostrzegawczymi, skontrolowana i poddana kwarantannie. Skrzynia o przekątnej sześciu stóp, zatrzymana za każdym razem...".

Steris zmarszczyła czoło.

– Wygląda, jakby zapisywali, co zostaje skontrolowane podczas wwożenia do miasta.

– Co jest dziwne, prawda? – zauważyła Marasi. – Wwożenie towarów do Elendel nie jest trudne. Jedynie towary wychodzące na zewnątrz zostają obłożone podatkiem za wykorzystanie naszych stacji kolejowych. I na tym polega cały problem, zewnętrzne miasta mają dość płacenia nam za wysyłanie towarów z jednego do drugiego.

– Racja – przyznał Wax. – Dlaczego Krąg jest tak zainteresowany tym, co mogą wwieźć do miasta?

– Może planują dostarczyć zapasy grupie buntowników wewnątrz? – zaproponowała Steris.

– Ale całym sensem ich przemytniczej operacji jest wywożenie broni z Elendel – sprzeciwiła się Marasi. – Nie mają żadnych problemów z rozdawaniem broni ludziom wewnątrz Elendel.

Siedzieli w milczeniu i zastanawiali się. Wax posłał spojrzenie Steris, a ona pokręciła głową. W tej chwili żadnych przemyśleń. W końcu oddał książeczkę Marasi. Kiedy Allik rozdawał dalej ciastka, Wax podszedł do Wayne'a, który – co nietypowe – nie przyjął kubka czekolady. Allik podał go Waxowi.

– Hej – Wax odezwał się do przyjaciela. – Ile zdrowia masz zmagazynowane? Mogę dziś potrzebować twojej pomocy przy eksperymentach.

– Przepraszam, stary, ale jestem umówiony.

– Nie wpakowałeś się w żadne tarapaty, prawda?

– Wręcz przeciwnie – ogłosił Wayne i spojrzał na zegarek kieszonkowy. Który należał do Waxa. – Właściwie muszę lecieć. Nie chcę zostać zastrzelony za spóźnienie.

– Mogę ci zająć chwilę, Waynie? – spytała MeLaan.

– Ja naprawdę... – zaczął.

– To ważne. Bardzo ważne.

Wayne oklapł, po czym pokiwał głową, a w oczach miał smutek. Wax ścisnął jego ramię, jakby chciał dodać mu sił. Do tego musiało dojść. MeLaan była wędrowczynią.

Wayne i kandra wyszli, a Wax spróbował się skupić na cudownym prezencie, który przyniosła mu Marasi. Cały kolec z trellium.

– Będę potrzebował gogli – ogłosił.

12

Wayne czasami udawał, że jest bohaterem. Jakąś zardzewiałą postacią ze starych historii, wyruszającą na bezsensowną wyprawę, żeby zabić potwora albo odwiedzić krainy Śmierci.

Ostatnio trudno mu się nosiło ten kapelusz. Szczególnie kiedy prawda patrzyła mu w twarz za każdym razem, kiedy przeglądał się w lustrze. Całą karierę oparł na udawaniu. Ludzie po prostu myśleli, że to talent. Nigdy nie pytali, przed czym się ukrywa.

Tego dnia oddałby prawie wszystko, żeby być kimś innym. MeLaan nosząca to ujmujące ciało – jeśli miał być szczery, wszystkie były ujmujące – poprowadziła go przez hol wejściowy do niedużego saloniku po drugiej stronie. Przechodząc, sięgnął po swój szczęśliwy kapelusz, wiszący na ścianie przed wejściem. Ale nie złapał go.

W środku usadowiła go na tapicerowanym fotelu, który sprawił, że poczuł się jak dziecko. To, że w tym ciele dorównywała mu wzrostem, nie pomagało. Później wzięła go za rękę, przykucnęła i spojrzała mu w oczy.

– Przykro mi, Waynie – powiedziała cicho. – Muszę cię opuścić. Dzisiaj. To koniec. Próbowałam cię na to przygotować... ale przeciąganie tego pewnie było bardziej bolesne, co?

– Nie wiem. Nigdy wcześniej nie miałem złamanego serca. No to i nie mam doświadczenia.

Wzdrygnęła się.

– Wayne...

– Przepraszam. Musisz robić swoje. Wiem o tym. Jak się człowiek spotyka z nieśmiertelnym wysłannikiem samego Boga, to wie, że pewnego dnia będzie mniej ważny od gościa, który świeci. – Zmarszczył czoło. – On świeci?

– Myślałam... – ścisnęła jego dłoń – ...że z tobą będzie mniej przywiązania.

– A skąd ci się to wzięło? Ja się tak przywiązuję, że kończę z różnymi rzeczami, które nie są moje.

Skrzywiła się.

– Dla ciebie to było... niczym? – spytał. – Sześć lat?

– Nie było niczym. Po prostu... nie tym, czym było dla ciebie. Wiem, że powinnam była się tego spodziewać. TenSoon mnie ostrzegał, Ulaam mnie ostrzegał. Śmiertelnicy inaczej postrzegają czas. Mówili mi. Przepraszam, Waynie.

– Nie musisz przepraszać za coś, czego nie czujesz, MeLaan. To nie twoja wina.

Tylko moja.

– Ja... poprosiłam o tę misję – przyznała. – Bo uświadomiłam sobie, że cię zwodzę, a im dłużej to trwało, tym bardziej bolesne będzie zerwanie. Dlatego nie mogę zostać i pomóc. Muszę odejść teraz. Zanim stracę odwagę.

– Czy to by było... takie złe?

– Tak. Bo to kłamstwo, Wayne. Zostałabym, bo nie chcę cię zranić. Nie dlatego, że chcę zostać.

W takich okolicznościach nie powinien chcieć, żeby została. Ale chciał. Niech go diabli, chciał.

Mimo to zagryzł język. Czasami trzeba było dać się postrzelić.

– To naprawdę ekscytująca misja – powiedziała. – Mam szansę przebyć zamglone nieznane, mroczny przestwór, który Harmonia nazywa „Cieniomorzem". Będę pierwszym kandrą, który uda się tam na dłużej, z oficjalną misją. Będę miała szansę badać cosmere, Waynie. Udam się i zobaczę wszystko, co się da, światy, które możemy sobie tylko wyobrażać. Będę pomagała tym, którzy tego potrzebują... nie jednej czy dwóm osobom, ale całym nacjom.

Pokiwał smutno głową.

Wstała i pochyliła się, żeby go pocałować. Chciał się cofnąć, ale... cóż, żałowałby tego. Jeden ostatni, długi pocałunek, na jaki mógł sobie pozwolić tylko ktoś wyposażony w język, którego nie ograniczała ludzka fizjologia.

– Ale chciałam ci powiedzieć coś ważnego – szepnęła, kiedy się cofała. – Coś, co się liczy.

– Aha?

– Ty... – po raz ostatni ścisnęła jego dłoń – ...byłeś naprawdę dobry w łóżku, Waynie.

– Naprawdę?

– Naprawdę. Szczerze, byłeś najlepszy.

– Masz siedemset lat. A ja byłem najlepszy?

Pokiwała głową.

To już było coś. Naprawdę coś.

– Dzięki. Miło, że mi to powiedziałaś. To... pomaga.

– Tak sądziłam. Do widzenia, Waynie.

Puściła jego dłoń i wyszła. Znając ją, przyśle kogoś, żeby zapakował resztę jej ciał. Dziś wybrała szmaragdowe, bo było jednym z jej ulubionych. Na misję pewnie weźmie aluminiowe, a resztę zostawi.

Przez długi czas siedział i patrzył w drzwi. Nie nosił kapelusza, co oznaczało, że musiał być sobą. Prawdziwym sobą, tym, który znał ten ból. Przejechali razem wiele zapylonych traktów. Ten ból był jego niewidzialnym przyjacielem od dzieciństwa.

Ból wiedzy, kim był naprawdę.

Ból bycia pozbawionym wartości.

13

Wax ruszył jako pierwszy do piwnicy, z tyłu dobiegały go odgłosy kroków Steris i Marasi. Wyższe piętra rezydencji służyły zainteresowaniom Steris i zaspokajaniu różnorakich potrzeb przyjaciół, ale piwnica należała do niego. A on wprowadził pewne zmiany.

Metalurgią zaczął się zajmować jeszcze w Dziczy – w górniczych miasteczkach często można było znaleźć sprzęt do badania czystości metali. Był zaskoczony, jak użyteczne okazało się to hobby. Na przykład nieliczni przestępcy uświadamiali sobie, że mógł wyśledzić ich dostawców, badając skład łusek pocisków.

W Elendel rozwinął się dziesięciokrotnie. Miał piwnicę pełną próbek metali, kwasów i rozpuszczalników, palników, mikroskopów, a nawet pomieszczenie z paleniskiem i kowadłem. Przypominało mu to Dzicz, ale w dobry sposób. Lessie śmiejącą się, kiedy dokonał przełomu. Wieczory spędzone na składaniu metalu, jakby był starożytnym wojownikiem wykuwającym nóż, który zabije boga – a nie nowicjuszem pracującym nad sztućcem.

Niedawno zafascynowały go elektroliza i platerowanie, a jego nowy elektryczny spektrometr był absolutnie genialny. W połączeniu z wykresami przedstawiającymi widma różnych pierwiastków pozwalał mu zidentyfikować właściwie wszystko. Jak zareaguje na to trellium? Albo z jego kwasami, albo z magnesami?

Te pytania dodawały mu energii. Był to rodzaj ekscytacji, którą utracił w wieku średnim. Nie potrafił się emocjonować czymś tak prostym, a jednocześnie bogatym, kiedy jego życie się rozpadało.

Założył gogle. Steris założyła swoje i wyjęła podkładkę do pisania. Podała mu fartuch, a on ustąpił – miał na sobie jedną z ładniejszych kamizelek, chociaż fular już zdjął i gdzieś zostawił. Jej fartuch był obszerniejszy i grubszy, bardziej przypominał kamizelkę kuloodporną. Dopiero niedawno przekonał ją, że może nie potrzebowała nosić jednocześnie dwóch par gogli – mogła zamówić dodatkowo wzmacniane.

Ustawili się przy jednym ze stołów, Wax umieścił kolec w uchwycie.

Marasi zatrzymała się w drzwiach i uśmiechnęła szeroko.

– Wy dwoje jesteście uroczy.

Wax spojrzał na Steris.

– Nie wydaje mi się, żeby ktokolwiek nazwał mnie uroczym od czasu, kiedy byłem w wieku Maxa.

– Powinna zbadać sobie wzrok – dodała Steris. – Marasi, kochanie? W szufladzie po twojej prawej mam gogle z soczewkami korekcyjnymi, ułożone według mocy.

– Nic mi nie jest. – Młodsza z kobiet weszła do środka.

Steris cmoknęła i wskazała na napis tuż nad drzwiami. WYMAGANE GOGLE. Miał gwiazdkę i dopisany pod spodem – kredką – komentarz „Nie dotyczy Wayne'a".

– To dobra zasada – powiedział Wax. – Wiesz, jakie rzeczy dzieją się wokół nas.

– Rzeczy? – Marasi wybrała gogle. – Masz na myśli wybuchy?

– Nie tylko wybuchy – poprawiła ją Steris. – Rozlane kwasy. Pożary. Przypadkowe wystrzały. Choć podejrzewam, że to ostatnie jest formalnie rodzajem wybuchu. Jak twardość?

– Twardy. – Wax sprawdzał kolec różnymi substancjami. – Da się zarysować diamentem, ale niemal nie zostawia śladu na korundzie. Tuż ponad dziewiątką.

– Zanotowane.

– I jest też kruchy. – Wax ostrożnie poruszał dłutem. – Wcale nie przypomina harmonium, które jest niemal równie kowalne jak złoto. Włączysz jeden z palników?

Steris zapaliła gazową dyszę. Wax odłupał kawałek trellium i przeniósł go do miski ze stopu wolframu, którą umieścił nad płomieniem i obserwował uważnie. Odłamek wkrótce rozgrzał się do białości, ale nie stopił.

– Skrajnie wysoka temperatura topnienia. Ponad dwa i pół tysiąca stopni.

– Podobnie do harmonium – zauważyła Steris. – Spróbować z elektrycznym piecem łukowym?

Pokiwał głową. Piec łukowy przepuszczał potężny ładunek elektryczny przez metal, by podgrzać go bardziej, niż dało się to osiągnąć za pomocą palnika. Wykorzystując ten proces, osiągnął pewien sukces z harmonium. Niestety, choć odłamek trellium znów rozgrzał się do białości, nawet nie dał się zgiąć ani rozciągnąć.

– Na rdzę – powiedział cicho Wax, patrząc przez przyciemniane gogle na świecący kawałek metalu. – To coś jest twarde. – Jak miał zrobić z niego kolczyk?

W ogóle się nad tym zastanawiał? Kiedy o tym pomyślał, uświadomił sobie, że nie wiedział nawet, czy koperta pochodziła od Niego. Coś takiego mógł zostawić ktokolwiek. Powinien porozmawiać z Harmonią, zanim zrobi coś głupiego.

– TenSoon mówi, że metale są ciałami istot boskich – zauważyła Steris. – Tak zwane Boskie Metale były źródłem mgieł w czasach przed zielenią.

– To dlaczego nie mieli poparzonych płuc? – spytał Wax. – Jeśli mogę to podgrzać do ponad trzech tysięcy stopni i nawet się nie stopiło, jego pary muszą być skrajnie gorące.

– Może te metale, w przeciwieństwie do zwyczajnych, nie zmieniają stanu w zależności od temperatury, ale od innych czynników – zastanawiała się Steris.

Wax pokiwał z namysłem głową. Marasi nachyliła się nad stołem i spojrzała na kolec.

– Jest pełen mocy. Przypomina kolec Hemalurgiczny, więc jest...

– „Napełniony", takiego określenia używają kandry – dokończył Wax. – Poprzez Hemalurgię przyjął część ludzkiej duszy i przechował ją. Jak swego rodzaju... bateria siły życiowej.

Marasi zadrżała.

– W takim razie to coś w rodzaju trupa?

– A przynajmniej narzędzie zbrodni – zgodziła się Steris i wyłączyła palnik.

– Waxie... – odezwała się Marasi. – Kiedy wyciągałam go z Cykla, zaczął bełkotać. Jak Miles w chwili śmierci.

Mężczyzna uniósł głowę znad eksperymentu.

– Co powiedział?

– Mówił o ludziach złota i czerwieni. Jak Miles. A później... powiedział, że znów zaczną się opady popiołu, jak w czasie Katacendre. Powrócą dni ciemności i popiołu.

– Niemożliwe – sprzeciwił się Wax. – Ziemia już tak nie działa. Popielne Góry albo przestały istnieć, albo są uśpione. Nie ma żadnych ruchów tektonicznych, które mogłyby doprowadzić do kolejnego opadu popiołu.

– Jesteś pewien? – spytała Marasi.

Po chwili wahania pokręcił głową.

– Kiedy Harmonia pokazał mi, jak wpływ Trella obejmuje naszą planetę, nawet on sam wydawał się skonsternowany. Nasz świat i nasz bóg mają zasadniczo trzysta pięćdziesiąt lat. Poza nim istnieją istoty, które są o wiele bardziej starożytne. O wiele bardziej przebiegłe.

W laboratorium zapanowała cisza, przerywana jedynie brzęczeniem pieca łukowego. Wax go wyłączył.

– Więc powinniśmy nadgonić – powiedziała Steris i postukała ołówkiem w podkładkę. – Co teraz?

Musiał przyznać, że rzeczywiście wyglądała uroczo w wielkich goglach i kamizelce wojskowej klasy nałożonej na popołudniową suknię. Zauważył również, że z jej kieszeni wystawał jego fular.

– Spektroskopia – odpowiedział. – Spalmy kilka płatków.

– Chwileczkę – wtrąciła Marasi. – Nie udało ci się go stopić… jak zamierzasz go spalić?

Zaczął opiłowywać zamocowany w uchwycie kolec i łapać opiłki na kawałek grubej tektury.

– Większość metali da się spalić, Marasi, jeśli ma się wystarczająco drobne fragmenty i dostatecznie dużo tlenu. Udało się to nam z harmonium, choć nie umiemy go do końca stopić.

– To… dziwne, nie?

– W rzeczy samej. Ale, jak zauważyliśmy, mówimy tu o ciałach bogów.

Ustawił spektroskop i udało mu się spalić kilka opiłków w czystym tlenie i dokonać odczytów. Następnie znów podgrzał kawałek i dokonał odczytu wyemitowanych fal świetlnych. Maszyna poruszała rysikiem po kawałku papieru, jak sejsmograf – tyle tylko że tu góry i doliny oznaczały częstotliwość światła, a ich wzorzec zmieniał się w zależności od pierwiastka.

W tym przypadku, co dziwne, dostał linię prostą – pełne widmo. Choć na samym końcu, w czerwieni, maszyna próbowała narysować linię ponad maksimum. Co nie powinno być możliwe, choć już raz to widział.

Odkręcił sworzeń przytrzymujący ramię na papierze i ponownie uruchomił maszynę. Znów pełne widmo aż do czerwieni, gdzie rysik z szarpnięciem wyskoczył poza papier.

Wax westchnął.

– To chyba dowód, że to Boski Metal.

– W rzeczy samej. – Steris robiła notatki po ciemku.

– Niech ktoś powie tępemu konsowi, co się tu dzieje – poprosiła Marasi. – Jak to jest dowód na cokolwiek?

– To skomplikowane – powiedział Wax. – Każdy pierwiastek ma swego rodzaju sygnaturę w postaci długości fal światła, które emituje po podgrzaniu. Zasadniczo to sposób na rozpoznawanie pierwiastków i związków. Jak wykorzystanie odcisków palców, by zidentyfikować osobę.

– A ten metal jakimś sposobem emituje pełne widmo, jakby składał się z czystego białego światła – dodała Steris. – Ale ma też coś dziwnego dziejącego się w czerwieni, jakby emitował światło wykraczające poza to, co maszyna może obliczyć lub odczytać.

– Widziałem coś takiego tylko raz – powiedział Wax.

– Z harmonium? – domyśliła się Marasi.

– Tak. – Postukał w stół i pokręcił głową. – W przypadku tych metali tak wiele rzeczy pozornie łamie prawa fizyki. Czuję się, jakbym eksperymentował z czymś, co niebezpiecznie wykracza poza nasze pojmowanie.

– Powinniśmy przenieść je do sejfu? – spytała Steris.

– To pewnie rozsądne. Szczególnie że kolejnym krokiem będzie wrzucenie tych opiłków do kwasów.

„Sejf" był określeniem Steris na niedużą metalową skrzynkę, którą wbudowali w tylną ścianę. Miała trzy stopy szerokości i trzy stopy głębokości, i wykonano ją ze stopu aluminium ze stalą, z dużymi drzwiami z przodu. Te drzwiczki miały na górze niewielkie okienko z bardzo grubego szkła, więc można było zajrzeć do środka. Urządzenie bez trudu wytrzymywało wybuch granatu, poradziło sobie też z wybuchem po wrzuceniu ettmetalu do wody.

Harmonium – ettmetal – było wyjątkowo niestabilne. Trzeba je było przechowywać w oleju, bo reagowało nawet z powietrzem. Ponieważ nie wiedzieli, jak trellium zareaguje z kwasami, Wax umieścił wszystko w skrzynce i ją zamknął. Posługując się systemem dźwigni, mógł poruszać znajdującymi się w środku cienkimi ramionami, by wrzucić po kawałeczku trellium do dziesięciu buteleczek z kwasem... i dwóch z zasadami.

Harmonium nie reagowało z kwasami, ale może ten metal to zrobi. Cokolwiek, co dałoby mu jakieś oparcie, pomogło zrozumieć. Kiedy pracował, Marasi podeszła do ściany, gdzie Wax i Steris mocowali swoje pomysły, eksperymenty i rozważania dotyczące harmonium. Na rdzę... najstarsze miały ponad pięć lat. Przygnębiło go, jak niewielkie postępy poczynili.

– To wszystko. – Marasi czytała notatki. – Chyba nigdy wcześniej się temu nie przyjrzałam... Próbujecie je rozszczepić. – Odwróciła się gwałtownie. – Próbujecie podzielić harmonium na metale składowe? Próbujecie stworzyć atium!

Spojrzał znów przez okienko i dalej wrzucał opiłki do kwasów.

– Nie tylko atium... – powiedziała Marasi. – Lerasium też? To metal, który... Stworzył Zrodzonych z Mgły! Wyjaśniają to zapisy pozostawione przez Harmonię. Allomancja pojawiła się na świecie, bo Ostatni Imperator dał lerasium niektórym ze swoich ludzi, którzy je spalili i zostali przemienieni. Ci pierwsi mityczni Zrodzeni z Mgły... oni mieli niewiarygodną moc. Próbujecie to powtórzyć.

– Nie – sprzeciwił się Wax. – Próbuję zobaczyć, czy to da się powtórzyć.

– Tyle lat, a wy nigdy mi nie powiedzieliście, dlaczego ciągle potrzebujecie ettmetalu? Myślałam, że próbujecie się dowiedzieć, jak wybudować statki powietrzne, jak wszyscy!

– Zrobiliśmy minimalne postępy. – Wax skończył z kwasami i odwrócił się od sejfu. – Ale Marasi, czy ty naprawdę nie rozumiesz? Krąg poświęcił się przywróceniu ludziom starożytnych mocy... wykorzystają eugenikę, Hemalurgię, cokolwiek. Więc jeśli da się znów stworzyć lerasium, musimy o tym wiedzieć.

– I tak mogliście mi powiedzieć.

– Chciałem mieć najpierw coś użytecznego do pokazania.

Wax podszedł do niej, mijając Steris, która manipulowała przy kolcu z trellium. Stanął obok Marasi i znów przyjrzał się przypiętym pomysłom. Przypomniał sobie ekscytację, z jaką zaczął pracę nad harmonium.

Kiedy dostał do ręki trellium, znów to poczuł. Ale teraz, wpatrując się w tablicę, przypomniał sobie resztę doświadczeń. Stopniowe, powolne uświadamianie sobie, że nie rozwiąże tej zagadki. Pracował nad zbyt wieloma beznadziejnymi sprawami, by nie wiedzieć, kiedy tropy stygły.

Był hobbistą, nie ekspertem. Dzielił się notatkami z ludźmi na uniwersytecie, a oni mu dziękowali – ale sami również poczynili takie obserwacje. Jeśli miało dojść do przełomu z ettmetalem, to dokonają go ci pełni poświęcenia naukowcy starający się stworzyć statki powietrzne, granaty Allomantyczne i medaliony Feruchemiczne dla Elendel.

Pewnie będzie musiał im oddać kolec z trellium. Pobawi się przez kilka dni, ale było zbyt ważne, by utrzymać je w tajemnicy przed prawdziwymi ekspertami.

– Waxillium? – odezwała się Steris za jego plecami. – Powinieneś na to spojrzeć.

– Co? – Odwrócił się.

– Kolec z trellium reaguje na harmonium – wyjaśniła.

14

Wayne w ostatniej chwili uskoczył w boczną uliczkę. Ci dwaj goście w melonikach chwilę później minęli go chodnikiem. Wayne kulił się z bijącym sercem i doliczył do stu, zanim pozwolił sobie na rozluźnienie. Było blisko.

W większości wrócił już do siebie po spotkaniu z MeLaan. Właściwie uznał, że poszło całkiem nieźle. Nic nie zostało zniszczone, nikt nie został zniszczony poza nim samym i potrzebował zaledwie trzech szklaneczek whiskey, żeby ruszyć dalej. Poza tym zorientował się, co to za dzień.

To był zardzewiały pogrzeb.

Mógł wziąć misje i spuścić je z prądem. Dziś był pogrzeb i tyle. Wayne włożył porządną marynarkę i pasujący do niej kapelusz, wszystko eleganckie i stosowne. Miał nawet kwiatek w klapie, za który zapłacił. Prawdziwymi pieniędzmi. Bardziej elegancko się nie da.

Znów dołączył do procesji na ulicy. Tak, wszyscy wiedzieli, że to dzień pogrzebu, naprawdę. Tak wielu szło ze spuszczonymi głowami, zamiast patrzeć na słońce. Tak wiele pustych twarzy, jakby byli martwi, ale wciąż się poruszali, bo... no cóż, bo w mieście była robota do wykonania.

Czy martwi ludzie myśleli, że pogrzeby to święta? Inicjacje? Odwrócone urodziny?

Szedł ze spuszczoną głową, zachowując się jak jeden z wielu na chodniku. W tym mieście było po prostu tak wielu ludzi. Całe rzeki na ulicach w tym oktancie, w dzielnicy finansowej, wszyscy w najlepszych pogrzebowych strojach. Każdy powinien wyglądać, jakby był na właściwym miejscu, bo w okolicy przebywały wszystkie osoby, które kiedykolwiek chciałoby się spotkać. Ale jakimś sposobem dzielnica finansowa zwijała ludzi w kulkę fularów i obcasów. Właściwie przestawało się dostrzegać, że niektórzy byli Terrisanami, a inni mieli w żyłach krew kolossów.

Trudno przegapić ten zardzewiały statek powietrzny na niebie, ale spuszczona głowa pomagała. Może to był pogrzeb samego miasta. A przynajmniej jego naiwności.

Pijana Ostroga znajdowała się przy Drodze Federa, na rogu Siedemdziesiątej Trzeciej. Nie dało się jej przegapić, bo miała wiszący drewniany szyld na zewnątrz i manekiny w ubraniach z Dziczy w oknie. Niewiele lepszych kawiarni korzystało z manekinów, ale to miejsce było wyjątkowe. W takim sensie, jak dzieciak, który jadł błoto, był wyjątkowy. Ale Jaxy ją lubiła, więc trzeba się dostosować. A Wayne był człowiekiem, który umiał się dostosować, naprawdę.

Wszedł do środka i próbował nie skrzywić się za bardzo na widok strojów obsługi. Kapelusze z Dziczy. Jaskrawoczerwone koszule. Czapsy? Na Zniszczenie. Zaraz się porzyga. Przynajmniej gość witający klientów przy wejściu miał porządny garnitur.

– Pański kapelusz, sir? – powiedział, a Wayne go podał, po czym zwinął dzwonek.

– Proszę pana? – Mężczyzna spojrzał na dzwonek.

– Dostaniesz go z powrotem, kiedy oddasz mój kapelusz. Trzeba się zabezpieczyć.

– Yyy...

– Gdzie jest mój stolik? Siedzą przy nim dwie ładne kobiety i jedna z nich jest miła, a druga pewnie zagroziła ci, że cię zastrzeli, kiedy prowadziłeś je do stolika.

Mężczyzna wskazał. Ach, tam były. Wayne skinął głową i ruszył w tamtą stronę. Wszyscy nosili rdzawo koszmarne stroje jak na taki dzień. Nikt nie szedł na pogrzeb w czapsach, chyba że przyjechał konno. Albo był Dagiem Trzy Zęby, który lubił takie rzeczy.

Ranette, jak to Ranette, była ładnie zaokrąglona – choć nie powinien o tym mówić – i w spodniach. Jaxy miała na sobie elegancką białą sukienkę, a krótkie kręcone włosy w bardzo jasnym odcieniu upięła diamentowymi wsuwkami. Lubiła wszystko, co się błyszczało. Nie miał do niej pretensji. W życiu było stanowczo za mało błysku. Dorośli podobno mogli nosić, na co tylko mieli ochotę, więc dlaczego tak niewielu wybierało błysk?

Usiadł z kobietami, po czym uderzył czołem o blat, aż zabrzęczały sztućce.

– Cudownie – rzuciła Ranette oschłym głosem. – Dramat.

– Waynie? – spytała Jaxy. – Wszystko w porządku?

– Mamrotu mamrotu – powiedział w obrus. – Mamrotu.

– Nie dogadzaj mu – stwierdziła Ranette.

– Tak, dogadzaj mu – mruknął Wayne. – On tego teraz potrzebuje.

– Co się stało? – spytała Jaxy.

– Zostałem oficjalnie rzucony. A whiskey przestaje działać. Głupie ciało. Metabolizuje i neutralizuje trucizny, jakbym wciągnął je bez powodu. – Uniósł głowę. – Myślicie, że mógłbym wyciąć wątrobę i być wiecznie pijany?

– W tym mogę mu dogodzić – stwierdziła Ranette.

– Przykro mi, Waynie. – Jaxy poklepała go po ręce.

– W porządku. Przynajmniej ubrałaś się na pogrzeb.

– Pogrzeb...? – spytała Jaxy.

– Zignoruj go. – Po chwili Ranette odezwała się łagodniejszym głosem. – Hej. Przeżyjesz, Wayne. Widziałam cię w gorszym stanie.

– Kiedy?

– Wtedy, kiedy dosłownie oberwałeś kulą armatnią w brzuch.

Podniósł wzrok.

– Aha. To było coś niesamowitego.

Jaxy pobladła.

– Bolało?

– Nie tak bardzo, jak ci się wydaje. Jasne, zostałem rozerwany na pół. Ale tak myślę, że moje ciało było zdezorientowane, no wiesz? Nie na co dzień człowiek ląduje w dwóch kawałkach.

– Na szczęście jego metalmyśli były na tej samej części, co głowa – dodała Ranette. – Inaczej...

Zmusił się, żeby się wyprostować, westchnął, położył dzwonek na stole i zadzwonił. Po czym zadzwonił ponownie. Naprawdę, po co były te rzeczy, skoro nikt nie zwracał na nie uwagi? Trzeci dzwonek w końcu przyciągnął kelnerkę.

– Wódka – powiedział do niej Wayne. – Najgorsza, jaką macie. Im bardziej smakuje jak szczyny, tym lepiej.

– Waynie, to elegancka restauracja – zauważyła Ranette.

– Jasne. Wrzućcie do niej oliwkę albo coś w tym stylu.

– Czy to w ogóle była nasza kelnerka? – spytała Jaxy, kiedy kobieta odeszła.

– Staram się nie przyglądać zbyt uważnie – odparła Ranette. – Ze względu na te koszmarne stroje.

– Święta prawda – zgodził się Wayne. – Kto uznał, że restauracja w stylu Dziczy to dobry pomysł? Żeby była autentyczna, musieliby mieć w menu wyłącznie potrawkę. A kiedy ktoś by ją zamówił, okazałoby się, że potrawka się skończyła, więc dostałby fasolę.

– Podoba mi się – powiedziała Jaxy. – Jest zabawna.

– Jest obraźliwa – sprzeciwiła się Ranette.

– Możemy porozmawiać więcej o mnie? – spytał Wayne. – Bo wciąż tu jestem i czuję się jak to, co pozostało z winogron po zrobieniu wina.

– Biedactwo – westchnęła Jaxy.

– Jesteś dla niego za dobra, Jax – mruknęła Ranette.

– To jeden z twoich najstarszych przyjaciół.

– Tylko dlatego, że nie może umrzeć.

– Ranette...

– W porządku. – Ranette położyła dłoń na ramieniu mężczyzny. – Jesteś silny, Waynie. Poradzisz sobie. – Kiedy kelnerka wróciła, zdjęła szklaneczkę z tacy i podała mu ją. – Patrz, przyszedł twój alkohol.

– Dzięki, Ranette. – Przyjął trunek. – Naprawdę wiesz, jak sprawić, żeby człowiek poczuł się lepiej.

– Jeśli mam być szczera, jestem z ciebie dumna, Wayne. Jak sobie z tym radzisz. Względnie dojrzale.

– To jest dojrzałe? – spytał i wypił wódkę.

– Względnie.

– Pewnie trzeba być dorosłym, żeby dali ci gorzałę – przyznał. – Ale... to po prostu... – Westchnął i odchylił się do tyłu. – Chyba nigdy wcześniej nie poznałem nikogo, kto rozumiał, jak to jest, przez większość czasu być kimś innym. A ona tak. Ona tak, Ranette.

– Ty... no, znajdziesz sobie kogoś innego? Kogoś lepszego? To powinnam powiedzieć, tak? Nawet jeśli to najpewniej nie jest prawdą, bo wątpię, by było wielu ludzi lepszych od Bezimiennej Nieśmiertelnej. I...

– Och, Ranette. – Jaxy pokręciła głową.

– Co? Ja nie umiem pocieszać, jasne?

– Waynie, to będzie bolało – powiedziała druga z kobiet. – I to jest w porządku. Ból oznacza, że twoje ciało i twój umysł przyznają, że to koszmarne.

– Dzięki – mruknął. – Jesteś dobrą przyjaciółką, Jaxy. Nawet jeśli masz koszmarny gust, jeśli chodzi o kobiety.

– Ej! – wtrąciła Ranette. – Ty uganiałeś się za mną przez prawie piętnaście lat.

– Aha? A jaki ja mam gust?

– Ja... Niech to diabli. Nie rzucaj się od razu do gardła, Wayne. To ma być miły posiłek.

– Przepraszam.

Oparł łokcie na stole i ukrył twarz w dłoniach. Wciąż nie przyszedł do nich ich właściwy kelner, co miało sens. To był naprawdę elegancki lokal, na co wskazywała pogarda dla klientów.

– Ale mówiłam poważnie, że jestem z ciebie dumna – powiedziała mu Ranette. – Dojrzałeś, Waynie. Bardzo. Od lat spotykamy się na kolacjach i ani razu nie próbowałeś mnie podrywać.

– Obiecałem. Poza tym jesteś zajęta. A ja nie bawię się w odbijanego. – Osunął się na krzesło. – Nie byłoby tak źle, gdyby nie nadchodził ten dzień.

– Ten dzień... – powiedziała Ranette. – Kiedy dostarczasz pieniądze tej dziewczynie?

Wayne pokiwał głową.

– Allriandre. Ona i jej siostry z mojego powodu nie mają taty.

Dzień sądu był najgorszym dniem w miesiącu, kiedy musiał stawić jej czoło. I przyznać, co zrobił – przed ponad dwudziestu laty zamordował jej tatusia.

„Wiesz, że ci nie wybaczono".

„Wiem".

„Nigdy nie będzie ci wybaczone".

„Wiem ".

Ranette pochyliła się i postukała paznokciem w solniczkę. Naczynie miało kształt buta z Dziczy. Było tak wyszukane, że koszmarny wystrój wnętrz jakimś sposobem zataczał krąg i robił się gustowny.

– A co, gdybyś nie przyszedł do niej w tym miesiącu? – zapytała Ranette

– Muszę.

– Dlaczego?

– To moja kara.

– Kto tak mówi?

– Cosmere. Ranette, odebrałem jej tatę. Muszę pamiętać. Kim jestem. Muszę spojrzeć jej w oczy i pokazać, że nie zapomniałem.

Kobiety popatrzyły po sobie.

– Waynie... – odezwała się Jaxy. – Ja... chciałam z tobą o tym porozmawiać. O tym, jak traktujesz tę dziewczynę. Wiem, że dziś może nie być najlepszym dniem...

– E tam. Walnij mnie, Jaxy. Już i tak jestem odrętwiały. To dobry dzień, żeby oberwać.

– Dlaczego upierasz się, żeby widzieć się z nią osobiście?

– Żeby mogła mnie ukarać.

– Czy ona chce cię ukarać?

– Wydaje się, że sprawia jej to przyjemność.

– Naprawdę? Naprawdę, Waynie? Bo kiedy o tym opowiadasz, to brzmi tak, jakby ona cię prosiła, żebyś do niej nie przychodził.

– Bo jest za miła – wyjaśnił Wayne. – Ale ja nie zasługuję, żeby ktoś był dla mnie miły.

– Mówiłam ci, Jax – powiedziała Ranette. – On ma samoświadomość na poziomie na wpół zjedzonej kanapki.

Zmarszczył czoło. O czym ona mówiła?

– Nigdy nie spotkałam nikogo, kto potrafiłby tak dobrze wejść w głowy innych ludzi – sprzeciwiła się Jaxy. – Zrozumie.

– Wchodzi w ich głowy, kiedy mu to pasuje – odparła Ranette. – Nie kiedy oznacza to zobaczenie rzeczy, których nie chce dostrzec.

Wayne odwrócił wzrok. Ranette mówiła dużo wrednych rzeczy, ale one nie były... no, tak naprawdę wcale nie były wredne. On żartował i ona żartowała. I jasne, czasem było w tym ziarno prawdy, ale po to byli przyjaciele. Sprawiali, że wyglądał trochę śmiesznie, kiedy byli razem, żeby nie wyglądał naprawdę głupio, kiedy byli osobno.

Jednakże sposób, w jaki powiedziała to ostatnie... Zabolało. Rozumiał ludzi, prawda? Wax i Marasi, oni byli dobrzy w prowadzeniu śledztwa. Ale potrzebowali kogoś takiego jak Wayne, kto naprawdę znał ludzi, którzy nie mieli nic – i uważali się za szczęściarzy, bo przynajmniej niczego już nie można im było odebrać. Na razie.

– Waynie, jak myślisz, czego chce ta dziewczyna? – odezwała się Jaxy. – Czy możesz pomyśleć jak ona? Czy ona naprawdę chce, żebyś przychodził co miesiąc i przypominał jej o jej bólu?

– Ja... chcę, żeby ona była szczęśliwa. A pobicie gościa, który ją unieszczęśliwił... no, to najlepszy sposób.

– Naprawdę? – spytała cicho Jaxy. – A może chodzi o ciebie? W ten sposób odpokutowujesz? Waynie, za każdym razem, kiedy ignorujesz to, o co prosi cię ta dziewczyna, odbierasz jej odrobinę radości i zmieniasz ją w swoje cierpienie.

Zacisnął powieki.

– Rozumiesz to. – Jaxy poklepała go po dłoni. – Wiem, że to rozumiesz.

– Nie jestem głodny. – Odepchnął się od stołu i ruszył przez restaurację.

Z tyłu dobiegł go głos Ranette.

– Mówiłam ci. On nie jest może aż tak zły, jak udaje, Jax. Ale nie jest też aż tak dobry, jak ty próbujesz udawać.

Wymienił dzwonek z powrotem na swój kapelusz i wziął tylko jedną spinkę do mankietu tego gościa – uczciwa wymiana za to, że zatrzymali jego kapelusz w zamian za jakiś głupi dzwonek, który ledwo działał. Na zewnątrz niestety prawie się zderzył z dwoma mężczyznami w kamizelkach i melonikach.

Na rdzę i Zniszczenie! Znaleźli go.

– Sir, musimy porozmawiać o pańskich finansach – odezwał się wyższy z dwóch księgowych.

– Co z nimi? – Wayne wcisnął ręce do kieszeni.

– Ma pan stanowczo za dużo pieniędzy – powiedział niższy. – Proszę, sir. Musimy porozmawiać o pańskiej strategii inwestycyjnej! Pański obecny brak dywersyfikacji to zbrodnia!

Niech ich popiół pochłonie. Ten dzień znalazł sposób, żeby zmienić się w jeszcze gorszy. Dał im się wepchnąć do ich karawanu i wyruszył do kostnicy. To znaczy do firmy księgowej, która zajmowała się jego majątkiem. Jedno i to samo.

Tak czy inaczej, Wayne, którego wszyscy znali, nie żył.

15

Trellium się poruszało.

Steris wyjmowała właśnie próbkę harmonium, by zbadać ją w połączeniu z kolcem z trellium. A trellium się to wyraźnie nie podobało.

Wax przysunął niedużą bryłkę harmonium – unoszącą się w fiolce oleju – w stronę kolca z trellium. Znowu się odtoczył.

– Interesujące. – Wax pod wpływem przeczucia spalił odrobinę stali w swoim wnętrzu. Kolec odtoczył się po raz kolejny. – Nie Odpychałem. Zareagowało na sam fakt, że spalałem stal.

– To jest rezultat! – Steris zaczęła gorączkowo notować. – Wax, to jest naprawdę użyteczne.

I... tak, było użyteczne, czyż nie? Sposób, by sprawdzić, czy ktoś spala metale. Szperacze to potrafili, ale gdyby dało się to osiągnąć w mechaniczny sposób...

– Och! – odezwała się Marasi. – Powinnam była o tym wspomnieć. Ten kolec zareagował podobnie na inne kolce, które wyjęłam.

– To jak Allomancja – stwierdziła Steris. – Jakby kolec z trellium wykorzystywał Allomancję do Odpychania.

– Nie – sprzeciwił się Wax. – Bardziej przypomina magnetyzm. Kolec z trellium reaguje na inne źródła Napełnienia w taki sposób, jak jeden magnes reaguje na inny.

– Chce się znaleźć jak najdalej od nich – powiedziała Steris.

– Bardziej jakby miał ten sam ładunek – wyjaśnił Wax. – Wątpię, by czegoś „chciał".

Choć, skoro to była część boga, to kto wie? Szczególnie że, na ile się orientował, inne Napełnione przedmioty o podobnym ładunku nie odpychały się nawzajem.

Po kilku eksperymentach stwierdził, że dwa metale – harmonium i trellium – odpychały się nawzajem z tym większą siłą, im bardziej próbował zbliżyć je do siebie. Ponownie, zupełnie jak magnesy. Reakcja na harmonium była silniejsza niż reakcja na spalanie przez niego metalu.

Wax przyjrzał się dużemu diagramowi na ścianie, który przedstawiał ekstrapolacje z notatnika otrzymanego przez Marasi od Śmierci. Dawno temu było to jedno z najbardziej surrealistycznych wydarzeń, o jakich słyszał. Ostatnio wydawało się wręcz codziennością.

Książka zawierała opis użycia Hemalurgii. Wnikliwie przestudiował notatki i stworzył diagram wszystkich punktów na ciele, w których można było umieścić kolce. Szczegółową rozpiskę sposobów, na jakie działały, co wymagało kolców kluczowych, które koordynowały sieć i podtrzymywały jej działanie.

Krąg dalej eksperymentował z Hemalurgią. A jego siostra, Telsin, znajdowała się gdzieś wśród ich przywódców. Przed siedmioma laty sądził, że została porwana... ale powinien był dostrzec prawdę. Niewiarygodna ambicja Telsin doskonale pasowała do celów Kręgu.

To sprawiło, że się przebiła. Przyszpiliła do siebie kawałki dusz. Robiło mu się niedobrze, kiedy myślał o ludziach zabitych w tym celu – kiedy uświadamiał sobie, co robili Telsin i Krąg. W palcach trzymał nie tylko relikt dawno zapomnianego boga, ale też zszargany symbol odrzuconego człowieczeństwa siostry.

Na rdzę. Naprawdę musiał porozmawiać z Harmonią, czyż nie? Choć Waxowi bardzo się to nie podobało, był tego częścią. Musiał dokończyć to, co zaczął przed laty, kiedy uciekł z Elendel – pozostawiając swój ród na pastwę machinacji siostry i wuja.

Odgłos kroków zapowiedział nadejście Allika, który przybył z przekąskami. Wax nie był pewien, czy były marynarz powietrzny był tak pracowity, bo uważał rezydencję za swój dom i chciał uprzejmie przyjąć gości, czy też po prostu lubił częstować ludzi swoimi wypiekami. W każdym razie jego widok – uniesiona maska, szeroki uśmiech i dwa talerze ciasteczek czekoladowych – poprawił Waxowi nastrój.

– Jesteś ostrożny i nigdy nie trzymasz za wiele ettmetalu w jednym miejscu, ta? – zwrócił się do niego Allik.

– Wątpię, bym miał go dość dużo, by się przejmować.

– Ale i tak warto pamiętać. Jedna z podstawowych zasad korzystania z niego.

Istniało bardzo wiele różnych dziwnych zasad związanych z metalem, a Wax miał spory problem z odróżnieniem przesądów od nauki. Podobno nie można było umieścić większych ilości ettmetalu w jednym miejscu, bo wtedy dochodziło do dziwnych reakcji – choć Allik nie znał szczegółów.

Radosny Południowiec podszedł do Marasi z darami i wyciągnął przed siebie tacę.

– Och! – Marasi złapała ciastko. – Moje ulubione.

Wax też wziął jedno. Był przyzwyczajony do ciastek, które w razie konieczności mogły zatrzymać kulę w locie. Tak pieczono je w Kotlinie. Te jednak były wilgotne, wręcz maziste. Dziwne, ale nie nieprzyjemne. Marasi wydawała się szczególnie zachwycona tym, że Allik dodawał słodką czekoladę niemal do wszystkiego.

– Najlepsze są na ciepło – powiedziała, odgryzając kolejny kęs, kiedy Allik usiadł naprzeciwko niej. Wax usiłował sobie przypomnieć, czy wytarł ten stół roboczy. – Wiesz, kiedy jem czekoladę, wyglądasz na bardziej przystojnego. Interesujące.

– Mówisz tak, bo chcesz, żebym upiekł więcej.

– Oczywiście, że tak. – Sięgnęła po drugie ciastko.

Wax usiadł wygodnie, delektował się wypiekiem i rozmyślał o metalach leżących przed nim na stole. Harmonium i trellium. Odpychały się nawzajem. Tym bardziej gwałtownie, im bliżej się znalazły...

Zastanawiam się... – pomyślał.

Zebrał materiały i zaczął przygotowywać nowy eksperyment w sejfie, kiedy na schodach znów rozległy się kroki. To sprawiło, że wszyscy się zatrzymali. Wax ostrożnie wyjął kilka pocisków z woreczka, gotów je Odepchnąć. Choć kiedy drzwi się otworzyły, stał w nich wymuskany mężczyzna w brązowym garniturze. Miał starannie ułożone jasne włosy i okulary w drucianych oprawkach. Był jednym z tych ludzi, których cała maniera wręcz krzyczy „sprawdzam fakty w dowcipach".

– VenDell? – domyślił się Wax i odłożył kule. Kandra nosił inne ciało, ale miał bardzo charakterystyczny sposób bycia.

– W rzeczy samej, lordzie Ladrianie. – VenDell wszedł do pomieszczenia i otworzył torbę. – Wybaczcie, że wpuściłem się do środka. – Położył kawałek papieru na stole obok Marasi. – To dla pani, panno Colms.

– Co to? – Wytarła palce w chusteczkę, którą Steris wyciągnęła jakby z powietrza.

– Notatka znaleziona na miejscu pani starcia z Kręgiem. LeeMar zabrała ją, zanim dostrzegli ją inni konstable.

– Chwileczkę. Macie kandrę wśród konstabli i ja o tym nie wiem?

– Kilkoro.

– Kto?

– Na przykład Cassileux. LeeMar przejęła jej życie około szesnastu miesięcy temu, kiedy prawdziwa kobieta zginęła w nalocie na Gang Nomadów.

Marasi otworzyła szeroko usta.

– Ale... tydzień temu jadłam obiad z Cassileux.

– Owszem, ma na panią oko.

– Nie powiedziała mi!

– A powinna? – spytał z roztargnieniem, po czym powąchał ciastka, które podał mu Allik. – Okropność.

– Ojej. – Południowiec się przygarbił.

– Mówiłem panu, panie Alliku. Jestem padlinożercą, całkowicie mięsożernym. Te... dzieła... mi nie odpowiadają. Ale gdyby pan był zainteresowany, rozważam zapłacenie sporej sumy za jedną z pańskich masek.

– Co takiego? – Allik sięgnął do maski, która wciąż spoczywała na czubku jego głowy. – Moja maska?

– Ostatnio wśród kandr rozgorzała dyskusja na temat waszych masek. Wielu z nas sądzi, że są równie nieodłączną częścią waszej natury, jak włosy czy paznokcie... właściwie są częścią waszego szkieletu. Wobec tego postanowiłem zacząć je zbierać do przyszłych ciał. Ma pan jakąś na sprzedaż?

– Yyy... Dziwny z pana człowiek.

– W ogóle nie jestem człowiekiem. Zostawię pana z tą propozycją, proszę mi dać znać, gdyby był pan zainteresowany negocjacjami. Oczywiście maska byłaby mi potrzebna dopiero po pańskiej śmierci. Jeśli jednak upiera się pan przy spędzaniu czasu z tą grupą ludzi, może do tego dojść już wkrótce.

Następnie podszedł do Waxa i wyciągnął rękę.

– Mógłbym go zobaczyć?

Wax westchnął i odwrócił się do sejfu, w którym przygotowywał eksperyment. Wyjął kolec z trellium i podał VenDellowi, który uniósł go do światła.

– Wydawało mi się, że nie możecie ich dotykać – powiedziała Steris ze swojego miejsca obok Marasi.

– Myli się pani, lady Ladrian. To nie jest kolec kandry, więc dotykanie go nie jest tabu.

– Nie pozwolę, żebyś go zabrał – ostrzegł go Wax. – Trzeba go zbadać.

– Niestety nie mam zamiaru go odzyskać, więc nie sprawdzimy, czy rzeczywiście udałoby się wam temu zapobiec.

– Nie chcesz go, bo nie jest kolcem kandry? W przeciwieństwie do tych, które należały do Lessie, a które nam ukradłeś.

– Oddał je pan z własnej woli.

– W tamtym stanie emocjonalnym nie byłem zdolny do podejmowania decyzji. Wciąż chcę wiedzieć, w jakim stopniu ten metal, trellium, miał cokolwiek wspólnego z tym, co się z nią stało.

– Sposób, w jaki Paalm... się zachowywała, był bezpośrednim skutkiem jej decyzji o usunięciu jednego z kolców. Kolce z trellium mogły nasilić jej dolegliwości, ale nie były pierwotną przyczyną.

– Harmonia sugerował coś innego.

VenDell obrócił kolec w palcach, ale nie odpowiedział. Zamiast tego skinął w stronę sejfu.

– Co tu robicie?

– Prąd elektryczny, by zmiękczyć kawałek harmonium. – Wax wskazał sprzęt, który przygotował: system mający przepuścić duży ładunek elektryczny przez małą bryłkę harmonium, pokrytą olejem dla ochrony przed korozją. – Nie udało nam się bardziej zbliżyć do rozszczepienia go.

– Nie da się go rozszczepić – stwierdził VenDell. – Dopóki Harmonia pozostaje Harmonią. Wyjaśniałem to.

Steris podeszła z podkładką i popatrzyli po sobie. Była to prawda – harmonium nie było stopem. Jednak Harmonia miał w sobie jednocześnie Zniszczenie i Zachowanie – więc ten metal jakimś sposobem był atium i lerasium, stopionym w sposób wykraczający poza standardowe wyjaśnienia naukowe.

Wydawało się rozsądne, że będzie istniał sposób, by je rozszczepić. Jednak kwasy służące do selektywnego rozpuszczania zawiodły. Różnorodne metody podgrzewania, by skłonić składniki do rozdzielenia się w postaci płynnej zawiodły. Elektroliza zawiodła.

Tuzin innych pomysłów też zawiódł. Nic dziwnego, że stracił entuzjazm do tego projektu. Ale ze wszystkiego, co próbowali, prądy elektryczne wydawały się najbliżej celu. Uruchomił maszynę i nie kłopotał się zamknięciem drzwiczek sejfu. Przeprowadzał ten eksperyment na tyle często, że swobodnie robił go na otwartej przestrzeni.

Kawałeczek harmonium się rozgrzał. Marasi i Allik podeszli i patrzyli, jak emanuje potężnym blaskiem. Później Wax uruchomił inną część maszyny – tę, która rozdzielała bryłkę.

Harmonium było ciągliwe, szczególnie po podgrzaniu. Kiedy zostało zmiękczone w taki sposób, reagowało inaczej z powietrzem – nie było już tak wybuchowe. Jakby... jakby stawało się czymś innym.

Wyspecjalizowana maszyna wciąż dostarczała prąd elektryczny przez uchwyty po obu stronach – ale te uchwyty zaczęły się teraz odsuwać od siebie i rozciągać metal. Gdyby kontynuował, mógłby je rozdzielić i uzyskać dwa kawałki harmonium. To samo w sobie nie było niczym wyjątkowym. Ale maszyna została ustawiona, by odsunąć ramiona na kilka szesnastych cala i się zatrzymać. W efekcie uzyskał dwie kulki harmonium połączone czymś, co przypominało nitkę.

– Co to ma osiągnąć? – spytał VenDell.

– Patrz. – Przyciemniane gogle pewnie sprawiały, że Waxowi było łatwiej to dostrzec... ale po kilku chwilach metale zaczęły się przeobrażać. Kulka harmonium po lewej zaczęła emanować niebiesko-białym blaskiem. Ta po prawej zachowywała się dziwniej, stała się srebrzysta i lustrzana. Wydawała się niemal płynna, jak rtęć, a jej powierzchnia była niewiarygodnie gładka.

– Czy to...? – spytała Marasi.

– Nie. Jeśli przetniesz je teraz na pół, kiedy metal wystygnie, uzyskasz dwa kawałki harmonium. Jednak w tym stanie metale prawie się rozdzielają. Ten po lewej przyjmuje cechy lerasium. Bryłka po prawej... tak opisywano atium.

– Ono zawsze wygląda, jakby chciało się podzielić – zauważyła Steris. – Że się do tego przygotowuje.

– Zniszczenie i Zachowanie – szepnęła Marasi. – Atium i lerasium.

– Myślę, że to powód, dlaczego harmonium jest tak niestabilne – wyjaśnił Wax. – Harmonia ma problemy z działaniem, prawda? Wspominał o tym wcześniej. Jego dwa aspekty przeszkadzają sobie nawzajem, przez co jest niezdecydowany, bezsilny.

– Jedynie pozostaje w równowadze – sprzeciwił się VenDell. – W równym stopniu potrzebuje chronić i potrzebuje pozwolić, by rzeczy się rozkładały.

– Cóż, jestem coraz bardziej przekonany, że stawiamy czoło bogu, który nie jest ograniczony tego rodzaju równowagą. Z początku byłem sceptyczny, ale Marasi mnie przekonała.

– Trell jest niebezpieczny, VenDellu. – Marasi zmrużyła oczy w jaskrawym świetle. – Musimy coś zrobić. Nie możemy czekać na Harmonię.

– Prawie dałem się przekonać – odparł kandra. – Co pani myśli o notatce?

– Jest dezorientująca. I niejasna.

Wax popatrzył na nią.

– Wyjaśnię – obiecała. – Ale najpierw... kontynuujemy to? – Skinęła w stronę sejfu, wokół którego wszyscy się tłoczyli.

– Cóż... – Wax odebrał kolec z trellium od VenDella. – Zauważyliśmy, że ten metal odpycha wszelkie rodzaje Napełnienia... a harmonium jeszcze bardziej. Pomyślałem... A co, gdybym rozciągnął bryłkę w taki sposób, a później użył trellium, by spróbować ją rozdzielić? Może to odepchnie obie strony bardziej i rzeczywiście oddzieli atium od lerasium?

Popatrzył na pozostałych.

– Jakie... są szanse, że to wybuchnie? – spytał Allik.

– Biorąc pod uwagę, że chodzi o harmonium? – odezwała się Steris. – Powiedziałabym, że to niewiarygodnie prawdopodobne. Ale warto spróbować.

– Dlatego mamy sejf, prawda? – dodał Wax. – Poza tym to bardzo mały kawałek harmonium. Ile energii może zawierać jedna bryłka metalu?

Jego słowa zawisły w powietrzu.

– Czyli... – powiedział Allik. – Sądzę, że wszyscy powinniśmy stąd wyjść i znaleźć się bardzo daleko, kiedy on to zrobi, ta?

– Ta – zgodziła się Marasi.

Wax odetchnął głęboko i skinął głową.

– Przygotuję mechanizm czasowy. Ta piwnica jest wzmocniona wystarczająco dużą ilością betonu, żeby wyłożyć autostradę, więc na górze powinniśmy być bezpieczni.

– Kandra mógłby to zrobić – zaproponowała Marasi. – Oni są właściwie niezniszczalni.

– „Właściwie" znacząco różni się od „całkowicie", panno Colms. Dostałem polecenie, by pomóc wam w infiltracji... Wydaje mi się, że macie dla mnie trupa? A nie ryzykować życie w próbie dokonania niemożliwego.

– Mechanizm czasowy – zdecydował Wax.

– Przygotuję malutki odłamek trellium, żebyśmy nie używali całego kolca – zaproponowała Steris.

– Dobry pomysł – zgodził się Wax. Mógł wykorzystać przebijak hydrauliczny...

Przygotowanie całości zajęło dobre pół godziny. Wax przez ten czas się zastanawiał. A gdyby udało mu się rozszczepić harmonium? Miałby dwa metale, ciała bogów, każdy zdolny do niewiarygodnych rzeczy ze starych opowieści, jak manipulowanie czasem lub tworzenie istot z mitycznymi zdolnościami Zrodzonych z Mgły. A gdyby on miał tę moc? Co by to w nim zmieniło?

Nic, pomyślał. Dostałem tę moc. A kiedy ją miałem, wykorzystałem ją, by ocalić przyjaciół.

Dokończył skalowanie i ustawił mechanizm czasowy maszyny na pięć minut. Po upływie tego czasu miała wcisnąć malutki odłamek trellium prosto w środek podgrzanej i rozciągniętej bryłki harmonium.

Starannie zamknął sejf, wszyscy wbiegli po schodach na górę i zamknęli grube drzwi na szczycie. A później... Wax zorientował się, że pięć minut pewnie było przesadą.

– No tak... – Wyjął zegarek. – O co chodzi z tą wiadomością?

– Była w jednej ze skrzyń w jaskini – wyjaśnił VenDell. – Jednej z niewielu, które nie zostały zniszczone w wybuchu.

– Wcześniej w czasie misji dostrzegłam zamaskowaną postać w ciemnym ubraniu – dodała Marasi. – Otaczała mnie wtedy bańka spowolnienia, a ona się rozmyła. Ledwie mi mignęła i zniknęła, ale myślę, że to od niej.

Odwróciła papier w stronę Waxa, pokazując krótką wiadomość.

„Obserwujemy, Marasi. I jesteśmy pod wrażeniem".

Na dole był niewielki symbol, przypominający trzy przeplatające się romby. Waxowi wydawał się w pewnym stopniu znajomy, choć nie przypominał sobie, by kiedykolwiek widział ten symbol. Wzór raczej z czymś mu się kojarzył.

– Widziałeś to kiedyś? – zwrócił się do VenDella.

– Uch... na to pytanie nie wolno mi udzielić odpowiedzi. Proszę o wybaczenie, lordzie Ladrianie.

– Nie wolno? – spytała Steris. – Kto zakazał?

– Sam Harmonia, lady Ladrian. – Wax nigdy wcześniej nie widział, by istota wyglądała na speszoną. – Proponuję, byście porozmawiali z nim osobiście.

– Cudownie – mruknęła Marasi. – Dobrze wiedzieć, że działamy w obronie całej planety, a Bóg zachowuje się jak dziecko, które ukrywa, że się w kimś zadurzyło.

– Fałszywi bogowie tacy są – stwierdził Allik, na co wszyscy pozostali spiorunowali go wzrokiem. W odpowiedzi jedynie wzruszył ramionami.

Zapadła cisza.

Dlaczego, pomyślał Wax, kilka minut wydaje się całą wiecznością, kiedy się czeka?

– No tak – odezwał się VenDell. – Pańskie kości, lordzie Ladrianie. Czy rozważył pan ponownie...

– Nie na sprzedaż.

– Ale...

– Nie na sprzedaż.

– No cóż, nie może mieć pan pretensji, że spytałem. Taki wspaniały szkielet, a miałby się zmarnować...

Nagły wybuch wstrząsnął całym budynkiem. Żyrandole się zakołysały, okno po prawej stronie Waxa popękało, słyszał też naczynia spadające z półek w kuchni.

– Na rdzę – powiedziała Marasi. – Pewnie odczuli to w sąsiednim oktancie. Myślisz... że sejf wytrzymał?

– Jest tylko jeden sposób, żeby się tego dowiedzieć. – Wax ruszył w stronę drzwi do piwnicy.

– Przynajmniej tym razem to zaplanowaliśmy, ta? – zwrócił się do pozostałych Allik.

– W obecności Waxa zawsze warto zaplanować wybuch – powiedziała Steris. – W ten sposób oszczędzisz sobie dużo wysiłku.

Wax otworzył drzwi i ruszył w dół po schodach.

16

Siedziba firmy Call i Syn i Córki Księgowość i Sprawy Majątkowe mogła nie wyglądać jak kostnica, ale Wayne był absolutnie pewien, że nią jest. Bo trzeba być martwym, żeby praca w takim miejscu sprawiała przyjemność.

Wysoki Nudny Gość i Niski Nudny Gość usadowili go na miejscu i od razu zaczęli go balsamować. I to nie dobrym towarem. Przyjąłby dowolny trunek, ale nie, musieli używać atramentu.

Na początku dobrze osuszyli jego ciało.

– Pańskie inwestycje są zbyt ryzykowne, panie Wayne – zaczął Wysoki Nudny Gość. – Rekomendujemy bardziej zrównoważony portfel.

– Ile mam pieniędzy? – spytał ponuro.

– W tej chwili ponad dwadzieścia milionów.

Niech to diabli.

– Mówiłem wam, że macie je oddać ludziom, którzy nie mają domów.

– Tak. I pański projekt dostępnych mieszkań okazał się ogromnym sukcesem. – Niski Nudny Gość ożywił się i sięgnął po księgę rachunkową. – To, jak pan przewidział nadchodzące subsydia, było...

– A ta dziewczyna? Z tymi wtyczkami w ścianach?

Wysoki Nudny Gość się uśmiechnął.

– Rewolucyjne urządzenia elektryczne zaprojektowane przez pannę Tarcsel są kluczowym elementem pańskiego finansowego imperium, panie Wayne! Przynoszą astronomiczne zyski.

– Pańskie inwestycje w nieruchomości były mądre – dodał Niski Nudny Gość – ale musimy upłynnić część pańskich udziałów w Tarcsel Electric i zainwestować w inne, nowsze przedsiębiorstwa, by zabezpieczyć się przed konkurencją, która zaczęła się pojawiać w chwili wygasania pierwszych patentów.

– Wam by się naprawdę przydały jakieś dziewczyny czy coś.

– Och, obaj chodzimy na randki, panie Wayne – odparł Niski Nudny Gość. – Muszę powiedzieć, że Garisel ma spore powodzenie. I nie ma pan pojęcia, do czego są zdolne księgowe! Poprzedniego wieczoru...

– Zamknij się – mruknął Wayne. – Nie musicie się tak chwalić. – Nie ma co się opierać. Człowiek nie mógł uciec z własnego pogrzebu. Przede wszystkim dlatego, że po śmierci przestawały działać nogi. – W porządku. Dajcie mi jeden z tych przeklętych kapeluszy.

Obaj popatrzyli po sobie, ale Wayne machnął ręką ze zniecierpliwieniem, więc Wysoki Nudny Gość w końcu zdjął swój melonik z wieszaka przy drzwiach i podał go.

Wayne włożył kapelusz i w ten sposób przypieczętował swoją śmierć. Niech go rdza aż po same kości. Przyjrzał się księgom rachunkowym, muskając kciukiem brodę. Ale to nie wystarczyło, więc w roztargnieniu wyjął okulary Niskiego Nudnego Gościa z kieszeni jego kamizelki i włożył je do własnej.

Nadal za mało.

– Przynieście mi, proszę, miodową herbatę z cytryną i malutką gałązką mięty – polecił. – Nie za dużo, uprzedzam, ale dość, żeby dodać smaku. Rozumiesz, prawda, Garisel? Zacny człowiecze.

Wkrótce miał ją w ręku, kiedy przeglądał księgi. Podawały jego nazwisko jako „Terrisanin", bo nie miał nazwiska rodowego. Czytał dalej.

Tak, tak. Liczby. Było tam mnóstwo liczb, święta racja. Tych dużych, które księgowi tacy jak on lubili oglądać. Właściwie nic czerwonego. Tak, hm. W herbacie było za mało miodu.

Nie dało się zaprzeczyć temu, co wskazywały księgi. Wayne był martwy. A zamiast niego żył gość, który był elegancki. Nie, który był wręcz zamożny.

– Macie chociaż mój stop bizmutowy?

Pomocnik przyniósł ogromny worek. Dość, żeby kupić dwa albo trzy samochody, gdyby chciał.

– Racja. Oto co zrobimy. Widzicie to tutaj? – Wayne wyjął coś z wewnętrznej kieszeni... zwiniętą ulotkę werbującą chłopców do miejscowej ligi nosopiłki. – Damy tym chłopakom finansowanie na sprzęt i wybudujemy miejsce, w którym będą mogli się spotykać.

– Sir? – odezwał się Niski Nudny Gość. – Dlaczego?

– Zapewnimy widownię z siedzeniami i pozwolimy wszystkim się przyglądać – wyjaśnił Wayne. – Widzicie, w tej chwili każdy chce mieć kogoś, na kogo mógłby powrzeszczeć. A my, przyjaciele, im to dostarczymy. Stworzymy ligę nosopiłki na dużą skalę, z drużyną z każdego oktantu. Jakiś czas temu, panowie, doszedłem do wniosku, że miasto potrzebuje sposobu, żeby się upić w przyzwoity i kontrolowany sposób.

– Nie rozumiem, sir – powiedział Wysoki Nudny Gość.

– Bary istnieją nie bez powodu. To miejsca, w których można się napić w kontrolowanych warunkach. Widzicie, ludzie zawsze będą szukali okazji, by pokrzepić się trunkiem, a dla społeczeństwa jest lepiej, jeśli uwzględnimy to w swoich planach. Obecnie w oktantach panuje napięcie. Ludzi przepełnia złość. Zewnętrzne miasta wręcz się buntują! Musimy pozwolić, by wściekłość została wyrażona w sposób podobny do pijaństwa... z kontrolowanym ujściem, dając każdemu kogoś, kogo mógłby darzyć niechęcią.

Patrzyli na niego w osłupieniu.

– Weźmiemy bandę chłopaków, co by się ze sobą tłukli – powiedział Wayne z robotniczym akcentem. – Grali w drużynach reprezentujących oktanty, żeby każdy mógł sobie wybrać ulubioną i nienawidzić wszystkich pozostałych. We właściwy sposób.

– Ach! – powiedział Niski Nudny Gość.

Ludzie w dzisiejszych czasach i ich potoczny dialekt. Ależ, podejrzewał wręcz, że ta dwójka nie wiedziała nawet, jak odpowiednio wypolerować złotą toaletę! Na litość!

– Tak... – odezwał się Wysoki Nudny Gość. – Rozumiem. Czyli coś jak miejscowe kluby, ale na skalę całego miasta.

– Ludzie kochają swoje miejscowe kluby – wyjaśnił Wayne. – Możemy zrobić z tego coś dobrego.

– Wybudowanie aren odpowiednich rozmiarów będzie kosztowne – stwierdził Niski Nudny Gość. – Nawet dla pana.

– W takim razie możemy żądać od ludzi niewielkiej kwoty za wejście. Każdy bardziej ceni coś, kiedy ma w tym swój finansowy udział.

– Tak... – powiedział Wysoki Nudny Gość. – Tak, to interesujące. Monetyzacja rywalizacji... i nadanie zainteresowaniu charakteru osobistego... będzie kluczowym elementem tej działalności...

– Też to lubię – zauważył Wayne.

Wysoki Nudny Gość pokiwał głową.

– Doskonale. Zajmą się tym nasi najlepsi ludzie.

– Nie, niech się tym zajmą najgorsi. Te łobuzy wiedzą więcej o obijaniu się, co lepiej mi posłuży w tej szczególnej sytuacji. A teraz porozmawiajmy o biciu służby i że to naprawdę nie jest dla nich takie złe.

Na rdzę, ten kapelusz. Zdjął go i otarł czoło. Głupie pieniądze i głupie bogate kapelusze. Ten miał nawet wewnątrz folię aluminiową, żeby chronić przed Allomancją wpływającą na uczucia.

Z pewnością pomysł z nosopiłką w końcu doprowadzi go do bankructwa. W końcu był to jego najgorszy pomysł... a on był absolutnym idiotą. Zakręcił kapeluszem na palcu i pomyślał o tym. A gdyby Wax – albo co gorsza, Marasi – domyślili się, że jest bogaty? Żyć by mu nie dali.

Wysoki Nudny Gość poprawił kołnierzyk.

– Czy naprawdę... chce pan, żebyśmy rozważyli kwestię wykorzystania kar fizycznych wobec, no, części pańskiej służby?

– Nie – mruknął Wayne. – Bycie w wojsku jest paskudne.

– Sir, a co z zapisami w pańskim funduszu powierniczym? – zapytał Niski Nudny Gość. – Chcielibyśmy porozmawiać o tych bardziej nietypowych.

– Nie. Następne.

– Pańska obecna sytuacja mieszkaniowa...

– Nie. Następne.

– Czy potwierdził pan, że Waxillium rozumie, że sprzedał panu prawa do wizerunku zgodnie z umową...

– Nie. Następne.

– Pańska flota samochodowa?

To lubił.

– Co z nią?

– Pojawił się nowy model Victori. – Niski Nudny Gość wyjął rysunek. Automobil nie miał dachu. Można było nim jechać i pluć na wiatr, jeśli się chciało.

– Do diabła, niezły jest. Kupcie mi go.

– Oczywiście, sir – zgodził się Niski Nudny Gość. – Ile udziałów w firmie mamy kupić?

Wayne zmrużył oczy.

– Widzę, co próbujesz zrobić.

Popatrzyli na niego niewinnie.

– Nie więcej niż pięć procent, a kiedy ci goście, co to grają w nosopiłkę staną się sławni, niech jeżdżą samochodami, żeby stały się bardziej popularne i w ogóle. A, i nazwijmy to jakoś inaczej niż nosopiłka. Może zmienimy pozycje biegaczy w taki sposób, żeby mogli być Metalicznymi. Tak samo bramkarz. Będzie ciekawiej.

– Jak pan sobie życzy, panie Wayne.

Obracał kapelusz na palcu. „Nigdy nie spotkałam nikogo, kto potrafiłby tak dobrze jak Wayne wejść w głowy innych ludzi". Potrafił nawet wejść w głowy księgowych.

Czy mógł wejść w głowę dziewczyny, która go nienawidziła?

Na początek musiał pamiętać, co zrobił. Zasługiwał na ten ból.

A ona? Zamknął oczy i pomyślał, jak musiała się czuć, kiedy widziała go każdego miesiąca. Ten mężczyzna. Ten koszmarny mężczyzna. Nie mógł jej pozwolić żyć dalej w spokoju?

„Zrozumie...".

A jeśli nie chciał?

Do diabła. Za późno.

– Ej, Call. – Otworzył oczy i spojrzał na Niskiego Nudnego Gościa. – Musisz zorganizować dla mnie dostawę. Pewna kwota do zapłacenia młodej kobiecie i jej rodzinie. No, co miesiąc. Ona ma teraz dziecko i musi dostawać pieniądze terminowo. Powinienem spotykać się z nią osobiście, ale... robię się zajęty. Tak, wiesz, jestem zbyt zajęty...

– Wielu z naszych klientów ma podobne potrzeby, panie Wayne – odparł Niski Nudny Gość. – Proszę nam podać adres, a my załatwimy to, zachowując pełną dyskrecję.

Dlaczego powiedział to w taki sposób? Cóż, tak czy inaczej, Jaxy miała rację. Skoro miał być trupem, to mógł chociaż być jednym z tych uprzejmych, co to nie wypełzają z lasu w czasie burzy, żeby cię zjeść.

Nawet truposze powinni mieć standardy.

17

Steris wydawało się, że ostatnio dobrze sobie radzi z rozumieniem innych ludzi. Kiedyś zakładała, że mają te same zmartwienia, co ona, ale doskonale ukrywają swoje lęki. W miarę dorastania zrozumiała coś o wiele bardziej niewiarygodnego. Oni po prostu nie czuli tego lęku.

Nie mieli z tyłu głowy tego ciągłego, wiszącego nad nimi niepokoju, który szeptał, że zapomnieli o czymś ważnym. Nie poświęcali godzin na rozważanie błędów, które popełnili, i w jaki sposób mogliby zaplanować wszystko lepiej. Żyli nieustannie zawieszeni między cudownym zadowoleniem a przerażającą niewiedzą.

A później stała się jeszcze starsza. Poślubiła Waxilliuma. Nawiązała przyjaźnie – prawdziwe – i zaczęła widzieć jeszcze jaśniej. Każdy postrzegał świat inaczej, a Ocalały stworzył ludzi, by uzupełniali się wzajemnie. Metal i stop. Odpychanie na każde Przyciąganie.

Pozostali zareagowali na wybuch poniżej dziwnym podekscytowaniem i zapałem, właściwie ścigali się ze sobą do drzwi. Ale co, jeśli stopnie się poluzowały? Steris miała całą listę zasad do przestrzegania po wybuchu w laboratorium – poświęciła trzy noce na jej opracowanie.

Kochała ich. I dlatego chciała wykrzyknąć ostrzeżenie, zapewnić im bezpieczeństwo, zabronić im podejmowania ryzyka. Wiedziała również, jak skrajnie się czasem zachowywała. To było największe objawienie ostatnich lat – w czym pomogła jej dyskusja z kobietami z grupy czytelniczej. Niektóre z jej przygotowań przekraczały granicę użyteczności. A zrozumienie tego było kluczowe dla zrozumienia samej siebie.

I musiała przyznać, że tego dnia inni okazali trochę zdrowego rozsądku. Zgodnie z jej sugestią puścili VenDella przodem, ponieważ upadek by mu nie zaszkodził. Następny był Wax, bo gdyby schody się zawaliły, mógłby polecieć. Zatrzymali się na dole schodów – na wypadek gdyby coś jeszcze miało wybuchnąć – zanim otworzyli drzwi.

– Zaczekajcie! – Steris sięgnęła do torebki. – Maski.

Rozdała materiałowe maski wszystkim, nawet Allikowi, bo drewniana nie filtrowała powietrza. Przyjęli je z roztargnieniem, może nawet przewracali oczami. Wszyscy poza Waxem, który uśmiechnął się do niej, kiedy zakładał swoją maskę.

Lubił jej przygotowania. Uważał je za ujmujące. Ale poza tym je doceniał. Sądził, że jest przydatna, nie przesadnie skrupulatna.

– Masz coś jeszcze na liście rzeczy, na które trzeba uważać w przypadku wybuchu? – spytał.

Zrobiło jej się ciepło na sercu, kiedy wyciągnęła stworzoną przez siebie księgę nagłych wypadków w domu. Tak, wiedziała, że czasem przesadza. Ale ich przygotowywanie działało leczniczo. Jej obawy łagodniały, kiedy je zapisała. Jeśli o czymś pomyślała, skatalogowała to i rozważyła, przestawało mieć nad nią władzę – to ona miała nad tym władzę.

– Kwasy na podłodze – zauważyła. – Mogły się zmieszać i wytworzyć trujące opary. Odłamki szkła. Wtórne eksplozje, szczególnie harmonium wystawionego na działanie powietrza. To moje największe obawy.

Zastanowił się nad tym.

– Marasi... – odezwał się, kiedy otworzyła drzwi. – Przeprowadzałem próby z kwasem solnym i podchlorawym.

– Co to znaczy?

– Gazowy chlor.

VenDell złapał Marasi za ramię. Kandry miały problem z kwasami.

Ku zaskoczeniu Steris posłuchali jej. Ponieważ potężne wentylatory zainstalowane w piwnicy nie działały, zgodzili się na przyniesienie wiatraka z pokoju. Później wrócili po schodach na górę i wyszli przed rezydencję, pozwalając, żeby się wywietrzyła. Kiedy wrócili na dół, wszyscy bez słowa sprzeciwu nosili maski i pozwolili jej sprawdzić jakość powietrza. Następnie bardzo ostrożnie stawiali stopy, oceniając stan pomieszczenia.

Drzwi sejfu przeleciały przez piwnicę i wbiły się głęboko w grubą betonową ścianę naprzeciwko. Stalowy sejf został całkowicie zniszczony. A reszta pomieszczenia...

Cóż, wyglądało na to, że będzie musiała zamówić nowy spektroskop. I wirówkę. I naczynia. I... no... nowe ściany.

Z trudem zapanowała nad pragnieniem pozamiatania szkła, żeby nikt na nie nie nadepnął. Zamiast tego trzymała się blisko Waxilliuma. Mógł odkryć coś ciekawego.

– Na rdzę. – Podszedł do pozostałości sejfu. – To coś przeżyło wybuch harmonium w ilości sięgającej trzech uncji. W tym eksperymencie wykorzystałem mniej niż jedną dziesiątą tego.

Wyciągnął rękę w stronę górnej części sejfu.

Steris pomachała mu przed nosem rękawiczką.

– Racja. – Założył ją i obmacał górę zniszczonej metalowej skrzyni. Na jego dłoni pozostał czarny ślad – drobny metalowy pył. VenDell podszedł do nich. Marasi przyglądała się drzwiom sejfu, a Allik przyniósł z góry miotłę i zaczął zamiatać szkło.

Steris już i tak go lubiła, głównie za to, jak traktował jej siostrę. Ale w tej chwili jej opinia na jego temat jeszcze się poprawiła.

– Musimy zbadać ten pył – powiedział Wax. – Ale... nie sądzę, żeby to było atium albo lerasium. Wygląda jak pozostałości żelaza ze sprzętu.

Steris i tak zebrała trochę do woreczków na próbki. Waxillium zajrzał do zniszczonej skrzyni, po czym wyciągnął z kieszeni nieduży pilniczek i zebrał coś dymiącego z jej wnętrza.

– Harmonium – powiedział, a Steris wydobyła fiolkę z olejem, do której je włożył. – Przyklejone do tylnej ścianki. Sądzę... że eksperyment się nie udał. Nie podzieliło się.

– Właściwie wydaje mi się, że udało się panu osiągnąć coś o wiele bardziej niebezpiecznego – VenDell wyjął nieduży notatnik. – Ile harmonium użyliście? Kilka gramów?

– Około pół grama.

– Siła wybuchu... Takie zniszczenia... przy tak małej próbce. To możliwe, ale tylko, jeśli...

– Jeśli co? – spytał Wax.

– Do tego wybuchu nie doprowadził podział metali. Energia w takiej ilości mogła zostać wyzwolona jedynie, jeśli część Napełnienia lub samej materii została przeobrażona w energię.

Wydawało się, że dostrzegł ich niepewność, bo mówił dalej.

– Jak pamiętam, wygłosiłem obszerny wykład na temat natury Napełnienia. To dziedzina, która mnie interesuje. Poza oczywiście doskonałą znajomością czaszek...

– Nie na sprzedaż – przypomniał mu Wax.

– Moja jest – stwierdziła Steris.

Obaj popatrzyli na nią.

– Po co mi ona, kiedy będę martwa? – spytała. – Wydaje mi się, że o wiele lepiej dostać pieniądze już teraz.

– Jak zawsze powtarzam, choć sami jesteście nietrwali, przeżywają was piękne wewnętrzne skorupy, które tworzycie... – powiedział VenDell. – Ludzkie kości są niczym skamieniały piasek z głębi oceanu. Trwałe świadectwo waszej obecności na Scadrialu. W późniejszym terminie omówimy warunki sprzedaży, lady Ladrian. Na razie pozwólcie, że będę mówił zwięźle. Wszystko w cosmere składa się z jednej z trzech esencji. Pierwsza to materia, fizyczne substancje, które was otaczają. Jest stworzona z osi, najmniejszych możliwych rzeczy, jakie znamy.

– Istnieją rzeczy, które... nie są materią? – spytała Steris.

– Oczywiście. Jest energia. – Machnął ręką w stronę sufitu, na którym wciąż świeciły dwie lampy, zagłębione w betonie i zabezpieczone hartowanym szkłem. – Elektryczność, ciepło, światło... Wasz rodzaj całkiem nieźle ostatnio je ujarzmia. I dobrze. To bardzo nowoczesne.

– A trzecia? – spytał Wax.

– Napełnienie. Esencja bogów. Wszystko ma swój Napełniony składnik, zwykle niedostępny bez szczególnych zdolności. Kiedy spala pan metale, lordzie Ladrianie, wydobywa pan Napełnienie bezpośrednio z Krainy Ducha i wykorzystuje je, by wykonało pracę. W podobny sposób, w jaki w tych lampach działa energia. Ale oto kluczowe założenie: Napełnienie, materia i energia są na podstawowym poziomie tym samym.

– Ja... czułem to raz. – Waxillium zamyślił się. – Kiedy trzymałem Opaski. Że wszystkie rzeczy były jedną substancją.

– Zaiste! A stany mogą przechodzić z jednego do drugiego. Energia może stać się Napełnieniem. To dusza Feruchemii. Napełnienie może stać się materią. Z tego bierze się harmonium. A materia może stać się energią.

– A przykładem tego jest... – zaczęła Steris.

VenDell skinął na zniszczone pomieszczenie.

– Wierzę, że właśnie byliśmy tego świadkami. Wewnątrz materii jest uwięziona niewiarygodna ilość energii. Udało wam się wyzwolić odrobinę, jedynie niewielką część tego, co umieściliście w skrzynce, ale i tak. Gdyby udało wam się znaleźć sposób na wyzwolenie jej pełnego potencjału... Harmonia twierdzi, że jej niszczycielska moc go przeraża. Głęboko.

– I powinna – stwierdził Waxillium. – Bo to było łatwo osiągnąć. Stanowczo za łatwo.

– Cóż, wymaga dwóch wyjątkowo rzadkich substancji – zauważył kandra. – I dużo energii, prawda?

– Dużo. Jak na tak małą próbkę. Aby działać na większą skalę, potrzeba by dużo elektryczności. Ale niszczycielski potencjał...

– Zgoda. – Skóra VenDella... nie tylko pobladła, ale wręcz stała się przezroczysta. – Ja... powinienem to zgłosić. Jeśli nie macie nic przeciwko, będę na górze porozumiewać się z Harmonią. Proszę o wybaczenie.

Waxillium posłał Steris spojrzenie.

– Najgorszy wypadek?

Zastanowiła się. Co najgorszego mogło się wydarzyć? Wydawało jej się to oczywiste.

– A jeśli Krąg już o tym wie? Marasi powiedziała, że umierający mężczyzna wspomniał o powrocie popiołu do Kotliny. Może planują użyć bomb?

Wax ponuro pokiwał głową. Myślał o tym samym.

– Jeśli Krąg odkrył tę interakcję, to najpewniej przypadkowo... albo w drodze eksperymentu takiego jak nasz – dodała. – Mogą być jakieś zapisy w archiwach.

– Moglibyśmy poszukać niewyjaśnionych wybuchów w zewnętrznych miastach – powiedział Wax. – Sprytne. Popioły... A gdyby taka eksplozja nastąpiła wewnątrz jednej ze starych Popielnych Gór? Czy mogłyby znów zacząć działać?

– To brzmi odpowiednio przerażająco. – Steris zrobiło się niedobrze. Jak mogła dotąd nie rozważyć takiej możliwości? Czekało ją dalsze planowanie. Ale wszystko po kolei. – Zamówię z biblioteki gazety z zewnętrznych miast i każę dostarczyć je do apartamentu. Zaczniemy od tego.

Wax pokiwał głową.

– Z uprawnieniami Marasi powinnaś mieć również dostęp do archiwów konstabli.

To była doskonała sugestia. Steris przeszła na tyły pomieszczenia, mijając Allika – który znalazł resztki swoich ciastek rozchlapane na ścianie – i podeszła do Marasi. Ostatnio... przyjemnie spędzało się im razem czas. Ich dzieciństwo nie zachęcało do siostrzanej sympatii.

Ojciec – który na starość przeniósł się do wiejskiej posiadłości – czuł się zawstydzony nieślubną córką. Steris zawsze martwiła się, że Marasi będzie to postrzegać jako wadę jej samej, a nie ojca.

Marasi wyglądała na zamyśloną, choć Steris nie wiedziała, co tak zafascynowało ją w zniszczonych drzwiczkach. Nie odzywała się jednak, bo nie chciała przerywać. Cisza jej nie przeszkadzała. Była czysto neutralnym doświadczeniem.

– Świat zmienia się tak szybko – szepnęła w końcu jej młodsza siostra. – Ledwie się przyzwyczaiłam do elektrycznego oświetlenia, nie wspominając już o statkach powietrznych. Później ten bóg... z innego świata. A teraz materiał wybuchowy, którego szczypta może zniszczyć całe pomieszczenie...

– Ja też się martwię. Żałuję, że niedawnych wydarzeń nie dało się przewidzieć.

– Zastanawiam się, dlaczego poświęcam czas morderstwom i pospolitym przestępstwom. Rozumiem, że są ważne... ale gdzieś tam są osoby, Steris, które wiedzą o tym wszystkim. Których posunięcia mogą zmienić losy planet. Na ile umiem to ocenić, nikt ich nie nadzoruje. Najpewniej cieszą się, że gonimy za zwyczajnymi przestępcami i zostawiamy ich w spokoju.

– Dlatego polujesz na Krąg. – Steris pokiwała głową. – Dlatego tak wiele im poświęciłaś, choć większość osób na komendzie uważa, że odrobinę przesadzasz.

Marasi zaśmiała się cicho.

– Pewnie to rodzinne.

Steris uśmiechnęła się, ale zaraz poczuła się głupio, bo Marasi nie mogła tego zobaczyć. Zanim jednak cokolwiek powiedziała, Waxillium się wysadził.

Na szczęście był to o wiele mniejszy wybuch, ale dość silny, by odrzucić go do tyłu i obalić na ziemię. Steris podbiegła zaniepokojona i odkryła, że jest oszołomiony, ale poza tym względnie cały. Wziął ją za rękę, usiadł i potrząsnął głową. Jego elegancka kamizelka – od samego Versuliego – była porwana i zwęglona. Fartuch, który mu dała, nieco ją ochronił.

Waxillium się otrzepał. Choć nie lubił się do tego przyznawać, starzał się. Wylecenie w powietrze w wieku lat dwudziestu znacznie się różniło od wylecenia w powietrze w wieku lat pięćdziesięciu.

– No tak, wspominałaś coś o wtórnych eksplozjach?

– Były na mojej liście – szepnęła.

– Nic się nie stało. – Poklepał jej dłoń. – Czuję się dobrze. Zrobiłem właśnie coś głupiego. Zbierałem to harmonium przyklejone do tylnej ścianki sejfu. Jest zbyt cenne, żeby je zostawić, ale musiało zareagować z powietrzem albo z jakimś płynem, który pozostał z wcześniejszych eksperymentów...

Kichnął, po czym uśmiechnął się do niej uspokajająco. Nigdzie nie widziała jego maski – pewnie wybuch ją zdmuchnął.

Ukrywała swoją troskę o niego. Po ślubie z Waxilliumem Ladrianem przysięgła sobie jedno: nie przestanie się o niego zamartwiać, ale nie będzie go powstrzymywać przed byciem człowiekiem, którym chciał być.

Za każdym razem, kiedy podejmował śledztwo, przerażało ją to. Nie pozwalała jednak, by to wpływało na sposób, w jaki go traktowała. Nie zamierzała być przeszkodą. Za bardzo go kochała. Zamiast tego bardzo starała się być częścią jego świata. O wiele mniej przerażało ją, kiedy ktoś do niej strzelał, niż kiedy siedziała w domu i zastanawiała się, czy ktoś strzelał do niego.

Ku jej ogromnemu zadowoleniu on z kolei starał się być częścią jej świata. Bardziej interesował się polityką. Spędzał z nią czas nad rachunkami. Pasowali do siebie bardziej, niż kiedykolwiek o tym marzyła. I wciąż robiło jej się ciepło za każdym razem, kiedy się dotykali.

– Napijmy się herbaty – powiedział, wstając z jej pomocą. – I porozmawiajmy o tym.

18

Marasi usadowiła się wygodnie na kanapie, w uszach ciągle jej dzwoniło po drugim wybuchu. Allik usiadł obok niej z opuszczoną maską – zwykle ją opuszczał, kiedy żuł gumę, co robił teraz. Przeżuwanie wyraźnie było dla niego kulturowym tabu. Dziwne. Podnoszenie maski powinno być normalne przynajmniej przy jedzeniu.

Mimo wszystko objęła go ramieniem i pozwoliła, żeby oparł głowę na jej barku. Na rdzę, dobrze było mieć go przez cały czas w pobliżu. Wczesne lata ich związku frustrowały ją do szesnastej potęgi.

Kiedy czekali, aż VenDell skończy składanie raportu Harmonii, Wax opowiadał o spotkaniu ze statkiem powietrznym – i nowym ambasadorem. Czuła, że w Alliku narasta napięcie.

– To Daal Pierwszy – wyjaśnił pozostałym. – Jest... bardzo szanowany przez Zastępy.

– Widziałem, że ma ważną pozycję polityczną.

– Nie, Waxie. Szanowany przez Zastępy oznacza, że odnosił sukcesy w wojnie.

– Czyli jego przybycie jest groźbą. – Steris siedziała obok Waxa z notatnikiem w ręku. Ze zdjętymi butami i podkulonymi nogami wyglądała właściwie na rozluźnioną.

Tak bardzo się zmieniła, pomyślała Marasi. Pamiętała czasy, kiedy Steris nie odważyłaby się zdjąć butów w towarzystwie. Siedziałaby idealnie wyprostowana i próbowała utrzymać filiżankę herbaty i spodeczek całkowicie poziomo.

Marasi zawsze kochała siostrę, nawet kiedy przeszkadzały jej w tym niechęć i wymuszony dystans, ale nigdy nie uważała Steris za miłą. Dopiero w ostatnich latach. Częściowo zmieniła się sama Steris, ale częściowo to Marasi uświadomiła sobie, że obie dźwigały ten sam ciężar – i czuły się uwięzione.

– Nie powiedziałbym, że to groźba, Steris – stwierdził Allik. – Nie bezpośrednia. Ale jeśli to prawda i jeśli w końcu doprowadzono do powstania Konsorcjum... to znaczy pięć narodów zgodziło się pokazywać wspólną twarz na północy... to jest to... symbol? Wysyłają do was swoich najlepszych. Chcą, żebyście to wiedzieli.

– Ich najlepsi – odezwał się Wax. – I najbardziej surowi, jak zakładam? Z pewnością jest bardziej nieustępliwy niż jego poprzedniczka.

– Tak, Przymiotniku Waxillium. – Allik pokiwał głową. – Chcą, żebyście wiedzieli, że nie dadzą się zastraszyć.

– Powiedział, że jednym z jego celów jest sprowadzenie Żałobnych Opasek z powrotem do jego rodaków. Czy to wciąż bolesna kwestia?

– Nawet nie masz pojęcia, jak bardzo. Nasza zgoda, by pozostawić tu Opaski, to jak... jak byśmy zostawili wam ciało naszego zmarłego ojca, ta? Ciało, które jest też potężną bronią. Nikomu nie spodobała się ta decyzja. Wysłanie go tutaj, mówienie przez niego, że odzyska Opaski... to symbol, ta? Deklaracja. Byli zbyt pobłażliwi wobec twoich rodaków i chcą zasugerować, że ta pobłażliwość się skończy. – Poruszył się niezgrabnie i uniósł maskę. – Przepraszam.

– Nie podjąłeś tej decyzji, Alliku.

– Nie. Ale też jej nie nie podjąłem.

– Kochanie, ależ tak. – Marasi ścisnęła jego ramię. – Nie musisz brać odpowiedzialności za wszystko.

Uśmiechnął się do niej, po czym opuścił maskę. Odgłos kroków zapowiedział – jak sądziła – powrót VenDella, ale do salonu zamiast kandry wpadł Wayne.

– Ej! Wysadziliście się i w ogóle i nie zaczekaliście na mnie?

– Waxillium się wysadził – poprawiła go Steris. – Reszta z nas była jedynie świadkami. Myślę, że zrobił to celowo, żeby cię zirytować.

– Jestem tego rdzawo pewny. – Wayne spojrzał zmrużonymi oczami na przyjaciela. – Wszystko w porządku, stary?

– Dzwoni mi w uszach i przypomniałem sobie, całkiem boleśnie, że minęły co najmniej dwa dziesięciolecia od czasu, kiedy nadawałem się do wysadzania. Ale nic mi nie będzie.

– Cieszę się, że wróciłeś, Waynie. – Marasi się pochyliła. – Bo musimy zacząć planować.

– Ano, cieszę się, że wróciłem – mruknął. – Bycie piątym w pokoju jest marzeniem każdego gościa, zaiste. – Podszedł ciężkim krokiem do niedużego stolika i nalał filiżankę herbaty... po czym zostawił ją na stole i usiadł w głębokim fotelu z czajniczkiem w ręku. – Co? – spytał, kiedy wszyscy się na niego zagapili. – Prawie się skończyła, a ja lubię ten dzióbek. Zabawnie się z niego pije.

Zademonstrował, co sprawiło, że Steris uniosła dłoń do twarzy. Marasi westchnęła, ale nic nie powiedziała. Jeśli siedział, było mniej prawdopodobne, że coś ukradnie. Na wszelki wypadek i tak sprawdziła portfel.

– W porządku – zwróciła się do grupy. – Mam kości planu... udać Cykla, który poprowadzi miejscowy gang z dostawą do Bilming.

Wax się pochylił.

– Jesteśmy pewni, że przesłuchanie obecnych jeńców nie wystarczy?

– Wyglądają na miejscowych pomocników – wyjaśniła Marasi.

– Którzy niewiele wiedzą – zgodził się Wax. – Będziesz potrzebować konstabli, gotowych pojmać Metalicznych.

– Ciągle powtarzam Reddiemu, że potrzebujemy oddziału specjalistów. Jednostki służącej wyłącznie do walki z Metalicznymi. On ciągle stawia opór. Myślę... że uważa nas za tę jednostkę.

Kiedy te słowa wisiały w powietrzu, do środka w końcu wkroczył VenDell, który pokręcił głową.

– Po raz kolejny dostałem polecenie, by pilnie oddać się do waszej dyspozycji i pomóc w realizacji waszych obecnych planów.

– Co on powiedział? – spytała Marasi. – Wie coś o wybuchu?

– Jest... zmartwiony. – VenDell się zawahał. – Trellium działa odpychająco na inne formy Napełnienia. Samo dotknięcie nim harmonium jest niebezpieczne, ale sposób, w jaki wy to zrobiliście, po wcześniejszym rozgrzaniu i rozciągnięciu harmonium, doprowadził do „Napełnionego przejścia materii w energię". To... bardzo źle.

– Czy te wieści go zaskoczyły? – spytał Wax. – Czy Harmonia wydawał się wstrząśnięty, że nam się to udało? Czy też się tego spodziewał?

– Nie umiem ocenić. Powiedział jedynie to, co przekazałem. Ponadto... cóż, Harmonię czasem trudno zinterpretować. Pewnie nie muszę wam tego mówić. Przysłał panu wiadomość, lordzie Waxilliumie?

– Tak. Chyba zasugerował, że powinienem zrobić kolczyk z trellium.

– W jakim celu? – Marasi zmarszczyła czoło.

– Nie wiem. Wydaje mi się, że chce mnie zainteresować, skoro zignorowałem kilka jego ostatnich zaproszeń, bym się z nim połączył.

– Tym razem jest inaczej, Waxilliumie – powiedział cicho VenDell. – Tym razem... Harmonia jest przerażony.

Zapadła cisza, którą przerywało jedynie siorbanie herbaty przez dzióbek czajniczka. Marasi wydawało się, że widziała, jak Wayne dolał do niego coś z piersiówki, i próbowała powstrzymać mdłości. Kto zaprawiał alkoholem herbatę?

On cierpi, pomyślała. Rozstanie jest ostateczne. Na rdzę, mimo wszystkiego, co się jeszcze działo, postanowiła znaleźć czas, by zabrać go do tego lokalu z kluskami, który tak uwielbiał. Przyprowadzić paru innych konstabli, których lubił, przypomnieć mu, że ma przyjaciół.

– Moja prowokacja musi się odbyć wkrótce – powiedziała zebranym. – Zgodnie z książką następna dostawa do Bilming powinna wyjść za trzy dni, a ja chcę być gotowa.

– To dobry plan, Marasi – powiedział Wax. – Steris i ja mamy coś, czym możemy się zająć, kiedy będziesz planowała.

– Rozmowa z Harmonią?

– Może. – Wyglądał na zamyślonego. – Nie zdecydowałem jeszcze, czy mu odpowiem.

Co ciekawe, nie zasugerował, że chce wziąć udział w jej misji. Pozwoliłaby mu, ale ostatnio nie potrafiła go rozgryźć. Sposób, w jaki odwiesił płaszcz z Dziczy w wejściu, miał w sobie coś nieodwracalnego, jakby była to kapliczka jego dawnego życia. Z drugiej strony, kiedy rok wcześniej musiał odnowić uprawnienia konstabla, poprosił Reddiego, by zachował jego stanowisko.

Wax spojrzał na Steris, która opierała się o niego i robiła notatki.

– Pomyśleliśmy o czymś wcześniej – zwrócił się do Marasi. – Jest niezmiernie ważne, byśmy dowiedzieli się, czy Krąg odkrył wybuchowy potencjał zmieszanego harmonium i trellium. Zamierzamy sprawdzić, co uda się nam znaleźć.

– Brzmi sensownie. – Marasi pokiwała głową.

To było potwierdzenie. Kilka lat wcześniej ucieszyłaby się, gdyby dowiedziała się, że zamierza trzymać się z dala od jej śledztwa, ale stłumiła to uczucie. Była dumna, że nie pozwalała, by przyćmił jej osiągnięcia. Poza tym miała szansę zostać bohaterką zamiast Waxa – sama trzymała w rękach Żałobne Odpaski, zanim mu je oddała. Po prostu była kimś innym.

Dlatego dziś było jej przykro, że do niej nie dołączy. Nawet się zmartwiła, bo zorientowała się, że spodziewała się jego udziału w tej wyprawie. Gdyby rzeczywiście miała szansę dopaść wysoko postawionych członków Kręgu... cóż, to mogło być przełomem w sprawie. I doprowadzić do odpowiedzi.

Ale... nie mogła go zmusić. Nie powinna go zmuszać. Jeśli nie czuł się tak pełen energii, jak kiedyś, czy mogła się sprzeciwić?

– Pójdę posłuchać tych gości w więzieniu – stwierdził Wayne. – VenDellu, chcesz pójść ze mną? Może mógłbym ci udzielić wskazówek na temat akcentu?

– Panie Wayne, jestem nieśmiertelnym kandrą z setkami lat doświadczenia w podszywaniu się.

– I zawsze brzmisz pogardliwie i arystokratycznie, w każdym ciele, które widziałem. Więc... potrzebujesz wskazówek czy nie, stary?

– Ja... – Westchnął. – Harmonia wydał mi bezpośredni rozkaz. Uch. Praca w terenie jest tak nieelegancka. Ale pewnie nie mogę odmówić.

Marasi spojrzała na Waxa, który usiadł wygodnie na sofie i zamyślił się. W ręku trzymał kopertę od Harmonii.

– W porządku – powiedziała. – Zabierajmy się do roboty.

19

Trzy dni później Wax stał w swoim gabinecie w apartamencie i spoglądał na zachód w stronę Bilming. Tej nocy nie było mgły. Wydawało się, że minęło wiele tygodni, od kiedy ją widział.

Przygotowania do operacji Marasi szły dobrze. W notatniku były dokładne instrukcje, jak dostarczyć towary. Wykorzystując informacje uzyskane w czasie przesłuchań, Marasi znalazła ciężarówki, które więźniowie zamierzali wykorzystać. Miała ich ubrania, a VenDell odgrywał rolę przywódcy. Jako pomocnik towarzyszył mu Wayne, w jednym ze swoich najlepszych przebrań. Nawet skrzynie towarów były prawdziwe.

Mieli wyruszyć tej nocy. Wax nie zamierzał ich odprowadzać. Rzucał się w oczy, a Marasi podjęła wszelkie możliwe kroki, by wróg nie dostrzegł podstępu.

Będą bezpieczni, powiedział sobie. Ich przebrania są doskonałe, a ona jest niezwykle kompetentna.

To była Kotlina, nie jakieś niesforne miasteczko w Dziczy. Marasi miała dostęp do najlepszych konstabli w mieście, jak również licznych zasobów. Nie potrzebowała starego Monetostrzelnego z niezaładowanym pistoletem, który wciąż czuł się obolały po głupim wybuchu w laboratorium przed kilkoma dniami.

Mimo to Wax wciąż wyglądał przez szerokie panoramiczne okna gabinetu. Przez te ostatnie lata przyglądał się z ekscytacją elektryfikacji miasta. Miał evanotypy procesu, robione co kilka miesięcy z tej wysokości. Sieć świateł i ulic, domy emanujące spokojnym blaskiem postępu, każdy dodający nową migoczącą gwiazdę do konstelacji Elendel. Czy światła rozprzestrzenią się tak daleko, że w końcu w ogóle nie będzie ciemności?

Steris podeszła do niego i podała mu filiżankę herbaty.

– Z proszkiem z wierzby – szepnęła. – Na ból.

– Myślisz o wszystkim. – Pociągnął łyk. – Jak dzieci?

– Śpią. Możemy wracać do pracy.

Razem przeszli do salonu, gdzie właściwie każdą poziomą powierzchnię zaścielały sterty gazet. Mogliby wynająć ludzi do przeprowadzenia kwerendy, ale czemu ktoś inny miałby się bawić?

A to była zabawa. Nie taka, jaka niegdyś sprawiała mu przyjemność, ale w zabawie chodziło bardziej o towarzystwo niż o samą czynność. Usiedli razem na podłodze – wszystkie siedzenia były zajęte – i czytali dalej. Szukając wszelkich wzmianek o wybuchach w miastach w Kotlinie.

Dla zabicia czasu szukali też czegoś zabawnego.

– „Marynowany myszowaty muzykuje". – Steris podniosła jedną z nich. – Czemu oni zawsze wybierają słowa w rodzaju „myszowaty" do tych aliteracji?

– Bo to zabawne słowo? – Wax się uśmiechnął. – W czym jest marynowany?

– Najwyraźniej siedział w misce z wodą. Sądzę, że to naciągane.

Uniósł własny nagłówek.

– „Dziecko zjadło smołę. Matka nakarmiła je szczurem jako odtrutką".

– To nie może być prawda. – Wzięła od niego gazetę.

Ale to była prawdziwa historia, i to w renomowanej gazecie. Jak się okazało, nawet najbardziej intelektualne ze źródeł nie były ponad wykorzystanie żarciku, by sprzedać więcej egzemplarzy w dniu, kiedy nic się nie działo. Uśmiechnęła się szeroko i odłożyła gazetę na swoją stertę zabawnych nagłówków.

Jeśli chodziło o ich prawdziwe poszukiwania, Steris miała system – oczywiście. Z początku czytali tylko nagłówki, szybko przesuwając wzrokiem po kartkach w poszukiwaniu określonych słów tłustym drukiem lub większą czcionką. Wszystko, co wyglądało obiecująco, szło na swoją stertę. Ale nie czytali historii, jeszcze nie. Chcieli przeczytać je wszystkie razem, porównać je i jeszcze bardziej zawęzić.

Prawie skończyli z najnowszą porcją gazet dostarczoną tego dnia. Waxowi sprawiało to przyjemność, głównie ze względu na czas spędzony z żoną – choć wciąż odczuwał skutki uboczne wybuchu. Zdarzało mu się, że wzrok go zawodził, dziwnie zniekształcał obraz na sekundę albo dwie. A jego umysł go oszukiwał i kazał mu sądzić, że dostrzegał niebieskie Allomantyczne linie bez spalania metalu.

Odsunął na bok zmartwienia na temat stanu zdrowia i z pewnością nic nie powiedział. Nie chciał niepokoić Steris. Już wcześniej przeżywał wybuchy. Ręka wciąż go pobolewała po tamtej detonacji w kopalni w Pyłowej Plaży...

– Tu jest. – Steris pokazała mu poważny nagłówek. – „Wybuch na stacji kolejowej".

Wax podrapał się po brodzie.

– Wygląda na awarię kotła. Nic szczególnie podejrzanego.

– Może miał coś ukryć?

Pokręcił głową. To było dziwne miejsce na prowadzenie eksperymentów metalurgicznych. Zbyt wielu ludzi w pobliżu – choć z drugiej strony on przeprowadził swój eksperyment w piwnicy rezydencji. Któż więc wie?

Steris odłożyła gazetę na stertę „może", on zaś odłożył swoją – relację o pożarze, który z niemal całkowitą pewnością był skutkiem uderzenia pioruna – na stertę „nieprawdopodobne". Żadna z tych historii nie wydawała się mu właściwa, co powinno go uszczęśliwić. Może ich wrogowie nie odkryli wybuchowej interakcji między harmonium a trellium.

Niestety, tego rodzaju śledztwa bywały frustrujące z tego właśnie powodu. Nie chciał znaleźć dowodu, bo potwierdziłby jego obawy. Jednakże gdyby niczego nie znalazł, nigdy by się nie dowiedzieli, czy to dlatego, że nie było dowodów, czy je po prostu przegapili.

– „Ślizgacz spałaszował śpiące ślimaki"? – Steris pokazała mu nagłówek ze swojej zabawnej sterty. – Muszę ich podziwiać za oddanie temu chwytowi.

– Czy węże w ogóle jedzą ślimaki?

– Ten najwyraźniej tak. – Uśmiechnęła się. Na Zachowanie, kochał ten uśmiech. Zaczął żałować, że ich poszukiwania mają tak wysoką stawkę.

Powrót popiołów, pomyślał z drżeniem. Często sobie wyobrażał, jak by to było żyć w mitycznych dniach przed Katacendre. Kiedy Wojowniczka Wstąpienia i odległy przodek Waxa, Doradca Bogów, kroczyli po ziemi. Kiedy ludzie poruszali się przez opowieści jak słońce za chmurami w pochmurny dzień.

W tamtych czasach świat umierał. Popiół był jego skórą, schodzącą, kiedy się rozpadał...

Westchnął i przetarł oczy – i dostrzegł te dziwne niebieskie błyski. Całe szczęście herbata podziałała i w końcu ból głowy zaczął ustępować.

– Waxie? – spytała cicho Steris. – Żałujesz, że nie wyruszyłeś z Marasi i Wayne'em?

– Nic im nie będzie. Nie potrzebują mnie.

– Nie o to pytałam, kochanie.

Zastanowił się i pokręcił głową.

– Nie, Steris. Naprawdę nie. Uświadomiłem to sobie ostatnio. Ten etap mojego życia... przeminął. Naprawdę czuję, że to skończone.

Poza jednym. Faktem, że zamieszana była jego siostra. Wciąż się tam kryła. Niebezpieczna.

Większość rodzin miała szkielety w szafie. A większość z nich była dość rozsądna, by nie powstawać z martwych. Jego mógł zagrażać całej Kotlinie.

Powrót popiołu...

Ale naprawdę czuł, że to skończone. Był gotów żyć dalej. Dlatego pokazał Steris doniesienie o serii wybitych okien w mieście Demoux. Wydawało się, że to skutek działania niedużej trąby powietrznej – mniejszego krewniaka tych przerażających, które pojawiały się w Dziczy. Ale może wskazywały na gwałtowną zmianę ciśnienia, jak wybuch?

Odłożyli ją na stertę „nieprawdopodobne". Niestety, po godzinie zbliżyli się do końca sterty i nie mieli żadnych solidnych poszlak. Jedynie dużo bardzo mało prawdopodobnych możliwości.

Steris obserwowała go, przenosząc kolejną gazetę na stertę nieprawdopodobnych. Wiedział, co myśli, ale nie naciskała na niego.

– Jest jedna rzecz – przyznał. – Chodzi o moją siostrę. To ja powinienem się nią zająć. Ale mam ważne zadania w Elendel. Poza tym już nie jestem tamtym człowiekiem.

– Czy musisz być albo tamtym człowiekiem, albo tym człowiekiem?

– Muszę dokonać wyboru. Każdy musi.

– A kiedy pierwotnie wróciłeś do Elendel? Kiedy postanowiłeś po raz pierwszy odwiesić broń?

– Teraz jest inaczej. Wtedy uciekałem przed samym sobą. Przestałem uciekać sześć lat temu, w górach, Steris. Tego pragnę. Tym chcę być. Jestem tu szczęśliwy.

Pochyliła się w jego stronę, czuł jej ciepło przy boku.

– Dopóki wiesz, że nie musisz być albo jednym, albo drugim – szepnęła. – Nie musisz postrzegać się jako dwóch mężczyzn, Wax, z dwoma różnymi życiami. Ci mężczyźni są tą samą osobą. A ona jest tym, kogo kocham.

Zastanowił się nad tym, rozważając dni po powrocie do Elendel – kiedy był zdecydowany pozostawić za sobą przeszłość w Dziczy. Ponieważ sądził, że powinien to zrobić. I... cóż, ponieważ część tego, kim był, została zniszczona. Rana, która została ponownie otwarta, kiedy powróciła Lessie.

Kiedy leżał bliski śmierci na lodowatym zboczu góry na południu, zmieniło to jego punkt widzenia. Po powrocie do Elendel znów mógł żyć. Wzrastać, zmieniać się. A jednak... czy to znaczyło, że przeszłość nie była już dłużej nim? Czy wewnętrzne kręgi drzewa były w mniejszym stopniu jego częścią, bo nie były już wystawione na powietrze?

– Martwię się o nich – przyznał Steris. – I... martwię się o bezpieczeństwo Kotliny. Nie chcę się zachowywać, jakbym nie ufał Marasi i Wayne'owi. Ale... – Sięgnął do kieszeni i wyjął kopertę z kolczykiem. Którego wciąż nie użył. – Rok temu, kiedy VenDell zaproponował mi misję, nie wydawała się pilna. Nie wiązała się z takim niepokojem. Obawiam się, że cokolwiek dzieje się teraz, urosło za bardzo, by to zignorować. Jest zbyt niebezpieczne, by powstrzymała je praca detektywistyczna lub interwencja policyjna, niezależnie od ich kompetencji.

– Inny bóg – szepnęła Steris.

Wyjął drugą kopertę.

– Kazałem to zrobić. – Wytrząsnął z niej coś. Kolejny kolczyk. Z metalu o czerwonym zabarwieniu. Prosty ćwiek, z trellium wykonano jedynie pręcik pośrodku, bo metalu nie dało się stopić ani kuć.

– Kiedy przekazałem ćwiek z trellium uniwersytetowi do badań – wyjaśnił – poprosiłem ich, by wykonali to dla mnie. Bo Harmonia zasugerował, że będę go potrzebować.

– Wierzysz w to, co powiedziała Marasi? O kolejnych opadach popiołu? Powrocie tych... mrocznych dni?

– Nie wiem. Ale VenDell mówi, że Harmonia się boi. A to sprawia, że jestem przerażony.

Steris postukała palcem w stertę gazet na kolanach.

– Pomyślmy, jaki jest najgorszy scenariusz. Zastanów się: co jest najgorszą rzeczą, jaką możesz sobie wyobrazić, w odniesieniu do naszych obecnych poszukiwań?

– Mój największy strach? – Myślał na głos. – Że mamy lata opóźnienia. Że Krąg wie o interakcji harmonium z trellium znacznie dłużej, niż zakładamy... może od kiedy rozbił się tu pierwszy malwiański statek powietrzny. Boję się, że Krąg nie zaczyna realizować planu. Boję się, że to już końcowe etapy tego planu.

– Czy możemy poszukać czegoś, by to udowodnić?

Wax wstał i rozejrzał się po pokoju pełnym gazet, podzielonych na sterty z różnych miast.

– Na rdzę. Nie powinniśmy szukać przypadkowych wybuchów. Powinniśmy szukać dowodów na celowe wybuchy. I przeglądamy zbyt nowe gazety... Jeśli do tego doszło, mogło się to wydarzyć przed pięcioma albo sześcioma laty. – Zawahał się. – Przeprowadziliby testy. To nie był jeden wybuch dawno temu. To byłaby seria... w jakiś sposób ukryta... ponieważ jeśli mają tę broń, chcą ją rozwijać. Ulepszać.

– Jak? Powinniśmy poszukać informacji o przemycie harmonium?

– Wątpię, by znalazły się w gazetach. – Wax rozglądał się po salonie. – Krąg dobrze sobie radzi z ukrywaniem transportów, szczególnie przemytu. Dowodzi tego śledztwo Marasi.

Czyli co? Czy istniał jakiś sposób, by znaleźć to, czego potrzebował? Dowód na próby... wybuchy, które ukrywali...

– Trzęsienia ziemi – szepnął.

– Co powiedziałeś?

– Trzęsienia ziemi. – Ukląkł obok Steris. – Przeprowadzali wybuchy pod ziemią, w jaskiniach. Gdzie mogły być ograniczone i ukryte. Ale sejsmografów nie oszukają.

Znów zaczęli przeglądać nagłówki – ale tym razem mieli inne kryteria. A Wax złamał nieco zasady i podglądał treść artykułów, nie tylko szukał nagłówków. Steris trącała go w bok, jeśli zajmowało mu to za dużo czasu, ale on był zaciekawiony. I podekscytowany.

Odpowiedzi musiały się gdzieś tam kryć.

Poszukiwania zajęły im trzy godziny. Ale kiedy minęła północ, Wax to znalazł. Serię artykułów z gazety w Elendel o czymś dziejącym się w Bilming.

– Kolej podziemna? – Steris zmarszczyła czoło.

– Doniesienia o dziwnych trzęsieniach ziemi w mieście, które zaczęły się przed laty. Urzędnicy szybko wyjaśnili, że Bilming postanowiło wybudować kolej podziemną jak Elendel.

– To może być zgodne z prawdą. – Steris przeczytała inną gazetę, która podjęła ten temat. – Używaliśmy materiałów wybuchowych, żeby zmiażdżyć skały i wybudować kolej podziemną.

– Ale po co komu kolej podziemna w Bilming? Mają tę nadziemną, z której są bardzo dumni. Uwielbiają się nią przechwalać. Poza tym te wybuchy trwają od czterech i pół roku, a nie mają żadnej działającej linii kolei podziemnej.

– Podejrzane. – Steris przejrzała kolejny artykuł. – Bardzo podejrzane. Nowa inicjatywa rozpoczęta przed siedmioma miesiącami... Raporty o budynkach wstrząsanych wybuchami na dużą skalę. Wykryto je nawet w Elendel.

– Nazywają to skandalem finansowym i twierdzą, że firmy budowlane zdefraudowały fundusze. Ale to oczywiste, że chodzi o coś więcej.

Steris energicznie pokiwała głową. Gazeta, która to odkryła, nie miała najlepszej reputacji – to ona ostatnio publikowała absurdalne historie o wyczynach tego głupca Jaka – ale coś tam było, na co znaleźli potwierdzenie w innych gazetach, kiedy wiedzieli już, czego szukać.

Na rdzę, pomyślał. Krąg prowadził próby pod terenami zamieszkanymi. Dlaczego? Bo tam mogli znaleźć jaskinie? Mogło chodzić o coś większego, niż się obawiał. Czy Bilming nie budowało floty?

Tak. Inne artykuły o tym wspominały. Rzekomo stocznie w Bilming tworzyły siły obronne dla Kotliny, na wypadek ataku z Południa. Ale zaczęli przed przybyciem pierwszych malwiańskich statków powietrznych – i z pewnością lubili się chełpić zasięgiem swoich dział.

Okręty były podobno pod kontrolą Elendel. Nikt w to jednak nie wierzył.

– Waxie... – odezwała się Steris. – Ta lista ładunków w książeczce Marasi. Kiedy sprawdzali, jak szczelne są cła. Jak ciężko byłoby przemycić coś do Elendel...

Przeszedł go dreszcz. Co chcieliby przemycić do Elendel?

Bombę.

– Wyglądało to tak, jakby sprawdzali różne rodzaje ładunku. I z jak dużym prawdopodobieństwem były kontrolowane, kiedy wwożono je ciężarówką lub pociągiem.

– A jak duża byłaby ta bomba. Teoretycznie?

– Duży byłby generator – wyjaśnił Wax. – Jeśli to działa zgodnie z zasadami, które odkryliśmy, to potrzebowaliby mnóstwo mocy.

Więcej, niż dostarczają linie do domów czy nawet do obiektów przemysłowych. Najpewniej urządzenie musiałoby mieć bardzo dużą obudowę.

– Co wyjaśnia, dlaczego sprawdzali, jakie rozmiary wzbudzają podejrzenia, a jakie nie. Waxie, jeśli masz rację, to gazety sugerują, że testowali to od ponad czterech lat. Z sukcesem. Już mogą mieć bombę. Tylko...

– ...szukają sposobu przewiezienia jej do miasta.

Na rdzę. Spojrzał na boczny stolik i koperty. Później w końcu wyjął pierwszy kolczyk – ten, który przysłał mu Harmonia. Minęło sześć lat. Coraz niechętniej myślał o jakichkolwiek kontaktach z Harmonią. Nie czuł już nienawiści do Boga, ale mimo wszystko...

Spojrzał na Steris, która pokiwała głową. I założył kolczyk.

Nagle znalazł się w innym miejscu.

Unosił się, widział przed sobą cały świat i mroczny ogrom poza. Przez chwilę czuł się zdezorientowany, choć jego stopy spoczywały na twardej ziemi. To było niepokojące.

Coś takiego nie zdarzało się zwykle, kiedy używał kolczyka. Ale był tu raz wcześniej. Na tamtym zamarzniętym szczycie góry.

Harmonia stał w pewnej odległości. Spokojna postać w tradycyjnej terrisańskiej szacie. Życzliwe spojrzenie. Po chwili wahania Wax ruszył po niewidzialnej ziemi w stronę Harmonii. Jeśli pozwolił, by jego spojrzenie się rozproszyło, Harmonia wydawał się ogromny jak cosmere – dwa szerokie skrzydła. Jedno białe, jedno czarne. Wirujące razem pośrodku, rozciągające się w nieskończoność.

W samym środku znajdowała się postać. Terrisanin. Gładko ogolona głowa. Zaokrąglone rysy wydłużonej twarzy. Oblicze legendy stojące z rękami założonymi za plecami. Zatroskane.

– Kiedy znalazłem się tu ostatnio, byłem martwy – zauważył Wax.

– Umierający – poprawił go Harmonia. – Na skraju śmierci. Czasami myślę, że tu właśnie przebywam. Zawsze tutaj, jak moneta stojąca na krawędzi... a po obu stronach jest przepaść...

– Gdzie jest czerwień, którą widziałem ostatnio? – Wax skinął w stronę planety. Przed sześciu laty na glob opadała czerwona mgiełka, jakby chciała ją pochłonąć. – Odpędziłeś ją?

– Nie – powiedział cicho Harmonia. – Napełniła planetę. Napełniła... mnie. To, co widziałeś, było zasłoną, Waxilliumie. Zareagowałem zbyt powoli. To moja... niedoskonałość, która robi się coraz bardziej niebezpieczna. Nim zorientowałem się, co się dzieje, ta zasłona opadła na mnie. Nie boli, jedynie ogranicza moją zdolność widzenia.

– To znaczy...

– Nie wiem, co się dzieje. – Harmonia spojrzał z góry na planetę. – Co robi Trell? Co planuje? Ta mgiełka stanowi swego rodzaju zasłonę dymną. Kiedy ją zaatakowałem, wpłynęła na moją zdolność widzenia przyszłości. Chwilowo. Pozbędę się jej za kilka lat. To nic w skali bogów. A jednak...

– A jednak niebezpieczeństwo jest właśnie teraz.

– Tak. Jak ktoś krótkowzroczny, dostrzegam niebezpieczeństwo, kiedy znalazło się bardzo blisko. – Zawahał się i spojrzał na Waxa. – Widzę ciebie, słyszę ciebie. Łączy nas Związek. I dlatego wiem, co odkryłeś. Myślałem, że mam więcej czasu. Dopiero teraz uwiadamiam sobie, że działałem zbyt powoli. Ponownie zbyt powoli...

Wax rozważył te słowa, ocenił ich wagę. Nie były to kwestie ani koncepcje, które można było lekceważyć. Bóg oślepiony. Wszystkie te lata, w czasie których wróg ich wyprzedzał. Bomba, którą właśnie budowali i szukali sposobu, by dostarczyć ją do serca miasta.

Jedno pytanie wzniosło się ponad wszystkie pozostałe. Stare powiedzenie stróżów prawa. Jeśli chciało się kogoś powstrzymać, trzeba było wiedzieć, czego pragnął. Kim był.

– Harmonio. Kim jest Trell?

– Trell to bóg Niezależność. To, co nazywamy Odpryskiem Adonalsium. Niezależność ma moce podobne do mnie, niebezpieczną siłę pozwalającą na manipulowanie naturą rzeczywistości i istnienia. Choć Niezależność pozostaje w rękach kobiety imieniem Bavadin, jej różne oblicza, zwane też awatarami, działają z pewną niezależnością. Trell, bóg mężczyzna ze starożytnych ksiąg, może być uznany za jeden z nich.

Wax zamrugał.

– Nie spodziewałeś się tak bezpośredniej odpowiedzi?

– W przeszłości nie zawsze je dostawałem.

– Staram się poprawić.

To było... jakimś sposobem równie niepokojące jak wiedza, że Harmonia został oślepiony. Bóg nie powinien musieć się poprawiać.

– Rzadko zdarza się rozmawiać z samą Niezależnością. Jak odkryłem, rozmawia przez awatary. Czasami są to fragmenty jej samej, którym pozwoliła zyskać pozór samoświadomości, czasami wybrani ludzie, którym dała część swojej mocy. Niezależność postanowiła zniszczyć nasz świat, bo jest dla niej zagrożeniem. Ale wierzę, że dała się przekonać, by pozwolić mu przetrwać, jak długo będzie... kontrolowany. Niezależność postawiła mi ultimatum, rok temu, kiedy moje oślepienie zaczynało działać i zakładała, że będę najbardziej zdesperowany. Zażądała, bym oddał ten świat jej i przeniósł się na inny. Odrzuciłem to żądanie... a jedną z ostatnich rzeczy, które zobaczyłem, była osoba wybrana przez Niezależność. Ta sama, która przekonała ją, że ten świat ma wartość, i przedstawiła plan podbicia go.

– Moja siostra?

Harmonia pokiwał głową.

– Przywódczyni Kręgu. Napełniona przez Niezależność. Awatar boga na tym świecie.

Wax westchnął cicho. Telsin.

Myślenie o niej sprawiło, że poczuł ukłucie bólu. Dokładnie pamiętał, jakie to było uczucie, kiedy w tamtej straszliwej chwili zrozumiał, że go zastrzeli. Mimo jego miłości i wysiłków, by jej pomóc, przez cały czas działała przeciwko niemu.

Ten ból był dojmujący mimo upływu czasu. A Wax uświadomił sobie, że nie wszystko z przeszłości zostawił za sobą. Pozostała nić, odsłonięty nerw wystawiony na powietrze.

Myśl o Telsin, która miałaby do dyspozycji moc bóstwa... Na rdzę.

Przez całą młodość manipulowała ludźmi. Stawiała na swoim. Telsin zawsze stawiała na swoim. Było to wystarczająco paskudne, kiedy udawało jej się przekonać dorosłych, że była słodka, posłuszna i doskonała – a przez cały czas wymykała się z przyjaciółmi. Zrobiło się niebezpieczne, kiedy zaczęła grę o znacznie wyższą stawkę z miejską elitą. A stało się całkowicie zabójcze, gdy odkryła Krąg i zaczęła kształtować światową politykę.

Co zrobiłaby z tym?

– Dopiero teraz o tym słyszę? – spytał ostro Wax.

– Skontaktowałem się z tobą rok temu, kiedy zostałem oślepiony. Ty... wciąż nie chciałeś ze mną rozmawiać. A ja próbowałem to uszanować.

Do diabła.

– Ale, Waxie... – powiedział cicho Harmonia. – Znów nadszedł ten czas. Potrzebuję miecza.

Miecz. Tym był, kiedy po raz drugi zabił Lessie. Sprzątał bałagan, jakiego narobił bóg. Dokonał egzekucji kandry-renegata, która oszalała z braku kolców.

– Wiem, że się zmieniłeś. Słyszałem cię wcześniej. Wiem, że jesteś szczęśliwy. Wiem, że nie chcesz mieć nic wspólnego z moimi dziełami.

– Ale moja siostra ma moc bogów. Na rdzę. Marasi i Wayne... czy ona wie, że planują tę prowokację? Czy moim przyjaciele są w niebezpieczeństwie?

– Chciałbym móc na to odpowiedzieć. Na ile mi wiadomo, wróg nie wie o ich planie. Ale... jestem ślepy, a twoja siostra jest niezwykle niebezpieczna. Waxie, próbowałem zająć się tym na inne sposoby. Nie udało mi się. I dlatego wracam do jedynej broni, na której zawsze mogłem polegać.

Wax odetchnął głęboko.

– Powiedz mi, co wiesz.

– Zgadzasz się?

– Najpierw powiedz mi, co wiesz. O planach mojej siostry i o tym bogu. Wszystko, co może mieć znaczenie.

– Powiedziałem już większość. Jednak powinieneś może wiedzieć, że każda z tych mocy, tych Odprysków, ma coś, co nazywamy Intencją. Motywację, która nią kieruje. Ja mam dwie, jedna popycha mnie do chronienia, druga do niszczenia. Niezależnością kieruje potrzeba oddzielenia się od wszystkich pozostałych, znalezienia własnej drogi. Popycha wyznawców do potwierdzania swojej wartości i nagradza tych, którzy są odważni, którzy przeżywają wbrew wszystkiemu. Szanuje wielkie plany i wielkie dokonania. Zakładam, że dlatego twoja siostra przekonała Niezależność, by nie zniszczyła naszej planety. A przynajmniej by z tym poczekała.

– Telsin wciąż planuje coś katastrofalnego – powiedział Wax. – Próbuje zniszczyć Elendel. Ale co to jej da? Inne miasta zbuntują się przeciwko tak straszliwemu aktowi przemocy. Ona nie może wierzyć, że pójdą za nią, jeśli zabije tak wielu.

– Jest zdesperowana. Twoja siostra ma swoją bazę w Bilming. Tam ją znajdziesz, tam buduje swoje nowe imperium. Musi wiedzieć, że jej bóg wciąż pragnie wypowiedzieć ludziom wojnę i unicestwić ich. Dlatego robi, co może. Jeśli Telsin zniszczy Elendel, może spróbować przejąć władzę nad Kotliną i udowodnić Trellowi, że jest zdolna władać tą planetą. Nie wiem, czy to jej prawdziwy motyw, ale wydaje się to najbardziej prawdopodobne. – Harmonia spojrzał na niego. – Przykro mi. Nie miałem pojęcia, że posunie się tak daleko.

Wax odwrócił wzrok, ale trudno było mieć pretensje do Harmonii. On sam przez lata był zaślepiony, jeśli chodziło o Telsin – i nie miał usprawiedliwienia w postaci boskiego całunu. Zawsze zakładał, że przynajmniej on sam wiedział, jaka jest naprawdę. Aż odkrył, że jest kolejnym pionkiem w jej gierkach, któremu pokazywała fałszywą twarz. Poczuł się jak idiota. Dlaczego myślał, że będzie się bawiła każdym poza nim?

Bo w głębi duszy kochał siostrę. Aż do chwili, kiedy pociągnęła za spust i poznał prawdę. Rodzina była dla niej jedynie potężnym sznurem, za pomocą którego mogła wiązać i manipulować.

– Jeśli twoje odkrycia są prawdziwe, możemy nie mieć czasu, by zaczekać, aż uwolnię się od zasłony – powiedział Harmonia. – Niezależność mobilizuje armię poza światem, która ma najechać i zniszczyć wszystkich na tej planecie. Telsin próbuje to powstrzymać. Oba plany oznaczają dla nas katastrofę i oba są w trakcie realizacji.

Do diabła. Wax odetchnął głęboko.

– Kazałeś mi zrobić drugi kolczyk. To mnie w końcu przekonało, żeby z tobą porozmawiać. Dlaczego?

– Miałem nadzieję, że to zadziała. – Na wargach Harmonii pojawił się ślad uśmiechu. – Dobra tajemnica to najlepsze zaproszenie.

– I? Co mam z tym zrobić?

– Kiedy Vin, Wojowniczka Wstąpienia, stawiała opór Zniszczeniu, nie uświadamiała sobie, że malutki kolczyk, który nosiła, wiązał ją z nim. Pozwalał, by Zniszczenie dostawał się do jej głowy, przemawiał do niej. Tworzył Związek. – Skinął na kolczyk Waxa. – Kolec z trellium stworzy Związek z awatarem Trella... w podobny sposób, jak teraz jesteś Związany ze mną. Ona będzie cię wyczuwała, a ty ją.

– Nie wiem, czy to dobry pomysł. – Wax pokręcił głową. – Kiedy nasza dwójka się spotyka, ona ze mną wygrywa. Nie powinienem dać się wciągnąć w jej gierki.

Harmonia uśmiechnął się. To był blady uśmiech na wargach kogoś, kto był zbyt przytłoczony, by mieć czas na uczucia. Wydawało się wręcz, że bóg robi to celowo, z wysiłkiem.

– Jak sobie życzysz. To narzędzie, które możesz wykorzystać. Ja wielokrotnie przegrałem z Niezależnością, ale wciąż mogę zapewnić ci pomoc. Niektórzy nie uświadamiają sobie, że to ja stałem za ich mobilizacją. Nie wiedziałem jednak, jak pilne jest nasze zadanie. Nie wiedziałem, że ich bomba może już być gotowa. Za bardzo zwlekałem. Taki był ich cel, tak sądzę. Dlatego muszę spytać. Czy będziesz znów moim mieczem, Waxilliumie?

– Czy to absolutnie konieczne?

– To zależy od tego, co sądzisz o perspektywie, że twoja siostra zajmie moje miejsce jako zarządca tej planety.

– To... naprawdę jest możliwe?

– Tak.

– Niech to.

– Jeśli przeszkodzisz Telsin w realizacji planu, Niezależność ją porzuci. To nasza najlepsza szansa.

– A armia, którą prowadzi Niezależność?

– Musimy mieć nadzieję, że zdążymy ją powstrzymać po tym, jak plany twojej siostry spełzną na niczym.

To nie wyglądało na solidną strategię. Spojrzał na Harmonię i tym razem dostrzegł coś innego. Nie ogrom mocy ani nawet postać z legendy. Lecz człowieka. Wrzuconego w środek wojny, na którą nikt z nich nie był gotów, próbującego jak najszybciej zapanować nad mocami, na których poznanie inni mieli najpewniej całe tysiąclecia.

On bardzo się stara, pomyślał Wax. I walczy, by nie zmiażdżyły go przeciwstawne moce, którymi włada. Potrzebuje pomocy, a ma tylko mnie.

Kiedy Wax udał się do Dziczy, uciekał – ale został, bo ludzie go potrzebowali.

W Elendel odnalazł pokój. Nie zamierzał wrócić w teren dlatego, że tego chciał albo potrzebował. Tym razem uda się, bo był potrzebny.

– Ostatni raz? – spytał Wax.

– Obiecuję. Ostatni raz.

– W porządku. – Wax poczuł, że zaczyna mu ciążyć wielki ciężar. – Powstrzymam Telsin. Ale ty będziesz musiał się zająć tą Niezależnością.

– Kup mi czas. Czas, bym odzyskał siły. Czas, bym w nadchodzących latach nawiązał szersze sojusze, byśmy mogli stawić jej czoło jako zjednoczona planeta.

– Wciąż nie wiem, w jaki sposób podłożenie bomby w Elendel pomoże Telsin zrealizować plany. To zbyt skrajne. Ona jest racjonalna.

Najpewniej planuje grozić nam nią, aż się ugniemy. Może zamierza... nie wiem, wysadzić jedną z Popielnych Gór, żeby nas zastraszyć?

– Może. Nie znam jej ostatecznego planu. Przykro mi.

W takim razie to tajemnica. O przerażająco wysokiej stawce. Wax spojrzał w oczy Harmonii.

– Czy jest coś, czego mi nie mówisz?

– Wiele rzeczy – przyznał Harmonia.

– Czy któraś z nich zaboli, jak to, co stało się z Lessie?

– Nie celowo. Ale nie mogę obiecać, że to przeżyjesz. Albo że jeśli przeżyjesz, to obędzie się bez bólu. Niewiele ostatnio mogę obiecać.

Wax zacisnął pięść.

– Ufasz mi, Waxilliumie? – spytał Bóg.

– Nie – odpowiedział szczerze Wax. – Ale jej ufam jeszcze mniej. Już powiedziałem, że pomogę. Ale nie jestem tylko mieczem, Harmonio. Jestem też stróżem prawa. Dowiem się, co robi Telsin. Odpowiem na te pytania, na które ty nie możesz. W ten sposób ją powstrzymam.

– Dziękuję.

Wax w mgnieniu oka znalazł się z powrotem w apartamencie. W ogóle go nie opuścił, nie fizycznie. Steris uklękła obok niego, była zaniepokojona.

– Został oślepiony – wyjaśnił jej. – Nie uświadamiał sobie, jak palący jest ten problem, i poprosił mnie o pomoc. Abym interweniował i powstrzymał moją siostrę. – Wziął ją za rękę. – Przepraszam. Muszę ruszać. Wiem, że będziesz się o mnie martwiła.

– Oczywiście, że tak. Ale myślisz, że nie martwiłabym się, gdybyś został? Jeśli się nie mylisz... – Wstała. – Tu nie chodzi o ja albo oni, Waxie. Polityka albo Allomancja. Ja albo Lessie. To nigdy nie było albo-albo. Ta część twojego życia nie skończyła się jedynie dlatego, że przez jakiś czas jej nie potrzebowałeś. Teraz jej potrzebujesz. Wszyscy potrzebujemy.

Stanął obok niej.

– Muszę wziąć płaszcz i broń z rezydencji.

– Mam je tutaj. – Odsunęła jedną ze stert gazet, ukazując torbę z pralni... z której wyjęła jego mgielny płaszcz.

– Mogłem się domyślić, że oddasz go do uprania. Dziękuję ci za...

Rozległo się pukanie do drzwi. Popatrzyli po sobie. Kto ich odwiedzał o tej godzinie, kiedy nawet służący wrócili już do domów? Wax poszedł to sprawdzić i na zewnątrz – w korytarzyku prowadzącym do windy – znalazł paczkę.

Zamknął drzwi i pokazał ją Steris. Po rozpakowaniu zobaczył rząd szesnastu fiolek zawierających – na pierwszy rzut oka – opiłki metalu w alkoholu. Ostatnia miała czerwony korek i wiadomość „Wykorzystaj pozostałe zamiast swoich zwykłych metali. Ostatniej użyj jedynie w sytuacji kryzysowej".

Wax wziął je z powagą. Później z zamykanej na klucz szafki pod ścianą wyjął sejf – a z niego dwa aluminiowe pistolety, jedne z najlepszych wytworów Ranette. Obrońca II i Stalowy Ocalały.

Pierwszy był potężnym pistoletem dużego kalibru z dwiema dodatkowymi komorami na mgłobójców. Duże pociski, zaprojektowane w taki sposób, by wybuchały po wbiciu się w ciało, służyły do walki z Hemalurgami. Ranette stworzyła je, by po wystrzeleniu z bliska wypychały kolce z ciała. Drugi pistolet średniego kalibru miał przedłużoną lufę, co zwiększało precyzję. Wax zwykle ładował go zwykłymi kulami, które można było Odpychać.

Wsunął je do kabur, w których do niedawna trzymał rozładowane pistolety. W sejfie było coś jeszcze. Pokrowiec na broń, w którym kryło się coś wyjątkowego, w kilku częściach wymagających złożenia. Najbardziej morderczy projekt Ranette. Wax dotknął go z wahaniem. Wewnątrz znajdowała się broń przeznaczona nie dla stróża prawa, ale dla żołnierza. Której celem było niszczenie.

Odłożył ją z powrotem do sejfu. Nie potrzebował jej. Był stróżem prawa.

Steris zajmowała się jego dużą torbą na ramię, szeroką i z grubej skóry. Zapakowała jego amunicję i dodatkowe fiolki z metalami – znając ją, również obiad – podczas gdy on pośpiesznie zgarniał inne potrzebne rzeczy w gabinecie. Między innymi pas z torebką wyłożoną aluminium, na zapas metalu. Mógł ją zamknąć, a wtedy szklane flakoniki wewnątrz stawały się niedostępne dla wrogich Allomantów. Włożył do niej połowę fiolek przekazanych przez Harmonię.

Kiedy wrócił, Steris podała mu mgielny płaszcz. Ścisnął go dwiema rękami.

– Steris. Senat... Nie mogę być w dwóch miejscach jednocześnie. Możesz porozmawiać z gubernatorem? To nie jest dobry moment, żebym wyjechał, ze względu na nowego ambasadora. Do diabła... może dobrze by było przygotować gubernatora na najgorsze, wyjaśnić możliwość bomby.

– Nie wiem, czy mnie wysłucha. Senatorowie i gubernator nie słuchają nawet ciebie... mnie od razu zignorują.

– Mimo to powinniśmy spróbować.

– My... moglibyśmy wyznaczyć kogoś, by reprezentował ród...

– Steris. Zostałem przywódcą rodu z powodu twoich marzeń na temat tego, co moglibyśmy osiągnąć. Twoich cudownych marzeń. Dostrzegłaś we mnie kogoś, kto mógł zrobić to, co konieczne, i nie myliłaś się. – Lekko zacisnął dłoń na jej ramieniu. – Widzę w tobie kogoś podobnego. Lepszego. Przez te ostatnie lata opierałem się na twoich pomysłach. Twoim geniuszu. Możesz przewodzić równie dobrze jak ja. A nawet lepiej.

– Nie radzę sobie w kontaktach z ludźmi – szepnęła. – Zepsuję to. Myślę, planuję i zawsze dochodzę do tego samego wniosku. Nie można mi powierzyć czegoś aż tak ważnego. Potrzebujemy kogoś bardziej odpowiedniego.

– A jeśli ja uważam, że jest inaczej? A jeśli uważam, że jesteś absolutnie najlepszą przedstawicielką naszego rodu? Szykuje się wojna... a będzie jeszcze gorzej, jeśli odkryję spisek w Bilming. Potrzebujemy kogoś, kto powstrzyma gorące głowy. Kogoś skrupulatnego, kto rozważył wszystkie możliwości.

– Ja... nie wiem. Czy mi się uda.

– A ja wierzę w ciebie, Steris. Wyznaczę kogoś innego, jeśli chcesz. Ale sądzę, że ty poradzisz sobie najlepiej.

Spojrzała mu w oczy i z wahaniem pokiwała głową.

– Dziękuję – powiedział.

– Jeśli naprawdę uważasz, że tak będzie najlepiej, spróbuję. Nie radzę sobie w kontaktach z ludźmi, ale ty tak. Wydaje się więc logiczne, że być może masz rację. Co do mnie. – Ścisnęła jego ramiona. – Ruszaj. Ja zajmę się Senatem. Jakoś.

Pocałował ją, jedną ręką wciąż ściskał mgielny płaszcz, a drugą objął jej ramiona. Nagle poczuł małe rączki ściskające nogi jego i Steris.

– Maxie! – Steris przerwała uścisk i spojrzała w dół. – Dlaczego nie jesteś w łóżeczku?

– Bo jestem tutaj.

Podniosła go, a Wax zrobił krok do tyłu, zarzucił płaszcz i przewiesił ciężką torbę przez ramię.

– Musisz iść teraz walczyć z potworami? – spytał Max.

– Jeśli je znajdę.

– Znajdziesz. Jesteś najlepszym wykrywaczem, jaki kiedykolwiek żył. Wujek Wayne mi powiedział. Mówił, że potrafisz znaleźć każdy skarb, jaki jest do znalezienia.

– Już znalazłem największe skarby, Maxie. – Wax odwrócił się, a pasma mgielnego płaszcza zaszeleściły w ten znajomy sposób. Jakby szeptały w starożytnym języku. – Teraz tylko muszę zapewnić im bezpieczeństwo.

Otworzył drzwi balkonu i wzniósł się w niebo w stronę miasta Bilming. Gwiazdy miał nad sobą i pod sobą, a otoczona światłem droga wskazywała mu kierunek.

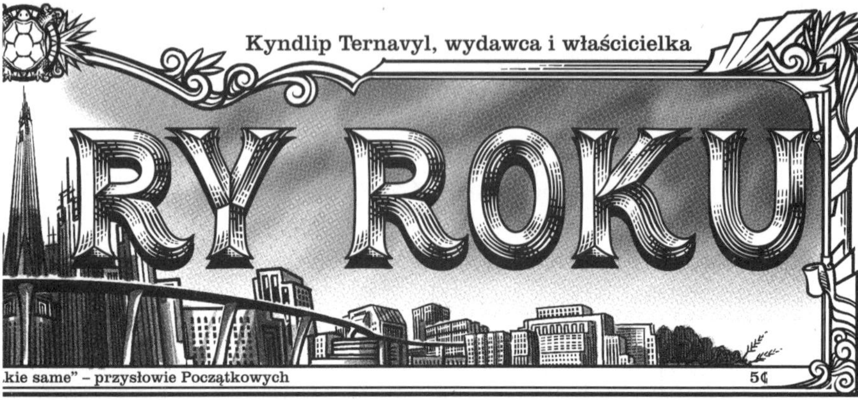

CHNICTWIE ELENDEL
NOŚCI KOTLINY

AŁ? POSTĘP CZY ZGUBA?

UKOCHANA REDAKTORKA WCIĄŻ ZAGINIONA

Minęło osiem dni, od kiedy mąż i dzieci naszej redaktorki ze łzami w oczach błagali o jej bezpieczny powrót. Od tego czasu nasi reporterzy przeszukali miasto, zadręczali burmistrza i podążyli każdym tropem podrzuconym przez was, drogich czytelników. Aż do odwołania i o ile nie pojawią się pilne informacje, codzienne aktualizacje będą znajdować się na drugiej stronie. Proszę, nie przestawajcie przysyłać nam wskazówek do naszych biur na rogu 109. i Stratten Way.

Kyndlip Ternavyl

ci- ch ιż- :or ιrą ;o, /a, ja- ım al- ıła na zy na al- się ıie e).

UWAGA!

NAŚLADOWCY TWIERDZĄ, ŻE ZNAJĄ

TAJNY SKŁAD

Ale ci pozbawieni skrupułów imitatorzy pragną jedynie sięgnąć do waszych portfeli i spróbują podstępem skłonić was do picia czegoś gorszego. Jeśli wasz aptekarz powie wam, że coś innego jest „dość dobre", powiedzcie mu:

„JEST RÓŻNICA DAJ MI VIFA"

(Opłaciła **Vif Sparkle Co.**)

DRŻENIA W TUNELACH UCICHŁY... NA RAZIE

Znak, że miasto zamierza porzucić kolej podziemną?

To ulubiony temat narzekań wszystkich mieszkańców Bilming – kiedy ekipy budowlane ukończą podziemną linię kolejową? Kolej podziemna, której budowę rozpoczęto przed czterema laty z wielkim budżetem, od którego rdzewieją metale wszystkich podatników w Bilming, miała rozwiązać problemy z korkami w mieście. Ale choć nie widać wielkich postępów w podziemnej budowie, Zarząd Transportu Bilming w tym samym czasie dodał kolejne połączenia linii nadziemnej i pasy na autostradach. W tym momencie czy naprawdę potrzebujemy kolei podziemnej, szczególnie jeśli jej budowa zbiega się w czasie z niewielkimi trzęsieniami ziemi, które co kilka miesięcy wzbudzają nasz niepokój?

Więcej na drugiej stronie: Właścicielka salonu Uspokajania wdzięczna za publiczne poruszenie

UGODA ALLOMANTY JAKA Z POMOCNIKIEM

Allomanta Jak zawarł ugodę ze swoim byłym pomocnikiem, Handerwymem Terrisaninem, który utrzymuje, że słynny potentat medialny zdefraudował udziały Terrisanina w przedsiębiorstwie, by inwestować w nowe przedsięwzięcia medialne, jak efemeryczne evanosztuki sprzed kilku lat. Choć *Strażnik prawdy* nadal będzie publikował przygody Jaka, nasza gazeta ma obecnie wyłączność na „Handerwym przedstawia" w Bilming.

„To był od początku mój zamiar", powiedział Jak do tłumu fanów, „by nauczyć drogiego Handerwyma wielkości i odciąć go od spódnicy, wypchnąć z gniazda, i patrzeć, jak sobie radzi na głębokiej wodzie. Poza tym teraz, kiedy nie muszę mu płacić, mogę poświęcić czas i pieniądze na pisanie wspomnień i zgłębianie nowych obiecujących form opowiadania historii. Powiem wam, co jest następne: wizuksiążki… to opowieści, które możecie czytać nawet, jeśli nie znacie alfabetu!".

Poproszony o komentarz Terrisanin jedynie przymknął oczy i westchnął.

Więcej szczegółów na drugiej stronie: Dlaczego sędzia pozwolił Jakowi zatrzymać tygrysa.

ım ch do d- się el- ęć ow ną a- w, ny ni, o- ch

„Daj mi kompas" powiedziałam „a zostawię cię na kolejnym występie".

Vila obejrzała się przez ramię na zbliżającą się skałę, gdzie czekał Nawiedzony.

Spojrzała na mnie z szeroko otwartymi oczami, bez wątpienia uświadamiając sobie, że bez stali nie mogła Monetostrzelić w przestrzeń. Była uwięziona. Zaskoczenie sprawiło, że przestała się trzymać czegokolwiek poza kompasem.

Tego nie planowałam.

„Nie!" krzyknęłam, puściłam natychmiast parasol i sięgnęłam w stronę Vili.

Szczęśliwie złapałam ją za koronkę jej płaszczyka.

CZĘŚĆ DRUGA

20

Marasi przespała kilka godzin skulona na przednim siedzeniu ciężarówki, kiedy jej konwój toczył się w stronę Bilming. Całe szczęście udało im się zwerbować kierowców z nocnej zmiany konstabli, więc byli przyzwyczajeni do pracy w tych godzinach. Jej towarzyszka nie była gadatliwa. Nosiła kurtkę z postawionym kołnierzem, a czapka zasłaniała jej twarz. Powiedziano im, że mają zachować przebranie nawet w czasie jazdy.

Kiedy Marasi przysnęła, jechali przez ponurą ciemność poza Elendel. Kiedy się obudziła, wschodziło słońce i mijali przedmieścia Bilming. Nigdy nie odwiedziła tego miasta, choć można było do niego dojechać pociągiem wzdłuż wybrzeża w ciągu kilku godzin, ale dobrze rozumiała politykę i wiedziała, dlaczego jest takie ważne.

Kiedy Elendel przestało sobie radzić z ruchem, Bilming stało się kluczowym portem i stocznią. Ponieważ leżało na wybrzeżu, mogło handlować z innymi nadbrzeżnymi miastami, ignorując monopol stolicy na transport kolejowy. W dodatku było głównym portem handlowym w kontaktach z Południowym Kontynentem – większość dóbr transportowano tradycyjną drogą morską, nie statkami powietrznymi.

Odkrycie tych nowych lądów przyniosło Bilming bogactwo. A bogactwo oznaczało potęgę. Wielu w Elendel sądziło, że mieszkańcy Bilming zrobili się zbyt niezależni – a w ostatnich latach stało się jedynym miastem w Kotlinie, które rzeczywiście mogło rywalizować ze stolicą.

Ludzie w Elendel wyrażali się pogardliwie na temat Bilming – udawali, że to wioska na odludziu pełna niewykształconych marynarzy i pijanych dokerów. Marasi znała prawdę. To nie był zaścianek, lecz rodząca się metropolia.

Mijała starannie zaplanowane przedmieścia – i jeszcze większe przestrzenie pozostawione do późniejszej zabudowy. Wiele osiedli dopiero powstawało, wznoszono domy, z których każdy był w innym stylu. Nie było dwóch dachów wznoszących się na tę samą wysokość ani dwóch wejść w tym samym miejscu. Mimo to kryła się w tym dziwna symetria. Taka, którą Marasi nie do końca potrafiła ująć słowami.

Tak samo było w centrum, w którym – choć wciąż znajdowali się w pewnej odległości – nowo powstające drapacze chmur wznosiły się niczym mityczne iglice Kredik Shaw. Dominująca budowla w samym środku była najbliższa ukończenia. Musiała mieć dobre siedemdziesiąt, może nawet osiemdziesiąt kondygnacji, dorównując najwyższym budynkom w Elendel.

Każdy z drapaczy chmur – szczególnie ten w środku – charakteryzował się dziwną estetyką, łączącą wrażenie twierdzy z nowoczesną smukłą sylwetką i stalowymi wykończeniami. Po jakimś czasie przejechali pod dużą linią kolejową na wiaduktach, która okrążała miasto. Niektóre odcinki nie zostały jeszcze ukończone, ale spora część już działała.

Wszystko wydawało się metaliczne, jak wypolerowana stal, co podkreślały szkielety wznoszących się konstrukcji z odsłoniętymi dźwigarami. Ukończone budynki miały metalowe dachy lub okładziny – nie zawsze wypolerowane, a często spatynowane. W efekcie bardzo różnorodne budowle robiły wrażenie spójnych.

Marasi patrzyła na nie z zachwytem. Choć miasto nie zostało ukończone, wyraźnie je zaplanowano. Z projektu niemal biły przedsiębiorczość, myślenie przyszłościowe i osiągnięcia. Mijali liczne plakaty wychwalające zalety samodzielności i suwerenności. Nie trzeba było czytać między wierszami, by wiedzieć, jaki ton nadawały dyskusji. Niezależność od Elendel.

– Czy zauważyłaś kiedyś, że dzieci zawsze rysują domy w ten sam sposób?

Marasi zmarszczyła czoło i spojrzała na kobietę kierującą ciężarówką. Kobieta miała dość głęboki głos, ale poza tym niewiele dało się o niej powiedzieć. Marasi nie wybierała tej ciężarówki celowo – weszła do takiej, w której z tyłu były skrzynie, nie konstable, bo miała nadzieję, że uda jej się przespać.

– Nie mogę powiedzieć, bym to zauważyła.

– To dziwne. Możesz sobie wyobrazić kształt, rzecz jasna. Kwadratowe pudełko. Trójkątny dach. Drzwi na samym środku. Dwa okna.

Często komin, choć w dzisiejszych czasach coraz mniej domów je ma. Jaki dom tak wygląda? Właściwie żaden. Dlaczego więc dzieci je rysują?

– Pewnie tak jest łatwo.

– Możliwe. A może nie rysują domu. Rysują rysunek domu stworzony przez kogoś innego. To, co podejrzały u innych. Ikonę. Symbol.

Marasi zmrużyła oczy.

– To interesujące spostrzeżenie, konstablu… jak się nazywasz?

– Mów mi Blask Księżyca. Lubimy kryptonimy. To jedna z rzeczy, które są dla nas typowe.

– Ja… nigdy wcześniej nie słyszałam tego słowa.

– Nie mogłaś, bo nie macie tu księżyca.

Kobieta odchyliła się do tyłu i wyciągnęła rękę na kierownicy, przez co jej rękaw pojechał nieco do góry, ukazując czerwony tatuaż nad nadgarstkiem. Ten sam symbol, który znajdował się na pozostawionej dla niej kartce.

Marasi powoli, ostrożnie sięgnęła po pistolet w kaburze pod pachą.

– Nie będziesz go potrzebowała. – Kobieta nie odrywała spojrzenia od drogi.

Teraz, gdy zbliżyli się do miasta, musieli znacznie zwolnić. Kto by się spodziewał, że w jednym z zewnętrznych miast będzie tak duży ruch?

– Gdzie jest konstabl, która powinna prowadzić tę ciężarówkę? Co jej zrobiłaś?

– Nic. Nic jej się nie stało. Ale bawi mnie, że to pierwsza rzecz, o którą spytałaś. Jasne, rozumiem… ale może zastanów się nad swoimi priorytetami, Marasi.

Marasi wciąż trzymała palce na rękojeści pistoletu, ale nie wyciągnęła go.

– Czy to ty byłaś w jaskini? Osoba w białej masce?

– Była czarna. – Kobieta przeszła tę próbę. – Tak, to byłam ja.

– I… jesteś człowiekiem?

– W stu procentach. Ale nie pochodzę stąd. – Zdjęła czapkę, ukazując proste czarne włosy ściągnięte w kucyk i nietypowe rysy twarzy. Oczy w kształcie, jakiego Marasi nie widziała nigdy wcześniej, wydatne kości policzkowe.

– Pochodzisz z Południowego Kontynentu?

– Nie. – Blask Księżyca skinęła na miasto na zewnątrz. – Od początku nie znoszę Bilming. Powinien podobać mi się namysł, jaki wkładają w projekt, jednak kryjący się pod nim przekaz mnie niepokoi. Bardzo się starają, by każdy budynek był indywidualny, jednak sposób, w jaki do siebie pasują, jest zbyt przemyślany. Sprawia, że sztuka robi wrażenie pustej.

– Dlaczego sądzisz, że tak jest?

– Ze względu na wpływ Trella, rzecz jasna.

Marasi się pochyliła.

– Powiedz mi. Proszę.

Blask Księżyca spojrzała na nią po raz pierwszy. Taka pewność siebie w spojrzeniu, uśmieszek na wargach. To była kobieta, która weszła w sam środek grupy konstabli i nie sprawiała wrażenia w najmniejszym stopniu zaniepokojonej.

– Taka głodna. Nie zawsze dzielimy się odpowiedziami z ludźmi z zewnątrz, Marasi.

– Mogłabym cię aresztować i przesłuchać.

– Pod jakim zarzutem?

– Utrudniania konstablom wypełniania obowiązków służbowych.

– Utrudniania? W jaki sposób? Dostałam polecenie kierowania tą ciężarówką.

– Nie udawaj, że nie wiesz, o co chodzi. Udajesz konstabla... poza tym ukrywanie informacji kluczowych dla śledztwa jest niezgodne z prawem.

Kobieta uśmiechnęła się i znów przeniosła wzrok na drogę.

– To zadziwiające, jak bardzo gliniarze są do siebie podobni, niezależnie od planety.

Niezależnie od planety. Na rdzę i Zniszczenie...

Marasi wiedziała oczywiście, że istnieją inne planety. Kandra o tym mówił. Ale... na rdzę. Nadal było to trudne do przyjęcia.

Zatrzymali się, kiedy na ulicę przed nimi wyszła grupa pieszych. Do okna od strony Marasi podszedł żebrak. Zgodnie z instrukcjami zawartymi w notatniku Marasi otworzyła okno i opuściła je, a później dała żebrakowi parę skrzyńców. Brudny mężczyzna ukradkiem dał jej kawałek papieru.

– Umiesz dojechać do drogi Biggle? – spytała Marasi, odczytując wiadomość.

– Jasne. – Blask Księżyca skręciła w następną ulicę. – To w dzielnicy przemysłowej.

Ciężarówka Marasi wyszła na prowadzenie, a konwój podążył za nią; wszystkie dziesięć samochodów jechało blisko siebie w podwójnym rzędzie. Na następnym zakręcie zbliżyła się do nich ciężarówka Wayne'a. Marasi widziała, jak jej partner zagaduje kierowcę – którym okazał się Hoid. Woźnica Waxa. Jak on się zaangażował w prowokację?

– Ostatnio trudno powiedzieć, czy to ja go obserwuję, czy on obserwuje mnie – zauważyła Blask Księżyca. – Tak naprawdę oboje obserwujemy te same osoby trzecie...

– Co? Hoid? Od lat jest zatrudniony przez Waxa. To dziwny gość, ale...

Siedzący w sąsiedniej ciężarówce Hoid spojrzał na nich – przesuwając wzrokiem po Marasi – i skinął Blaskowi Księżyca.

Co, do diabła? Ile czasu marnowała na napady na bank i wymuszenia, kiedy działo się coś takiego?

Czymkolwiek to było.

– Przyszło ci kiedyś na myśl, że sztuka jest tak niszczycielska? – zapytała Blask Księżyca.

– Sztuka? – Marasi zmarszczyła czoło. – Niszczycielska?

– Każdy nowy prąd pochłania te, które go poprzedzały. – Blask Księżyca ruszyła naprzód, kiedy pojazdy przed nimi zaczęły powoli nabierać prędkości. – Rąbie je na kawałki i karmi się trupem. Zabiera kości, ale okrywa je nową skórą. Każde nowe dzieło sztuki jest w pewnym sensie parodią tego, co było wcześniej.

– Brzmisz, jakbyś sama była artystką.

– Mam pewne talenty. Doświadczenia sprawiły, że zainteresowałam się dziwactwami świata sztuki i jego... wartościami, mogłabyś tak to określić. Powiedz mi. Wyobraźmy sobie, że masz jedno z szesnastu skrajnie rzadkich dzieł tego samego artysty. Co byś zrobiła, by sprawić, że twoje stanie się najcenniejsze?

– Jeśli się na to zgodzę, opowiesz mi o Trellu?

– Właśnie próbuję to zrobić.

Marasi z namysłem zmarszczyła czoło.

– Mam jedno z szesnastu dzieł sztuki... i muszę sprawić, by moje było najcenniejsze?

– Tak.

– Spróbowałabym otoczyć je aurą tajemniczości. Nie pokazywałabym go. Pozwoliłabym, by w porównaniu z nim pozostałe stały się pospolite... a wartość mojego wzrastałaby w miarę, jak ludzie opowiadaliby sobie historię. „Jest jeszcze jedno. Takie, którego nikt nie widział".

– Sprytne. Jestem pod wrażeniem.

– A co ty byś zrobiła?

– Ukradła piętnaście pozostałych. Wtedy mogłabym manipulować rynkiem zgodnie ze swoimi pragnieniami.

– To bezwzględne.

– Nie tak bezwzględne jak inne możliwości. Te dzieła sztuki istnieją, Marasi, a bóg waszej planety ma dwa z nich.

– Zniszczenie i Zachowanie.

– W rzeczy samej. To sprawia, że Harmonia jest najbardziej wartościową... najbardziej Napełnioną... istotą w cosmere. Jedno z pozostałych szesnastu uznało, że najlepszym sposobem na poprawienie wartości swojego jest próba zniszczenia wszystkich pozostałych. W kilku przypadkach mu się to udało.

– I... to Trell?

Blask Księżyca pokręciła głową.

– Nie, na imię ma Odium. Trell... Niezależność... ma inny pomysł. Widzisz te budynki? Te domy? Wszystkie są częścią większej instalacji artystycznej. Wspaniałe dzieło robi wrażenie, ale nie jest wasze. Tego rodzaju wzory, te proste linie, te lustrzane panele... to część taldaińskiego ruchu zwanego brutalizmem. To jedna z tych rzeczy, których nie znoszę w Niezależności. Twierdzi, że chce, żeby każdy był osobną jednostką. Daje każdemu domek, który różni się od pozostałych, ale jedynie w sposób, który pasuje do jej planów, jej pragnień. To fałszywy indywidualizm. Zbiorowa wyjątkowość. Jak reklama, która każe ludziom iść swoją drugą, być sobą... poprzez kupienie tego produktu, jak wszyscy inni.

Marasi próbowała przeanalizować to wszystko. To, co rozumiała, zgadzało się z jej podejrzeniami. Tym miastem rządziła istota z obcej planety, która miała plany wobec ludzi ze świata Marasi.

– Jaki jest w takim razie cel Trella? Skoro nie chce zniszczyć innych bogów?

– Trell próbuje wypchnąć pozostałych. Ona... on, oni, ono, to się zmienia... nie lubi bezpośrednich starć z innymi bogami. Tak na marginesie, nazywamy ich Odpryskami. Niezależność próbuje ich pokonać, wypełniając cosmere wersjami samej siebie. Wyprzeć konkurencję, jeśli mogę tak powiedzieć. Niczym skrajnie inwazyjna roślina zawleczona do innego ekosystemu i dusząca miejscowe odmiany.

Marasi zmarszczyła czoło.

– Chyba... rozumiem.

– Rozmowy na temat Niezależności bywają dezorientujące. – Blask Księżyca wpatrywała się w drogę. – Trellizm to pozostałości starożytnej religii twojego świata, pierwotnie stworzonej przez Niezależność bardzo dawno temu. Jak nasienie na później, kiedy postanowi się wprowadzić. Teraz nadszedł ten czas. Niezależność szuka kogoś na tej planecie, kto w pełni przyjmie tę rolę, tę tożsamość.

– Chwileczkę, przyjmie rolę?

– Chce pozostawić na tej planecie boga – wyjaśniła Blask Księżyca. – Kogoś, kto posiada część jej mocy, kto chroni jej interesy i jest... w wielu aspektach... częścią jej duszy. Robi to w całym cosmere. Niektóre światy mają całe panteony, których członkowie są wersjami jej, ale każdy ma swoją osobowość i tożsamość.

– Czyli... bawi się w odgrywanie ról? Sama ze sobą?

– Tak. Ale Napełnienie Niezależności żyje własnym życiem i dlatego każda wersja jej w swoim czasie staje się czymś osobnym. Czasami nie jest to osoba, jedynie moc. W innych przypadkach, jeśli sytuacja wymaga większego nadzoru, wybiera kogoś do wyniesienia.

– Czyli... zamierza przejąć nasz świat, ustanawiając innego boga i wypędzając Harmonię?

– Zasadniczo. Twoja planeta jest jej podstawowym celem, Marasi. Dwa Odpryski w rękach jednej osoby, to ją przeraża. Mieliście broń prochową i elektryczność przed wszystkimi planetami w cosmere poza jej ojczystym światem. Widzi, że stajecie się silniejsi, dowiadujecie się coraz więcej. Zbliżacie się do prawdziwych tajemnic. To sprawia, że jesteście największym zagrożeniem w cosmere, przynajmniej dla niej.

– Nie widzę jednak, jak to mogłoby pokonać Harmonię.

– Szczerze mówiąc, ja też nie. Nie jestem pewna, czy jakikolwiek człowiek może pojąć pełny plan. Ale ona wie, że Harmonia ma problem z podjęciem działania, i dostrzegła szansę.

Marasi odchyliła się do tyłu i odetchnęła, a jej dłoń zsunęła się z pistoletu. Odpowiedzi. Prawdziwe odpowiedzi. Szukała ich tak długo, trafiała na tak wiele ślepych uliczek. Kiedy w końcu dostała odpowiedzi, poczuła się... cudownie.

– Czyli Niezależność szuka awatara – powiedziała Marasi.

– Najpewniej już go znalazła. Kobietę imieniem Telsin.

– Siostrę Waxa? – Do diabła.

– Oczywiście, w ich szeregach trwa rywalizacja. W przypadku Niezależności trwa zawsze. Dlatego Telsin będzie musiała udowodnić, że jest najsilniejsza, najlepsza. A ponieważ Niezależność twierdzi, że jej intencjami są kreatywność i indywidualizm, nagrodzi samozaparcie, sukces, wizję.

Blask Księżyca wskazała powstające budynki, które mijały.

– To miasto jest przykładem, zostało w całości zaprojektowane przez jednego utalentowanego architekta, którego Telsin awansowała przed pięcioma laty. Jego dzieło ma zrobić wrażenie na Niezależności... ale indywidualni właściciele domów? Nie zaprojektują niczego. Dostają wyprodukowany „indywidualny" dom.

– To nie w porządku.

– Zależy od tego, czego chcesz. Życie pod jej rządami może być bezpieczne, jeśli się nie wychylasz, nie zapuszczasz się w niebezpieczne rejony, w których zażąda od ciebie poddania się próbie. Niezależność jest brutalna, ale szczodra. Jeśli zrobisz na niej wrażenie, awansujesz. Nawet jeśli sprzeciwisz się rozkazom, ale osiągniesz sukces, zostaniesz nagrodzona.

– A jeśli ci się nie uda?

– Źle się to dla ciebie skończy. – Spojrzenie kobiety rozproszyło się. – Robi mi się niedobrze, kiedy o niej myślę. Ale rozumiem ją... tak mi się wydaje. Zajęło to trochę czasu.

Marasi usiadła wygodniej i zamyśliła się. W końcu odpowiedzi. Ale jednocześnie... na ile mogła zaufać tej kobiecie? Czy cokolwiek z tego było prawdą?

– Dlaczego wyjaśniasz mi to teraz?

– Bo zrobiłaś wrażenie na mojej organizacji. My, którzy bronimy Scadrialu, musimy postępować bardzo ostrożnie. Są siły na tym świecie, włączając w to Harmonię, które mogłyby nas zmiażdżyć, gdybyśmy zrobili niewłaściwy krok.

Marasi zawahała się. Jeśli nie pracowali dla Harmonii, to dla kogo?

Blask Księżyca w końcu zjechała z głównej drogi i ruszyli przez północne przedmieścia.

– To takie... sztuczne – powiedziała. – Popatrz na ten znak. Widzisz go?

– Plakat? – Marasi spojrzała na duży rysunek przedstawiający stylizowaną wersję Bilming z wznoszącym się za nim światłem. DUMA Z POSTĘPU, głosił. RUCH SAMODZIELNOŚCI ZEWNĘTRZNYCH MIAST.

– Są w całym mieście. Na noce! To samo dzieło sztuki, powtórzone sto razy. Sztuka, która może zostać reprodukowana… Czy to w ogóle sztuka?

– Oczywiście, że tak. Dlaczego miałaby przestać być sztuką tylko dlatego, że się ją kopiuje?

– To prostackie.

– W tych słowach brzmi elitaryzm. Gdyby naprawdę interesowało cię piękno sztuki… a nie drugoplanowe poczucie kontroli… chciałabyś, by wszyscy mogli ją poznać. Im więcej, tym lepiej.

– Dobry argument. Przyznam, że moja niechęć do Niezależności może wpływać na moje zdanie.

Poprowadziły konwój na drogę Biggle, po której jechali powoli i pojedynczo. W końcu ktoś podszedł do ciężarówki Marasi, mężczyzna ubrany w czerwoną kurtkę, zgodnie z zapisami w notatniku. Znów otworzyła okno.

– Naprzód, przez Wielką Autostradę. Trzeci budynek po prawej.

Skinęła głową i znów zamknęła okno. Droga zaprowadziła ich do Wielkiej Autostrady – która miała sześć pasów ruchu. Marasi nigdy nie widziała tak szerokiej ulicy.

– Czy w dzisiejszych czasach naprawdę jest tyle samochodów, żeby coś takiego było konieczne?

– Planują znacznie większe miasto w przyszłości.

Cóż, może nie potrzebowali jeszcze tylu pasów, ale na Wielkiej Autostradzie i tak panował spory ruch. Musieli poczekać, aż trochę się zmniejszy, żeby móc przejechać. Z przodu widziała szereg dużych magazynów – trzeci miał otwarte wrota załadunkowe. To był ich cel.

– Zamierzasz przeszkadzać? – spytała Marasi. – W naszej operacji?

– Nie. Masz moje słowo.

– Będę mogła później z tobą porozmawiać?

– Tak. Ale, Marasi, osobie z zewnątrz nie mogę powiedzieć więcej. Na razie tylko obserwuję.

Kiedy pojawiła się przerwa, Blask Księżyca przejechała na drugą stronę – ale dziewięć pozostałych ciężarówek musiało zaczekać na swoją kolej.

– A co, jeśli zrobi się gorąco? Zamierzasz siedzieć i patrzeć?

– Nie jestem konstablem, jak sama zauważyłaś. Więc tak. Uznaj mnie za zewnętrzną wielbicielkę twoich działań. Zainteresowaną dziwactwami tych, którzy przestrzegają prawa… i ich… wartością.

Uśmiechnęła się znacząco i wjechała do ogromnego magazynu. Po przybyciu wszystkich dziesięciu ciężarówek mogli zacząć operację.

21

Wayne pokiwał głową, kiedy ciężarówki czekały na przejazd przez autostradę.

– Więc tak, Hoidzie, to wszystko, co wiem o marynowaniu warzyw – powiedział do woźnicy.

– ...Dziękuję?

– Nie ma za co. Jestem skarbnicą przydatnych informacji i tyle.

Ciężarówka przed nimi ruszyła i przejechała przez szeroką autostradę wypełnioną całymi szesnastkami samochodów. Hoid podjechał bliżej, byli następni w kolejce.

– Mogę teraz odzyskać harmonijkę? – spytał Hoid.

Wayne sięgnął do kieszeni i ją wyjął.

– Uczciwie się za nią wymieniłem!

– Niczego takiego nie zrobiłeś.

– Ależ tak! Wymiana jest w schowku na rękawiczki. Jesteś za bardzo czujny, żebym wsunął ci coś do kieszeni. A jak w ogóle zrobiłeś się w tym taki dobry? Jesteś zardzewiałym woźnicą.

– Praktyka – stwierdził z powagą Hoid. – Mnóstwo praktyki. – Otworzył schowek, a wtedy ze środka wyjrzało białe stworzenie z bezwłosym ogonem. – Wayne. Żywy szczur?

– Nazywam go Pan Piskacz. Nie zamierzałem go zabierać, ale wśliznął mi się do kieszeni, co nie? No to pomyślałem sobie „Po raz siedemnasty pozwoliłeś mu uciec z klatki, Wayne. Lepiej oddaj go komuś odpowiedzialnemu".

– Jesteś wyjątkowo dziwnym osobnikiem. – Hoid uśmiechnął się, kiedy szczur wszedł mu na ramię. – Ale... wymiana przyjęta, tak myślę?

– Doskonale. On lubi truskawki i gorzałę, ale nie dawaj mu gorzały, bo jest szczurem.

– Przyjąłem do wiadomości.

Czekali na skraju szerokiej drogi. A Wayne miał to przeczucie, przez cały dzień. Coś się działo. Coś ważnego.

– Czujesz się czasem, jakbyś chciał, żeby życie było jak opowieści? – zapytał.

– Co masz na myśli?

– Opowieści zawsze mają szczęśliwe zakończenie. Te, które opowiadała moja mama... one coś znaczyły. Ludzie, oni byli coś warci.

– Myślę, że codziennie żyjemy opowieściami. Tymi, które zapamiętujemy, opowiadamy i kształtujemy jak glinę, by były tym, czego potrzebujemy.

– Ostatnia historia, którą opowiedziała mi mama, była o stróżu prawa. Zabawne, co? Że w końcu nim zostałem. Tyle tylko że on był bohaterem. A ja jestem... no, mną.

– Jesteś wobec siebie zbyt krytyczny, panie Wayne – powiedział cicho Hoid.

– Nie można być bohaterem, jeśli wcześniej było się łotrem, Hoidzie.

– Ale w większości opowieści to łotr najlepiej zna bohatera.

Wayne zastanawiał się nad tym, wpatrując się w samochody jadące drogą przed nimi. I... zaczął sobie wyobrażać, że ta droga to rzeka. Bo w głębi duszy marzył, by to, co powiedział Hoid, było prawdą.

A później czekał.

I czekał.

Niech to. Ktoś naprawdę powinien wymyślić jakiś sposób, żeby samochody, które chciały przejechać, miały większe szanse. Może wynająć kogoś, kto stałby na rogu i strzelał w powietrze, kiedy zbyt wiele samochodów blokowało drogę, żeby przestraszone jechały szybciej? Tak czy inaczej, te przejeżdżające automobile... ta droga mogła być szeroką rzeką. Ano, rzeką z kamienia i stali. Najszybszą rzeką na świecie.

Uśmiechnął się, przypominając sobie spokojny, piękny głos, który tak długo utrzymywał stabilność jego świata.

Tak, trzeba złapać bandytę, pomyślał. Ale wciąż coś jest nie w porządku. Gdzie jest bohater? Powinien być tutaj, a pozostał z tyłu.

W dogodnej chwili Hoid dodał gazu i przejechali na drugą stronę – i zatrąbiły na nich jedynie trzy samochody zmuszone do przyhamowania.

Całkiem nieźle. Można było przebyć nawet najszerszą rzekę, pełną najgorszych głazów, jeśli samemu było się większym głazem. Nie trzeba latać, jak Jak w opowieści. To nie było oszukiwanie. Po prostu mądrzejsze posunięcie i tyle.

Razem z resztą konwoju wjechali do ciemnego magazynu, w którym jedynym źródłem światła były otwarte okna pod sufitem. Czemu umieścili je tak wysoko, żeby nie dało się przez nie wyjrzeć?

A, jasne. Nielegalne interesy. Tak, to miało sens.

– Dzięki za podwiezienie, Hoidzie. – Wayne założył kapelusz gangstera, to znaczy znoszoną wełnianą czapkę, na którą wymienił się z jednym ze złapanych zbirów. – Lepiej uważaj na siebie, jeśli na tej imprezie zaczną strzelać. Ale mam nadzieję, że tak nie będzie.

– Zrozumiałem, panie Wayne. Powodzenia.

Wayne skinął głową. Nadszedł czas, by stał się kimś innym. Skrzywił się i zmrużył oczy, jak to robił Franis – ten gość, od którego wziął czapkę. Mężczyzna w jego wieku i o podobnej sylwetce, ale bardziej zużyty. Przez czas, fajki, rzeczy, jakie zrobił. Wayne miał perukę zmieniającą kolor jego włosów, trochę gumy na brodzie, by była bardziej kwadratowa, i makijaż, który sprawiał, że jego oczy robiły wrażenie zapadniętych. W kapeluszu był Franisem – brakowało mu tylko jednego.

Wysiadł i ruszył dumnym krokiem. Franis z pewnością umiał poruszać się w ten sposób.

VenDell – noszący ciało Cykla, mężczyzny imieniem Granks – spotkał się z nim pod ciężarówką. Inni czekali w ciszy. Wszyscy ci paskudni konsi ukryci w ciężarówkach mieli wyskoczyć dopiero, kiedy pojawi się ktoś ważny do złapania. Ktoś więcej niż banda bezużytecznych kretynów.

Nie żeby Franis był kretynem. Po prostu potrzebował roboty, rozumiecie? Zaczynacie od doków, ale tam wkrótce zaczyna brakować pracy. I jeszcze te koszmarne godziny. A później słyszycie, że wasza kumpela Vin dostała robotę u kogoś, kto płaci lepiej, a wymaga jedynie przenoszenia skrzynek. Kto mógłby się wpakować w tarapaty, przenosząc skrzynki? Nawet jeśli przez cały czas trzeba mieć przy sobie spluwę i być gotowym strzelić.

Szedł obok VenDella w jego eleganckim garniaku i jeszcze bardziej eleganckim ciele.

– Niesamowite, jak to robisz – powiedział kandra. – Naśladujesz osobę niemal równie dobrze, jak jeden z naszego rodzaju.

– Trzeba znaleźć kogoś, kto wygląda trochę podobnie i nadrobić różnicę. A poza tym nie wychodź z roli.

– Racja, racja.

Kandrze nie szło bardzo źle – szczególnie że zwykle był takim pedantycznym stworzeniem. Dobrze nosił ciało Granksa. Gangstera, który wykazał się na tyle, że został awansowany. Dostał tytuł i trochę władzy, podczas gdy pozostali byli właściwie wynajętymi robotnikami.

Przeszli przez dużą salę do dwóch gości, którzy wyszli z kąta. Właściwie zaczęło wychodzić coraz więcej gości. Co najmniej czterdziestu uzbrojonych ludzi. Miejscowy gang. To... więcej, niż było konstabli.

Ale my mamy przewagę zaskoczenia, pomyślał Wayne. Poza tym ciężarówki były opancerzone, co zapewniało osłonę. Powinni sobie poradzić, mając Wayne'a i Marasi – nie wspominając o Bezimiennym Nieśmiertelnym – po swojej stronie. MeLaan była niezłą wojowniczką, VenDell też powinien przydać się w bijatyce.

Dwaj goście, którzy wyszli im na spotkanie, mieli na sobie ubrania robotników – szelki, spodnie, koszule na guziki. Za mało. Potrzebowali co najmniej Garnitura – stopnia, przed którym odpowiadał Granks – a najlepiej Sekwencji, a nawet w pełni awansowanej Serii. Ale Krąg miał ich tylko parę jednocześnie. I jednego przywódcę. Klucz.

Wayne/Franis nie chciał żadnego z ważnych stanowisk. Nie interesowało go noszenie wyszukanych ciuchów i przyciąganie kul. Wystarczało mu, że dostawał tygodniówkę i mógł udawać, że nie robi nic złego.

– Cyklu – odezwał się bardziej krępy z dwóch mężczyzn i pokiwał głową. Pewnie był gościem o imieniu Dip, co wynikało z przesłuchań. Albo... może to był Embrier.

Kimkolwiek był, spojrzał na Franisa, ale nie odezwał się do niego.

– Możecie zostawić ciężarówki – powiedział VenDellowi. – Zbierzcie swoich ludzi w dwóch ciężarówkach na zewnątrz i jedźcie do domu. Wasz sukces został odnotowany.

– W porządku – mruknął VenDell, całkiem nieźle naśladując akcent Granksa. – Ale muszę porozmawiać z Sekwencją. Jest problem.

– Radio nie wystarcza? – spytał może-Dip, spoglądając na towarzysza.

– Mam powody przypuszczać, że łącza radiowe nie są bezpieczne. Sekwencja tu jest, prawda?

To była sugestia Wayne'a. Przywódcy, oni zawsze kręcili się w okolicy i obserwowali. Nie ufali, że porządni, uczciwi (w miarę) złodzieje tacy jak Franis wykonają swoją robotę. Zatem tak, wyżej postawiony członek Kręgu tu był. Gdzieś. To było tak pewne, jak to, że Franis nie był teraz Franisem, ale był kimś całkiem blisko – tak blisko, jak się dało, chyba że mógłby nosić kości Franisa, co było oszukiwaniem i w ogóle.

Tak czy inaczej. Ważne negocjacje. Życie i śmierć. Otoczeni przez czterdziestu ludzi. Lepiej uważać.

– Przekażę twoją wiadomość Sekwencji – powiedział może-Dip.

– To nie wystarczy – sprzeciwił się VenDell. – Mamy problem. Bardzo duży problem.

Mężczyźni popatrzyli po sobie. Do diabła... byli podejrzliwi.

Wayne posłał spojrzenie ludziom wokół magazynu, którym wystarczyłaby jedna krótka uwaga, żeby zaczęli strzelać. Dlatego podjął szybką decyzję. To nie był gość, który nazywał się Dip. Bo kto powierzyłby nadzór gościowi o imieniu Dip?

– Ej, Embrier. – Używał nieco zmodyfikowanej wersji swojego własnego akcentu. Doker, ale z nałożonym takim jakby trochę płaczliwym akcentem, którego używały te zbiry. Pracujący razem ludzie zaczynali podłapywać od siebie sposób mówienia. – Możemy pogadać?

Krępy mężczyzna spojrzał na niego i pokiwał głową.

– Jasne, Franis.

Wayne przywołał go gestem i odeszli na bok. VenDell zaczął rozmowę z drugim mężczyzną, omawiał z nim towar, który udało im się „nabyć".

– Co się dzieje, Franis? – zapytał cicho zbir i wskazał palcem za siebie. – Cykl nigdy nie przejmuje się takimi rzeczami. Robi, co mu każą.

– Mózg jak mokry beton – zgodził się cicho Wayne. – Możesz uwierzyć, że to jego wybrali?

– Mogę w to uwierzyć. On nigdy nie zadaje pytań. W przeciwieństwie do ciebie.

– Ej, ja się tylko pytam, kiedy następna wypłata.

– Jak my wszyscy. – Embrier spojrzał na niego z ukosa. – Złapałeś trochę słońca.

Niech to. Makijaż nie był dość jasny. Mógłby skłonić tego gościa, żeby spytał o jego ojca? Wayne miał dużo informacji od prawdziwego Franisa na temat jego ojca.

– No wiesz. Ciężka robota. Jak to zawsze powtarzał tatko, najlepsza robota to taka, którą robi się rękami i grzbietem.

– Ano, ale czy ty nie mieszkasz w jaskini?

– Nie mieszkam w zardzewiałej jaskini. A co, myślisz, że siedzę tam po ciemku?

Embrier chrząknął.

– Jak twoja siostra?

Siostra. Ech, na rdzę. Wayne spojrzał na Embriera. Ten uśmiech.

– Trzymaj się z dala od mojej przeklętej siostry.

– Tak tylko się pytałem. – Embrier uniósł ręce. – Na rdzę. Nie musisz od razu machać pięściami.

– Posłuchaj... – powiedział cicho Wayne. – Cykl nie zachowuje się dziwnie... on jest zaniepokojony. Widział jakąś kobietę konsa węszącą wokół naszej bazy. Ciemne włosy. Wiesz, o którą chodzi?

Mężczyzna zaklął pod nosem.

– Dlaczego tego nie powiedziałeś?

– Właśnie to rdzawo zrobiłem. Ale Cykl chce to zgłosić. Myśli, że zwróci uwagę... sam wiesz kogo. Za to, że zauważył konsa, o którym wszyscy wiemy, że będzie się kręcił w okolicy. Zardzewiały idiota.

Embrier pobladł nieco na sugestię, że Cykl chciał przyciągnąć uwagę Trella. Lepiej... trochę od tego odejść. Wayne objął kumpla ramieniem i odprowadził go do pozostałych.

– Poza tym... – zwrócił się do niego – ...możesz zapomnieć o mojej siostrze. Poznałem taką jedną kobitkę, byłaby dla ciebie idealna.

– Naprawdę?

– Jasne. Uważała, że Yulip jest przystojny.

– Yulip? Ten gość z krwią kolossów, który wygląda jak żaba?

– Ten sam.

Dołączyli do pozostałych.

Embrier pokręcił głową.

– Szaleństwo. – Skinął VenDellowi. – Pójdę po Sekwencję. Możecie zacząć rozładunek.

VenDell odwrócił się i machnął ręką. Wayne miał nadzieję, że Marasi posłucha jego rady i nie będzie się wychylać. Za bardzo rzucała się w oczy. Musiała się nauczyć raz na jakiś czas wykrzywiać twarz i stawać się kimś, kim nie była. To naprawdę pomagało na nienawiść do samego siebie.

Wciąż nie powinniśmy przekraczać rzeki bez bohatera, pomyślał Wayne, gdy dwaj mężczyźni pobiegli na tyły i otworzyli drzwi.

VenDell zwrócił się do Wayne'a:

– Poważnie, jak ty to robisz? Nawet nie masz kości.

– Trzeba mieć mniej kijów w zadku, VenDellu. Wyrwij jeden albo dwa, to zobaczysz.

– To niesprawiedliwe. Śmiertelnik nie powinien stawać obok jednego z Nosicieli Kontraktu i dorównywać im umiejętnościom naśladownictwa.

– Ach, zazdrość. – Wayne odetchnął nią. – Pachnie jak kwiaty wiśni. I przestań wychodzić z roli, ty tępaku.

W końcu z ciemnego pomieszczenia na końcu magazynu wyszły dwie postacie w bardziej eleganckim ubraniu. Doskonale. Tego chcieli. Mógł mieć tylko nadzieję, że czekający konstable...

Nagle zewnętrzne drzwi otworzyły się gwałtownie i do środka wpadły postacie w brązowych mundurach, mierząc do zbirów z broni.

– Rzucić broń! – krzyknął ktoś. – To operacja konstabli!

– To gliny! – Wayne wysunął pistolet z kabury.

VenDell złapał go za ramię.

– A, jasne. – Wayne pozwolił, by kandra opuścił jego rękę. – Racja, racja, czasem zapominam...

Ale to nie byli ich ludzie. Co, do diabła? Wszędzie wokół zbiry się odwracały – ale nikt nie strzelał, bo do środka wpadały kolejne postacie w brązie. Co najmniej setka konstabli. Z...

...tarczą i żółwiem, symbolem Bilming. To byli miejscowi konstable.

Prowokacja Marasi właśnie została sprowokowana.

22

Marasi jęknęła i wyprostowała się na siedzeniu, po czym zdjęła czapkę. Konstable z Bilming. Cudownie. Spojrzała na Blask Księżyca, która wzruszyła ramionami.

– Nie miałam pojęcia.

Marasi westchnęła. Przynajmniej miejscowi wiedzieli, że mają otoczyć Sekwencję i jego pomocnika – co najmniej dwudziestu konstabli mierzyło do nich z broni. Mogli nie mieć pojęcia o Kręgu, ale znali się na przemycie i gangsterach. Reszta nowo przybyłych konstabli otaczała zbirów, którzy zachowali dość rozsądku, żeby nie strzelać, bo konstable mieli przewagę liczebną. Niechętnie rzucili broń.

Marasi kopnięciem otworzyła drzwi i zeskoczyła. Natychmiast wymierzyło do nich kilku konstabli. Z westchnieniem podniosła ręce.

– Jestem konstablem z Elendel! – krzyknęła do nich. – Detektyw specjalny Marasi Colms!

– Co to ma być? – spytał ktoś.

Między konstablami przecisnęła się wysoka kobieta o krótko obciętych blond włosach, ubrana w mundur z Bilming. Marasi wydawało się, że ją zna.

– Kapitan Blantach? Spotkałyśmy się na międzymiastowym szkoleniu w ubiegłym roku.

Kobieta obrzuciła ją uważnym spojrzeniem i jęknęła. W pobliżu ludzie Marasi zaczęli ostrożnie schodzić z ciężarówek – pokazując swoje dokumenty.

Kapitan Blantach uniosła dłoń do czoła.

– Żartujesz sobie. Prowadzisz operację w moim mieście?

– Moja jurysdykcja obejmuje całą Kotlinę. – Marasi sięgnęła po upoważnienia. – Konstabl-generał Reddi autoryzował ją pod nadzorem gubernatora.

– Twierdzisz, że twoja jurysdykcja obejmuje całą Kotlinę! – Blantach machnięciem ręki zbyła dokumenty. – Zardzewiali elendelczycy. Oczywiście, że przeprowadzacie operację w moim mieście i nawet nie wysłaliście wiadomości.

Marasi poczuła się trochę źle z powodu tej kobiety. Ale zewnętrzne miasta chodziły na pasku Kręgu. Wysłanie wcześniejszego zawiadomienia miejscowym konstablom byłoby zbyt ryzykowne – Krąg z pewnością miał agentów wśród ludzi Blantach.

Choć... fakt, że konstable tu byli, przeczył tej teorii.

– Będziecie musieli oddać ich nam. – Marasi wskazała na gangsterów.

– Niech mnie diabli, jeśli to zrobimy. – Blantach założyła ręce na kurtce mundurowej, sztywno wyprasowanej i starannie zapiętej.

– To część większej siatki.

– Dowiemy się tego w czasie przesłuchań.

Marasi odetchnęła głęboko.

– Blantach, czy musimy ze sobą walczyć?

Wyższa kobieta spojrzała na nią z ukosa, ale nic nie powiedziała.

– Politycy się nie dogadują – powiedziała Marasi. – Ale to ich sprawa. Naszą jest ochrona miast... wszystkich. Garstka konsów, którzy mają ręce pełne roboty. Współpracujmy, zamiast się sprzeczać.

– Mogłabym się na to zgodzić... jeśli zrobimy to na moich warunkach.

– To, na co poluję, sięga głęboko. Niebezpiecznie głęboko. A jego pasma mgły owijają się wokół wszystkich warstw społeczeństwa. Przywódcy waszego miasta są z niemal całkowitą pewnością skorumpowani.

– Mówiłaś, że tu nie chodzi o politykę.

– Powiedziałam, że nie powinniśmy się przejmować tym, że politycy próbują nas skłócić. Ale w dzisiejszych czasach wszystko wiąże się z polityką. Grupa, którą ścigam, celowo podsyca wojnę między Elendel a zewnętrznymi miastami. Jeśli się do nich zbliżymy, to w obu rządach są ludzie, którzy spróbują nas powstrzymać. Dlatego nie mogłam was poinformować o naszym przybyciu. Przepraszam za to, ale większość mojego własnego rządu nie wie o tej operacji.

Blantach odesłała machnięciem ręki pomocnika, który podbiegł, być może po to, by przedstawić liczbę ujętych wrogów, i wciąż wpatrywała się w Marasi. Ta sytuacja przypominała nieco negocjacje polityczne – ale ona miała przewagę nad Sterisem i Wax. Nigdy nie dało się ocenić, czego tak naprawdę chcą senatorowie. Ale inni konstable?

Człowiek nie decydował się na tę pracę dla chwały – a przynajmniej nie zostawał w niej dla chwały. Każdy, kto pragnął chwały, szybko trafiał na stanowiska sędziowskie lub prokuratorskie, jak najszybciej awansowany z dala od prawdziwej roboty śledczej. Jednakże Blantach była zawodowym konstablem. Pracowała dłużej od Reddiego.

– Niepokoisz mnie, Colms.

– Jak trudno było zorganizować tę operację? Czy członkowie waszego rządu, wyżej postawieni konstable, działali przeciwko tobie?

– Tak już jest. – Blantach wzruszyła ramionami. – Wiesz, jaka jest biurokracja... – zmarszczyła czoło. – Przy tej misji było jej odrobinę więcej.

– Dlaczego więc w ogóle jej nie zablokowali? – szepnęła Marasi. – Dlaczego pozwolili ci kontynuować?

– Byłam zdeterminowana.

Nie o to chodziło. Gdyby Krąg wiedział o tej misji i był zdecydowany ją powstrzymać, zrobiliby to.

Broń i tak została przemycona, żeby wzmocnić oddziały w Bilming, uświadomiła sobie Marasi. Dlatego nic się nie stanie, jeśli przejmie ją rząd. Wciąż trafi tam, gdzie miała. Krąg musiał działać ostrożnie. Może i kontrolowali Bilming, ale większość ludzi o tym nie wiedziała. Po co więc mieliby pokazywać karty i zapobiegać nalotowi, skoro Krąg musiał jedynie dopilnować, by zarekwirowane towary trafiły do właściwych miejsc w mieście?

A co z Sekwencją? Marasi spojrzała na otaczającą go gromadę konstabli. Został związany, ale emanował pewnością siebie. Miał elegancki garnitur w wyrafinowanym stylu. Grube brwi i wydatne wargi. Domyślała się, że wiedział o operacji i dał się złapać, bo spodziewał się, że zostanie uwolniony później.

Nagle zobaczył Marasi. I przechylił głowę, marszcząc czoło. Podszedł bliżej, a konstable musieli go zatrzymać – jakby zapomniał o nich. Patrzył na nią niepewnie.

Po chwili uśmiechnął się szeroko, wręcz z ekscytacją. Przeciągnął się i poruszył głową.

Na rdzę. Co przegapiła?

Do diabła. Jak lepiej wywołać konflikt w Kotlinie, niż ujawniając, że banda konstabli z Elendel wtrąca się w miejscowe sprawy? Szczególnie jeśli...

– Blantach. – Marasi złapała ją za ramię. – Musimy uśpić tego mężczyznę.

– Co? Uśpić? Dlaczego?

– Nie jesteście przygotowani na Metalicznych?

– W tej grupie nie ma żadnych Metalicznych. Wiem to od...

Sekwencja wybrał ten moment na Allomantyczne Odpychanie o niewiarygodnej sile.

23

Marasi nosiła samorozpinający się pas z bronią i zapasami metalu, więc Odpychanie jedynie pozbawiło ją wyposażenia. Konstable z Bilming nie byli tak dobrze przygotowani. Polecieli do tyłu, ciągnięci przez własne pistolety, kajdanki i inne akcesoria.

Blantach krzyknęła, kiedy została obalona na ziemię, ale na szczęście nie poleciała daleko – niektórzy zostali odrzuceni kilkanaście stóp w tył. Ciężarówki się zakołysały, a dwie nawet przewróciły. Drzwi po bokach budynków wyrwały się z zawiasów. Okna pękały, a ludzie krzyczeli, gdy pistolety przesuwały się po ziemi i uderzały o ściany – poza kilkoma broniami, które pozostały na swoim miejscu. Najwyraźniej niektórzy z wrogów dostali pistolety z aluminium.

Sekwencja od niechcenia podniósł jeden z nich. Stał teraz w epicentrum wybuchu mocy, jakiego Marasi nie spodziewałaby się po zwykłym Monetostrzelnym. Cofnęła się oszołomiona. To było jak... jak ze starych opowieści. Jak to, co Harmonia opisał w historii, przedstawiając moce Wojowniczki Wstąpienia.

To był koszmarny znak. Bo Marasi zrozumiała, dlaczego Sekwencja się uśmiecha. Choć najpewniej zamierzał dać się aresztować, teraz miał szansę na uwikłanie Elendel w skandal – i zamierzał doprowadzić do jak największej liczby ofiar śmiertelnych.

Kiedy inni wracali do siebie, Marasi rzuciła się w stronę jednego z aluminiowych pistoletów. Ale Sekwencja wycelował i strzelił tuż przed nią, zmuszając ją – wciąż bezbronną – do ukrycia się za przewróconą ciężarówką. Allomantyczne Odpychanie na szczęście już ustało.

Czytałaś o tym, pomyślała. *To jedna ze starożytnych mocy dostępnych tylko dla Zrodzonych z Mgły.*

Ten mistyczny metal nazywano duraluminium. Używając go, Allomanta mógł w jednej chwili spalić całą rezerwę metalu. Niczym podpalenie beczułki prochu zamiast wystrzelenia jednego pocisku, wyzwalało ogromną ilość Allomantycznej energii. A w każdym razie... tyle pamiętała. Od stuleci nie miało większego znaczenia, bo nikt nie mógł mieć dwóch Allomantycznych mocy jednocześnie.

Chyba że miało się Hemalurgiczne kolce.

Po chwili dotarła do niej postać w wełnianej czapce i peruce. Za Wayne'em podążył VenDell w barczystym ciele Cykla. Bańka prędkości dała ich trójce czas na zastanowienie.

– Czekali na nas! – powiedział Wayne. – Wiedzieli, że przeprowadzimy tę operację!

– Nie – sprzeciwiła się Marasi. – Wiedzieli o Blantach i jej konstablach, ale sądzę, że uwięzienie im nie przeszkadzało. Jak się domyślam, mieli zamiar dać się złapać w tej operacji, a później wymknąć z więzienia.

– To co się zmieniło?

– Sekwencja zorientował się, że jesteśmy z Elendel, i postanowił wykorzystać naszą obecność, by doprowadzić do incydentu... śmierci konstabli... i zrzucić winę na Elendel wtrącające się do operacji Bilming.

Wciąż jedynie się domyślała. Ale fakty były jasne. Mężczyzna, który zamierzał dać się cichutko wyprowadzić, w chwili gdy zobaczył Marasi, postanowił walczyć. To znaczyło, że wszyscy są w niebezpieczeństwie. Sekwencja od niechcenia celował w kapitan Blantach, która się podnosiła. Wokół magazynu konstable i gangsterzy wstawali z ziemi zdezorientowani. Ci, którzy jako pierwsi doszli do siebie, właśnie sięgali po broń.

– Jaki jest plan? – spytał Wayne.

– Ty odwrócisz uwagę Sekwencji, a ja zorganizuję naszych konstabli. Siły Kręgu też zostały zaskoczone, popatrz na szok na ich twarzach. Naprawdę myślę, że planowali dać się pojmać, a później mieli ich wypuścić skorumpowani sędziowie lub prokuratorzy. Wciąż mamy szansę obrócić to na naszą korzyść, jeśli wykorzystamy ich dezorientację.

– To nie jest plan! – VenDell wyjrzał za nią.

– Plany działają do chwili, aż ktoś zacznie strzelać, stary – powiedział Wayne.

– To takie niezdyscyplinowane – mruknął VenDell. – Wszystkie te piękne kości zostaną zmiażdżone.

– Nie, jeśli uda się nam to powstrzymać – stwierdziła Marasi. – Pomóż Wayne'owi z tym Sekwencją i zajmij się wszystkimi uzbrojonymi wrogami, których zauważysz. Uważaj na naszych kierowców, nie noszą mundurów, ale wszyscy mają białe buty.

– No tak... – powiedział VenDell. – Ojej. Hm... Kiedy mówi pani „zająć się", to co dokładnie ma pani na myśli, panno Colms?

– Zabić? Zastrzelić? Okaleczyć? Zjeść? Nie jestem wybredna, VenDellu.

– Ach tak, no... Widzi pani, nie jestem wojownikiem. Jestem koneserem. Doskonałym planistą. Nosicielem głębokich i ważnych myśli.

Spiorunowała go wzrokiem.

– Przestrzegam Pierwszego Kontraktu, panno Colms. Jak niemal każdy kandra, nie mogę zabić żywej istoty, ani nawet zrobić jej krzywdy. A szczególnie istocie ludzkiej.

– MeLaan nigdy nie miała z tym problemów – zauważył Wayne.

– MeLaan to łotrzyca! Jak myślicie, dlaczego została przypisana do was? Tylko ona i TenSoon są sprawnymi wojownikami, reszta z nas czuje do tego odrazę! Powinienem, no, odejść. I planować. Tak, planować, jak zareagować.

Marasi spojrzała na Wayne'a, który przewrócił oczami.

– Jesteś właściwie niezniszczalny, prawda? – powiedziała do kandry. – Jak MeLaan?

– Zasadniczo tak. Ale widzicie...

– To wyjdź tam i ściągnij na siebie ostrzał. Poza tym, jeśli ci się uda, rzuć mi jeden z tych aluminiowych pistoletów.

– Dobrze. – Westchnął głęboko. – Po raz ostatni pozwalam Harmonii przekonać się...

Urwał, kiedy zza ciężarówki wyszła niska kobieta, jakimś sposobem poruszająca się z ich prędkością – a później weszła do ich bańki.

Krępa kobieta miała melonik, a w ręku trzymała laskę pojedynkową.

– Witajcie, kochanieńcy. Co robicie? Macie spotkanko? Lubię spotykać nowych ludzi. Zabijanie ich to sposób na nudę. – Uśmiechnęła się szeroko i rzuciła na Marasi.

To doświadczenie było tak osobliwe – nikt nigdy nie przerwał jednej z baniek Wayne'a – że Marasi zareagowała z zawstydzającą powolnością. Wayne nie miał takich ograniczeń. Złapał kobietę za ramię, kiedy się zamachnęła, powstrzymując laskę przed trafieniem Marasi w głowę.

Cała ich trójka padła na ziemię. Wayne przejął laskę i kobieta się cofnęła. Na chwilę się rozmyła, kiedy dotarła do granicy bańki – a później z normalną ludzką prędkością przeszła przez magazyn. Po chwili zamarła i zaczęła się poruszać z niezmierną powolnością.

– Do diabła! – zaklął Wayne. – Kolejny Ślizgacz!

Oczywiście. Ktoś z taką samą mocą jak Wayne mógł tworzyć własne bańki prędkości. Przez chwilę poruszała się szybciej, bo w tym miejscu jej bańka nakładała się na bańkę Wayne'a, co na ułamek sekundy podwajało jej szybkość. Ale musiała wyjść z bańki, żeby poruszać się dalej w pomieszczeniu, bo Ślizgacze musieli robić krótkie przerwy, kiedy korzystali ze swoich mocy.

– Wayne, nowy plan – powiedziała Marasi. – Spróbuję złapać jeden z moich Allomantycznych granatów. Wcześniejszy wybuch zerwał je ze mnie. Ty musisz zatrzymać dziwną wersję siebie.

– Co? Ona jest Ślizgaczką, więc jest dziwną wersją mnie?

– Zgadzam się – powiedział VenDell. – Wayne już jest niewiarygodnie dziwny... więc dziwna wersja jego byłaby normalna.

– Nieważne! – warknęła Marasi. – Wayne, zajmij się Ślizgaczką. VenDellu, odwróć uwagę Monetostrzelnego. Gotowi?

– Gotowy – powiedział Wayne.

– Niegotowy! – powiedział VenDell.

– Opuść bańkę! – poleciła Marasi i skoczyła do przodu.

Wayne wypełnił polecenie i do uszu Marasi dobiegł hałas wypełniający magazyn. Ludzie sięgający po broń i zaczynający strzelać. Krzyki i jęki bólu. Konstable próbujący się zorganizować – dziesiątki różnych głosów wydających sprzeczne rozkazy.

Marasi skoczyła na kapitan Blantach – która ledwie się podniosła – i pchnęła ją za kolejną ciężarówkę. Strzały Sekwencji trafiły w ziemię, o włos mijając kobietę, a w powietrze poleciały odłamki betonu.

Blantach podniosła się zaskoczona i skinieniem głowy podziękowała Marasi, która przycisnęła się do ciężarówki. To była ta, którą wjechała do budynku – ale Blasku Księżyca nigdzie nie było widać.

Wayne chwilę później rzucił się na Ślizgaczkę. VenDell wyskoczył zza przewróconej ciężarówki i zaczął machać rękami.

– Popatrzcie na mnie! Jestem bezbronny! I jestem zdrajcą! Ha! Powiem wszystko konstablom!

Został trafiony w głowę.

– Na rdzę! – wykrzyknęła kapitan Blantach, która w końcu zrozumiała. – Mają Allomantę!

Marasi westchnęła.

– Możesz zorganizować opór?! – wykrzyknęła ponad narastającym zgiełkiem. – Bronie na wierzchu każdej skrzynki w tych ciężarówkach są prawdziwe, a wszystkie pojazdy mają metalowe płyty, żeby zapewnić osłonę.

– W porządku. – Blantach odwróciła się i zamachała w stronę wschodniej ściany budynku. – Konstable! Do mnie! My...

Ciężarówka, za którą się ukrywały, podskoczyła. Marasi odskoczyła w ostatniej chwili, kiedy drugie potężne Odpychanie Stali wstrząsnęło budynkiem. Ściany magazynu zakołysały się, drewno popękało, a gwoździe wyrwały się na zewnątrz. Mężczyźni i kobiety, którzy znaleźli broń, znów zostali odepchnięci do tyłu.

Ciężarówka, za którą ukrywała się Marasi, została odrzucona jak kopnięta. Wyleciała na ulicę i przekoziołkowała. Skrzynie wyleciały na zewnątrz i posypała się z nich broń. Na rdzę!

Pojazd o włos minął Blantach kierującą się w stronę gromadki konstabli i zbirów. Wielu z nich zostało obalonych na ziemię.

Teraz, gdy Marasi straciła osłonę, zobaczyła, jak Sekwencja potrząsa metalową flaszką, odkręca ją i pije. Więcej metali, uświadomiła sobie. Jeśli dobrze pamiętała, po każdym użyciu duraluminium Sekwencja musiał uzupełniać zasoby.

Kiedy Sekwencja skończył pić, rzuciła się na niego postać z dziurą od kuli w czole. VenDell przynajmniej się starał.

– Zorganizuj konstabli! – krzyknęła Marasi do Blantach, po czym pobiegła w stronę otwartego frontu magazynu.

Gdzieś wśród gruzu był jej pas z metalami – i granatami. To była jej najlepsza szansa na powstrzymanie wyjątkowo potężnego Allomanty.

Po drodze zobaczyła coś niesamowitego – Wayne'a walczącego z drugą Ślizgaczką.

Wayne skoczył w stronę kobiety w nagłym wybuchu prędkości – ale zdjął bańkę w powietrzu. Ślizgaczka stworzyła swoją, łapiąc ich oboje, i zmienili się w rozmyte kłębowisko lasek pojedynkowych i gorączkowych ruchów. Bańka prędkości zniknęła i walczący się rozdzielili – po czym przyśpieszyli i znów się zwarli, tak szybko, że Marasi nie dostrzegała nawet ich rozmytych sylwetek.

Na rdzę. Skup się, pomyślała. Wyskoczyła przed magazyn i przyjrzała się gruzom – ignorując żałosną ciężarówkę, która leżała w pobliżu odwrócona do góry nogami, a jedno z jej kół wciąż się obracało.

Tutaj, pomyślała, skoczyła i złapała pas z metalami, który wystawał spod zmiażdżonej skrzynki. Wyrwała go i sięgnęła do torebki, ale zapięcie się otworzyło i dwa granty wypadły. Został tylko jeden.

Obok niej przeleciało bezwładne ciało, które uderzyło w przewróconą ciężarówkę. Osunęło się, uderzyło w ziemię, po czym zwróciło w jej stronę okaleczoną twarz na połamanej szyi.

– Zostałem pokonany. – Głos VenDella brzmiał niewyraźnie z powodu połamanej szczęki. – Wystawię rachunek za te kości.

– Nie bądź dzieckiem – powiedziała i natychmiast zaczęła spalać kadm. Skrzyneczka brzęczała w jej palcach, ładując się.

Wbiegła do magazynu i zobaczyła, że Blantach zebrała grupę konstabli – zarówno Marasi, jak i swoich własnych – za osłoną kilku przewróconych skrzyń. Wielu gangsterów zebrało się na tyłach wokół Sekwencji. Wyglądało na to, że wzięli broń z pomieszczenia na tyłach, a inni wyciągali tarcze.

Wayne i jego przeciwniczka wciąż się rozmywali. Sekwencja wzniósł się w powietrze, unosząc się na Odpychaniu Stali. Kule zmieniały tor lotu wokół niego i nie mogły go trafić. Na rdzę. Jeśli mógł to zrobić, miał o wiele większe doświadczenie ze swoimi mocami niż Cykl, z którym walczyła wcześniej. Przynajmniej jego mega-Odpychania szkodziły też jego ludziom.

Marasi pochyliła się, podbiegła i przykucnęła przy jednej z przewróconych ciężarówek. Ustawiła mechanizm czasowy na granacie i czekała na chwilę, kiedy Sekwencja odwróci się do niej plecami. Miała nadzieję, że polegał na swoich mocach, by odpychały pociski, i nie zobaczy jej granatu.

Niestety, Sekwencja spojrzał w jej stronę, kiedy rzuciła granat. Ledwie udało mu się go Odepchnąć. Wybuchł pod przeciwną ścianą i nie złapał nikogo. Mężczyzna spojrzał jej w oczy i wystrzelił monetę. Ledwie udało jej się uskoczyć. Na rdzę. W każdej chwili mógł przesunąć tę ciężarówkę.

Nie, pomyślała. Potrzebowałby równie ciężkiej kotwicy. Dlatego Sekwencja wykonywał te potężne Odpychania we wszystkich kierunkach. Mógł Odpychać z tą samą siłą we wszystkie strony, co zapewniało mu równowagę. Nie mógł przesunąć określonej ciężarówki, o ile nie mógł się Odpychać do tyłu od czegoś równie ciężkiego.

Nie było to wielkie pocieszenie, kiedy rozejrzała się po swoich ludziach i zobaczyła, jak wielu z nich krwawi za osłonami. Kilkoro leżało nieruchomo. A poza tym ich wróg się przegrupowywał... miała złe przeczucia. Jacy gangsterzy próbowali pokonać konstabli?

Tacy, którzy są dobrze uzbrojeni, pomyślała Marasi. I myślą, że mogą wygrać. Nie powinniśmy walczyć. Nie w ten sposób.

W pomieszczeniu rozległy się strzały i pociski uderzyły z trzaskiem o metal i kamień.

– Musimy się wycofać. – Gestem wezwała Kellen, jedną z poruczników. – Musimy postawić ogień osłonowy i zorganizować odwrót! Wyjdziemy przez ten otwór.

– Odwrót? – Kellen prześlizgnęła się bliżej. – Ale wróg!

– Jesteśmy oficerami prawa, nie żołnierzami. Nie zamierzam prowadzić bitwy w środku miasta! Misja się nie powiodła. Czas się wycofać.

Kellen zastanowiła się i pokiwała głową.

– Masz rację. Czego ode mnie chcesz?

– Zbierz pozostałych i pomóż rannym. Ja będę koordynować z grupą z Bilming, później odwrócę ich uwagę. W której ciężarówce są prawdziwe materiały wybuchowe?

– Numer sześć!

– Wayne'a? Kto podjął taką decyzję?

– Najwyraźniej Zniszczenie. Nie pomyślałam o tym.

Rozdzieliły się. Marasi wyjęła pistolet z kabury na pasie z metalami i przebiegła zygzakiem przez otwartą przestrzeń do numeru szóstego, za którym kryła się Blantach. Co zadziwiające, ciężarówka nie została przewrócona, choć Marasi nie sądziła, by próba wyjechania nią była rozsądna. Nie, skoro Sekwencja mógł przewracać pojazdy.

– Wycofujemy się – powiedziała do Blantach. – Jesteście z nami?

– Na rdzę, tak. Czuję się tak, jakbym otworzyła kosz piknikowy i znalazła gniazdo szerszeni. Kim są ci ludzie?

– To ci, którzy próbują podkopać naszą cywilizację. – Marasi uderzyła dłonią w ciężarówkę. – W środku mamy materiały wybuchowe. Rzucę nimi w stronę wroga, żeby osłaniać nasz odwrót.

– Daj mi minutę. Przygotuję swoich ludzi, żeby do was dołączyli. Mamy rannych.

– My też. Mam nadzieję, że wybuch da nam czas.

Marasi odetchnęła głęboko, otworzyła drzwi ciężarówki i wpełzła do środka. Udało jej się otworzyć przepierzenie między kabiną a paką i wślizgnąć się do niej. Było tam ciemno, ale wiedziała, że skrzynia z materiałami wybuchowymi była na tyłach – na wypadek gdyby mieli pokazać dostawę.

Wymacała kilka zwykłych granatów. A miała nadzieję na bombę podpalającą, z gliny i płynu, odporną na Odpychanie.

Wciąż czuła niepokój, kiedy przecisnęła się z powrotem do kabiny, a później przykucnęła, licząc, że metalowe płyty na drzwiach od strony pasażera ochronią ją przed ostrzałem. Im dłużej się nad tym zastanawiała, tym mniej podobała jej się ta sytuacja.

Jeśli uciekniemy, wykorzysta jedno z tych potężnych Odpychań, pomyślała. *Będziemy wybiegać przez drzwi, kiedy te ciężarówki przetoczą się nad nami.*

Ale co innego mogła zrobić? Wyślizgnęła się z ciężarówki z materiałami wybuchowymi. Kellen i Blantach skinęły jej głową, gotowe do odwrotu. W magazynie trwał ostrzał, ale po ich stronie kilkoro konstabli odwracało uwagę wroga, podczas gdy inni pomagali rannym.

Czas na...

Sekwencja opadł na ziemię i wylądował dokładnie między czterema ciężarówkami, które wykorzystywali jako osłonę. Później Odepchnął – dwie ciężarówki po każdej stronie – odsuwając pojazdy z drogi.

Ich osłona zniknęła w jednej chwili. Oblężeni konstable odkryli, że są całkowicie odsłonięci, w chwili gdy pomagali rannym wstać. Po drugiej stronie magazynu gangsterzy wybudowali niewielkie umocnienia z worków z piaskiem – a teraz jeden z nich umieścił na trójnogu działko rewolwerowe. Sprzęt wojskowy, chłodzony cieczą i zasilany taśmowo, z pociskami dłuższymi od dłoni. Zaprojektowano je na wypadek inwazji Malwian, a ich wywóz z Elendel był nielegalny.

I wtedy właśnie do Marasi dotarło, jak wielką przewagę miał wróg. W pomieszczeniu zapanowała dziwna cisza, choć wydawało jej się, że usłyszała trzask rozbijanego szkła. Zarejestrowała ten dźwięk, ale skupiła się na karabinie maszynowym. Stała na czele konstabli i patrzyła prosto na lufę. Uświadomiła sobie, co się zaraz stanie.

Zabrała ledwie uzbrojoną policję na pole bitwy.

Działko wystrzeliło z perkusyjnym odgłosem i wyrzuciło skoncentrowany strumień kul w stronę Marasi i pozostałych.

Pociski zatrzymały się w powietrzu.

I natychmiast poleciały z powrotem w stronę umocnień wroga, uderzając w worki z piaskiem i tarcze, i wzbudzając okrzyki zaskoczenia wśród gangsterów. Działko ucichło i w magazynie zapanowała cisza. Zaniepokojona Marasi obejrzała się przez ramię – i zobaczyła, że tuż za nią stoi Waxillium Ladrian. Pasma jego mgielnego płaszcza załopotały, kiedy odwrócił się i wycelował z pistoletu nad jej ramieniem. Rozległ się pojedynczy trzask.

Pocisk wbił się prosto w celownik karabinu maszynowego, a strzelający z niego mężczyzna poleciał na ziemię z kulą w oku.

– Przepraszam, że się spóźniłem – ogłosił Wax. – Musiałem zaczekać, aż odgłos wystrzałów zaprowadzi mnie do was. Kontynuujmy, dobrze?

24

Uczciwa walka była całkowicie nieuczciwa, uznał Wayne. Trafił laską pojedynkową – która uderzyła z dźwięcznym trzaskiem w czaszkę oszustki. Padła na ziemię, ale przetoczyła się i podniosła, uśmiechając się szeroko, kiedy rana na jej głowie się zasklepiła – po idealnie gładkiej skórze płynęła strużka krwi.

Oczywiście, że dali jej zdolność uzdrawiania. Cudownie. Po prostu rdzawo cudownie.

Rozmyła się, a on ledwie zdążył stworzyć własną bańkę prędkości, by dostrzec ją po lewej. Skrzyżował laski, by zablokować jej cios. I zaczął nimi wymachiwać.

Uderzył ją w bok, a ona zrobiła to samo, celując w jego bok. Zardzewiałe Zniszczenie i zardzewiali diabli! To zabolało. I miało tyle samo sensu, co picie drogiej whiskey, kiedy było się już pijanym. Oboje się wycofali, krzywiąc się – ale jednocześnie sięgając do metalmyśli, żeby się uzdrowić.

– Na święte brakujące narządy Harmonii, kobieto. – Potrząsnął posiniaczoną ręką. – Jesteś irytująca.

– Jesteś irytująca – powiedziała. – Jesteś... Jeeste...

– Przestań naśladować mój akcent! – warknął Wayne.

– Czy mógłbyś powtórzyć „mój"? – Podrzuciła laskę i znów ją złapała.

Zardzewiała.

Oszukująca.

Kobieta!

Wayne uzyskał swoje moce uczciwie. Zupełnym łutem szczęścia urodził się z nimi. Ona ukradła je innym ludziom. To absolutnie było oszukiwanie. Wszyscy wiedzieli, że są rzeczy, które można zabrać, i takie, których zabierać nie wolno. Nieużywany zegarek kieszonkowy Waxa? Jasna sprawa. Zegarek, który dała mu Lessie? Zakazany.

Dusze ludzi? Całkowicie zakazane.

Krążyli wokół siebie, ignorując chaos w reszcie pomieszczenia. Kiedy zatrzymał czas, coś uderzyło obok niego – kula ocierająca się o bok ciężarówki – i zobaczył iskry spadające w zwolnionym tempie. Ale Marasi i konsi musieli poradzić sobie z gośćmi ze spluwami. Wayne musiał się zająć absolutnie wcale nie klonem samego siebie.

Wyszczerzyła zęby, kiedy rzucił się do przodu i zamachnął. Tak, mogła się uzdrowić, jeśli ją trafił, ale człowiek mógł się uzdrowić ograniczoną liczbę razy, zanim skończy mu się zapas zdrowia. Musiał walić i mieć nadzieję, że jej skończy się wcześniej.

Tym razem się uchyliła.

– Ej! – powiedział Wayne. – Stój.

– Ej... – powtórzyła. – Ejjjjj...

– Przestań!

Cofnęła się zwinnie, wciąż się uśmiechając.

– Od lat na to czekałam – powiedziała, a jej akcent zanikł. – Planowałam, przygotowywałam się. Zostałam zbudowana dla ciebie, Wayne. Nie czujesz się zaszczycony? Stworzono mnie, żeby cię zabić!

– Ach! Musisz też być dziwna?

– Kiedy cię zabiję, włożę twój kapelusz i będę nosić twój zapach. Tylko tego mi brakuje.

Znieruchomiał, kiedy uśmiechnęła się do niego. Takie. Rdzawo. Dziwne. I wtedy odwróciła się i skrzywiła.

– A co on tu robi?

Wayne przesunął się, żeby zobaczyć to, co ona. I... na rdzę, w końcu. Przybył bohater. Wax stał tam jak samo Zniszczenie, otoczony łopoczącymi pasmami, chroniąc konstabli i strzelając bez skrupułów do wroga.

Oszustka już została pokonana, skoro przybył Wax. Wszystko było w porządku ze światem.

Oczywiście Wax był w tej chwili zajęty i będzie potrzebował pomocy. Dlatego Wayne rzucił się pochylony na oszustkę i wbił łokieć w jej brzuch – i wyczuł coś ostrego w jej ramieniu. Może metalmyśli? Albo kolec? No tak. Skoro Wax tu był, mogli zrobić „podwójny numer specjalny". Ale z samym Wayne'em, bo Wax musiał zastrzelić paru gości.

Kiedy oszustka próbowała zrzucić Wayne'a, przekręcił się i pozwolił jej się podnieść. Następnie sięgnął zza jej pleców, złapał laskę pojedynkową obiema rękami i uniósł do jej brody. Zaczęła go uderzać, ale to sprawiło, że straciła równowagę.

Wayne szybko obalił ją na ziemię, przycisnął jej plecy kolanem, a laską naciskał na szyję, dusząc ją. Sam był kiedyś w takiej sytuacji i to nie było nic zabawnego – czuć, jak metalmyśli się opróżniają, uzdrawiając uduszenie.

Szarpała się gorączkowo. Świat wokół nich na przemian zwalniał i przyśpieszał, kiedy w panice aktywowała moce. Ale mimo wszelkich umiejętności posługiwania się laskami pominęła podstawowe techniki zapaśnicze. Ktoś, kto wiedział, co robi, mógłby go zrzucić.

Pokręcił głową rozczarowany.

– Nie możesz pomijać chwytów zapaśniczych, stara. Jeśli chcesz się dobrze bić, musisz wiedzieć, jak wygrać na ziemi.

Odpowiedziała sapnięciami, co było znacznie lepsze niż wcześniej. Miał szczęście, że Wax się pokazał. Zanim przybył bohater, Wayne został przyparty do muru.

Obok nich opadła postać w eleganckim stroju.

– Getrudo, jestem rozczarowany – zwrócił się do kobiety Sekwencja i wycelował pistolet w głowę Wayne'a.

Racja. Wayne puścił kobietę i uchylił się. Skoczył i przetoczył się – bo dobre przetoczenie się na koniec nie jest złe – i stanął na równe nogi, jednocześnie tworząc bańkę prędkości, która osłoniła jego i Marasi zajmującą się jedną z rannych.

– Hej – wysapał. – Sytuacja się poprawia, co?

– I tak musimy się wycofać. Nie do tego byliśmy szkoleni.

– Ale szkoda odchodzić, skoro zwyciężamy.

Wayne wskazał za siebie. Sekwencja wskazywał w stronę wyjścia – zatrzymany w połowie wydawania polecenia – a oszustka podniosła się i biegła w tamtą stronę.

– Naprawdę? – Marasi spojrzała z góry na Mathingdaw, ranną konstabl, która miała zaciśnięte powieki i krzywiła się z bólu w rannej nodze.

– Jeśli Wax zajmie się Monetostrzelnym, to tak. – W szeregach wroga panował chaos, a ich ludzie próbowali się ukryć.

– Mają przynajmniej kilka aluminiowych kul. – Marasi wskazała w bok.

Rzeczywiście, niektóre pociski, poruszające się jakże powoli w powietrzu, ignorowały Odpychanie Waxa.

– Ale czemu tak niewiele? Miles Stożywotów miał tony aluminiowego sprzętu.

– Ta grupa planowała, że dziś zostanie złapana. Jestem tego pewna. Zamierzali pozwolić, by konstable Blantach ich pojmali, bo powstrzymanie śledztwa wzbudziłoby podejrzenia.

– To dość odważny wniosek. Ale często masz rację w takich sprawach. Nie chcieliby, żeby skonfiskowano za dużo aluminium. Na komendach często je przetapiają, dla pieniędzy.

Wayne spojrzał na Waxa, który stał z przodu.

Wskazywał trzema palcami mijający go pocisk. Wydawało się, że... kieruje go w bok.

Nie, to już by było za dużo, nawet dla Waxa.

– Instynkt podpowiada mi, że jeśli się nie wycofamy, ta banda się rozproszy – powiedział Wayne. – Widzisz, już mają incydent godny opisania w prasie, bo z nami walczyli, i nie zyskają dużo więcej. Ale my mamy rannych i trudno by nam się było wycofać.

Marasi pokiwała głową.

– W porządku. Utrzymujemy pozycję. O ile Wax przepędzi Monetostrzelnego.

– Zdejmuję bańkę.

– Ruszaj.

Zgasił swój metal. Wax zawirował i, na rdzę... wydawało się, że kula, którą wskazywał, poleciała prosto w stronę jednego z gangsterów próbujących podkraść się do konstabli.

– Waxie! – zawołała Marasi. – Poradzimy sobie z nimi. Ale trzeba się zająć tym Monetostrzelnym!

Wax spojrzał na nią, skinął głową i wystrzelił w stronę Monetostrzelnego, który się uchylił. Mężczyzna wzniósł się w górę i przebił się przez sufit.

Wax podążył za nim i poszybował przez stłuczony świetlik.

Kiedy ta dwójka zniknęła, oszustka wybiegła przez frontowe drzwi. Bystrzejsi gangsterzy zorientowali się, co się dzieje, i zaczęli się wymykać. Wayne skoczył do przodu, by ściągnąć na siebie ogień, a Marasi przemknęła w bok. Zastanawiał się, po co, dopóki jej granat nie unieruchomił niewielkiej grupy wrogów.

Później zostało już tylko sprzątanie, prawdziwa walka przeniosła się na niebo. Chwileczkę, pomyślał Wayne. Stworzył bańkę prędkości, by dwoje pobliskich rannych mogło wczołgać się na tył ciężarówki, żeby się tam schronić. Czy ktokolwiek ostrzegł Waxa, że ten Monetostrzelny ma te zwariowane super-Odpychania?

Hm. Cóż, Wayne uznał, że jego przyjaciel wkrótce i tak się tego dowie.

25

Wax wzniósł się w powietrze i nagle poczuł się obco. Tak często przelatywał przez Elendel, że spodziewał się zobaczyć jego widok. To miasto – okrągłe, z kolejką nadziemną i ogromnymi okrętami wojennymi w porcie – go dezorientowało. Był tu wcześniej i znał dziwnie zaprojektowane budynki, każdy inny. Ale z góry widział, że zostały rozmieszczone zgodnie z artystycznym wzorem. Zbyt uporządkowanym, zbyt doskonałym, zbyt zrównoważonym. Jak stworzony przez dziecko model miasta.

Wrogi Monetostrzelny skakał w stronę granic miasta, a Wax pośpieszył za nim, wykorzystując Odpychanie stali. Jego przeciwnik miał talent, może był prawdziwym Monetostrzelnym, jedynie wspomaganym Hemalurgią. Mistrzowsko odpychał się od budynków, które mijali, choć świeży Monetostrzelni zwykle szukali kotwic – takich jak samochody – bezpośrednio pod nimi i ignorowali te za plecami.

Mimo to Waxowi udało się zbliżyć do mężczyzny, przewidując jego Odpychanie. Wax uniósł Obrońcę. Nie chciał zabić Monetostrzelnego – potrzebowali odpowiedzi – ale może trafienie w nogę albo w rękę...

Mężczyzna nagle wystrzelił w powietrze. Samochód poniżej spłaszczył się, jakby został nadepnięty, a Wax skrzywił się na myśl o biednych ludziach w środku. Monetostrzelny wzniósł się wysoko w niebo, szybki jak kula, a blask słońca sprawił, że trudno go było śledzić.

Wax wylądował niezgrabnie na pobliskim dachu. Niech to zardzewiałe piekło pochłonie. To było...

Duraluminium. Do diabła. Pozostawało jedynie kwestią czasu, kiedy będzie musiał stawić czoła wrogowi posiadającemu tę siłę, ale wcześniej jedynie czytał o tych mocach. Nigdy nie stawiał im czoła.

Mógł zapomnieć o wszystkim, co wiedział na temat pojedynków z innymi Monetostrzelnymi. Jak walczyć z kimś, kto mógł się wznieść na milę za pomocą jednego Odpychania?

Tak samo, jak ze wszystkimi innymi, pomyślał. Wykorzystując umiejętności i przebiegłość.

O ile dobrze pamiętał, mężczyzna musiał wypić zawartość kolejnego flakonika po każdym użyciu mocy. Wax przeniósł się na kolejny dach, na którym schował torbę, zanim włączył się do walki. Zabrał kolejny woreczek z pociskami z aluminium – i zostawił Stalowego Ocalałego, załadowanego konwencjonalnymi nabojami. Uniósł Obrońcę, wykonanego w całości z aluminium, podobnie jak pociski. Poza tym jedynymi metalami, które miał przy sobie, były flakoniki otrzymane od Harmonii, ukryte wewnątrz pasa, również wyłożonego aluminium.

Spróbuje zaatakować mnie od góry, pomyślał Wax, rozglądając się po niebie. I rzeczywiście, stamtąd posypały się kule. Wróg też miał aluminiową broń, ale Waxowi udało się zeskoczyć z dachu budynku. W locie Odepchnął się przez okno i wylądował w mieszkaniu.

Pokój był pusty. Gdyby zdołał prześlizgnąć się do okna w innym pomieszczeniu, może udałoby mu się złapać przeciwnika...

Cała ściana mieszkania zapadła się do środka, rozerwana przez metalowe dźwigary ukryte pod kamieniarką. Gruz uderzył w Waxa i popchnął go na przeciwną ścianę. Jęknął, a wokół niego opadały kawałki muru i tynku. Przez ziejący w ścianie otwór dostrzegł ruch.

Monetostrzelny wzniósł się w górę, w jednej ręce trzymał aluminiową flaszkę, z której uzupełniał zapas metali, a w drugiej pistolet. Wywołał podobne zniszczenia w budynku po drugiej stronie ulicy, który wykorzystał jako kotwicę dla swojego przerażającego Odpychania. Flaszka była sprytnym pomysłem – jeśli płyn był gęsty od opiłków metali, mógł pociągnąć łyk po każdym użyciu duraluminium.

Wax ukrył się za stertą gruzu, kiedy mężczyzna wystrzelił. Kule wbijające się w kamień wyrzucały chmurki białego pyłu. Odłamki zgrzytały pod stopami Waxa i osypywały się z jego ciała, kiedy wystrzelił kilka razy, żeby odpędzić wroga. Udało się, ale, na Zniszczenie...

Niepewnym krokiem przeszedł przez gruz i wyszedł na korytarz bloku mieszkalnego. Ukrywał się tam przez chwilę, delikatnie spalając stal, by ukazać źródła metalu w okolicy i ocenić rozmiar pokojów w sąsiednich mieszkaniach. Szybko przeładował – i wyciągnął flakonik z metalem zza pasa, by uzupełnić rezerwy.

W miarę jak cena aluminium spadała – straciwszy ekstrawagancję, stało się jedynie kosztowne – ludzie używali go coraz częściej. Jak wyściółka pasa Waxa. Ale tamta flaszka, którą miał jego wróg, była jeszcze lepsza. Flakoniki Waxa były przez moment podatne na Odpychanie, kiedy wyciągał je, żeby się z nich napić, a tymczasem...

Kula przebiła się przez drewno ściany i prawie wbiła się w głowę Waxa. Rzucił się na ziemię, przeklinając, i machaniem ręki odpędził zdezorientowanych gapiów wyglądających ze swoich mieszkań. Kolejna kula znów omal go nie trafiła. Monetostrzelny strzelał z zewnątrz i Odpychał pociski przez drewno. Ale jak widział Waxa? Powinien być tu niewidzialny...

Idiota, pomyślał Wax i zgasił stal. Wróg musiał mieć kolec, który umożliwiał mu używanie brązu, by wyczuwać, kiedy ktoś w pobliżu korzystał z Allomancji. Prześlizgnął się dalej wzdłuż korytarza. Przez ścianę nie przebiły się kolejne pociski – może Monetostrzelny uznał, że go zabił?

Zakładając, że jest naturalnym Monetostrzelnym – co może być prawdą, ze względu na jego umiejętności – ma jeden kolec dający brąz i jeden duraluminium, pomyślał. Co najmniej. Ludzkie ciało mogło utrzymać do trzech kolców, zanim zostało wystawione na wpływ Harmonii i jego bezpośrednią kontrolę. Ale Marasi twierdziła, że wróg znalazł sposób, by obejść to ograniczenie. Może przez oślepienie Harmonii.

Ludzie wciąż wychodzili na korytarz za jego plecami, mimo że prosił ich, by tego nie robili. Wielu zebrało się wokół zrujnowanego mieszkania i gapiło się. Zbyt wielu cywilów. Nie mógł tu zostać. Dotarł do końca korytarza, kopniakiem otworzył okno, wyślizgnął się na zewnątrz i opadł – wykorzystując Feruchemię, by zmniejszyć ciężar i nie uderzyć w ziemię ze zbyt dużą siłą.

Wrogi Monetostrzelny natychmiast pojawił się na pobliskim dachu i zaczął strzelać.

Wax przemknął za róg i przestał napełniać metalmyśl – którą ostatnimi czasy nosił głęboko pod skórą. Zmianę tę wprowadził – z pomocą chirurgów – po wydarzeniach związanych z Żałobnymi Opaskami. Ludzkie ciało działało jak aluminium i chroniło rzeczy w rodzaju metalmyśli przed wpływami z zewnątrz.

Z drugiej strony, według opowieści, jeśli Allomanta miał dość mocy, mógł to zignorować. Wojowniczka Wstąpienia to zrobiła. Na rdzę. Niezależnie od przyczyny, mężczyzna pojawił się tuż po tym, jak Wax sięgnął do metalmyśli. Zobaczył Feruchemię za pomocą brązu, co było ogromną rzadkością. Jak dobry był ten człowiek?

Jeśli on czeka, aż skorzystam ze swoich zdolności, pomyślał Wax, *wykorzystajmy to*.

Przeszedł na tył budynku i znalazł kratkę ściekową obok ulicy. Odepchnął się od niej, rozjarzając stal, ale natychmiast przerwał i pozwolił, by w górę poniósł go impet. Ponieważ większość Monetostrzelnych wykorzystywała w locie długie Odpychania, to jedno krótkie mogło sugerować, że Wax pozostał na ziemi.

Odpychanie wyniosło go dobre dwadzieścia stóp w górę. Złapał ścianę budynku tuż pod krawędzią dachu i przytrzymał się ozdób. Wisiał tak i wciąż miał nadzieję, że uda mu się złapać przeciwnika żywcem.

Na górze rozległy się kroki i poruszył się cień. Wax odetchnął głęboko i Odepchnął się w górę tak, że wyskoczył tuż przed przeciwnikiem. Odpychanie do tyłu sprawiło, że wpadł na mężczyznę i obaj upadli na dach.

Wykorzystując przewagę zaskoczenia, Wax uklęknął na przeciwniku i uderzył go w nadgarstek, by zmusić go do upuszczenia pistoletu. Następnie złapał go za kamizelkę i uniósł pięść. Ponieważ znajdował się tak blisko, nie musiał się przejmować ewentualnymi bańkami prędkości – a nie miał przy sobie żadnego Odpychalnego metalu. Istniała szansa, że ten gość miał cynę z ołowiem, która dodawała mu siły. Kilka ciosów w twarz powinno pomóc to ocenić.

Wax podniósł wroga i zaczął go bić. I, do diabła, może był podekscytowany, że znów może walczyć, ale knykcie nie bolały go tak bardzo jak kiedyś.

Wróg w panice sięgnął do pistoletu, ale Wax nie przestawał zasypywać go ciosami. Pierwsze uderzenie, szczególnie w głowę, wzbudzało pewną dezorientację. Było to swego rodzaju niedowierzanie, oszołomiona niezdolność do pogodzenia się z rzeczywistością. Wax pamiętał swój pierwszy raz – sposób, w jaki jego umysł nie mógł pogodzić wcześniejszych doświadczeń z tym nowym, bolesnym istnieniem z pięścią w twarzy. Mężczyzna panikował coraz bardziej i Wax po chwili uświadomił sobie, że popełnił błąd – kiedy mężczyzna gwałtownie Odepchnął w dół, wykorzystując gwoździe i żelazne pręty dachu.

Obaj zostali wyrzuceni wysoko przy akompaniamencie ryku wiatru i z nagłym przeciążeniem. Przez pierwszą połowę lotu Waxowi udało się nie wypuścić Monetostrzelnego. Jednak zanim dotarli na szczyt wznoszenia się, mężczyzna uniósł dłoń do twarzy Waxa, któremu nagle zrobiło się zimno.

Jego rezerwa metalu zniknęła.

Monetostrzelny miał inną moc. Był Pijawką i mógł wysysać Allomancję innych. Uśmiechnął się i spojrzał Waxowi w oczy – a Wax sięgnął do pasa po fiolkę z metalami. Wtedy Monetostrzelny złapał jego pas jedną ręką i rozdzielił ich kopnięciem. Pas, który miał się automatycznie rozpinać, kiedy ktoś Odepchnął metale w jego wnętrzu, rozerwał się, a ponieważ Wax właśnie do niego sięgał i kieszonka była otwarta, fiolki wyleciały na zewnątrz.

Ale Waxowi udało się złapać jedną z nich. Pozbawiony rezerwy stali na wysokości stu stóp uniósł fiolkę do ust... i poczuł ledwie odrobinę płynu, zanim wybuchła. Pocisk wroga o włos minął jego twarz, ale trafił we flakonik, rozbijając go.

Wax natychmiast zwiększył ciężar, co wpłynęło na jego pęd. Prędkość jego wznoszenia się znacznie zmalała, a kolejna kula przeszyła powietrze tuż nad jego głową. Sekundę po tym, jak dotarł na szczyt łuku i zaczął opadać, przeszedł do napełniania metalmyśli, co gwałtownie przyśpieszyło jego spadanie – ale nie uczynił się na tyle lekkim, by przeciwdziałał temu opór powietrza. Kolejne pociski przeleciały mu nad głową, bo Monetostrzelny miał problem z przewidzeniem jego poruszeń. Wax koziołkował i mimo chaosu – mimo że żołądek podjechał mu do gardła i miał zawroty głowy z powodu nagłego wyrzucenia w górę – uświadomił sobie jedno.

Bez metali był martwy. Jeśli nie uda mu się zmienić trajektorii, kolejne pociski trafią w niego, gdy Monetostrzelny w końcu wyceluje. Powolne opadanie nie wystarczało. Sięgnął do metali we wnętrzu i udało mu się odnaleźć odrobinę stali z tego pierwszego łyku. Wykorzystał ją, by Odepchnąć się od iglicy budynku i uniknąć kolejnych strzałów z góry.

Stal zniknęła. Nie było niczego poza szumem powietrza. Spojrzał w górę i zobaczył jedną z fiolek, która koziołkowała w dół. Na chwilę zwiększył ciężar, by spowolnić opadanie i do niej sięgnąć. Wyciągnął rękę, ale znajdowała się tuż poza czubkami jego palców...

Trzask. Flakonik wpadł w jego dłoń. Wax zawirował w powietrzu i wypił połowę zawartości. Jego stalowy wzrok powrócił niczym wybuch światła. Spadając, znalazł się między budynkami i Odepchnął się w przypadkową stronę. Chwilę później w powietrzu wokół niego zaroiło się od kul, a ziemia zbliżała się z przerażającą szybkością. Wax w ostatniej chwili upuścił na wpół pełny flakonik i Odepchnął.

Fiolka uderzyła o ziemię i roztrzaskała się, ale metal w środku był wystarczającą kotwicą. Wax zwolnił i uderzył o ziemię z poślizgiem, a wokół niego łopotał mgielny płaszcz. Z bijącym sercem wyrwał pistolet z kabury i wycelował w górę.

Ale niebo było puste. Mężczyzna postanowił się wycofać.

Wax wylądował na miejskim placu z ozdobnym brukiem i kilkoma imponującymi rzeźbami – zaprojektowanymi w dziwnym, masywnym i klockowatym stylu. Jego upadek wywołał... cóż, więcej niż niewielkie zainteresowanie. Wydawało się, że przerwał uroczystość oddania do użytku nowego budynku, bo znajdujący się tam dziennikarz z evanotypem zaczął robić zdjęcia.

Po pierwszym rozbłysku światła Wax uświadomił sobie ponuro, że będzie na pierwszej stronie popołudniowych gazet. Cudownie. Wyprostował się, uspokoił i na wszelki wypadek schował za markizą. Kiedy zastanawiał się, co robić, podjechał do niego elegancki czarny samochód, z którego wysiadł nikt inny, jak woźnica Hoid – w czapce szofera i białych rękawiczkach. Co on tu robił?

– Pański powóz, sir. – Hoid wskazał gestem.

– Jak, na litość, mnie znalazłeś?

Hoid uniósł brew w stronę gromadzącego się tłumu.

– Proszę o wybaczenie, lordzie Ladrianie, ale zrobił pan niezłe widowisko. Nie było trudno pana odnaleźć.

Uczciwe postawienie sprawy. Kiedy w tłumie rozległy się podekscytowane głosy, Wax przez chwilę odczuwał pokusę, by wsiąść do samochodu i odjechać. Jednak pozostali wciąż walczyli o życie.

– Dzięki, Hoidzie. Ale Wayne i Marasi mnie potrzebują.

Wzniósł się w powietrze, przyciągając jeszcze więcej uwagi – oraz drugi błysk światła z maszyny do evanotypów.

26

Marasi niechętnie zgodziła się pomóc miejscowym konstablom w uprzątnięciu miejsca przestępstwa – choć dzięki temu udało jej się odnaleźć dwa z Allomantycznych granatów – i aresztowaniu członków Kręgu, których udało im się złapać. Nie podobało jej się to, bo oznaczało, że więźniowie potencjalnie skończą w rękach Kręgu. Ale niewiele mogła na to na razie poradzić. Jej ranni oficerowie byli pilniejszą kwestią.

Poza tym... w chwili gdy przybyła Blantach ze swoimi ludźmi, cała misja zmieniła się w jeden wielki chaos. I tak oto – trzy godziny po wjeździe do Bilming – znalazła się z Wayne'em, VenDellem i Waxem w komendzie głównej konstabli w Bilming. Dopilnowała, by jej ludzie trafili do szpitala, i siedziała teraz, studiując raport na temat strat.

Dwoje zabitych konstabli. Na rdzę, odczytanie ich nazwisk bolało. To była katastrofa.

Na razie próbowała się skupić na ich trudnej sytuacji.

– Mówiłeś, że Harmonia jest ślepy?

Wax pokiwał głową i wpatrywał się w zamyśleniu w ścianę.

– Powiedział, że wyśle nam wszelką możliwą pomoc. Ale był przerażony, Marasi. Szczerze przerażony. A biorąc pod uwagę to, co odkryliśmy ze Steris... niepokoję się, że nasi wrogowie są blisko stworzenia broni. Niebezpiecznie blisko.

Spojrzał na nią i umilkł. Nie chcieli powiedzieć zbyt wiele, na wypadek gdyby byli obserwowani. Nikt nie stał przy drzwiach, ale mogli podsłuchiwać to, co działo się w tym pokoiku na inne sposoby. Bladożółte ściany i żarówka bez klosza sprawiały, że to miejsce celowo wyglądało ponuro. Marasi była gotowa się założyć, że wykorzystywali je do przesłuchań.

Oficerowie z Bilming nie zamknęli drzwi na klucz – nie odważyliby się – ale Wax i reszta zostali zmuszeni do oddania broni. A kiedy ich tu pozostawiono, implikacje były oczywiste – „nawet nie próbujcie".

Choć dostali cztery krzesła, tylko Marasi siedziała – na tyłach pomieszczenia. Wax chodził w jedną i drugą stronę pod drzwiami. VenDell siedział na podłodze pod ścianą i wyglądał na wyczerpanego. Połączył kości, wykorzystując do tego ścięgna, przez co jego rysy wyglądały grubo i nienaturalnie. Jak ceramiczna rzeźba, która została upuszczona, a później niedokładnie posklejana.

Wayne oczywiście drzemał.

Na podłodze, z twarzą zasłoniętą kapeluszem i ze zwiniętą kurtką jako poduszką. Zardzewiały człowiek. Chciałaby, żeby dla niej było to takie łatwe. Po śmierci dwojga ludzi utraciła pewność siebie. Cali Hatthew była konstablem od zaledwie dwóch lat – i błagała o udział w tej misji. Tę krew Marasi miała na rękach. Wydawało jej się, że wszystko dobrze zaplanowała, ale...

Wax podszedł i kucnął przed nią.

– Hej, wszystko w porządku?

Pokręciła głową i postukała w raport o stratach.

– Dwójka ludzi, która wiedziała cokolwiek przydatnego, uciekła, a ja straciłam dwoje dobrych konstabli. Co najmniej tuzin pozostałych odniosło poważne rany, a ja potencjalnie wywołałam incydent między miastami. A, Krąg uwolni wszystkich swoich ludzi, jako dodatkowy kopniak.

Skrzywił się.

– Marasi, walczymy z najbardziej przebiegłymi i najpotężniejszymi ludźmi na świecie. Od czasu do czasu nas wymanewrują. Dobrze sobie poradziłaś i w miarę możliwości zapewniłaś wszystkim bezpieczeństwo.

– Gdybyś nie przybył, bylibyśmy martwi.

– Ale to zrobiłem. Marasi, nie jesteś zabójczynią. Nie zawodowo. Twoim zadaniem jest prowadzenie śledztwa, planowanie i egzekwowanie prawa.

– A twoje zadanie?

Wstał.

– Jestem mieczem Harmonii, Marasi. Niedawno zdjętym ze stojaka i odkurzonym. Niezależnie od tego, co wydarzyło się dzisiaj, musimy działać dalej. Bo w tym mieście dzieje się coś wielkiego. Coś skrajnie niebezpiecznego. Straciłaś dziś dwoje porządnych ludzi... ale oni zginęli, zapobiegając śmierci milionów.

Pokiwała głową i rozmasowała skronie, żeby zwalczyć ból głowy. Jeśli on i Steris mieli rację... jeśli wróg próbował przemycić bombę do Elendel...

– W porządku. – Spróbowała się skupić. – Potrzebujemy tropów. Co robimy teraz, skoro Sekwencja uciekł? Gdzie szukamy?

– Pracuję nad tym. Mężczyzna, z którym walczyłem, miał kolce. Podobnie Cykl, którego zabiłaś, i kobieta, z którą walczył Wayne. Każdy z tych kolców wymagał śmierci Metalicznego.

– Porwania? – Marasi zrobiło się niedobrze.

Przez ostatnie dziesięć lat jednym z podstawowych działań Kręgu – tym, które pierwotnie zwróciło uwagę Waxa i Marasi – była seria porwań kobiet z rodów z silną Allomancją. Ich poszukiwania w ciągu ostatnich lat potwierdziły, że nie były jedyne. Inni, mężczyźni i kobiety, też znikali – głównie z Dziczy, gdzie takie zniknięcia nie były zgłaszane. Zawsze Metaliczni. Albo z rodzin, w których byli Metaliczni.

Rozważania Waxa i Marasi na temat powodu zniknięć były niepokojące. A teraz, kiedy trafili na członków Kręgu z dostępem do tak wielu mocy...

– Próbowaliśmy podążać za porwaniami, Waxie – zauważyła. – To wszystko były ślepe uliczki. Jesteśmy pewni, że Harmonia nic o tym nie wiedział? Może zanim został oślepiony?

– On bywa tajemniczy, nawet wobec nas – powiedział VenDell cicho ze swojego miejsca przy ścianie. Spojrzał na nich z dołu, jego połamana twarz poruszała się dziwnie. – Ale wątpię, by wiedział, dokąd trafili ci ludzie. Kiedy ich szukaliśmy, zastanawialiśmy się, dlaczego Harmonia nie udzielił nam więcej informacji. Dlaczego nie poszukał ich w tajemnych częściach świata i nic nam nie powiedział. Myślę, że już od jakiegoś czasu nie widzi szczegółów. Ale... ukrywał przed nami tę niepełnosprawność.

Kandra westchnął. Wyglądał na wyczerpanego – jego skóra zrobiła się przezroczysta i zielonkawa.

– I... jest coś jeszcze, Waxilliumie. On próbuje to ukryć, ale sądzę... że z Harmonią jest coś nie w porządku. Widzę za nim cień.

– Po co mieć Boga po swojej stronie, skoro on nie robi nic, by nam pomóc? – Marasi założyła ręce na piersi.

– Coś zrobił – sprzeciwił się Wax. – Wysłał nas. To lekcja, którą ciągle próbuje mi dać.

– Skontaktuję się z nim i poproszę o dalszą pomoc – powiedział VenDell. – Ale Waxillium ma rację... Konstablu Colms, to my jesteśmy jego próbą, by coś zrobić.

Wax odwrócił się i znów zrobił zamyśloną minę. Nie powiedział jej o wszystkim, co się z nim stało przed laty. Myślała, że być może Wax na chwilę umarł. Zanim znalazła jego połamane ciało w tamtej zimnej, zapomnianej świątyni. Spotkał się z Harmonią.

Teraz Wax czasami mówił w taki sposób. Z przekonaniem w kwestiach religijnych, z jakim nie spotkała się u kapłanów.

Drzwi się otworzyły i do środka weszła kapitan Blantach. Przebrała się w czysty mundur i najwyraźniej przeczesała krótkie jasne włosy, choć wciąż sprawiała wrażenie wyczerpanej. Może z powodu mężczyzny, który wszedł za nią.

Do diabła, pomyślała Marasi. Przyprowadziła burmistrza.

27

Wax westchnął. To się właśnie zmieniło w kwestię polityczną, a nie tylko jurysdykcji. Oczywiście cały dzień kierował się w tę stronę jak rozpędzony dyliżans bez woźnicy. Spojrzał na Marasi, która skinęła głową. Powinien przejąć dowodzenie.

Zrobił krok do przodu, by przywitać burmistrza Bilming, lorda Gave'a Entrone'a. Mężczyznę, którego Wax miał okazję spotkać już kilkakrotnie i który za każdym razem robił coraz bardziej odrażające wrażenie. Co dużo znaczyło, jako że przy ich pierwszym spotkaniu Entrone ubliżył Steris.

Gave zrobił karierę, wyrastając poza swoje rodzinne miasteczko Nowe Seran. Przed dwoma laty wylądował w Bilming – w samym środku polityki zewnętrznych miast – i jakimś sposobem okazał się dokładnie taką osobą, której potrzebowali, żeby „stawiała opór" tyranii Elendel.

Dziś miał na sobie oficjalny strój, a po wejściu nawet poprawił spinki od mankietów – bez wątpienia, by pochwalić się migoczącymi diamentami oprawionymi w drewno. Gładko zaczesane do tyłu czarne włosy i broda, która mogła służyć do otwierania puszek. Oraz oczywiście charakterystyczny, wyrażający zadowolenie z siebie uśmieszek.

Stanowisko burmistrza Bilming było ważne – może najważniejsze poza Elendel. Co znaczyło, że Wax musiał uważać, by go nie obrazić. Czekała go delikatna rozmowa.

– Ej! – Wayne usiadł. – Hej, Wax! Ktoś zszył worek kutasów i zrobił człowieka! I to nawet chodzi!

Zapanowała cisza. Później VenDell cicho parsknął.

– Przeprosisz za to, Ladrianie? – spytał Gave.

– Och! – Wayne wstał. –To Gave Entrone. Przepraszam, panie burmistrzu! Pomyliłem pana z czymś innym. Choć podobieństwo jest naprawdę niesamowite, tak.

– Waynie? – odezwał się Wax.

– Tak, szefie?

– Przestań pomagać, dobrze?

– Jasne.

Wax i Entrone spojrzeli sobie w oczy. Wax był pewien, że mężczyzna ma powiązania z Kręgiem. Co było częściowym wyjaśnieniem dla jego wyjątkowego awansu w świecie polityki zewnętrznych miast.

– Tak to wygląda. – Gave zatarł ręce. – Waxillium Ladrian. Wielki stróż prawa z Dziczy. Zamieszany w nielegalną operację w moim mieście!

– Podlega naszej jurysdykcji! – powiedziała Marasi. – Zgodnie z paragrafem...

– Paragrafem siedemnastym Prawa o wspólnym sądownictwie? – spytał Gave. – Uchyliliśmy go, pamiętacie? Trzy miesiące temu.

– Nie możecie go uchylić – zauważył Wax. – Nie macie prawa.

– Nie mamy prawa? Nie mamy nic do powiedzenia w kwestii pilnowania porządku w naszym własnym mieście? To bardzo aroganckie stwierdzenie, czyż nie, kapitan Blantach?

– Formalnie rzecz biorąc, to prawda, panie burmistrzu – odpowiedziała.

– Formalnie rzecz biorąc, jeden z tych parszywych południowych typów w maskach mógłby uchwalić, że ich „jurysdykcja" obejmuje nasz teren. Ale jakie mają prawo? – Obszedł pokój i zatrzymał się przed Waxem. – Nie są jednymi z nas.

– Widzę, co robisz, Entrone – powiedział cicho Wax.

– Naprawdę? – szepnął i zbliżył się tak bardzo, że Wax czuł woń mięty w jego oddechu. – Naprawdę doceniasz, jakie to rozkoszne? Tak bardzo starałeś się zapobiec uchwaleniu tej głupiej ustawy... a jednak jesteś tutaj, w moich rękach. Zgodnie z naszymi prawami jesteś przestępcą, który złamał dziesięć różnych paragrafów. Jedynym, co możesz zrobić, jest zignorowanie naszej władzy... a przez wiele miesięcy wykłócałeś się, że na nią zasługujemy. Mam cię, Ladrianie. Jesteś mój.

– Gubernator się nigdy na to nie zgodzi – wtrąciła Marasi.

Tego właśnie chciał Entrone. Chciał, żeby Wax poczołgał się z powrotem do Elendel i błagał o ułaskawienie. A ustawa o zwierzchnictwie? Cóż, gdyby utrzymywał, że władza Elendel jest ważniejsza od lokalnej, okazałby się hipokrytą. To jeszcze podsyciłoby konflikt między stolicą a zewnętrznymi miastami. Dokładnie tego chciał ten mężczyzna.

Entrone się uśmiechnął. Nie pokazując zębów. Jedynie zadowolone z siebie wargi, które wyglądałyby znacznie lepiej, gdyby były popękane i zakrwawione. Wax z trudem zapanował nad sobą.

Na Zniszczenie, nienawidzę tego człowieka, pomyślał.

– Może zechciałby pan posłuchać... wyższej władzy, panie burmistrzu. – – VenDell wstał. Sprawił, że jego skóra stała się w pełni przezroczysta, ukazując szkielet. Kości jego twarzy była popękane i połatane za pomocą ścięgien. Robiło to niesamowite wrażenie, zwłaszcza że VenDell zachował normalne gałki oczne, wyglądające, jakby unosiły się w galarecie, w którą zmieniła się jego twarz.

– Ach! Jedna z marionetek! Popatrz, jak próbuje nas przestraszyć, kapitan Blantach!

– No tak. Jestem wysłannikiem i przedstawicielem Harmonii.

– Nie jestem Ścieżkowcem. – Gave machnął ręką. – Co mnie to obchodzi?

– Bóg? – spytał VenDell.

– Nie mój bóg. Moimi bogami są przemysł, postęp i niezłomność ludzkiej duszy. Nie jakiś kapłan, któremu udało się wychłeptać trochę soku pozostawionego przez dawno zabitą istotę. Och! Proszę popatrzeć, kapitan Blantach! To udaje, że jest wstrząśnięte moimi słowami!

– On nie udaje – powiedział Wax. – VenDell jest osobą, jak my wszyscy. Jedynie trochę bardziej... plastyczną.

– Och, Ladrianie. – Entrone był tak bezczelny, że poklepał Waxa po ramieniu. – Jakże łatwo cię oszukać. Kandry to zwierzęta. Marionetki. Przecież one tak naprawdę wcale nie żyją. To mgielne upiory, które udają ludzi, a ja nie wiem, czemu miałbym się dać zastraszyć gadającemu kawałkowi mazi, który...

Urwał, kiedy zobaczył, że Wayne dyskretnie się do niego zbliżył.

– ...kawałkowi mazi – kontynuował Gave – który... no...

– Gadaj dalej. – Oczy Wayne'a otworzyły się niepokojąco szeroko. – Ubliżaj moim przyjaciołom. Zrób to.

Entrone cofnął się. Wyglądał na wytrąconego z równowagi.

– Macie godzinę – powiedział do Waxa. – A później oficjalnie ogłoszę, że stawiam wam zarzuty. Albo ucieknijcie stąd... i może zastrzelcie paru konstabli... albo skontaktujcie się z gubernatorem i błagajcie go o pomoc. Każę wam dostarczyć skrzynkę radiową.

Wycofał się pośpiesznie, próbując jednocześnie obserwować Wayne'a. W końcu zostawił Blantach.

– Co za dupek – rzucił Wayne.

– Ja... przepraszam – powiedziała kapitan. – Obawiam się, że musiałam się z nim skontaktować.

– Rozumiem, Blantach – odparła Marasi. – Ale musisz zrozumieć. Nie możecie wpakować nas do więzienia... to zagraża losowi całej Kotliny. Proszę, wysłuchaj nas.

– Zobaczę, czy uda mi się... coś wymyślić. – Blantach obejrzała się przez ramię na komendę. – Ale sprawa nie jest już w moich rękach, Colms. Następnym razem skontaktuj się z nami, zanim przeprowadzisz operację w naszym mieście.

Wycofała się i zamknęła drzwi, które miały małe okienko na górze. Po chwili strażnik dostarczył skrzynkę radiową i został na zewnątrz, żeby ich obserwować.

Wax westchnął i odwrócił się do pozostałych. Nie zamierzał ufać radiu dostarczonemu przez wroga.

Skóra VenDella odzyskała normalny odcień. Kandra zawahał się i spojrzał na Wayne'a.

– Mówiłeś poważnie? Naprawdę jestem... twoim przyjacielem?

– Pewnie. Jasne, jesteś tym nadętym gościem, z którego sobie żartujemy, ale w każdej ekipie musi taki być. – Wskazał na Waxa, Marasi, a później VenDella. – Moja ma troje. Pięcioro, jeśli wliczymy Steris, bo ona się liczy za dwoje. Ale im więcej, tym lepiej.

– Ja... rozumiem. – Kandra podrapał się po głowie.

– Chodzi o to, że możemy sobie z ciebie żartować, bo cię lubimy. Tak to działa. Jeśli robi to ktoś inny, wbijamy mu laskę pojedynkową w tę część ciała, o której nie mogę wspominać, bo staram się uważać, co gadam.

– Poważnie? – spytała Marasi.

– Aha. Ranette ciągle powtarza, że mam pilnować, co mówię, bo w okolicy mogą być dzieciaki. To dziwnie, nie? Dzieciaki i tak nie zrozumieją tego, co mówię. Więc co mam się przejmować, że usłyszą?

Wax odwrócił się do drzwi. Gorączkowo próbował wymyślić sposób na wydostanie się z obecnej sytuacji, ale w głębi duszy wiedział, że to bez sensu. Mógł stąd wyjść i zignorować Entrone'a. Tylko że w ten sposób jedynie dolałby oliwy do ognia – podsycił wewnętrzny konflikt. Poza tym, czy mógłby prowadzić dalej śledztwo w mieście bez konstabli depczących mu po piętach?

A gdzie w tym wszystkim jest miejsce bomby? – pomyślał Wax. Wzmianka o opadach popiołu. Moja siostra. Co się tak naprawdę dzieje?

Być może miał sposób na znalezienie odpowiedzi. Sięgnął do pasa, który odzyskał i ponownie napełnił, wykorzystując zapasy przyniesione w dużej torbie. Przed walką ukrył ją na dachu jednego z budynków. We wnętrzu pasa, obok fiolek z metalami, wymacał kolczyk, który dał mu Harmonia.

I ten drugi. Z trellium.

Niech to diabli. Musiał przynajmniej spróbować. Wyciągnął kolczyk z trellium i wcisnął go w dziurkę w uchu.

Poczuł szarpnięcie i uczucie nieważkości, jakby dyliżans, którym jechał, podskoczył na wyboju. Inne, niż kiedy rozmawiał z Harmonią. Wtedy czuł się przyciągany do czegoś potężnego. Teraz przeszła go wibracja, potężna, gwałtowna. Sapnął, a pokój wokół niego się rozmył.

Natychmiast jego umysł przeszył – niczym kolec wbity w mózg – znajomy głos.

Szybciej. To musi zadziałać.

Telsin. Słyszał swoją siostrę. Wydawało mu się, że wyczuwa część jej otoczenia. Była na zewnątrz... żadnego echa w pomieszczeniu.

Kończy nam się czas. Zapasowe urządzenie przenoszące jest zbyt oczywiste. Zbyt łatwe do powstrzymania. Podstawowe musi zadziałać. Muszę... Zawahała się. *Wyczuwam coś.* Zrobiła krok w bok.

Jej głos stał się wyraźniejszy, skupiony na nim.

Dawaj. Walczyłeś z moim bratem. Już o tym wiem. To... Zaczekaj.

Waxillium? Czy to ty? Ach... To ty. Wyczuwam cię. Znalazłeś sobie kolczyk z trellium, co? Sprytne. Twój pomysł czy tego twojego boga?

– Witaj, Telsin – szepnął.

Próba okłamania jej nie miała sensu. Wyczuwała go równie wyraźnie, jak on ją. Próbował przywołać rodzinne więzy. Teraz jednak ten głos go dręczył. Był echem dawno utraconych czasów. Czasów, które pozostawił za sobą, lecz one nie chciały pozostawić jego.

Czyli jesteś w Bilming. W jej głosie brzmiało rozbawienie. *Twoje przybycie wywołało charakterystyczne zamieszanie. Dobrze wiedzieć, że nic się nie zmienia. Nigdy nie potrafiłeś zrobić niczego użytecznego dla siebie, jeśli jednocześnie nie zrobiłeś wielkiego bałaganu dla mnie.*

– Telsin – powiedział cicho. – Co ty robisz?

To, co trzeba zrobić, bracie. Jak zawsze.

– Ja...

Co mógł powiedzieć? Wszystkie jego sprzeciwy brzmiały pusto. „Zabijesz miliony?". Przed sześciu laty była gotowa na śmierć swoich ludzi, by osiągnąć własne cele. Nie przejmowałaby się mieszkańcami Elendel. „Zdradzisz naszych rodaków?". Nie miała problemu ze zdradzeniem jego. „Bawisz się mocami, nad którymi nie panujesz". Dokładnie to lubiła, zawsze tańczyła bliżej płomienia.

Co miał nadzieję osiągnąć? Powinien to przemyśleć. Przecież wiedział, że nie należy wchodzić do kryjówki wroga bez planu.

Ach, Waxie, powiedziała Telsin w jego umyśle. *Wciąż udajesz, prawda? Mówisz sobie, że jesteś bohaterem? Gdzie był ten bohater, kiedy nasza rodzina go potrzebowała? Bawił się w Dziczy. Uciekał przed prawdziwą odpowiedzialnością.*

Powiem ci, co robię. To, co trzeba zrobić. Ten świat, i wszyscy jego mieszkańcy, jest skazany na zagładę. Chyba że ja interweniuję. Tak samo, jak musiałam wziąć odpowiedzialność i zostać przywódcą po tym, jak uciekłeś. Nie jesteś bohaterem, Waxilliumie. Nigdy nim nie byłeś. Uciekłeś, jak dziecko, które nie może znieść zasad...

Wyciągnął kolczyk i oddychał ciężko.

Na rdzę. Tyle lat i nadal umiała go zranić. To był koszmarny pomysł.

Przynajmniej wiem, pomyślał, że to, co powiedział o niej Harmonia, jest prawdą. Rzeczywiście jest awatarem naszego wroga. I była pełna napięcia, ponaglająca. Ma termin. Martwi się. Bo ja jestem w mieście.

Rozważył jej słowa o „podstawowym urządzeniu przenoszącym" i „zapasowym".

Rozejrzał się po pomieszczeniu, ale pozostali nie zauważyli, co zrobił. Byli zajęci własnymi myślami lub problemami. Wszyscy poza VenDellem, który przyglądał mu się uważnie.

Wax otarł czoło dłonią.

– Ty... wspominałeś o pomocy Harmonii? – spytał chrapliwie.

– Jest blisko. – VenDell odwrócił się i spojrzał w stronę drzwi. – Och. A raczej jest tutaj. Sam zobacz.

Wax zmarszczył czoło, podszedł do drzwi i wyjrzał przez okienko. Strażnik patrzył w stronę frontowego wejścia do budynku.

Gdzie stał Śmierć.

zachęciłam go. „Pamiętasz, jak byłeś kolosem Człowiekiem w *Bohaterze wszystkich wieków*? Byłeś mistrzem. Poradzisz sobie".

„Nie może". KeSun założyła ręce na piersi. „Nie beze mnie. To ja mam doświadczenie w naśladowaniu ptaków". Odwróciwszy się do Tabaara, powiedziała: „Jeśli jesteś gotów oddać mi część wzrok? Wolelibyśmy, żebyś nie widziała nas, kiedy się…"

„…stapiamy" dokończył Tabaar.

To, co nastąpiło, było jedną z najdziwniejszych rzeczy, jakie widziałam, dziwniejszą od Bestii z Mody Belmona albo czasów, gdy byłam asystentką Allomanty Jaka.

(Ciąg dalszy poniżej zgięcia!)

Stworzenia".

Przed głosowaniem zaplanowano wiele dni przemówień, debat i robienia wrażenia, zaś spojrzenie zewnętrznych miast skupia się na tak zwanym Senatorze Stróżu Prawa z Dziczy. Jego ostatnie odwiedziny na północy Kotliny umocniły jego podejście, z którym zgadza się wielu mieszkańców zewnętrznych miast – Reprezentacja Ponad Zwierzchnictwem.

Gubernator Varlance i jego doświadczonego przywództwa, kiedy nasi zamaskowani przyjaciele z Południa przyniosą nam wojnę". Przedstawicielka Malwian, admirał Jonnes, wyglądała na wstrząśniętą i nie wróciła na obrady Senatu po przerwie.

Kiedy Varlance'a spytano, czy on również uważa, że Kotlina podąża w stronę wojny z Malwianami, jedynie poklepał się po piersi, na której ostentacyjnie zawiesił swoje medale.

(Ciąg dalszy na drugiej stronie).

Dwie pory roku chciałyby wycofać komentarze naszej drogiej redaktorki Kyndlip Teranvyl sprzed dwóch tygodni, sprzed jej zniknięcia, w których porównała naszego kochanego burmistrza do „rozzłoszczonego dzika – ani mądrzejszego, mniej atrakcyjnego i niezdolnego do powstrzymania się od wytarzania się w każdym błocie, na które trafi".

LIST DO REDAKCJI

Po raz kolejny muszę wyrazić sprzeciw wobec przyjmowania przez was reklam Przedsiębiorstwa Soonie, producentów „Szczeniaczka Soonie", którzy również ignorowali moje liczne listy dotyczące ich historycznie rażącego przedstawienia towarzysza Wojowniczki Wstąpienia jako terrisańskiego wilczarza, choć uczeni wielokrotnie udowodnili, że współczesne rasy psów nie istniały w Dniach Popiołu i że Strażnik Wojowniczki Wstąpienia nie był wilczarzem, a **wilczakiem**.

Z niechętnymi
pozdrowieniami
Profesor Olin Tober
Uniwersytet Elenedel

OD REDAKCJI

Gemmes Millis, p.o. red. nacz.

ZAKAZAĆ NOSOPIŁKI!

Widzimy ich na każdym ugorze i pustej działce. Włóczędzy i nieroby, wśród nich nawet nasze dzieci, zbierający się w bandach i „grający" w grę samego Śmierci – nosopiłkę. Ci „gracze" powinni chodzić do szkoły albo pracować w fabrykach! Tymczasem ich źle wycelowane piłki trafiają niczego się nie spodziewających automobilistów i zaśmiecają drogi. Burmistrz zakazał tego hultajstwa przed miesiącami, ale konsi tego nie egzekwują. Na R*zę i Zn*enie, niektórzy nawet dołączają do nich! Przyjdźcie na Wiec Przeciwko Nosopiłce w następny stalodzień po południu, w Parku Tabreta w pobliżu centrum miasta, i wesprzyjcie Sprawę, o Którą Warto Walczyć!

Człowiek, który zelektryfikował czas!

Nowa powieść autorstwa Schriba Welfora, człowieka pracy urodzonego w Bilming. Dostępna we wszystkich lepszych księgarniach!

POMOC POSZUKIWANA~ Spalający stop bizmutowy Mglisty do nowej kawiarni „szybkiej obsługi". Wysoka pensja plus premia i dodatkowy stop bizmutowy do wykorzystania w czasie wolnym. Dogodne godziny pracy! Jeden dzień wolny w tygodniu plus dwa dodatkowe dni w roku na Dzień Ocalałego lub Święto Harmonii. Zgłoszenia osobiste u Kevrona na rogu 2. i Nellis.

DOSTARCZANIE ŻYWNOŚCI ~Zamów wcześniej, by otrzymać na czas posiłek, w dzień lub w nocy, w deszczu i we mgle, z każdej otwartej jadłodajni. Nasi wyszkoleni Stalowi Biegacze unikają korków, bo znają wszystkie autostrady, ulice i uliczki. Zamówienia u Vemy w Stalowej Kuchni do południa na następny dzień.

POGODA~Możliwa mgła na Przylądku Latarni. Przerwa w burzach, ale mało mgieł przez dwa tygodnie lub dłużej. Maks.: 26 Min.: 17

Lot ornizaura

Choć rozpaczliwie pragnęłam spojrzeć, szacunek dla moich towarzyszy skłonił mnie do spełnienia ich prośby, choć odgłos ich stapiania się kojarzył się z ośmiornicą całującą się z wielkim ślimakiem. Przez dziesięć minut.

Kiedy wolno mi było znów spojrzeć, stojąca przede mną bestia przypominała pozbawioną piór wersję ornizaurów, których obrazy widzieliśmy w kamieniołomie, z długimi, cienkimi kośćmi i nietoperzowymi skrzydłami. Po bokach łba istoty, gdzie normalnie znajdowałyby się oczy, po prawej wyrastała twarz KeSun, a po lewej Tabaara.

„Jesteście absolutnie prze-piękni!" Klasnęłam w dłonie.

„Jesteś dziwna, panno Sauvage" powiedziała bestia ustami Tabaara.

Wzięli mnie w łapę i skoczyli z urwiska, a skóra na ich skrzydłach rozłożyła się jak parasol.

Pod nami szczyty kolejnych kamiennych występów materializowały się na tle delikatnej mgiełki, która uniemożliwiała dostrzeżenie, gdzie kończyły się mgły, a zaczynały skały.

Rozglądałam się za Vilą. Na jej miejscu zaczekałabym z atakiem do chwili, gdy wejdziemy we mgłę, więc skierowałam Tabaara-KeSun w jej stronę, a jednocześnie założyłam na lewą dłoń metalowy kastet w kształcie węża. W prawej trzymałam parasol.

Znaleźliśmy się we mgle i jak przewidywałam, wyłoniła się z niej Vila, wznosząca się w naszą stronę, aż się zderzyliśmy.

„Gdzie jest klucz?!" spytała.

„W tej chwili daleko stąd" odpowiedziałam z uśmiechem.

Vila zawarczała, pokazując zęby.

Nastąpiła gorączkowa wymiana ciosów pięścią i kopnięć, kiedy próbowała utrzymać się na łapie ornizaura. Przyniosło mi to korzyść, bo szpon Tabaara-KeSun trzymał mnie tak mocno, że mogłam walczyć, nie obawiając się upadku w pustkę.

Kilka razy uderzyłam Vilę zamkniętym parasolem, a później, kiedy odwróciłam jej uwagę, zadałam cios metalowym kastetem. Kiedy złoty smok dotknął policzka Vili, spaliłam chrom i wypiłam jej zapasy stali.

„DOPILNUJ, ŻEBY MOJA BRODA WYSZŁA DOBRZE!"

28

Wax nigdy nie widział Śmierci we własnej osobie, choć Marasi raz spotkała istotę. Starożytny Inkwizytor, zwany Żelaznookim, miał ciężkie kolce zamiast oczu, a ich końce wystawały z tyłu jego czaszki. Jeden z oczodołów został zmiażdżony w walce, co zapisano w Słowach Stworzenia pozostawionych przez Harmonię – Sazeda. Wax widział blizny, które znikały wśród wyblakłych tatuaży otaczających oczodoły.

Śmierć nosił obszerne czarne szaty i miał bladą skórę, która sprawiała wrażenie wręcz niezdrowej. Dłonie wystające z rękawów były tak chude, że niemal szkieletowe. Wax przyzwyczaił się do rozmawiania z istotami z mitów – kandry, nawet TenSoona, traktował jako coś prozaicznego. Ale widok Żelaznookiego nadal wzbudzał w nim niepokój. Ta istota podobno odprowadzała dusze zmarłych Poza.

W pomieszczeniu na zewnątrz – pełnym biurek, konstabli i pomocników – zapanowała cisza. Nikt nie odważył się przerzucić kartki papieru – wszyscy wpatrywali się w sylwetkę rysującą się na tle jaskrawych promieni słońca. On czymś emanował. Grozą, która miażdżyła duszę jak ręka zaciskająca się na wczorajszej gazecie.

Nie, pomyślał Wax. Nie boję się tego. Już patrzyłem w twarz śmierci.

Dziwne, ale uczucie przerażenia go opuściło. Czy to była... emocjonalna Allomancja? Trudno ją było rozpoznać w trakcie, ale z perspektywy czasu była oczywista. Tym razem nie wpłynęła na Waxa tak samo jak na wszystkich innych, w tym na Marasi, o czym świadczyła jej pobladła twarz.

Wax odetchnął głęboko, otworzył drzwi i minął strażnika. Przeszedł przez salę i spotkał się z Żelaznookim, który był niezwykle wysoki. Dokładnie tak, jak Wax sobie wyobrażał.

– Mieczu. – Śmierć zwrócił kolce w jego stronę. – Musimy porozmawiać.

Wax wskazał gestem na pomieszczenie z pozostałymi, a Śmierć przeszedł obok wstrząśniętych konstabli, choć jednemu – z naszywką Szperacza na ramieniu – udało się wydobyć pistolet. Nie było to posunięcie, które Wax by mu polecił. Śmierć jedynie machnął lekceważąco ręką i Przyciągnął pistolet przez salę. Później sprawił, że broń zaczęła unosić się między jego dłońmi – niewiarygodny wyczyn, choć niewielu nie-Allomantów to pojmowało – i pociągnął. A wtedy lufa się złożyła.

Wax znieruchomiał. Do diabła. Nigdy nie widział, by ktoś dokonał czegoś takiego swoimi mocami. Jak to w ogóle można zrobić?

Odepchnąć bliższy koniec, a Przyciągnąć dalszy, pomyślał. Ale, do diabła, związana z tym moc...

Pistolet spadł na podłogę, a kiedy Wax i Śmierć dotarli do drzwi, zobaczyli, że Entrone i Blantach wyszli z jednego z biur i patrzyli na nich wielkimi oczyma.

– Ach. – Żelaznooki skupił się na burmistrzu. – Gave. W czasie swojego śmiertelnego życia niezbyt lubiłem członków rodu Entrone, których miałem okazję poznać.

– Ja... To mój więzień. Kto...

– Musimy porozmawiać prywatnie – stwierdził Żelaznooki. – Oddasz tym śmiertelnikom ich broń. Kiedy zakończymy rozmowę, nie będziesz im dłużej utrudniał śledztwa w tym mieście.

– Nie wyznaję twojej religii...

– Śmierć nie jest religią. To fakt.

– Ale...

– Jak chciałbyś umrzeć, śmiertelniku? – Żelaznooki podszedł bliżej, a szaty załopotały wokół niego. – I kiedy? Cicho? W nocy, kiedy twoje serce cię zawiedzie? Przez utonięcie, na jednym z twoich nowych okrętów, który zatonie? Tutaj? Teraz? Przytłoczony ciężarem własnej głupoty?

Entrone oblizał wargi i szepnął:

– Jak sobie życzysz, Żelaznooki, tak się stanie. – Najwyraźniej można być przesądnym, nie będąc religijnym.

Wax wszedł do pokoju, za nim wkroczył Żelaznooki.

– Waynie, bądź tak miły i pilnuj drzwi, żeby nikt nas nie obserwował ani nie podsłuchiwał – powiedział cicho Śmierć.

– Jasne. – Wayne podszedł do okienka w drzwiach. – Wszyscy tam stoją. No, poza tymi paroma, co zemdleli. Nieźle. – Spojrzał na Żelaznookiego. – Ten twój akcent... naprawdę stary, naprawdę interesujący... właściwie całkiem mi się udał.

Śmierć osunął się na krzesło i wyglądał, jakby nagle się zestarzał. W kącikach jego oczu pojawiły się zmarszczki, które rozrosły się na całą twarz, a policzki obwisły. Westchnął ciężko i zwrócił metalowe oczy w stronę sufitu.

– Na Ostatniego Imperatora – mruknął. – To było przedstawienie, czyż nie? A pomyśleć, że w ekipie to ja byłem tym rozsądnym.

Marasi i Wax popatrzyli po sobie.

– Żelaznooki? – spytała Marasi. – Czy ty... dobrze się czujesz?

– Nie. Kończy mi się atium i dlatego starość w końcu zaczęła wyłaniać się z cieni. Zawsze mnie śledziła. Teraz wyczuwa łatwą ofiarę. Przybyłem do Bilming w poszukiwaniu odpowiedzi. Próbują odtworzyć metal, a ja pomyślałem, że może...

– Jeśli ci się skończy... – powiedziała Marasi – ...umrzesz?

Pokiwał głową.

– Zamierzałem na to pozwolić. Żyłem tak długo, o wiele dłużej, niż mi się należało. Ale pomogłem zniszczyć ten świat... niechętnie, owszem, ale moja słabość doprowadziła do wielkiego smutku. Przysięgałem, że pomogę. I dlatego walczę o przetrwanie...

Na rdzę. Śmierć zaczerpnął tchu i zmarszczki na jego twarzy cofnęły się – by powrócić po wydechu. Wyglądało to tak, jakby z każdym oddechem wahał się między dziesięcioleciami wieku.

– Trell chce posiąść tę planetę – szepnął Śmierć. – Czas wam się kończy, podobnie jak mnie. – Wpatrywał się w Waxa swymi nieprzeniknionymi nie-oczami. – Za bardzo osłabłem, by polować na tych, którzy chcą zniszczyć tę ziemię. Mój wcześniejszy pokaz pozwoli wam wyjść z tego pokoju, może przekona miejscowych konstabli, by zostawili was w spokoju, ale to... może być wszystko, co wam dam.

Wax ukląkł obok postarzałego półboga i nagle coś sobie uświadomił.

– Byłeś w mieście, szukając atium. Dlaczego?

– Bo ktoś tutaj próbuje rozszczepić harmonium. I znów stworzyć metal. Choć powstanie lerasium byłoby o wiele bardziej niebezpieczne...

– Wiesz, co się dzieje? – spytała Marasi. – Kiedy ktoś próbuje rozszczepić harmonium?

Śmierć pokręcił głową.

– Wybuch – wyjaśnił Wax. – Wielki wybuch. To właśnie próbujemy powstrzymać. Masz jakieś tropy?

– Może jeden – odparł z namysłem Śmierć. – Dwa tygodnie temu zniknął mężczyzna. Dopiero co trafiłem na jego nazwisko: Tobal Copper. W ciągu kilku miesięcy poprzedzających zniknięcie miał kłopoty z prawem i znalazłem wzmiankę o rozszczepieniu harmonium. Dowiedzenie się, co się z nim stało, byłoby moim następnym krokiem.

Wax pokiwał głową. Trop – niewielki, ale zawsze jakiś początek. Sposób, w jaki mówiła jego siostra... Coraz bardziej czuł, że sytuacja jest nagląca.

– Żelaznooki? – Marasi podeszła do niego.

– Możesz nazywać mnie Marshem – powiedział cicho. – To... miłe usłyszeć to imię. Przypomnieć sobie, kim niegdyś byłem.

– Marshu. Jak zmiażdżyłeś tamten pistolet?

– Duraluminium – odparł z roztargnieniem. – I dużo praktyki. Posłuchaj, dziecko. Harmonia robi się coraz bardziej niezdecydowany. Zaprzecza, ale ja to widzę. To daje Niezależność... Trellowi, bogu ludzi z innego świata... szansę dostania się tutaj. Ona próbuje usunąć nas ze sceny galaktycznej polityki, zanim jeszcze na nią wstąpimy, a jej wyznawcy są już uzbrojeni w Hemalurgię. Przeczytałaś książkę, którą ci dałem?

– Tak. A Waxillium właściwie nauczył się jej na pamięć.

Wax pokiwał głową.

– Wasz wróg nauczył się obchodzić jedno z najważniejszych ograniczeń Hemalurgii. Jej agenci mają w sobie zbyt wiele kolców. To powinno uczynić ich podatnym na wpływ Harmonii, ale tak nie jest. Albo Harmonia jest zbyt słaby, by wykorzystać to, co zrobili, albo odkryli, jak wykorzystać metal Trella, by zrównoważyć tę słabość. To skrajnie niebezpieczne. Jak na razie nie wierzę, by poznali tajemnicę Łączenia mocy za pomocą Hemalurgii. Nie pozwala na to skażenie Tożsamości, jedynie to nas ratuje. Gdyby im się to udało... albo, na Ostatniego Imperatora... gdyby dostali w swoje ręce atium albo lerasium...

– To... co robimy? – spytał Wayne spod drzwi.

– To, co zawsze – stwierdził Marsh. – Przeżywamy. – Znów spojrzał na Waxa. – Mieszkańcy Bilming myślą, że tak wiele osiągnęli, budując tę marynarkę, by zagrozić Elendel. To wszystko jest częścią planu Trella. Czujcie się ostrzeżeni. Bądźcie ostrożni. Ona nimi kieruje. Ostatnio bywam... słaby na umyśle, gdy próbuję walczyć z tym, co się ze mną dzieje.

– Powstrzymamy ich – powiedziała Marasi. – Obiecuję, Marshu.

Wayne machnął ręką w ich stronę. Po chwili do środka weszła asystentka z ich bronią i wyposażeniem. Wyszła, a oni znów się uzbroili.

– Marshu, widziałeś kiedyś taki symbol? – zapytała Marasi, wsuwając nieduży pistolecik do torby na ramieniu.

Szybko narysowała w notesie trzy przeplatające się romby. Waxowi z czymś się kojarzyły. Jakiś element architektury z okolic Elendel?

Tak, pomyślał. W pobliżu Pola Odrodzenia. Właściwie przypominał trzy płatki kwiatów pragnienia Mare.

– To symbol mojego brata – wyjaśnił Marsh. – Robi to, co uważa za najlepsze. Zawsze tak z nim było. On... nie jest mistrzem autorefleksji, ale chce ochronić Scadrial. Jego agenci będą waszymi sojusznikami.

– Wydaje mi się, że patrzyłem jego oczami – powiedział Wax. – Raz, lata temu. Czy on wciąż żyje? Ocalały?

– Żyje? To pewnie zależy od waszej definicji. Jest bliski bycia żywym. Co na to powiecie?

– To znaczy... że jest duchem? – spytał Wayne.

– W pewnym sensie. Jest mniej żywy niż ja, ale być może bardziej niż duchy? Trudno powiedzieć. Z naszej pierwotnej ekipy zostało nas trzech. Po tak długim czasie. Tylko trzech. Jak nogi trójnoga, wzajemnie się równoważące. A gdyby zabrakło jednej... nie wiem, co by się stało.

Wax nie wiedział, co na to odpowiedzieć. Ale poczuł się lepiej, kiedy znów przypasał broń, a do tego mieli trop. Nazwisko i, jak się wydawało, zgodę na opuszczenie tego budynku bez ryzyka pościgu. Zamierzał to wykorzystać, nawet jeśli sam Śmierć...

– Ja zostanę tutaj – powiedział VenDell, kiedy zebrali się przy drzwiach. – Upewnię się, że lord Śmierć będzie miał odpowiednią opiekę, i zatroszczę się o konstabli w szpitalu. Ja... wątpię, by mój dalszy udział w waszym śledztwie miał jakąkolwiek wartość.

– Jak sobie życzysz – powiedział Wax.

– Niech pan tylko pamięta o tym, co pan wie, lordzie Ladrianie. O tym, co powiedział pan wcześniej. Harmonia umieszcza ludzi tam, gdzie powinni się znaleźć, ale to oni muszą działać. Tak postępuje.

Wax pokiwał głową.

– Waynie, Marasi... jesteście gotowi?

– Tak. – Marasi założyła torbę na ramię.

Spojrzeli na Wayne'a, który oparł dłonie na biodrach.

– Czy któreś z was wiedziało, że duchy są prawdziwe?

– Czy to ma znaczenie? – spytała Marasi.

– Czy to ma znaczenie, czy duchy są prawdziwe? Myślę, że to ma znaczenie, Marasi. Na rdzę!

– Powiedziano mi, że lepiej nazywać je Cieniami Umysłu – mruknął Marsh.

– Waynie, czy możemy się skupić, proszę? – powiedział Wax.

– Dobrze już, dobrze. – Wsunął laski pojedynkowe w uchwyty u pasa. – To nie w porządku narzekać na człowieka, że wytrącił go z równowagi ostateczny dowód na istnienie życia po życiu. Mroczni bogowie. Umierający Śmierć. Zardzewiałe duchy. Pewnie trzeba się ruszać, ale po tym wszystkim nie chcę, żeby ktokolwiek narzekał, że wymieniłem się na jego ulubione buty czy coś. Słyszycie?

Razem przemaszerowali przez cichą komendę i wyszli na słońce.

29

Dobrze, pomyślała Marasi, próbując wziąć się w garść. Rozmowa ze Śmiercią. To tylko kolejna rozmowa ze Śmiercią we własnej osobie.

Nie mogła mieć pretensji do Wayne'a, że czuł się wytrącony z równowagi. Ale musieli pozostać skupieni. Niestety nie zdążyli jeszcze zejść do końca po schodach komendy, kiedy za ich plecami rozległy się szybkie kroki. Zarumieniona z wysiłku – i być może napięcia – Blantach wyglądała na znacznie mniej pewną siebie niż wcześniej.

Marasi wyszła jej na spotkanie.

– Tak?

– On wyśle za wami ludzi. Jak tylko wyjdzie z szoku wywołanego przez spotkanie z... sama wiesz kim. Znam lorda Entrone'a. Jest bardzo dumny ze swojej „nowoczesności" i „postępowości". Uzna, że go oszukaliście, i pośle za wami konstabli.

Wax jęknął cicho i podszedł do nich.

– Nie mamy czasu na unikanie patroli.

– Posłuchajcie. Ja... nie mam pojęcia, co się dzieje w tym mieście. Wydawało mi się, że jest inaczej. Aż do... – Kapitan spojrzała na budynek i zadrżała. – Moje iluzje zostały gwałtownie rozwiane. Dzieje się tu coś niebezpiecznego.

– Bardziej niż niebezpiecznego – powiedziała Marasi. – Katastrofalnego.

– Racja, racja. Czy to był naprawdę... no wiecie...?

– Owszem – potwierdziła Marasi. – Spotkałam go już wcześniej.

– Na rdzę... – Blantach odetchnęła głęboko i znów odwróciła się w ich stronę. – Sądzę, że uda mi się skłonić Entrone'a, żeby dał wam spokój, jeśli pozwolicie, by towarzyszył wam jeden z konstabli.

– To nie wchodzi w grę – stwierdził Wax.

Kapitan podeszła bliżej i spojrzała mu w oczy.

– Posłuchaj. To jest moje miasto. Nie wiem czego... albo kogo... się boicie, ale ja nie jestem tego częścią. Chcę pomóc, a to jedyne, co przychodzi mi na myśl. Jeśli będziecie mieli ze sobą konstabla z Bilming, przekonam Entrone'a, że ktoś was pilnuje.

Odwróciła się i machnęła ręką, a wtedy po schodach zbiegła postać, która prawie potknęła się na dole. Szczupła kobieta poprawiła wielkie okulary, ale to sprawiło, że prawie upuściła trzy rejestry, które dźwigała. Długie do ramion czarne włosy opadły jej na twarz, kiedy próbowała poprawić uchwyt na księgach. Odsunęła je do tyłu i uśmiechnęła się z zażenowaniem – wargami pomalowanymi jaskrawoczerwoną szminką.

To była Blask Księżyca.

– Ona mówi, że was zna – powiedziała Blantach. – I że może będziecie skłonni jej zaufać? Kim to jedna z naszych analityczek... nie działa w terenie, ale zna Bilming i może wam pomóc w mieście.

Blask Księżyca... „Kim"... wyciągnęła rękę do uścisku – co sprawiło, że omal znów nie upuściła rejestrów. Z trudem je utrzymała.

– Wygląda zabawnie – zauważył Wayne.

– Po prostu wyobrażasz sobie, jak wiążesz razem jej sznurówki. – Wax założył ręce na piersi. – Marasi, znasz tę osobę?

– Ja... tak.

– Skąd? – spytał.

Powiedzenie prawdy w obecności Blantach wydawało się złym pomysłem.

– Jakiś czas temu pracowałyśmy razem nad pewnym projektem... przyjechała do Elendel, gdzie prowadziła kwerendę.

Wax zmrużył oczy, wyraźnie próbował zadecydować, czy to czyniło Kim bardziej czy mniej podejrzaną. Marasi jednak czuła, że być może mogła zaufać kobiecie. W końcu Marsh powiedział, że ludzie z tatuażem w kształcie trzech przeplatających się rombów będą po ich stronie.

Blask Księżyca zasalutowała Waxowi.

– Obiecuję, że się przydam, sir, i nie będę wam wchodzić w drogę. – Skrzywiła się. – Chyba że przypadkiem.

– Myślę, że powinniśmy ją zabrać – powiedziała Marasi.

Wax pokiwał głową.

– W takim razie jesteś członkiem zespołu, Kim. Zobaczymy, czy nam się przydasz. Niedawno w tym mieście zaginął mężczyzna o nazwisku Tobal Copper. Chcę dowiedzieć się, gdzie mieszkał, i przesłuchać każdego, kto mógł go znać.

– Och! – powiedziała Blask Księżyca. – Oczywiście nie mam takich informacji przy sobie. Ja po prostu noszę ze sobą mapy miasta i informacje! Ale mogę wprowadzić was do archiwum! Tam znajdziemy odpowiedzi.

– A oni dowiedzą się, co robimy – stwierdził Wax. – Krąg z pewnością ma agentów w tak ważnym miejscu.

– Wątpię, by istniał inny sposób na zdobycie tych informacji – zauważyła Marasi. – Musimy działać szybko, wyprzedzać ich.

– Zgoda – powiedział Wax po chwili namysłu. – Prowadź, Kim. Kapitan Blantach, cokolwiek może pani zrobić, żeby burmistrz dał nam spokój, będziemy wdzięczni.

***

Budynek Archiwum Miejskiego i Kwerend Bilming był ogromnym postępem w porównaniu z podobnym biurem w Elendel. Marasi spędziła wiele godzin w szafach, przeszukując grube rejestry nazwisk lub archiwa gazet.

Ten budynek jednak był smukły i srebrzysty, a każda z jego ścian składała się głównie z okien. Blantach osobiście zaprowadziła ich do środka, a kiedy pokazała swoją odznakę konstabla, dostali do dyspozycji gromadkę młodszych asystentów. Następnie pożegnała się z nimi.

Po krótkim czasie Marasi i pozostali siedzieli na wygodnych krzesłach w otoczonej szklanymi ścianami sali konferencyjnej i popijali herbatę, czekając na wyniki. Wszyscy poza Waxem, który krążył jak zwierzę w klatce.

Cóż, Marasi wolałaby gorącą czekoladę Allika, ale to z pewnością było lepsze niż poświęcenie wielu godzin na samodzielne przeglądanie starych archiwów. Przerwa dała jej szansę na napisanie listu do Allika – prosiła, by się nie przejmował, gdyby przeczytał w gazetach o ofiarach.

Przerwała. Następnie dodała, że powinien wybrać się na wycieczkę na wieś, odwiedzić jej ojca i przez dzień nie wracać do Elendel. Na wszelki wypadek.

Opuściła salę, by wysłać wiadomość – w drodze do archiwum widziała stację radiową. Kiedy szła zbyt białym korytarzem, z bocznego przejścia wyłoniła się Blask Księżyca. Czy ona nie wyszła do toalety? Marasi obejrzała się przez ramię i zobaczyła, że sala, w której pozostawiła Waxa i Wayne'a, znajdowała się poza zasięgiem wzroku.

– Dobrze – powiedziała cicho Blask Księżyca. – Miałam nadzieję, że zauważysz wskazówkę i wyjdziesz, żeby ze mną porozmawiać.

– Właściwie to wcale tego nie zrobiłam. Powinnyśmy wyjaśnić pozostałym, kim jesteś... Nie ma powodu, by utrzymywać to w tajemnicy.

– Wolałabym nie – rzuciła Blask Księżyca lekkim tonem. – Nie jestem tu z ich powodu, lecz z twojego.

– Myślałam, że nie możesz się wtrącać.

– Nie bez rozkazów. A właśnie je dostałam. Mogę pomóc, ale mam się nie ujawniać przed pozostałą dwójką. Mój mentor martwi się ich powiązaniami z Harmonią.

Marasi zatrzymała się w korytarzu, w którym poza nimi nie było nikogo.

– Nie zamierzam okłamywać towarzyszy, Blasku Księżyca.

– Już to zrobiłaś.

– Żeby nie zdradzić cię w obecności Blantach.

– A myślisz, że ta dwójka mówi ci wszystko o swoim życiu? Każdy szczegół?

– To, co jest ważne.

– O czym Waxillium i Harmonia rozmawiali, kiedy umarł?

– To... nie jest ważne.

– Mnie się wydaje, że tak. – Blask Księżyca obeszła Marasi, by stanąć przed nią. Tak naprawdę nie uniemożliwiała jej przejścia, jedynie patrzyła dziewczynie w oczy. – Chcesz znać odpowiedzi? Mamy je. Chcesz ochronić Scadrial? To nasz główny cel. Ale nie możemy działać otwarcie. To zachęca naszych wrogów do zadania ciosu... Istoty takie jak Trell są zbyt potężne, a Harmonia jest zbyt niezdecydowany. Jak on pomaga?

– Wysłał nas.

– Rzucił was na linię ognia i powiedział „Powodzenia!". To nie jego wina, mój mentor wypowiada się o nim z dużą sympatią. Ale prawda jest taka, że sytuacja waszej planety jest trudna, więc musimy poruszać się w cieniach. A nasze tajemnice muszą zostać zachowane... Poznają je tylko osoby, które udowodniły swoją wartość.

– Wax „udowodnił" swoją wartość najbardziej ze wszystkich.

– On nas nie interesuje. Interesujesz nas ty. Czy to cię nie ekscytuje, że wiesz rzeczy, których on nie wie... których nie wie właściwie nikt? Tajemnice samego cosmere?

– Nie muszę mieć tajemnic przed innymi, żeby czuć się wyjątkową.

Blask Księżyca się uśmiechnęła.

– Wierzę ci. To interesujące. Cóż, na razie żądam, byś dochowała mojej tajemnicy. Taka jest cena mojej pomocy. Ja spotkałam Niezależność, wiem, jak ona działa. Potrzebujesz mnie. Ale jeśli komuś o mnie powiesz, odejdę.

– Tak się bawisz? Wymuszenie?

– Wymuszenie? To umowa. Decyduję sama o sobie, Marasi. Nie muszę ci pomagać. Mam teraz trop i pewnie udałoby mi się odnaleźć mieszkanie tego Tobala Coppera na długo przed wami. – Blask Księżyca wzruszyła ramionami. – Waxillium ci ufa. Zrozumie, kiedy wyjaśnisz, dlaczego nie mogłaś mu powiedzieć.

Odsunęła się na bok i ruszyła dalej korytarzem, a jej zachowanie zmieniło się, kiedy dotarła do sali. Zrobiła się nerwowa i podekscytowana i – po tym, jak naparła na drzwi i zarumieniła się, kiedy się nie otworzyły – pociągnęła je w swoją stronę.

Marasi ruszyła dalej. Czuła się niepewna. Było coś w słowach Blasku Księżyca ... Pogoń za drobnymi zbirami, a nawet gangsterami o niebezpiecznych zamiarach, niegdyś ją ekscytowała. Jednak im więcej dowiadywała się o świecie i siłach, które nim kierowały, tym mniej była zadowolona.

Dawno temu wyjaśniła Waxowi, dlaczego została konstablem. Wyobrażała sobie, że uczyni całe miasto bezpieczniejszym – nie ścigając przestępców, ale zmieniając sposób, w jaki ludzie postrzegali siebie i swoje sąsiedztwo. Jeśli zamknie się człowieka w więzieniu, można go powstrzymać przed popełnianiem przestępstw. Jeśli nauczy się go, by szanował siebie i swoją społeczność, powstrzyma się każdego, kogo mógłby nauczyć, zwerbować albo zastraszyć.

Nie chciała się skupiać na jednostkach. Chciała zmienić świat. A przynajmniej tak myślała, kiedy zaczynała marzyć o byciu konstablem. Czy pozwoliła, by codzienny młyn zmienił ją w kogoś innego?

Nim wróciła po wysłaniu wiadomości do Allika, asystenci już dostarczyli im odpowiedzi – i rozkładali odpowiednie gazety i wypisy z archiwum przed Waxem. Marasi stanęła obok niego. Blask Księżyca siedziała sztywno w kącie z rozbrajającym uśmiechem na twarzy. Wayne udawał, że drzemie, ale jedną powiekę miał lekko uniesioną i obserwował kobietę.

Nie przesadzaj, Blasku Księżyca, pomyślała Marasi z satysfakcją. On cię przyłapie.

– Tobal Copper – powiedział jeden z asystentów, wskazując na listę. – Pięćdziesiąt trzy lata. Chemik, specjalizujący się w gumie i produkcji. Pracował dla firmy Opony Kotlina, robiąc... no cóż, opony.

– Stracił pracę jakieś pięć lat temu – wyjaśnił inny. – Z powodu... nieobliczalnego zachowania.

– Co to dokładnie znaczy? – Marasi przyglądała się dokumentom rozłożonym na długim stole.

– Cóż... – powiedziała kierująca grupą asystentów Terrisanka o kręconych włosach, w koszuli zdobionej wzorem w kształcie V. – Wydobyliśmy większość z tych informacji z pozwu, jaki złożył przeciwko swojemu byłemu pracodawcy. Wynika z niego, że oni... no... „odmówili przyjęcia do wiadomości jego ważnych odkryć związanych z nieuniknionym końcem świata".

Wax i Marasi popatrzyli po sobie.

– Proszę mówić dalej – zachęcił ją Wax.

– Niestety nie ma wiele do powiedzenia. Pozew został odrzucony jeszcze przed pierwszym przesłuchaniem. Wspomina w nim o broszurkach, które stworzył, ale takich materiałów nie archiwizujemy. Mamy więc jego pozew, umowę najmu mieszkania i wypis z policyjnej księgi zatrzymań.

– Za zakłócanie spokoju – dodał młodszy asystent. – Walił w drzwi mieszkań w swoim apartamentowcu, wrzeszcząc: „Prawie rozszczepili harmonium, a kiedy to zrobią, zniszczą nas wszystkich".

– Zostawimy wam te informacje – powiedziała kierująca, stukając w papiery na blacie. – I będziemy szukać dalej... ale wątpię, byśmy znaleźli coś więcej. Starannie indeksujemy nazwiska wszystkich aresztowanych, z odnośnikami, a to były jedyne trzy trafienia.

– Jeszcze jedno, jeśli można – powiedziała Marasi, kiedy przygotowywali się do wyjścia. – Czy moglibyście znaleźć raporty na temat znikających dostaw żywności? Szczególnie trwałej?

– Och, to się dzieje regularnie od dwóch lat – odparła kierująca. – Kapitan Blantach każe nam śledzić takie raporty, bo uważa to za zaskakujące. Czemu kryminalny półświatek w mieście miałby być zainteresowany puszkami z fasolką?

– W rzeczy samej, czemu?

Marasi podniosła kartkę z dokumentów z pozwu, w których Copper twierdził: „Ktoś buduje schrony przed kataklizmem, utrzymywane z pomocą nieznanej technologii. Władze miasta są w to wtajemniczone, podobnie moi pracodawcy! Wyrzucili mnie, bo dotarłem zbyt blisko prawdy. Musicie posłuchać. Rozszczepiają harmonium, a kiedy to zrobią, stworzą bomby, które zmienią nas w żółwie".

To... ostatnie wydawało się odrobinę naciągane.

Asystenci zniknęli za drzwiami, pozwalając Marasi i Waxowi przeczytać trzy dokumenty. Niestety, wiele im to nie dawało. Zgodnie z wypisem z księgi zatrzymań Tobal Copper został wypuszczony po tym, jak się uspokoił. Więcej nie został zatrzymany.

Na ostatniej kartce znajdował się adres – według asystentów to była zamożna dzielnica. Marasi przypuszczała, że jako chemik zarabiał nieźle.

– Pewnie go zabili, kiedy ucichło zamieszanie – powiedział cicho Wax. – Żeby nie wzbudzać większych podejrzeń.

– Możliwe – zgodziła się Marasi. – Ale równie prawdopodobne jest to, że porwali go, by zmusić do pracy nad swoimi projektami.

– Śmierć powiedział, że zniknął przed dwoma tygodniami. Ten trop mógł już zwietrzeć.

– Ale lepszego nie mamy.

– Zgoda. Kim, wiesz, gdzie znajduje się to mieszkanie?

30

Apartamentowiec nie przypominał płaskowyżu.

Wayne stał z pozostałymi, z rękami wspartymi na biodrach, i wpatrywał się z dołu w budynek. Był zbyt błyszczący, miał zbyt wiele okien – jak wielka butelka czegoś drogiego. Domy nie powinny tak wyglądać – powinny wyglądać jak cegły. I mieć między sobą przejścia woniejące tym, co wychodziło z gościa, kiedy wypił flaszkę czegoś za drogiego.

Przede wszystkim spodziewał się płaskowyżu.

Nie, chwileczkę, uświadomił sobie. Następny jest kanion. Tak brzmi opowieść. Musimy go znaleźć.

Uspokojony podążył za Marasi, Wax i tą Kim, która za bardzo starała się być niezgrabna. W holu był odźwierny i w ogóle. To miejsce było odpicowane. Może Wayne powinien kupić taki budynek. Odźwierny z pewnością by się przydał, żeby zanieść go do mieszkania po tym, jak wypił za dużo butelek czegoś drogiego.

Cóż, częściej wypijał flaszki czegoś taniego, smakującego jak szczyny. To, że był w tajemnicy bogaty i elegancki, nie znaczyło, że nie mógł cenić kiepskiej gorzały. Wystarczyło, że nazywał ją „retro", „autentyczną" albo coś w tym stylu.

Odźwierny posłał po zarządcę budynku, który okazał się mężczyzną przypominającym kształtem cegłówkę – ładny ukłon w stronę stosownego protokołu domów. Marasi i Wax wyjaśnili, że muszą sprawdzić mieszkanie zaginionego, Wayne zaś przeszedł się po holu, który zdobiły ogromne obrazy przedstawiające tańczących ludzi. Ubrani w garnitury i sukienki mieli bardzo długie nogi, a plecy tak wyprostowane, jakby zamiast ciał mieli linijki.

Czy to był kanion z opowieści? Mama mówiła, że był piękny. Ale nie. To się nie nada. Żaden szanujący się kanion nie miałby na ścianach obrazów tańczących gości.

A w ogóle dlaczego zakładał, że będzie jak w historii? Bo o tym pomyślał, uznał. Kiedy już człowiek o czymś pomyślał, musiał się tego trzymać. Tak to już było.

Zarządca budynku wysłuchał wyjaśnień Waxa i Marasi, uważnie przeczytał dokumenty Kim i chrząknął. Wskazał drogę do windy i po chwili wszyscy się do niej wcisnęli.

Wayne nie lubił wind. Nie chodziło tylko o uwięzienie w ciasnej skrzynce, która nie wiadomo jak działała, i trzeba było polegać na windziarzu. Nie chodziło o to, że stłoczonych ludzi było czuć trochę za mocno i nie było widać, dokąd się jedzie, co psuło przyjemność ze wznoszenia się w górę.

Zaraz. Nie, pewnie chodziło o to ostatnie. Windy były jak karuzela zaprojektowana przez nadopiekuńczego rodzica, który nie chciał, żeby dziecko się przestraszyło ani za dobrze się bawiło. Bardziej im ufał, kiedy poruszała je siła ludzkich mięśni, nie elektryczność. Ludzie za bardzo ufali tej dziwnej mocy, co to wypływała z gniazdek w ścianach. W końcu Wayne był głównym inwestorem tej technologii, a to powinno być głośnym sygnałem alarmowym dla wszystkich.

Na dwudziestym piętrze, na końcu długiego korytarza, zarządca budynku za pomocą pęku kluczy otworzył drzwi dużego apartamentu. Gestem zaprosił ich do środka.

– Ktoś tu jeszcze wchodził? – spytał Wayne.

– Nie.

– On zniknął dwa tygodnie temu. I nikt go nie szukał? Konstable? Rodzina?

Zarządca pokręcił głową, chrząknął i zostawił ich – najwyraźniej nie chciał mieć nic wspólnego z konstablami.

– Zastanawiam się, jaki on ma problem? – Marasi zamknęła drzwi.

– Nie wiem – mruknął. – Ale na cokolwiek cierpi, to raczej się nie przenosi przez kontakt.

Wax przeszedł na środek pomieszczenia. Na jednej ze ścian znajdowały się wąskie okna sięgające od podłogi do sufitu, wychodzące na miasto i rozdzielone stalowymi dźwigarami. Ścianę na prawo od niej wypełniały regały z książkami. Po lewej znajdował się elegancki salon z modnym żółtym dywanem i czarnymi meblami. Wszystko wyglądało na uporządkowane, choć utrzymanie czystości nie było pewnie trudne, jeśli nie żył albo zniknął.

– No tak – odezwała się Marasi. – Porwali go albo zabili. A mieszkanie zostawili w spokoju, na pierwszy rzut oka w idealnym stanie. Pułapka?

– Pułapka. – Wax pokiwał głową. – Dajcie mi minutę, a rozejrzę się za pomocą Allomancji.

Jak się okazało, naprawdę trudno było skonstruować wybuchową pułapkę bez choćby odrobiny metalu, nawet wykorzystując nowoczesne gliniane materiały wybuchowe. Znaleźli trzy druty potykacze i jedną płytkę reagującą na nacisk, wszystkie połączone z naprawdę solidnym granatem. Krąg najwyraźniej nie przejmował się przypadkowymi ofiarami.

– To znaczy, że ci, których ścigacie... – Kim nerwowo załamała ręce – ...oni dotarli tutaj przed nami. Na rdzę. Nie wiedziałam, w co się pakuję.

– Bez wątpienia to oni stali za zniknięciem Coppera – powiedział Wax. – Bądźcie ostrożni. Mogliśmy przegapić jakąś pułapkę. Kim, mogłabyś zachęcić wszystkich przebywających w sąsiednich mieszkaniach, żeby opuścili je na godzinę?

Wyszła, a pozostali zabrali się do pracy, którą dobrze znali – rozglądaniu się po miejscu przestępstwa w poszukiwaniu poszlak. Kim wróciła po chwili, kiedy Wayne sprawdzał biurko stojące w pobliżu regałów. Uklękła obok niego i wpatrzyła się w podstawę, którą opukiwał w poszukiwaniu skrytek.

– No... – Nadal udawała niepewną. – Zrobiłam, jak prosiliście. Ale... po co w ogóle szukać? Wasi wrogowie starannie sprawdzili to mieszkanie.

– Pewnie – mruknął Wayne. – Mogę to nawet udowodnić. Widzisz te małe dziurki? Wierci się je, jeśli chce mieć się całkowitą pewność, że nie ma żadnych skrytek, ale tylko jeśli chce się zostawić meble w jednym kawałku. Co nie jest żadną frajdą... ale czasami są ważne powody. Na przykład chce się, żeby pokój wyglądał normalnie w oczach bandy konstabli, bo wtedy jest większa szansa, że dadzą się wysadzić.

– To czego można się tu nauczyć?

– Widzisz, to jest swego rodzaju walka. Wymiana ciosów. Taniec. Oni zostawili te pułapki na wypadek, gdyby ktoś niebezpieczny dowiedział się o Kręgu. Nie trzeba wysadzać zwykłych konstabli. Tylko tych niezwykłych.

– Takich jak ty?

– Do diabła, nie. – Wayne wskazał Marasi, która przeglądała książki, a później Waxa ostukującego przeciwległą ścianę w poszukiwaniu skrytek. – Widzisz tych dwoje? Oni symbolizują to, co najlepsze w dwóch światach. Wax to czysty instynkt. Wiele przeżył, wiele razy do niego strzelano. Nie poszedł do szkoły, żeby zostać konstablem... W młodości uczył się od terrisańskich uczonych o starociach, które ludzie zapisali przed laty. Za to Marasi to czysta wiedza. Całe życie uczyła się, jak robić tego rodzaju bzdury. Czasami myślę, że musiała przeczytać więcej książek o tym, jak być konstablem, niż ich w ogóle napisano. Mówi o wzorcach przestępczości, zapobieganiu dziedziczeniu ubóstwa i mądrych rzeczach, co to sprawiają, że człowiek myśli sobie, że może w byciu konstablem chodzi o matematykę. Kiedy są razem, masz obie te rzeczy. Instynkt i wiedza. Praktyka i zastosowanie. Wróg przeszukał to mieszkanie, jasne. Mieli szansę jako pierwsi. Ale zostawili bomby. A to sugeruje, że się martwili, że coś mogli przegapić. I stąd taniec, walka. Czy nam uda się odnaleźć to, czego im się nie udało?

– Interesujące – powiedziała. – A co ty dodajesz do zespołu?

– Komiczny przerywnik.

Uniosła brew.

– Może odrobinę fantazji. Improwizację. Wizję.

– W takim razie masz bujną wyobraźnię?

– Cały czas wyobrażam sobie różne bujne rzeczy.

To sprawiło, że się uśmiechnęła. Wydawała się całkiem miła, kiedy nie udawała. Jasne, pewnie była zdrajczynią. Wielka szkoda.

– Hej, Wax – powiedział Wayne. – Popatrz na to.

Wax dołączył do niego po chwili i przyjrzał się dolnej kopercie ze sterty w szufladzie biurka.

– Co to? – spytała Kim.

– Kiedy człowiek pisze piórem, trzeba zaczekać, aż atrament wyschnie – wyjaśnił Wayne. – Ale czasami człowiek się śpieszy albo martwi, więc kładzie coś na wierzchu. Na przykład tą stertę kopert. I wtedy na dnie zostaje odcisk atramentu.

– Rozmazany. – Wax uniósł kopertę. – Ale może czytelny. Ten fragment tutaj jest podkreślony. Czy to wygląda dla ciebie jak szereg cyfr?

– Siedem? – Wayne wskazał na jedną z nich. Następne były zbyt rozmazane. – Później kreska i trzynaście.

– Może to kod – powiedziała cicho Kim, podchodząc bliżej, żeby zobaczyć liczbę. – Na większych stacjach kolejowych są całe rzędy szafek, które wykorzystują tego rodzaju liczby. Za opłatą można w nich przechowywać rzeczy.

Wax powoli pokiwał głową.

– Marasi, co znalazłaś?

– Myślę, że te wszystkie książki zostały podmienione. Copper wygląda na człowieka, który dużo czyta, ale one wszystkie są nowiutkie. Domyślam się, że Krąg na wszelki wypadek zabrał wszystkie książki, jakie były w mieszkaniu, i wypełnił regały fałszywymi tropami.

– Ale to wygląda na oryginalny mebel. – Wax odsunął krzesło w taki sposób, że uderzyło o ścianę, dokładnie w miejscu, w którym farba odłupała się po wielokrotnie powtarzających się uderzeniach. – Jest stare. Zużyte. Dywan też. Pokój wygląda na uporządkowany, bo Krąg najprawdopodobniej wysprzątał go po przeszukaniu... ale wcześniej najpewniej panował w nim bałagan.

– Myślę, że gość jest trupem. – Wayne postukał w ścianę, odłamując trochę kitu. – Otwór po kuli. Pewnie strzelili biednemu durniowi w plecy, kiedy tu siedział.

– Zbyt szczegółowy wniosek na podstawie tak skromnych dowodów. – Marasi dołączyła do niego, wyjęła niedużą miotełkę i grzebała nią w otworze, aż w końcu wydobyła kilka płatków, które wrzuciła do fiolki.

– Krew? – domyślił się Wayne.

– Tak – przyznała. – I coś, co może być odłamkiem kości. Musieli zmyć krew z biurka, ale ograniczyli się do wyjęcia kuli z otworu. – Przesunęła palcem po drewnie. – Jest zużyte. Często korzystał z tego biurka. Albo kupił używane. Trudno powiedzieć.

Wax podszedł i podał Wayne'owi skórzaną czapkę, podobną do tych, jakie nosili malarze.

– Znalazłem ją na słupku łóżka. Co myślisz? Masz dość materiału do pracy?

– Może...

Wayne założył kapelusz. Wyszedł na środek pokoju i wyjrzał przez okno, łącząc wszystkie elementy. Próbując wyobrazić sobie mężczyznę, który tu żył, próbując wnioskować na podstawie tego, co o nim wiedzieli.

– Z początku był szanowany – zaczął Wayne. – Dobry naukowiec. Ale później odkrył rzeczy, usłyszał inne rzeczy, dowiedział się więcej. Był chemikiem, prawda?

– Dla firmy produkującej opony – podpowiedziała Marasi.

– Najpewniej przykrywka – stwierdził Wax. – Powiedział, że jego pracodawcy budują bombę. Założę się, że jego praca chemika obejmowała badania nad systemami uzbrojenia i materiałami wybuchowymi dla władz Bilming.

– Aha... – Wayne zamknął oczy. – Zorientował się, że starają się zbudować bombę, i usłyszał o rozszczepieniu harmonium. I może już był odrobinę ekscentryczny. Próbował ocalić miasto... Ale był dziwnym gościem i nikt go nie słuchał...

Z zamkniętymi oczami rozłożył szeroko ręce i obrócił się powoli, wąchając powietrze – i wyobrażając sobie, jak to mieszkanie wyglądało wcześniej. Sterty brudnych naczyń w kącie. Wciąż je czuł. Gorączkowe noce... czytanie... myślenie.

– Nie słuchali. A kiedy go zamknęli, dowiedział się, że nie uda mu się wykorzystać wymiaru sprawiedliwości, by powstrzymać katastrofę.

– To co zrobił? – spytała Kim. – Myślicie, że ludzie, którzy go zabili, bali się, że coś przegapili. To sugeruje, że wiedział coś, czego tamci nie chcieli ujawnić. Gdzie to schował?

– Nie zrobił tego – szepnął Wayne. – Ten gość by tego nie zrobił. Widzicie, Krąg... oni mylili się co do niego. Podobnie jak Kim.

– Jak? – spytała cicho Marasi gdzieś po prawej.

– Krąg nie chce oddać swojej wiedzy. Oni ją duszą, Marasi. Ale gość taki jak ten może i ma trochę nie po kolei w głowie, ale chce, żeby ludzie wiedzieli to, co on wie. Nie zamyka swoich pomysłów na jakimś dworcu kolejowym. Dzieli się nimi. Jeśli władze go nie słuchają, to...

Otworzył oczy i napotkał spojrzenie Waxa.

– ...zrobi wszystko, by informacje wyszły na jaw.

– Kim, która miejscowa gazeta ma najgorszą reputację? – zapytał Wax. – Publikuje wszystkie bzdury, jakie tylko napotka? Szczególnie jeśli są przerażające albo trochę dziwaczne?

– Jest ich co najmniej siedem.

– Która z nich publikuje wypociny tego głupca Jaka?

– „Strażnik prawdy". Ja... tak jakby je lubię...

Kim robiła wrażenie zażenowanej, choć nie musiała. To były dobre historie. Strasznie głupie, oczywiście, ale czasem człowiek potrzebował taniej opowiastki do taniej gorzały. Nie ma sensu czytać poważnej literatury, pociągając z papierowej torebki.

– „Strażnik prawdy"... – powtórzył z namysłem Wax. – Znasz adres ich biura?

– Mogę go sprawdzić. – Kim wyciągnęła jeden z tomów swojej miejskiej księgi adresowej.

Wayne zdjął kapelusz i trzymał go delikatnie w dłoniach. Ten biedak, Tobal Copper, był martwy. Nie pozwolił, by Krąg nim pomiatał albo zmusił go do współpracy. Przyszli tu, by dowiedzieć się, co wiedział o nich i o ich planach, i nie pozostawili go przy życiu. Ale może powiedział komuś. Komuś, kogo Kręg nie odnalazł – bo dla nich ujawnienie informacji było niewyobrażalne.

– Mam. Biura „Strażnika" znajdują się... – Kim podniosła wzrok. – Siódma Ulica. Biuro 42-13. Na noce! Te same liczby, które znaleźliście na dole koperty.

Wax ścisnął jego ramię.

– Dobra robota, Wayne.

Wzruszył ramionami.

– Jest łatwo, kiedy ma się dużo materiału.

– To było dużo materiału? – W głosie Kim brzmiało zaciekawienie.

– Pewnie. – Wayne schował kapelusz. – Całe życie człowieka.

31

Steris odetchnęła głęboko. Jak czytała, coś takiego pomagało się uspokoić. Widziała, jak Marasi robiła to w stresujących sytuacjach. Czy zadziałało? Nie była pewna. Ale sam akt był całkowicie normalny, prawda?

Jeszcze raz odetchnęła głęboko, na wypadek gdyby zrobiła to niewłaściwie, i powoli wypuściła powietrze. Później weszła na salę zgromadzenia Senatu, gdzie uderzyły w nią zgiełk i chaos. Ta dwójka często się sprzymierzała.

Senatorowie krzyczeli do siebie. Asystenci kręcili się dookoła, dostarczając swoim senatorom popołudniówki i prywatne raporty. Udało jej się uzyskać kilka z nich – nie były to gazety z Bilming, ale miejscowe przedruki lub podsumowania wysłane telegramem. Kiedy działo się coś ważnego, dodatki specjalne nie były niczym niezwykłym, bo każda gazeta chciała to wykorzystać.

To nie były najbardziej dokładne relacje. Ale z pewnością mogły wywołać pożar. Po drodze spojrzała na kilka.

Zabici konstable! Nieudolna akcja Elendel prowadzi do tragedii w Bilming!

Tajne siły konstabli z Elendel podkopują wysiłki miejscowej policji!

Wczesny akt agresji stawia siły Elendel przeciwko stróżom prawa z Bilming! Strzały! Siedemnaścioro zabitych!

Ujęcia były różne, ale wydźwięk ten sam. Waxillium jak zwykle przyciągnął uwagę, a Steris nie miała wątpliwości, że większość zabitych należała do Kręgu. Nagłówki nie uwzględniały takich niuansów. Mimo to odesłała dzieci z miasta w towarzystwie Kath. Modliła się do

Ocalałego, by były bezpieczne w posiadłości dziadka na południe od Elendel.

Na razie przeciskała się wśród kakofonii, zaciskając zęby, i słuchając łopotania kartek, zgiełku słów, aż wreszcie dotarła do miejsca gubernatora. Tam przedstawiła stosowną autoryzację, pozwalającą jej zająć miejsce męża w Senacie.

Adawathwyn ani słowem nie wspomniała o niepokojącym liście, który Steris wysłała wcześniej, a który szczegółowo opisywał zagrożenie dla miasta. Dlaczego? Tak łatwo ją zlekceważyli?

Ludzie nigdy nie słuchali Steris. Woleli kiwać głowami i myśleć o innych rzeczach. Dotarła do miejsca Waxa – swojego miejsca. Wax miał rację – miała prawo reprezentować ród Ladrianów. W rzeczy samej, to był jeden z głównych powodów, dla których początkowo rozważali małżeństwo. Jej majątek, jego autorytet. Razem mogli dokonać rzeczy wielkich.

Jeśli tylko uda jej się zachować spokój. Tak, już wcześniej zajmowała jego miejsce, ale nigdy w tak ważnej kwestii. Stała więc za niedużym biurkiem, otoczona chaosem. Przygotowała się do tego. Zapisała, jak to będzie wyglądać. Nawet dwa razy odetchnęła głęboko. Mimo to serce waliło jej w piersi, upierając się, że jest zdenerwowana, ale co ono wiedziało? Przez lata upierało się, że nigdy się nie zakocha, i tak bardzo się myliło. Jej serce nie było ekspertem w kwestii tego, czego nie mogła dokonać. Wiedziało jedynie, co zrobiła, a czego nie zrobiła w przeszłości.

Jak miała nadzieję, ludzie zauważyli ją, stojącą w milczeniu, i niektóre dyskusje ucichły. To pozwoliło Adawathwyn zażądać ciszy – a jej słowa w końcu usłyszano. Jej pełen nacisku ton, nietypowy dla Terrisanki, w końcu zaprowadził porządek. Niczym czajnik zdjęty z palnika, senatorowie przestali się gotować, ale pozostali gorący – siadali na swoich miejscach i mamrotali cicho.

– Gubernator prosi o wyjaśnienie pełniącą obowiązki senatora rodu Ladrianów – powiedziała Adawathwyn.

Spojrzenia wszystkich zebranych zwróciły się w stronę Steris. Cóż, była do tego przyzwyczajona. Ludzie zwykle się na nią gapili. Piorunowali ją wzrokiem. Patrzyli spode łba. Zależało to od tego, jak bardzo się mylili, i jak bardzo ich zirytowało, kiedy zwróciła na to uwagę.

– Mój mąż został wezwany do ponownego wypełniania swoich obowiązków stróża prawa ze względu na wyjątkowo niebezpieczną sytuację w Bilming – powiedziała, patrząc na zebranych w sali. – Jego operację zatwierdzili konstable-generałowie, z upoważnieniem samego gubernatora. Wasza Ekscelencjo, wszystko, co zrobił mój mąż, było całkowicie zgodne z prawem i potwierdzone odpowiednimi dokumentami.

– Czasami, niezależnie od wszystkich zezwoleń i przygotowanej dokumentacji, czyn wciąż może być niewłaściwy – powiedział gubernator.

Co? Jak on śmiał! To była wręcz definicja „właściwego"! Steris stłumiła gniew. Niektórzy ludzie… tak myśleli.

Spojrzała ukradkiem na kartkę z notatkami. Poświęciwszy cały ranek na rozważania, uznała, że musi dotrzeć do gubernatora w towarzystwie niewielkiej grupy ludzi. Nie chciała wywoływać paniki w mieście, a nie wiedziała jeszcze, jak bardzo nagląca jest sprawa.

Nadal musiała przygotować plan ewakuacji miasta. Zawsze należy być przygotowanym na najgorsze. Czyli porozmawiać prywatnie z gubernatorem. W odpowiednich okolicznościach mógł zatwierdzić ewakuację miasta bez konieczności głosowania w Senacie.

– Wasza Ekscelencjo, konstabl-generał Reddi ma informacje związane z misją mojego męża – zwróciła się do gubernatora. – Dziś rano wysłałam do niego raport szczegółowo opisujący moje obawy. Stoimy w obliczu problemu wykraczającego poza narastający konflikt między miastami. Wobec tego składam wniosek o stworzenie komisji specjalnej, która odpowiednio szybko zajmie się rozwiązaniem kryzysu.

Komisja specjalna gubernatora byłaby niewielką komisją – w tym przypadku składającą się z kilku senatorów i co najmniej jednego konstabla-generała – z ograniczonymi kompetencjami. W przeszłości wykorzystywano je w mniej znaczących kwestiach, takich jak uregulowanie ruchu w centralnym węźle komunikacyjnym. Ale komisja specjalna była potężnym narzędziem, które pozwalało na kumulację władzy w rękach kilku wybranych jednostek. Steris zaszokowało, że wcześniej nie wykorzystywano ich w kryzysie – uważna lektura uregulowań prawnych sprawiała, że to zastosowanie wydawało się oczywiste.

– Chwileczkę czy to… dozwolone? – spytał gubernator. – Wydawało mi się, że te komisje służą do wyboru kwiatów na uroczyste otwarcia i tym podobne.

Wicegubernatorka złapała go za ramię i pociągnęła w dół. Zaczęli rozmawiać przyciszonymi głosami i w końcu wezwali jednego z sekretarzy. Kilkoro senatorów postąpiło podobnie.

Gubernator wstał.

– To doskonała sugestia. – W jego głosie brzmiało zaskoczenie. – Składam wniosek o utworzenie komisji specjalnej do spraw wydarzeń w Bilming. – Spojrzał znacząco w stronę kilku senatorów na sali, w tym lorda Darlina Cetta, mężczyzny o przerzedzających się, zaczesanych do tyłu włosach.

W tym wcieleniu rządu Cettowie byli przywódcami jednej z potężniejszych frakcji politycznych, a spojrzenie zdawało się mówić „Zostaniesz włączony do tej komisji, jeśli zagłosujesz za nią". To było sprytne posunięcie jak na gubernatora, co znaczyło, że nie on na nie wpadł.

Choć raz Senat zagłosował tak, jak Steris miała nadzieję. Gubernator miał wybrać członków komisji specjalnej, która dostała dwadzieścia cztery godziny na rozwiązanie kryzysu w Bilming.

– Lordzie Cetcie, lady Hammondess i lady Gardre – powiedział gubernator. – Proszę dołączyć do mnie i Adawathwyn w gabinecie gubernatora, gdzie będziemy omawiać strategię do czasu przybycia konstabla-generała Reddiego. Poza tym zamykam posiedzenie Senatu.

Steris się zawahała. Nie wezwał jej. Czy... to było przeoczenie? Czy było oczywiste, że ona do niego dołączy, czy...

Pominął ją?

Na rdzę. Jak mogła przegapić taką naturalną możliwość? Że zawnioskuje o stworzenie komisji specjalnej, ale później nie zostanie do niej powołana? Powinna to przewidzieć.

Uniosła dłoń do czoła i poczuła, że rumieni się ze wstydu. Kobieta, która była przygotowana na wszystko, zaskoczona tak oczywistym posunięciem.

Kiedy próbowała zapanować nad mdłościami, ktoś podniósł się z tyłu – z miejsc dla obserwatorów. Postać w drewnianej masce z wymalowanymi czerwonymi liniami.

– Wasza Ekscelencjo, chciałbym obserwować działanie tej komisji – powiedział malwiański ambasador.

– Yyy, admirale Daal? – odezwał się gubernator. – To kwestia polityki wewnętrznej Kotliny.

– Tak, i dlatego właśnie chcę być obserwatorem. Wiele się można dowiedzieć o ludziach, patrząc, jak reagują w sytuacji kryzysowej. Mam statek wycieczkowy, do prywatnego użytku, zacumowany w mieście. Może wypożyczenie go byłoby dla pana użyteczne, panie gubernatorze? Do obserwacji Kotliny.

Gubernator zamrugał.

– Cóż, jestem pewien, że mądrość zaprawionego w bojach generała przyda się komisji. Proszę za nami.

Na rdzę. Czy on naprawdę przyjął tak oczywistą łapówkę? Przy ludziach? To posunięcie sprawiło, że Steris przestała przeżywać swój wstyd i spojrzała na Adawathwyn. Wicegubernatorka uniosła dłoń do twarzy. Będzie się musiała bardzo napracować, by jakoś wyjaśnić tę wymianę zdań. Cóż, jeden z problemów z kimś tak podatnym na wpływy jak Varlance w roli gubernatora polegał na tym, że inni też byli w pełni zdolni do wywierania wpływu.

Ty też możesz wywrzeć wpływ, pomyślała Steris. Musisz spróbować.

Ignorując odruchy – które chciały, żeby usiadła i zapisała, w jaki sposób mogła przewidzieć tę sytuację – Steris poderwała się z miejsca i wybiegła na środek sali, przepychając się bezceremonialnie między parą senatorów, żeby dotrzeć do gubernatora.

– Ekscelencjo, sądzę, że mogę udzielić tej komisji ważnych informacji.

– Och! – Popatrzył w jej stronę. – Lady Ladrian? – Później spojrzał w bok, na Adawathwyn, która gwałtownie pokręciła głową. – Niestety... – gubernator odwrócił się znów do Steris – ...obawiam się, że komisja już i tak jest duża. Ale ta sugestia była wspaniałym pomysłem.

– Wasza Ekscelencjo, miastu grozi poważne niebezpieczeństwo. Musi mnie Ekscelencja wysłuchać.

Gubernator się zawahał.

– Dziś rano przysłała list – powiedziała Adawathwyn. – Jakieś bzdury o bombie zdolnej do zniszczenia Elendel.

– O co chodzi? – Odwrócił się do wicegubernatorki.

– To prawda – powiedziała Steris. – Nawet go pani mu nie przekazała?

– Wasz ród ma tendencję do rozdmuchiwania problemów – stwierdziła Adawathwyn. – Pamięta pani, jak pani mąż twierdził, że zagłosowanie przeciwko ustawie o prawach robotników wywoła chaos w mieście? Albo kiedy upierał się, że jeśli nie obniżymy ceł, Dzicz stworzy własny kraj?

– Tym razem jest inaczej. On... ma potwierdzenie od Harmonii.

– Rozumiem – powiedziała Terrisanka. – A jeśli Harmonia miałby osobiście przemówić do kogoś, czy nie zwróciłby się do gubernatora?

– Czy pani mąż widział bombę? – spytał gubernator. – Czy ma dowody na potwierdzenie waszych twierdzeń?

– Właśnie je gromadzi.

– W takim razie dlaczego nie wróci pani do nas, kiedy będzie pani miała te dowody? – zapytał gubernator.

– Ponieważ muszę brać udział w komisji z wami...

– Lady Ladrian... – powiedział nieco ciszej – ...z pewnością rozumie pani, że to poważna, pełna napięcia sytuacja. To nie jest miejsce dla kobiety, która od niecałej godziny zasiada na miejscu senatora. – Uśmiechnął się. – Zaiste, ta sytuacja będzie wymagać delikatności i taktu, nie...

„Nie tego, kim ty jesteś", sugerowało niedokończone zdanie. Skinął jej głową i dołączył do pozostałych w wejściu do gabinetu gubernatora.

Steris została sama na środku sali. Upokorzona. Ona... musiała stworzyć kolejny plan. Tak, plan, jak poradzić sobie z tą sytuacją. Mogła poświęcić resztę dnia...

Nie. Nie mogła sobie pozwolić na marnowanie czasu na plany. Musiała dostać się do tego pomieszczenia.

A w tej chwili przychodził jej na myśl jeden sposób, w jaki mogła to osiągnąć.

32

Biura „Strażnika prawdy" nie pasowały do Bilming. W przeciwieństwie do gładkich, nowoczesnych konstrukcji, ten budynek wyglądał jak szopa. Stara drewniana budowla, piętrowa, ze spiczastym dachem, krzywymi ścianami i niedużymi oknami.

– Jeden ze starych domów – wyjaśniła Kim. – Z czasów, kiedy w tej części miasta było dużo chałup rybackich. Presja, by wszystko wyburzać i budować na nowo, pojawiła się przed pięcioma laty, ale w całym mieście pozostały jeszcze takie budynki.

– Nie wygląda, jakby ostatnio działali. – Wax zwrócił uwagę na kłódkę na drzwiach i ciemne wnętrze. – Nadal wydają?

– Ostatnio sporadycznie – przyznała Kim. – Czekałam sześć tygodni, żeby doczytać do końca wyprawę Jaka związaną z *Ostatnim testamentem Ocalałego*.

Zardzewiały idiota, pomyślał Wax. Od kiedy odkryto „Suwerena", który władał mieszkańcami południowych krain i pomagał im, ludzie mieli obsesję na punkcie Ocalałego. Widziano go w całym mieście, szczególnie w mgliste noce.

Jak, co oczywiste, wykorzystał to i całe lata poświęcił na „odkrywanie" artefaktów pozostawionych przez Ocalałego w czasie swoich przygód. Nie byłoby tak źle, gdyby ten głupiec co jakiś czas nie wspominał o Waxie.

Zapukali do bocznych drzwi, a kiedy nikt nie odpowiedział, nacisnęli na klamkę i odkryli, że są zamknięte na klucz. Dlatego Wax owinął pas płaszcza wokół pięści i przygotował się do wybicia okna.

– Waxie? – spytała Marasi. – Co ty robisz?

– Zaczynam śledztwo.

– Zaczekajmy kilka minut. Zobaczmy, może właściciel wróci.

Zatrzymał pięść kilka cali od szkła.

– Mamy zgodę na prowadzenie śledztwa. Możemy się włamać.

– W razie niebezpieczeństwa. I jeśli wypróbowaliśmy inne możliwości. To własność prywatna obywatela i nie mamy powodu wierzyć, że przebywa tu Krąg. Zaś w przeciwieństwie do mieszkania wcześniej, nie mamy też powodu wierzyć, że popełniono tu przestępstwo.

– Ja to zrobię. – Wayne podszedł do okna. – Wszyscy możecie powiedzieć, że próbowaliście mnie powstrzymać, ale odstawiłem Wayne'a. Zostawią was w spokoju.

– Nie chodzi o to, co ujdzie nam na sucho, Waynie. – Marasi uniosła dłoń do twarzy. – Chodzi o zachowanie właściwych procedur. Nie można tak po prostu włamać się do dowolnego miejsca... świat się zmienia. Ludzie mają prawa. To utrudnia nam pracę, ale świat staje się dzięki temu lepszy.

Wax zmarszczył czoło i opuścił rękę.

– Możemy sobie pozwolić na kilka minut oczekiwania – kontynuowała Marasi. – Jeśli mamy rację, to chcemy, by właściciel tego miejsca z nami współpracował, a włamanie może go do tego zniechęcić. Jeśli się mylimy, to bez powodu splądrujemy czyjąś siedzibę. – Spojrzała na słońce. – To pora obiadowa. Właściciel mógł wyjść... w końcu nadal wydają gazetę, więc mamy powód sądzić, że w swoim czasie przyjdzie do pracy.

Wax niechętnie się cofnął. Spodziewał się, że Wayne zacznie narzekać, ale niższy mężczyzna wzruszył ramionami i podbiegł do stojącej na rogu budki, żeby kupić sobie coś do jedzenia. Marasi i Kim usiadły na ławce obok niewielkiego parku, a Waxowi pozostało ustawienie się plecami do starannie wypielęgnowanego drzewa wyrastającego z kawałka ziemi otoczonego płotkiem.

Takie chwile sprawiały, że czuł się stary. Nie tylko na ciele, ale i na umyśle. Wydawało się, że symbolizuje coś, co umiera. Samotny stróż prawa. I... cóż, trudno było to opłakiwać. Bo generalnie zgadzał się z Marasi. Głosował za ograniczeniem praw konstabli. Społeczeństwo potrzebowało solidnych ograniczeń władzy poszczególnych jednostek. Nawet jego. Szczególnie jego.

Ale jednocześnie przez to wszystko świat wydawał się zbyt wielki, by go naprawić. W Dziczy mógł wyważyć drzwi i przekonać – a czasami zastrzelić – każdego, kto tego potrzebował. Dzięki temu czuł, że może rozwiązać właściwie każdy problem.

To było jednak fałszywe wrażenie kontroli, czyż nie? Przyznanie się do tego sprawiło, że poczuł się niezręcznie. Nie chodziło o to, że świat robił się bardziej skomplikowany, lecz o to, że pozwolił sobie dostrzec, że zawsze był skomplikowany.

Minutę później Wax coś usłyszał. Mógł przysiąc, że dochodziło z budynku. Zmrużył oczy, spalił stal i zaczął śledzić otaczające go niebieskie linie, aż dostrzegł kilka poruszających się w pobliżu szczytu budynku. Strych? Uniósł dłoń do pozostałych i wysunął Obrońcę. Ktoś tam był. Wax był tego pewien. Nie słyszał wcześniejszego wołania?

Upuścił łuskę i wykorzystując ją, wzniósł się w powietrze, po czym wylądował ostrożnie na dachu w pobliżu miejsca, gdzie dachówki otaczały niewielkie okienko na strychu, zasłonięte okiennicami. Choć starał się być cicho, linie metalu skręciły gwałtownie w prawo, gdy wylądował – i znieruchomiały. Przeważnie. Drżały.

Zmrużył oczy i wpatrzył się w okno. Jedna z okiennic była uszkodzona w rogu, co pozwalało osobie w środku wyglądać na zewnątrz. Dostrzegł linię metalu prowadzącą prosto do otworu. Zrobiło mu się zimno, bo ten metal z niemal całkowitą pewnością był wycelowanym w niego pistoletem. Dachówki zagrzechotały pod jego stopami, kiedy stworzył swoją bańkę stali – delikatne Odpychanie, które pozwalało mu odbijać kule. Gwoździe wbite w dach wibrowały, kiedy próbowały uciec przed polem.

Wibrują, pomyślał, jak ta linia przede mną. To pistolet w rękach kogoś, kto się trzęsie.

Nie stawiał czoła zabójcy z Kręgu. Ostrożnie uniósł swoją broń w bok, celując z dala od okna.

– Jestem konstablem – powiedział głośno. – Chcę ci pomóc.

Cisza. I w końcu głos. Kobiecy, ochrypły.

– Jesteś tu, żeby mnie zabić. Jak zabiłeś Tobala.

– Nie. Obiecuję. – Wax zrobił krok do przodu. – Szukam ludzi, którzy go zabili. Gdybym przybył tu z innego powodu, strzeliłbym, zamiast rozmawiać.

Znowu cisza. Na tyle długa, że go zaniepokoiła, aż w końcu okiennice się otworzyły, ukazując niską kobietę. Miała kędzierzawe, siwiejące czarne włosy i niechlujny wygląd – niedopięta kamizelka, długa spódnica tak pomięta, że wyglądała, jakby większość życia spędziła zwinięta w kłąb w jakimś kącie. Kobieta miała cienie pod oczami i wyglądała mizernie, jakby kiedyś była cięższa, ale schudła, jak kanapa, w której brakowało części wypełnienia.

– Ty... – Opuściła strzelbę. – Ty jesteś... Świtostrzelny?

– Tak, to ja. – Rozluźnił się.

Kobieta się rozpromieniła.

– Jesteś przyjacielem Jaka!

Przyjaciel Jaka? Tylko dlatego, że ten idiota od czasu do czasu wspominał Waxa? Otworzył usta, żeby się sprzeciwić, ale uznał to za zły pomysł.

– Ja... znam go. Posłuchaj, coś się dzieje w tym mieście. Coś bardzo niebezpiecznego. Podążyłem za śladem do mieszkania Tobala, a później tutaj. Proszę. Czy on ci coś dał? Coś ci powiedział?

Wychyliła się i podejrzliwie rozejrzała po ulicy.

– Spotkaj się ze mną na dole, na tyłach.

Kobieta zamknęła okiennice, a Wax dołączył do Marasi i Kim przy tylnych drzwiach, które grzechotały, kiedy otwierały się liczne zamki i łańcuchy.

W końcu otworzyła drzwi.

– Normalnie nie rozmawiam z konsami. Nigdy.

– Dobry pomysł – wymamrotał Wayne z pełnymi ustami.

Podszedł do Waxa i odgryzł kolejny kęs czegoś, co wyglądało na tłuszcz i może parę kawałków mięsa, zawinięte w coś, co mogło być chlebem. Albo bardzo dużym naleśnikiem?

– Ale skoro jesteście przyjaciółmi Jaka...

– Jasne. – Wayne poklepał Waxa po ramieniu. – Jak i ten tu Wax razem szukali przygód w Dziczy!

– W takim razie nie jesteście tego rodzaju konstablami – Zaprosiła ich gestem do środka. – Tylko innego rodzaju.

– Aha. Jesteśmy takimi, co to nie lubią mundurów i strzelają do ludzi, kiedy każą nam wypełniać papiery. – Wayne odgryzł kolejny kęs.

– Co to w ogóle jest? – spytał Wax, kiedy Marasi i Kim weszły do środka.

– On powiedział, że to „chouta". Smaczne jest.

– Wygląda obrzydliwie.

– Stary. Jeśli chodzi o jedzenie na ulicy, tak poznajesz, że jest smaczne.

W środku budynek był zatęchły i ciemny, a przy drzwiach stał rząd pojemników na śmieci – jakby kobieta nie odważyła się wyjść, żeby je opróżnić. Obserwowała Waxa ze strzelbą w ręku – choć nie uniosła jej – jakby była pewna, że za chwilę zwróci się przeciwko niej.

– Czy... Jak jest w mieście? – spytała. – Może pomóc?

– Ja... no... – Wax się zawahał. – Nie. Wyruszył... w poszukiwaniu przygód.

– I pewnie nie możesz po niego posłać? – W jej głosie brzmiała nadzieja.

– Obawiam się, że nie.

Zmarszczyła czoło i spojrzała na niego z ukosa.

– Och, nie przejmuj się Świtostrzelnym. – Wayne sprzedał Waxowi kuksańca. – On czasem się trochę wstydzi Jaka. – Pochylił się w stronę kobiety. – Tak szczerze to jest odrobinę zazdrosny.

– A kto by nie był? – Kobieta westchnęła i zaczęła znów zamykać drzwi. – Pozwolił ci kiedyś wziąć do ręki Włócznię Czerwonego Słońca?

Wayne spojrzał na Waxa, który zazgrzytał zębami.

– Nie – wykrztusił. – Jest zbyt potężna. Jak mówi, że mógłbym przypadkiem obudzić... zombie, gdybym jej dotknął.

Kobieta pokiwała głową, sprawdziła zamki i machnięciem ręki kazała im wejść w głąb budynku.

– Dobrze – szepnął Wayne do Waxa. – Ale włócznia nie jest używana na zombie. One były na Wyspie Śmierci, z Nicki.

– Skąd wiesz? – syknął do niego Wax.

– Czytam każdą. A czemu nie?

– Ty...

– Myślałam, że nie umiesz czytać. – Marasi przecisnęła się obok nich i poszła za kobietą.

– Och, umiem czytać. Ale widzicie, tępak ze mnie, więc czytam tylko rzeczy, co to też są tępe.

Kobieta poprowadziła ich korytarzem pełnym książek – ich sterty zajmowały niemal każdą dostępną powierzchnię. W sąsiednim pomieszczeniu znajdowały się duża prasa drukarska, wiadra farby i skrzynki ołowianych czcionek. Portret na ścianie, wiszący krzywo i przedstawiający ją w młodości, podpisano: MARAGA DULCET, REDAKTOR NACZELNY.

– No tak... – przeczesała palcami rozczochrane włosy – ...wiecie, kto zabił Tobala? Czy to ci ludzie o złotych włosach, którzy mieszkają na wschodzie? To jakieś magiczne stwory, jestem tego pewna.

– Właściwie sądzimy, że to tajna organizacja, która pragnie znów obudzić Popielne Góry... – powiedziała Marasi. – I bardzo się obawiamy, że próbują stworzyć bomby o niewiarygodnej mocy.

Maraga pokiwała głową.

– Czyli wiecie.

To była próba, zorientował się Wax.

Maraga otworzyła drzwi, za którymi znajdowały się stare schody.

– W takim razie chodźcie za mną.

Ruszyła w dół, a Wax podążył za nią, gestem każąc Marasi i Kim iść kilka stóp za nim. Pachniało starymi ziemniakami, pająkami i zapomnianymi słoikami czegoś, co kiedyś mogło być dżemem. Na dole Maraga nacisnęła przełącznik, uruchamiając elektryczne światła wiszące na drutach.

Ściany zatęchłej piwnicy pokrywały arkusze blachy, całe zadrapane – wypełnione ciasno słowami, schematami, literami i rysunkami.

– Postanowiliśmy zapisać to w metalu – stwierdziła Maraga. – Na wszelki wypadek.

33

Marasi obeszła piwnicę, rozglądając się w oszołomieniu. Wydawało się, że kiedyś służyła jako magazyn, o czym świadczyły stosy przestarzałego sprzętu i ułożone na stercie maty. Wszystko to zostało odsunięte od ścian, żeby zrobić miejsce na arkusze blachy.

Słowa Stworzenia wspominały o metalowych płytach i Marasi wyobrażała sobie grube arkusze ze słowami wyrytymi odważnymi pociągnięciami dłuta. Maraga drapała arkusze cyny piórem, często wymazując zdania i linijki, w których popełniła błąd. Duża część miała formę wypunktowanych list. Robiło to wrażenie rozgorączkowania, ale nie przypominało – powiedzmy – majaczenia szaleńca. Bardziej...

Notatki, pomyślała. Skrótowe zapiski dziennikarza, łączącego pomysły i tworzącego historię.

Maraga usiadła na najniższym stopniu. Sprawiała wrażenie wyczerpanej.

– Ja... z początku mu nie wierzyłam – szepnęła. – Tobalowi. Myślałam, że jest kolejnym świrem. Ale oni zwykle mają dobrą historię do opowiedzenia, coś, co moi czytelnicy chcą usłyszeć. Później zaczął mi przynosić dowody. Informacje, które wykradł swoim pracodawcom. Myślę, że wślizgiwał się do środka, zabierał księgi, notatki, cokolwiek znalazł... Nie pozwalał, żebym mu pomogła. Nie chciał mnie w to zbyt zaangażować. – Spojrzała na ściany. – A przecież to wystarczy, żeby doprowadzić mnie do śmierci...

Marasi podeszła bliżej, żeby ją pocieszyć, ale kobieta się wzdrygnęła. Otaczała ją aura... pogodzenia się z losem. Aura kobiety, która rzuciła kości i czekała, aż zobaczy liczby.

– Jak długo? – spytał Wax, wpatrując się w jeden z arkuszy.

– Prawie cztery lata – szepnęła Maraga. – Jak mówiłam, z początku mu nie wierzyłam. Ale zawsze interesowały mnie historie, które prześlizgują się przez szczeliny. Te, które inne gazety ignorują, bo wydają się zbyt sensacyjne, zbyt niewybredne.

– Chciałaś powiedzieć kłamstwa – stwierdził Wax. – Drukujecie kłamstwa.

– Wolimy „co by było, gdyby". Intrygujące historie, które byłyby fascynujące, gdyby były prawdą.

– Czyli... kłamstwa.

– Nasi czytelnicy wiedzą, co kupują, lordzie Ladrianie. – Kobieta uniosła brodę. – Ty to wiesz. Przyjaźnisz się z samym Jakiem. Chodzi o przejaskrawienie, wyrastanie ponad przeciętność! Nasi czytelnicy wiedzą, że naciągamy, żeby znaleźć bardziej interesujące kawałki, te wszystkie „być może" tego świata.

Pokręcił głową, nieprzekonany.

Maraga prychnęła.

– Terminowałam w „Czasie", najważniejszej gazecie w tym mieście. Bardzo szacownej. Byłbyś oburzony tym, jak wiele przekręcali, przeinaczali albo wymyślali od zera. Ja przynajmniej jestem w tym szczera. Poza tym nie kłamię. Publikuję historie z życia wzięte, opowieści o ludziach ignorowanych przez ważniejsze media. Ekscytujące historie o podróżujących gwiazdach. Karykatury, rysunki warzyw o śmiesznych kształtach...

– Jak śmiesznych? – spytał Wayne z drugiej strony piwnicy.

– Zależy od twojego poczucia humoru – odpowiedziała Maraga.

– Prostackie. Z lekką nutą wulgarności.

– Drugie pudełko po lewej. Obok twojej stopy.

Wayne znalazł odpowiednią skrzynkę, którą wypełniały szkice. Po chwili chichotał pod nosem.

– W każdym razie... – mówiła dalej – ...im więcej przynosił Tobal i im więcej kawałków układanki miałam, tym bardziej się bałam. To... była historia. Prawdziwa historia. Nie fantastyczna opowieść o ludziach-owadach albo niebezpieczeństwach elektryczności. To... to mogło doprowadzić do śmierci ludzi. Mogło doprowadzić do mojej śmierci. – Popatrzyła na nich. – Kiedy uwierzyłam, pracowaliśmy przez wiele miesięcy, składając wszystkie elementy razem. Zaczęłam zauważać rzeczy, których on nie dostrzegał. Tobal nie był... do końca wiarygodny. Wyciągał pochopne wnioski. Ale się nie mylił. Nie, jeśli chodziło o sedno historii. I nie wymyślił jej. Powiedział mi, że pewnego dnia nie przyjdzie na naszą wieczorną rozmowę. Powiedział, że kiedy tak się stanie, powinnam uciec. Zabrać wszystko do władz. Ale władze są zamieszane, więc… co wtedy? Komu powiedzieć? A później, dwa tygodnie temu, się nie pojawił. Jednego wieczoru. Drugiego. Trzeciego… A ja wiedziałam. Wiedziałam. Znaleźli go.

– Przykro mi – powiedziała Marasi.

– Czy on może wciąż żyć? – spytała Maraga. – Może tylko… go porwali?

– To możliwe – zgodziła się Marasi. – Ale… sądzimy, że to mało prawdopodobne.

Starsza kobieta pokiwała głową i wbiła wzrok w ziemię. Później zamknęła oczy i wydawało się, że czeka. Na co?

Aż kostki się zatrzymają, uświadomiła sobie Marasi. Nie ufa nam. Czeka, czy zaczniemy strzelać.

Marasi rozejrzała się i zauważyła, że Wayne – mimo że udawał, że przygląda się rysunkom – obserwuje Blask Księżyca, od niechcenia trzymając dłoń na rękojeści laski pojedynkowej. Pewnie miał też metale w gotowości, na wypadek gdyby spróbowała coś zrobić. Nawet Wax obserwował ją kątem oka.

– To błyskotliwe – powiedziała tymczasem Blask Księżyca, wpatrując się w jedną ze ścian. – Czy to… szacunkowe obliczenia trajektorii?

Marasi dołączyła do niej przy jednym z rysunków na cynie, który przedstawiał łuki. Blask Księżyca miała rację, wyglądało to jak obliczenia z różnymi szacunkami, jak daleko mógł dotrzeć pocisk.

Maraga wstała, wydawało się, że to pytanie dodało jej siły.

– Zgadza się. Te liczby to odległości, na jakie mogą strzelać nowe armaty armii Bilming. Uwielbiają wysyłać komunikaty do miejscowych gazet, wychwalając swoją wspaniałą marynarkę. To w większości przesada. Sugerują, że mogliby ostrzelać Elendel z odległości dwudziestu mil, ale to kłamstwo. Mają znacznie krótszy zasięg.

– A to? – Marasi wskazała na inny zestaw trajektorii.

– Biedny Tobal pracował nad napędami chemicznymi – wyjaśniła Maraga, a kiedy popatrzyli na nią niepewnie, mówiła dalej. – Ci ludzie próbują stworzyć pociski z własnym napędem. Bronie, które mogłyby same się wystrzelić i mieć zasięg wielu mil. Albo nawet setek mil. Po czym trafiałyby w cel i wybuchały.

Na rdzę, pomyślała Marasi. Szła przez pomieszczenie, wpatrując się w kolejne z ośmiu dużych arkuszy na ścianie. Jeden miał coś wspólnego z „koleją podziemną" w mieście, dużym kompleksem połączonych ze sobą jaskiń, które „badano", by ocenić, gdzie umieścić tory. Ale zgodnie z notatkami Maragi prawda wyglądała zupełnie inaczej – badacze szukali jaskiń mogących zapewnić stabilne warunki życia pod ziemią.

Przygotowują bunkry, pomyślała Marasi. Po to są zapasy. Może gromadzą je na wypadek kataklizmu?

Podobnie jak ludzie szukali schronienia w jaskiniach w ostatnich dniach przed końcem świata. Przed Wstąpieniem Harmonii i przeobrażeniem ziemi.

– To nie ma sensu – powiedział Wax, dołączając do niej. – Harmonia twierdzi, że moja siostra próbuje udowodnić, że może rządzić tą planetą. Jeśli ją wysadzi, to co udowodni? Po co buduje bunkry? Naprawdę uważa, że ocalenie nielicznych i unicestwienie reszty potwierdzi jej kompetencję?

– Nie wiem – przyznała Marasi i wskazała kolejny arkusz. – Tu piszą o opadach popiołu. Dni popiołu i zniszczenia pozwoliły Ostatniemu Imperatorowi zdobyć niemal całkowitą władzę, przynajmniej na Północy. Może więc Telsin sądzi, że to znów zadziała?

– Powinniście przeczytać następny arkusz – poradziła Maraga.

Razem przeszli w bok i przeczytali coś, co wyglądało na listę nazwisk.

– Dulac Melstrom... – czytał Wax. – Vennis Hasting... Mari Hammondess... To niektórzy z najbardziej potężnych senatorów z Elendel.

– Oni są w to zamieszani – powiedziała Maraga.

– Co takiego? – Marasi obróciła się na pięcie. – Wszyscy?

Maraga sięgnęła do szafki i wyciągnęła kawałek papieru. Podała go Marasi, a ta pokazała go Waxowi. List od Vennisa Hastinga, mówiący o stworzeniu bomby o niewiarygodnej mocy. Miał datę sprzed prawie roku i wskazywał wiele z imion na ścianie.

Marasi zmarszczyła czoło. To... wydawało się niemożliwe. Tak wielu ludzi w ich własnym rządzie wiedziało? Czy Krąg mógł mieć Kotlinę tak bardzo w swoich rękach? Spojrzała na Waxa.

– Znam niektórych z tych ludzi. Vennis to szczur, oczywiście... ale lady Yomen to moja dobra przyjaciółka. Jeden z niewielu senatorów, którym ufam. To się nie trzyma kupy, Marasi. Nic z tego się nie trzyma kupy.

– Może dlatego Senat jest tak pewny, że uda im się zastraszyć zewnętrzne miasta.

– Znam tych ludzi. Nie dochowaliby takiej tajemnicy, nie potrafiliby. Wszystko, co do tej pory robili, było pozerstwem, udawaniem, że mają władzę. Ustawa o zwierzchności, cła, „bezkompromisowe podejście" wobec Południa... Gdyby Vennis wiedział o bombie, byłby orędownikiem testów strategicznych, by potwierdzić jej siłę.

– Wszyscy mogą należeć do Kręgu – odezwała się cicho Marasi.

Spochmurniał. Wziął list i wpatrzył się w niego, a Marasi wiedziała, co myśli – jeśli pędy Kręgu sięgały tak głęboko, nawet do serc jego przyjaciół wśród senatorów...

– Nie – powiedział. – Tu się dzieje coś bardzo dziwnego, Marasi. Gdyby ci wszyscy ludzie wypełniali żądania mojej siostry, ona już władałaby Kotliną. Brakuje nam dużego fragmentu tej układanki.

Blask Księżyca podeszła do nich i skinęła w stronę kolejnego arkusza.

– Mówicie o bombie? Wygląda na to, że ją mają... popatrzcie na to.

Marasi i Wax podeszli i znaleźli kolejny arkusz z wyliczeniem podziemnych anomalii, podpisany „Podziemne testy broni, wykryte za pomocą sejsmografu".

– Stworzyli podziemną bazę pod miastem – wyjaśniła Maraga. – Tam się ukrywają. Burmistrz Entrone jest w to zamieszany, prawdopodobnie jest jednym z ich przywódców. Niektóre z jaskiń to miejsca testów broni, ale inne to bunkry, które z jakiegoś powodu przygotowują i wykorzystują jako siedzibę główną.

– Niedawno przerwali testy – dorzuciła Blask Księżyca. – Ciekawe dlaczego.

– Cóż... – powiedziała Maraga. – Wiedzą, że to działa. W końcu minął termin.

– Termin? – Marasi zrobiło się zimno.

– Skradzione notatki służbowe. – Starsza kobieta wskazała arkusz. – Nie wiem, jak je zdobył. Wyliczające planowane daty ukończenia projektu. Broń miała zostać zdetonowana dwa tygodnie temu. – Osunęła się na schody. – Zabili go dzień wcześniej. Byłam przekonana, że wkrótce po tym nadejdzie koniec... Ja... – Maraga ukryła twarz w dłoniach. – Wiem, że powinnam była to opublikować. Jestem tchórzem. W ostatecznym rozliczeniu jestem tchórzem. Kryłam się tutaj, czekając, aż spadnie popiół, czyż nie? Na rdzę. Byłam przekonana, że nikt mnie nie wysłucha... Przekonana, że jest za późno...

– Było, minęło – powiedział stanowczo Wax. – Teraz mamy informacje. I wciąż jest czas to powstrzymać.

– Waxie – syknęła Marasi i złapała go za rękę. – Mają bombę i planują... na ile umiemy to ocenić... zdetonować ją w Elendel. Już by to zrobili, gdyby udało im się wymyślić, jak dostarczyć ją do miasta.

Maraga pokiwała głową.

– Mają kłopoty z tym swoim urządzeniem z własnym napędem... nazywają je rakietą. Problemem może być paliwo. Nad tym pracował Tobal, zanim uświadomił sobie, co planują... – Wstała i wzięła się w garść. – Muszę wam pokazać coś jeszcze.

Podeszła szybko do sterty skrzyń, podczas gdy Blask Księżyca bez żenady odrysowywała arkusze.

Starsza kobieta wyjęła evanotyp.

– Klejnot w koronie – powiedziała cicho. – Mój najlepszy dowód. Zdjęcie nad historią na pierwszej stronie, której nigdy nie napisałam...

Marasi wzięła je i popatrzyła ze zmarszczonym czołem na Waxa, który podszedł do niej. Przedstawiało pokryty popiołem krajobraz. W kolorze.

Marasi westchnęła cicho, spoglądając na jaskrawe pomarańczowe niebo, unoszący się popiół, odległe ruiny miasta. Wyglądało... trochę jak Elendel, choć popiół wznosił się tak wysoko, że zasłaniał wszystko poza szczytami dymiących, zniszczonych budynków i poszarpanych murów.

– Jak... – spytała Marasi. – Jak możesz mieć zdjęcie końca świata?

– W czasach Ocalałego nie mieli evanotypów. – Wax przyjrzał się uważnie. – Kolory robią wrażenie. Ktoś wziął stare zdjęcie i je pomalował.

– Nie wiem – przyznała Maraga. – Ale wygląda jak zdjęcie tego... tego, co się wydarzy. Kiedy Tobal je znalazł, naprawdę się przestraszył. W czasie ostatnich spotkań pojawiał się tylko na chwilę. Myślę, że przez większość czasu ukrywał się w swoim mieszkaniu, aż go dopadli. Jak... jak ja to robiłam.

W piwnicy zapadła cisza, nawet Wayne wyczuł nastrój i przestał śmiać się z rysuneczków. Na widok zdjęcia Marasi poczuła narastającą grozę. Słyszała, jak Wax mówi o bombie, wiedziała, co próbował skonstruować wróg. Jednak to wyraziste przedstawienie zmieniło abstrakcję w konkret.

To chcieli zrobić. Wymazać wszystko, co kochała. Pozostawić gruzy i popiół. To śledztwo miało znacznie wyższą stawkę niż wszystkie wcześniejsze. A jego implikacje wywoływały w niej głęboki niepokój.

Odwróciła się i spojrzała na arkusze, które odbijały spokojne elektryczne światło. Coś starożytnego. Coś nowego. Zupełnie jak zdjęcie, które oddał jej Wax.

Na górze otworzyły się drzwi.

Były zamknięte na klucz, ale to nie powstrzymało nowo przybyłego. Wayne podniósł się i sięgnął do laski pojedynkowej, gdy usłyszeli odgłos kroków na drewnianej podłodze nad ich głowami.

Wax wysunął pistolet z kabury i wycelował w stopnie. Po schodach zeszła postać. Ciemnowłosa kobieta o mocnej sylwetce, która kontrastowała z jej drobnym nosem i wąskimi wargami. Miała na sobie garnitur – spodnie, zapinaną na guziki białą koszulę, marynarkę i fular.

Telsin. Siostra Waxa, przywódczyni Kręgu. Nie była uzbrojona, przynajmniej w nic, co Marasi mogła dostrzec. I najwyraźniej nie przeszkadzało jej, że Wax celował jej w głowę, podczas gdy Wayne się wycofał, mamrocząc.

– Adres – powiedziała Telsin. – Liczba na kopercie to był zardzewiały adres? Wiecie, jak wiele godzin zmarnowaliśmy, włamując się do schowków na stacjach kolejowych?

34

Marasi natychmiast sięgnęła po Allomantyczny granat, ładując go po cichu w kieszeni. Wax przesunął się ostrożnie do przodu, celując do siostry. Wayne cofnął się od schodów, mamrotał pod nosem i przestępował z nogi na nogę. Wyglądał, jakby się spodziewał, że wrogowie wpadną przez ściany.

Kiedy ostatnio widzieli Telsin, oddała ich Kręgowi. Prawie doprowadziła do śmierci Waxa, a Wayne w odpowiedzi wypalił ze strzelby prosto w jej pierś. Użył broni palnej po raz pierwszy od... Marasi nie wiedziała, od jak dawna.

Telsin jednak się uzdrowiła, zniknęła z zakrwawionego śniegu, na którym zostawił ją Wayne. Była Hemalurgiem i miała co najmniej moce Krwiotwórcy – jak Wayne. Wszystko wskazywało, że posiadała jeszcze dwie inne, ale możliwe, że członkowie Kręgu wymieniali się kolcami, by zyskiwać różne Sztuki Metaliczne. Tak czy inaczej, najwyraźniej miała teraz dość umiejętności, by samotne stawianie im czoła nie wzbudzało w niej niepokoju. Na rdzę.

– To cudowne. – Telsin rozejrzała się po piwnicy. – Zadziwiające, jak wiele z naszych tajemnic udało mu się mimo wszystko wykraść. Kto by pomyślał, że największym zagrożeniem dla nas nie były armie, konstable ani nawet ty, Waxilliumie? Tylko żałosny, łysy stary chemik.

– Tobal był dobrym człowiekiem! – Maraga schowała się za Waxem, kiedy Telsin spojrzała w jej stronę.

– Możesz opuścić broń, Waxilliumie. – Telsin usiadła na schodach. – Ten tam idiota powie ci, jak skuteczne było strzelanie do mnie.

– Ale było przyjemne – powiedział Wayne. – Trzeba zrobić to więcej niż raz? Proszę, Waxie. Daj mi broń. Powtórzę to jeszcze kilka razy.

Wax się nie ruszył, a Telsin przewróciła oczami. Wszyscy stali, granat Marasi wibrował delikatnie w jej palcach, kiedy pochłaniał jej moc. Co teraz? Telsin się nimi bawiła, to oczywiste. Ale jak? Czy przybycie przywódczyni Kręgu miało jedynie odwrócić ich uwagę?

– Powiedz nam, co planuje Krąg – zażądała Marasi.

– Nie – odparła Telsin.

– Och. – Wayne się ożywił. – Czy to znaczy, że mogę zmusić ją do mówienia? Na skali od jednego do całkowicie połamanych, jak widzisz swoje rzepki, Telsin?

– Uzdrowię się błyskawicznie, Waynie.

– Nie, jeśli wyrwiemy kolce – warknął Wayne.

– Co by mnie zabiło. Z pewnością da wam to mnóstwo informacji.

– Cóż, odłamanie paru kawałków ciebie wciąż będzie bolało, Telsin. Co nieco o tym wiem.

– Właściwie to wcale nie zaboli. Wiedziałeś, że Feruchemik może magazynować swój ból w metalmyśli? A, nie będziesz też mógł jej usunąć. Nauczyliśmy się lepiej je ukrywać. Możesz więc torturować mnie, ile zechcesz, Waynie. Uznam to za nudne, nic więcej.

Patrzyła mu w oczy. Wayne spojrzał z niepokojem na Marasi i cofnął się. Jak szczeniak, którego gryzak się odgryzł.

Marasi bardziej martwiła się o Waxa. Znieruchomiał z bronią wycelowaną w Telsin i wyprostowaną ręką. Minę miał... ponurą. Telsin była jego najbliższą żyjącą krewną i zrobiła z niego głupca. Przed sześciu laty poświęcił dużo wysiłków i uczuć, by uratować ją z rąk złych sił, które – jak sądził – ją porwały. I odkrył, że przez cały czas z nimi współpracowała.

A teraz okazało się, że związała swój los z bogiem, który planował zniszczyć świat.

– Dlaczego tu jesteś, Telsin? – spytał Wax.

– Żeby cię ostrzec, Waxilliumie – odpowiedziała z drugiego końca pomieszczenia. – Twoje następne posunięcia będą niezmiernie ważne. Masz dwa dni na rozwiązanie tego problemu. Jedynie dwa cenne dni.

Wax zaklął cicho i pochylił się obok Marasi i Wayne'a.

– Bańka prędkości – syknął.

Wayne stworzył ją i świat wokół nich zwolnił. Jednocześnie uniemożliwiło to Telsin podsłuchanie ich, a przynajmniej zrozumienie ich słów.

– W co ona gra, Waxie? – spytał Wayne. – Powinna robić wrażenie bardziej zaniepokojonej. Strzeliłem do niej. Ja. Pierwszy raz od lat. A ona nie wygląda, jakby się przejmowała.

– Waynie, przecież nie oddałeś jej cnoty – zauważyła Marasi.

– Wcale nie! Cnotę oddaję przez cały czas. A to było czymś wyjątkowym.

Spojrzała na Waxa.

– Wszystko w porządku?

– Będzie – odparł cicho i spojrzał na siostrę... znieruchomiałą. – To... bolesne. Jak stara rana, która znów zaczyna doskwierać. Bo nie zagoiła się do końca.

– Dlaczego powiedziała o dwóch dniach? – spytała Marasi. – Waxie, ona próbuje nas zmylić.

– Zgadzam się. Próbuje nas przekonać, że mamy więcej czasu niż w rzeczywistości. Jedna z jej gierek. – Zmrużył oczy. – Jej obecność tutaj świadczy jednak o czymś, czego ona może sobie nie uświadamiać. Że jest zdesperowana. Wie, że musi nas powstrzymać.

– Ale nie boi się nas – zauważyła Marasi.

– Nie fizycznie. Nie boi się, że zostanie przez nas pojmana albo zabita. Harmonia powiedział... cóż, ona jest, przynajmniej w niewielkim stopniu, w części bogiem. Niezależność Napełniła ją pewnego rodzaju mocą i władzą, uczyniła ją awatarem Trella na tej planecie. Na razie. Dopóki nie zawiedzie.

– Chwileczkę – wtrącił Wayne. – Kim jest Trell i kim jest Niezależność i kim jest ten ktoś na schodach?

– Ten ktoś na schodach to moja siostra, reprezentująca boga Niezależność. I wykorzystująca miano Trella... starożytnego boga tego świata.

– Jasne... – mruknął Wayne. – I cała trójka to absolutni durnie?

– Absolutni durnie – zgodził się Wax.

Marasi podążyła za ich spojrzeniem w stronę Telsin, która sprawiała wrażenie dumnej i pewnej siebie. Marasi mogłaby przysiąc, że w pewnej chwili oczy Telsin zaczęły emanować słabym czerwonym blaskiem. Bardzo delikatnym światłem. Po chwili zniknęło.

– Na rdzę – szepnęła. – To za wysokie progi, Waxie.

– Nie ma nikogo innego. Ale, jak mówiłem, niepokoimy ją. Chciała zrealizować swój plan przed tygodniami, ale ma problemy ze zmuszeniem technologii do działania. A teraz my węszymy i dowiedzieliśmy się rzeczy, których im nie udało się wytropić. Instynkt podpowiada mi, że ona jest tutaj, bo chce mieć okazję namieszać mi w głowie. Popchnąć mnie w złą stronę. To ryzykowne posunięcie, ale sprytne.

Wszyscy umilkli, ale Marasi znów poczuła to samo lodowate przerażenie, co wcześniej. Spotęgowane. Plan Kręgu, zagrożenie, jakie stanowiła Niezależność... Spuściła wzrok. Wciąż trzymała w ręku zdjęcie, które wydobyła Maraga. Popiół spadający z nieba i grzebiący zniszczone miasta.

– Co robimy? – spytał Wayne.

– Daj mi się zastanowić – powiedział Wax. – Ile stopu bizmutowego masz? Marnujemy go?

– E tam. Mam go mnóstwo.

– Oszczędza go – wtrąciła Marasi. – I uczy się odpowiedzialnie gospodarować swoimi finansami i zużyciem metalu.

Wax posłał mu spojrzenie.

– Komu zabrałeś pieniądze?

– Komuś bezwartościowemu.

– Przypomnijcie mi, żebym sprawdził rachunki bankowe – mruknął Wax. – O ile po tym wszystkim zostaną jeszcze banki. Na razie najważniejszą kwestią jest bomba. Już ją mają, ale nie potrafią jej dostarczyć. Musimy więc znaleźć urządzenie, które przygotowują do jej wystrzelenia, i zatrzymać je.

– Maraga mówi, że Krąg wykorzystuje bunkry pod miastem jako rodzaj bazy – zauważyła Marasi. – Jeśli uda się nam wślizgnąć do środka, może znajdziemy mechanizm. A przynajmniej poznamy jego lokalizację.

– Trudno gdziekolwiek się wślizgnąć... – Wayne skinął na Telsin – ...kiedy obserwuje cię jakiś półbóg.

Wax zastanawiał się przez chwilę.

– Muszę się skonfrontować z Telsin, zająć się nią, może spróbować wydobyć z niej informacje. Chcę znaleźć tę bombę i ją powstrzymać. Może uda mi się oddzielić kłamstwa od prawdy. Ale zgadzam się, próba dostania się do ich bazy może być cenna. Nie jestem tylko pewien, jak sobie z tym poradzimy.

Marasi spojrzała na Blask Księżyca, znieruchomiałą poza bańką prędkości. Co ona myślała o tym wszystkim? Czy miała odpowiedzi?

Może powinna powiedzieć Waxowi. Ale... czy w ten sposób nie straciłaby zaufania, które miała do niej Blask Księżyca? Kobieta mogła swobodnie zniknąć, podobnie jak to zrobiła po walce w magazynie.

Tak wiele tajemnic. Marasi została konstablem częściowo po to, by ujawniać tajemnice – a tutaj, współpracując z Blaskiem Księżyca miała na to szansę. Na coś większego. Coś ważniejszego. Tajemnice kryjące się za tajemnicami. Potrzebowała więcej czasu, by wydobyć informacje z kobiety.

– Waxie – powiedziała – powinniśmy się rozdzielić.

Spojrzał jej w oczy.

– Dwa zespoły. Wy znajdziecie drogę do jaskini. Ja zajmę się Telsin i podążę tropami, które uda mi się od niej uzyskać.

– Właśnie. Myślę, że Kim jest godna zaufania. Miałyśmy szansę porozmawiać, kiedy byliśmy w archiwum, i ona dużo wie o mieście. Z jej pomocą może uda mi się zlokalizować wejście do jaskini. Kryją się tam tajemnice, może lokalizacja bomby. Ale tego rodzaju infiltracja wymaga czasu. Może za dużo czasu.

– I dlatego ja i Wayne wybierzemy podejście bezpośrednie. Przesłuchamy Telsin i w ten sposób zlokalizujemy bombę.

– Ona będzie się bawić twoim umysłem, stary – zauważył Wayne.

– Wiem. Ale to moja siostra. Ja... muszę to zrobić. – Wax odetchnął głęboko. – Jeśli mam rację, wśród jej kłamstw będą się kryły ziarna prawdy. Jeśli będziemy grać w jej grę lepiej od niej, może doprowadzi nas to do broni.

– Zgoda – powiedziała Marasi. – Cokolwiek znajdziecie, wyślijcie to do Steris i kapitana Reddiego przez radio. Ja zrobię to samo. W ten sposób połączymy informacje i zostawimy notatki dla siebie nawzajem.

Wax pokiwał głową, ale robił wrażenie niechętnego.

– Martwisz się, że miejscowi operatorzy radiowi mogą być skorumpowani?

– To możliwe. Ale nie znam lepszego sposobu. Wyślę coś do Steris, kiedy tylko stąd wyjdziemy.

– Napiszesz też do Allika? Przypomnisz mu, że poprosiłam go o opuszczenie miasta? To samolubne z mojej strony, ale...

– To nic złego. Pragnienie, by ochronić swoich bliskich, nie jest niczym samolubnym. – Zawahał się. – Nie wiem, czy spotkamy się jeszcze, zanim to wszystko się skończy. Jeśli więc nie dostaniesz ode mnie wiadomości, Marasi, wiedz, że ufam twojej ocenie sytuacji. Jeśli będziesz miała szansę powstrzymać bombę, zrób to. Niezależnie od ceny.

– I nawzajem. W porządku. Rozdzielmy się.

Wax skinął na Wayne'a, który opuścił bańkę szybkości.

I tak oto Marasi znalazła się w sytuacji, w której mogła swobodnie przepytywać Blask Księżyca. Zamierzała podzielić się uzyskanymi informacjami z Waxem. On zrozumie. Czuła, że powinna być zażenowana utrzymywaniem tego w tajemnicy przed nim, ale tak naprawdę była podekscytowana.

Wax podszedł do Telsin.

– Musimy porozmawiać.

– Zgoda. – Weszła na schody.

Wax ruszył za nią, ale zatrzymał się na chwilę, by powiedzieć coś Maradze. Zanim Wayne dołączył do nich, złapał Marasi za rękę.

– Ej... – powiedział cicho. – Uważaj na tę Kim. Tak sobie myślę, że ona coś udaje.

– Doceniam ostrzeżenie. Sądzę, że ona wie więcej, niż się przyznaje, ale wątpię, by współpracowała z wrogiem.

– Jasne. Uważaj na siebie.

– I ty też, Wayne.

– Zawsze to robię, nie?

Powiedział to jakby w żartach, ale jego głos brzmiał dziwnie.

– Wszystko w porządku?

Wzruszył ramionami.

– Po prostu wydaje mi się to nie w porządku, wiesz? Po sześciu latach razem muszę pozwolić, żebyś odeszła sama. Pozbawiona moich wnikliwych przemyśleń na temat życia i świata, które trzymają cię w gotowości.

Uśmiechnęła się i stuknęli się pięściami.

– Cieszę się, że wyszedłeś z opowieści i znalazłeś się w moim życiu. Wolę przyjaciela od legendy.

– I nawzajem.

– Wayne, mnie nikt nie nazywa legendą.

– Ale będą. – Mrugnął. – Uważaj na siebie. Do zobaczenia wieczorem.

Zdjął stary melonik ze stojaka w pobliżu środka pomieszczenia. Założył go, a na jego miejscu zostawił zszywacz związany wstążeczką. Gdzie go znalazł?

Wax i Wayne zniknęli na schodach za Telsin, pozostawiając Marasi z Blaskiem Księżyca, Maragą i całym cosmere tajemnic.

CZĘŚĆ TRZECIA

35

Wax skinął na Wayne'a i razem wybiegli z budynku gazety – Wax pociągnął Telsin za sobą – po czym ukryli się między dwoma pobliskimi budynkami mieszkalnymi.

Kobieta westchnęła, kiedy się zatrzymali, i obciągnęła marynarkę.

– Czy to było konieczne?

Wax zrobił gest, a Wayne ruszył w głąb uliczki, żeby się rozejrzeć.

– Nie ma snajperów – stwierdziła Telsin. – Nie jesteście otoczeni. Jestem sama.

Wax zignorował ją, bawiąc się w roztargnieniu magazynkiem Obrońcy. Obserwował niebo, bo za każdym razem, kiedy patrzył na nią, czuł ból. Czuł się zdradzony. Powiedział Marasi, że poradzi sobie z Telsin. Teraz jednak w to wątpił. Czy kiedykolwiek z nią wygrał? Zawsze robiła z niego głupca.

„Po to tu przybyłeś", powiedział sobie. „Dlatego znów włożyłeś płaszcz. Bo wiesz, że trzeba się nią zająć".

– A gdybym zaciągnął cię do Elendel i wrzucił do więzienia? Zgodziłabyś się na to?

– Oczywiście, że nie. Przyszłam porozmawiać. Przekonać cię.

– Do czego?

Spojrzała mu w oczy.

– Do ucieczki, Waxie. Wróć do Dziczy. Weź żonę, dzieci i odejdź. Masz czas. Wycofaj się i pozwól mi zrobić to, co konieczne. Wolałabym, żebyś przeżył.

– Gdzie była ta skłonność przed sześcioma laty? Gdzieś na szczycie góry?

Westchnęła, jakby był dziecinny, i oparła się o ścianę.

– Nie chciałam cię zastrzelić, Waxie. Nie spodziewałam się, że się pojawisz i zniweczysz nasze plany, i musiałam zrobić to, co było wtedy konieczne. Waxie, znam cię. Wiem, że jesteś tym przytłoczony. To dla ciebie zbyt wielkie, nie da się tego rozwiązać, wpadając do środka z rewolwerem w ręku. Wracaj do miejsca, gdzie możesz coś osiągnąć. Ten następny etap będzie nieprzyjemny, ale to jedyny sposób na ocalenie naszej planety.

– Oczekujesz, że uwierzę, że interesuje cię bezpieczeństwo planety? Że jesteś altruistką?

– Bynajmniej. – Założyła ręce na piersi. – Żyję tutaj, Waxie. Jeśli Kotlina upadnie, to ja też. Jeśli możesz czemuś zaufać, to zaufaj mojemu instynktowi samozachowawczemu. Elendel musi zostać zniszczone. Albo.

– Albo Niezależność zniszczy całą Kotlinę?

– Ona ma armię. – Telsin odwróciła wzrok. – Ludzie złota i czerwieni... czekają, aż mi się nie powiedzie. Dosłownie stoją mi nad głową. Naszą największą nadzieją jest przekonanie jej, że mogę rządzić tą planetą w jej imieniu... a zanim to zrobię, muszę usunąć przywódców Elendel. – Skupiła się na nim. – Będzie nam lepiej, kiedy to ona będzie nami kierowała. Harmonia jest bezużyteczny, czego się już pewnie dowiedziałeś. Potrzebujemy kogoś silniejszego.

– Kogoś, kto zupełnym przypadkiem chce, żebyś to ty ją reprezentowała.

– To zadanie, które trzeba wykonać.

– Wolałbym, żeby to był właściwie ktokolwiek inny niż ty.

– Ta decyzja nie należy do ciebie. – Telsin spojrzała w niebo. – Kiedy zostanę w pełni Napełniona, kiedy będę Skrawkiem Niezależności, zobaczysz. Odbuduję Kotlinę. Uczynię ją równie nowoczesną i efektywną, jak Bilming. Uświadamiasz sobie, że Harmonia nas okaleczył? Życie w Kotlinie jest zbyt łatwe, zbyt bujne. Nie ma konfliktów ani sprzeczności, więc nie unowocześniamy, nie wzrastamy. Tego nauczyła mnie Niezależność.

Waxowi zrobiło się zimno. Podszedł do Telsin.

– A rozwiązaniem jest unicestwienie Elendel? Prawie połowy naszej populacji?

Nadal wpatrywała się w niebo.

– Telsin, ten szalony plan się nie powiedzie. Południe najedzie nas w chwili, kiedy uzna nas za słabych. Zewnętrzne miasta się zbuntują, przerażone tym, co zrobiłaś. Znam burmistrzów tych miast. Są sfrustrowani, ale nie są potworami. Niszcząc Elendel, wywołasz chaos. I tak, będziesz miała konflikt. Ale to doprowadzi do naszego końca, tak samo jak atak Niezależności. To nie da ci tego, czego pragniesz. Niezależność się tobą bawi. Pomyślałaś o tym? Może chce, żebyś zniszczyła Kotlinę, żeby ona nie musiała tego robić.

Telsin znów na niego nie spojrzała. Na rdzę, poczuł, że dodał kolejny element układanki. Harmonia mówił o Niezależności i sposobie, w jaki popychała ludzi do przetrwania, udowodnienia własnej wartości. Zniszczone miasto mogło się wydawać wystarczająco bezwzględnym posunięciem, by to osiągnąć, i dlatego Telsin do tego dążyła.

Ale co z listem wskazującym na uwikłanie senatorów z Elendel? – pomyślał. To nie pasuje. Zgaduję na podstawie niepełnych informacji.

– Chodź. – Telsin zaczęła się wspinać po schodach przeciwpożarowych. – Nienawidzę smrodu uliczek.

Wax wycelował w nią i umieścił w magazynku mgłobójcę. Aluminiową kulę z dodatkowym materiałem wybuchowym, który miał eksplodować po wbiciu się w jej ciało – okrutny nabój zdolny do oderwania kończyn. Ranette zaprojektowała go dla niego po tym, jak odkrył Żałobne Opaski i wyraził zainteresowanie siłowym usuwaniem kolców z ciała.

Telsin obojętnie wspinała się po schodach przeciwpożarowych. Zatrzymała się na pierwszym podeście i spojrzała na Waxa.

– Chodź – rzuciła i wznowiła wspinaczkę.

Na rdzę. Wax uniósł Obrońcę na wysokość głowy, po czym drugą ręką upuścił luźny nabój na ziemię i wykorzystał go, żeby wznieść się obok Telsin na dach. Po chwili do niego dołączyła i oboje spojrzeli na miasto.

– Życie byłoby o wiele prostsze, gdybyś został w Dziczy, Waxie.

– W takim razie ty i Edwarn nie powinniście zniknąć.

– Musieliśmy się ukryć. Harmonia powiedział ci kiedyś, co się stało z naszymi rodzicami?

– To był... wypadek...

– To byli agenci Harmonii, którzy próbowali dopaść mnie. Harmonia ci się do tego przyznał? – Przeszła swobodnym krokiem obok niego. – Pewnie nie, oceniając po twojej minie.

Nie pozwól, żeby się tobą bawiła, Waxie. Zdobądź informacje, pomyślał.

– Wiem, że mechanizm, który miał dostarczyć bombę, nie działa. Zamierzam ją odnaleźć i powstrzymać. Może to ty powinnaś planować ukrycie się w Dziczy. A nawet lepiej, może to ty powinnaś poprosić mnie o pomoc. Jeśli Niezależność ma armię gotową do ataku, powinniśmy się zastanawiać, jak razem stawić jej czoło.

Telsin zatrzymała się na skraju budynku, wsparła łokcie na kamiennej balustradzie i się zamyśliła.

– Ładnie tu, nie sądzisz? To miasto przyszłości. Symetryczne, jak idealna twarz. Nieskalane piękno.

– Telsin. – Wax podszedł do niej.

– Daj sobie spokój z tym twardym warczeniem konstabla, Waxie. Widzisz to miasto? Sześć lat pod moim kierownictwem i radzi sobie znacznie lepiej od Elendel. Musisz przyznać, że byliśmy zbyt chronieni. Malwianie są od nas lepsi, a nie widziałeś nawet, do czego są zdolne inne planety. Pozostaliśmy tak daleko z tyłu. Jesteśmy bezbronni.

– Nie rozumiem, w jaki sposób wysadzenie stolicy to zmieni, Telsin.

– Bo zawsze brakowało ci wyobraźni, Waxie. Kiedy leży przed tobą coś naprawdę ogromnego, zamiast to pojąć, uciekasz.

Wax zachował dystans.

– Dlaczego przybyłaś się ze mną spotkać, Telsin? O co w tym wszystkim naprawdę chodzi?

– Sympatia do brata? – Uśmiechnęła się, kiedy odpowiedział jej beznamiętnym spojrzeniem. – Po prostu chcę, żebyś zniknął. Całkowicie. Twoje wtrącanie się jest złe. Nawet kiedy nieuchronnie ponosisz klęskę.

Jej brat, który pojawia się, żeby wszystko popsuć, to coś złego, pomyślał. Telsin znów odwróciła wzrok, ale w jej postawie wyczuwał napięcie. Była szczerze zaniepokojona, że jej plany się nie powiodą – że Niezależność po prostu wyśle swoje armie.

Rodzina nie może psuć mistrzowskich planów. To robi złe wrażenie przed mrocznym bogiem, który decyduje, czy cię zniszczyć.

– Nie myślisz chyba, że możesz mnie zastraszyć, żebym porzucił sprawę.

– Pewnie nie – odparła cicho. – Ale chciałam spróbować.

Tak, jest zaniepokojona. Telsin go znała, ale on znał ją równie dobrze. Może Harmonia miał rację, kiedy zasugerował, żeby z nią porozmawiał. Ostry miecz tnie najbardziej gładko, a Wax całe życie poświęcił na ostrzenie tej klingi.

– Pamiętasz w Wiosce... – zwrócił się do niej – ...kiedy chciałaś mieć własny pokój?

– Ojciec zawsze mówił, że to dla nas stosowne, ze względu na nasze pochodzenie. Nie powinni nas zmuszać do dzielenia się.

– Podłożyłaś ukradzione pieniądze własnemu krewnemu, żeby to osiągnąć. A nawet to nie było twoim ostatecznym celem... chciałaś mieszkać sama, żeby się wyślizgiwać. Dla ciebie wszystko jest walką o władzę.

– Bo jestem gotowa się tego podjąć. I zostać przywódcą. Tak jak przejęłam władzę nad rodem, kiedy nasi rodzice umarli. Jak przejmuję tę planetę. Do tego dojdzie, Waxie. Jestem tylko smutna, że będę musiała cię przebić, żeby to osiągnąć.

Wax spojrzał jej w oczy. I uświadomił sobie coś głębokiego.

Nie widział w tej osobie nikogo bliskiego.

Znajomego, owszem. Ale cokolwiek kochał, dawno zniknęło, wyrwane i zastąpione rozrastającymi się tymi aspektami jej osoby, których zawsze nienawidził.

– Ostatnia szansa, Waxie. – Spojrzała mu w oczy. – Wracaj do Dziczy. Kiedy Elendel zniknie, jej mieszkańcy będą potrzebować kogoś, kto ich poprowadzi i ochroni. Możesz być tą osobą. To jest dla ciebie zbyt wielkie. Wiesz, że tak jest.

Wax otworzył usta, żeby się sprzeciwić. Wyjaśnić, że owszem, raz uciekł. Przytłoczyły go polityka, socjeta, oczekiwania. Pragnął przygód, marzył o nich w Dziczy – ale nie tylko, chciał znaleźć miejsce, w którym samotny człowiek mógł coś zmienić. Gdzie wszystko wydawało się prostsze.

Przerwał, uświadamiając sobie coś kluczowego. Telsin się myliła.

Zmienił się. Stał się kimś nowym, kimś, kto przerósł swoje obawy. Ale ona sobie tego nie uświadamiała. Nie wiedziała o Lessie. Nie rozumiała głębi jego przyjaźni z Wayne'em. Nie wiedziała o jego miłości do Steris, powodzie, dla którego przyjął propozycję Harmonii, by powrócić do życia i spróbować raz jeszcze.

Ona go nie znała. Ale myślała, że go zna.

Na rdzę. Po raz pierwszy w życiu miał nad nią przewagę. Telsin, przez lata marynująca się we własnych ambicjach, stała się ekstremalną wersją kobiety, jaką znał. Kroczyła dokładnie tą samą ścieżką, która go niepokoiła za czasów jej młodości. Ale on zboczył. Dorósł. Zmienił się.

– Może nie uda mi się naprawić sytuacji w Elendel – powiedział. – Może nie rozumiem wszystkiego, co się dzieje z tobą i Niezależnością. Ale powstrzymanie bomby to coś, z czym mogę sobie poradzić. Z czym sobie poradzę.

Westchnęła, widząc jedynie upartego stróża prawa. Swojego młodszego braciszka i jego fantazje.

– Nie masz pojęcia... – szepnęła, odwracając wzrok. – Nie powstrzymasz tego, Waxie. Nawet gdybyś znalazł bombę, wszystko jest zdublowane i zdublowane raz jeszcze, by Niezależność dostała to, czego pragnie. Musimy udowodnić swoją wartość. A ja to zrobię.

Zdublowane. Co miała na myśli? Nie brzmiało to jak armia, którą rzekomo wysłała Niezależność. Czy istniały inne, wewnętrzne naciski? Rywale? Próbował zgadywać.

– Gave Entrone próbuje cię przegonić. Zdobyć twoją pozycję.

– Entrone jest tchórzem. Nie zwróci się przeciwko mnie. Waxie, nie jesteś nawet w połowie tak sprytny, jak ci się wydaje.

Może nie dostrzegał wszystkiego, zgoda – ale jeśli Entrone był tchórzem, to może Wax przesłuchiwał niewłaściwą osobę. Wątpił, by udało mu się złamać Telsin. Ale najwyraźniej istniał ktoś jeszcze, kto znał te plany.

Czyli muszę złamać Entrone'a, pomyślał.

– Stanąłeś kiedyś gdzieś wysoko – powiedziała Telsin – i poczułeś nieodparte pragnienie, by rzucić się w dół?

– Nie. – Zmarszczył czoło. – Jeśli chcę, skaczę. Jeśli nie, to nie.

– Przekleństwo Odpychania Stali. – Patrzyła na miasto. – Nie czujesz tego. Wezwania, by zrobić coś teatralnego, drastycznego, imponującego.

– Pragnienia, by zabić się pod wpływem kaprysu? – Wax był skonsternowany.

– Okazji, żeby się bać – szepnęła. – Zrobić coś ekscytującego i nowego. Wiesz, że odmawiałam kolców z Odpychaniem Stali i Przyciąganiem Żelaza? Nie chciałam utracić niepokoju na dużych wysokościach. Później znalazłam nowe strachy, nowe wyzwania, nowe ambicje.

Wax powoli pokiwał głową. To była jego Telsin. Kobieta, która zawsze lekkomyślnie sięgała po więcej. Więcej władzy. Ale też więcej doświadczeń. Więcej nowości. Więcej panowania nad innymi.

– Tam jest całe cosmere – powiedziała do niego. – Niewielu je widziało i niewielu o nim wie. Ale ja mam szansę. Realną szansę. Nie pozwolę, byś mi to odebrał. Mówię ci, Waxie, nie będę się hamować. Zrobię wszystko, co konieczne.

– A ja cię powstrzymam. Robiąc wszystko, co konieczne.

– Zawsze byłeś moralistą. Stoisz tak dumnie wyprostowany i udajesz, że widzisz tak daleko, choć w rzeczywistości ledwie pojmujesz problemy, które próbujesz naprawić. Ja już je rozwiązałam. Chcesz usłyszeć o Trellu? Niezależności? Co to znaczy być awatarem?

Częściowo tak. Ale skoro chciała mu o tym opowiedzieć... jeśli proponowała...

Na rdzę, grała na czas.

Była zdesperowana, by kupić jak najwięcej czasu. Ten kawałek układanki trafił na swoje miejsce. Rozmawiała z nim, bo musiała odwrócić jego uwagę. Sztuczką nie było uświadomienie sobie, że grała na czas, lecz zorientowanie się, że jak długo pozwalał jej kusić się informacją, tak długo miała wszystkie atuty w ręku.

Istniał tylko jeden sposób na odniesienie zwycięstwa w tej grze. Odejście od stolika.

– Ona nas zniszczy? – Przeszedł po dachu za jej plecami.

– O ile nie udowodnię, że warto nas ocalić – wyjaśniła i odwróciła się, by przyjrzeć się miastu. Jak wcześniej, wyglądała, jakby nie obchodziło jej, że odwraca się do niego plecami. – Niezależność jest... dziwna. Szanuje tych, którzy są odważni, silni, zdolni do samodzielnego przetrwania. Ale jednocześnie chce, by byli jej posłuszni. Pewnie to ironia boskości. Przez większość czasu bycie „niezależnym" oznacza realizację jej planu. I nie ma w niej Kaprysu, to inny bóg. Niezależność to szorstki indywidualizm przefiltrowany przez soczewkę boga, który uważa, że wie najlepiej. I w tym kontekście indywidualizm to cnota, którą najlepiej wykorzystywać, znajdując sposób na realizację planów, jakie ona nakreśliła. Można być indywidualistą, znajdując własny sposób na zrobienie tego, co ona każe...

Wax nie usłyszał dalszego ciągu, bo cicho ześlizgnął się za krawędź dachu. Jeśli miał szczęście, Telsin będzie mówiła dalej, dając mu czas na ucieczkę.

36

Marasi i Blask Księżyca szybko skończyły pracę w piwnicy – Blask Księżyca odrysowała ostatnie arkusze i schowała kartki do torby. Razem wyszły na parter, gdzie znalazły siwowłosą redaktorkę Maragę pośrodku zatłoczonego pomieszczenia. W ręku trzymała wypchaną torbę podróżną i robiła wrażenie wykończonej.

– W drodze do wyjścia Świtostrzelny powiedział mi, że mam się udać do rodziny, na wieś – powiedziała do Marasi. – Ale cała moja rodzina mieszka albo tutaj, albo w Elendel. Powinnam... pójść do nich?

– To nie jest najrozsądniejsze.

Rodzina w Bilming zostałaby bez trudu wyśledzona przez Krąg, a Elendel... cóż, wycelowano w nie ogromną bombę.

Ta myśl napełniła Marasi niepokojem. Ale musiała się skupić na zapobieżeniu katastrofie. Pomoc Elendel musiała zostawić siostrze.

– Blasku Księżyca, z pewnością w mieście jest miejsce, do którego możesz wysłać Maragę? Bezpieczne schronienie dla kogoś, kto wyświadczył nam tak ogromną przysługę.

Kobieta rozważała to przez chwilę. Wydawało się, że nie była osobą, która działa impulsywnie. Ostrożna. Wyrachowana. W końcu wyjęła z rękawa niedużą kartkę z symbolem przeplatających się rombów.

– Znasz dzielnicę Knightbridge?

– Tak. – Maraga z wahaniem przyjęła kartkę.

– Idź na Trzydziestą Trzecią i Finete, dom numer jeden osiem siedem. Zapukaj, pokaż im to i powiedz, że Blask Księżyca powiedziała, że możesz prosić o schronienie w zamian za wyświadczone przysługi. Oni cię przyjmą. Nawet Krąg będzie miał problem z wyśledzeniem tego miejsca.

– Dziękuję. – Kobieta przycisnęła kartkę do piersi.

– Wyślę kogoś po wyniki twoich badań. Choć mam kopie płyt. Musisz ruszać. Szybko.

– Pójdę po siostrę. Proszę.

– Jeśli musisz. Ale pamiętaj, skoro Krąg wie, że tu jesteśmy, każda chwila zwłoki zagraża twojemu życiu.

Maraga podbiegła do drzwi. Zatrzymała się, obrzuciła spojrzeniem to, co zostawiała, po czym wzięła się w garść i wyszła.

– A co z nami? – spytała Blask Księżyca.

– Musimy określić prawdopodobne wejście do podziemnych jaskiń. Masz mapy ruchów wroga? Listę miejsc, które mogą należeć do Kręgu?

– Nie przy sobie. Może możemy wrócić do archiwów i poszukać.

– Chyba mam lepszy pomysł. – Marasi ruszyła do drzwi. – Bardziej ryzykowny, ale miejmy nadzieję, że szybszy.

– Jestem zaintrygowana.

Blask Księżyca dołączyła do niej, gdy wyszły na ruchliwą ulicę, gdzie Marasi, nie bez wysiłku, udało się zatrzymać taksówkę. Uznała za zadziwiające, jak szybko woźnice przerzucili się z powozów konnych na automobile.

Usiadły z tyłu, a taksówkarka – kobieta o ciemnych włosach ściągniętych w kucyk – spojrzała na nie.

– Dokąd?

– Dzielnica Knightbridge. Trzydziesta Trzecia i Finete.

Taksówkarka pokiwała głową, włączyła się do ruchu i skierowała na zachód.

– Sprytne. – Blask Księżyca zwróciła się do Marasi. – Będę musiała uważać przy tobie. Ale dlaczego myślisz, że w naszej kryjówce są mapy, których potrzebujesz?

– Znalazłaś mnie w jaskiniach pod Elendel. Poza tym przed chwilą zasugerowałaś, że takie mapy istnieją... nie miałaś ich „przy sobie". Wobec tego założyłam, że to dobra droga naprzód. Twoi ludzie będą mieli potrzebne informacje.

– Mogą cię nie wpuścić. I co wtedy? Zmarnujesz czas.

– Zmarnowany czas – warknęła Marasi. – Zmarnowany czas? – Spojrzała w stronę taksówkarki, niepewna, co powiedzieć.

– Ciemna Wodo, kochanie... – Blask Księżyca zwróciła się do taksówkarki. – Zapewnij nam trochę prywatności.

– Jasna sprawa, Blasku Księżyca. – Kobieta zasunęła okno oddzielające przód i tył taksówki.

Marasi otworzyła usta, po czym spojrzała na Blask Księżyca, która wzruszyła ramionami.

– Blasku Księżyca... – Marasi skupiła myśli. – W co się według ciebie bawimy? Nie powiedziałaś, że waszym jedynym celem jest ochrona tej planety? A teraz sugerujesz, że nie wpuściłabyś mnie do kryjówki i trzymała z dala od kluczowych informacji, które się w niej znajdują?

Kobieta usiadła wygodniej i się zamyśliła.

– Moja organizacja została stworzona, by chronić interesy planety Scadrial i ją rozwijać – powiedziała w końcu. – To nie jest moja ojczyzna, ale jestem zdeterminowana, by zapewnić jej stabilność. W cosmere działają przerażające siły i moi rodacy będą potrzebowali sojuszników.

– To dlaczego nie chcesz mi pomóc?

– Jeśli mam być szczera, martwię się, że jesteśmy rozgrywani. Niezależność jest mistrzynią zwodzenia, fałszywych tropów i dezorientujących cieni półprawd. Powrót opadów popiołu? To się wydaje... szokujące. Niemożliwe nawet dla niej. Coś tu jest nie tak. Ten odcień jest zbyt czerwony, by był naturalny.

– Pomóż mi więc odkryć prawdę, Blasku Księżyca. Przestań się mną bawić.

– Nie bawię się tobą. To przesłuchanie do roli.

Marasi zamrugała. Co takiego?

– Do niedawna zakładaliśmy, że mamy całe miesiące na rozwikłanie planu Kręgu. – Blask Księżyca postukała paznokciem w podłokietnik i spojrzała na torbę, z której wystawały odciski arkuszy.

W czasie ich krótkiej współpracy Marasi zaczęła postrzegać Blask Księżyca jako wszechwiedzącą – kogoś tajemniczego, obcego. Ale ten niepokój w jej oczach, sposób, w jaki walczyła z niepewnością... to było aż za ludzkie.

– Wpuszczę cię do kryjówki – powiedziała w końcu. – I później poniosę konsekwencje, jeśli okaże się, że to kolejna z gierek Niezależności. Ale nie jestem pewna, czy mogę ci dać wszystko, czego chcesz. Nie mamy map jaskiń pod miastem, ale obserwujemy ich agentów. – Poklepała torbę i odrysy. – Tam jest lista lokalizacji wybuchów. Jeśli porównamy miejsca eksplozji z miejscami, w których agenci Kręgu pojawiają się i znikają...

– ...Może uda się nam znaleźć drogę do ich poligonu doświadczalnego – dokończyła Marasi. – Zrobiłam coś podobnego, żeby zlokalizować tę jaskinię pod Elendel.

– Pamiętam, kiedy to wszystko zaczęło do mnie docierać – powiedziała cicho Blask Księżyca. – Kiedy mój świat się rozrósł i moje osobiste konflikty, nawet te, które wpływały na losy imperiów, nagle stały się takie niewielkie. Radzisz sobie zadziwiająco dobrze.

– Moje życie było w większości przestworem cichej monotonii przerywanym nagłymi wybuchami, zwykle dosłownymi, aktywności. Jestem przyzwyczajona do działania pod presją.

– I radzenia sobie z bogami? Walki z ich wpływem?

– Cóż, jednego mamy w końcu po swojej stronie.

– W pewnym sensie. Harmonia nie jest ostatnio szczególnie godny zaufania. Przynajmniej nie w taki sposób, jaki odpowiadałby mojemu mentorowi. Nie masz po swojej stronie boga... tylko raczej potężnego sędziego, który jedynie od czasu do czasu zwraca uwagę na twoją walkę.

– Albo obserwatora, który z całą pewnością mógłby zrobić więcej, ale nie robi tego z jakiegoś powodu.

– Tak, jak... – Blask Księżyca zmrużyła oczy. – Przyjęłam do wiadomości. Zbliżamy się do kryjówki. Miejmy nadzieję, że Ocalały nie powrócił niespodziewane. Mój mentor nie zawsze zachowuje się rozsądnie wobec ludzi, których uważa za agentów Harmonii, i może zareagować... źle.

37

Wayne czytał kiedyś naprawdę ciekawą książkę o gościu, co to cofnął się w czasie. Dlatego że przekręcił za dużo włączników prądu jednocześnie. To było absurdalne, ale książkę napisano, kiedy elektryczność była nowością – więc mógł to wybaczyć. Ludzie wtedy myśleli różne śmieszne rzeczy o elektryczności. Sam Wayne raz próbował napełnić nią wiadro.

Odkrył, że rozmyśla o tej historii, rozglądając się po okolicznych uliczkach w poszukiwaniu agentów Kręgu. Widzicie, cała książka była o tym, że zmienianie przeszłości to coś złego. Tamten gość odłamał parę gałęzi drzewa, a kiedy wrócił do przyszłości, jego ojciec jadł kanapki z masłem zamiast majonezu. A do tego miastem rządziły rozumne lwy.

Wayne'owi wydawało się, że z tą historią jest coś... nie w porządku. Kiedy wspomniał o tym kumplom, Nod opowiedział mu o innej, w której pomysł był ten sam, a gość został odesłany w przeszłość przez skomplikowany system kanalizacji i niefortunnie obfite spuszczenie wody. On zmienił rzeczy przez zjedzenie bajgla, a kiedy wrócił, odkrył, że wszyscy mówią od tyłu i nikt już nie nosi koszul.

Ta książka była lepsza od tej pierwszej, bo więcej przeklinali – a poza tym brak koszul był uniwersalny i opisany ze wszystkimi szczegółami – ale Wayne wciąż się nie czuł komfortowo z tym pomysłem.

Wymienił z żebrakiem – nieświadomym tego faktu – plik gotówki na brudną chusteczkę. Wayne'owi spodobała się, bo w rogu miała wyszytego króliczka. Zaczynało do niego docierać, dlaczego te opowieści mu nie pasowały. Kryło się w nich to poczucie, że zmiana przyszłości jest przerażająca i niebezpieczna.

Ale czy ludzie nie zmieniali jej każdego dnia?

Wayne zastanawiał się nad decyzjami, które podejmowali. Pędzili przez życie, jedząc bajgle i łamiąc gałązki. Każdy z nich zmieniał przyszłość. Czy nie powinni... odrobinę bardziej się tym martwić? Martwić się, jak zmieniają przyszłość w chwili obecnej, zamiast pisać książki o ludziach, którzy robili to w przeszłości? Nawet jeśli niektórych rzeczy się nie wiedziało, dużo dało się przewidzieć. W przyszłości może i nie będą mieli gadających lwów czy czegoś w tym rodzaju – ale mogli sprawić, że będą w niej bardziej rozgniewani, smutniejsi ludzie.

Może historie o gościach, którzy po cichu zmieniali świat na lepsze, były zbyt nieciekawe. Właściwie wydawały się całkiem nudne. Może gdyby ludzie w nich opisani nie nosili koszul...

Ktoś złapał go od tyłu i zacisnął mu dłoń na ustach. Wayne prawie zabił gościa – ale pachniał jak Wax, więc...

Ano, to był Wax. Pociągnął Wayne'a z powrotem w głąb przejścia między domami, po czym popchnął go na ziemię za stertą śmieci, kiedy ulicą ktoś przeszedł. To była Telsin, rozglądała się z irytacją.

Kiedy zniknęła, Wax odsunął rękę.

– Puściłeś ją? – szepnął Wayne.

– Możesz uznać mnie za wariata...

– Jesteś wariatem.

– ...ale mam wrażenie, że to mnie udało się uciec. – Wax skinął głową w drugą stronę.

– Muszę powiedzieć, że istnieją lepsze sposoby zwrócenia mojej uwagi – mruknął Wayne. – Przyjaciołom nie ogranicza się swobody, Waxie, chyba że ma się słowo bezpieczeństwa i rozciągliwe sznury.

– Rozciągliwe sznury?

– Zabawa jest lepsza, jeśli można się trochę poruszać. Mogłem je wypróbować, bo to ja skończyłem związany. Bo wiesz, moja dziewczyna mogła się błyskawicznie zmienić w kałużę galaretki. W takiej sytuacji wiązanie trochę traci sens.

Wax jęknął cicho, kiedy wyślizgnęli się na ulicę.

– Nie musiałem tego wiedzieć, Waynie. Czy mógłbyś może nie zachowywać się ordynarnie w czasie misji, które zlecił nam Harmonia?

– Daj spokój. To nie jest ordynarne. MeLaan to boska istota. Wybrana przez Harmonię. No wiesz, tak sobie myślę, że spotykanie się z nią było jak chodzenie do kościoła.

– A rozciągliwe sznury?

– Yyy, no, metafora tego, że wszystkich nas wiąże wola Boga.

Popatrzyli po sobie, a później Wax uśmiechnął się szeroko i pokręcił głową. Dobrze. Gość był ostatnio zbyt sztywny, przez to całe ojcostwo, bycie senatorem i od czasu do czasu ratowanie tego przeklętego miasta.

Hoid podjechał po nich samochodem, zgodnie z wcześniejszą prośbą Wayne'a – ale w okolicy wciąż przebywała Telsin. Dlatego Wax i Wayne wymknęli się inną drogą i wyszli na ruchliwą ulicę pełną zaaferowanych ludzi. Pełną idiotów z Bilming, co to nie mieli pojęcia, jak utrudniają życie. Choć pewnie było to za duże uogólnienie. W Bilming przebywało mnóstwo ludzi, którzy nie byli idiotami – przyjeżdżali spoza miasta, żeby pogapić się na idiotów.

– Telsin dała ci jakiś trop? – spytał Wayne, kiedy wtopili się w tłum.

– Może.

– Cóż, ja z pewnością mam trop.

– Naprawdę? Chwała Harmonii.

– Aha. Trzy ulice stąd jest świetliście dobry pub. Dwaj różni menele go zachwalali.

Na te słowa Wax spiorunował go wzrokiem. Wayne poczuł się naprawdę dumny z siebie. Uśmiechy, wściekłe spojrzenia, uśmiechy, wściekłe spojrzenia. Rozciągały człowieka jak krówkę, pozwalały mu zachować gibkość.

– Musiałem uciec od Telsin – przyznał Wax. – Jestem pewien, że grała na czas, próbowała mnie zająć.

– Wygląda, jakby się martwiła, że możemy ją powstrzymać.

– Zgoda. Co jest zachęcające. Ale nie dostanę od niej niczego użytecznego. Nie wystarczająco szybko. Musimy przesłuchać kogoś innego, a ona dała mi wskazówkę. Sądzę, że powinniśmy odwiedzić pana burmistrza.

– A to rzeczywiście jest pomysł.

Zatrzymali się na ulicy, a ludzie obchodzili ich szerokim łukiem. Mieszkańcy ubierali się o wiele bardziej różnorodnie niż w Elendel, ale nikt nie nosił spluw. Wax wyróżniał się jak wielki, napuchnięty pryszcz na twarzy. Taki, co to naprawdę chciało się wycisnąć, żeby zobaczyć, co wypłynie.

– Nie wtapiamy się, co? – powiedział Wax.

– Stary, masz na sobie zardzewiały mgielny płaszcz.

– Są wygodne.

– Zwracają uwagę.

– Ty lubisz uwagę!

– Zależy, kto patrzy. – Spojrzał z ukosa na Waxa. – Nigdy nie udało mi się nauczyć, jak wchodzić w nich po schodach, żeby się nie potknąć o własne nogi.

– Ja nigdy nie miałem problemów.

Oczywiście. Mgielne płaszcze wyglądały jak zwyczajne ubranie, ale Wayne był przekonany, że w tajemnicy były czymś innym. Stworzone z mgły albo czegoś w tym rodzaju – a ponieważ Harmonia lubił Waxa, ten nie potykał się o płaszcz.

To niesprawiedliwe, że Bóg bardziej lubił Waxa. Wayne wcale nie chciał bluźnić, kiedy był pijany, to mu się wymykało. I tak naprawdę, jeśli bluźnierstwo wyciekało, czy to nie znaczyło, że później był bardziej bogobojny? Dlatego właśnie tak często się upijał. Dlatego i bez żadnych innych przyczyn.

Przeszli na bok ulicy i stanęli w przejściu między budynkami, żeby się naradzić. Wax piorunował wzrokiem każdego, kto się na nich zagapił.

– Powinniśmy szybko się zdecydować – powiedział Wax. – Bo nawet jeśli jakimś cudem udało mi się zgubić Krąg, kiedy wymknąłem się Telsin, z pewnością wkrótce znów nas zauważą.

– Bo rzucasz się w oczy jak człowiek w różowych butach na pogrzebie?

– Bo rzucam się w oczy jak człowiek w różowych butach na pogrzebie.

– Podoba mi się pomysł przyciśnięcia Entrone'a – stwierdził Wayne. – Przynajmniej z zasady. Ale martwię się, jak wielkie zainteresowanie to wzbudzi. Może wcale nie musimy go przesłuchiwać. W końcu wiemy, gdzie mieszka.

Wayne wskazał wzdłuż drogi, na srebrzysto-biały budynek wznoszący się na jej końcu. Nie była to najwyższa budowla w mieście. Centralna iglica, górująca nad samym jego środkiem, była zdecydowanie najwyższa. A wydawało się, że jeszcze ją rozbudowują.

Mimo to rezydencja gubernatora miała w sobie pewien majestat. Tak, który mówił „Ej, stary! Nie używaj w tej okolicy słów takich jak »ej, stary«".

– Entrone jest w sposób oczywisty zamieszany w to wszystko – powiedział Wayne. – Jest też typem człowieka, który gdzieś zapisał swoje tajemnice. Może da nam wskazówkę, gdzie trzymają bombę. Pewnie ma sejf, albo coś w tym stylu, ze wszystkimi odpowiedziami.

– Powiedziałeś przed chwilą, że przyciśnięcie go doprowadzi do kolejnego incydentu. – Wax wsparł dłonie na biodrach, lufy jego pistoletów wystawały i sprawiały, że wszyscy wokół robili się nerwowi. – A teraz sugerujesz, że mamy splądrować jego rezydencję?

– Sugeruję, żebyśmy, kiedy już zajmiemy się wysłaniem wiadomości przez radio, zapewnili panu burmistrzowi porządne wieczorne sprzątanie – powiedział Wayne z eleganckim, arystokratycznym akcentem z Piątego Oktantu. – Włącznie z miętówkami na poduszce, ręcznikami poskładanymi w kształt małpy i delikatnym splądrowaniem jego prywatnych spraw. Wszystko jak najbardziej delikatnie, rzecz jasna. Uprzejme grabienie... rabunek klasy wyższej.

– Ach tak?

Wayne się nachylił.

– Jasne. I tak zniszczymy cały jego majdan i ukradniemy tajemnice. Ale przed wyjściem nie napierdzę w jego krzesło. Wiesz. Żeby zachować klasę.

Wax odetchnął głęboko.

– Cóż, przypuszczam, że to coś pośredniego między zaatakowaniem go osobiście i zrobieniem czegoś, co ma spore szanse na powodzenie. Zróbmy to.

Wayne uśmiechnął się szeroko.

– Ale plądrowaniem zajmę się ja – dodał Wax. – Ty zajmiesz się odwróceniem uwagi.

38

Steris otworzyła drzwi gabinetu gubernatora, w którym odbywała się prywatna narada na temat sytuacji w Bilming. Później przytrzymała je dla konstabla-generała Reddiego. Został zaproszony na naradę razem ze swoim personelem. Dziś oznaczało to dwie osoby – konstabla Gorglena, który miał robić notatki, i Steris.

Gubernator siedział u szczytu stołu. Adawathwyn natychmiast posłała Steris wściekłe spojrzenie ciemnych oczu. Obecna była trójka senatorów – lord Cett, lady Hammondess i lady Gardre – jak również ambasador Daal, którego wyraz twarzy krył się za krwistoczerwoną maską. Niższy mężczyzna nie usiadł przy stole i stał wyprostowany pod ścianą.

– Ach, w końcu. – Gubernator podniósł wzrok znad gazet. – Reddi. Pan... Chwileczkę. Co ona tu robi?

– Lady Ladrian? Ekspertka zatrudniona przeze mnie.

Od co najmniej piętnastu minut. Steris upierała się, by rzeczywiście jej zapłacił i ściskała w dłoni monetę, kiedy zamykała drzwi za Reddim. Następnie podeszła do stołu i usiadła obok konstabla.

– A powiedziała panu, że wyłączyłem ją z udziału w tej naradzie? – spytał gubernator.

– Owszem. Szczerze mówiąc, Ekscelencjo, uznałem to za nierozsądne posunięcie. Jest żoną człowieka, który ostrzegł nas przed tym kryzysem. Kiedy lady Ladrian zwróciła się do mnie i wyjaśniła mi, dlaczego powinienem ją zatrudnić, zorientowałem się, że bez wątpienia ma informacje, których potrzebuje ten komitet.

Wicegubernatorka oparła ręce na stole i nachmurzyła się. Ale gubernator... pokiwał głową. Steris zawsze ostrożnie przypisywała znaczenie minom innych ludzi, ale teraz zaczęła się zastanawiać. Czy między tą dwójką istniał rozziew? Zawsze zakładała, że Adawathwyn miała Varlance'a w kieszeni.

Z drugiej strony nikt nigdy nie mieścił się do końca w kieszeni.

– Dobrze – powiedział gubernator. – Obawiam się, że zaczęliśmy bez was. Kiedy otrzymaliśmy informacje i oceniliśmy podejście rządów zewnętrznych miast, doszliśmy do wniosku, że nie mamy innego wyjścia. Zapowiada się wojna.

– Wojna? – powtórzył Reddi.

– To konieczne działanie – stwierdziła lady Hammondess. Miała niewielką szczelinę między przednimi zębami, którą mężczyźni często określali jako uroczą... jakby właśnie z tego powodu była piękna, nie zaś dzięki idealnie gładkiej skórze, delikatnym rysom twarzy i długim rzęsom. To interesujące, że drobne niedoskonałości stawały się urocze, kiedy ich posiadaczka była jednocześnie konwencjonalnie atrakcyjna. – Zewnętrzne miasta przygotowują się do wojny.

– Okręty wojenne w Bilming – zgodził się lord Cett. Wyglądał uderzająco, jeśli lubiło się mężczyzn gładkich i dobrze ubranych. Steris zastanawiała się, jak wiele pracy wymagało ukrycie szorstkich krawędzi pod pudrami i ubraniami z miękkich tkanin. – Blokady kolejowe na południu. Ulotki werbujące w Dziczy, proponujące pracę w „ochronie".

– I dlatego musimy postarać się załagodzić sytuację – powiedział konstabl Reddi.

– Lepiej, jeśli zaatakujemy jako pierwsi – sprzeciwiła się lady Hammondess. – Zbyt długo ignorowaliśmy sygnały ostrzegawcze. Jeśli wkrótce nie podejmiemy działania, nie uda się nam zwyciężyć.

Steris spojrzała na lady Gardre, trzecią ze szlachetnie urodzonych przebywających w tym pomieszczeniu. Pulchna kobieta nie była takim jastrzębiem jak pozostali, miała więcej rozsądku. Ale nawet ona niechętnie pokiwała głową. I miało to sens. Każdy dzień, w którym Elendel zwlekało, dawał innym miastom szansę na wzmocnienie się. Stolica miała przewagę infrastruktury, wytwórstwa i koordynacji. Ale to musiało się skończyć.

Zadanie pierwszego ciosu miało sens, jeśli uważało się wojnę za nieuniknioną. Ale nie była taka. Nie musiała być.

To był plan wroga. Steris była coraz bardziej przekonana, że wymachiwanie szabelką w zewnętrznych miastach było przykrywką dla broni konstruowanej w Bilming.

Reddi się zagotował.

– Wojna z jaką armią? Elendel ma zaledwie dziesięć tysięcy żołnierzy, wliczając marynarkę chroniącą nasz handel z Południem!

– Mamy plany poboru – powiedziała gładko Adawathwyn. – I bardzo dobrze wyszkolonych konstabli.

Reddi wyglądał na wstrząśniętego tym stwierdzeniem. Steris miała coś do dodania, ale się zawahała. Czy to był ten moment, kiedy się odzywała? Zawsze miała z tym problem.

– Moi ludzie nie są żołnierzami – sprzeciwił się Reddi.

– Bez urazy, konstablu. – Lord Cett pochylił się nad stołem. –Nikt nie jest żołnierzem, dopóki nie zostanie wyszkolony.

– Jesteśmy potrzebni – wyjaśnił Reddi. – Prawo...

– Będzie obowiązywał stan wyjątkowy – wyjaśnił gubernator. – Pilnowanie porządku w mieście stanie się o wiele łatwiejsze po wprowadzeniu godziny policyjnej. Może pan oddać zbędnych konstabli do wojska.

Może to był ten moment, kiedy powinna się odezwać? Otworzyła usta i odchrząknęła, ale oni przekrzykiwali się nad jej głową.

– Nie poprę tego! – Reddi poderwał się na równe nogi. – Nie taką przysięgę składali moi konstable.

– Nie ma pan wyboru – powiedział gubernator. – To ja pana mianowałem, podobnie jak wszystkich innych konstabli w mieście. Wszyscy ostatecznie odpowiadają przede mną.

– Możemy odejść z pracy, Varlance. – Reddi pochylił się i oparł dłonie na stole. – Nie może nas pan zmusić do walki.

– Ja... – zaczęła Steris.

– Właściwie na tym właśnie polega pobór, konstablu Reddi – powiedziała Adawathwyn.

– Ja bym... – zaczęła znów Steris.

– Ach tak? – warknął Reddi. – A kto dokładnie nas zamknie?

– Wszyscy się zamknijcie i posłuchajcie! – krzyknęła Steris. – Albo zwymiotuję na stół, żeby zwrócić waszą uwagę!

Zebrani spojrzeli na nią.

– Zrobię to – ostrzegła. – Mam w torebce leki, które dają taki efekt. Bylibyście zaskoczeni, jak często jest to przydatne.

Rzeczywiście zwróciła ich uwagę.

– Jeśli martwimy się wojną, powinniśmy natychmiast rozpocząć ewakuację miasta – powiedziała.

– Nie da się – sprzeciwił się Cett. – Jeśli dojdzie do wojny, potrzebujemy robotników w przemyśle... i przyśpieszyć produkcję broni.

Na rdzę. To była właściwa odpowiedź. Miała nadzieję, że tego aż tak nie przemyślał. Spojrzała na milczącego malwiańskiego ambasadora. Co on myślał o tym wszystkim? Czy to przewidział? Zawsze skupiała się na członkach Kręgu w Kotlinie. Ale któż mógł mieć pewność, że nie było ich też wśród Malwian? Na rdzę.

– Wojna nie jest odpowiedzią. – Zwróciła się znów do zebranych. – Służy naszym wrogom, nie nam. Posłuchajcie, stworzyłam listę, by potwierdzić logikę moich słów. Jestem coraz bardziej przekonana, że przywódcy zewnętrznych miast chcą, żebyśmy uchwalali prawa, które ich ograniczają i ubliżają im. Chcą, żebyśmy się wtrącali. Wybudowali okręty wojenne i stworzyli siły zbrojne, ale nie zaatakowali. Złapali Waxilliuma, który wdał się w strzelaninę w magazynie, i co zrobili? Nie wydalili naszych konstabli i urzędników z miasta. Zaczęli wykrzykiwać, pisać artykuły wstępne na ten temat. Ale nie zaatakowali. Dlaczego nie?

– Bo potrzebują, żebyśmy to my to zrobili – powiedział Reddi. – Potrzebują, żebyśmy dali im powód wyruszyć na wojnę.

– Zwykli mieszkańcy Kotliny nie chcą walczyć – dodała Steris. – Z pewnością nie przeciwko Elendel, gdzie bez wątpienia mają rodziny.

– Albo dlatego, że wątpią w zwycięstwo – sprzeciwił się lord Cett.

Steris spojrzała na notatki.

– Niestety... to realna możliwość.

– Dlaczego niestety? – spytał Reddi.

– Ponieważ jeśli wiedzą, że nie pokonają nas w otwartej wojnie, mogą zdecydować się na jakieś desperackie posunięcie. Na przykład posłużyć się bronią, która doprowadzi do kataklizmu.

– I tak wraca pani do tego, o co naprawdę pani chodzi – powiedziała Adawathwyn. – Tej bomby, o której ciągle pani mówi.

Ale gubernator Varlance ją obserwował. I słuchał.

– Mój mąż przebywa w Bilming i w tej właśnie chwili bada tę kwestię. Oboje doprowadziliśmy do koszmarnie niebezpiecznego wybuchu w naszym laboratorium, z wykorzystaniem rzadkich substancji, do których wróg ma dostęp. Dowiedzieliśmy się o serii próbnych wybuchów w jaskiniach pod Bilming. Coś się dzieje.

Spojrzała gubernatorowi w oczy.

– A jeśli nasze obawy związane z wojną są prawdziwe... – dodała cicho – ...to wszystkie próby obsadzenia nas w roli dręczyciela i tyrana, któremu należy stawiać opór, mogą mieć na celu danie usprawiedliwienia przywódcom zewnętrznych miast. Wyjaśnienia, dlaczego musieli podjąć takie drastyczne kroki. Jak zniszczenie nas wszystkich.

Zapanowała cisza, ale po chwili lady Gardre pokręciła głową.

– Naprawdę słuchamy tych fantazji? Broń ostatecznej zagłady? Nie wystarczy nam prawdziwa polityka związana z tą sytuacją?

Ona musi być członkiem Kręgu, uświadomiła sobie Steris, patrząc na kobietę. Zakładała, że wśród politycznej elity Elendel jest co najmniej jeden. Przez chwilę martwiła się, że to gubernator albo Adawathwyn, ale oboje byli zbyt oczywiści. Krąg lubił poruszać się w ukryciu.

Pozycja gubernatora była zbyt znacząca, a Adawathwyn zbyt aktywnie popierała pragnienia Kręgu. Była wabikiem – najpewniej zakładała, że sama tworzy swoje plany. W rzeczywistości była kolejną marionetką. Zachęcaną, ale na tyle czystą, że jej ewentualny upadek nie doprowadziłby do prawdziwych spiskowców. Do których zaliczała się, bardzo sprytnie, kobieta postrzegana jako najbardziej rozsądna. Myśląca najbardziej racjonalnie.

Steris poczuła się o wiele swobodniej, kiedy ją zidentyfikowała. To przypominało... znalezienie węża w szufladzie z bielizną. Owszem, było to niepokojące. Ale przynajmniej można było zatrzasnąć szufladę i wiedzieć, gdzie jest gad.

Ale jak pokierować rozmową, by rzucić wyzwanie kobiecie? Ach. Może tak?

Odwróciła się do konstabli.

– To chyba pora, żeby się ujawnić.

– Hę? – spytał Reddi.

– Nie pan, konstablu generale. – Spojrzała ponad jego ramieniem na chudego konstabla Gorglena, młodszego, piegowatego mężczyznę o długiej szyi. Był taki skromny. Spojrzał jej w oczy.

– Skąd pani wiedziała? – spytał chrapliwym, szorstkim głosem, który nie pasował do jego sylwetki.

– Proces eliminacji. Obiecano nam pomoc, a MeLaan powiedziała, że wśród konstabli są kandry, ale wymieniła tylko jedno nazwisko. Poza tym, kiedy musisz korzystać z dwunożnego ciała, poruszasz się niezgrabnie.

– Niech to – powiedział Gorglen... TenSoon. – Ale pewnie ma pani właściwe wyczucie czasu. – Stanął przed salą pełną zaskoczonych ludzi i uczynił swoją skórę przezroczystą. – Harmonia chciał, bym uświadomił wam wagę naszej obecnej debaty... i potwierdził słowa lady Ladrian. Krąg jest prawdziwy. Planują unicestwić Elendel.

Gubernator sapnął.

Adawathwyn się cofnęła.

Reddi otworzył szeroko usta i odwrócił się do Steris.

– Dlaczego mi pani nie powiedziała?

– Aż do dzisiaj nie byłam w stu procentach pewna – przyznała. – Właściwie zastanawiałam się, czy pan też jest kandrą, Reddi. Uznałam, że nie, bo wydaje mi się, że Harmonia nie lubi, kiedy kandry wcielają się w ważnych urzędników. Poza tym jednym razem. No i tym drugim. Ale to były wyjątki. – Otworzyła jeden z notesów. – Od tygodni śledziłam tych, którzy mogli zostać zastąpieni. Widzi pan? Kandra jako adiutant konstabla-generała. Drugie najbardziej prawdopodobne miejsce dla jednego z Nieśmiertelnych.

– A pierwsze? – spytała Adawathwyn.

– Pani. – Steris przerzuciła kartkę. – Ale opierałam się na przestarzałych informacjach. Kandra na pani miejscu znacznie bardziej by się starał nie być całkowicie bezwartościowym kawałkiem śluzu. – Zrobiła notatkę. Zapanowała cisza. – Och, powiedziałam znów coś niezręcznego? Czasami popełniam ten błąd, czyż nie?

Reddi osunął się na krzesło.

– Nie mogę w to uwierzyć...

– Było wręcz nieuniknione, że w pańskim sztabie będzie jedno z nich, konstablu-generale Reddi – powiedziała Steris.

– Nie. Nie chodzi o to, że on jest kandrą. Tylko... na rdzę, Wayne miał rację...

– Jestem TenSoon. – Kandra zwrócił się do zebranych, na co odpowiedzią były westchnienia. Zawarczał cicho. – Nienawidzę, kiedy ludzie to robią. Harmonia się martwi. I wy też powinniście się martwić. Zwłaszcza że Harmonia... jest obecnie niezdolny do pewnych rzeczy. Działamy na ślepo.

– Co może oślepić boga? – spytał gubernator.

– Inny bóg – mruknęła Steris.

– To co robimy? – spytał Reddi. – Nie możemy wyruszyć na wojnę. Nie, jeśli tego chcą. Ale...

Przerwało mu pukanie do drzwi. W gabinecie nie było asystentów, jedynie senatorowie i im podobni, więc otworzył je sam Reddi. Za nimi stała młoda kobieta, operatorka radiowa, o czym świadczył jej mundur. W ręku trzymała złożoną kartkę.

– Co to? – spytał ostro Reddi.

– Wiadomość od Świtostrzelnego dla lady Ladrian. Ja... no... pomyślałam, że warto wam przerwać, nawet jeśli ludzie na zewnątrz mówili...

– Postąpiłaś właściwie. – Reddi wziął kartkę.

Kobieta była blada i drżała.

– Przeczytałaś ją? – spytała Steris.

– Musiałam ją dla pani zapisać. Tak to działa...

Reddi podał Steris list, a ona go rozwinęła. Od razu rzuciły jej się w oczy pierwsze słowa, odważne i dominujące.

Bomba jest realna i już powstała. Może zniszczyć miasto. Wróg próbuje znaleźć sposób, by dostarczyć ją do Elendel. Pora ewakuować miasto.

39

Marasi stała przed skromną kamienicą, jedną z długiego szeregu budynków wznoszących się wzdłuż ulicy, z których każdy miał inny kolor i odrobinę inny kształt. Na każdym trawniku rosło drzewo innego gatunku. Ideał Bilming – masowo produkowany indywidualizm.

Zawahała się na progu. Na Zniszczenie. Czy była gotowa spotkać się z samym Ocalałym? Od dzieciństwa uczono ją, że ma oddawać mu cześć – temu mężczyźnie, który działał nawet zza grobu. Który przez chwilę nosił w sobie Zachowanie, zanim oddał je Wojowniczce Wstąpienia. A później chronił mieszkańców Południowego Kontynentu przez wiele lat po przebudowie świata.

Blask Księżyca była przekonana, że jej mentor był naprawdę nim. Jak więc poczułaby się, gdyby go spotkała?

„Rozmawiałaś ze Śmiercią", powiedziała sobie. „Czy to aż tak bardzo się różni?".

Jej zdenerwowanie świadczyło, że tak.

Blask Księżyca dotknęła palcem kawałka metalu na drzwiach, a wtedy rozległ się trzask.

– Zamek Tożsamościowy – zauważyła i popchnęła drzwi.

Nieduży hol za nimi był wyłożony wypolerowanym drewnem, ale pozbawiony obrazów i innych widocznych ozdób. Blask Księżyca skręciła w lewo, do dużego pomieszczenia z oknami zasłoniętymi grubymi kotarami.

Na ścianach wisiały mapy, oświetlone elektrycznymi lampami. Blask Księżyca zostawiła torbę na stole w pobliżu przeciwległej ściany, gdzie kobieta po dwudziestce – dość pulchna, z krótko obciętymi jasnymi włosami – wpatrywała się w papier pokryty dziwnym pismem. Na kolanach trzymała niedużego teriera.

– Blasku Księżyca – powiedziała, posyłając jej krótkie spojrzenie. – Musisz to przeczytać. Podróżowanie do Bjendal zostało całkowicie uniemożliwione. To już czwarty podstawowy układ, którego nie możemy odwiedzić, nie narażając się na skrajne niebezpieczeństwo, jeśli wliczyć w to Roshar. Powtarzałam to od lat: prostopadłości przestały być użyteczne. Nigdy nie nadawały się szczególnie do masowego transportu lub handlu, niezależnie od wszelkich wysiłków tych głupców z Nalthis. Potrzebujemy innego... – Kobieta urwała i przekręciła się na krześle, być może usłyszała, jak Marasi wchodzi do środka. – Ej! Przyprowadziłaś miejscową!

– Marasi, poznaj Kryptonimy – powiedziała Blask Księżyca. – Kryptonimy, poznaj Marasi. Współpracujemy.

– Rany. – Kryptonimy wcisnęła Blaskowi Księżyca kartkę, po czym poderwała się na równe nogi, trzymając pieska pod pachą. – Musisz jej ufać.

– Bynajmniej.

– Przyprowadziłaś ją do kryjówki.

– Zmusiła mnie.

– Ciebie nikt nie może do niczego zmusić. – Kryptonimy podeszła energicznym krokiem i wyciągnęła rękę do Marasi. – Cześć! Jestem Kryptonimy Są Głupie. To długa historia.

Kobieta miała słaby akcent, zupełnie inny od Allika i pozostałych znanych Marasi mieszkańców Południowego Kontynentu. To, w połączeniu ze wzmianką o „miejscowych", świadczyło o... Innej wędrowczyni? Że nie miała aż takiego talentu do języków, jak Blask Księżyca, o czym świadczył akcent?

Marasi uścisnęła jej dłoń.

– Czy... no... jest tu Ocalały?

– Kell? Nie. Nie widziałam go od jakiegoś tygodnia. – Obróciła się do Blasku Księżyca. – Co sądzisz o tym raporcie? Jest niepokojący, prawda?

Blask Księżyca trzymała raport dwoma palcami.

– Kryptonimy, w jakim to w ogóle jest języku?

– Thayleńskim. Och! Ten jest fascynujący, Blasku Księżyca. Powinnaś się go nauczyć! Popatrz, jak litery łączą się...

– Jeśli chodzi o języki, pozostanę przy wykorzystywaniu sztuczek ze Związkiem, dziękuję bardzo. – Blask Księżyca rozłożyła kopie arkuszy blachy.

– To oszukiwanie.

– Inne określenie na sprytny skrót. Czy jest tu DwójDusza? Chyba przyda nam się matematyka.

– Pójdę po niego z Lily. – Kryptonimy wzięła psa i zniknęła w jednym z pomieszczeń na tyłach.

Marasi przyglądała się tej wymianie zdań z konsternacją, ale zamiast skupiać się na tym, czego nie rozumiała, przeniosła uwagę na coś, co miało dla niej sens. Jedna z map przedstawiała Scadrial – cały świat. Była bardziej szczegółowa niż wszystko, co Marasi widziała, i znacznie obszerniejsza niż oficjalne mapy – obejmowała nawet ciemne fragmenty niezbadanych wysp i lądów na południu.

Jeśli to Scadrial, to czym były te inne mapy? Na rdzę. Jak wiele światów istniało?

Zawsze jest kolejna tajemnica, pomyślała, przypominając sobie katechizm z dzieciństwa, gdy rozważała życie Ocalałego.

Po krótkim czasie Kryptonimy wróciła do pokoju ze starszym mężczyzną. Wyglądał... no cóż, starożytnie, o czym świadczyły długie idealnie białe wąsy i opalona skóra pokryta plamami wątrobowymi. Nosił garnitur w stylu Bilming... Zatem może pochodził z jej kraju? Ale oprócz wąsów miał też krótką bródkę – nie widziała w Elendel mężczyzny z takim zarostem. Choć nieznajomy stał wyprostowany, nie pochylony ze starości, wydawało się, że ma problemy z zachowaniem równowagi – zwłaszcza że ścisnął futrynę, kiedy przechodził przez drzwi.

– Ach. – Złożył dłonie. – Gość! Witaj w naszym domu, szacowny gościu. Pozwól, że przyniosę ci coś do picia.

– DwójDuszo, mamy termin... – powiedziała Blask Księżyca.

– Terminy nie usprawiedliwiają nieuprzejmości – sprzeciwił się DwójDusza. – Jestem DwójDusza, a ty...?

– Marasi.

– Lady Marasi! Doskonale. – Natychmiast odwrócił się w stronę miejsca, gdzie, jak zakładała Marasi, znajdowała się kuchnia. – Jaką herbatę pijasz?

– Yyy... miętową, jeśli macie. Z cytryną?

– Doskonale! – powtórzył. Wkrótce wrócił z tacą, na której stała filiżanka i wybór orzechów i owoców. – Poczęstuj się, proszę.

Czuła się winna, że ktoś tak stary jej usługiwał – ale jednocześnie w sposobie, w jaki zaproponował jej przekąskę, był pewien nacisk. Kojarzyło jej się to z ciotką, która poczułaby się znacznie bardziej urażona, gdyby gość odmówił napitku. Dlatego Marasi wzięła filiżankę i garść orzechów.

– A teraz... – powiedział DwójDusza. – Co mi przyniosłaś, Blasku Księżyca? Interesujące, interesujące.

Podszedł do stołu i przyjrzał się odciskom – wyciągnął ręce i położył je na stole.

Marasi podeszła bliżej, zaciekawiona. Dłonie mężczyzny miały w sobie coś dziwnego, czego nie zauważyła wcześniej – linię kryształu. Była zagłębiona w jego skórze i biegła wzdłuż zewnętrznej strony palców i nadgarstków – niemal jak szew rękawiczki. Miała różowawo-czerwony odcień przypominający kwarc różowy. Mężczyzna pochylił się, a wtedy Marasi zobaczyła podobne kryształy wyłaniające się spod jego kołnierza, porastające boki szyi i skronie. Przecinały skórę jak cienkie strużki płynu.

Kiedy przyglądała się zadziwiona, pędy na jego skroni rozrosły się, tworząc okulary. Całkowicie stworzone z kryształu, z soczewką bardziej przezroczystą od reszty. Druga para mniejszych soczewek powstała przed pierwszą, zapewniając mu jeszcze lepsze powiększenie.

– Jak...? – Marasi spojrzała na Blask Księżyca. – Jak on to robi?

– Obawiam się... – DwójDusza ścisnął jedną z kartek – ...że takimi informacjami nie należy dzielić się niefrasobliwie z obcymi, nawet szacownymi gośćmi. Muszę wierzyć, że Blask Księżyca uważa za stosowne, że to zobaczysz, ale przepraszam. Nie wyjaśnię bez zgody naszego przywódcy.

– To nagła sytuacja. – Blask Księżyca oparła się o regał z rękami założonymi na piersi. – Musiałam zaryzykować przyprowadzenie jej. – Spojrzała na Marasi i wydawało się, że na widok jej oczywistego zadziwienia ukryła uśmiech.

Nie jest tak zmartwiona moją obecnością, jak sugerowała, pomyślała Marasi. Postrzega to jako okazję, żeby mnie zaintrygować.

Udało się. DwójDusza rozmieścił różne odrysy, po czym uniósł palec wskazujący. Dwie linie kryształu wyrosły wzdłuż zewnętrznych stron tego palca i stworzyły stalówkę, jak pióra. Mężczyzna otworzył z roztargnieniem niedużą buteleczkę atramentu i zaczął robić notatki.

– Co to za nagła sytuacja, Blasku Księżyca? – spytał.

– Niezależność działa znacznie szybciej, niż sądziliśmy – wyjaśniła. – Jeden z tych wykresów wylicza eksplozje... jak niegdyś zakładano, związane z budową kolei. Mamy nadzieję, że uda ci się połączyć je ze znanymi skupiskami aktywności wroga, które monitorowaliśmy, żeby znaleźć najbardziej prawdopodobne wejście do jaskiń.

– Ach tak. Silajana mówi, że chętnie pomoże. Kaise, możesz przynieść odpowiedni segregator?

– Pewnie. – Kryptonimy odeszła energicznym krokiem, by wypełnić polecenie.

Z pomocą Marasi Blask Księżyca przyciągnęła długi stół i rozmieściła na nim kartki. Pozostawiły okrągły stół pośrodku pomieszczenia pusty, choć Marasi nie rozumiała dlaczego.

Kiedy DwójDusza robił notatki, jednocześnie w zamyśleniu stworzył kubek z tego samego różowego kamienia i napełnił go wodą z dzbanka stojącego pod ścianą pokoju. Kiedy skończył pić, postawił kubek na tacy – a kamień rozpadł się na drobny proszek, który w końcu zniknął. Po chwili stworzył na jednym palcu wąskie ostrze i wyciął nim fragment odrysu.

Kryptonimy wróciła po chwili, a DwójDusza siedział w tym czasie przy stole – na kryształowym krześle, które stworzył. Marasi poruszyła się niepewnie i spojrzała na zegar na ścianie. Spędzili tu prawie pół godziny. Nie wiedziała, jak krótki mają termin, ale ze względu na to, czego się dowiedzieli, czekanie działało jej na nerwy.

– Hmm... – DwójDusza zrobił kilka kolejnych notatek piórem z palca. Kiedy pisał, z jego drugiej dłoni wyrosła linia kryształu i dosięgła wyciętego fragmentu odrysu. Następnie utworzyła swego rodzaju ramkę wokół kwadracika papieru. Z tyłu wyrósł słupek, przez co karteczka zawisła niczym obrazek.

DwójDusza przyjrzał się mu przez zaimprowizowane okulary i zaczął się bawić długimi wąsami.

– Żałuję, że nie ma tu mojego brata – powiedziała siedząca w pobliżu Kryptonimy. – On bez trudu poradziłby sobie z tą matematyką... – Kiedy to mówiła, wyglądała na przybitą.

– Problem nie wiąże się jedynie z matematyką.

DwójDusza wstał i odszedł od swojego stanowiska pracy – pozostawiając za sobą papier w ramce – i tym razem kamień się nie rozpadł. Nalał wody do znacznie większego kubka, po czym podszedł do okrągłego stołu i, oparłszy na nim jedną dłoń, napił się.

Ze stołu wyrosło kryształowe miasto.

Zaczęło się od jego dłoni i rozprzestrzeniało – jak szron na stali. Kryształ kojarzył się Marasi z ciemniejszą wersją różowego kamienia solnego, który Steris kupiła kiedyś do dekoracji kuchni. Wyrastały z niego budynki, ulice powstawały jako zagłębienia – po kilku minutach stół zdobiła kompletna replika miasta, jako ostatnie pojawiły się tory niedokończonej kolejki nadziemnej.

Marasi zaparło dech w piersi. Spojrzała na starego mężczyznę, który uśmiechał się z samozadowoleniem. Wydawało się, że ten pokaz sprawił mu przyjemność. Możliwe, że skłoniła go do niego jej obecność, inaczej utworzyłby bardziej przyziemną mapę. Jednakże o ileż bardziej imponująca była właśnie taka prezentacja.

– Nazywa się to eterem. – Blask Księżyca podeszła do niej od tyłu. – To starożytna istota poprzedzająca stworzenie waszego świata. DwójDusza może go hodować, manipulować nim. Chciałabyś dowiedzieć się więcej?

– Tak – szepnęła Marasi.

Blask Księżyca się uśmiechnęła.

– I tak się stanie. Kiedy do nas dołączysz.

Marasi odetchnęła cicho i wyciągnęła dłoń, by dotknąć czubka jednego z budynków – który robił wrażenie materialnego, bardziej solidnego, niż się spodziewała. Eter był przeważnie gładki, z niewielkimi zagłębieniami tu i tam.

– Mam dla was trzy prawdopodobne możliwości – powiedział DwójDusza. – Zaznaczyłem je ciemniejszym rozeitem.

Wskazał w stronę jednego z budynków, a wtedy spomiędzy jego palców wyrosła niewielka wskazówka – przypominająca te, których używali wykładowcy przy tablicach. Wskazany budynek rzeczywiście miał bardziej czerwony kolor. Była to centralna iglica miasta, w samym centrum Bilming, wznosząca się wysoko ponad otaczające ją budowle. Jej ściany, z początku równoległe, zaczynały się ostro zwężać w stronę nieukończonych wyższych kondygnacji.

– Wieża Niezawisłości – powiedział mężczyzna. – To żadne zaskoczenie, od lat wiedzieliśmy, że agenci Niezależności wykorzystywali ją jako bazę.

– A pod nią były eksplozje? – spytała Marasi.

– Wybuchy nastąpiły miejsce dalej na wschód. Ale wątpię, by wejście do tych jaskiń znajdowało się w samym środku wybuchów, z przyczyn oczywistych. Wieża Niezawisłości to centralny węzeł aktywności naszych szanownych antagonistów i założę się, że ma wejście do jaskiń.

– Ale będzie pilnie strzeżona – zauważyła Marasi. – Jakie są dwie pozostałe możliwości?

– Ten budynek biurowy tutaj, milady. – Wskazał mniejszą budowlę.

Pokiwała głową.

– Zapamiętaj jednak, że nie jestem damą. Zarabiam na własne utrzymanie.

– To tylko oznaka szacunku, lady Marasi. Wśród moich rodaków. Ona... źle się tłumaczy na wasz język. Tak czy inaczej, ten budynek biurowy... Budynek Dulouis... jest jednocześnie ważnym punktem działalności Kręgu i znajduje się na skraju jednej z lokalizacji wstrząsów. Uważam to za najbardziej prawdopodobną możliwość.

Wskazał znów wysoką budowlę.

– Jak zauważyłaś, Wieża Niezawisłości jest pilnie strzeżona... to właściwie twierdza, zamek w środku miasta. Dostanie się do niej wykracza poza umiejętności samego Ocalałego.

– I to nie dlatego, że nie próbował – dodała Kryptonimy. – Ich system zabezpieczeń zauważa duchy. On jeszcze nie wymyślił sposobu, jak to obejść.

– A ostatnia lokalizacja? – spytała Marasi.

– Wydaje się mniej ważna. – DwójDusza wskazał budynek na skraju miasta, pod fragmentem torów. – Stara fabryka opon.

– Opon? – Blask Księżyca podeszła do Marasi. – Taka jak ta, dla której pracował Tobal Copper?

– DwójDuszo, czy słusznie przypuszczam, że właścicielem tej fabryki są Opony Kotlina? – spytała Marasi.

– Zaiste. Wydaje się, że masz więcej informacji ode mnie, milady.

– To przedsiębiorstwo jest zamieszane – powiedziała Marasi. – Czy wasi agenci zauważyli coś dziwnego w fabryce?

Kryptonimy przejrzała plik dokumentów.

– Uch... zobaczmy... interesujące. Kobieta, która obserwowała dla nas tę lokalizację, twierdzi, że fabryka jest właściwie zamknięta, bo bardzo niewiele z niej wychodzi.

– Ale coś wchodzi? – Marasi czuła narastającą ekscytację. – Może dziwnie duża liczba dostaw, skoro fabryka właściwie niczego nie produkuje?

– Tak – przyznała Kryptonimy. – Nasza agentka nie dodała dwóch do dwóch, ale tak. Manifesty ładunkowe świadczą... Dlaczego przyjmują tak dużo, skoro niczego nie wytwarzają?

– Bo to nie jest zaopatrzenie dla fabryki. – Blask Księżyca spojrzała w oczy Marasi. – To zapasy żywności i broni dla jaskiń poniżej. To nasze miejsce wejścia.

– Zgadzam się – powiedziała Marasi. – Musi być tam wejście do jaskiń i może nie będzie tak strzeżone jak centralna iglica. Uderzymy tutaj.

– Możemy się tam dostać szybko koleją – dodała Blask Księżyca. – Fragment biegnący stąd do tego miejsca jest ukończony i działa.

– Chwileczkę – wtrącił DwójDusza. – Jak poważne jest to zagrożenie?

– Mamy powody, by wierzyć, że Krąg skonstruował bombę zdolną zniszczyć Elendel – powiedziała Marasi. – Harmonia jest ślepy, a my wiemy, że Krąg pracował nad urządzeniem zdolnym przenieść bombę na duże odległości.

– Stoi im nad głową mroczny bóg – dodała Blask Księżyca. – I żąda wyników. Mieli wprowadzić swój plan w życie przed kilkoma tygodniami. A ponieważ Marasi i jej przyjaciele są coraz bliżej... cóż, mają wszelkie powody, by detonować tę bombę najszybciej, jak to możliwe. To się może wydarzyć w każdej chwili.

– Na pierwszy eter... – szepnął mężczyzna i posłał spojrzenie Kryptonimy, która szeroko otworzyła oczy. – Blasku Księżyca. Powinniśmy skontaktować się z mistrzem.

– Masz rację – zgodziła się kobieta. – Nie znoszę zwłoki, ale... Kryptonimy, czy twój wyjątkowy przyjaciel jest w pobliżu?

– Na górze. – Kryptonimy wybiegła z pokoju. – Pójdę po niego.

– Mistrz? – spytała Marasi. – Masz na myśli...

– Tak – potwierdziła Blask Księżyca. – Czas porozmawiać z Kelsierem.

40

„Przyjaciel” Kryptonimów okazał się świetlistą kulą wielkości głowy dziecka, choć idealnie symetryczną i z tajemniczym symbolem w środku.

Podpłynął do Marasi, podskoczył w powietrzu i odezwał się łagodnym męskim głosem. Nie rozumiała dziwnych słów.

– Czy to było... jakieś zaklęcie? – szepnęła do Blasku Księżyca.

– Powiedział, że miło cię poznać – wyjaśniła Kryptonimy. – I skomplementował twoją fryzurę.

– Och.

Marasi wpatrywała się urzeczona w świetlistą kulę. Nic jej nie podtrzymywało, po prostu się unosiła, emanując czystym białym blaskiem z lekkim perłowym zabarwieniem.

Kryptonimy odezwała się do kuli w tym samym języku, a ona znów podskoczyła, po czym zaczęła się zmieniać. Przybrała kształt ludzkiej głowy – mężczyzny o ostrych rysach twarzy. Marasi z zaskoczeniem stwierdziła, że większość portretów i rzeźb Ocalałego była bliska rzeczywistości. Pomijając kolec w oku... cechę, która powstała ze światła, podobnie jak reszta jego głowy i włosy.

– Nie dziwi mnie, że się do mnie odezwałaś – powiedział. – Coś się stało, prawda?

– Może? – odparła Kryptonimy. – Szczerze mówiąc, nie jesteśmy pewni, Kell. Ale DwójDusza powiedział, że powinniśmy się z tobą skontaktować.

– Czy on tu jest? – spytał Kelsier.

– Obecny, milordzie. – DwójDusza pochylił głowę przed repliką twarzy mężczyzny, choć wydawało się, że Kelsier go nie widzi. – Obecna jest również Blask Księżyca i... gość. Niejaka Marasi Colms.

Na te słowa odzwierciedlenie Ocalałego uniosło brew.

– Marasi Colms. Obserwowaliśmy cię.

Marasi zająknęła się. Ten mężczyzna był sednem jej religii – jako dziecko się do niego modliła. I choć nie była tak pobożna jak Steris, spotkanie z nim wciąż było... onieśmielające.

Nie okazał złości z powodu jej przybycia. Kolejna wskazówka, że Blask Księżyca trochę przesadzała, być może, by wzbudzić w Marasi poczucie, że coś się jej upiekło.

– Raport – odezwał się Kelsier.

– Świtostrzelny jest w Bilming – powiedziała Blask Księżyca. – I uważa, że Krąg wkrótce podejmie działania. W ciągu tego dnia.

– Harmonia jest ślepy, Panie Ocalały – wtrąciła Marasi. – Przyznał się do tego Waxowi. Nic nie widzi, ale... sir... jest przerażony.

– Niech to diabli. Znajduję się w odległości dwunastu godzin lotu szybkim statkiem powietrznym.

– To... może być za późno, Kell – powiedziała Blask Księżyca.

– Milordzie – dodał DwójDusza. – Blask Księżyca uzyskała niepokojące informacje. Wydaje się, że Krąg odkrył związek między harmonium a trellium. Poza tym eksperymentują z urządzeniami przenoszącymi dalekiego zasięgu. Są gotowi zrobić coś głupiego.

– Nie tyle głupiego, ile desperackiego – sprzeciwił się Kelsier. – Wiedzą, że Niezależność wyklęła tę planetę. Krąg walczy o przetrwanie w jedyny sposób, jaki znają: próbując zniszczyć Elendel, by udowodnić Niezależności, że mogą rządzić planetą. Sądziłem jednak, że mamy więcej czasu. Dlaczego teraz?

– Nie mam pojęcia – przyznała Blask Księżyca. – Ale mówią o nowych opadach popiołu. Wcześniej o tym nie słyszałam. Poza tym mamy tu zdjęcie zniszczonego miasta. Może... wypróbowali to w jakimś innym miejscu i sfotografowali rezultaty? Tak czy inaczej, to sugeruje coś więcej niż podłożenie bomby w Elendel.

– Zawsze były dwa plany – powiedziała Kryptonimy. – Niezależność chce zrobić coś katastrofalnego z całą planetą... opady popiołu mogą być jej planem, by to osiągnąć. Ale Krąg ma nadzieję udowodnić, że może objąć władzę nad Kotliną i nie trzeba podejmować bardziej ekstremalnych kroków. Jak odcięcie palca, by powstrzymać zakażenie.

Zapadła cisza, Marasi czuła się przytłoczona. Rozmawiali o końcu planety, jej planety, jakby już od jakiegoś czasu byli świadomi takiej możliwości. Ale z drugiej strony dosłownie prowadziła rozmowę z Ocalałym... więc...

– Sir – odezwała się. – Yyy, lordzie Kelsierze? Wierzę, że wkrótce zdetonują tę bombę. Zamierzam ich powstrzymać, ale jestem sama. Nie miałabym nic przeciwko pomocy. Wszystko, co możecie mi zaproponować.

– Nie mogę sobie pozwolić na powstrzymywanie się – powiedział ciszej Kelsier. – Nie powinienem był wyruszyć na południe. Myślałem, że Saze przerwie to, nim zajdą tak daleko... Musimy zrobić to, czego on nie może. Panno Colms, masz naszą pomoc. Kryptonimy, ilu pełnych agentów Duchokrwistych mamy w Bilming?

– Yyy... – odezwała się Kryptonimy. – Tylko nas troje. Wszyscy pozostali są w Elendel albo mają zadania w terenie.

– Jak szybko agenci z Elendel mogą dotrzeć do Bilming? – spytał Kelsier.

– Nie dość szybko – odpowiedziała Blask Księżyca. – Wszyscy są zakonspirowani, więc musielibyśmy skorzystać ze skrzynki kontaktowej. Możemy ich wybudzić do wczesnego wieczora, może późnego popołudnia, ale wciąż będą przebywać kilka godzin stąd, w Elendel.

– Wyślijcie ich do mojej siostry – zaproponowała Marasi. – Próbuje zorganizować ewakuację przy współpracy z rządem Elendel.

Kelsier prychnął cicho. Wydawało się, że nie darzy rządu Elendel wielkim szacunkiem.

– Kryptonimy, weź Dai-o i zajmij się tym. Wątpię, by zespół w terenie potrzebował do tego zadania filologa. Ostrzeż też naszych członków w całej Kotlinie. Shri Prasanva, z przykrością muszę oderwać cię od twoich spokojnych wieczorów poświęconych nauce, ale obawiam się, że będę potrzebować twojej pomocy.

Stary DwójDusza wyprostował się i ukłonił unoszącej się głowie.

– Służymy z radością, milordzie. Silajana przesyła pozdrowienia i żałuje, że nie może przysłać więcej eterozwiązanych do pomocy w walce.

– Doceniam to. Ty i Blask Księżyca macie pomóc pannie Colms. Właściwie sądzę, że nadszedł czas zrobić coś bardziej drastycznego. Weźcie zapasy oczyszczonego Dor. Rozkaz to „Szanuj". Upoważnijcie inne komórki, by wykorzystały swoje, i przekażcie im Rozkaz.

Kryptonimy sapnęła. Marasi nie miała pojęcia, czym jest oczyszczone Dor, ale nawet Blask Księżyca była pod wrażeniem.

– Zróbcie, co możecie. Spróbuję przyśpieszyć swoje przybycie, ale nie wiem, ile uda mi się zrobić. Podróżuję nad wodą, więc nie mogę poruszać się o wiele szybciej niż obecnie. Upuszczanie przedmiotów w celu Odpychania Stali nie działa, kiedy pod sobą ma się ocean.

– Powstrzymamy to, milordzie – obiecał DwójDusza. – Cokolwiek się dzieje, przerwiemy to. Powrócisz do Elendel i ujrzysz nieskazitelne i przyjemne miasto.

– Wystarczy mi zwyczajnie brudne, zrzędliwe miasto, DwójDuszo. Ruszajcie. Ja zobaczę, czy uda mi się wytrącić Harmonię z odrętwienia. Przynajmniej wysłał Świtostrzelnego. To przekonuje mnie, że zagrożenie jest prawdziwe. Wszystko, co w dzisiejszych czasach skłania Saze'a do działania, należy uważać za znaczące.

Twarz znów rozpłynęła się w kuli i rozmowa się zakończyła. Marasi, Blask Księżyca i DwójDusza natychmiast przystąpili do działania i każde ruszyło w inną stronę. Marasi postanowiła trzymać się Blasku Księżyca, która popędziła do innego pomieszczenia – co wymagało otwarcia kolejnego magicznego zamka. Wewnątrz znajdowała się zbrojownia, która doprowadziłaby Ranette do ekstazy. Broń palna na ścianach, flakoniki z metalami na stojakach, szklane noże i laski pojedynkowe. Duży karabin z taśmą z nabojami i materiały wybuchowe.

Blask Księżyca zignorowała to wszystko i podbiegła do sejfu w kącie. Marasi nie widziała żadnego zamka szyfrowego ani innego, choć kiedy spojrzała ponad ramieniem Blasku Księżyca, kobieta położyła na nim dłoń i powiedziała:

– Szanuj mnie.

Rozległ się trzask wewnętrznego mechanizmu i drzwi się otworzyły.

– Kolejny... jak to było... zamek Tożsamościowy? – spytała Marasi.

– Nie, to jest jeszcze bezpieczniejsze. To zamek, który jest Przebudzony i może ocenić na podstawie twojej Intencji, czy dostałaś hasło, czy je ukradłaś.

Zamek... który był przebudzony? To znaczy żywy?

W środku znajdowały się jedynie trzy przedmioty – identyczne emanujące blaskiem słoje, każdy na tyle duży, że trudno byłoby go unieść jedną ręką. Blask przypominał kulę, która podążała za Kryptonimami, ale był bardziej intensywny. Każdy słój świecił jaśniej niż elektryczne lampy.

Blask Księżyca wzięła jeden i odwróciła go, a jej twarz zalało światło. Była pełna podziwu.

– Co to? – szepnęła Marasi.

– Skupione Napełnienie. Odłączone od Tożsamości. To źródło energii, które może dawać moc rzeczom w rodzaju waszych Sztuk Metalicznych.

– Im dają moc bogowie.

– Dokładnie. Ta moc pochodzi z trupa boga. A właściwie dwóch, zmieszanych. Jej uzyskanie jest wyjątkowo trudne. Rzeczy, które mógłbyś z tym zrobić... cóż, które ja mogłabym z tym zrobić. Ty mogłabyś wykorzystać to jedynie jako wyjątkowo wydajny zastępnik twoich metali. Nawet nie wiecie, jak dobrze macie tutaj, na Scadrialu, że możecie zasilać swoje zdolności czymś tak pospolitym.

– A twoje zdolności? Czym je zasilasz?

Blask Księżyca uśmiechnęła się. Nie przyznała się do żadnych zdolności, ale dotąd Marasi widziała mężczyznę, który tworzył przedmioty z kryształu, kobietę z udomowioną... kulą... i Blask Księżyca wyglądającą, jakby miała wysoką pozycję w ich organizacji. Do czego ona była zdolna?

Kobieta zapakowała trzy słoje do plecaka, owinięte czymś dla osłony, a później dorzuciła do niego inne zapasy, w tym materiały wybuchowe. Przerzuciła torbę przez ramię i zdjęła ze ściany kilka pistoletów. Marasi za jej zgodą poczęstowała się eleganckim karabinem – jak również niewinnym z wyglądu futerałem do jego przenoszenia – i aluminiową amunicją. Mieli jej mnóstwo.

– Elektroliza – zauważyła Blask Księżyca. – Aluminium wytwarza się całkiem łatwo, kiedy zna się proces.

– Chwileczkę. – Marasi podbiegła do niej, kiedy wyszły z pokoju. – Można wytwarzać aluminium za pomocą elektrolizy?

– Aha. Wykorzystywaliśmy je do finansowania naszych operacji od prawie dwóch dziesięcioleci. Założę się, że połowa aluminium w Kotlinie pochodziła pierwotnie od nas.

– I tak od niechcenia zdradzasz mi tajemnicę?

– To darmowa próbka. Poza tym Dean, nasz chemik w Elendel, jest przekonany, że wkrótce poznacie tajemnicę i cena gwałtownie spadnie. Dean myśli, że aluminium będzie wkrótce tańsze od cyny.

Tańsze od cyny? Na Zachowanie! Gdyby każdy przestępca mógł sobie pozwolić na kule zabijające Allomantów, a każdy obywatel mógł mieć w kapeluszu pasek aluminium chroniący przed Allomancją wpływającą na emocję, to...

Cóż, to zmieniłoby świat.

– To wszystko to jedynie powierzchnia, Marasi.

– Dlaczego ja? Dlaczego nie Wax?

– On jest zajęty. Poza tym Kelsier woli ludzi takich jak my. Odrzuconych, ignorowanych. A Wax jest odrobinę... bezczelny. Ludzie go obserwują. Śledzą. Zwracają na niego uwagę. To nie w naszym stylu, choć Kell lubi być w centrum zainteresowania.

– Poza tym przypuszczam, że dostęp do wysoko postawionego konstabla może się przydać.

– Jest też twój nietypowy związek z Malwianami.

– Allik? – spytała Marasi z rozbawieniem. – Nie zrozum mnie źle, jest cudowny, ale odkryjesz, że ma nieco mniejsze... koneksje, niż ci się wydaje.

Na rdzę. Miała nadzieję, że wydostał się z miasta. Instynkt podpowiadał jej, że zrobił to, skoro go poprosiła. Allik miał w sobie pewien zmysł praktyczny, który kochała – był cudownie, pięknie autentyczny. W swojej pracy spotkała wielu ludzi, którzy kazali jej kwestionować naturę ludzkości. Ale później wracała do domu i przypominała sobie, jak dobrzy mogli być ludzie. I to wszystko było jej.

Kiedy wróciły do głównego pomieszczenia, model miasta zaczynał pękać. Nie rozpadał się tak szybko jak kubek – coś sprawiało, że kamień czasem zostawał, a czasem od razu znikał. Krzesło na przykład wydawało się w pełni stabilne.

Blask Księżyca gestem wezwała Marasi, by podążyła za nią do holu. DwójDusza schodził po schodach, mocno ściskając balustradę. Miał plecak, który, jak przypuszczała – ze względu na sposób, w jaki się poruszał, i rurkę udrapowaną na ramieniu – w całości wypełniała woda.

Przebrał się i miał teraz na sobie swego rodzaju luźny mundur z jaskrawożółtą szarfą wokół talii. Przypasał broń – lekko zakrzywione ostrze w zdobnej złoconej pochwie. Kiedy dotarł na parter, skinął głową Blaskowi Księżyca.

– Kryptonimy wyśle wiadomości, więc może poczekać, aż dotrze tu ta druga kobieta, którą przysłałaś. Sądzę, że nadszedł czas, by nasza trójka wzięła się do pracy. Zabrałaś Dor?

Blask Księżyca postukała w torbę.

– Doskonale. – Odwrócił się do Marasi. – Dostałem rozkaz, by wypełniać twoje polecenia, milady. Z błogosławieństwem Silajany i twoim wyruszamy. Jeśli pojawi się niebezpieczeństwo, przysięgam, że będę walczył w twojej obronie.

– To... może być niebezpieczne. – Marasi spojrzała na jego zdobiony miecz i zauważyła, że mężczyzna porusza się niepewnie. – Z pewnością przyda się nam twoja pomoc, DwójDuszo, ale... nie wiem, czy powinieneś walczyć. Może my dwie wyruszymy przodem i wezwiemy cię, kiedy będziemy potrzebowały twoich specjalistycznych umiejętności?

– Obiecuję, że was nie spowolnię, milady. Sam Ocalały wyznaczył mi zadanie pomagania wam.

Powiedział to ze spokojem i szacunkiem, ale jego postawa i podejście sugerowały coś innego. „Idę z tobą, młoda kobieto. I lepiej nie kłóć się dłużej".

Marasi spojrzała na Blask Księżyca, która skinęła głową. Mimo że ta dwójka miała wiedzę i doświadczenie, to była misja Marasi. Ona dowodziła. Dobrze.

– Gdzie jest najbliższa stacja kolejowa? – spytała. – Musimy jak najszybciej dotrzeć do tej fabryki.

41

Było późne popołudnie, kiedy Wax zajął pozycję w pobliżu rezydencji burmistrza, Srebrnego Domu. Choć od zmroku dzieliło go jeszcze kilka godzin, miał nadzieję – jak każdego dnia – że tego wieczoru pojawią się mgły. Miał wrażenie, że od wieków w nich nie przebywał. Poza tym on też miał coraz mniej okazji, by wychodzić w nocy. Mgły były jak przyjaciel z młodości, którego wciąż znał, ale z którym nieczęsto rozmawiał.

Zajmował się tym cały dzień, Elendel opuścił kilka godzin przed świtem, ale nie czuł zmęczenia. Kiedy nadeszła czwarta piętnaście, wziął się do działania. Odwrócenie uwagi tworzone przez Wayne'a powinno być w pełni rozkwitu, co dało Waxowi szansę na przebiegnięcie po miękkiej trawie do rezydencji burmistrza. Upuścił kulę i Odepchnął się na piętro.

Tam złapał się parapetu i szybko Odepchnął mechanizm w środku, co powinno otworzyć zasuwkę...

Okno zagrzechotało, ale się nie otworzyło. Niech to. Miało pełny zamek, którego nie dało się otworzyć Odpychaniem.

W porządku. Wielokrotnie zwiększył swój ciężar. Szybkie Odpychanie sprawiło, że framuga popękała, a zamek się wygiął, co pozwoliło mu wyważyć okno i dostać się do środka.

Opadł na dywan. Wnętrze było zabałaganione, ale nie zagracone. Na biurku i pobliskich stołach leżały sterty papierów. W niedużym barku znajdowała się kolekcja alkoholi, przy czym połowa była otwarta, a drugą połowę wlano z powrotem do niewłaściwej butelki. Na półce stały książki, niektóre wepchnięte grzbietem do ściany, inne odwrócone do góry nogami, a jedna trzecia przechylona, bo te na końcu półki wyjęto, przez co reszta garbiła się jak senni strażnicy na warcie.

Było to w wielu aspektach przeciwieństwo mieszkania Coppera. Tamto było sterylne, nieskazitelne. To wyglądało, jakby ktoś w nim mieszkał. Otaczała go aura miejsca pełnego tajemnic – bo człowiek tak ważny jak Gave z pewnością zatrudniał armię pokojówek i służących, by utrzymać wszystko w porządku. Poza tym pokojem.

Wax nie miał dużo wskazówek. Ale burmistrz był z całą pewnością zamieszany w coś, co planował Krąg – a zaangażowanie na takim poziomie musiało zostawić ślady. Gdzieś w tym mieście znajdowała się bomba wycelowana w Elendel, a w tym pomieszczeniu kryły się wskazówki, które miały go do niej doprowadzić. Ale gdzie?

Przejrzał szybko kartki na stole. Wayne pewnie odstawiał „Babcia poszła na wódeczkę", co było jego ulubioną sztuczką do przyciągania uwagi, ale nie ostrzału. Niestety, Krąg był wyczulony na takie numery. Stworzyli Metaliczną zaprojektowaną do walki z Wayne'em. Wiedzieli o jego skłonności do przebrań.

Papiery niewiele mu dały. Manifesty przewozowe do fabryki na przedmieściach. Sterta gazet z artykułami wstępnymi – te wypowiadające się krytycznie o burmistrzu zakreślono. I kolejna, nowsza sterta, w której nie było już takich problemów. Otworzył biurko i znalazł sporą liczbę listów od szlachetnie urodzonych z Elendel.

Wax rozpoznał kilka nazwisk, w tym Vennisa Hastinga – jednego z potężniejszych senatorów. Przejrzał list, ale nie było w nim nic obciążającego. Choć wspominał o umowie handlowej, większość zajmowały uprzejmości.

Zmarszczył czoło, sięgnął do kieszeni i wydobył kolejny list, ten skrajnie obciążający – również od Vennisa Hastinga – który dostał od Maragi. Brakowało mu fragmentów układanki. Kiedy przeszli od wymiany uprzejmości do omawiania zniszczenia świata?

Na razie wcisnął oba listy do kieszeni. Gave i Vennis byli w zmowie, ale o tym już wiedział. Potrzebował tropu, gdzie znaleźć bombę. Całe szczęście po krótkich poszukiwaniach trafił na żyłę złota. Kalendarz Gave'a Entrone'a.

Ludzie zwykle starannie ukrywali najważniejsze dokumenty i informacje. Plany i intrygi zamykali na klucz, ale często zapominali o takich drobiazgach jak kalendarz. Dla wyszkolonego detektywa informacja, gdzie przebywał człowiek – i gdzie planował się zjawić – mogła być obciążająca. W Dziczy często musiał rekonstruować terminarze interesujących go osób poprzez rozmowy i przesłuchania. Ale w nowoczesnym mieście ludzie robili to za niego.

Kalendarz na biurku był jednym z tych szerokich i płaskich, które obejmowały cały miesiąc, każdy dzień w osobnej ramce. Poprzednie miesiące zostały zawinięte do tyłu i pokrywały je notatki dwoma różnymi charakterami pisma. Na podstawie listów Wax uznał, że to bardziej niedbałe należało do Gave'a. A bardziej staranne najpewniej do sekretarki.

Mnóstwo odwiedzin w czymś nazwanym laboratorium, pomyślał Wax. W krótkich przerwach między spotkaniami tutaj, w rezydencji. Czyli laboratorium jest blisko. Albo może dotrzeć do niego bezpośrednio...

W kolejnej ramce wymieniono „próby trajektorii i odległości", a otaczało ją kilka pustych dni. Czyli w tym celu musiał udać się w podróż. Interesujące. Gdzie mogli wystrzelić urządzenia przenoszące na dużą odległość w taki sposób, by nikt tego nie zauważył?

Wax uniósł głowę, kiedy usłyszał stłumione krzyki. Sztuczka Wayne'a działała. Wciąż szukał, rozglądał się za czymś podejrzanym i po chwili do niego dotarło.

Po tym dniu nie było żadnych umówionych spotkań.

Waxowi zrobiło się zimno, kiedy spojrzał na ostatnią notatkę, zapisaną własnoręcznie przez Gave'a. Brzmiała po prostu „Przybywają". Co to znaczyło?

Nie miał czasu na analizy, więc zerwał kartki – choć to zdradziło jego obecność – i ruszył dalej. Przekonany, że na biurku znalazł wszystko, co mógł, wypróbował starą sztuczkę Monetostrzelnych – spalenie stali.

Z jego piersi wypłynęły cienkie niebieskie linie łączące go ze źródłami metalu. Większość była blada, wskazująca na gwoździe w ścianach i meblach. Kinkiety, klamki, nawet niewidoczne przewody elektryczne. Ich życie coraz bardziej otaczał metal – jego blask znajdował się we wszystkim, od żarówki po stalówkę pióra na biurku. Wiedział, że niektórzy ludzie uważali, że czasy Metalicznych się skończyły, a postęp zrówna wszystkich ludzi i zmniejszy przewagę Allomantów i Feruchemików.

On jednak nauczył się – co wymagało pewnej praktyki – wyłączać światła w pomieszczeniu poprzez uszkodzenie przewodów w ścianach.

Każde nowe odkrycie zwiększało jego wszechstronność. A w miarę jak ich życie wypełniało coraz więcej metalu, dostrzegał coraz więcej szczegółów pomieszczeń.

Nie zauważył żadnych skrytek w biurku, ale zlokalizował sejf. Ukryty nie za obrazem albo regałem, ale w podłodze pod kanapą – co wbrew powszechnemu przekonaniu było popularniejszym miejscem niż dwa pozostałe.

Wax szybko zabrał się do roboty. Mimo całej wesołości, odwracanie uwagi mogło sprowadzić na Wayne'a poważne niebezpieczeństwo – właściwie kiedy odsuwał kanapę na bok, słyszał coraz więcej krzyków i wrzasków. Stawały się coraz głośniejsze. Wróg mógł być już blisko.

Sejf miał Allomantyczny zamek. Żadnej widocznej dziurki od klucza ani zamka szyfrowego. Jeśli miał szczęście, otwierało go Odpychanie, jeśli pecha – Przyciąganie. Wax zmrużył oczy i ocenił linie metalu. Jedna gruba prowadziła, rzecz jasna, do samego sejfu. Wielu Allomantów na tym by się zatrzymało, nie uświadamiając sobie, że jeśli przyjrzeć się bliżej – jeśli pozwolić, by linie zaczęły się unosić i rozdzielać...

Jedna potężna linia stawała się wieloma mniejszymi – a każda łączyła go z innym mechanizmem w środku. Bolce, które można było Odpychać w określony sposób, by otworzyć sejf. Zaczął pracę, gdy krzyki na zewnątrz stały się ponaglające. Tego rodzaju zamki chroniły przed większością ludzi, a nawet większością Allomantów. Ale miały słabość. Wax ostrożnie, delikatne Odpychał każdy bolec po kolei, poruszając nimi, aż znalazł ten, który uruchamiał zapadkę.

Ten był pierwszy. Popchnął go i usłyszał, jak blokuje się na swoim miejscu. Miał szczęście – to był mechanizm przeznaczony dla kogoś, kto Odpychał, nie Przyciągał. Powinien móc go otworzyć, choć wielu Monetostrzelnych miałoby problem z czymś tak delikatnym.

Kiedy pierwsza zapadka znalazła się na swoim miejscu, poruszył każdym kolejnym bolcem, żeby znaleźć drugi. Łatwizna. Szybko zlokalizował trzeci, Odepchnął go i...

I zamek wrócił do pozycji wyjściowej.

Wax znieruchomiał, po policzku spłynęła mu kropla potu. Co zrobił nie tak? Zmusił się, by mimo coraz większego zgiełku na zewnątrz przejść przez całą procedurę. Zamek znów wrócił do pozycji wyjściowej, kiedy Wax Odepchnął trzeci bolec.

Z frustracją uderzył pięścią w podłogę i nagle do niego dotarło. To nie był zamek zaprojektowany dla kogoś, kto mógł Odpychać lub

Przyciągać. Został zaprojektowany dla kogoś, kto robił obie te rzeczy. Trzeci bolec wymagał Przyciągania.

W skrócie – był to zamek zaprojektowany dla Zrodzonego z Mgły. Albo, w tym przypadku, dla kogoś oszukującego za pomocą Hemalurgii.

Co znaczyło, że miał pecha. Nigdy go nie otworzy, o ile nie uda mu się wyrwać go z podłogi i Odpychać z dwóch stron... Nie miał na to czasu. A na zewnątrz działo się coś więcej. Okrzyki. Alarmy i...

Czyżby wyczuwał dym?

Na rdzę. Wax szybko rozejrzał się po pokoju w poszukiwaniu czegoś jeszcze do sprawdzenia. Nie było...

Chwileczkę. Ten wzór metalu na podłodze. Deski ułożone w regularnych rzędach, przybite gwoździami w równych szeregach. Z wyjątkiem jednego kwadratu gwoździ pod dywanem.

Klapa, pomyślał, odepchnął dywan na bok i macał, aż znalazł ukrytą zasuwę. Entrone miał kolce, które czyniły go Allomantą, i wyraźnie był zachwycony swoimi mocami, o czym świadczył sejf. Ale nie miał doświadczenia kogoś, kto z nimi dorastał. Doświadczony Monetostrzelny dostrzegał to ułożenie gwoździ w taki sam sposób, w jaki rzucał się w oczy kwadrat świeżej farby na starej ścianie.

Klapa prowadziła do bardzo wąskiego szybu z drewnianą drabiną. Pewnie znajdował się między ścianami na parterze i prowadził do piwnicy.

Kiedy wokół drzwi zaczął się sączyć dym i rozległy się okrzyki strażaków – jak również dudnienie kroków na korytarzu na zewnątrz – Wax postanowił porzucić sejf. Zsunął się na drabinę i zamknął za sobą klapę. Miał nadzieję, że dokądkolwiek go zaprowadzi, będzie to właściwy kierunek.

42

Marasi uznała za dziwne, że czuła taki pośpiech, siedząc i czekając.

Reputacja kolejki nadziemnej w Bilming nie była przesadzona. Siedzieli w prywatnym przedziale i pędzili wokół miasta, omijając gęsty ruch. Pociąg zatrzymywał się często, ale po każdym postoju ruszał ponownie z nieprzyjemnym przyśpieszeniem.

Czuła się wręcz jak Monetostrzelna, każdy gwałtowny ruch pociągu był jak nowe Odpychanie przybliżające ich do celu. W Słowach Stworzenia czytała o Locie Przeznaczenia Wojowniczki Wstąpienia, kiedy w ostatniej chwili powróciła do Luthadel, by ocalić Harmonię. W opowieściach Vin przebyła cudowną odległość w ciągu zaledwie kilku godzin.

Teraz Marasi najpewniej podróżowała z podobną szybkością. Otoczona wszelkimi wygodami, z chłodnym wietrzykiem wpadającym z zewnątrz. Broń ukryli w futerałach lub torbach, a Marasi wciąż miała na sobie proste spodnie i koszulę, które były elementem jej przebrania. Blask Księżyca była ubrana jak konstabl z Bilming, a DwójDusza okrył się płaszczem przeciwdeszczowym miejscowego rybaka. Początkowo obawiała się, że jego garnitur i kolorowa szarfa będą zwracać uwagę, ale mężczyzna dobrze wiedział, jak nie rzucać się w oczy.

– Aby to wszystko się udało, muszę poznać nasze możliwości – zwróciła się do nich. – To oznacza, Blasku Księżyca, że naprawdę muszę wiedzieć, do czego jesteś zdolna.

– Krytyka sztuki. Walka, jeśli to konieczne. Dowcipkowanie, w odpowiednich okolicznościach.

– Miałam na myśli twoje niezwykłe zdolności.

– Jej dowcipy są niezwykłe. – Oczy DwójDuszy migotały. – Są tak wyjątkowe, że czasami nie do końca rozumiem, która część ma być śmieszna.

Blask Księżyca w odpowiedzi przewróciła oczami.

– Mam w tej chwili przy sobie trzy pieczęcie duszy, dwie uniwersalne i jeden Znak Esencji. Stworzenie kolejnych wymagałoby czasu i przygotowań... czasu, którego nie mamy... więc będziemy musieli ograniczyć się do tych. Z każdej pieczęci mogę skorzystać wielokrotnie, ale za każdym razem nie potrwa to długo, bo nie były... Racja, ty nie masz pojęcia, o czym ja mówię.

– Blask Księżyca ma pieczęcie przepisujące na nowo naturę przedmiotów, które napotyka – wyjaśnił DwójDusza. – Jedna tworzy drzwi w miejscu, w którym nigdy ich nie było. Druga naprawia zniszczony lub zużyty przedmiot, żeby wyglądał jak nowy. Zgadza się?

Kobieta pokiwała głową.

– Wciąż to ćwiczę, to znaczy pieczęcie, które będą działały na każdym przedmiocie. Na tej planecie wymaga to Napełnionego atramentu, ale proces w większości działa.

– Czyli możesz sprawić, żeby pojawiły się drzwi – upewniła się Marasi. – I możesz sprawić, żeby przedmiot, który był zniszczony, stał się nowy? Ile razy?

– Tak często, jak chcę. Ale za każdym razem tylko na pewien czas.

– Rany – szepnęła Marasi. – To... magia?

– Czy Allomancja jest magią? – spytała Blask Księżyca.

– Oczywiście, że nie.

– To też nie. Aby coś naprawić, jedynie zapisuję przeszłość na nowo, każąc przedmiotowi myśleć, że był zadbany albo nigdy się nie zepsuł. Jak wspomniałam, uniwersalne pieczęcie to nowa technika. Jeszcze nie działają idealnie, ale na razie wystarczą.

Na Marasi i tak robiło to wrażenie magii. Allomancja to jedno – wykorzystywanie metalu, by Odpychać inne kawałki metalu, było zupełnie logiczne. Ale zapisywanie na nowo przeszłości przedmiotu? Jak to mogło nie być magiczne?

– Powiedziałaś, że masz trzy pieczęcie. Jaka jest trzecia?

– Do użycia w sytuacjach kryzysowych. – Blask Księżyca poruszyła się na siedzeniu. – Dwie pozostałe działają jedynie na przedmioty nieożywione. Ta zmienia osobę, a dokładniej mnie, w dramatyczny sposób. W miarę możliwości unikam używania jej.

Marasi spojrzała na DwójDuszę, który pokręcił głową w sposób sugerujący „Daj spokój". W porządku. Nie miała ochoty potencjalnie brać udziału w walce, nie znając swoich możliwości i przewag, ale przynajmniej czegoś się dowiedziała.

Pociąg zwolnił, a zmiana przyśpieszenia sprawiła, że pochylili się na krzesłach. Ludzie tłoczyli się na korytarzu między przedziałami, czekając na możliwość wyjścia na stację.

– A ty, DwójDuszo? – spytała Marasi. – Czy twoje zdolności mają ograniczenia?

– Niestety... – trącił stopą plecak, który stał na podłodze – ...mają poważne ograniczenia. Mogę utrzymywać przedmioty z rozeitu jedynie w określonych polach Napełnienia. Na niektórych planetach istnieją one naturalnie, ale na waszej nie, więc poza kryjówką moje twory z rozeitu muszą mnie dotykać albo się rozpadną. Dodatkowo ich tworzenie wymaga wody czerpanej z mojego ciała.

Ponadto moja zdolność do wytwarzania przedmiotów jest ograniczona moimi osobistymi umiejętnościami i pojmowaniem. Na przykład nie stworzę ci pistoletu. Jego mechanizmy wykraczają poza pojmowanie tego starego umysłu, a szczegóły są zbyt drobne. Proste narzędzia wyznaczają granicę moich zdolności, choć Silajana związał się z kimś bardziej utalentowanym w tym aspekcie niż ja.

– Sil-aa-janaa. – Marasi próbowała wypowiedzieć nieznane słowa. – To twój... bóg?

– Jednocześnie mniej i więcej niż bóg – wyjaśnił. – Silajana to jeden z pierwotnych eterów. Poprzedzają Adonalsium i istnieją poza jego mocą.

– Poprzedzają Strzaskanie – sprzeciwiła się Blask Księżyca. – To nie znaczy, że poprzedzają Adonalsium.

– Dla mojego ludu to uświęcona zasada – zwrócił się do Marasi, ignorując drugą kobietę. – Pierwotne etery dają niektórym ludziom pąk ze swojego rdzenia. – Uniósł prawą rękę, ukazując przezroczystą sieć kamieni zagłębioną w jego dłoni, i pozwolił, by przeniknęło ją światło padające przez okno. Marasi widziała kości wewnątrz – wydawało się, że w tym miejscu kryształ jakimś sposobem całkowicie zastąpił ciało i mięśnie.

– Ten pąk łączy mnie z Silajaną, a przez niego ze wszystkimi innymi z jego eterozwiązanych. On jest rdzeniem, a my jesteśmy jego siecią. On jest wieczny, a my jesteśmy jego śmiertelnymi agentami w cosmere.

Tego było... dużo. Ale jak uznała, najważniejsze, że był gotów pomóc.

– Dziękuję, że dołączyłeś do nas – powiedziała. – Cieszę się, że Silajana mógł cię poświęcić.

– Na razie nie mam innej możliwości. – Wyjrzał przez okno. – Aż będziemy mogli wrócić do domu...

– Jestem gotowa udać się z tobą, Prasie – powiedziała Blask Księżyca. – Jeśli chcesz spróbować.

– Siły w mojej ojczyźnie są zbyt potężne, zbyt niebezpieczne. Silajana mówi, że musimy pozostać na wygnaniu. On zdecyduje, czy i kiedy wrócimy. Nie zaryzykuje kolejnej eksterminacji.

Pociąg znów wyrwał do przodu, przez co wszyscy pochylili się w przeciwną stronę. Jeszcze tylko trzy przystanki do celu.

– Blasku Księżyca, czy twoja pieczęć z drzwiami pomoże nam dostać się do bazy wroga? – spytała Marasi.

– To zależy od materiałów budowlanych. Pieczęć udaje, że ludzie, którzy wybudowali to miejsce, umieścili drzwi. Nie ma pewności, czy zadziała na przykład na skale.

– Czyli będziemy mogli się wślizgnąć do fabryki w dowolnym miejscu. A później znaleźć zejście do jaskiń.

– Wwozili mnóstwo zapasów – zauważyła Blask Księżyca. – Duże skrzynie sprzętu i żywności. Wątpię więc, że chodzi o ukryte schody.

– Masz rację – zgodziła się Marasi. – Najpewniej będzie to winda towarowa w głównej hali załadunkowej. Słuszna uwaga.

– Moglibyśmy udawać, że jesteśmy członkami ich organizacji z dostawą – wtrącił DwójDusza. – Może po drodze udałoby się nam porwać ciężarówkę?

– Próbowałam – powiedziała Marasi. – To była niezła katastrofa. Wolałabym podstęp.

– Zgadzam się – zawtórowała jej Blask Księżyca. – Proponuję, żebyśmy rozejrzeli się po okolicy, znaleźli puste pomieszczenie na tyłach i stworzyli drzwi. Ich ochrona na pewno skupia się na wejściach, które możemy ominąć. Stamtąd przejdziemy do stanowiska załadunkowego i zlokalizujemy windę.

Rozsądny plan. Choć niepokój Marasi narastał w miarę zbliżania się do celu. Wkrótce pociąg zatrzymał się z szarpnięciem i oboje wyszli. Martwiła się, że długi futerał, który niosła – a w którym ukrywała pożyczony karabin – będzie zwracał uwagę, ale nikt na nią nawet nie spojrzał. Może myśleli, że to jakiś instrument muzyczny. Choć pewnie po prostu ich to nie obchodziło.

Towarzysze Marasi nie pochodzili ze Scadrialu, ale Blask Księżyca założyła kapelusz, który zasłaniał jej oczy. Była niższa od większości ludzi ze świata Marasi, nie dało się jednak ocenić, czy była to cecha charakterystyczna jej ludu, czy jej sylwetka. DwójDusza był z kolei wysoki i chudy. Jego ciemniejsza skóra rzucała się w oczy, ale większość pewnie zakładała, że miał wśród przodków Terrisan – ich karnacja była znacznie bardziej różnorodna niż ludzi wywodzących się ze Środkowego Dominium, jak Marasi.

Poza tym mieszkańcy tego miasta ubierali się bardzo różnorodnie. Wydawało się, że ludzie wystrzegali się brązów i czerni, tak popularnych w Elendel. Miejscowy styl charakteryzowały jaskrawe barwy, często gryzące się ze sobą. Były też inne osobliwości. Na samej stacji kolejowej minęli przebraną maskotkę próbującą rozdawać ulotki sklepu meblowego, parę malwiańskich turystów w maskach i ubraną w elegancki kostium kobietę, w której żyłach z pewnością płynęła krew kolossów.

Kiedy opuścili stację i znaleźli się na podeście ze schodami prowadzącymi na poziom ulicy, dostrzegli swój cel – starą fabrykę z brązowej cegły, z poplamionym szyldem przed wejściem. Nawet to futurystyczne miasto miało swoje gorsze dzielnice, a wiele z nich kryło się pod torami.

Marasi miała nadzieję, że w budynku będzie panował spokój, bo szpieg Duchokrwistych sugerował, że w ostatnim czasie dostawy były rzadkością. Niestety, tego dnia w fabryce wręcz wrzało – na sześć ciężarówek załadowano towary i wyjechały przez duże wrota załadunkowe z boku budynku.

– Cóż, nie ma wątpliwości, gdzie jest hala załadunkowa – powiedziała Blask Księżyca. – Pewnie znajdziemy tam windę.

– W hali obecnie pełnej wrogów? – spytał DwójDusza.

– Aha...

– A gdybyśmy weszli do windy od tyłu? – zaproponowała Marasi. – Możesz stworzyć drzwi w każdej ścianie, prawda? A gdybyś stworzyła je z tyłu windy?

– To możliwe – powiedziała Blask Księżyca. – Choć nie podoba mi się, jak duży jest ruch. Liczyliśmy, że wślizgniemy się w chwili spokoju.

Marasi się zgodziła – choć uświadomiła sobie, że to było naiwne z ich strony. Krąg wiedział, że są w Bilming i próbują ich powstrzymać...

Zawahała się, przyglądając się, jak kilka z ciężarówek odjeżdża z rykiem spod fabryki i kieruje się w stronę wzgórza z siedzibami władz lokalnych. I uśmiechnęła się.

– Oni przejmują się Waxem – powiedziała. – Mobilizują oddziały, gromadzą zasoby... założę się, że wysyłają to wszystko, żeby się nim zająć.

– Może – mruknęła Blask Księżyca.

– Uwierz mi. Dokądkolwiek uda się Wax, wkrótce zaczynają się fajerwerki. Krąg martwi się nim... i najpewniej wie doskonale, gdzie on przebywa. Latanie w powietrzu sprawia, że trochę rzuca się w oczy.

– Jeśli się nie mylisz, milady, to mogą się nie spodziewać naszego wtargnięcia tutaj. Ich spojrzenie może skupiać się na Świtostrzelnym. – Odjechały kolejne ciężarówki, a DwójDusza wskazał na północą część miasta, gdzie wznosiła się wielka chmura dymu. – To rezydencja burmistrza. Może Świtostrzelny jest... wyjątkowo trudny?

– Wykorzystam to. – Marasi ruszyła w dół po schodach. – Uderzymy, kiedy wszyscy są rozproszeni.

43

Wszyscy w pomieszczeniu – włączając w to kandrę – zebrali się wokół Steris, by przeczytać list wysłany przez Waxa. Może nie ufali, że przeczyta go na głos, a może musieli zobaczyć to na własne oczy.

Bomba jest realna i już powstała. Może zniszczyć miasto. Wróg próbuje znaleźć sposób, by dostarczyć ją do Elendel. Pora ewakuować miasto.

Wiedzą, że poluję na nich. Mam nadzieję, że moja obecność nie skłoni ich do zrobienia czegoś pochopnie. Śledztwo wskazuje, że próby dostarczenia koleją lub transportem drogowym nie powiodły się i szukają alternatywy, być może jakiegoś rodzaju pocisku artyleryjskiego z własnym napędem. Tak czy inaczej, sugeruję, by na wszelki wypadek zamknąć wszystkie drogi prowadzące do Elendel.

Wewnątrz Kręgu panuje konflikt. Niektórzy chcą zniszczyć Elendel, inni być może całą Kotlinę poprzez ożywienie Popielnych Gór, o czym świadczy dziwne zdjęcie, które znaleźliśmy. Może uda mi się wykorzystać rozłam między nimi. Tak czy inaczej, moim pierwotnym celem jest zneutralizowanie mechanizmu przenoszącego bombę.

Wydostańcie jak najwięcej ludzi jak najszybciej, na wypadek gdyby mi się nie udało.

Kocham Cię

Waxillium

Adawathwyn natychmiast kazała umieścić w odosobnieniu młodą radiooperatorkę – jak również wszystkich innych, którzy mogli usłyszeć wiadomość. Pozostali osunęli się na krzesła przy stole, a część spojrzała na TenSoona.

– Powinniśmy uwierzyć Świtostrzelnemu – powiedział. – Harmonia od dawna myślał, że wróg pracuje nad czymś takim. Termin jest... o wiele bliższy, niż sobie uświadamialiśmy. Na rdzę. Powinniśmy potraktować to bardzo poważnie.

– Jestem zmuszona się zgodzić. – Co zaskakujące, te słowa wypowiedziała Adawathwyn. – Nie lubię Ladriana, ale... te wieści, potwierdzone przez kandrę... Panie gubernatorze, wygląda na to, że zostaliśmy przyparci do muru.

Gubernator pochylił się, minę miał ponurą.

W końcu, pomyślała Steris i wypuściła powietrze. Poświęcą temu należną uwagę. Może teraz uda jej się coś zrobić.

– Liczy się czas. – Gubernator popatrzył na troje senatorów i swoją wicegubernatorkę. – Jeśli rzeczywiście jest bomba... musimy się śpieszyć.

– Zgoda – powiedział lord Cett. – Jak szybko możemy wydostać się z miasta?

– To zależy – odparł gubernator. – Ambasadorze Daalu? Czy mogę teraz skorzystać z tej przejażdżki statkiem powietrznym?

– Jeśli ulice nie będą zatłoczone, możemy wyjechać z miasta kawalkadą samochodów w niecałą godzinę – powiedziała Adawathwyn.

– Czy to dość szybko? – spytała lady Hammondess. – Jaki jest promień zniszczenia tej broni, kandro? Jak daleko musimy się znaleźć, żebyśmy byli bezpieczni?

– Poślę po nasze rodziny – dodał gubernator. – Ale musimy to zrobić po cichu, żeby nie wywołać masowej paniki.

Steris zamknęła oczy. Zrobiło jej się niedobrze. Z jednej strony rozumiała ich uczucia. W końcu sama od razu odesłała dzieci.

Z drugiej strony... Na rdzę. Zamierzali uciec, czyż nie? Spojrzała w oczy konstablowi Reddiemu. Z tępym wyrazem twarzy osunął się na krześle. Przysięgał chronić mieszkańców miasta, a nic nie mógł zrobić. Nic poza siedzeniem tutaj i strachem przed tym, co nadchodziło.

Ona nie musiała tego zrobić. Już przeżyła strach. Taki był cel jej list. Z zaskoczeniem zorientowała się, że jej metoda działała. Nie czuła obaw. Nie czuła lęku.

Mogła działać.

To ona musiała ewakuować miasto.

Steris wyciągnęła jeden z najgrubszych notatników i rzuciła go na stół. Kiedy wszyscy pozostali zaczęli wzywać asystentów, by zaplanować ucieczkę, ona zebrała myśli i przejrzała notatki. Miała siedem szczegółowych planów ewakuacji miasta. Który byłby najlepszy w tej sytuacji?

Jednakże po kilku minutach gubernator polecił znów zamknąć drzwi, a asystenci zostali na chwilę wyrzuceni. Zebrani w pomieszczeniu spojrzeli na niego z niepokojem.

– No tak. Adawathwyn ma sugestię.

Kobieta szybko zapanowała nad sobą i teraz stała w swoich nieskazitelnych terrisańskich szatach, z dłońmi wyciągniętymi jakby w zapraszającym geście.

– Sytuacja zaiste jest niezwykle poważna. Ale uświadomiłam sobie, że mamy rozwiązanie... na naszych ramionach, że tak powiem. Lord Waxillium mówi, że najpewniej istnieje jakieś urządzenie, które przeniesie bombę do naszego miasta. Ale my mamy do dyspozycji Metalicznych. Najwięcej w całej Kotlinie. Powinniśmy zgromadzić Monetostrzelnych i rozmieścić ich, by Odepchnęli tę broń. Możemy umieścić ich na szczytach najwyższych budowli, by wyglądali przybycia broni... albo, lepiej, niech to nasi ludzie w Bilming obserwują. Powiedzą nam, kiedy zostanie wystrzelona.

– Z całym szacunkiem, Adawathwyn – odezwała się Steris. – Czy miała pani okazję obserwować wystrzelenie nowoczesnej broni palnej? Czy widziała pani prędkość, z jaką się porusza? Niech mi pani zaufa. Jeśli ta broń zostanie wystrzelona, kiedy dotrze do Elendel, uderzy zbyt szybko, by powstrzymał ją jakikolwiek Allomanta.

Wicegubernatorka na chwilę oklapła, po czym otworzyła szerzej oczy.

– A co, gdybyśmy mieli Allomantę z dostępem do wszystkich mocy Ostatniego Imperatora?

Kilkoro z obecnych sapnęło. Daal wyprostował się i skupił spojrzenie ukrytych za maską oczu na Terrisance.

– To sytuacja kryzysowa. Prawdziwy kryzys. Całe miasto jest w niebezpieczeństwie! Potrzebujemy kogoś, kto może myśleć myślami tysięcy ludzi, kogoś, kto może poruszać planety i wynieść góry. Potrzebujemy... Żałobnych Opasek.

A niech to.

Po pierwsze, Opaski nie działały w taki sposób. Dawały użytkownikowi potężne zdolności metaliczne – owszem – ale nie miały w sobie „wszystkich mocy Ostatniego Imperatora". Niestety, otaczające je mity – i wykorzystanie ich przez Waxa – przez lata jedynie narastały.

Z drugiej strony Steris rzeczywiście rozważała użycie Opasek – często były elementem jej kalkulacji. Potężnego reliktu stworzonego przez Ocalałego – a może Ostatniego Imperatora – który dawał użytkownikowi ogromne Metaliczne moce, nie należało ignorować.

– Nie możemy użyć Opasek – stwierdziła. – Mieszkańcy Elendel złożyli obietnicę. To fundament traktatu.

Za ich plecami admirał Daal – który milczał przez większość spotkania – podszedł do stołu.

– Żałobne Opaski powierzono Bezimiennym Nieśmiertelnym przy bezwzględnym założeniu, że nigdy nie zostaną użyte przez wasz lud.

Formalnie rzecz biorąc, Opaski mogły zostać wykorzystane, gdyby Malwianie zaatakowali Elendel. Taka była umowa, co miało powstrzymać Malwian przed zbyt daleko idącą agresją.

– Z całą pewnością, ambasadorze, widzi pan naszą potrzebę ochrony – powiedziała Adawathwyn. – Nie odmówiłby nam pan, w tym poważnym kryzysie, środków pozwalających na uniknięcie katastrofy?

– Z pewnością rozumiecie, że wszelkie działania podjęte przez mieszkańców Kotliny z wykorzystaniem świętego reliktu... niezależnie od powagi sytuacji... muszą zostać uznane za akt agresji przeciwko moim rodakom. Myślicie, że nie dotknęły nas klęski, którym z dużą chęcią zapobieglibyśmy z pomocą Opasek? Mogliśmy wykorzystywać je przez te sześć ostatnich lat, by ratować ludzkie życie! Ale zgodnie z naszą umową są zbyt potężne, by ktokolwiek ich użył.

Zapadła cisza. On ma jakiś ukryty cel, pomyślała Steris. Ale nie mogła pojąć jaki.

– My... – Gubernator oblizał wargi. – Powinniśmy po nie posłać. Jeśli Allomanta o przyśpieszonej szybkości myślenia mógłby Odepchnąć tę bombę przed lądowaniem, to da nam szansę.

– Nie mają aż tak wielkiej mocy, jak sądzicie – sprzeciwiła się Steris. – Nie dokonają tego.

– Właściwie istnieje możliwość – sprzeciwił się TenSoon.

– Co takiego? – spytała Steris.

– Są... pewne kwestie związane z interakcją mocy, o których nie wiecie. Ja mam tylko wskazówki. Sądzę, że mogłoby okazać się możliwe… odesłanie bomby za pomocą Opasek. Ale umowa, którą zawarliśmy…

– O Święty, co powiedziałby Harmonia, gdyby sprawa sprowadzała się do naszego przetrwania jako miasta, za cenę zawiedzenia zaufania Malwian? – spytał gubernator. – Jakie są jego życzenia?

TenSoon przez chwilę stał w milczeniu, po czym odezwał się warkotliwym głosem:

– Pójdę po Opaski.

udziały Terrisanina w przedsiębiorstwie, by inwestować w nowe przedsięwzięcia medialne, jak efemeryczne evanosztuki sprzed kilku lat. Choć *Strażnik prawdy* nadal będzie publikował przygody Jaka, nasza gazeta ma obecnie wyłączność na „Handerwym przedstawia" w Bilming.

„To był od początku mój zamiar", powiedział Jak do tłumu fanów, „by nauczyć drogiego Handerwyma wielkości i odciąć go od spódnicy, wypchnąć i zgłębianie nowych obiecujących form opowiadania historii. Powiem wam, co jest następne: wizuksiążki… to opowieści, które możecie czytać nawet, jeśli nie znacie alfabetu!".

Poproszony o komentarz Terrisanin jedynie przymknął oczy i westchnął.

Więcej szczegółów na drugiej stronie: Dlaczego sędzia pozwolił Jakowi zatrzymać tygrysa.

„Daj mi kompas" powiedziałam „a zostawię cię na kolejnym występie".

Vila obejrzała się przez ramię na zbliżającą się skałę, gdzie czekał Nawiedzony.

Spojrzała na mnie z szeroko otwartymi oczami, bez wątpienia uświadamiając sobie, że bez stali nie mogła Monetostrzelić w przestrzeń. Była uwięziona. Zaskoczenie sprawiło, że przestała się trzymać czegokolwiek poza kompasem.

Tego nie planowałam.

„Nie!" krzyknęłam, puściłam natychmiast parasol i sięgnęłam w stronę Vili.

Szczęśliwie złapałam ją za koronkę jej płaszczyka.

„Uratowałaś mnie? Nie chcesz, żebym spadła?"

„Na Harmonię, nie".

Uderzyła mnie w twarz kompasem, co było naprawdę złym posunięciem. Odruchowo ją puściłam.

Kiedy Vila zaczęła spadać, pochyliłam się do przodu, próbując znów ją złapać, ale szczęście bywa zmienne i moja ręka minęła ją o włos. Przerażona patrzyłam, jak mgły ją pochłaniają. Nagła zmiana środka ciężkości sprawiła jednak, że wypadłam ze szponów.

Poczułam się nieważka i bałam się, że to już koniec.

I wtedy poczułam podmuch powietrza wzbudzany przez wielkie skrzydła. Zostałam pochwycona przez szpony i opuszczona na występie obok Nawiedzonego.

Zatrzymałam się na samej krawędzi, spod moich robionych na wymiar butów Miele Jedon poleciały kamyki. Chwała niech będzie tym butom i ich modnym, ale przyczepnym podeszwom. (Możecie je kupić w salonie Ardenne na 9. Są robione na wymiar, owszem, ale wspomnijcie moje nazwisko, a subiekci chętnie wam pomogą).

Z bijącym sercem i urywanym oddechem rozglądałam się po występie.

„Kompas… musimy przeszukać urwiska!"

Tabaar-KeSun wylądowali i otworzyli szpony drugiej łapy. Wysunął się z nich kompas, a ja go złapałam. Nim zdążyłam się zastanowić, Nawiedzony wziął mnie za rękę i wpatrzył się we mnie z przejęciem i desperacją. Zwykle chodził nachmurzony, więc ten wyraz twarzy był dla niego tak obcy, jak dla mnie tanie perfumy.

„Moja najdroższa Nicelle". Uśmiechnął się do mnie, co było rzadkością.

„Co się stało?" Sprawdziłam, czy nie mam żadnych obrażeń. Choć z mojej bluzki odpadło kilka guzików, przynajmniej nie straciłam całej koszuli, co zawsze przytrafia się Jakowi. „Nic mi nie jest. Przysięgam".

„Prawie spadłaś". Objął mój policzek jedną ze swoich wielkich, szorstkich dłoni.

Krew wzburzyła się w moim sercu i nie mogłam powstrzymać uśmiechu. Jakże daleko zaszliśmy od naszego pierwszego spotkania!

„Głuptasie. Nie pozbędziesz się mnie tak łatwo. Ty i ja będziemy bez końca wędrować po cosmere. Jak sobie obiecywaliśmy".

Pozwoliłam, żeby mnie przytulił, otoczyła mnie jego znajoma woń piekielnego ognia i cedru. Jednym palcem podniósł moją brodę, aż spojrzałam mu w oczy.

Zamierzał mnie pocałować? Czy tego chciałam? Na Harmonię, tak. W tej chwili uświadomiłam sobie, że pragnęłam tego przez ostatnie sześć lat, za każdym razem, kiedy się pojawiał i (nieuchronnie) wywracał moje życie do góry nogami.

„Nicelle…" powiedział cichym, chrapliwym głosem.

„Tak?" Wspięłam się na palce i przytuliłam do niego.

„Naprawdę jest mi bardzo przykro". Podniósł Kompas Duchów, włożył aluminiowy klucz i przekręcił go. Małe kręgi obracały się, aż wypełnił je eteryczny blask, który wywrócił się na nice z ogromnym trzaskiem – raczej poczułam go w duszy niż usłyszałam.

Osunęłam się na kolana, bo Nawiedzony już mnie nie podtrzymywał, choć jego powidok unosił się w powietrzu przez chwilę, aż rozwiał się jak dym ze spalonej zapałki.

Zrobił to. W końcu wkroczył do wymiaru duchów.

I zrobił to beze mnie.

Zdradził mnie. Rdzawo mnie wykorzystał.

Oszczędzę wam przykrych szczegółów mojego późniejszego ataku złości, choć wykrzyknęłam kilka z uroczych przekleństw, których nauczyłam się w czasie znajomości z nim. Pod koniec ataku mój idealny makijaż był rozmazany, mój kapelusz z kruczymi piórami leżał w strzępach, a Tabaar i KeSun nagle stali obok w ludzkiej postaci.

„On odszedł!" krzyknęłam. „Razem z jedynym sposobem, by dokończyć zadanie, a my utknęliśmy tysiąc mil od domu w przestrzeni między kontynentami!"

Myślałam, że mu na mnie zależało. Wiedział, że taka zdrada mnie zaboli, a i tak to zrobił. Na Rdzę i Zniszczenie, mam nadzieję, że przybył za późno, by ocalić świat. On i jego przeklęty pracodawca mogą spłonąć, nic mnie to nie obchodzi.

„Ma szczęście, że nie mogę podążyć za nim". Zacisnęłam pięści na kastecie, aż jego krawędź wbiła się w moją dłoń.

Dwoje Bezimiennych Nieśmiertelnych popatrzyło po sobie, aż w końcu KeSun pokiwała głową, jakby podjęła decyzję. A później odezwał się Tabaar.

„Właściwie istnieje inny sposób".

Wiadomość od Handerwyma

Minęły dwa tygodnie od ostatniego listu Nicelle. (Sami wiecie, że jej korespondencja bywa sporadyczna.) Mogę jedynie zakładać, że udało jej się wkroczyć do krainy duchów i, jeśli taka jest wola Harmonii, wkrótce poznamy koniec jej przygody.

— Ciąg dalszy za tydzień? —

44

Marasi zaprowadziła pozostałych w stronę celu. Prześlizgnięcie się w cieniu torów kolejki okazało się łatwe – budynki w tej chylącej się ku upadkowi dzielnicy były ściśnięte, a ulice wąskie. Zupełnie jak w opowieściach o starych slumsach w Luthadel.

Zatłoczone kamienice czynszowe upchnięto obok fabryk, rafinerii i magazynów. Wszystko w cieniu torów – symbolu postępu i jedności, po którym co kilka minut przelatywało z grzechotem przypomnienie – czyż nie jest dobrze mieszkać w tak nowoczesnym mieście? Z symbolem postępu w postaci kolei dużych prędkości? Rzucała taki postępowy cień.

Marasi ogólnie była zwolenniczką postępu, ale wydawało się, że aż za często rozwarstwia społeczeństwo, zamiast je jednoczyć. Kolej dużych prędkości była dobrym pomysłem, ale czy mogli sobie na nią pozwolić ci, którym przyniosłaby największą korzyść? Ładne mieszkania były wspaniałe, ale jeśli wypędzały tych, którzy nie mogli sobie na nie pozwolić, w ciemność pod torami, to pogarszały jakość życia niektórych, choć innych poprawiały.

Sama musiała stawić temu czoło, kiedy dążyła do reformy. Dobre intencje należało połączyć z realistycznym spojrzeniem na skutki swoich działań. Aż za łatwo było pogorszyć sytuację, kiedy próbowało się ją polepszyć.

Czy to dlatego przez lata bardziej skupiałam się na detektywistycznej części mojej pracy? – zastanawiała się. Zamierzałam wszystko zmienić. Ale codzienna praca jest tak wymagająca, a wielkie problemy po prostu są tak wielkie...

Myśli na inny czas. Ich trójka zbliżała się coraz bardziej do fabryki opon, wykorzystując uliczki na tyłach. DwójDusza dotrzymał słowa i nie zostawał z tyłu – choć nie musieli poruszać się szybko i zawsze mieli ścianę, na której mógł oprzeć dłoń, by zachować równowagę. Marasi wciąż martwiła się, że prowadzi osiemdziesięciolatka do miejsca, które wkrótce mogło się stać polem bitwy, ale ugryzła się w język, zanim wypowiedziała to na głos.

Kiedy się zbliżyli – od celu dzieliła ich tylko jedna ulica – Blask Księżyca ich zatrzymała. Marasi była ciekawa, co ją do tego skłoniło, aż zauważyła, jak do fabryki podjeżdża wielki czarny samochód z przyciemnianymi szybami.

Wysiadł z niego burmistrz Bilming, w towarzystwie kilku osobistych strażników. Entrone wszedł pośpiesznie przez wrota załadunkowe, krzyknął do kierowców nielicznych pozostałych ciężarówek i machnął ręką, żeby ruszali. Marasi była niemal pewna, że wśród jego krzyków usłyszała „Świtostrzelny".

Wkrótce zniknął w budynku.

– Cóż – szepnęła Marasi. – Z pewnością jest poruszony.

– Pewnie nie podoba mu się, że jego dom płonie – odpowiedział równie cicho DwójDusza.

Marasi pokiwała głową.

– Chodźcie. Jego przybycie potwierdza, że znaleźliśmy właściwe miejsce.

Ruszyli dłuższą drogą naokoło, na chwilę opuszczając cień kolejki, zaraz jednak znów w nim zniknęli i prześlizgiwali się w półmroku, aż dotarli do tylnej ściany fabryki. Skradając się wzdłuż niej, znaleźli stare okno, zabite deskami. Marasi miała nadzieję, że uda jej się zajrzeć do środka i zobaczyć puste pomieszczenie, ale zostało zasłonięte również od wewnątrz.

– Hmm... – DwójDusza oparł kościstą dłoń na cegłach. Z jego dłoni wyrosły kryształy, które prześlizgnęły się po powierzchni i między deskami. – Tak naprawdę powinni byli uszczelnić je smołą...

– Co widzisz? – szepnęła Blask Księżyca.

– Ja nic nie widzę. Ale Silajana? Cóż, on wyczuwa nieduże pomieszczenie zagracone półkami i małymi przedmiotami. Nikogo nie ma w środku, a na ścianie na prawo od okna nie ma półek.

Oderwał rękę, pozostawiając na ścianie warstwę kryształów – które zaczęły się rozpadać, zmieniły się w pył, a on z kolei zmienił się w różową mgiełkę. Blask Księżyca sięgnęła do torby – na chwilę odsłaniając świecące słoje – i wyjęła coś ze skóry. Przypominało bardzo duży portfel albo pas z narzędziami, a po otwarciu ukazało trzy kamienne pieczęcie.

Wybrała jedną, zmoczyła ją dziwnym, świecącym czerwonym atramentem, i uniosła.

– Bądźcie gotowi ruszać.

Przycisnęła kamień do ściany. Pieczęć, co zadziwiające, weszła na pół cala w cegły. Kiedy Blask Księżyca odsunęła kamień, za którym podążyła czerwona mgiełka, na ścianie pozostała świecąca czerwona pieczęć, zdobiona skomplikowanymi wzorami.

A ściana zaczęła się poruszać. Cegły zajęczały cicho, po czym z trzaskiem i zgrzytaniem zaczęły odsuwać się na boki – jakby nagle stały się płynne – i w ścianie pojawiły się drzwi. Jakby... jakby ktoś rozpiął kamienie, odsłaniając ukryte wejście. W ciągu kilku sekund budowla się przeobraziła – wiele cegieł po prostu zniknęło – i utworzyła podniszczone drewniane drzwi, z których obłaziła żółta farba.

Blask Księżyca otworzyła je szarpnięciem i gestem zaprosiła ich do środka. Marasi weszła jako pierwsza, przestąpiła nad wiadrami z farbą ustawionymi pod ścianą. DwójDusza podążył za nią, a na końcu weszła Blask Księżyca. Stali stłoczeni w niewielkim pomieszczeniu, oświetlonym jedną czerwoną żarówką elektryczną. Dlaczego na blacie roboczym stało tak wiele misek? A te wszystkie dzbany z płynem? Czy to był magazyn środków czystości? To nie wyjaśniało czerwonej żarówki, która ledwie oświetlała cokolwiek.

Za ich plecami wejście zniknęło – jakby pochłonęły je cegły po obu stronach.

– To najbardziej nienaturalna rzecz, jaką widziałam – szepnęła Marasi.

– Masz przyjaciela, który dosłownie umie latać – zauważyła Blask Księżyca.

– I co z tego? – powiedziała Marasi.

Wyjęła karabin z futerału. DwójDusza zrzucił płaszcz, odsłaniając garnitur i żółtą szarfę, po czym oparł dłoń na rękojeści miecza. Marasi nasłuchiwała przy drzwiach, po chwili dołączyła do niej druga kobieta. Kiedy nie usłyszały żadnych dźwięków dochodzących z sąsiedniego pomieszczenia, Marasi ostrożnie otworzyła drzwi i zobaczyła całkowitą ciemność.

Wślizgnęli się do środka i minęli dziwnie dużą liczbę czegoś, co wyglądało na krzesła. Tak, ustawione w rzędach. Co to miało być?

Kiedy dotarli na drugi koniec pomieszczenia, Marasi zaczęła macać po ciemku w poszukiwaniu drzwi. Jej dłonie musnęły jednak coś, co wydawało się serią przełączników.

Ponieważ pomieszczenie było całkiem puste, włączyła jeden z nich. Nie było to jednak światło, jakiego się spodziewała. Z jednej ze ścian wystrzelił promień światła, który padł na przeciwległą ścianę, tworząc jaskrawy obraz.

Obraz walącego się miasta, z popiołem spadającym z nieba. A później obraz zaczął się poruszać.

45

Marasi wpatrywała się w ruchomy obraz, przedstawiający miasto w kolorze – choć ograniczonym do stłumionej ciemnej szarości i czerni na tle jaskrawoczerwonego nieba. Z góry na dymiące ruiny opadał popiół. Z pomieszczenia emitującego światło dobiegał głośny mechaniczny odgłos.

– Na pierwszy eter. – DwójDusza podszedł do niej i położył dłoń na oparciu krzesła. – Co to? Okno w przyszłość?

– Nigdy nie widziałam niczego podobnego. – Blask Księżyca stała przy przeciwległej ścianie, najbliżej obrazu. Z wahaniem włożyła dłoń w strumień światła... i zniekształciła wizję, rzucając na ścianę cień swojej dłoni.

Na szczęście Marasi już wcześniej zetknęła się z czymś takim. VenDell pokazał im sposób rzutowania ewanotypów na ścianę za pomocą światła. To były statyczne obrazy, w czerni i bieli. Ale powiedział coś, co zapamiętała: „Harmonia sugeruje, że jeśli ten wynalazek uznamy za coś cudownego, nasze metale zapłoną jeszcze mocniej, kiedy obrazki zaczną się poruszać ".

Najwyraźniej Krąg już poznał tę tajemnicę. I znaleźli sposób tworzenia ruchomych obrazów innych miejsc za pomocą aparatów? To pomieszczenie rzeczywiście kojarzyło się z niedużym teatrem, tylko pozbawionym sceny.

Ale... ten krajobraz ze stertami popiołu i zniszczonymi miastami był przyszłością czy przeszłością? Architektura kojarzyła się z Elendel, ale ilość gruzu sprawiała, że Marasi nie mogła być pewna.

– Chodźcie tutaj i zobaczcie – zawołała Blask Księżyca z drugiej strony sali. Otworzyła kolejne drzwi.

DwójDusza i Marasi dołączyli do niej w pomieszczeniu wyposażonym w zupełnie inny sposób. Najwięcej miejsca zajmował ogromny stół, na którym wznosiła się malutka replika miasta. Przypominała model stworzony przez DwójDuszę, ale z malowanego drewna i gipsu – zniszczony i zrujnowany, z zawalonymi budynkami.

To rzeczywiście było Elendel, rozpoznawała układ ulic. Czyżby nie tylko zobaczyli przyszłość, ale też wybudowali model tego, co się miało stać?

Blask Księżyca zajrzała do paru skrzynek, z jednej z nich wyciągnęła garść drobniutkiego popiołu i pozwoliła, by przeciekł jej przez palce. Na innych półkach znajdowały się malutkie rekwizyty – miniaturowe wersje ludzi leżących jak trupy. Martwe konie z malowanego gipsu. Zrujnowane budynki, zniszczone automobile, duże pomalowane na czerwono prześcieradła z zarysami chmur i płonącym słońcem...

I aparaty do evanotypów, ustawione tak, by patrzyły od dołu na stół. Kiedy Marasi to zobaczyła, wszystko zaczęło układać się w całość.

– To fałszywka – szepnęła z ulgą. – Nie udali się w podróż do przyszłości lub przeszłości. Stworzyli model upadłego Elendel... a później wykorzystali te maszyny, by wykreować obrazy przyszłości, która się nie wydarzyła. Nawet to zdjęcie, które znaleźliśmy wcześniej... to fałszywka. Fotografia tego modelu. Celowo wymyślili mistyfikację, by ludzie pomyśleli, że świat się skończy.

– Nie – sprzeciwiła się Blask Księżyca. – Wymyślili mistyfikację, by ludzie pomyśleli, że świat już się skończył. Ale komu zamierzają ją pokazać i dlaczego?

– Jeśli są odpowiedzi, znajdziemy je na dole. – Marasi skinęła w drugą stronę i wyszli z powrotem do stali teatralnej, kierując się w stronę większych drzwi na ścianie w pobliżu urządzenia rzucającego obraz.

Na zewnątrz zobaczyli korytarz oświetlony przemysłowymi lampami w metalowych kloszach. Miejsce wydawało się dziwnie puste, jeśli wziąć pod uwagę wcześniejszą aktywność. Blask Księżyca wyszła jako pierwsza. Marasi dołączyła do niej i znalazły podwójne drzwi na końcu korytarza. Te miały na górze okienka, co pozwalało im rozejrzeć się po hali załadunkowej po drugiej stronie.

Patrolowała ją grupa uzbrojonych mężczyzn i kobiet. DwójDusza kucnął obok Marasi i wypuścił wąską – niemal niewidzialną – linię kryształu pod drzwiami.

– Ach. Widzicie tę dużą ścianę, która wystaje po naszej lewej, tuż przy wejściu do pomieszczenia? To nasza winda przemysłowa, jak przewidziałaś, milady.

Marasi widziała wskazany przez niego fragment ściany – ale wejście do windy było po przeciwnej stronie. Nie udałoby im się przebyć niepostrzeżenie otwartej hali. Na szczęście nie musieli.

Przeszli korytarzem do właściwego miejsca – gładkiej ściany, za którą powinna znajdować się winda.

– W porządku – szepnęła Marasi.

Blask Księżyca stworzyła kolejne drzwi i otworzyła je, ukazując głęboki, ciemny szyb prowadzący w dół. Winda musiała być na dole, pewnie została tam po tym, jak zabrała burmistrza i jego strażników w głębiny.

Co teraz?

– Pozwólcie mi. – DwójDusza przeszedł przez drzwi i przytrzymał się niewielkiej skrzynki tuż za nimi. Stał jedną nogą na wąskiej półce, a druga wisiała nad przepaścią.

Marasi wyciągnęła rękę, żeby pomóc mu zachować równowagę, ale nim zdążyła to zrobić, drzwi zniknęły i w ich miejsce wróciła ściana.

Blask Księżyca pośpiesznie znów przycisnęła pieczęć i otworzyła drzwi. DwójDusza wisiał na drabinie z rozeitu. Pociągnął długi łyk wody z plecaka i się uśmiechnął.

– Zapraszam.

– A jeśli ktoś przywoła windę z powrotem na górę? – zapytała Marasi.

– To winda przemysłowa – zauważyła Blask Księżyca. – Popatrz, jak szeroki jest szyb, jak grube są przewody. Będzie się poruszać powoli. W najgorszym wypadku możemy wspiąć się na wierzch i pojechać na niej do góry. Nad nami jest dość przestrzeni, nie zmiażdży nas.

Marasi pokiwała głową i DwójDusza zaczął schodzić, a w miarę, jak to robił, powstawały pod nim nowe szczeble. Marasi weszła na drabinę i ostrożnie sprawdziła, czy wytrzyma obciążenie. Jak się okazało, DwójDusza był wyjątkowo przydatny. Zeszła trochę w dół, by wpuścić również Blask Księżyca. Drzwi znów zniknęły, ale kobieta otworzyła plecak, by wypuścić trochę światła i szyb wypełnił blady blask.

Zaczęli schodzić w stronę jaskiń. I, jak miała nadzieję, odpowiedzi.

46

Wax szedł w dół ukrytym przejściem w rezydencji burmistrza. Tak, wyglądało, jakby zostało wciśnięte między dwie ściany – zszedł dość daleko, by minąć parter i dotrzeć do piwnicy. Drabina zaprowadziła go do niedużego pomieszczenia o żelaznych ścianach i sklepieniu.

Na półkach leżały zapasy – suche racje, dzbany z wodą. Wyglądało jak nieduży bunkier. Nie było przeznaczone do dłuższego przebywania, stanowiło raczej bezpieczną kryjówkę na wypadek... Czego? Zamieszek na ulicach? A może czegoś bardziej nikczemnego, jak przypadkowa detonacja broni?

Waxowi zrobiło się zimno. Rozejrzał się po pomieszczeniu i znalazł rysy na podłodze świadczące o ukrytych drzwiach w jednej ze ścian. Otworzył je bez większego trudu – choć zostały wykonane z grubego metalu – i trafił do kanalizacji burzowej. Przez kratki nad jego głową wpadało światło, a zapach, choć nieprzyjemny, nie był koszmarny. Nie był to prawdziwy kanał ściekowy, lecz miejsce, przez które deszczówka spływała z ulic do oceanu.

I dobre wyjście awaryjne z rezydencji burmistrza, pomyślał, dostrzegając liczne odciski stóp w szlamie, a później zaschnięte błoto w betonowym tunelu. Kawałek dalej trafił na nieduży mechaniczny wózek z otwartym dachem, idealny do poruszania się w takich warunkach. Koła pokrywała warstwa mułu, a w błocie odcisnęły się liczne ślady opon.

W pojeździe nie było kluczyków i choć istniał ponoć sposób, by uruchomić go bez nich, Wax nigdy się go nie nauczył. Wyjął z kieszeni złożony kalendarz i przyjrzał się licznym spotkaniom w „laboratorium". W tę i z powrotem, czasami parę razy w ciągu dnia. Gdyby Wax odwiedzał tak często tajny obiekt, z pewnością chciałby móc udawać się do niego ukradkiem.

Ruszył tunelem pieszo, ale po chwili otoczyły go widma sprzed lat. Przez krótką chwilę nie przebywał w kanalizacji burzowej najnowocześniejszego miasta Kotliny. Był w brudnej kopalni, nawiedzanej wypaczonymi „dziełami sztuki" stworzonymi przez przerażający umysł. Złote światło padające z góry. Spotkanie z przeznaczeniem.

„Porusza nami ktoś inny".

Głęboki oddech i chwila spokoju odpędziły widma. Miały mu towarzyszyć na zawsze, ale już go nie dręczyły. Bardziej przypominały echa niż duchy. Przypominały mężczyznę, którym kiedyś był, życie, które prowadził, i ludzi, których kochał. Pamiętał o nich, ale dziś miał zadanie do wykonania. Znalazł drabinkę serwisową prowadzącą na poziom ulicy i wspiął się po niej, by odszukać Wayne'a. Miał nadzieję, że nie płonął.

Całe szczęście odnalazł Wayne'a żywego i tylko odrobinę osmalonego, czekającego w ustalonym wcześniej punkcie. Barze, bo jakżeby inaczej. Miejsce wybrał Wayne.

Wsunął się na miejsce obok przyjaciela, a ten podał mu kieliszek whiskey, którą Wax wypił z westchnieniem zadowolenia. Zostawili pieniądze na blacie i wyślizgnęli się tylnym wyjściem.

– Coś znalazłeś? – spytał Wayne, gdy dotarli do końca przejścia za barem.

– Zapiski, które mogą mieć znaczenie. Kalendarz. Listy. Co ważniejsze, ukryty tunel... miejmy nadzieję, że prowadzący do czegoś przydatnego.

– Nieźle.

– A co się stało z tobą?

– Ech, nic ciekawego.

Wax popatrzył na niego, a później na ślady spalenizny na jego spodniach.

– Nie mogłem zrobić „babcia poszła na wódeczkę" – wyjaśnił Wayne. – Nie zdążyłem znaleźć peruki. Więc zrobiłem „płonącego króliczka".

– „Płonący króliczek" – powiedział Wax beznamiętnym tonem. – Proszę, nie mów mi, że podpaliłeś królika, Waynie.

– Oczywiście, że nie. Nie zdążyłem znaleźć przeklętej peruki, to gdzie znalazłbym króliczka?

– Dobrze, ja...

– W „płonącym króliczku" używa się kota. A tych jest tu pełno.

– Waynie. Podpaliłeś kota?

– Do diabła, nie! Za kogo ty mnie uważasz? Za sadystę?

Wax rozluźnił się nieco.

– Wyrzuca się kota przez okno – wyjaśnił Wayne.

– Harmonio... Dlaczego?

– Żeby ocalić go przed pożarem, rzecz jasna! – Wayne pokręcił głową, kiedy Wax prowadził go w stronę kanału burzowego. – Taki jest plan. Wywołujesz pożar, a później biegasz dookoła z wrzaskiem i wyrzucasz kota przez okno. Ludzie ci wierzą i myślą, że ratujesz zwierzątka.

– A później...

– A później krzyczysz, że ktoś musi uratować króliczka. Prowadzisz wszystkich, żeby pukali do drzwi i wyprowadzali ludzi, i wszyscy dostają kręćka, kiedy ci pomagają.

Wax zatrzymał się na ulicy, gapiąc się ze wszystkimi na Srebrny Dom. Budynek stał teraz w płomieniach i wznosiła się nad nim potężna chmura dymu, jak sama Głębia.

– Powiedziałeś, że po poważnym incydencie dyplomatycznym możemy się równie dobrze zabawić – powiedział Wayne.

– Nie to powiedziałem. – Wax westchnął.

– Co? Tobie ciągle chodzi o tego kota?

– Naprawdę wyrzuciłeś go przez okno?

– A ty co byś zrobił? Zostawiłbyś go, żeby się spalił? Musiałem uratować biedaczka.

– Uratować kota. Z pożaru, który wywołałeś. Kota, którego porwałeś właśnie w tym celu.

Wayne wyszczerzył zęby.

– Nie martw się. Rzuciłem nim w stronę drzewa. Koty zawsze lądują na drzewach, jeśli rzucić je wystarczająco mocno.

– Skąd... skąd ten pomysł?

– Nie wiem – powiedział Wayne, kiedy Wax pociągnął ich dalej. – Musiałem dowiedzieć się w szkole.

– A ty... chodziłeś do szkoły?

– Jako dzieciak? Nie. Ale raz jedną spaliłem, zanim jeszcze wymyśliłem „płonącego króliczka". Może to o kotach wisiało gdzieś tam na tablicy?

– Zaczekaj. Kiedy spaliłeś szkołę?

– Przystań Westa? Dziewięć lat temu? To była piekielnie zła szkoła.

Wax zawahał się w uliczce, w której znajdowało się zejście po drabinie serwisowej. Przystań Westa...

Ach, racja. To rzeczywiście była piekielnie zła szkoła.

– W porządku. – Wax podniósł klapę prowadzącą do kanału burzowego. – Ruszajmy.

Wayne zszedł po drabinie. Na dole chrząknął.

– Co? – spytał Wax, kiedy do niego dołączył.

– Nie mów o tym Marasi. Powiedziałem jej, że nigdy nie zabrałeś mnie do kanału. Ten przynajmniej nie śmierdzi... – Zmrużył oczy. – Właściwe wygląda trochę jak wąski kanion, z całym tym światłem padającym z góry...

– Dlaczego tak mówisz?

– Bez powodu.

Obaj odwrócili się, kiedy z góry dobiegły ich dzwonki straży pożarnej.

– No tak... – zaczął Wayne. – Kalendarz i listy, tak mówiłeś?

Wax pokiwał głową.

– Gave odwiedzał miejsce nazywane laboratorium, choć parę miesięcy temu wyjechał też na dwa tygodnie na jakieś próby trajektorii. Udawał, że to wakacje.

– Hm. – Wayne wskazał przed siebie. – A laboratorium jest w tamtą stronę, tak myślisz?

– To wydaje się prawdopodobne. – Wax sięgnął do kieszeni i podał kalendarze przyjacielowi.

Wayne gwizdnął cicho.

– Żadnych umówionych spotkań po dzisiejszym dniu?

– Też to zauważyłem.

– „Przybywają..." – przeczytał.

Wax pokiwał głową i dał Wayne'owi chwilę na przejrzenie kart kalendarza, a sam wyjął listy. Światło na dole nie było za dobre, ale promienie słońca wpadające przez kraty wystarczały. Znów przeczytał dwa listy, jeden skrajnie obciążający, drugi pełen uprzejmości. Co...

Och, na rdzę.

– Wayne. – Uniósł obciążający list, który dostali od redaktorki. – To fałszerstwo.

– Co? Naprawdę? Skąd wiesz?

– Zanim to wszystko się zaczęło, spędziłem sporo czasu na operacji, która miała potwierdzić, że Vennis Hasting, który rzekomo napisał ten list, jest zamieszany w skandal. Udowodniłem, że przekupywał innych senatorów. Dla potwierdzenia naszych argumentów wraz ze Steris potwierdziłem autentyczność listów, które od niego otrzymaliśmy. Na rdzę. Odwiedziłem troje specjalistów od pisma ręcznego, a oni podkreślali bardzo charakterystyczne pociągnięcia pióra Vennisa. Które w tym nie są właściwe. – Otworzył szerzej oczy. – O to chodzi... taki jest jej plan...

– Stary. Musisz mówić wyraźniej. Bo ja nie nadążam.

– Moja siostra – wyjaśnił Wayne. – Musi przejąć kontrolę nad Kotliną i udowodnić Niezależności, że może tu rządzić. Zastanawiałem się, jak wysadzenie Elendel miało pomóc w realizacji tego celu.

– Usunęłoby wiele barier.

– Tak, ale z pewnością inne miasta nigdy nie oddałyby władzy komuś, kto dopuścił się takiej potworności. – Wax uniósł sfałszowany list. – Chyba że Telsin mogłaby utrzymywać, że nie wysadziła Elendel. Chyba że miałaby dowód... w postaci podrobionych listów... że to senatorowie z Elendel konstruowali bombę. Mając odpowiednie dowody, mogłaby sprawić, by wydawało się, że wysadzili się przez przypadek.

– Oooch, to przebiegłe. Może też „odzyskać" niektóre elementy tej broni, by Bilming „z oporami" uzyskało dostęp do technologii mogącej ochronić Kotlinę przed Malwianami. Do diabła... to by się udało. Usunąć Elendel. Zjednoczyć Kotlinę. Zdobyć władzę nad planetą.

Kolejny kawałek układanki znalazł się na swoim miejscu. Nawet listy Gave'a – te prawdziwe od Vennisa Hastinga – miały teraz sens. Potrzebowali próbek pisma ręcznego, stąd serdeczna korespondencja między burmistrzem i senatorem.

– A brak spotkań po dzisiejszym dniu? Wygląda na to, że termin jest jeszcze krótszy, niż się obawialiśmy.

– Musimy znaleźć to laboratorium. – Wax znów ruszył kanałem burzowym. – I mieć nadzieję, że bomba tam jest.

Wayne pokiwał głową i dołączył do niego. Gave przeznaczał piętnaście minut przed spotkaniami i po nich na podróż do laboratorium – więc nie mogło być daleko.

Kiedy szli, Wax niepokoił się coraz bardziej. Tym, co robiła Telsin. Implikacjami wszystkiego. Poczuł więc odrobinę ulgi, kiedy Wayne przerwał milczenie.

– No więc... Kiedy byłeś w gabinecie burmistrza... zauważyłeś, czy miał ładne biurko?

– Całkiem ładne. Czemu pytasz?

– Czy... – Wskazał za siebie w stronę Srebrnego Domu. – No wiesz...

– Napierdziałem w jego krzesło?

– Aha.

– Waynie. Oczywiście, że nie.

Szli dalej przez błocko i znaleźli miejsce, w którym do środka bez wątpienia dostawały się dzieciaki, o czym świadczyło graffiti wymalowane na ścianach – wielkie terrisańskie wzory w kształcie przeplatających się V.

– W porządku. – Choć Wax bardzo się starał, nie potrafił dać sobie spokoju z tematem. – Dlaczego w ogóle pomyślałem, że mógłbym to zrobić z jego krzesłem? Wyraźnie powiedziałeś, żebym tego nie robił, a poza tym... Do diabła, kto robi coś takiego?

– Nikt, nikt. Dobrze, że tego nie zrobiłeś. No wiesz, trzeba zachować klasę. Szczególnie w takich czasach. Bardzo poważnych. Bomby grożące miastom. Jak detonacja dzisiaj. Nie ma czasu na głupstwa.

Przerwał.

– Ale... – mówił dalej – ...gdybym ja tam był i zobaczył to fikuśne krzesło... Wiesz, jak lubię te krzesła. Takie, co to się odchylają do tyłu, są całe ze skóry i dość twarde, żeby się oprzeć, ale nie tak twarde, żeby były niewygodne. No wiesz? I myślę sobie „Do diabła, ale to fikuśne krzesło"? I zastanawiam się... Czy stary podwórzowy mgłotwórca będzie brzmiał inaczej? Co, gdybym wypuścił odrobinę skoncentrowanej esencji Wayne'a w te idealne skórzane kontury? Czy wrażenie byłoby inne? Czy moje pośladki...

– Wystarczy. Proszę.

– Och, jasne. W porządku.

Przeszli kawałek dalej, ale coś w jego słowach... Wax znów próbował o tym nie myśleć, ale...

– Waynie – powiedział w końcu i przymknął oczy. Czuł się zły na siebie, że kontynuuje tę rozmowę. – Mam dokładnie takie krzesło w swoim gabinecie w apartamencie.

– Owszem – stwierdził z powagą Wayne. – W rzeczy samej. Do diabła.

– Waynie. Czy ty...

– Waxie, całe miasto jest w niebezpieczeństwie, wiesz? Najpierw ta moja rzekoma obsesja na punkcie podpalania budynków rządowych... tylko dwa razy, pamiętaj, a to nie jest wzór, jedynie zbieg okoliczności. A teraz ta fascynacja tym, co wychodzi z mojego tyłka. Nie możemy się skupić na ważnych rzeczach?

– Pewnie możemy.

– Jak ta sztuka. – Wayne spojrzał z podziwem na graffiti. – Mama miała rację. To miejsce jest piękne.

– Mama? Czy ja chcę wiedzieć, o czym tym razem mówisz?

– Przypomina mi to starą opowieść o kanionie. – Wayne podszedł do niego i ruszyli dalej. – Historię, którą opowiadała mi mama. Ostatnią, jaką od niej dostałem. Więc dobrze ją pamiętam, wiesz?

– Nie. Jak ten tunel może być kanionem?

– Po prostu jest – powiedział cicho Wayne, spoglądając w górę, kiedy przechodzili pod kolejną kratką, a na jego twarz padły plamy słonecznego blasku. – Myślałem o tym od dzisiejszego ranka. To nieuniknione, wiesz?

– Nie wiem. Naprawdę nie wiem, Waynie.

– Po prostu jest. Nawet jeśli ty tego nie wiesz. Jesteś bohaterem, Waxie, i masz misję. Barm. Najpaskudniejszy potwór, jaki kiedykolwiek żył. Musisz go powstrzymać... – Zawahał się. – Uważaj. W tym kanionie mogą być węże.

– To kanalizacja burzowa, a ja nigdy nie widziałem węża w mieście.

– Tak, one są piekielnie dobre w skradaniu się. A skoro mowa o wężach, Krąg wie, że w rezydencji to byliśmy my.

– Bez wątpienia. Mogą wpaść do gabinetu burmistrza, żeby odzyskać cenne dokumenty. Nie udało mi się z powrotem nakryć klapy dywanem, więc będą wiedzieli, że znalazłem tunel.

– Wspaniale.

– Wspaniale?

– W kanionie powinieneś znaleźć złego gościa. A w każdym razie, jeśli historia pójdzie właściwie.

– Waynie. Nie jesteśmy w kanionie w historii twojej matki. Jesteśmy w kanale burzowym w Bilming i próbujemy powstrzymać urządzenie wybuchowe. My...

Przerwał mu odgłos wystrzału, odbijający się echem w wąskim tunelu – a w beton w pobliżu głowy Waxa wbiła się z trzaskiem kula, wyrywając odłamek.

Obaj natychmiast uskoczyli w bok, pochylając się, i zobaczyli cienie poruszające się w tunelu przed nimi, tuż za zakrętem. Wax dostrzegł dwie sylwetki przykucnięte w wygięciu tunelu – Monetostrzelnego, z którym walczył wcześniej, i niższą kobietę w meloniku.

– Hej! – powiedział Wayne. – Popatrzcie no tylko. Źli goście i węże. Jednocześnie.

47

Ekipa Marasi bez problemów zbliżyła się do dna szybu windy, ostrożnie schodząc po rozeitowej drabinie DwójDuszy. Kiedy Marasi zwolniła, otoczył ją czerwono-różowy pył, jego drobinki parowały w powietrzu. Prawdopodobnie miała je we włosach, tlące się jak popiół.

Duża winda przemysłowa spoczywała na dnie szybu. DwójDusza poszerzył swoją drabinę, żeby wszyscy troje mogli zejść obok siebie. Później Marasi dużym palcem stopy sprawdziła dach windy. Porządny metal. Ostrożnie opadła na niego całym swoim ciężarem, a on nawet się nie ugiął. Skinęła na pozostałych, którzy dołączyli do niej.

– I co teraz? – szepnęła Blask Księżyca.

– Właz serwisowy. – Marasi zauważyła go w przeciwnym rogu i otworzyła ostrożnie. Przednie drzwi windy były otwarte, ale pod tym kątem niewiele widziała. Wezwała gestem DwójDuszę. – Możesz zobaczyć stąd, czy ktoś na dole ją obserwuje?

Nieduża linia rozeitu dostarczyła odpowiedzi.

– Silajana widzi dwoje strażników – szepnął DwójDusza. – Mężczyzna i kobieta, uzbrojeni w karabiny. Stoją naprzeciwko wejścia do windy, w pobliżu ściany z naturalnego kamienia. Wygląda na to, że rzeczywiście dotarliśmy do tuneli i jaskiń. Strażnicy nie wydają się czujni i w tej chwili patrzą raczej na siebie nawzajem niż na windę. Czy mam ich odesłać do eterów, by ich dusze rozważały błędne decyzje w tym życiu?

– Ona chce poruszać się po cichu, DwójDuszo – powiedziała Blask Księżyca. – To może być przesada.

– Poradzę sobie – szepnęła Marasi. – Choć pomogłoby mi, gdybyś opuścił mnie odrobinę przez ten otwór, DwójDuszo, żebym mogła się rozejrzeć.

Spełnił tę prośbę, tworząc niedużą kratownicę z kryształów, by ją podtrzymywała, kiedy opuściła głowę do windy. Jej włosy opadły w dół. Dwoje strażników stało między dużymi pudłami, patrzyli na siebie i opierali się o skrzynie. DwójDusza miał rację. Nie zwracali uwagi na otoczenie. Właściwie robili wrażenie, jakby flirtowali. A w każdym razie mężczyzna śmiał się z własnych żartów, a kobieta udawała, że nie robi to na niej wrażenia.

Z torebki u pasa Marasi wyjęła jeden z granatów Allomantycznych i zamocowała go na lince z haczykiem. Naładowała granat i czekała – a cierpliwość się opłaciła, kiedy mężczyzna powiedział coś, co w końcu sprawiło, że kobieta się roześmiała. Ich rozproszenie pozwoliło Marasi rzucić granat, który uruchomił się w chwili, kiedy uderzył w ziemię. Mogła jedynie mieć nadzieję, że dwójka strażników – skupiona na sobie nawzajem – nie zauważy, że czas wokół nich zwolnił.

– Dobrze – szepnęła, trzymając linkę. – Chodźmy.

Z łoskotem opadła do windy. Blask Księżyca podążyła za nią nieco bardziej ukradkowo i od razu ruszyła naprzód. DwójDusza zszedł z godnością po słupie z rozeitu z miejscami na stopy. Zsunął się z niego, zatoczył się i oparł o ścianę windy, by odzyskać równowagę.

Rozejrzeli się po tunelu w poszukiwaniu innych strażników – był pusty – i wyślizgnęli się, starannie omijając ledwie widoczną krawędź bańki spowolnionego czasu, która migotała jak powietrze nad rozgrzanym chodnikiem.

Dwójka strażników trwała w bezruchu. Kobieta miała zamknięte oczy, kiedy się śmiała, a mężczyzna uśmiechał się szeroko i skupiał na towarzyszce. Marasi mogła jedynie mieć nadzieję, że kątem oka nie dostrzeże rozmytych plam. Ukryła się z pozostałymi w pobliskim prostopadłym tunelu i szarpnęła za linkę, podrywając granat do góry, a wtedy bańka zniknęła.

Złapała granat w powietrzu przy akompaniamencie śmiechu strażniczki, który odbijał się echem w tunelu. Czekała z napięciem. Czy zostali dostrzeżeni? Czy któreś z tych dwojga usłyszało ponad śmiechem odgłos uderzającego o ziemię granatu?

Strażnicy rozmawiali dalej, jakby nic się nie wydarzyło. Marasi z ulgą skinęła na pozostałych i ruszyli nieco dalej w głąb tunelu. Oświetlały go górnicze latarnie wiszące na grubym przewodzie na ścianie, które tworzyły plamy jasności rozdzielone ciemniejszymi odcinkami.

– To było dobrze przeprowadzone – szepnęła Blask Księżyca, gdy Marasi zwijała linkę. – Teraz możemy iść tylko w jedną stronę, w dół tego tunelu?

Marasi pokiwała głową.

– Czuję się odsłonięty – szepnął DwójDusza. – Możemy napotkać kolejnych strażników.

Marasi odnosiła takie samo wrażenie, ale niewiele mogli na to poradzić. Szli dalej tunelem, który bardzo przypominał ten, do którego przed kilkoma dniami weszła z Wayne'em. Gładki, starożytny kamień – i od czasu do czasu gruz, który wskazywał, że w czasie prób materiałów wybuchowych kawałki odpadły od sklepienia. I może niektóre z tych eksplozji nie były próbami, lecz służyły do połączenia tuneli i jaskiń.

Z przodu dobiegły głosy. Marasi obejrzała się i zobaczyła jedynie długi, odsłonięty tunel, po czym wskazała do przodu, w stronę jednego z ciemniejszych miejsc, gdzie chyba dostrzegła kilka większych stert gruzu. DwójDusza mimo wcześniejszej obietnicy pozostał z tyłu, kiedy dwie kobiety pośpiesznie ukryły się w cieniu.

Nikt z mówiących nie był jeszcze widoczny, bo przed nimi tunel zakręcał. Marasi kucnęła za gruzem, Blask Księżyca dołączyła do niej. Kiedy przykucnęła, sterta gruzu sięgała jej jedynie powyżej kolan, ale lepsze to niż nic. Z niepokojem zamachały do DwójDuszy, który dał z siebie wszystko, a kiedy dotarł na miejsce, potknął się i osunął na kolana.

I wtedy z jego dłoni zaczął wyrastać kamień. Otoczył ich łukiem, ciemniejszy niż jego zwyczajowy rozeit. Choć wciąż był różowy, cienie ukrywały kolor. Mężczyzna pociągnął długi łyk z plecaka, by uzupełnić wodę, po czym – na jego prośbę – wszyscy skulili się najbardziej, jak się dało, i pozwolili, by rozeit ich otoczył. Niewielki otwór z przodu pozwalał im widzieć, co działo się na zewnątrz.

Zza zakrętu wyszedł patrol żołnierzy. Było ich tylko pięcioro, ale Marasi ucieszyła się z zasłony, kiedy zatrzymali się, żeby pogadać o wizycie burmistrza, a później rozdzielili się i poszli w przeciwne strony. Jeden patrol wrócił do windy, mijając ich kryjówkę. Nawet nie spojrzeli w dół.

Mimo to serce Marasi waliło w piersi do chwili, gdy w tunelu znów zapadła cisza. Wtedy zaryzykowała szept.

– Wasza dwójka z pewnością się przydaje.

– Dziękuje, milady – powiedział DwójDusza.

– To jedynie ułamek talentów posiadanych przez członków Duchokrwistych – zauważyła Blask Księżyca. – Rzeczy, które ci pokażemy, wprawią cię w oszołomienie.

– Jeśli do was dołączę. Naprawdę nie wiem, kim jesteście, co robicie.

– To łatwo wyjaśnić – stwierdził DwójDusza. – Mamy trzy ogólne zasady.

– Chronić Scadrial. – Blask Księżyca podniosła się, kiedy rozeit zaczął się rozpadać.

– Ale żadne z was stąd nie pochodzi – szepnęła Marasi.

– Prawda – przyznał DwójDusza. – Ale moja ojczyzna jest obecnie niegościnna dla takich jak ja. Przyłączyłem się do lorda Kelsiera, by zyskać sojuszników i zasoby do ewentualnej walki przeciwko ciemnemu eterowi. A dopilnowanie, by ta planeta pozostała bezpieczna i nieskażona, jest godnym celem samym w sobie.

– A ty? – Marasi zwróciła się do Blasku Księżyca. – Ty też nie możesz wrócić do domu?

– Nie mogę, ale nie przejmuję się tym aż tak bardzo. Mam oko na pewnego wroga Duchokrwistych. A poza tym lubię tajemnice. – Wskazała głową naprzód.

Szli dalej, a kiedy wyjrzeli za zakręt i upewnili się, że nikt inny nie nadchodzi, Marasi szepnęła do Blasku:

– Jakie są dwie pozostałe zasady?

– Dzielimy się ze sobą wszystkim, co wiemy. W drużynie nie ma tajemnic. Jeśli spytasz Kelsiera, nawet on powie ci, co planuje. Ale absolutnie nie wolno się dzielić tajemnicami poza organizacją bez jego zezwolenia.

– A ostatnia?

– Ufamy sobie nawzajem – powiedział DwójDusza. – Jesteśmy zespołem. Rodziną. Kiedy ktoś do nas dołącza, przysięga, że nigdy nie zwróci się przeciwko innemu Duchokrwistemu. Żadnych konfliktów wewnętrznych. Żadnych zdrad. Żadnego kopania dołków pod sobą nawzajem. Żadnych sprzeczek o zasoby lub łaski.– Traktujemy to bardzo poważnie, Marasi – dodała Blask Księżyca. – A sposób, w jaki się zachowujesz, twoje nastawienie jako części zespołu, to jeden z głównych powodów, z jakich przyszliśmy do ciebie.

„A nie do Waxa", to sugerowały jej słowa. Idąc, Marasi rozmyślała nad tymi zasadami. Ostatnią przełknęła bez trudu. Nie działać przeciwko sobie nawzajem? Nie podważać misji lub celów innego członka grupy? To brzmiało cudownie. Więcej niż raz zdarzyło jej się zderzyć z ambicją innego konstabla, co uniemożliwiło jej realizację zadania.

Ale ta druga zasada... Nie dzielić się informacjami z osobami z zewnątrz? Ciążyło jej to jak kamień. Była konstablem miasta Elendel. Dołączenie do Duchokrwistych byłoby jak... jak złożenie przysięgi lojalności innemu miastu.

Jednakże tajemnice, które znali... rzeczy, które robili... Gdyby dołączyła do Duchokrwistych, wątpiła, by musiała znów marnować czas na drobnych przestępców.

Kiedy dotarli do przecięcia korytarzy, odłożyła te rozważana na później. Ten skręcający w prawo był wyjątkowo dobrze oświetlony. Wzdłuż ścian tunelu po obu jego stronach wzniesiono dwie długie, wąskie konstrukcje. Droga prowadziła między nimi, jakby były sklepami przy ulicy.

Wyjrzawszy za róg, Marasi dostrzegła, że jednego z dwóch budynków pilnują barczyści mężczyźni. Strażnicy burmistrza. Byli jednak rozproszeni, bo rozmawiali z kimś w środku. Co dało Marasi szansę.

Ruszyła przodem, na zakręcie przykucnęła i przebyła krótką odległość dzielącą ją od budynku po prawej. Pozostała dwójka dołączyła do niej tuż przed tym, jak strażnicy skończyli rozmowę, zamknęli drzwi i znów stanęli wyprostowani po obu ich stronach.

Na krótkiej ścianie budynku, przy której ukryła się Marasi z towarzyszami, znajdowało się okno, które umożliwiło jej zajrzenie do środka. On tam był. Burmistrz we własnej osobie, w eleganckim garniturze, z włosami zaczesanymi do tyłu i wypomadowanymi, siedział przy stole. Oprócz niego przy drzwiach stali dwaj kolejni strażnicy. Czworo ludzi w białych kitlach laboratoryjnych zebrało się przy stole Gave'a, jedna osoba podawała mu coś do picia.

Marasi zmarszczyła czoło, kiedy dostrzegła przygarbienie Gave'a. Wyglądał na... zmęczonego. O wiele mniej władczego i zadowolonego z siebie niż na komendzie.

Pokręcił głową.

– Jak oceniacie jej szanse, że sprawi, by ta bomba poleciała? – spytał, a jego głos dochodzący z wnętrza, choć stłumiony, brzmiał wyraźnie. – Że rzeczywiście to ocali?

– To... nie mój dział, sir – odpowiedziała jedna z naukowców. – Nie jestem inżynierem.

– Nie wierzę, że do tego doszło. – Głos Gave'a złagodniał. – Nie myślałem... kiedy się zgodziłem... Czy oni tu są?

– Prawie – powiedział inny z naukowców.

– Jak wielu?

– Dużo – odparła kobieta. – Armia żołnierzy o złocistej skórze i świecących czerwonych oczach. Sir, czy to prawda? Czy oni...

Gave uderzył pięścią w stół.

– To ja miałem kontrolować sytuację! Ona miała ponieść klęskę, a ja miałem zająć jej miejsce.

– I tak będzie, sir – powiedział jeden z naukowców. – Jeśli nie uda jej się uruchomić bomby, Niezależność ją zabije.

– I najedzie całą zardzewiałą Kotlinę. – Gave ukrył twarz w dłoniach. – Może świat. Do diabła. To nie miało tak być... – Wypił zawartość szklanki i podniósł się z trudem.

Marasi spojrzała na pozostałych. Wiedzieli, że Niezależność planowała jakiś zdecydowany atak, gdyby Telsin nie udało się udowodnić, że potrafi zapanować nad Kotliną. Wydawało się, że zadaniem Gave'a mogło być ułatwienie tego.

Byłoby dla niego dogodne, pomyślała, gdyby mógł skorzystać z tych jaskiń jako bunkra na wypadek wybuchu niszczycielskiej wojny na górze. To wyjaśnia również jedzenie.

A armia najeźdźców? Pamiętała, z jakim podziwem Miles Stożywotów mówił o „ludziach złota i czerwieni", kiedy umierał. Na rdzę.

– Jak wielu z naszych żołnierzy pozostało w bunkrze? – spytał Entrone.

– Dwa kontyngenty – powiedziała krępa kobieta w białym kitlu, która najwyraźniej wszystkim kierowała.

– Jacyś błogosławieni metalem?

– Żaden.

– Ta kobieta chce pozbawić mnie ludzi – stwierdził Entrone i zaczął krążyć po pomieszczeniu. – A ja jestem zmuszony ją wspierać, żeby nie doszło do realizacji najgorszej z możliwości. Nie wierzę, że pozwoliłem, by to zaszło tak daleko. Potrzebujemy jakiejś wojskowej obecności, żeby otoczyć tych obcych żołnierzy.

– Możemy to zrobić? – spytała kobieta.

– Nie wiem. – Uniósł ręce do twarzy. – Nie chcę władać popiołami. Na rdzę, plany Edwarna zawsze były lepsze. Powinniśmy byli naciskać na realizację właśnie ich, a nie głupiej bomby Telsin.

– Tak, panie burmistrzu – powiedziała pani Kitel. – A skoro mowa o planach Edwarna, czy... nadal chce pan przeprowadzić próbę?

Machnął ręką w jej stronę, a wtedy Kitel wysłała swoich asystentów na drugi koniec pomieszczenia, pod kamienną ścianę tunelu. Marasi przegapiła wcześniej grube drzwi wprawione w skałę – zrobione z grubego drewna, z masywnym zamkiem.

Asystenci je otworzyli, ukazując grupę około dwudziestu ludzi, którzy kulili się w ciemności. Mieli na sobie różne ubrania – niektórzy drogie, inni proste kombinezony robocze. Odzież wszystkich była brudna i pomięta. Asystenci sięgnęli po pistolety i wybrali szczupłą kobietę w podartej wieczorowej sukni, z rozmazanym makijażem. Ledwie stawiała opór, wyglądała na zbyt wyczerpaną, by pozwolić sobie na coś poza symbolicznym protestem.

Drzwi zostały znów zamknięte i asystenci przywiązali ją na stole z twarzą zwróconą w dół. Później jeden wyjął srebrzysty kolec, długi i wąski. Marasi zrobiło się zimno i poczuła mdłości. Czy to...?

Och, na Zniszczenie. Tworzyli Allomantę? Czytała o procesie w książce, którą dał jej Śmierć, ale nigdy nie chciała go zobaczyć na własne oczy.

Kitel wyjęła notatnik.

– Wierzymy, że udało nam się zrozumieć technikę, na którą wpadł Edwarn. Właściwie nawet ją udoskonaliliśmy. Proces wymaga bardzo cienkiego kolca, panie burmistrzu, i, co dziwne, odpowiedniego nastawienia.

– Nastawienia?

– Musi pan wiedzieć, co pan robi i dlaczego – wyjaśniła kobieta. – Pomaga, jeśli w czasie pracy szepce się Rozkaz, choć odkryliśmy, że nie jest to absolutnie niezbędne. Trauma obiektu również się przydaje.

Kiedy skinęła głową, asystenci przebili długim kolcem skórę na górnej części pleców kobiety. Prawie, jakby szyli długą na sześć cali igłą. Kobieta jęknęła z bólu, a asystent przeprowadzający procedurę mruknął coś pod nosem, po czym powoli przebił igłą jej skórę po drugiej stronie, jakby robił dwa otwory dla na przykład kolczyka. Kobieta krzyknęła głośniej, kiedy proces się skończył.

W chwili, gdy kolec opuścił jej skórę, z otworów popłynęła krew. Kobieta ucichła, a asystent obmył zakrwawiony kolec i podał pani Kitel, ona zaś od razu umieściła go w roztworze połączonym z jakimś urządzeniem i przyjrzała mu się.

– W przybliżeniu pięć procent Napełnienia – przekazała Entrone'owi. – I jak pan widzi, obiekt wciąż żyje. Zasadniczo wycięliśmy część duszy i przechowujemy ją w metalu.

Chwileczkę?

Stworzyli kolec, nie zabijając kobiety?

To miało być niemożliwe. Owszem, Marasi nie przeczytała książki Śmierci tak dokładnie jak Wax, ale była względnie przekonana, że Hemalurgia zawsze zabijała obiekt.

– I co z tego? – powiedział Entrone. – Nie wiem, czy zauważyłaś, ale nieszczególnie mnie obchodzi, czy ci ludzie przeżyją. Tworzenie kolców bez zabijania ich nie ma sensu. Potrzebujemy Metalicznych w dużej liczbie. To zrobi wrażenie na Niezależności. To sprawi, że uzna tę planetę za zasób, a nie coś do spalenia.

– Ach, milordzie. Ta kobieta nie jest Metaliczna. Napełniliśmy kolec... rzecz jasna, tylko odrobinę... wykorzystując zwykłą osobę. Wszyscy ludzie zostali Napełnieni przez Zniszczenie i Zachowanie, to część naszej natury... i mamy odrobinę więcej Zachowania, gdyż w chwili stworzenia zostaliśmy pobłogosławieni przez Odpryski. Wydobywamy część z tego. Dokładny procent zależy od osoby. Sądzimy, że może to zależeć od tego, jak duże jest genetyczne prawdopodobieństwo, że byliby Metalicznymi. Ale oni nie potrzebują tego dodatku, jeśli moce się w nich nie objawiły. Jest szczątkowy. My go po prostu odcinamy i wykorzystujemy w kolcu. Całkowite Napełnienie jednego wymaga od dwudziestu do trzydziestu ludzi.

– Ale za pomocą tych kolców możecie stworzyć Allomantów – powiedział Entrone. – To kluczowy element.

Kobieta spojrzała na pozostałych.

– Sir, to fantastyczny rezultat. Duży krok naprzód...

– Czy możecie stworzyć mi Allomantów? Teraz. Dzisiaj. Żeby pokazać Niezależności.

– Nie – przyznała Kitel. – Sądzimy, że musimy to w jakiś sposób zakodować, żeby udzielić błogosławieństwa określoną Sztuką Metaliczną. Pracujemy nad tym. Z pomocą jednego z tych kolców kilkoro zyskało moc na krótki czas, ale ona szybko się kończy.

– Do diabła – mruknął Entrone. – To znaczy, że projekt Społeczności Edwarna wciąż jest wartościowy. – Założył ręce na piersi i znów sprawiał wrażenie zmęczonego. – Ale w tej chwili nie mamy czego pokazać Niezależności. Będę musiał to zrobić. Będę musiał wpuścić jej armię. Wezwij wszystkich pozostałych lojalistów, tych, którzy nie pracują bezpośrednio dla Telsin, do jaskiń.

– Ale... – zaczęła Kitel.

– Czekamy, aż Telsin rozpocznie realizację swojego planu. Dajemy jej wszelkie szanse. A później... później, jeśli to się nie uda...

– Przeżywamy – dokończyła.

– Przeżywamy. – Pokiwał głową. – Idę do Społeczności, by zająć się prostopadłością. – Machnął w stronę celi na tyłach pomieszczenia. – Wszyscy za dużo słyszeli i wiedzieli. Są obciążeniem. Zabijcie ich.

– Oczywiście, milordzie – powiedziała Kitel.

Entrone wyszedł, pozostawiając dwóch strażników w środku, ale zabierając ze sobą dwóch w tunelu. Zatrzasnął drzwi tak mocno, że prowizoryczna konstrukcja się zakołysała. Na szczęście, kiedy znalazł się na zewnątrz, odwrócił się i ruszył dalej w głąb kompleksu, zamiast minąć Marasi i jej zespół.

– Przynieś mi granulki gazu invel – poleciła Kitel jednemu z asystentów. – To będzie bezbolesny koniec dla więźniów. Fion, powiedz naszym lojalistom, żeby wycofali się do jaskiń. Mogą zabrać rodziny, ale nic poza tym. Rozkaz ewakuacji o najwyższym priorytecie. To się dzieje naprawdę.

Jeden z asystentów wybiegł i również ruszył w głąb kompleksu. Drugi zaczął grzebać w szafkach z boku pomieszczenia. Marasi i Duchokrwiści kulili się w cieniach i szeptali.

– Musimy dostarczyć te informacje Kelsierowi – powiedziała Blask Księżyca. – Nowy sposób tworzenia kolców może wszystko zmienić.

– Wciąż jest brutalny – odszepnęła Marasi. – Kradzież części duszy? To lepsze niż mordowanie ich, ale wątpię, że to coś, co moglibyśmy wykorzystać z czystym sumieniem.

– Nie rozumiesz. Jeśli są nawet tylko blisko stworzenia Metalicznych z surowej mocy dusz, jeśli mają próby, których efektem było powstanie Allomanty, choćby chwilowo... Marasi, ta ścieżka mogłaby doprowadzić do tworzenia kolców wykorzystujących czyste Napełnienie zamiast dusz. – Postukała w torbę, wskazując na świecące słoje w jej wnętrzu.

Na Zniszczenie. Możliwość tworzenia kolców w mechaniczny sposób? Nawet proces wytwarzania medalionów wśród Malwian wymagał Metalicznych. Gdyby to, co sugerowała Blask Księżyca, było prawdą, mogłoby to wszystko zmienić.

– Na razie Silajana przypomina nam, że sama planeta jest w niebezpieczeństwie – powiedział DwójDusza. – Przekazanie informacji lordowi Kelsierowi będzie bez znaczenia, jeśli dojdzie do inwazji. Musimy podążyć za Entrone'em i zobaczyć, czy uda się nam przeszkodzić w realizacji planów Niezależności.

Marasi wyjrzała za róg, patrząc w głąb tunelu. Mogli się prześlizgnąć. Ale ludzie w tamtym pomieszczeniu mieli zostać zabici...

– Musimy pomóc więźniom.

– Życie kilku osób jest teraz bez znaczenia – stwierdziła Blask Księżyca. – Musimy ruszać dalej. Tak postępujemy.

– Ale ja nie – sprzeciwiła się Marasi. – Jestem stróżem prawa. Nie mogę zostawić grupy ludzi na śmierć. Poza tym on powiedział, że usłyszeli za dużo. Wiedzą coś, co może się nam przydać.

Blask Księżyca i DwójDusza popatrzyli po sobie.

– Pomogę im – powiedziała. – Strażników jest tylko dwóch. Powinniśmy z łatwością ich powstrzymać.

– Jeśli coś pójdzie nie tak możemy zaalarmować wszystkich na dole – zauważyła Blask Księżyca. – Jeden strzał...

Marasi zawahała się, oceniając ryzyko. Może była to głupota, przyznała, ale nie została konstablem, żeby pozwalać na mordowanie ludzi. Wyprostowała się.

– Zamierzam podjąć to ryzyko. Jesteście ze mną czy mam zrobić to sama?

Pozostała dwójka wstała.

– Zróbmy to szybko – powiedziała Blask Księżyca.

48

Steris słyszała, że w czasie pożaru szczury były często pierwszymi stworzeniami, które czmychały. Wyczuwały dym, zanim płomienie się rozszalały – i dlatego, z rzadka, można było wykorzystać ucieczkę szczurów jako wczesne ostrzeżenie przed nadchodzącym niebezpieczeństwem.

To właśnie robiła teraz, jednocześnie zbierając myśli i słuchając, jak inni senatorowie przygotowują drogi ucieczki. Obserwowała lady Gardre, co do której była niemal przekonana, że jest członkiem Kręgu. Jak długo Gardre pozostawała w mieście, mieli czas.

Jednakże w miarę upływu kolejnych minut, kiedy czekali, aż TenSoon powróci z Opaskami, zaczynała mieć wątpliwości. Może to nie była Gardre. Może prawdziwym agentem był jeden z asystentów, który już uciekł. Może Krąg wcale nie miał swoich ludzi w wewnętrznym kręgu władzy. Może...

Do środka wpadł asystent – i podszedł do lady Gardre. Zaczął szeptać jej do ucha.

– Ach – powiedziała Gardre. – Muszę się tym zająć. – Wstała i obciągnęła marynarkę. – Wkrótce wrócę.

Steris wiedziała, że tak się nie stanie. Jej odejście oznaczało, że miasto było w bezpośrednim niebezpieczeństwie. Wychodząc, minęła się z TenSoonem, a to przyciągnęło uwagę innych. Nie zorientowali się.

– A teraz... – Adawathwyn obeszła stół i znalazła się przy TenSoonie – ...zobaczmy, jak one działają. Daj mi Opaski. Pozwól mi kroczyć Ścieżką Harmonii i ocalić miasto! Jestem Metaliczną, Ferrytką umysłu. Niezależnie od tego, jaka dotrze tu bomba, mogę ją Odepchnąć z siłą planety! Albo poszybować do Bilming i zanieść sprawiedliwość tym łotrom!

Ambasador Daal zrobił krok do przodu, jego twarz skrywała maska.

– Musi dojść do negocjacji. Obiecywaliście, że one nie zostaną użyte.

– Z pewnością widzi pan potrzebę, ambasadorze – powiedziała Steris. – Chyba nie oczekuje pan, że umrzemy, jeśli to może nas ocalić?

– Z pewnością wy, ludzie z Północy, rozumiecie znaczenie słowa „obietnica". – Spojrzał na nią przez otwory w masce. – Mam upoważnienie, by negocjować ich zwrot do nas.

Pochylił się, z dłońmi opartymi na blacie, i spojrzał prosto na gubernatora – który odchylił się do tyłu i otworzył szerzej oczy.

– Jeśli ich użyjecie, to żądam, by zostały oddane nam – mówił dalej Daal. – Byśmy mogli wykorzystać je w czasie wybranej przez nas katastrofy. Kompromis, ta? Jeśli chcecie uniknąć wojny, ale również użyć Opasek, to jedyne rozwiązanie. Dostajecie tę szansę. My też dostaniemy. Umowa stoi?

Wszyscy zebrani popatrzyli na TenSoona. Kandry potwierdziły traktat i zostały powiernikami reliktu. Wydawało się, że pozostali uważali, że on może się na to zgodzić, a Steris uznała, że rzeczywiście był swego rodzaju arbitrem.

– Harmonia jest zajęty, ale nie mamy dużo czasu – powiedział TenSoon. – Dlatego zgodzę się na to, jeśli ludzie się też zgodzą. Kotlina może teraz użyć Opasek. Ale wracają do Malwian.

– Zróbcie to – powiedział gubernator. – Jeśli może ocalić to nasze miasto... zgadzam się.

Nie była to najlepsza sytuacja do prowadzenia negocjacji i Steris zastanawiała się, jak bardzo zostali rozegrani. Daal musiał uznać to za doskonałą okazję, by dostać to, czego chciał. Tak czy inaczej, wciąż nie rozumiała, dlaczego TenSoon sądził, że to się może udać. Tak, Opaski czyniły człowieka potężnym Metalicznym, ale Daal zachowywał się, jakby samodzielnie mogły doprowadzić do zwycięstwa w wojnie – a TenSoon miał tę zamyśloną minę. Spojrzał jej w oczy.

– Co? – spytała.

– Wierzymy, że istnieje sposób przenoszenia przedmiotów na duże odległości dzięki połączeniu mocy Metalicznych – odparł szeptem. – Harmonia jeszcze tego nie rozumie. Ale zastanawiam się... czy ktoś czujący transcendentne moce Opasek... nie mógłby rozwiązać zagadki.

Fascynujące. Robiła notatki.

TenSoon otworzył skrzynię, ukazując Opaski – które miały kształt dużego grotu włóczni wykutego z pasków różnych metali. Gubernator skinął na Adawathwyn, by je wzięła. Wyciągnęła rękę i dotknęła ich, a jej oczy zapłonęły. Podniosła je, trzymała przez chwilę i zmarszczyła czoło.

– Jak... Jak je uruchamiam?

– Waxowi przyszło to naturalnie. – Steris podeszła bliżej. Z wahaniem dotknęła Opasek i nic nie poczuła.

Przekazywali je sobie, pozwalając by każdy spróbował. W końcu wziął je TenSoon i w zamyśleniu zmarszczył czoło. Po chwili na jego twarzy pojawił się wyraz przerażenia.

– Są opróżnione – szepnął. – Coś się stało... Jak...?

Bez mocy Żałobne Opaski były zasadniczo ciężkim kawałkiem historii. Jak odłamane ramię pomnika.

Gubernator jęknął z rozpaczą, odchylił się do tyłu i zacisnął powieki. Wybawienie właśnie odleciało na motylich skrzydłach. Steris nie mogła przestać się zastanawiać, czego nie dostrzegała. Nie przewidziała, że Opaski mogły zostać opróżnione? Przez kogo? I jak?

Daal podszedł bliżej i dotknął ich jednym palcem.

– To prawda – mruknął. – Co wy zrobiliście? Używaliście ich w tajemnicy?

– Co takiego?! – wykrzyknęła Adawathwyn. – Nie! Nie widzieliśmy ich od lat, od czasu podpisania traktatu!

Daal podniósł Opaski jedną ręką.

– Zwrócę je moim rodakom.

– Chwileczkę. – Steris wstała. – Nie taka była umowa.

– Naprawdę? Mieliście szansę, by ich użyć. Tak się składa, że dla was są bezużyteczne. Teraz my musimy mieć naszą szansę. Zastanawiam się, czy to nie pobożność sprawia, że działają. A może mam rację i przez cały czas ich używaliście? Nasi uczeni będą wiedzieli, jeśli spróbowaliście oddać nam fałszywkę.

Steris popatrzyła na niego i miała wrażenie, że to była... Przygotowana przemowa? Tak. Ona sama przygotowywała słowa do wypowiedzenia nawet w zwykłych rozmowach. Jego manieryzmy robiły wrażenie wypraktykowanych, przećwiczonych. Ale z pewnością się myliła. Nie mógł być przygotowany na coś takiego.

Chyba że wiedział, że Opaski będą opróżnione. Chyba że przybył do Elendel w oczekiwaniu na kryzys, który skłoni ich do skorzystania z Opasek, by mógł zaproponować umowę. A wtedy...

– Nie wiem, czy mogę na to pozwolić – powiedział gubernator.

– Nie wiem, czy możemy tego zabronić – odwarknął TenSoon. – Zgodziliście się.

– Ach – powiedział Daal. – Może wasi Bezimienni Nieśmiertelni mogą rzeczywiście być bezstronni? Interesujące. Nie wierzyłem w to.

Daal wziął skrzynkę na Opaski od TenSoona, który zawarczał groźnie – ale wypuścił ją z rąk.

Steris przyglądała się temu z dziwnym poczuciem oddalenia. To była... to była jakaś malwiańska intryga, całkowicie osobna od napięć w Bilming. Przez co stanowiła problem na inny czas, kiedy nie będzie im groziło unicestwienie. Opaski nie były rozwiązaniem na tę chwilę. Ale kryła się w nich tajemnica, którą w końcu zamierzała rozwiązać.

Ambasador podszedł do drzwi, ale zatrzymał się w nich. Opaski miał pod pachą.

– Obiecałem panu lot, gubernatorze. Jeśli to miasto jest skazane na zagładę, jak wszyscy sądzicie, to... jeśli sobie życzycie, każde z was może teraz do mnie dołączyć. Zabiorę was w bezpieczniejsze miejsce.

– Ja pójdę – powiedziała od razu Adawathwyn. Szybkim gestem zabrała swoje rzeczy ze stołu.

– Może... – odezwał się gubernator. – Może się mylimy. Pomyliliśmy się w kwestii niebezpieczeństwa...

– Jest pan hazardzistą, panie gubernatorze? – spytał Reddi. – Bo ja tak. I nauczyłem się nigdy nie obstawiać przeciwko jednemu człowiekowi. Jeśli Świtostrzelny mówi, że jest wycelowana w nas bomba, to tak jest.

– Musimy ewakuować miasto. – Steris z głośnym trzaskiem rzuciła notatniki na stół. – Mam tu plany. Plany ewakuacji całego miasta na wypadek katastrof różnej kategorii. Parę lat temu miałam wolny czas w wakacje i nudziło mi się.

– Robi pani takie rzeczy dla rozrywki? – spytał Reddi.

– Cóż, rozliczenia podatkowe rodu zrobiłam już na rok do przodu. Proszę. Ten plan będzie najlepszy w tej sytuacji. Wyprowadza najwięcej ludzi z miasta w najkrótszym czasie. Im więcej go będziemy mieli, tym większą liczbę ocalimy. To jedno z moich najbardziej efektywnych dzieł. – Spojrzała na gubernatora. – Proszę. Nie możemy odejść. Musimy chronić miasto.

– Idzie pan czy nie? – rzucił Daal od drzwi. Może pragnął zaszczytu... i politycznej karty przetargowej... uratowania gubernatora.

Gubernator Varlance przeniósł wzrok z niego na Steris. A później na Adawathwyn – której szaty zamigotały, kiedy zniknęła za drzwiami. Pozostali senatorowie pośpiesznie ruszyli za nią.

– Pan jest kapitanem tego miasta – powiedziała cicho Steris do gubernatora. – Całego narodu. Został pan wybrany przez ludzi, by ich reprezentować. Potrzebuję pańskiego autorytetu, by uratować tak wielu z nich, jak to możliwe. Później będzie miał pan czas na ucieczkę. Na razie proszę mi pomóc ocalić to miasto.

– Pani... naprawdę ma plan? – Gubernator otarł czoło. – Plan ewakuacji?

– Tak. Możemy to zrobić, Varlance.

Skinął głową. Było tu krótkie, pełne wahania i przestraszone skinienie.

– Chcę spróbować. Od czego zaczynamy?

49

W tym kanionie nie było osłon, więc Wayne musiał zachować się rozsądnie – i sam ją zapewnić.

Stanął przed kulącym się za rogiem Waxem. Za wolno, ale całe szczęście następne strzały wroga trafiły Wayne'a, który sapnął. Kule rzeczywiście sprawiały ból. Pewnie o to właśnie chodziło, ale niektóre inne rany były tak duże, że ciało trochę jakby świrowało i postanawiało nie boleć, przynajmniej na początku. Jakby mówiło: „Rany. To będzie naprawdę kiepskie. Lepiej głęboko odetchnąć".

Kule jednak nie wywoływały szoku ani niczego w tym rodzaju. I dlatego tak bolało. Jak oczy samego Śmierci.

Ale dzięki temu Wax nie został trafiony. Razem cofnęli się za załom tunelu, gdzie nie byli widoczni. Czekali tam, Wax z wyciągniętą bronią, gotów strzelać. Znajdowali się jakieś sto stóp od miejsca, w którym dostrzegli dwoje doppel-tępaków, blokujących drogę w głąb tunelu.

Wayne przeciągnął się, kiedy rany od kul się zagoiły, wyczerpując jego metalmyśli jeszcze bardziej. Przez te ostatnie dni szybko zużywał rezerwy. Na szczęście większość jego pracy z Marasi nie wymagała dużo uzdrawiania. Jej misje zwykle nie wiązały się z rzeczami w rodzaju wyrzucania Wayne'a przez okno, jakby był zardzewiałym kotem.

– Ej! – zawołała nie-Wayne z głębi tunelu. – Nie możemy do was strzelać, jeśli się ukrywacie! Wyłaźcie, żebyśmy mogli was zabić, staruszkowie!

Ech, to było koszmarne. Ona za bardzo się starała – to w ogóle nie był akcent z Dziczy. To był akcent z enklawy Dziczy w slumsach, z dodatkiem eleganckiego teatru – pewnie przejęła go od nauczyciela dialektu. Akcent, który z tego wynikał, brzmiał absurdalnie, na tyle blisko jego naturalnego akcentu, że był jak dźwięk, jaki wydają zardzewiałe gwoździe przeciągane po tablicy.

– Do diabła, o co chodzi z tą dwójką? – szepnął Wayne.

– Podejrzewam, że Krąg uświadomił sobie, że będą musieli stawić nam czoło, ze względu na sposób, w jaki przed kilkoma laty zniweczyliśmy ich plany – odparł Wax. – Dlatego przebili paru swoich członków kolcami z mocami dopasowanymi do naszych i wyszkolili ich do walki z nami.

– Ta tam nie tylko próbuje ze mną walczyć. Ona próbuje być mną. Twój robi takie samo wrażenie?

– Nie. Poza garniturem wydaje się jedynie kompetentnym Monetostrzelnym z paroma dodatkowymi kolcami. Uważaj na niego, Waynie. Może spalić całą swoją stal w jednym potężnym wybuchu, co daje jego Odpychaniu niezwykłą moc. Ale może też odebrać ci zdolności, jeśli położy na tobie rękę.

– Jak długo ma metale – zauważył Wayne.

– Krąg ma mnóstwo środków, Waynie. Założę się, że jego chrom przetrwa dłużej niż twój stop bizmutowy.

– Zobaczymy. – Wayne zmrużył oczy i wyjrzał za róg. – Ta, co to myśli, że jest mną, jest koszmarna. Nie jestem aż tak irytujący.

Wax spokojnie załadował pistolet.

– Hej – poprosił Wayne. – Nie mów tego.

– Nic nie powiedziałem. – Wax zatrzasnął magazynek. – Niestety, każde opóźnienie jest korzystne dla nich. A to znaczy, że musimy przejść do ofensywy.

– Tu jest ciasno, stary. Co nie sprzyja Odpychaniu Stali. Naprawdę łatwo utknąć w zwolnionym czasie, kiedy złapią nas razem w pułapkę.

– Zobacz, czy uda ci się złapać całą naszą czwórkę w bańce szybkości. Jest ciasno, owszem... ale dla nich też.

– Oni też mogą stworzyć własną bańkę, stary. Nawet wewnątrz naszej. Ale pewnie nie potrafią nadawać im precyzyjnych kształtów, jak ja. Więc powinniśmy sobie poradzić, jeśli będziemy trzymać się blisko.

– Zgadza się. Jeśli żadne z nas nie może polegać na bańkach prędkości albo wznoszeniu się w powietrze za pomocą Odpychania Stali, może nasze wyszkolone umiejętności zatriumfują nad ich pożyczonymi zdolnościami. Możemy spróbować wypchnąć tego Odpychającego Stal z bańki, zamrozić go. Nie pozwól tylko, żeby cię dotknął, bo jak Pijawka wyssie twoje moce.

Niezły plan, uznał Wayne.

Sięgnął do kieszeni po wyłożoną aluminium torebkę, którą dali mu księgowi, i wyjął kilka bryłek stopu bizmutowego. Trzymał go w małych kulkach, łatwych do przełknięcia.

I teraz właśnie je połknął. Wax pokiwał głową i Wayne stworzył możliwie największą bańkę prędkości. Przebiegli przez nią, wypadli po drugiej stronie i popędzili tunelem. To była wielka betonowa rura o średnicy dobrych dziesięciu stóp, a na dnie znajdowała się szeroka na stopę albo dwie warstwa szlamu, który częściowo wysechł, bo ostatnio nie padało.

Złe bliźnięta miały szansę naradzić się wewnątrz bańki prędkości, kiedy Wayne i Wax się poruszali. Ale ze środka nie mogli zbyt wiele zrobić. Poza ustawieniem się odpowiednio na moment, kiedy bańka się skończy. Dlatego w chwili, kiedy Wayne zobaczył ruch przed sobą, rzucił się na ziemię i przetoczył w błocie. Wax zrobił to samo.

Kule przeleciały nad ich głowami. Wayne przebiegł ostatnie kilkanaście stóp, po czym stworzył dużą bańkę prędkości – o średnicy piętnastu stóp – by objąć nią całą czwórkę. Wyciągnął laski pojedynkowe i ruszył prosto na złą wersję siebie. Udał, że zadaje cios, uskoczył w prawo i zamachnął się laską od lewej, żeby walnąć ją w łeb. Ledwie zablokowała cios i przesunęła swoją broń po jego w klasycznym manewrze, który miał na celu przywalenie mu w palce.

Odepchnął ją i znów zaatakował, a następna sekwencja ciosów była jak dudnienie bębna – drewniana laska o drewnianą laskę. Trafił ją, ale ledwie się wzdrygnęła, kiedy uzdrowiły ją metalmyśli. Odpowiedziała ciosem na cios, a on przyjął go z cichym chrząknięciem. Choć żebra mu popękały, od razu się uzdrowiły.

– Ej! – powiedziała w tej przesadzonej parodii jego akcentu. – To oszukaństwo!

– Nie jesteś mną – warknął Wayne. – Nie udawaj, że jesteś.

Wyszczerzyła zęby w uśmiechu i prześlizgnęła się po błocie w – co musiał przyznać – sprytnym posunięciu. Znalazła się za nim i uchyliła przed jego kolejnym ciosem, a jednocześnie uderzyła go w ramię tak mocno, że złamała kość. Skrzywił się i machnął ręką w bok, żeby nastawić kość, kiedy mięśnie ciągnęły ją we właściwe miejsce.

Cofając się, odparł kolejny atak jedną ręką. W tej chwili Wax przeleciał między nimi i z sapnięciem uderzył w ścianę tunelu. Rzucił w powietrze garść kul i uchylił się – skłaniając nie-Waxa do Odepchnięcia ich, a nie jego. Następnie Wax przesunął się po ziemi i opróżnił magazynek celując w Monetostrzelnego.

Wayne i nie-on wpatrywali się w to z zaszokowanym wahaniem, po czym Wayne podniósł z błota drugą laskę pojedynkową. Znów się zwarli i wymienili kilka ciosów.

– Nie znoszę robić tego na trzeźwo – powiedziała nie-on. – Może powinniśmy pójść na kufelek, a później znów się do tego zabrać z odpowiednim nastawieniem.

– E tam. Piję z sukinsynami, kłamcami i głupcami. Ale ktoś taki jak ja przekracza tę granicę.

– Dobrze sobie radzę, co? – spytała, kiedy zwarli się laskami. – Jestem tobą?

– Jesteś kimś o wiele gorszym – mruknął. – Jesteś kimś, kto chce być mną.

– Ha! – Przerwała impas i odepchnęła go na bok, aż zatrzymał się na migoczącej krawędzi bańki szybkości. One nie poruszały się z Wayne'em. Były zakotwiczone w jednym miejscu, więc nie znikały, chyba że sam przestał podtrzymywać bańkę albo został wypchnięty.

Potrząsnął rękami. Do diabła, była silna. Wyglądało to na naturalne ćwiczenie siły, na które nie miał czasu. Kobieta podeszła, przyjrzała mu się uważnie i przycisnęła się do niego, aż sapnął.

– Mam nadzieję, że stary Dumad dobrze sobie radzi. – Skinęła na towarzysza. – Ukradłam parę jego flakoników z metalem i nic mu nie powiedziałam.

– Ja nie kradnę – mruknął Wayne.

– Przepraszam! Pożyczyłam.

– I nie pożyczam! A twój akcent przechodzi z Dziczy w gang uliczny z południowego Elendel! Uch! Robisz to źle!

– Uwielbiam, że bardziej przejmujesz się tym, że kiepsko cię imituję, niż tym, że próbuję cię zabić. – Zbliżyła twarz do jego twarzy. Dźgnęła go w pierś – nawet nie zauważył, że upuściła laskę pojedynkową – szklanym nożem. – To takie podobne do ciebie, Waynie!

– Nie znasz mnie – warknął. Udało mu się kopnąć ją w nogę i poślizgnęła się. Rozluźniła uścisk, co pozwoliło mu się wyrwać i obejść ją, choć jej nóż ciął go przez pierś.

Na rdzę. Mógł to uleczyć zdrowiem z bransolety – którą ostatnio nosił wrośniętą w ciało w udzie. Ale martwił się tym, jak wiele go zużywał. Co pewnie było jej celem.

– Och, Waynie. – Odwróciła się do niego. – Znam cię. Studiowałam cię od lat! Luzak Wayne! Zawsze ma dowcip na końcu języka. Zwija, co widzi, gania za spódniczkami. Żyje bez konsekwencji. Sama zabawa i gorzała!

– Tak? – mruknął. – A ból?

– E tam. – Wzruszyła ramionami. – Można się przyzwyczaić do wybuchania, co nie?

– Nie ten ból – szepnął.

Znów się zwarli, ale ona była po prostu lepsza w walce od niego. Och, Wayne dobrze sobie radził z laskami. Ale żył swoim życiem. I przez to trochę odpuścił ćwiczenia – żuł sobie gumę za budynkiem, zamiast pracować aż do nocy. Z Marasi nie spędzał tak wiele czasu na obrywaniu w głowę.

Ale ta kreatura, cóż, ona naprawdę ćwiczyła. Skupiała się całkowicie na tym dniu, tym spotkaniu, tej walce. Nie zwarł się z jakimś łobuzem z ulicy ani nawet utalentowanym Metalicznym z Kręgu. Musiał stawić czoło zabójcy, co to został zaprojektowany, żeby go zabić.

Była silniejsza od niego. Szybsza od niego. Młodsza od niego. Lepiej radziła sobie z laskami. On lepiej posługiwał się mocami. Był tego pewien. Ale w tym ciasnym tunelu to nie miało znaczenia. A kiedy wymieniał z nią ciosy, przyjmował je i zmuszał się do uzdrawiania, on... Cóż, więcej obrywał, niż sam zadawał. Na rdzę... czy tak się czuł Wax, teraz, kiedy zaczął się starzeć?

Przetoczył się na bok, przez błocko na dnie wielkiej kamiennej rury, w której się znajdowali. To sprawiło, że znalazł się na drugim końcu bańki prędkości i częściowo się z niej wysunął – choć, całe szczęście, jak długo dotykał jej jakimkolwiek kawałkiem ciała, obejmowała go swoimi mocami.

Ruch od strony walczącego Waxa sprawił, że Wayne się uchylił. Sam Wax znów poleciał do tyłu i tym razem wypadł z bańki prędkości. Do diabła. To zamierzali zrobić z tym drugim gościem.

Wax natychmiast znieruchomiał i zawisł w powietrzu z grymasem na twarzy. Pistolet wysuwał się z jego palców i unosił przed nim, a pasma mgielnego płaszcza unosiły się wokół niego.

Oho, pomyślał Wayne.

Chwilę później uderzyła go chmura monet.

– Ech, Dumad – powiedziała nie-Wayne, odwracając się. – Dobrze się bawiłam. To ja mam się go pozbyć.

– Jesteś nieefektywna, Getrudo – powiedział Dumad. – Bawisz się nim. Musisz po prostu walić w niego raz za razem, aż skończy mu się zdrowie. – Podkreślił te słowa, rzucając w Wayne'a kolejną garścią monet i obalając go na ziemię.

Na rdzę. To było złe. Wayne się uzdrowił, ale szło powoli – zdrowie zaczynało mu się wyczerpywać, a w efekcie musiał je racjonować.

– Ej! – mruknął. – Śmierci. Stawiam pięćdziesiąt spinek, że to przeżyję.

To była dobra pora na zakład. Bo w takiej sytuacji Wayne musiał sięgnąć po coś naprawdę desperackiego.

Prawdę.

Podniósł się niezgrabnie i oparł plecami o zaokrągloną ścianę tunelu.

– Myślicie, że mnie znacie? – szepnął Wayne. – Myślicie, że wiecie, co przeszedłem?

Dumad spojrzał na niego i Odepchnął. I, na rdzę, ten gość był tak silny, że mógł wpłynąć na metal wewnątrz ciała Wayne'a. To było szalone doświadczenie – monety wbite w jego ciało odepchnęły go do tyłu. Na Rdzę i Zniszczenie... to była moc, którą ponoć miała Wojowniczka Wstąpienia.

Ci goście naprawdę oszukiwali. Nic dziwnego, że Wax przegrał walkę. Nic dziwnego, że Wayne właściwie przegrał swoją – a przynajmniej pojedynek. Ale gdyby udało mu się skupić na sobie ich uwagę...

Chrząknął w reakcji na Odpychanie. Po czym i tak zrobił krok do przodu, czując, jak monety rozrywają jego wnętrze. Zrobił kolejny krok, napierając na Odpychanie.

Nie-on zawahała się i opuściła laski. Spojrzał jej w oczy.

– Nie możesz zrobić mi krzywdy – powiedział, zmieniając akcent. – Nic nie zrani mnie bardziej niż życie do tej pory. Nie możesz mnie zabić. Już jestem martwy. Jestem martwy od lat, siostro.

Zrobił kolejny krok do przodu. Większość ludzi nie dostrzegała takich zmian akcentu. Niewielkich przeobrażeń tonu. Ale i tak oceniali na ich podstawie. Ich mózgi kojarzyły akcenty ze znaczeniem.

Dumad zmarszczył czoło, wyraźnie zaniepokojony, po czym uniósł ręce i Odepchnął mocniej. Wayne poślizgnął się na szlamie, a monety wbiły się głębiej. Później zrobił kolejny krok do przodu i jeszcze bardziej zmienił akcent. Zrobił swoją najbardziej podekscytowaną minę z szeroko otwartymi oczami. Wypaczył głos, by stał się czymś nienaturalnym. Czyś przerażającym. Czymś rodem z koszmaru. Pasującym do akcentu tego nie-Waxa, ale straszliwym.

Jak akcent, który słyszał od rodziców i rodziny. Tylko zepsuty. Do tego celu Wayne nie potrzebował kapelusza.

– Łatwo robić to, co robicie, bo się nie przejmujecie – warknął w stronę tej dwójki, otwierając jeszcze szerzej oczy. – Jak długo możecie udawać. Ale prawdziwy ból nadchodzi, kiedy uświadamiacie sobie, kim jesteście. Co zrobiliście. Budzicie się każdego ranka z wiedzą, że jesteście bezwartościowi. To jest ból. Coś jeszcze? Cokolwiek, co moglibyście mi zrobić? Cóż, to tylko niezła zabawa.

– Ty... – Dumad urwał, kiedy Wayne uśmiechnął się szerzej.

– Dziękuję za wyrzucenie stąd Waxa. W ten sposób przez kilka chwil mam was dwoje tylko dla siebie.

Monety w końcu wyrwały się z pleców Wayne'a, co pozwoliło mu rzucić się gwałtownie naprzód. A kiedy tak się stało, padł na ziemię. Bo w czasie tego pokazu – kiedy skłonił ich, żeby skupili się tylko na nim – zdjął bańkę prędkości. A oni tego nie zauważyli.

Stojący z boku Wax strzelił mgłobójcą prosto w twarz nie-Wayne'a. Po chwili pocisk wybuchł, wyrywając pół jej czaszki. Druga kula Waxa trafiła Dumada w pierś, kiedy się obracał, i eksplodowała mu w plecach.

Monetostrzelny, co zadziwiające, nie upadł. Cyna z ołowiem. Czy ten gość miał cynę z ołowiem, co pozwalało mu wytrzymać takie rany? Jak wiele kolców miał i dlaczego nie pozwalały Harmonii przejąć nad nim kontroli?

Niestety, mężczyzna nie upadł i uchylił się przed kolejnymi pociskami. Wypchnął kratkę ściekową ze sklepienia, otwierając tunel, a później złapał zakrwawioną nie-Wayne i Odepchnął się od monety.

Ta dwójka wyleciała w powietrze. Jedno z dziurą w piersi, która najwyraźniej nie bolała tak, jak powinna, drugie bez połowy głowy. Mogła być martwa, choć Wayne nie miał pewności. Strzały w głowę były kłopotliwe. Mogły zabić, ale wszystko zależało od uszkodzeń.

Wax może powinien wpakować w nich kilka kulek, kiedy uciekali, ale wyglądał na zmęczonego walką. Oddychając głęboko, osunął się na ścianę tunelu. Byli blisko przegrania tej walki. Naprawdę blisko.

Wayne podniósł się z trudem, cały obolały, i wykorzystał zdrowie do zasklepienia ran. Ale wciąż go bolały. Musiał przerwać uzdrawianie, żeby zachować resztki w metalmyśli. Na rdzę.

Wayne odwrócił się i ruszył niezgrabnie w stronę Waxa. Jego własne ubranie było zakrwawione i zabłocone. Rzeczy Waxa, co zadziwiające, wyglądały całkiem nieźle – właściwie nie było na nich śladu tego świństwa z podłogi.

– Ej! Jakim cudem nie pokrywa cię błocko? Widziałem, jak się po nim przetaczasz.

– Kiedy to robiłem, Odpychałem się od kuli. – Wax uniósł dłoń do ramienia i jęknął cicho. – To odwrócenie uwagi było niezłą robotą. – Spojrzał Wayne'owi w oczy. – Mówiłeś poważnie?

– Oczywiście, że nie. – Odwrócił wzrok. Na rdzę, czuł się wyczerpany. I skrzypiący. Jak stara podłoga, w której rozchwiały się wszystkie deski.

– Waynie...

– Nie ta pora, stary. – Usiadł na podłodze. – Na rdzę, czuję się stary. Nie powinienem czuć się stary. To ja tu jestem rześki!

Wax usiadł obok niego na suchym kawałku betonu.

– Masz trzydzieści dziewięć lat, Waynie. Wiek cię dogonił.

– Zaraziłeś mnie, tak – mruknął Wayne. – Nigdy nie czułem się tak stary, kiedy pracowałem z Marasi!

– Zaraziłem cię starością?

– Przeklęta prawda.

– To absurdalne nawet jak na ciebie.

– Wcale nie. Zacząłeś myśleć, że jesteś stary, i mnie też się to wbiło w głowę. – Postukał się w czaszkę. – Idee są zaraźliwe, Waxie. Bardziej niż choroby.

Jeszcze przez chwilę łapali oddech. Niestety nie mogli zwlekać.

– Na pewno wiedzą, że znaleźliśmy ten tunel – stwierdził Wayne. – Jeśli na końcu jest jakieś laboratorium, to właśnie je opróżniają.

Wax pokiwał głową i podniósł się z trudem. Wyciągnął rękę do przyjaciela.

– Musimy porozmawiać – powiedział. – O tobie. O tym, jak ostatnio się czujesz.

– Jasne. Pewnie. Lubię gadać. Ale później.

Później zawsze było lepsze.

Razem ruszyli naprzód.

– Nieźle trafiłem tę kobietę – powiedział Wax. – Myślisz, że to ją zabiło?

– Zależy. Jak tam twoje szczęście ostatnio?

– Koszmarnie – przyznał Wax. – Ale przynajmniej wiemy, że jesteśmy na właściwym tropie. Inaczej nie próbowaliby tak nas zatrzymać.

– Jasne. Cieszę się, że mamy z głowy kanion, ale najtrudniejsze jeszcze przed nami. Mesa, która cię połknie. Pamiętaj, że masz ją udusić od środka.

– Postaram się.

50

Marasi naszkicowała szybki plan – na inny nie mogli sobie pozwolić. Blask Księżyca i DwójDusza zostali w pobliżu okna, gotowi włamać się do środka. Marasi podeszła do budynku od frontu, żeby umieścić granat przy drzwiach. Bańka spowolnionego czasu przeszłaby przez ścianę i uwięziła dwóch strażników po drugiej stronie. Kiedy jednak ładowała broń, Blask Księżyca wyślizgnęła się zza rogu i podbiegła do Marasi.

– Strażnicy właśnie się ruszyli – syknęła. – Biorą maski przeciwgazowe z kosza obok naukowców.

Na rdzę. Nie mogła im pozwolić na wypuszczenie gazu.

– Musimy wejść teraz – szepnęła Marasi. – Osłaniaj mnie, jeśli granat zawiedzie.

Blask pokiwała głową. Marasi kopnięciem otworzyła drzwi i rzuciła granat w stronę grupy ludzi w lewym rogu, w pobliżu okna, przez które wcześniej zaglądała do środka.

Przepraszam, DwójDuszo, pomyślała, wiedząc, że granat obejmie również jego. Dobrze wycelowała i skrzyneczka z granatem odbiła się od jednego stołu laboratoryjnego, po czym upadła na podłogę w pobliżu grupy strażników i naukowców.

Dwaj strażnicy natychmiast odskoczyli, jeden ześlizgnął się po stole, a drugi pobiegł do przodu. Jedna z kobiet-naukowców również stała na skraju i – niestety – również odskoczyła.

Kiedy granat się uruchomił, objął jedynie dwóch naukowców w maskach przeciwgazowych. Na szczęście jeden z nich był tym, który trzymał puszkę z ostrzegawczymi etykietami, najpewniej zawierającą tabletki z trucizną.

Granat Marasi ich unieruchomił. Ale musiała zająć się teraz pozostałymi, nie robiąc przy tym hałasu. Kobieta kuliła się po drugiej stronie pomieszczenia, więc Marasi rzuciła się do przodu i wbiła lufę karabinu w ramię jednego ze strażników, który sięgał po pistolet. Blask Księżyca poruszała się za jej plecami – Marasi miała nadzieję, że zajmuje się drugim strażnikiem, bo mężczyzna, którego zaatakowała, postanowił się na nią rzucić i pchnąć ją na stół zastawiony zlewkami.

Chrząknęła, kiedy przycisnął jej własny karabin do jej szyi. Szkło rozbijało się na podłodze wokół niej i Marasi poczuła, że wpada w panikę. To była ta część jej, która nawet po tych wszystkich latach martwiła się, że nie jest wystarczająco dobra i nie przynależy.

Ta część była znacznie cichsza niż w przeszłości. Bo Marasi przynależała. To była jej operacja. I choć mężczyzna był silniejszy od niej, był też zwykłym brutalem. A wyszkolenie wygrywało z siłą.

Poruszyła się, puściła karabin i wysunęła w bok lewą nogę, zmieniając środek ciężkości mężczyzny – i przyłożenie siły. Kiedy się zatoczył, wyrwała się z jego uścisku, obróciła się wokół niego i wbiła jego twarz w stół.

Znów wzięła karabin i posłała spojrzenie Blaskowi Księżyca, która miała problemy. Rozbroiła swojego strażnika, ale on z kolei przyparł ją do ściany. Na oczach Marasi ściana zniekształciła się i za Blaskiem Księżyca pojawiły się drzwi.

Marasi ledwie dostrzegła pieczęć w ręce kobiety, kiedy drzwi się otworzyły i Blask Księżyca poleciała przez nie do tyłu – zaskakując strażnika, który krzyknął, kiedy pociągnęła go za sobą. Kobieta uderzyła mężczyznę łokciem w twarz, żeby go uciszyć, więc Marasi walnęła swojego strażnika kolbą w twarz, po czym odwróciła się, żeby zająć się kobietą, która...

Niszczyła dowody? Marasi zaklęła, podbiegła do kobiety i odciągnęła ją od kosza na śmieci, w którym właśnie zapłonął ogień. Marasi kopnięciem przewróciła kosz, rozrzucając na boki zwęglone notatniki i papiery.

– Marasi! – zawołała Blask Księżyca.

Na rdzę. Kobieta znalazła duży nóż i dołączyła do walki z Blaskiem Księżyca. Próbując poradzić sobie ze strażnikiem – który chciał obalić ją na ziemię – kobieta uniosła nóż.

Marasi szybko oceniła sytuację, uniosła karabin i strzeliła, zabijając kobietę. Dźwięk odbijał się echem w tunelach jak wykrzyczane potępienie. Ktoś z pewnością to usłyszał.

Blask Księżyca dobiła strażnika własnym nożem, po czym zniknęła z oczu, kiedy stworzone przez nią drzwi przestały istnieć. Marasi usiadła na podłodze i jęknęła cicho, o stopę od migoczącej bariery bańki spowolnionego czasu. Podjęła ryzyko, by ocalić ludzi. Wiedziała, w co się wpakowała. Ale teraz ich operacja była zagrożona.

Nie pozwól więc, żeby poszła na marne, pomyślała i się podniosła. Kiedy jej bańka się rozproszyła, wymierzyła w dwóch naukowców.

– Jeśli spróbujesz otworzyć tę puszkę, zabiję cię. Mam dziś wyjątkowo zły dzień, więc radzę nie poddawać mnie próbie.

Naukowiec z puszką zawierającą pastylki trującego gazu odłożył ją ostrożnie, po czym obaj unieśli ręce i cofnęli się. Blask Księżyca pojawiła się po chwili i zaczęła ich wiązać. DwójDusza wpadł do środka za nią, trzymając się futryny.

– Wygląda na to, że wszedłem w konflikt z twoimi mocami – powiedział do Marasi.

– Przepraszam za to.

– Widzę dwóch unieruchomionych strażników. I jedną martwą kobietę. Operacja się powiodła?

– Marasi musiała ją zastrzelić, żeby mnie uratować. – Blask Księżyca mocno zacisnęła więzy jednego z naukowców. – Zepsułam wszystko.

– Nie – sprzeciwiła się Marasi. – To była moja wina, że nie pomogłam ci dość szybko.

– Stało się – powiedział DwójDusza. – Powinniśmy zająć się więźniami i umożliwić im ucieczkę. Czym są te spalone kartki?

– Zniszczone dowody – wyjaśniła Marasi. – Zakładam, że dotyczą tego, co osiągnęli z Hemalurgią. Nie udało mi się ich uratować, więc...

Blask Księżyca pociągnęła nosem.

– To wygląda jak okładka książki. Tyle ocaliłaś.

– Ale żadnego pisma.

– Mogę to później cofnąć, za pomocą pieczęci. – Blask Księżyca złapała wypalone resztki i wepchnęła je do torby. – DwójDusza ma rację. Powinniśmy pewnie rozpocząć ewakuację. Ten wystrzał sprowadzi ludzi.

– Ewakuację? – powtórzyła Marasi. – Entrone powiedział, że zamierza pomóc siłom inwazyjnym. Blasku Księżyca, czy wrogie wojsko rzeczywiście może do nas dotrzeć z... innego świata?

– Pewnie przybywają przez Cieniomorze – wyjaśniła Blask Księżyca. – Wymiar, który nakłada się na nasz. Tak dostaliśmy się tutaj z DwójDuszą.

– Niezależność ma dostęp do... bardzo wyspecjalizowanych oddziałów – powiedział DwójDusza. – Trudnych do opanowania. Niebezpiecznych, jeśli dostaną wolną rękę. Poznałem ich niszczycielską siłę na własnej skórze. Choć bardziej boję się tej bomby, najazd sił Niezależności również byłby katastrofą. Na szczęście miejscowa prostopadłość, portal, którym można dotrzeć do tego świata, jest daleko na południu i starannie kontrolowana.

– Nie ma innej drogi? – spytała Marasi.

Pozostali dwoje popatrzyli po sobie.

– Istnieją planety, na których Niezależność stworzyła takie portale, niespodziewanie i wbrew wszelkiej znanej mechanice – powiedziała Blask Księżyca. – Nie byłabym zaskoczona, gdyby zrobiła to tutaj albo planowała to zrobić. Co umożliwi jej armiom atak.

Czyli gdyby Waxowi udało się powstrzymać bombę, doszłoby do inwazji. Marasi odetchnęła głęboko. Kolejny powód, dlaczego nie mogli uciec – przynajmniej zanim dowiedzą się, co się dzieje z tą armią. Na razie jednak otworzyła drzwi celi, a wtedy obszarpanych więźniów zalał blask. Cofali się przed światłem jak mgielne upiory w nocy.

– Jestem Marasi Colms. – Wyjęła z kieszeni dokumenty. – Konstabl z Elendel.

– Chwała niech będzie Ocalałemu! – Jeden z więźniów zatoczył się do przodu i chwycił ją za rękę. Jego garnitur był kiedyś elegancki, a z łysej głowy mężczyzny wyrastało kilka kępek włosów.

Czy ona... go rozpoznawała?

– Jest pan politykiem z Bilming. Służył pan jako miejscowy doradca w Senacie.

– T-tak – wykrztusił. – Pielle Fromed. Byłem przywódcą opozycyjnej partii w Radzie Bilming. Wciąż jestem... tak myślę.

Większość pozostałych wyglądała na zwykłych obywateli, ale z tyłu siedziała Terrisanka o kręconych włosach. To była... właścicielka jednej z ważniejszych gazet? Wydawczyni „Pór roku"? Marasi rok wcześniej udzieliła wywiadu jej dziennikarzom... To była gazeta popierająca interesy Elendel.

Na Zachowanie... Entrone nie tylko eksperymentował na swoich obywatelach – eksperymentował na opozycji. Było to wstrząsająco bezczelne. Jak sprawił, że ci ludzie zniknęli i nikt tego nie zauważył?

Wydawczyni „Pór roku" przyjęła pomoc Marasi, kiedy Blask Księżyca wyprowadziła więźniów do głównego pomieszczenia.

– Posłuchajcie... – powiedziała kobieta. – Myślę, że oni mają jakąś armię! Ja... ja robiłam notatki.

Omal nie zemdlała, kiedy Marasi pomogła jej wstać. Ale wcisnęła jej w ręce notatnik.

– Nie ma tu wiele. Ale musicie mi uwierzyć.

– Wierzę. Jesteśmy tu, by ich powstrzymać.

– Zlokalizujcie miejsce zwane Społecznością. Myślę, że tam są ich koszary.

– Powstrzymamy ich – obiecała Marasi, prowadząc ją do pozostałych. Zwróciła się do DwójDuszy: – Musimy wydostać stąd tych ludzi. Natychmiast.

Całą trójką poprowadzili biednych więźniów. Szli powoli, byli zmęczeni i niedożywieni. Wyprowadzenie ich wszystkich do tunelu zajęło niebezpiecznie dużo czasu. A kiedy Marasi przygotowywała się, by zaprowadzić ich z powrotem do windy, usłyszała hałasy dochodzące z tamtej strony.

Zobaczyła dobre dwa tuziny strażników – tak naprawdę żołnierzy, najpewniej tych, którzy pilnowali budynku na górze – wyłaniających się zza zakrętu tunelu.

Ich ukradkowa infiltracja właśnie zmieniła się w pełnowymiarową wojnę.

51

Żołnierze Kręgu, zobaczywszy grupę Marasi, natychmiast zorganizowali się w tunelu, wykorzystując jego naturalne zakrzywienie jako osłonę. To dało Marasi i jej towarzyszom kilka cennych chwil – wróg nie wiedział, komu stawia czoło, więc przyjął pozycję obronną.

Marasi zaprowadziła byłych więźniów z powrotem do pomieszczenia, choć cienka płyta gipsowo-kartonowa nie zapewniłaby im dużej osłony przed ostrzałem.

DwójDusza jednak ukląkł i położył dłonie na ziemi.

– Blasku Księżyca, potrzebuję dodatkowego paliwa. Do tego celu woda nie wystarczy.

Kobieta szybko wydobyła jeden ze świecących słojów i rzuciła go mężczyźnie. Z jego ciała wyrosła linia kryształu, która owinęła się wokół naczynia i odkręciła zamknięcie. Kryształy zaczęły rosnąć szybciej – w ciągu kilku chwil stworzył przed nimi sięgający piersi mur z rozeitu.

Z drugiego końca tunelu dobiegły odgłosy wystrzałów, które sprawiły, że byli więźniowie, znów tłoczący się w pomieszczeniu, zaczęli krzyczeć. Marasi uniosła karabin i oparła się o zaimprowizowane umocnienia obok Blasku Księżyca. Odważyła się wyjrzeć poza kopiec z rozeitu – DwójDusza uczynił go nieprzezroczystym, być może po to, by wrogowie mieli mniej informacji.

Znów się skuliła, kiedy kula oderwała kilka odłamków od umocnienia. DwójDusza musiał się koncentrować, żeby utrzymać tę dużą barierę. Siedział ze skrzyżowanymi nogami, dłońmi zaciśniętymi w pięści i złożonymi razem, i zwieszoną głową. Kryształ dziwnie obrastał jego ramiona. Marasi odwróciła się do Blasku Księżyca.

– Możesz zrobić drzwi w ziemi? Pod nami mogą być tunele.

Kobieta pokręciła głową.

– Nawet jeśli są, grubość kamienia byłaby zbyt wielka dla mojej pieczęci.

– Uważam, milady Marasi, że powinnaś pozwolić mi zabrać ludzi, których wyzwoliliśmy, i zaprowadzić ich do wyjścia – powiedział DwójDusza. – Wygląda na to, że ci żołnierze pilnowali hali załadunkowej na górze. Jeśli więc się przez nich przebiję, uda mi się zaprowadzić cywilów w bezpieczne miejsce.

– To by było dobre rozwiązanie – dodała Blask Księżyca. – Razem z Marasi możemy uciec w głąb kompleksu tuneli... a wróg być może tak skupi się na was i waszej ucieczce, że nas nie zauważy.

– Nie mogę się na to zgodzić – powiedziała Marasi, gdy nad ich głowami przelatywały kule. – DwójDuszo, tam są ponad dwa tuziny żołnierzy. Sam sobie z nimi nie poradzisz. Bez obrazy, ale z trudem możesz przejść korytarzem bez podpierania się.

– Nie ma o czym mówić. – Głos mężczyzny był stłumiony, gdy rozeit wznosił się coraz wyżej... i z jakiegoś powodu wokół niego. – Ale w zamian... Bez obrazy, milady, ale być może nie doceniasz Silajany.

Rozeit całkowicie go otoczył, tworząc wokół niego przezroczysty głaz. Mężczyzna miał zwieszoną głowę, oficjalna szarfa wciąż znajdowała się na swoim miejscu, a jego skrzyżowane nogi wciąż były dobrze widoczne przez różowy kamień. Marasi zmarszczyła czoło, gdy kryształy rozrastały się coraz bardziej. Rozmiar i szybkość tego procesu najwyraźniej wymagały pomocy błyszczącej substancji ze słoja, której ubywało w miarę, jak wzrastał rozeit.

Po bokach głazu powstały wybrzuszenia wyglądające... Jak mniejsze głazy? Tylko dłuższe. A później na dolnym krańcu pojawiły się dwa następne. Marasi przechyliła głowę. Siedziała oparta o umocnienia, z karabinem na kolanach. Właściwie, z tym mniejszym głazem powstającym na szczycie, właściwie przyjął kształt... no...

Na krańcach dwóch wyrostków po bokach powstały grube kamienne palce, później potężne rozeitowe ramiona rozłożyły się szeroko – ze zgrzytem kamienia o kamień – a w dolnych częściach powstały kolana i stopy. Istota wyprostowała się, wciąż z DwójDuszą w środku – wysoki na dwanaście stóp kamienny behemot. Kryształ się nie zginał, ale stworzył stawy, jak pancerz.

Mężczyzna z kamienia, niczym istota z mitów, z głową na szczycie, szerokimi ramionami i nogami jak pnie. DwójDusza siedział w jego środku ze skrzyżowanymi nogami i zaciśniętymi pięściami. Jego głowa się uniosła, a oczy się otworzyły, gdy jego stworzenie zerwało linie rozeitu łączące je z ziemią.

Umocnienia od razu zaczęły się rozpadać, ale uwaga żołnierzy skupiła się w całości na kamiennym potworze, który nacierał, a jego głowa drapała o sklepienie tunelu. Ostrzał wzmógł się, pociski trafiały w cel z trzaskiem, odłupując kawałki kamienia. DwójDusza nie zwracał na to uwagi. Stanął przed Marasi i przeniósł dłonie konstruktu przed siebie, a wtedy coś z nich wyrosło.

– Patrzcie! – Jego głos zadudnił w tunelu. – Z łaski Silajany, Suny, Vishwadhara i Dwunastu Pierwotnych Eterów, jestem Sanwith Prasanva Maahik va Sila, Wielki Eterozwiązany dwunastu królestw, Radża Kolendrowego Dworu. A ci ludzie są pod moją ochroną.

Jakby dla podkreślenia tych słów, w jego kamiennych palcach powstała rozeitowa maczuga – z wielką cebulą na końcu, jak tulipana. Uderzyła o kamień przed nim, aż zadrżała ziemia.

Niektórzy żołnierze nadal strzelali. Inni rzucili się do ucieczki. Kawałki kamienia odrywały się od konstruktu, ale natychmiast się zasklepiały. Słój czystego Napełnienia – wciąż w połowie pełny – został obrośnięty rozeitem i znajdował się na tyłach dużej kamiennej postaci, a jego blask podświetlał DwójDuszę od strony pleców.

– Silajana żąda, bym was ostrzegł, że dostaliście to odrodzenie, by błogosławić, zachęcać i podnosić na duchu tych, którzy was otaczają – ogłosił. – Wasze czyny tutaj udowadniają, że zmarnowaliście ten dar. Jeśli zostaniecie dziś zniszczeni, opierając się mojej próbie ochrony tych niewinnych, odrzucicie swoje wielkie błogosławieństwo... i możecie nie zostać odrodzeni przez wiele stuleci. Złóżcie broń i pozwólcie nam przejść albo poznacie mój gniew.

Z pewnością umiał dobierać słowa. Blask Księżyca złapała Marasi za ramię i gestem kazała im się wycofać za budynek, w którym ukrywali się cywile. Marasi jednak zamarła oszołomiona widokiem konstruktu DwójDuszy, który unosił maczugę.

– Wydaje się, że moja propozycja została odrzucona – powiedział. – W zamian wasza propozycja konfliktu zostaje przyjęta. Przygotujcie się!

Z tymi słowami natarł korytarzem, a każdy jego krok sprawiał, że drżała ziemia.

Marasi w końcu dała się odciągnąć Blaskowi Księżyca. Wewnątrz lichej budowli – ponad hałasem wystrzałów, krzyków i uderzeń kamienia o kamień – kazały jeńcom się uzbroić i pójść za DwójDuszą do wyjścia.

Dwie kobiety wyszły na zewnątrz i pośpieszyły głównym korytarzem. Udało im się znaleźć ciemny boczny tunel, do którego się wślizgnęły. Miały nadzieję, że w ten sposób uda im się uniknąć wsparcia mogącego przybyć głównym tunelem.

– Jak myślisz, czy on ich wydostanie? – zapytała szeptem Marasi, gdy – wykorzystując światło dwóch pozostałych słoi – szły przez kompleks tuneli. Zauważyła drogowskaz kierujący na SPOŁECZNOŚĆ.

– DwójDusza to ich największa szansa. Myślę, że mu się uda. Ma czyste Napełnienie... a dopóki go nie zabraknie, będzie niemal niepokonany. Może zwiększać i zmniejszać swojego potwora w zależności od potrzeb, żeby przedostać się przez ciaśniejsze korytarze. Jeśli spróbują odciąć elektryczność, może nawet przepchnąć windę na samą górę... albo stworzyć nową z rozeitu.

Zza ich pleców dobiegły kolejne wystrzały. Marasi miała nadzieję, że to cywile się uzbroili i strzelali, by osłonić odwrót. Była pewna, że słyszała kolejne kroki i okrzyki dochodzące z głównego tunelu.

Blask Księżyca obejrzała się i uśmiechnęła.

– Nie martw się. Nic mu nie będzie. A my właśnie czegoś takiego potrzebujemy. Prasanva jest prawdziwym mistrzem skupiania na sobie uwagi, kiedy rzeczywiście tego chce.

– Zamierzasz iść naprzód?

– Jeśli naprawdę jest tu prostopadłość, to... tak. Choć bardzo chciałabym wyjść na zewnątrz z tymi informacjami, ochrona planety ma priorytet. – Zawahała się. – Takie myślenie na dużą skalę jest dla mnie nowością. Przez długi czas troszczyłam się tylko o siebie i swoje cele. Przepraszam, jeśli robię wrażenie obcesowej albo zbyt chętnej do ucieczki.

Marasi pokiwała głową. Zauważyła przed sobą światło. Ostrożnie podkradła się do przodu, a Blask Księżyca zasłoniła słoje w torbie. Naturalny tunel znikał po prawej, ale po lewej kamień wyglądał inaczej. Marasi wskazała na poszarpane krawędzie na sklepieniu i ścianach.

– Tu doszło do wybuchu – szepnęła. – To część, którą otworzyli i powiększyli.

Blask Księżyca wskazała na inny znak. Społeczność, czymkolwiek była, znajdowała się w tamtym kierunku. Marasi miała nadzieję, że Gave i Krąg nie byli aż tak żarliwi, by wpuścić armie Niezależności. A w każdym razie w jego głosie brzmiało wahanie. Nawet ktoś tak służalczy jak on uświadamiał sobie, że to skrajność. Ale wyglądał również na zmęczonego. Jakby czuł, że nie może walczyć ani stawiać oporu.

Kiedy skradały się dalej wysadzonym tunelem, Marasi coś wyrwało z zamyślenia. Co to były za dźwięki dochodzące z tunelu za nimi? Coś je śledziło?

Blask Księżyca chyba też je usłyszała, bo odwróciła się i spojrzała w tamtą stronę. Popatrzyły po sobie i pośpieszyły naprzód z nadzieją, że to coś ich nie dogoni.

52

Kiedy Wax i Wayne zbliżyli się do końca tunelu, Wax zauważył, że jego przyjaciel siąka nosem i pozostaje z tyłu. W świetle wpadającym przez otwory w studzience, którą mijali, dostrzegł również, że Wayne ma głębokie cienie pod oczami.

– To może nie być najlepsza pora na magazynowanie zdrowia – szepnął cicho Wax.

– Kończy mi się – wymamrotał Wayne. – Przyda mi się każda odrobina, którą uda mi się zmagazynować. Albo umrę za którymś razem, kiedy ktoś do mnie strzeli. To przerażające, serio. Nie wiem, jak ty sobie z tym radzisz. – Zawahał się. – Jeśli dojdzie do walki, przestanę. No wiesz, po prostu muszę wcisnąć jeszcze odrobinę w czasie przerw.

Wax nie odpowiedział. Wayne'owi chodziło bardziej o uspokojenie się niż o kwestie praktyczne. W czasie, który mieli, nie udałoby mu się zmagazynować zbyt dużo. Feruchemik musiał magazynować zdrowie całymi miesiącami, żeby zapełnić metalmyśl.

Ślady opon znikały na końcu tunelu, gdzie ogromna kamienna rura wychodziła na ocean. Wax był przyzwyczajony do względnie osłoniętych i spokojnych wód w dokach Elendel – gdzie fale były tak łagodne, że kojarzyły się raczej z dużym jeziorem. Tutaj, wokół cyplu, który zajmowało Bilming, fale kłębiły się i rozbijały o nabrzeże. Nic dziwnego, że marynarka Bilming składała się z tak ogromnych metalowych monstrów. Widział je w szeregu w pewnej odległości, sześć straszliwych okrętów wojennych napędzanych silnikami spalinowymi, a każdy większy od poprzednika.

Dziwnie było pomyśleć, że nawet wszystkie razem stanowiły minimalne zagrożenie w porównaniu z bombą, której szukał Wax. Cała ta praca, by stworzyć broń, unieważniona jednym odkryciem.

Wskazał na ostatnią klapę i drabinę, które musiały prowadzić do laboratorium. Kiedy on i Wayne wyszli na ulicę w dokach, w pobliżu trzasnęły drzwi. Wax obrócił się na pięcie i rozejrzał po magazynie.

– Tam – wskazał Wayne. – Trzeci z kolei. Ktoś obserwował nas też przez okno.

Popatrzyli po sobie i poszukali osłony, kiedy ktoś zaczął strzelać przez okno. Zwykłe kule i pistolety, jak podpowiedział mu stalowy wzrok.

Żadnych aluminiowych broni, pomyślał Wax. Wysłali tych Allomantów, żeby się nami zajęli, ale poza tym nie mieli czasu się przygotować. Może w końcu ich wyprzedziliśmy.

Zwiększył swój ciężar z pomocą metalmyśli, po czym Odepchnął następną serię pocisków – odrzucając kule z powrotem przez drewniane ściany i szyby. Rozległy się przekleństwa, co pozwoliło obu mężczyznom podejść bliżej. Wayne skinął głową, więc Wax zwiększył swój ciężar i uderzył w cały budynek Odpychaniem Stali, zakotwiczając się za plecami.

Ściana zadrżała i jej część odpadła. Pociągnięty przez gwoździe i ramę okienną Wayne wskoczył przez otwór i powalił kilku strzelców wewnątrz. Wax podążył za nim z uniesionym Obrońcą, trzy precyzyjne strzały wyeliminowały tych, do których nie dotarł Wayne. Kiedy walczyli, rozległ się odgłos uruchamianego silnika i z boku magazynu wyjechała z piskiem opon ciężarówka. Wax dostrzegł jeszcze dwie przed nią. Niewielki konwój uciekający w zmierzch.

Szybko rozejrzał się po pomieszczeniu i wiedział już wszystko. Stoły laboratoryjne i maszyneria, gorączkowo rozebrane. Śmieci na podłodze. Oderwane rogi papierów wciąż przypięte do ścian w miejscach, z których pośpiesznie zerwano wykresy lub schematy. Wiszące łańcuchy wskazywały, że coś tu konstruowano, budowano pośrodku między tymi biurkami.

Nie spodziewali się, że Wax odważy się włamać do Srebrnego Domu ani że znajdzie tunel. Był teraz zaledwie krok za nimi.

Wax rzucił się za ciężarówką, zmniejszył swój ciężar i wyleciał przez duże drzwi garażu, by śledzić pojazd, który z piskiem opon wyjechał za kolejny róg i prawie się przewrócił.

Wayne zajmie się maruderami. Wax musiał się dowiedzieć, co było w tych ciężarówkach.

Z szumem wzniósł się w powietrze, nabrał wysokości i zauważył ostatnią z trzech ciężarówek kierującą się z powrotem w stronę centrum miasta. Cały dzień starał się ich dogonić, połączyć razem intrygi, które powstawały przez lata. Miał już dość częściowych odpowiedzi, poczucia, że pozostał sto kroków za siostrą.

Teraz rozwiązania miał w zasięgu wzroku. Te ciężarówki ukrywały prawdziwe odpowiedzi, może nawet samą bombę. Niech go pochłonie na wieczność jama z popiołem, jeśli pozwoli im uciec.

Odepchnął się od pokrywy kanału i wzniósł jeszcze wyżej. W tym miejscu jego kotwicami stały się latarnie uliczne – które właśnie zaczynały się zapalać, gdy słońce opadało w stronę horyzontu – jak kamienie wystające z jeziora. Odpychał się od dwóch jednocześnie, co dawało mu wysokość i impet, a później zaczął wykorzystywać budynki jak ogromne kotwice. A następnie jadący samochód, by jeszcze zwiększyć prędkość, bo pożyczył sobie jego pęd.

Wiatr świstał, a następnie ryczał wokół niego, pasma jego mgielnego płaszcza falowały i trzaskały. Gorączkowa prędkość pozwoliła mu zmniejszyć odległość dzielącą go od trzech ciężarówek, które jechały teraz bardzo szybko autostradą. Prawie dotarł do ostatniej, kiedy otworzyła się klapa w tylnych drzwiach i wysunęły się przez nią lufy kilku karabinów – z aluminium.

Zachowali dobre bronie dla siebie. W jego stronę poleciał grad aluminiowych pocisków. Wax poruszał się instynktownie. Do tej pory jego pogoń była zbyt bezpośrednia, co czyniło go łatwym celem.

Uskoczył w bok, kiedy kule przecinały powietrze. Zeskoczył z autostrady ponad samochodami pełnymi zaskoczonych cywilów, a później zniknął między dwoma budynkami, które go osłaniały. Tam się zatrzymał i dotknął butami asfaltu, a pasma mgielnego płaszcza opadały powoli wokół niego.

Coś się nie zgadza, pomyślał. Jego lot za ciężarówkami był oczywisty, ale ich droga wzdłuż autostrady jeszcze bardziej. Czyżby znów się z nim bawili? Wzniósł się na kuli, a później nabrał prędkości, Odpychając się od budynków po bokach, aż zadrżały w nich szyby – a niektóre popękały, kiedy wygiął ich ramy.

W Elendel musiał się hamować. Ograniczać swoje działanie, by zminimalizować szkody materialne. Ale Harmonia umieścił Waxa na tej ścieżce, a Świtostrzelny nie wrócił z emerytury, by być miłym. Chodziło o życie milionów.

Był gotów zniszczyć parę ram okiennych, żeby to powstrzymać. Do diabła, był gotów ukręcić parę łbów. Pędził nad samochodami, ignorując okrzyki zaskoczonych pieszych, kiedy poruszał się równolegle do autostrady – próbując zyskać dość prędkości, by dogonić wrogą ciężarówkę, ale jednocześnie ukrywać się za budynkami. W odpowiedniej chwili znów wypadł na zewnątrz, wybijając okna, i przeleciał nad autostradą – znajdując trzecią ciężarówkę dokładnie tam, gdzie miał nadzieję.

Znajdowała się między cywilnymi pojazdami, więc Wax znów ukrył się za budynkami i podążał równolegle do niej przez kolejną minutę. Szybował tą boczną ulicą i czuł się... żywy. Napędzany stalą, jak pocisk w locie. Może nie robił tego od zbyt dawna i zapomniał już, jakie to uniesienie, ale bardziej niż kiedykolwiek czuł, że nad wszystkim panuje.

Muszę zatrzymać tę ciężarówkę powoli, pomyślał. Na wypadek gdyby w środku była bomba. Zakładał, że urządzenie nie wybuchnie pod wpływem zwykłego wstrząsu – jego wcześniejszy eksperyment pokazał, że prawdziwa eksplozja wymagała określonego mechanizmu. Ale i tak musiał być ostrożny.

Na następnym skrzyżowaniu spojrzał w prawo i zobaczył to, na co miał nadzieję – ciężarówka, pragnąc utrzymać się przed nim, wyjechała spomiędzy pojazdów cywilnych na bardziej pusty odcinek autostrady.

Wax przeleciał nad skrajem drogi i dziesięciokrotnie zwiększył swój ciężar. W efekcie zwolnił w powietrzu i uderzył w bok mijającej go ciężarówki Odpychaniem Stali, przyciskając ją do bocznej bariery autostrady. Podskoczyła bardziej, niż mu się to podobało, ale zwolniła.

Zmienił trajektorię i pozostał u boku ciężarówki, wbijając ją w barierę, aż jej opony się rozpadły i się zatrzymała. Opadł na ziemię w pobliżu uszkodzonych tylnych drzwi i dostrzegł trzech stojących niepewnie na nogach strzelców. Wyeliminował ich, po czym przestrzelił przednią ścianę ciężarówki i trafił kierowcę w tył głowy. Jednakże poza tymi ludźmi pojazd był pusty.

To rzeczywiście była przynęta.

Do diabła!

Znów wzniósł się w powietrze, Odpychając się od ciężarówki, wyginając i miażdżąc zniekształcony dach, kiedy starał się znaleźć jak najwyżej. Takie Odpychanie miało ograniczony zasięg – im bardziej oddalał się od kotwicy, tym z mniejszą siłą się od niej Odpychał.

Dotarł do szczytu tego, co mogła mu dać kotwica, i obrócił się, rozglądając się po mieście, szukając...

Tam. Druga ciężarówka pędziła po autostradzie przed nim. Prawie ruszył bezpośrednio za nią. Ale...

Trzy ciężarówki. Przynajmniej jeden wabik. Zobaczył kolejną daleko przed sobą, na długim prostym odcinku. To było za łatwe. Na autostradzie byli widoczni, mogli skupiać na sobie jego uwagę, odciągać go od...

Unosił się tam, wciąż Odpychając się i zachowując wyprostowaną pozycję – choć wiatr zaczął spychać go na bok, co zachwiało jego kotwicą. Kiedy zaczął tracić wysokość...

...zauważył ją. Czwarta ciężarówka z tymi samymi oznaczeniami, lawirująca bocznymi uliczkami prostopadłymi do autostrady. Kierowała się w stronę centrum miasta. Ledwie ją dostrzegł, kiedy poruszała się za budynkami.

To była ta, którą musiał dogonić. Zostawił pozostałe, z nadzieją, że jego instynkt się nie mylił, i opadł nad miasto. Zwolnił, Odpychając się od zaparkowanego automobilu – jego ciężar zniekształcił przednią szybę, a lądowanie wgniotło maskę. Rzucił się naprzód przez park, płosząc stado kruków, a później wzniósł wzdłuż ściany budynku – z trudem udało mu się dotrzeć na szczyt, zanim Odpychanie się wyczerpało.

Ruch dodawał mu energii. To miasto było pełne metalu, zatłoczone przeszkodami. W pościgu to mogło dawać mu przewagę. Wax mógł szybować nad budynkami, wznosić się wyżej, śledzić pojazd – i dogonić go, bo ciężarówka musiała trzymać się dróg i radzić sobie z ruchem ulicznym.

Wax opadł wzdłuż budynku i wystrzelił między dwoma innymi z siłą pływaka odpychającego się od ściany na początku długości basenu. Wyskakiwał zza rogów domów i wydawało mu, że prawie unosi się na krzykach ludzi poniżej jak ptak na kominach termicznych na pustyni.

Pogonie w Dziczy miały swój urok. Ale nic tam nie mogło się tak naprawdę równać z dreszczykiem wylądowania na balkonie budynku, przebiegnięcia przezeń i wyłonienia się po drugiej stronie, by ujrzeć cel tuż pod sobą. Balustrada była trampoliną, a pobliskie budowle pozwoliły mu pokierować opadaniem.

Tutaj mógł latać tak, jak nigdy nie był zdolny w tamtej krainie pyłu i skał. Mógł to przyznać – nie, przyjąć – teraz, gdy pozwolił odejść przeszłości.

Ludzie w ciężarówce przed nim otworzyli kolejną klapę na tylnych drzwiach. Wax wycelował Obrońcę, ale nie w stronę okna. W stronę samych drzwi.

Załadował go mgłobójcą, nabojem, którego wybuch miał niszczyć ciała Hemalurgów. Pocisk rozerwał drzwi na kawałki i rozszarpał tył ciężarówki. Kiedy strzelcy zatoczyli się na boki, Wax mógł zajrzeć do środka. Żadnej bomby, ale cała sterta skrzyń, ksiąg i dokumentów.

To musiało wystarczyć. Pozwolił, by ciężarówka oddaliła się, gdy ludzie wewnątrz zaczęli do niego strzelać. Zwiększył swój ciężar i pchnął kratkę ściekową w jezdni – wyginając ją i wyrywając z obudowy – a sam spadł i znów znalazł się w kanałach burzowych.

Obrócił się w powietrzu, rzucił dwie kule w ścianę tunelu za plecami, po czym Odepchnął się od nich – i od pozostałości kratki, która spadła w błoto – i poleciał do przodu przez tunel bezpośrednio pod ulicą.

Po chwili wyłonił się z niego, wyrzucając pokrywę kanału w powietrze. Wylądował z nogami po obu stronach otwartego wejścia do kanału i zwiększył swój ciężar wiele setek razy – całkowicie opróżniając metalmyśl. I Odepchnął.

Jego stopy przesunęły się kilka cali na betonie.

Ciężarówka złożyła się, jakby uderzyła w ścianę, jej front zwinął się jak folia aluminiowa, co bardzo zaszkodziło kierowcy. Tył pojazdu wzniósł się w powietrze, a później opadł. Jedno z kół całkowicie się oderwało i wpadło przez witrynę do pobliskiego budynku.

Sklep z alkoholem, zauważył Wax i skrzywił się. Wayne'owi się to nie spodoba.

Na ulicy zapanowała cisza, gdy pozostałe samochody się zatrzymały, a ich kierowcy kulili się na siedzeniach lub patrzyli na rozgrywającą się przed ich oczami scenę z rozdziawionymi ustami. Wax odetchnął głęboko, puls mu przyśpieszył, ciało było pełne napięcia. Jego umysł...

Skupiał się na zadaniu. Wypuścił powietrze zaskoczony tym, jak spokojny się czuł. Częściowo... częściowo obawiał się powrotu w teren. Obawiał się, że kiedy doświadczy tego rodzaju dreszczu, zacznie postrzegać zwyczajne życie jako przyziemne, niekompletne.

Tak się nie stało. Mógł wyruszyć w taki pościg przez miasto, kiedy tylko zechciał w Elendel, o ile postara się uniknąć tak rażącego uszkodzenia mienia. Mógł nawet zabrać Maxa i dzielić się z kimś radością. Nie potrzebował tego, nie tak, jak kiedyś.

Jakie to było cudowne potwierdzenie. Odetchnął głęboko i okrążył ciężarówkę.

53

Marasi i Blask Księżyca były celem polowania.

Coś tam było, coś, co sprawiało wrażenie nie do końca ludzkiego. Oprócz odgłosu, jaki towarzyszy skrobaniu paznokciami albo pazurami po kamieniu, rozlegało się nienaturalne warczenie. Marasi i Blask Księżyca szły pośpiesznie przez wybity w skale tunel i próbowały znaleźć kompromis. Gdyby poruszały się zbyt szybko, mogłyby wpaść na patrol. Ale gdyby za bardzo zwolniły, to coś z tyłu by je dogoniło.

Dlatego poruszały się zrywami, przebiegały odległość, jaką widziały w blasku górniczych lamp, a później zatrzymywały się, żeby się rozejrzeć, zanim znów przyśpieszyły. Ta część kompleksu tuneli była bardziej zabudowana niż ta, z której przybyły, z licznymi zakrętami. Mijały więcej pomieszczeń wybudowanych z płyty gipsowo-kartonowej, niektóre z nich były wyraźnie zamieszkane, i kilka razy musiały znaleźć zaimprowizowaną osłonę, kiedy obok nich przechodziły grupki ludzi.

To jednak nie byli żołnierze. Głównie robotnicy lub naukowcy. Ich szeptane rozmowy wskazywały, że Entrone kazał wszystkim wrócić do kwater. Ludzi otaczała atmosfera gorączkowego niepokoju – ale również lęku. To pomagało, bo nie zwracali większej uwagi na otoczenie.

Kiedy ukrywały się przed jedną z tych grup za stertą skrzyń, Marasi zaczęła się martwić, że istota ich dogoni. Jednak ona się skradała, nie biegła. Może... może też się ukrywała.

Blask Księżyca w końcu szeptem kazała Marasi zaczekać, a później wślizgnęła się do pomieszczenia, które – na pierwszy rzut oka przez uchylone drzwi – wyglądało na puste. Po chwili wyłoniła się z dwoma fartuchami laboratoryjnymi i zaczęły kroczyć korytarzem, jakby miały do tego wszelkie prawo. Ich przebranie było liche, ale nikt nie zwracał na nie uwagi, mimo karabinu Marasi.

Wkrótce w tunelu rozległ się głos.

– Zachowajcie spokój. Nie martwcie się. Jestem w Społeczności i zajmuję się przygotowaniami dla nowo przybyłych. Chcę, żebyście wszyscy się uspokoili i czekali. Wszystko przebiega zgodnie z planem, jesteśmy gotowi.

To był Gave Entrone. Jego głos dobiegał z głośników zawieszonych w korytarzu – ta technologia, wynaleziona przed kilku laty, stawała się coraz bardziej popularna.

Kiedy Marasi usłyszała jego głos, w końcu wyzbyła się nadziei, że Gave stawi opór inwazji. Ten kompleks, zapasy... wszystko wskazywało, jaka jest prawda. To był bunkier, miejsce rozpoczęcia inwazji – i schronienie dla faworytów Entrone'a, które miało pozwolić im na przetrwanie nadchodzącego unicestwienia.

Dręczył ją niepokój, że to tylko część większej całości. Musiała powstrzymać Entrone'a, ale to nie ochroniłoby Elendel przed bombą, którą wymierzyła w nie Telsin. Mogła jedynie zaufać, że Wax i Wayne wypełniają swoją połowę misji. Jej zadaniem było poradzić sobie z nadchodzącą armią. Ludźmi złota i czerwieni.

Tunel w końcu przeszedł w dużą jaskinię. Ale, co ciekawe, przeciwległa ściana była cała z drewna, od podłogi do sufitu. I wydawało się, że dzieli na dwie części komorę – która, jeśli oceniać po nachyleniu wybitego materiałami wybuchowymi sklepienia – była wyjątkowo duża. Do drewnianej ściany dobudowano kilka pomieszczeń, obecnie ciemnych. Właściwie cała jaskinia była cicha i prawie zupełnie ciemna, oświetlało ją tylko kilka świateł awaryjnych.

Marasi i Blask Księżyca zatrzymały się w wejściu do jaskini. Czym była „Społeczność"? Dlaczego tak podzielili komorę? Niezależnie od powodu, rozkaz powrotu do kwater został wysłuchany, zaś przebywający w okolicy żołnierze najpewniej ruszyli zająć się DwójDuszą. To pozwoliło kobietom wejść do jaskini.

Po chwili znów usłyszały te dźwięki z tyłu. Marasi złapała Blask Księżyca za ramię i pociągnęła ją między dwa budynki obok dużej ściany. Z tej lichej kryjówki obserwowała, jak coś wychodzi z tunelu. Stało na czterech wydłużonych nogach i miało niepokojąco długą szyję, a na niej nie do końca psi łeb. Jego rysy, choć ukryte w cieniach, przywoływały obraz, który był... zbyt ludzki. Psi pysk albo coś podobnego, ale ludzkie oczy.

Stwór był pozbawiony ubrania, ale również futra. Z jego ramion wystawały dwa kolce. Marasi słyszała kiedyś o czymś takim – Wax napotkał taką istotę w tunelach pod Elendel. Teraz, kiedy przeczytała książkę, którą dał jej Śmierć, rozpoznała to. Hemalurgiczna potworność.

Jednym ze sposobów wykorzystania tej sztuki było tworzenie Metalicznych. Ale Ostatni Imperator korzystał z Hemalurgii również w celu powołania do życia wypaczonych wersji ludzkich istot. Z tego dzieła wywodziły się kandry i kolossy. Ich tworzenie wymagało precyzyjnego zastosowania kolców – wiedzy boga. Próby naśladowania najczęściej kończyły się śmiercią obiektu. Albo powstaniem jakiegoś pół-tworu. Wypaczonej mutacji, której dusza została okaleczona przez kolce.

Wydawało się, że Krąg znalazł odmianę, która była zdolna do życia, choć groteskowa. Stwór poniuchał powietrze, po czym ostrożnie wkroczył do jaskini. Wiedział, że tam są. Zatrzymał się w miejscu, w którym Marasi i Blask Księżyca stanęły, by się rozejrzeć – niecałe sto stóp od ich obecnej kryjówki. Plugastwo wydało z siebie pohukiwanie, które odbiło się echem w komorze, a odpowiedziały mu dziesiątki głosów.

Blask Księżyca złapała Marasi za ramię i wskazała coś. Stworzyła drzwi w ścianie konstrukcji, przy której się ukrywały. Wślizgnęły się do ciemnego pomieszczenia dobudowanego do drewnianej ściany dzielącej jaskinię. Były w niej dwa okna.

Marasi niewiele przez nie widziała, nie z kąta, w którym stała z drugą kobietą. Drzwi zniknęły i po chwili rozległo się drapanie o ścianę, przez którą przeszły. Zapadła cisza, a później usłyszały walenie do głównych drzwi. Na razie wytrzymały.

Zdjęła karabin z ramienia, spojrzała na Blask Księżyca i skinęła w stronę okien. Może udałoby im się uciec przez nie? Podeszła bliżej, żeby przez nie wyjrzeć, i zobaczyła... Miasteczko?

Wzdłuż ulic w ogromnej jaskini – po tej stronie większej niż po drugiej – stały równe rzędy domków. Z góry oświetlały je reflektory. Ktoś wymalował na podłodze imitację kwiatów i trawy, a inni postawili rzeźby naśladujące zarośla. „Ulicami" chodzili ludzie w codziennych ubraniach – spódnice, spodnie, sukienki – choć nie widziała koni ani automobili.

– Co, na imię Zachowania? – szepnęła Marasi. – Pewnie... to Społeczność, którą sobie wybudowali, by uciec przed zniszczeniem na górze.

Zmarszczyła czoło. Jeszcze niedawno mogłaby snuć teorie, że zostało zaprojektowane, by wytrzymać drugie opady popiołu, ale teraz była niemal przekonana, że to oszustwo. Prawdziwymi zagrożeniami były bomba i najazd.

Za ich plecami stwór przestał drapać w drzwi. Nie była pewna, czy to dobry znak – może poszedł po pomoc.

– W tym miejscu jest coś dziwnego. – Blask Księżyca postukała w okno. – Wydaje mi się, że to okno półprzepuszczalne. Widzisz to zabarwienie? A ci ludzie w drugiej komorze? Nie wydaje się, by słyszeli rozkazy powrotu do kwater lub walkę. Są zbyt spokojni.

– I tak możemy tam uciec.

– Te wypaczone stwory podążą za nami. Szczep stworzony przez Krąg umie tropić jak ogar, ale myśleć prawie jak człowiek.

– Możemy z nimi walczyć? – Marasi sprawdziła amunicję.

– Nie jestem... naturalnie żołnierzem. Mogę się bronić, jeśli muszę, ale... – Z niepokojem spojrzała w stronę drzwi.

Z zewnątrz dobiegły okrzyki. Zbliżały się posiłki.

– Masz jeszcze jedną pieczęć. Mówiłaś, że może cię przeobrazić.

– W kogoś innego. Kogoś, kto miał inną przeszłość, inne wyszkolenie, inne... talenty.

– Czy ta osoba umie walczyć?

Blask Księżyca odetchnęła głęboko.

– Tak. Co jednak lepsze od walki, powinna umieć zniknąć. Ukryć się. Ale osoba, którą bym się stała... ona nie byłaby mną. Zawsze chciałam wypróbować to przeobrażenie, Marasi, i dlatego mam pieczęć. Ale ona jest niebezpieczna. Nie zużyje się tak łatwo jak pozostałe... będzie trwała do chwili, gdy podejmę decyzję, by przestać ją podtrzymywać. Ale kiedy jestem kimś innym, oznaczonym pieczęcią, nie myślę tak samo. Pewnego dnia zmienię się i nie wrócę. Jednak ze słojem czystego Napełnienia jako źródłem mocy... mogę spróbować. Naprawdę mogę spróbować.

Blask Księżyca wydobyła pieczęć i wpatrzyła się w nią z taką samą miną, jaką Marasi widziała u Waxa, kiedy czyścił jeden z pistoletów.

– Mówisz mi, że przeobrażenie cię w inną osobę nie jest magią?

Kobieta się skrzywiła.

– W porządku. Przyznam, że te wydają się bardziej mistyczne. Wszystko ma sens, jeśli rozumiesz Dor...

Marasi wyjrzała przez okno, a później znów spojrzała w stronę drzwi. Na zewnątrz było słychać coraz więcej krzyków. Na rdzę... to brzmiało jak wielu żołnierzy. Marasi uniosła broń i zawahała się.

– Te potwory tropią zapach. A gdybyś stworzyła drzwi w tej ścianie, a ja przeskoczyłabym na drugą stronę? Później mogłabyś odwrócić ich uwagę... zrobić „wielką walkę"... i zniknąć, jak mówiłaś. Być może nie będą wiedzieć, co się ze mną stało, mogą założyć, że obie uciekłyśmy.

– To dobry plan. – Blask Księżyca odetchnęła głęboko. – W porządku. Chciałam to wypróbować. Zamierzałam przekonać Kella, by dał mi w tym celu trochę Napełnienia. Ale nigdy nie myślałam, że wykorzystam to w terenie. W tej formie mogę z nimi walczyć, ale wtedy ty zostaniesz sama.

– Nie mogę tak po prostu uciec, Blasku Księżyca. To moja wina, że ściągnęłyśmy te oddziały. Poza tym Kotlina jest moim domem. Nie mogę porzucić jej na pastwę Entrone'a i jego planów.

Blask Księżyca skinęła głową.

– Zróbmy to. Powinnam mieć przewagę, bo raczej zaatakują mnie pałkami i bagnetami. Ostrzał mógłby przeszkodzić w tym, co robią w Społeczności. Zauważyłaś, że Krąg nie zrobił tu najrozsądniejszej rzeczy, to znaczy nie ostrzelał tego pomieszczenia.

– W takim razie do dzieła – powiedziała Marasi.

Blask Księżyca wyjęła z torby nieduże urządzenie, z którego odczytała kilka liczb.

– Jeśli spytam, podaj mi odległość dwadzieścia siedem sześćdziesiąt trzy, nachylenie dwanaście stopni. I pokaż mi tę mapę. – Wyciągnęła notatnik. – Nie mam czasu wyjaśniać, dlaczego. – Zdjęła przykrywkę ze słoja Napełnienia, zanurzyła pieczęć w tym świetle i przycisnęła ją do ściany, tworząc drzwi dla swojej towarzyszki. – To powinno sprawić, że utrzymają się odrobinę dłużej. – Uniosła drugą pieczęć do nadgarstka. – Miałam nadzieję, że Kelsier mnie wyciągnie, jeśli coś pójdzie nie tak. Być może będziesz musiała mi ponownie wyjaśnić, dlaczego muszę walczyć z tymi żołnierzami.

– Co masz na myśli?

– Mogę nie mieć wszystkich moich wspomnień. To napisze od nowa całą moją przeszłość. Moja dusza pomyśli, że moi rodzice przenieśli się do innego królestwa na moim ojczystym świecie i że tam się urodziłam i wychowałam. Całkiem zmienię osobowość. Wszystko to zapisałam, ale... cóż, nigdy nie jestem do końca pewna, jak zadziała Znak Esencji, zanim go wypróbuję.

– Zaczekaj. Nie wspominałaś o tym...

Blask Księżyca przycisnęła pieczęć do nadgarstka.

I zaczęła się przeobrażać.

54

W przeciwieństwie do DwójDuszy – który sięgał do czystego Napełnienia jak do beczułki i czerpał z niego powoli w miarę potrzeb – Blask Księżyca wypiła cały słój jednym metaforycznym haustem, włożyła do niego rękę i zaczerpnęła. Jej włosy stały się krótsze, sięgały teraz do linii brody, i emanowały blaskiem. Co zadziwiające, blakły w porównaniu z jej skórą, rozświetloną od wewnątrz, jakby jej rdzeń płonął. Ale białym ogniem, jakimś sposobem czystszym niż ziemskie płomienie.

Moc wirowała wokół Blasku Księżyca, wydawało się, że wręcz unosi się nad ziemią, choć jedynie stała na czubkach palców. Wydała z siebie długie, zadowolone westchnienie, po czym odwróciła się do Marasi. Emanując blaskiem jak jakieś bóstwo z opowieści. Istota z promiennej energii. Uśmiechnęła się zbyt doskonałymi wargami, błogosławiona od wewnątrz naturalnym światłem.

Blask natychmiast przygasł, ale uklękła na ziemi i zaczęła rysować jednym palcem. Skonsultowała się z mapą i notatkami, które pokazała jej Marasi. Skinęła głową i światło wypłynęło z niej, pozostawiając obraz na ziemi. Wyglądał nieco jak mapa – szybki szkic Kotliny, ale z dziwną runą pośrodku.

Kiedy skończyła, jej blask ustabilizował się, a później rozjaśnił. Znów westchnęła z zadowoleniem i stanęła pośrodku okrągłego rysunku ze światła. Dopiero wtedy zwróciła się do Marasi.

– Ach! – Jej głos był nieco wyższy niż wcześniej. – Śmiertelna! Jak się miewasz, dziecko? – Nie czekając na odpowiedź, rozejrzała się po pomieszczeniu. – Wydaje się, że znalazłam się w niespodziewanej lokalizacji.

– Jesteś w Bilming. Pod ziemią.

– Nie rozpoznaję go.

– Kotlina Elendel? – podpowiedziała Marasi, na co odpowiedzią było skonsternowane spojrzenie. – Właśnie narysowałaś jej mapę na ziemi.

– Och. – Blask Księżyca spuściła wzrok. – Zaiste. Interesujące. – Założyła dłonie za plecami i mruczała cicho pod nosem. Kiedy dostrzegła, że Marasi się w nią wpatruje, popatrzyła w jedną stronę, a później w drugą. – Ach. Chcesz mnie prosić o łaskę, dziecko? Mogę coś dla ciebie zrobić?

– Na zewnątrz są żołnierze. – Marasi wskazała na drzwi, które właśnie zaczęły trzeszczeć pod wpływem uderzeń. – Którzy pragną naszej śmierci.

– Niech to.

Blask Księżyca zaczęła poruszać dłońmi w powietrzu, rysując skomplikowaną sieć linii, która zapłonęła i zawisła w miejscu. Dokończyła teatralnym gestem i linie wniknęły w ścianę, a ona przestała pękać mimo ludzi, którzy w nią uderzali.

– Kim oni są? Jakieś paskudy z Różanego Cesarstwa? A może kolejna grupa wiernych Wyrna przybyła marnować czas na próby walki z lepszymi od nich?

– Uch, to po prostu źli ludzie. Miałyśmy plan...

– My? – spytała Blask Księżyca.

– Ty i ja, zanim się zmieniłaś.

– Zawsze byłam Szai-Ai. – Zrobiła gest. – Obdarzoną błogosławieństwem Szai-odu.

Jaaasne. W porządku.

– O błogosławiona. – Marasi spróbowała innego podejścia. – Twa moc jest niewiarygodna, a istota jest boska. Proszę, daj mi łaskę.

– Ależ oczywiście! – Ożywiła się. – Jesteś taka uprzejma! To rzadkie wśród śmiertelników.

– Muszę uciec przez te drzwi. – Marasi wskazała ścianę na tyłach. – One wkrótce znikną. A ludzie na zewnątrz muszą myśleć, że uciekłam inną drogą. Z tobą. Jak rozumiem, możesz zniknąć...?

– Zniknąć? Użyję Aonu Tai-A. Ale prosisz o wielkie błogosławieństwo. Potrzebowałabym odległości i nachylenia...

– Och. Dwadzieścia siedem sześćdziesiąt trzy, nachylenie dwanaście stopni? Ale czy możesz naprawdę zniknąć...?

– Dobrze, dobrze. Ale jeśli uciekniesz przez te drzwi, w środku znajdą tylko mnie. Niedoskonałe rozwiązanie, wymyślone przez kogoś o niewielkich umiejętnościach planowania. Proszę.

Postukała Marasi w czoło, po czym jedną ręką narysowała w powietrzu kilka symboli. Po chwili pojawił się duplikat Marasi, stworzony mocą Blasku Księżyca. Zaczął się poruszać, choć kiedy próbowała go dotknąć, jej palce go przeniknęły. Robił przez to jeszcze bardziej niepokojące wrażenie.

– Nadal tu jesteś? Ruszaj, ruszaj. Szai-Ai panuje nad sytuacją, dziecko. Zajmę się nimi, a później bardzo malowniczo zniknę. Pamiętaj o właściwych ofiarach za błogosławieństwo, którym cię tak wielkodusznie obdarzyłam, i bądź pobożna.

– Aha. Pobożna. Będę pobożna. – Podeszła do drzwi, ale zawahała się, widząc ostatni słój światła w torbie. Wzięła ją, bo było w niej więcej przydatnego wyposażenia, ale podała Blaskowi Księżyca spalony notatnik i skórzany portfel z pieczęciami.

– Później ci się przydadzą, o wielka. Są bardzo ważne. Proszę, weź je i zachowaj.

– Dobrze, dobrze. – Odprawiła Marasi machnięciem jednej ręki, a drugą wskazała pęknięcia na ścianie... w którą wrogowie uderzali ze wszystkich sił. – Pośpiesz się. Prawie przeszli.

Marasi przerzuciła torbę przez ramię i – z żalem – porzuciła karabin. Nie powinna zwracać na siebie uwagi, więc pistolet w torbie musiał jej wystarczyć. Zostawiła też fartuch, licząc, że jej ubranie – wciąż pasujące do zwykłego kierowcy ciężarówki, które miało pozwolić jej na wtopienie się między ludzi pracujących dla Kręgu – ją zamaskuje.

Przeszła przez drzwi. Kiedy je zamykała, zauważyła jeszcze Blask Księżyca stojącą obok sobowtóra Marasi i obiema rękami rysującą wzory światła w powietrzu, gdy przeciwległa ściana zaczęła zapadać się do środka.

Marasi odsunęła się od okien – które rzeczywiście były ze szkła półprzepuszczalnego, po tej stronie zamaskowanymi jako element większej szachownicy. Przerzuciła torbę przez ramię i ruszyła ostrożnie przez spokojną okolicę, z nadzieją, że ta dziwna wersja Blasku Księżyca będzie się trzymać planu.

55

Na tyłach ciężarówki Wax znalazł kłębowisko papierów i sprzętu. I trzy trupy.

Z ponurym zdecydowaniem wszedł do środka i sprawdził każdego trupa – na wypadek gdyby udawali. Zatrzymał się przy ostatnim. Była zakrwawiona, ale oddychała, a kiedy jej oczy się otworzyły, emanowały słabym czerwonym blaskiem.

– Ach – powiedziała ochrypłym głosem. – Jesteś w tym dobry. Myśleliśmy, że podjęliśmy wystarczające środki ostrożności. Ale oto jesteś. Depczesz nam po piętach. Cóż za zapał. Cóż za indywidualizm. Szkoda, że Harmonia dotarł do ciebie wcześniej.

Wax cofnął się i wycelował w nią pistolet.

– To ciało wkrótce zgaśnie – powiedziała istota. – Nie musisz się przejmować.

– Kim jesteś?

– Wiesz, kim jestem – szepnęła.

– Trell.

– Twoja siostra zostanie Trellem – szepnął stwór. – Przygotowałam imię i mitologię, by mogła je przyjąć. Ale jeszcze tego nie osiągnęła. A ja nie jestem Trellem. Rzadko rozmawiam z kimś tak bezpośrednio jak z tobą.

– Niezależność – wyszeptał.

– Tak. Przebity moimi metalem. Dusza odsłonięta na mój dotyk...

Cofnął się jeszcze bardziej, niepewny, co myśleć.

Kobieta uśmiechnęła się zakrwawionymi wargami.

– Nie musisz się mnie obawiać. Nie stanę na przeszkodzie tobie ani twoim wysiłkom. Twoja siostra tego nie rozumie, Mieczu Harmonii.

Błaga mnie, bym działała, ale nie rozumie, że jedynie walcząc o przetrwanie, człowiek – ludzie – może zrealizować swój potencjał.

– To miasto. Wszystko w nim. To twoja wina.

– To wina tych, którzy dążą, by osiągnąć więcej. I zasługują na uznanie swoich osiągnięć. Choć wątpię, by twoja siostra rozumiała już prawdziwą naturę Niezależności. Jej próby mają w sobie... sztuczną, wymuszoną wyjątkowość. Nie są to otwarte rany prawdziwego indywidualizmu. Nauczy się. Im dłużej będzie miała w sobie moc, im dłużej będzie awatarem mojej natury, tym więcej zobaczy i zrozumie. Jeśli przeżyje. Powinieneś być z niej dumny. Choć igra z własnym zniszczeniem, jej wysiłki utrzymały ten świat przy życiu. Inaczej zaatakowałabym go przed laty.

Wax zmarszczył czoło i podszedł bliżej.

– Gdzie jest bomba?

– Ach. To nie bombą powinieneś się martwić, lecz zniszczeniem, które wysłałam, na wypadek gdyby bomba zawiodła.

– Myślę, że blefujesz.

– Myśl sobie, co chcesz. Ale dobrze znasz siłę... zdolności... które zyskuje się w tych chwilach przed śmiercią. Dopiero kiedy dusza zostanie przyparta do muru, objawia się prawdziwa wyjątkowość. Dlatego porażka musi mieć konsekwencje, równie ostateczne i straszliwe jak śmierć.

– A co musimy zrobić, żebyś dała nam święty spokój?

Zakrwawione wargi Niezależności się uśmiechnęły.

– Udowodnijcie, że na to zasługujecie. – Zamknęła oczy. A ciało przestało oddychać.

Na rdzę. Czy mógł wierzyć choć w jedno słowo Niezależności? Czy mógł zaryzykować zignorowanie ich? Tak czy inaczej, wstrząsnęło nim to bardziej niż pościg.

Zaczął szybko przeglądać papiery na pace ciężarówki. Wiele z nich zostało pociętych na kawałki, a później zalanych wodą. Próbowali go powstrzymać przed zdobyciem informacji.

Na szczęście znalazł notatnik, który był mokry tylko w połowie, i zaczął go kartkować. Zawierał informacje na temat testów. Na rdzę... te „rakiety z własnym napędem" mogły przebyć trzydzieści do czterdziestu mil. Jak je wystrzelili w taki sposób, że nikt nie zauważył?

Okręty, uświadomił sobie Wax. Dlatego stworzyli marynarkę – by móc testować broń na oceanie. Notatki to potwierdzały. Sprawdził daty ostatniej próby.

Zgadzały się z datami „wakacji" Gave'a. Wypłynęli na ocean, by przeprowadzić próby. Ale rakiety zawiodły, a w każdym razie nie były dość dobre. Nie mogły dotrzeć do samego Elendel – choć w notatniku było pełno pomysłów, w jaki sposób sprawić, by dotarły odrobinę dalej.

Złożył razem wszystkie użyteczne rzeczy, które udało mu się odszukać, po czym wepchnął je do znalezionej w kącie płóciennej torby. Miał tak mało czasu, by odkryć w tym sens, ale z pewnością gdzieś w tym bałaganie znajdowała się wskazówka, która pomoże mu znaleźć bombę.

Przerzucił torbę przez ramię i wyszedł z ciężarówki. Ludzie zaczynali się zbierać, w tym biedny właściciel sklepu z alkoholem. Mężczyzna stał na zewnątrz i opłakiwał stłuczoną witrynę.

Choć Wax powinien ruszać w drogę, zawahał się, po czym podszedł i wcisnął mężczyźnie trochę gotówki.

– Przepraszam. Próbuję zapobiec katastrofie.

Mężczyzna zagapił się na pieniądze, ale zanim zdążył odpowiedzieć, Wax zauważył coś tuż za stłuczonym oknem.

– Hej, czy to skrzynka „Logshine"?

***

Wkrótce Wax wylądował w laboratorium, w którym zostawił Wayne'a. Jak miał nadzieję, młodszy mężczyzna zajął się wrogami, nawet kilku związał. Teraz siedział z chusteczką, na której wyhaftowano monogram kogoś innego, i wycierał nos. Wyglądał żałośnie.

Wax nigdy nie był zmuszony do magazynowania zdrowia, więc mógł sobie jedynie wyobrazić, jakie to uczucie – szczególnie w trakcie zadania. A teraz, gdy dreszczyk pogoni zblakł, czuł się zmęczony. Na rdzę, nie powinien zaczynać śledztwa niewyspany. Już od dawna nie miał dwudziestu lat.

Podszedł do Wayne'a, który zamrugał na jego widok. Następnie uniósł dwie butelki „Logshine", piwa warzonego w Dziczy – najlepszego ze wszystkich.

– Na rdzę, Waxie. Gdzie je znalazłeś?

– To zadziwiające, na co można trafić na służbie. – Podał jedną Wayne'owi.

– Nie piłem logshine od lat. – Mężczyzna aż się popłakał. – Ty... na rdzę, stary. Naprawdę ci na mnie zależy, prawda?

– Myślę, że nadszedł czas... – Wax zwrócił się do przyjaciela – ...żebyśmy złapali oddech.

– Możemy sobie na to pozwolić?

– Muszę przejrzeć to, co znalazłem. A jeśli ciągle będziemy się pakować do walki zmęczeni, w końcu zginiemy. Myślę, że możemy poświęcić jakieś pół godziny. Może być?

– Może być? Brzmi rdzawo cudownie.

56

Skradanie się przez tę dziwną jaskinię i pozostanie niewidoczną okazało się dla Marasi niemożliwe. Reflektory na sklepieniu rozpraszały cienie, a domy wybudowano wokół centralnego parku – z fałszywą trawą z kawałków drewna pomalowanych na zielono. Nic nie zwracałoby większej uwagi od kogoś zachowującego się w taki sposób, jak teraz Marasi.

Dlatego, choć czuła się całkowicie odsłonięta i na wpół spodziewała się, że usłyszy strzały, szła wzdłuż jednego z rzędów malowniczych kamienic. Próbowała udawać, że tu pasuje. Po gorączkowym pędzie od jednej walki do drugiej wydawało się to surrealistyczne.

Miała wrażenie, że nikt w tej jaskini nie ma pojęcia o walkach na zewnątrz. Mijała pary trzymające się za ręce. Na podwórku jednego z domów mężczyzna składał meble ogrodowe, a jego dzieci nie mogły się doczekać, kiedy huśtawki będą gotowe. Mężczyzna w białym mundurze przeszedł obok niej, dostarczając słoje z jedzeniem do każdego domu, i nucił pod nosem.

To było dziwaczne. Wszystko było zbyt spokojne, zbyt normalne... i nie było metalu. Okna miały drewniane ramy. Budynki wzniesiono z cegieł lub gliny, więc nie wymagały gwoździ. Na ulicach nie było latarni ani lamp.

Kiedy to zauważyła, wręcz raziło to w oczy. Właściwie jedynym metalem, jaki dostrzegła, były te reflektory wysoko na sklepieniu. To sprawiło, że poczuła się jeszcze bardziej świadoma torby na ramieniu. Poza emanującym blaskiem słojem miała w niej amunicję, kilka małych ładunków wybuchowych, bandaże, gotówkę, kilka wytrychów i inne narzędzia. Blask Księżyca była jedną z tych kobiet, które lubiły być przygotowane.

Marasi mocniej przycisnęła torbę do ramienia. Niestety zwracała uwagę. Kiedy przechodziła, ludzie odwracali się, żeby na nią spojrzeć. Rozmowy spacerujących par cichły. Spojrzenia zatrzymywały się na niej, jakby była jedyną osobą w czasie inspekcji, która zapomniała o włożeniu munduru.

Może najlepiej byłoby przebyć pośpiesznie tę okolicę i zobaczyć, czy po drugiej stronie jest jakieś wyjście. Ale czy to by coś dało? Wedle jej informacji, droga do portalu prowadziła przez Społeczność. Musiała go odnaleźć.

Burmistrz wspomniał o udaniu się do Społeczności, pomyślała Marasi. Może gdzieś tu być. Może on mnie do niego zaprowadzi?

Dwie kobiety na ulicy, ubrane w codzienne sukienki i kroczące energiczne, minęły ją szybko i posłały jej kilka ukradkowych spojrzeń. Ta postawa... instynkt podpowiadał Marasi, że zamierzały komuś o niej powiedzieć.

Ten sam instynkt kazał jej ruszyć w przeciwną stronę. Ale... musiała znaleźć kogoś, kto tu rządził. Prawie spytała Wayne'a, co myśli, po czym poczuła się jak idiotka. Przez lata nauczyła się na nim polegać. Jego nieobecność u jej boku... cóż, wydawała się niewłaściwa.

Po ułamku sekundy ruszyła truchtem za dwiema kobietami. Weszły pośpiesznie do piętrowego domu z drewnianymi treliażami na ścianie, na których zawieszono malowane sznury udające pnącza.

Marasi zajrzała do środka i odkryła, że kobiety zebrały się nie wokół żołnierzy albo urzędników, lecz innej, dostojnej, kobiety w średnim wieku. Miała na sobie elegancką szaroniebieską sukienkę – krótkie bolerko, długą spódnicę i gorset. Ten styl był popularny przed dziesięcioma laty. Dostojna kobieta spojrzała Marasi w oczy, podeszła pośpiesznie i złapała ją za ramię.

Marasi odruchowo prawie się cofnęła, ale to nie był niebezpieczny ruch.

– Pośpiesz się – powiedziała kobieta. – Do środka. Już widziało cię zbyt wielu, moja droga. Drenyo, zaciągnij zasłony!

Oszołomiona Marasi pozwoliła, by kobieta zaprowadziła ją do porządnie umeblowanego pokoju, a Drenya zasłoniła okna. Trzecia kobieta zapaliła lampkę oliwną na stole. Wydawała się... staroświecka po tym, jak elektryczność przez lata wkradała się do każdego domu i każdego kinkietu.

– Fialio, idź po pozostałych – powiedziała dostojna kobieta. – Kessi będzie chciała ją poznać, to oczywiste. I Abrem też. Robił notatki. Pośpiesz się! – Z roztargnieniem poklepała Marasi po ramieniu. – Jak się czujesz, moja droga? Jesteś głodna? Spragniona? Musiało być ci tak ciężko. Ale ocalałaś. To dobrze o tobie świadczy.

Drenya wyglądała przez szparę w zasłonach. Była cichą młodą kobietą w sukience, której brakowało kolorów.

– Myślę, że Gord jej nie widział, chwała Ocalałemu.

– W końcu wieści do niego dotrą. – Fialia stanęła w drzwiach. – Pójdzie prosto do burmistrza.

– Lordem Entrone'em zajmę się ja – powiedziała blondynka i posadziła Marasi na krześle. – Idź!

Fialia wyszła, a Marasi dała się posadzić, próbując zrozumieć. Nie chcieli, żeby burmistrz się o niej dowiedział, więc we wnętrzu kręgu byli dysydenci? Ale ich ubrania, te domy, to miejsce...

I ta kobieta. Dostojna blondynka poklepała Marasi po ręce i zniknęła w innym pomieszczeniu. Może w kuchni? Marasi prawie uciekła. Może próbowali odwrócić jej uwagę, żeby nie powstrzymała burmistrza Entrone'a? Ale wtedy blondynka wróciła z ciastkami i herbatą.

Marasi zagapiła się, oszołomiona wizją przerwy na herbatkę w trakcie niebezpiecznego wtargnięcia na terytorium wroga.

– Popatrzcie na to biedactwo – odezwała się Drenya spod okna. – Pewnie od lat nie widziała prawdziwego jedzenia.

– Już dobrze. – Blondynka podała jej ciasteczka. – Nie bój się. Mamy tu dużo... jak za starych czasów. Pamiętasz?

– Za... starych czasów?

– Tak, przed katastrofą. Przed opadami popiołu. Tu jesteśmy bezpieczni.

– To miejsce wybudowano, żeby nas ochronić. – Druga kobieta podeszła bliżej. – Musisz być bardzo silna, skoro przeżyłaś tam, na górze, i znalazłaś drogę tutaj.

Tam, na górze.

Na rdzę. W końcu wszystko złożyło się w jedną całość. Przez cały czas zakładała, że obrazy spadającego popiołu, dziwny ruchomy obraz stworzony za pomocą modeli, były częścią intrygi mającej zagrozić światu zewnętrznemu. Ale nie. To oszustwo nie miało zostać wykorzystane w przyszłości, ono już zostało użyte. Przeciwko tym ludziom.

Na rdzę. Myśleli, że świat uległ zniszczeniu. A oni zostali przed tym ochronieni.

– Od jak dawna przebywacie tu, na dole? – zapytała szeptem Marasi.

– Od siedmiu lat. – Blondynka pogłaskała ją po ręce. – Choć pierwotnie mieszkaliśmy w o wiele mniejszych jaskiniach. To miasto, „Wędrowiec", tak je nazywamy, ma około pięciu lat.

– Koszmarnie trudno było je wybudować – dodała druga kobieta. – Ale jest o wiele przyjemniejsze. Przypomina dawne dni, czyż nie? Z niebem i słońcem? Drzewami i roślinami?

Marasi bez słowa wzięła ciasteczko i wgryzła się w nie, częściowo po to, żeby blondynka go w nią nie wmusiła. Było smaczne, zauważyła z roztargnieniem, kiedy w jej głowie kłębiły się myśli. Ci ludzie... zostali oszukani i wierzyli, że świat się kończył. Zmuszeni do życia w podziemnym bunkrze. Ale dlaczego? Z pewnością Krąg miał wielu chętnych uczestników swoich spisków, dlaczego więc utrzymywać niektórych w niewiedzy? I jak to się wiązało z nadchodzącą armią i bombą?

Wkrótce do środka weszło kilka innych osób, przyprowadzonych przez Fialię. Trzy kobiety i mężczyzna, krępy osobnik z pasem pełnym kamiennych narzędzi.

– Żadnego metalu – mruknęła Marasi.

– Naturalnie – odparła blondynka. – Metaliczne mutanty go wyczuwają. Jedyny metal, na który sobie pozwalamy, to odrobina aluminium w światłach i głośnikach systemu nadawczego.

Pozostała czwórka tłoczyła się, patrząc na Marasi. Czy naprawdę wyglądała, jakby przeżyła apokalipsę? Pomyślała, że jej ubranie jest pewnie trochę zużyte po kilku strzelaninach i walce o życie. Do tego jeszcze torba i nie miała okazji się umyć...

Możliwe.

– Wy, biedacy – szepnęła Marasi.

– Jest w szoku – powiedziała nieśmiała Drenya.

– Możesz nam powiedzieć, jak jest na górze? – spytał mężczyzna z pasem na narzędzia. Zrobił krok do przodu, mnąc w palcach płócienną czapkę. – Czy opady popiołu nadal są silne? Od roku nie widzieliśmy nikogo z zewnątrz.

– Byli inni? – spytała niepewnie Marasi.

– Raz na jakiś czas ktoś z góry znajduje drogę przez tunele i bariery ochronne do miasta. – Blondynka poklepała ją po dłoniach. – Powtarzam burmistrzowi, że nie potrzebujemy tych barier, że możemy przyjąć znacznie więcej ludzi. Ale Gave Entrone to uparty człowiek. Upiera się, że ludzie z zewnątrz są zbyt niebezpieczni.

– Gave. Wasz... burmistrz?

– Tak, pochodzi z innych jaskiń – wyjaśniła blondynka. – Tych pod Elendel. Istnieje kilka kompleksów i od czasu do czasu ludzie z tamtych przenoszą się do nas.

– Entrone to tyran – stwierdził mężczyzna z narzędziami. – Nie pozwala nam pomóc światowi na górze. Nie pozwala nam szukać ocalałych. Nie pozwala nam nawet badać jaskiń. A kiedy przybywają ludzie tacy jak ty...

Blondynka spiorunowała go wzrokiem.

– Nic się nie stało – powiedziała Marasi. – Muszę wiedzieć. Proszę, są tajemnice, których nie rozumiecie.

– Cóż... – zaczęła blondynka. – Kiedy przybywają ludzie z zewnątrz, tacy jak ty... zostają odesłani do jednej z pozostałych jaskiń. Nigdy nie mamy szansy dłużej porozmawiać.

– I oni... opowiadają wam o świecie na górze? – Marasi już się domyślała dalszego ciągu.

– Świat popiołów – powiedziała inna z kobiet. – Zniszczona ziemia pełna straszliwych metalicznych potworów.

– Raz widziałem jednego – dodał mężczyzna. – Koszmarna, wypaczona istota. Biedna dusza. Dostał się tutaj, a ochrona burmistrza go zabiła.

Hemalurgiczny potwór, domyśliła się Marasi, wypuszczony tutaj celowo, by ludzie nie przestawali się bać.

– Nowo przybyli nie potrafią powstrzymać się przed opowiadaniem, jak straszne jest wszystko... – kontynuowała kobieta – ...a później zostają zabrani. Myślimy, że burmistrz nie chce, żeby nas przerażali.

– Wręcz przeciwnie... – powiedziała Marasi. – To aktorzy. Sprowadzeni tu, by potwierdzać jego kłamstwa.

Rozejrzała się po pokoju i napotkała ich zatroskane spojrzenia. Martwili się o nią. Nie mieli pojęcia.

Blondynka znów pogłaskała ją po dłoni.

– Wciąż mamy nadzieję, że dostaniemy wieści o tym, że ludzie, których znaliśmy... przeżyli...

– Miałem trzy córki – dodał mężczyzna z narzędziami. – W Bilming? To mnie koroduje od czasu ocalenia, niewiedza, co się z nimi stało. Proszę, panienko. Czy masz jakieś wieści o grupkach ocalałych na górze? Ostatni uciekinier, który tu zszedł, powiedział, że miasto to pustkowie, całkowicie zniszczone. Ale... niektórzy ludzie musieli przeżyć...

Marasi zmarszczyła czoło.

– Czekajcie. Zostaliście ocaleni? Jak tu trafiliście?

Blondynka wcisnęła jej kolejne ciasteczko i popatrzyła na pozostałych.

– To była loteria – przyznała w końcu. – Naukowcy, którzy odkryli, że wybuchy wulkanów są nieuchronne, uświadomili sobie, że ocalą nielicznych. Dlatego podjęli trudną decyzję i ratowali przypadkowych ludzi.

– To nie było całkowicie przypadkowe – sprzeciwiła się inna kobieta. – Wybrali więcej kobiet w wieku rozrodczym, z oczywistych przyczyn. I kładli nacisk na Allomantów lub tych z rodzin Allomantów. Znów z oczywistych przyczyn.

– Nie mogliśmy zabrać rodzin. – Mężczyzna spuścił wzrok. – Wykłócaliśmy się o to, kiedy się tu obudziliśmy. Och, jakże próbowaliśmy przekonać zarządców, żeby zachowali się rozsądnie. Ale... w końcu... poczuliśmy wstrząsy i wiedzieliśmy...

– A później przybył burmistrz – dodała blondynka – i wprowadził bardziej surowe protokoły.

– Tyran – mruknął mężczyzna.

– Wciąż od czasu do czasu czujemy wstrząsy. – Jedna z kobiet podniosła wzrok. – Wybuchy Popielnych Gór. Na górze muszą być ogłuszające. Od czasu do czasu możemy wyjść na górę, żeby spojrzeć na wasz świat, ale nie za często. To zbyt niebezpieczne. Ale widziałam, jak tam jest. Odległe zrujnowane miasto, czerwone słońce, duszący popiół. Jak całun....

– Jak widzicie takie rzeczy?

– Sala obserwacyjna – wyjaśniła kobieta. – Na skraju jaskini prowadzi do niej drabina.

To nie zaprowadziłoby Marasi do pomieszczenia z projektorem, które widziała wcześniej – znajdowało się zbyt daleko stąd. Podejrzewała, że tamta sala była testowa, a to, co widzieli ci ludzie, wyglądało bardziej autentycznie, bez oczywistego światła i projektora.

Tak czy inaczej, była teraz pewna, do czego służył ten podstęp. W połączeniu z aktorami przysyłanymi, by podtrzymywać iluzję – którzy następnie zostawali zabrani do „innej jaskini", żeby nie mogli popełnić błędu i wyjawić prawdy. Jak długo żaden z prawdziwych obiektów eksperymentu nie miał prawa wyjść, nikt się nie dowie.

Ale dlaczego? Tyle pracy, w jakim celu?

Chyba że... Allomanci.

– Niektórzy z was są Allomantami? – spytała Marasi.

– Tak – odparła blondynka. – Jestem Podżegaczką, choć nawet moja rodzina nie wiedziała o moich mocach. Fialia jest Szarpaczką. Kessi Uspokajaczką.

– Moi rodzice byli Allomantami – wyjaśnił mężczyzna. – Ale ja nie dostałem żadnych mocy. Pozostali są podobni.

To był ostatni element układanki. Marasi wiedziała, co się działo. A kiedy złożyła wszystko razem, dotarło do niej coś jeszcze. Rzeczywiście znała blondynkę. Nie bez powodu wyglądała znajomo.

Była jej odległą kuzynką Armal Harms – kobietą, która została porwana przez Milesa Stożywotów i Znikaczy przed siedmioma laty. To było pierwsze śledztwo Waxa po powrocie do miasta.

57

Marasi powinna wtedy odejść. Niewiele mogła się dowiedzieć od ludzi będących częścią eksperymentu Kręgu. Jednak ciążyły jej implikacje. Dlatego siedziała na tym miękkim fotelu z ciasteczkiem i czuła się przytłoczona, otoczona przez ludzi, których od lat okłamywano.

Wax jako pierwszy zauważył, że porwani mieli historię Allomancji w rodzinach. Z początku sądzili, że chodziło o kobiety, choć kilka tajemniczych porwań w tym samym okresie dotyczyło mężczyzn.

Marasi i Wax szukali tych ludzi przez lata, z przerwami. Obawiali się, że Krąg zrobił im straszne rzeczy, ale nigdy nie wyobrażali sobie czegoś takiego. Zamknąć ich wszystkich w bunkrze? Przekonać, że świat się skończył?

Jednym z podstawowych długoterminowych celów Kręgu było zyskanie dostępu do Allomancji, a fakt, że Krąg miał tak wiele kolców, wskazywał, że niektórych z porwanych spotkał tragiczny koniec. Ale ta grupa, jak również fakt, że tylko najważniejsi członkowie Kręgu mieli kolce, wskazywały na bardziej długoterminowy plan. Tu, na dole, mieli dosłowną wylęgarnię Metalicznych dzieci – doskonałych do zwerbowania albo tworzenia kolców. Poczuła ściskanie w żołądku, szczególnie kiedy spojrzała na kobiety w pokoju i zauważyła, że dwie z nich mogą być w ciąży.

Tamten plac zabaw, który budował mężczyzna, nabrał mroczniejszego znaczenia. Jednak... ci ludzie tutaj nie wyglądali na przerażonych, że ich dzieci zostaną zabrane. Istniała nadzieja, i to duża, że Marasi dotarła do nich na czas. Nie mogła ochronić ich przed traumą – tym ludziom odebrano rodziny i życie, i zamknięto ich tutaj – ale przynajmniej Krąg jeszcze nie zaczął przerabiać ich na kolce.

Burmistrz nazwał Społeczność „projektem Edwarna", pomyślała. Całość została wymyślona przez wuja Waxa, jako długoterminowe rozwiązanie problemu dostępu do mocy Allomantycznych dla Kręgu. Podejrzewała, że po jego śmierci większość infrastruktury została przejęta, kiedy władzę objęła Telsin, a Niezależność zaczęła deptać im po piętach. Jaskinia, która została zaprojektowana jako Allomantyczny eksperyment eugeniczny, rozrosła się, by stać się bunkrem dla lojalistów burmistrza. Kolejne eksperymenty z kolcami prowadziły do różnych innowacji,

Ale ten stary eksperyment pozostał, a wraz z nim uwięzieni ludzie. Marasi przypadkiem natrafiła na rozwiązanie jednej z najbardziej dręczących ją tajemnic. Mogła ocalić tych ludzi. Zakładając, że najpierw uratuje cały świat.

– Znam cię. – Zwróciła się do blondynki. – Jesteś Armal Harms, prawda?

– Owszem, nosiłam nazwisko Harms. Zanim tu, na dole, wyszłam za mąż. Czy... my się znamy?

– Widziałam tylko portrety. Jestem Marasi Colms... kuzynka Steris. – Takim kłamstwem się posługiwały, zanim ich ojciec publicznie przyznał się do niewierności.

– Steris? – spytała Armal i ożywiła się. – Czy ona...? To znaczy...

– Żyje. Armal... oni wszyscy żyją. Zostaliście koszmarnie okłamani. Nie wiem, jak powiedzieć to delikatniej. Nie było opadów popiołu. Kotlina nie upadła. To oszustwo. – Skrzywiła się. – Wszyscy zostaliście porwani przez okropnych ludzi.

Obecni popatrzyli po sobie.

– Popielna choroba – powiedziała jedna z kobiet.

Cicha kobieta pokiwała głową i poklepała Marasi po ramieniu.

– Jesteś zdezorientowana, masz halucynacje, kochanie.

Marasi westchnęła. Oczywiście, że Krąg wymyśliłby takie wyjaśnienie – potrzebowali czegoś, na wypadek gdyby ktoś przedostał się przez barierę ochronną.

– Teraz wam tego nie udowodnię. Choć znajdę sposób. Proszę, zastanówcie się nad moimi słowami. To złagodzi cios, kiedy będziecie musieli stawić czoło prawdzie. Jestem starszym stopniem konstablem w Elendel. – Wyjęła dokumenty. – Od lat próbowałam was odnaleźć, ludzi porwanych przez tajemniczą organizację zwaną Kręgiem. Oni realizują też inne plany, jeszcze bardziej niebezpieczne, i dlatego nie mogę zostać. Ale prawda jest taka, Armal, że zostaliście porwani, bo oni potrzebowali Allomantów. I opracowali długoterminową strategię, by ich uzyskać.

Armal spojrzała w górę – skąd dobiegał tupot małych stóp i dziecięcy śmiech.

– Musicie się zgodzić, że to dziwne, że zostaliście porwani przez grupę uzbrojonych ludzi w czasie napadu – dodała Marasi.

– Musieli tak się zachowywać – wyjaśniła Armal. – Żeby ukryć, co robią. Żeby uniknąć masowej paniki.

– Udając grupę złodziei?

– W Słowach Stworzenia zadziałało. Sam Ocalały udawał złodzieja.

Marasi nie miała czasu na dalszą dyskusję.

– Muszę znaleźć Gave'a Entrone'a. Wiecie, gdzie on jest?

W tej właśnie chwili, jakby na rozkaz samego Harmonii, z głośników na zewnątrz dobiegł głos. Odbijał się echem w ogromnej jaskini.

To był Gave Entrone, burmistrz.

– Bądźcie czujni, mieszkańcy Wędrowca – powiedział brzęczącym głosem. – Zauważono niebezpieczną osobę z zewnątrz, która wślizgnęła się przez zewnętrzne tunele i być może kieruje się w tę stronę. Najprawdopodobniej jest uzbrojona, a na pewno bardzo chora od popiołu. Traktujcie ją jako skrajnie niebezpieczną, a jeśli ją zobaczycie, zgłoście się do miejscowego oficera spokoju. Nie podchodźcie do niej. Nie rozmawiajcie z nią. Już zabiła i jeśli dostanie szansę, znów zabije.

Zebrani popatrzyli w górę, a Marasi stężała. Czy ich sympatia to przetrwa?

– Do diabła – powiedziała Armal. – Musimy ją ukryć.

– Inni widzieli, jak tu wchodzi – zauważył mężczyzna z narzędziami.

– Zrobimy bałagan w pokoju i powiemy, że zagroziła nam i uciekła. – Armal spojrzała na Marasi. – Jesteś zdezorientowana i chora od popiołu. Ale... pamiętasz, jak się stąd wydostać? Drogę przez jaskinie?

– Zapomnijcie o tym – rzuciła hardo łagodna dotąd kobieta. – Macie broń? Cokolwiek, co możemy wykorzystać, by obalić Entrone'a?

– Nie obalimy go! – sprzeciwiła się Armal. – Musimy jedynie zrealizować nasz plan: przekraść się na powierzchnię, znaleźć ocalałych i sprowadzić ich tutaj. Udowodnić wszystkim, że możemy jakoś pomóc. To przekona burmistrza do naszego nastawienia.

Była to szlachetna filozofia. I całkowicie beznadziejna. Marasi nie miała czasu na dalsze ich przekonywanie.

– Gdzie jest Entrone? – Wstała.

– Ma nową rezydencję na skraju miasta – odpowiedziała Armal. – Dużą, ze stacją nadawczą. Jest tam niebezpiecznie, bo on musi pracować z metalami, by obsługiwać urządzenia... jeśli napadną nas mutanci, pójdą najpierw do niego.

– Jakie to odważne z jego strony. – Marasi pośpieszyła do okna, a inni zeszli jej z drogi. – Bez wątpienia ma tam też tunel prowadzący na powierzchnię. Kojarzycie płaskie zewnętrzne ściany? Jest w nich szkło półprzepuszczalne. Obserwują was przez nie.

– Popielna choroba – syknęła jedna z kobiet.

– Czy jest tu... – Marasi zastanawiała się, jak ująć to w słowa. – Jakiś portal? Na rdzę. Nawet nie wiem, jak miałby wyglądać. Może jakaś duża konstrukcja? Albo miejsce, do którego nie wolno wam wchodzić?

Patrzyli na nią niepewnie. Powinnam się tego spodziewać, pomyślała Marasi. Oczywiście, że nie wiedzieli. Byli więźniami, nie powiernikami.

Ale coś w tym ją zastanawiało. Jeśli Entrone tworzył portal dla armii Niezależności, to dlaczego tutaj, w pobliżu tych ludzi? Dlaczego nie miałby zrobić tego w bardziej odosobnionej części kompleksu jaskiń, z dala od obiektów badań? Jednak powiedział wyraźnie, że uda się tutaj, aby otworzyć portal.

Spojrzała na Armal – która trzymała dokumenty Marasi i marszczyła czoło.

– Dlaczego miałabyś zadać sobie tyle trudu, żeby mieć przy sobie fałszywe dokumenty? Posunąć się tak daleko, żeby stworzyć fałszywą pieczątkę z tegoroczną datą...?

– Musi być w bardzo poważnym stanie – powiedziała jedna z pozostałych.

Armal spojrzała Marasi w oczy i zmarszczyła czoło jeszcze bardziej.

– To dlatego, że mówię wam prawdę. A teraz muszę się udać do Entrone'a i go powstrzymać.

Armal pokręciła głową.

– Marasi, możemy pomóc sobie nawzajem. Nie rób nic pochopnego. Nie lubimy burmistrza, ale nie chcemy przemocy. Było już zbyt wiele śmierci. Jeśli cię ukryjemy, możemy porozmawiać, stworzyć plany.

– Nie ma czasu na planowanie. – Marasi wróciła po torbę. – Dalej, zdemolujcie ten pokój. Powiedzcie im, że jestem skrajnie niebezpieczna, opowiadajcie im ze szczegółami. Może to ich trochę spowolni.

Wyjęła pistolet z plecaka i wszyscy się na niego zagapili. Wszyscy poza Armal, która popatrzyła na broń z rozczarowaną miną.

– Posłuchajcie... – zwróciła się do nich Marasi – ...za chwilę sytuacja tutaj zrobi się bardzo niebezpieczna i bardzo dezorientująca. Moi przyjaciele zajęli się dużą liczbą ich żołnierzy, więc istnieje szansa, że z Entrone'em poradzę sobie sama. Ale jeśli nie wrócę, musicie go obalić. Od tego zależy życie milionów ludzi.

– Nie możemy tego zrobić – sprzeciwiła się Armal. – Nawet gdybyśmy chcieli, nie mamy broni.

– Sami jesteście bronią. Gdybyśmy tylko zdobyli wam...

Metale. Dlatego ich tu nie było. Krąg uwięził dużą grupę ludzi, która albo miała wyjątkowe zdolności, albo mogła spłodzić ludzi, którzy będą je mieli. Telsin i pozostali wiedzieli, że jeśli nie będą wyjątkowo ostrożni, zostaną pokonani przez własnych więźniów. Stąd brak metali i opowieść o „mutantach", które mogły je wyczuć.

Jak utrzymać w niewoli gromadę niebezpiecznych ludzi? Przekonując ich, że wcale nie są więźniami.

Marasi spojrzała Armal w oczy.

– Którędy do domu burmistrza?

– Ja...

Marasi patrzyła jej w oczy, aż druga kobieta spuściła wzrok – na dokumenty Marasi – a później spojrzała w bok.

– Ty wiesz, prawda? Że nie zmyślam. A przynajmniej podejrzewasz. Zawsze wiedziałaś, że coś jest nie w porządku.

– Mam rodzinę – odparła Armal. – Dzieci i męża, którego kocham.

– Jeśli Entrone zwycięży, będą skazani na życie w ciemności. Armal, on planuje odebrać wam dzieci. Musicie znaleźć sobie jakieś metale i walczyć ze wszystkich sił.

– Znaleźć metale – prychnęła jedna z kobiet. – Czego od nas oczekujesz? Że będziemy lizać kamienie z nadzieją, że jest w nich trochę żelaza?

– Nie wiem, czy ci wierzę – powiedziała Armal. – I... nie zamierzam walczyć, nawet gdybym miała broń. Może mogę zaprowadzić cię tam, gdzie mieszka Entrone. Ale to wszystko.

Idioci, pomyślała Marasi i zazgrzytała zębami. I sama poczuła się głupio. Nie byli idiotami dlatego, że się bali. Zostali wykorzystani, okłamani, zamknięci bez słońca.

Nie powinna ich besztać. Zawstydzenie sprawiło, że spłynęła na nią jasność. Ci ludzie, i inni podobni do nich, byli powodem tego, co robiła. Przyczyną, dla której została konstablem. Uratowanie ich było jej zadaniem.

– Zabierz mnie do Entrone'a – powiedziała. – Znajdę sposób, by się nim zająć. – Zarzuciła torbę na ramię.

I zamarła, kiedy usłyszała dochodzące ze środka brzęknięcie.

58

Wayne patrzył, jak Wax unosi butelki nad głowę i Odpycha kapsle szybkim ruchem Allomancji. Praktyczne. Kiedy Bóg stworzył Allomancję, czy pomyślał, że Monetostrzelni będą dobrymi otwieraczami do butelek?

Wax podał jedną Wayne'owi, który wytarł nos chusteczką i wziął butelkę. Westchnął, dudniło mu w głowie, a całe ciało miał obolałe. Do diabła, nie znosił magazynować zdrowia. Człowiek czuł się wtedy jak to coś, co znajdowało się między palcami po tym, jak zbyt długo nie zdejmowało się butów.

Oparł się znów o jeden ze słupów podpierających wielką tablicę. Przylecieli tutaj, rzecz jasna, bo Monetostrzelni uwielbiali niebo. Poza tym Wax uwielbiał być bezczelny. A co mogło być bardziej bezczelnego od picia piwa przed jednym z tych głupich miejskich plakatów propagandowych?

Ten miał z przodu półkę, więc siedziało im się całkiem wygodnie. Prawdopodobnie służyła robotnikom, którzy go tu umieścili – doprowadzający do mdłości obraz gościa patrzącego w niebo, z wypływającymi zza niego pasmami światła. NIEZALEŻNOŚĆ POPRZEZ WSPÓLNĄ WALKĘ, głosił. Wayne mógłby zjeść etykietę z butelki i następnego dnia załatwić się czymś, co miało więcej sensu niż to.

Koszmarny plakat wznosił się wysoko nad główną autostradą i był skierowany do centrum, w stronę głównego wieżowca miasta, Wieży Niezawisłości, zwanej również Shaw. Przez skojarzenie ze starym Kredik Shaw.

Wax wyciągnął butelkę w bok, Wayne zrobił to samo i stuknęli się szyjkami. Później Wayne odchylił głowę do tyłu i napił się, z radością przyjmując wyrazisty smak. Chmielowy, gorzki. Taki, jaki powinno mieć dobre piwo. W Dziczy to wiedzieli. Po co je oczyszczać, sprawiać, żeby smakowało czymś innym? Miejskie piwa... były dla ludzi, którzy tak naprawdę nie lubili piwa.

Piana łagodnie spływała po jego gardle, które zawsze drapało, kiedy magazynował zdrowie. Jakby przez cały czas był nieustannie chory, każdego dnia – ale zwykle tego nie zauważał, bo jego ciało dobrze to maskowało. I dopiero kiedy zaczynał magazynować zdrowie, choroba wygrywała.

Wax pociągnął długi łyk piwa i rozluźnił się. Spojrzenie miał zamyślone. Zadowolone.

– Pamiętasz, jak zabrałeś się do zdejmowania kapsli z butelek, ale wcześniej uderzyłem piwem o stół, więc poleciało ci na głowę?

– Za którym razem?

– Ha. Ten dowcip się nie starzeje.

– Bo miał już brodę, kiedy pierwszy raz go zrobiłeś.

Wayne wyszczerzył zęby.

– Myślałem o tym pierwszym razie, po tym, jak złapałeś Lodowatego Bena Oldsona. No wiesz, kiedy twoim zastępcą był Blinker.

– Pamiętam.

– Nie wierzę, że pracowałeś z tym gościem. – Wayne pociągnął kolejny łyk. – Za nic nie umiał strzelać.

– Miał inne zdolności. Powinienem zauważyć, że ty też za nic nie umiesz strzelać.

To była prawda. Ale, szczerze, Wax nie umiał dobierać sobie zastępców.

– Pamiętam ten pierwszy raz, kiedy zrobiłeś mi dowcip z potrząsaniem butelkami. – Wax upił łyk piwa. – Dobrze go pamiętam. Wtedy po raz pierwszy tak naprawdę się uśmiechnąłeś.

– No tak. Dobrze mi się udaje kogoś, kim nie jestem, no wiesz? W końcu nauczyłem się, jak udawać człowieka, co to jest coś wart. To dobre kłamstwo. Wciąż udaje mi się w nie wierzyć. Przeważnie.

– Waynie...

– Nie potrzebuję przemowy, Waxie. – Wayne oparł głowę o metalowy słupek i zamknął oczy. – Nic mi nie będzie. Muszę tylko założyć kapelusz...

– Ostatnio czułeś się gorzej, prawda? – spytał Wax. Irytujący, spostrzegawczy gość. – Nie chodzi tylko o MeLaan.

Wayne wzruszył ramionami, ale nie otworzył oczu.

– Mów. Dałem ci piwo. Jesteś mi winien odpowiedź, takie są zasady.

Niech go Zniszczenie porwie. Znał zasady.

– Tak sobie myślałem – powiedział Wayne cicho. – Wspominałem rodzinę i jak bardzo mojej mamie byłoby wstyd, że zostałem mordercą. Przez te wszystkie lata starałem się to naprawić, ale nie czuję się wcale lepiej. Więc pewnie zaczynam się zastanawiać. Może nigdy nie zrobię niczego, co będzie dość dobre, by zrównoważyć zło. Może zawsze będę bezwartościowy.

– Nie możesz tego spłacić, Waynie – szepnął Wax. – To prawda.

Wayne otworzył oczy.

– Durkel, ten człowiek, którego zabiłeś, on pozostanie martwy. Nic, co zrobisz, tego nie zmieni. Żadne dobre czyny nie przywrócą go do życia ani nie sprawią, że zasłużysz na przebaczenie.

Wayne odwrócił wzrok. Zrobiło mu się niedobrze – i to nie tylko dlatego, że magazynował zdrowie.

– Wiem, powiedziałem, że nie potrzebuję przemowy, Waxie. Ale wiem, że nie potrzebuję też, żebyś mi to wymawiał.

– Na szczęście nie potrzebujesz przebaczenia, Waynie.

– A to bzdura.

– Wcale nie. – Wax pochylił się i uniósł butelkę. – Waynie, czy gdybyś miał okazję, znów byś to zrobił? Obrabował człowieka z drobniaków? Zastrzelił go, kiedy zaczęło się robić gorąco?

– Co? Oczywiście, że nie!

– To znaczy, że nie potrzebujesz przebaczenia. – Wax odchylił się do tyłu. – Bo nie jesteś człowiekiem, który zabił Durkela. Już nie. Człowiek, który to zrobił, nie żyje. Został pochowany pod sześcioma stopami gliny i kamieni, które w Dziczy uchodzą za ziemię. Od lat nim nie byłeś.

– Myślę, że to tak nie działa.

– A dlaczego nie? – Wax napił się piwa. – Po co to wszystko, jeśli ludzie się nie zmieniają? Jeśli nie ma szans dla ciebie, Waynie, to nie ma ich dla nikogo. Równie dobrze możemy zastrzelić człowieka, kiedy po raz pierwszy zrobi coś złego, bo... hej... on nigdy się nie zmieni, więc co to kogo obchodzi?

– To niesprawiedliwe.

– Ty jesteś niesprawiedliwy wobec siebie. Obserwowałem cię, Waynie. Nie zostałeś moim zastępcą, bo pragnąłeś odkupienia. Nie walczysz wciąż u mojego boku, bo potrzebujesz przebaczenia. Robisz to ze względu na człowieka, którym się stałeś. Robisz to, bo chcesz uczynić świat lepszym.

– Może się mylisz. Nie wiesz, co mam w głowie, Waxie. Może jestem zepsuty, do szpiku kości. Wiesz, jaki się robię, kiedy wpakuję się w bójkę. Może robię to wszystko, żeby mieć szansę walczyć i zabijać gości. Bo to lubię.

– Nie. – Wax dopił piwo i wyciągnął przed siebie rękę z butelką, trzymając ją dwoma palcami. – Nie kupuję tego, Waynie. Znam cię. I szanuję cię. Podziwiam. Czasami chciałbym być tak dobrym człowiekiem jak ty.

Wayne usiadł i spojrzał na niego zmrużonymi oczami.

– Moment. Poważnie mówisz?

– Jak diabli.

– Stary, spaliłem dzisiaj budynek. I to nie taki, który powinno się spalić, jak szkoła. Duży ważny budynek.

– Aha, a co zrobiłeś z pożarem? Wznieciłeś ogień i uciekłeś?

Wayne wzruszył ramionami.

– Nie, wydostałeś wszystkich. Poprowadziłeś grupę ludzi, którzy pukali do drzwi, żeby się upewnić, że wszyscy uciekli. Rozpaliłeś ogień, bo potrzebowałeś, ale później dopilnowałeś... – Zawahał się, upewnił się, że jego butelka jest pusta, po czym spojrzał na Wayne'a z grymasem na twarzy. – Waynie. Szkół nie powinno się podpalać. Fakt, że raz to zrobiliśmy, nie oznacza, że to jest w porządku.

– Nie, posłuchaj... – Wayne dopił piwo. – Ja już to wszystko rozumiem. Szkoły powinny płonąć. Wyobraź sobie, że jesteś dzieciakiem, budzisz się rano i dowiadujesz się, że szkoła poszła w diabły? To byłby najlepszy zardzewiały dzień!

Wax westchnął.

– Tak sobie myślę, że dlatego miasto buduje coraz więcej szkół – mówił dalej Wayne. – Widziałeś, ile ich teraz jest? Rząd zachowuje je na zapas, na wypadek gdyby musieli uszczęśliwić jakieś dzieciaki. Wtedy je spalą.

Wax spojrzał na niego z ukosa. Wayne uśmiechnął się i mrugnął, dając mu znać, że to może było odrobinę przesadzone.

Jego przyjaciel usiadł wygodniej.

– Z tobą czasem nie wiadomo...

– Ale na tym właśnie polega problem, nie? Bo ja robię koszmarne rzeczy! Ranette powiedziała mi, że ta córka Durkela... najwyraźniej odwiedzanie jej jest najgorszą rzeczą, jaką mogłem zrobić. Przez te wszystkie lata zmieniałem jej życie w koszmar i nawet tego nie wiedziałem!

– I obchodzi cię to?

– Oczywiście, że tak!

Wax popatrzył na Wayne'a.

– Dowód. Jesteś dobrym człowiekiem.

– I dużo mi to daje, kiedy i tak wszystko psuję, stary. Wciąż czasami zabieram rzeczy, nawet jeśli to nie są moi przyjaciele i nie żartuję. Dopiero później o tym myślę. I uświadamiam sobie, że może tamten gość lubił swoją cygarniczkę.

– Psujesz znacznie mniej rzeczy, niż naprawiasz, Waynie. Nie możesz temu zaprzeczać. Jesteś dobrym człowiekiem.

Wayne umilkł. Bo... bo lubił Waxa. Co więcej, ufał Waxowi. Wax zwykle miał rację.

Czy mógł... mieć rację w tej kwestii.

Wax pochylił się.

– Nie możesz ciągle wykopywać trupa tego, kim byłeś, Waynie. Nie możesz ciągnąć go za sobą. Niech zostanie pogrzebany. Myśl o tym, kim jesteś, nie o tym, kogo pozostawiłeś za sobą. Tego nauczyłem się przez ostatnie kilka lat. I to wszystko zmieniło.

Hm. To były banały. Łatwe słowa. Ale Wax nie mówił rzeczy tak sobie. Nigdy. Wax zawsze mówił poważnie.

Może... może rzeczywiście nadszedł czas zakopać tego trupa. Bo, na rdzę, ostatnio mu ciążył. Jakie byłoby życie, gdyby nie targał tej rzeczy? Może częściowo był gotów, i to od lat. Przestał się trząść, kiedy trzymał pistolet. Jego ciało było gotowe żyć dalej. Czy umysł mógł na to pozwolić?

Rozglądał się po mieście, głowa bolała go od magazynowania zdrowia. Dołem przejeżdżały samochody, przedstawiciele nowego świata, z wyszukanymi nowymi budynkami rzucającymi długie cienie, gdy słońce zaczynało zachodzić. Cała Kotlina się zmieniała.

Dlaczego nie on wraz z nią?

Przestał magazynować zdrowie. Tak naprawdę niewiele by mu to dało. Rozjaśniło mu się w głowie, a bóle zniknęły.

– Dobrze. – Usiadł. – Musimy rozwiązać tę sprawę, Waxie. Mam to paskudne uczucie, miałem je przez cały dzień, że podążamy tropem, który już za bardzo zwietrzał.

– Zgoda. – Wax sięgnął po dwie torby. – Przejrzyj to. Zobacz, co zapakowała nam Steris.

Popchnął pierwszą z nich – to był zapas amunicji, zabrany z kryjówki na dachu.

Wayne wziął ją, rozwiązał wiązania i rozpiął zapięcie, a Wax sięgnął do drugiej, wyjął kilka kartek i je uniósł. Plakat miał oświetlenie elektryczne, żeby był widoczny w nocy – co pomagało w czytaniu. Hm. Może Wax miał dobry powód, żeby wybrać to miejsce.

Wayne liczył amunicję Waxa i odkładał ją na bok w małych woreczkach.

– No więc oni testowali tę ichnią latającą bombę na oceanie?

– Testowali jedynie urządzenie przenoszące. – Wax przerzucał kartki. – Bez bomby. To by było zbyt niebezpieczne. Poza tym nie była jeszcze gotowa. Mam tu plany bomby i aż do niedawna mieli problemy ze skonstruowaniem wystarczająco dużej baterii, by była przenośna.

– Ale poradzili sobie?

– Niestety. – Podał Wayne'owi plan, jakby ten miał z niego jakikolwiek pożytek. – Popatrz tutaj. W końcu mają coś, co działa, jest przenośne, ale duże. To właśnie przyprawiało ich o taki ból głowy. Mają te rakiety, które mogą przelecieć dobre trzydzieści albo czterdzieści mil, ale nie z takim wielkim obciążeniem. – Przerzucił kolejne kartki i podał następną. – To plan czuwaka. Wyjątkowo złośliwego. Nie chcą, by ktokolwiek ją rozbroił. A tutaj jest projekt znacznie większej rakiety. Może to ich ostatnia szansa, żeby zadziałało, ale są zaniepokojeni, że nie doleci odpowiednio daleko... i może objąć Bilming albo inne miasta, nie tylko Elendel.

Wayne chrząknął i wcisnął kartki do kieszeni. Następnie sięgnął głębiej do swojej torby i znalazł kanapkę.

– A niech to. – Rozwinął ją. Pastrami? A niech to do kwadratu. – Dobrze, że mnie zignorowałeś i zostałeś z tą kobietą. To dobra partia.

Wax posłał mu beznamiętne spojrzenie.

– Myliłem się co do niej, jasne? – Wayne wyciągnął drugą kanapkę i rzucił ją Waxowi. – Często mylę się co do ludzi. Może nawet co do siebie.

Wax uśmiechnął się i zabrał za kanapkę. Wayne zrobił to samo – aż do tej chwili nie uświadamiał sobie, jak bardzo jest głodny. Następne były manierki – niestety, z czystą wodą. Żałował, że nie mają więcej piwa. Ale nie, mieli zadanie do wykonania. Jedno doda im elastyczności. Więcej byłoby niebezpieczne.

Wayne wyciągnął zapasową metalmyśl dla Waxa, napełnioną ciężarem, i rzucił ją przyjacielowi. Kolejne były fiolki z płatkami metalu, wszystkie w małym futerale. Osiem już wyjęto, pozostało jeszcze osiem.

– To nie są twoje zwykłe.

– Harmonia je przysłał. Mówił, że są specjalne.

– Naprawdę... – Wayne spojrzał na ostatnią w rzędzie, z czerwonym korkiem. Odłożył je na bok i wyjął nieduży woreczek metali z jego imieniem. Zardzewiała kobieta dała mu nawet trochę stopu bizmutowego. – To dokąd idziemy, Waxie? Powiedziałeś, że budują ostatnią rakietę, największą. Gdzie ją znajdziemy?

Wax przeglądał notatki.

– Oni się martwią, Waynie. Zostali przyparci do muru. Tu, na końcu, są notatki, z dzisiaj. Oni są przerażeni, że Niezależność anuluje cały ten projekt... brutalnie. Dlatego starają się nas odpędzić, żeby mieć ostatnią szansę na zwycięstwo. Ale gdzie...? Jak...?

Wayne nadal grzebał w torbie, aż wyjął dziwną wiklinową piłkę z obciążeniem pośrodku.

– To coś, co zrobiła Ranette?

Wax uśmiechnął się szeroko i machnięciem ręki poprosił Wayne'a, żeby ją rzucił. Następnie wzniósł ją w powietrze Odpychaniem Stali.

– Max musiał pomagać Steris w pakowaniu. Wysłał mi prezent. – Tym razem wyrzucił ją wyżej. I jeszcze wyżej.

Po czym złapał ją i znieruchomiał.

– Co? – spytał Wayne.

– Wiem, gdzie jest bomba. Potrzebujesz wysokości. Najważniejsza jest wysokość, bo z niej można posłać coś na dużą odległość. Poza tym musieli wybudować wielką rakietę w miejscu, w którym nie kręciliby się ludzie. Jak największa wysokość, w bezpiecznej lokalizacji...

Wayne wypuścił powietrze i obaj odwrócili się w stronę centrum miasta. I Shaw, wznoszącej się tam ogromnej wieży – z nową budową na szczycie, rzekomo dodającą kilka kondygnacji. A może to był zupełnie inny projekt?

– Niech to. – Wayne zwrócił uwagę na liczne światła na górnych piętrach wieży i reflektory na szczycie. – Są dziś bardzo zajęci. Rzeczywiście przyparci do muru... – Spojrzał na Waxa. – To mesa. Ta iglica. To mesa.

– Jaka mesa?

– W opowieści mojej mamy wszystko kończyło się na mesie. Samotnym wzniesieniu pośrodku płaskiego krajobrazu.

Wayne spojrzał na przyjaciela, żeby sprawdzić, czy ten zacznie narzekać, że nie są w tej historii. Bo w tej kwestii się mylił. Byli w niej – a przynajmniej żyli obok. Bo Wayne zdecydował, i tak już się sprawy miały.

– Mesa, co? – Wax przerzucił nogę przez krawędź. – Tak, widzę to.

– Nigdy nie zrozumiałem do końca tego, co wydarzyło się później. W opowieści stróż prawa udał się do mesy, by znaleźć złego gościa, Bezczelnego Barma, najgorszego łotra na świecie. Ale Barm był mesą.

– On... był mesą?

– Tak, przeobraził się w nią.

– To... nie ma za wiele sensu.

– No pewnie. Nigdy nie wiedziałem, dlaczego mama opowiadała ją w taki sposób.

– Może to nic nie znaczy. Może wymyśliła to, bo w historii musiało się coś wydarzyć.

– E tam. Nie znałeś mojej mamy, Waxie. Umiała dobrze opowiadać historie. Naprawdę dobrze. To coś znaczyło... – Wayne odetchnął głęboko. – Jeśli mamy dotrzeć na szczyt, będzie ciężko. W okolicy nie ma innych, równie wysokich budynków. Nie Odepchniesz nas tam.

– Gdybyśmy spróbowali, bylibyśmy celem dla strzelców. – Wax zmrużył oczy, wpatrując się w reflektory na szczycie Shaw. – Musimy wejść od środka... Na Zniszczenie, Waynie. Masz rację. Będzie ciężko.

Wayne uderzył stopą w coś w torbie z amunicją. Zmarszczył czoło, ukląkł i wyciągnął drewnianą skrzynkę, która została na dnie. Na szczycie miała symbol Ranette.

Wax odetchnął cicho, niemal z szacunkiem.

– Steris jednak to zapakowała.

– Co? – Wayne zdjął pokrywę.

Odsłonił rewolwer. Masywny, z lufą o średnicy dobrych czterech cali. Nigdy wcześniej nie widział czegoś podobnego.

– Coś wyjątkowego.

Wax wyjął go, a później inne elementy ze skrzynki, by zrobić coś, co wyglądało jak strzelba z jedną lufą, ale o dużo większym kalibrze. Miała centralny bębenek – prawie jak do przerośniętego rewolweru – w którym mieściły się pociski większe od kieliszków do wódki.

Wayne zagwizdał.

– Nazywamy ją Wielką Spluwą. Miałem nadzieję, że nie będę jej potrzebował. Nie skonstruowano jej dla stróża prawa, lecz dla... miecza.

Na horyzoncie słońce w końcu zaczęło opadać za ocean, jak wielki kawał ciasta, który wrzucono, żeby dobrze się obsmażył. Wayne wstrzymał oddech. A później w powietrzu zakłębiły się mgły. Wyrastały jak pnącza z niewidzialnych otworów i wylewały się na miasto.

– No cóż, to bardzo miły widok – szepnął Wax i spojrzał na broń w rękach. – Następny etap będzie krwawy. Waynie. Jak dużo zdrowia ci pozostało?

– Niewiele – przyznał Wayne. – Poradzę sobie z kulką albo dwiema. I tyle.

Wax odetchnął głęboko.

– Chcę, żebyś trzymał się z tyłu. Pozwolił mi zrobić to, co Harmonia zadecydował, że muszę zrobić. – Odbezpieczył dziwną broń i umieścił wielki pocisk w komorze. – Dotrzemy na szczyt tego budynku i powstrzymamy wystrzelenie... To zabawne. Nie wiem, czy kilka lat temu mógłbym to zrobić. Ale wiem, kim jestem, o co walczę i dlaczego. Kryje się w tym pewien spokój, niezależnie od tego, jak paskudna będzie sytuacja.

– Na rdzę. – Wayne poczuł ściskanie w żołądku. – Też chciałbym się tak czuć. Wax, po całym tym czasie wciąż trudno mi sobie z tym poradzić. Zabiłem człowieka i to zrujnowało mi życie. A później dołączyłem do ciebie i muszę nadal ich zabijać. Biednych sukinsynów. Rozumiesz?

Wax oparł dziwny rewolwer na barku, a później położył dłoń na ramieniu Wayne'a.

– Wiem. Ale może twoja mama miała rację, że zły gość był mesą. Że był samą ziemią. Może to właśnie powiedziała, Waynie: to światem powinniśmy się martwić. Pojedynczy ludzie, tak, oni mogą być źli. Ale powinniśmy bardziej się przejmować, że to świat ich takimi czyni.

– Co masz na myśli?

– Jak myślisz, czy dołączyłbyś do Deskarzy, gdyby twoja matka nie zginęła w tym wypadku?

– Absolutnie nie.

– Niemal każdy człowiek, którego musiałem zastrzelić? Miał historię podobną do twojej. Marasi ciągle o tym mówi. Trzeba powstrzymać Bezczelnych Barmów tego świata, owszem. Ale jeśli uda nam się stworzyć świat, w którym mniej chłopców dorasta samotnie... może w przyszłości będzie mniej Bezczelnych Barmów. Może o tym mówiła twoja matka.

Hm.

– Ano. Ano, to brzmi właściwie.

Wayne stał na skraju półki, obaj byli zwróceni w stronę iglicy. Wax wsunął ostatnie flakoniki metalu, które dostał od Harmonii, do wykładanej aluminium komory w pasie. Wayne połknął trochę swojego.

– Waynie, pamiętasz, jak to się zaczęło? To nowe życie po Dziczy? Po śmierci Lessie się poddałem. Przyjechałeś do mnie do Elendel i to ty mnie wyciągnąłeś, Waynie. Mnie wystarczało siedzenie i nurzanie się w autorefleksji. A później ty przyszedłeś i złapałeś mnie. Powiedziałeś mi, że ktoś tajemniczo okrada wagony kolejowe. Posłałeś mnie na ścieżkę pogoni za Trellem...

– Pewnie tak. To nie znaczy, że jestem bohaterem.

– Nonsens. – Wax spojrzał na niego. – Tym jesteś. Żadne narzekania, żadne widmowe poczucie winy, żaden szepczący kłamliwy głos, który mówi, że jest inaczej, nic tego nie zmieni. „Twoim przeznaczeniem jest pomagać ludziom, Waynie. To właśnie robisz ".

Wayne przechylił głowę.

– To był... cytat, czy coś?

– Powiedziałeś to do mnie przed siedmioma laty. Kiedy ludzie mnie potrzebowali, ale ja za bardzo się bałem, żeby sięgnąć po broń.

– Pamiętasz to? Rzeczy, które powiedziałem? Tak dokładnie?

– Oczywiście, że tak. Te słowa zmieniły moje życie.

Wayne zawył ze śmiechu.

– Do diabła, Waxie. Ja po prostu mówię różne rzeczy! Nie powinieneś zwracać na nie uwagi!

– To było znaczące!

– Ha. Słuchanie mnie. Równie dobrze mógłbyś zapisać to, co mówię, na tabliczce albo coś. „Twoim przeznaczeniem jest pomagać ludziom. A poza tym pamiętaj... żaden gość nie pożałował jeszcze, że potrząsnął raz za dużo, ale mogę się założyć, że każdy gość żałował, że potrząsnął raz za mało".

Popatrzyli po sobie, gdy mgły zaczęły się kłębić wokół nich. Reflektory oświetlały drogę pod nimi, jakby była rzeką światła płynącą w stronę Shaw. I obaj skinęli głowami.

– Jesteś gotów? – spytał Wax.

– Do roboty – odpowiedział Wayne.

59

Armal i jej nerwowa gromadka mieszkańców miasteczka uparli się, by odprowadzić Marasi. Pośpieszyli „drogą na tyłach" Wędrowca – uliczką, wzdłuż której wznosiły się fałszywe drzewa udające park.

Udało się. „Oficerowie spokoju" Kręgu zaczęli sprawdzać dom po domu – wzdłuż głównej ulicy – ale musieli podtrzymywać iluzję, że są przyjacielską strażą sąsiedzką. Ten ich powolny spacer zapewnił Marasi osłonę, pozwolił jej się wyślizgnąć.

Dom Entrone'a – wybudowany w ostatnim roku – był tak wielki, że wyczuwała niechęć pozostałych. Burmistrz powinien być dość inteligentny, by się ograniczyć – w końcu najpewniej nie spędzał w nim dużo czasu. Ale ego mężczyzny najwyraźniej wymagało czegoś ostentacyjnego – łącznie z drugim piętrem z wielkimi panoramicznymi oknami ze wszystkich stron. Kiedy podeszli bliżej, Marasi uznała, że to pewnie był kolejny punkt obserwacyjny. Może z kilkoma fałszywymi pokojami z przodu, żeby zachować iluzję.

– Dobrze zastanówcie się nad tym, co powiedziałam – powiedziała do Armal i pozostałych. – Proszę.

Kulili się wśród fałszywych drzew i krzaków. Na rdzę. Marasi nie była pewna, czy jej pomogą. I tak pośpieszyła do budynku – który wznosił się na niedużym kamiennym pagórku.

Została zauważona przez ludzi zbierających się przed domami, wbrew rozkazom Entrone'a. Niektórzy pokazywali ją palcami. Cóż, czas na skradanie się już się skończył. Marasi poczuła się samotna, kiedy skorzystała z wytrychów Blasku Księżyca, by otworzyć zamek w tylnym wejściu do rezydencji, a później wślizgnęła się do środka. Przeszła przez kuchnię, która wyglądała na trochę zbyt czystą, i szybko znalazła kolejne drzwi, zamknięte na kilka zasuw. No tak. Z tym wytrychy nie mogły jej pomóc.

Odetchnęła głęboko. Tak wiele elementów planu mogło się nie udać. Ale kończyły się jej zasoby i czas – czasami trzeba było wykorzystać metody Wayne'a.

Przymocowała jeden z ładunków wybuchowych Blasku Księżyca do drzwi, schowała się za szafką i wysadziła je. Po chwili wypadła przez dymiący otwór drzwiowy, trzymając pistolet w gotowości. Dwoje ludzi przebywających w środku rzuciło się na podłogę, choć nieduży ładunek – przygotowany właśnie na takie sytuacje – nie uszkodził zbytnio pomieszczenia. Nadzorowali jakiś sprzęt radiowy. Zamknięte drzwi po drugiej stronie pokoju prowadziły w głąb budynku, a spod nich emanował dziwny blask.

– Na ziemię – powiedziała, celując do radiooperatorów.

Ta dwójka nie wyglądała na uzbrojoną i oboje szybko wypełnili jej polecenie.

Sprzęt radiowy. Marasi przeszła przez pomieszczenie, podniosła kobietę i wskazała na urządzenia.

– To nadaje na całe miasto? Przez te mikrofony?

– T-tak – odparła kobieta.

– Włącz je – poleciła Marasi.

Kobieta szybko przerzuciła kilka przełączników. Następnie Marasi wygoniła dwoje techników na zewnątrz i uwięziła ich w bańce spowolnionego czasu z naładowanego granatu. Na więcej nie mogła sobie pozwolić.

Kiedy wróciła do pomieszczenia nadawczego, drzwi po drugiej stronie były już otwarte i do środka wchodzili ludzie, którzy chcieli sprawdzić, co to za hałas. Na rdzę, jednym z nich był sam Entrone. Wyglądał na zmęczonego, a głębokie cienie pod oczami i blada skóra sprawiały, że w eleganckim garniturze i kapeluszu wyglądał jak trup przygotowywany do pogrzebu.

Pomieszczenie za nim wypełniało białe światło. Marasi dostrzegła dużą salę z białą podłogą – źródłem blasku – ale nie miała czasu mu się teraz przyglądać. Wycelowała w Entrone'a, ale jego strażnicy natychmiast stanęli przed nim.

– Mówiłem wam, panowie – powiedział zza nich Entrone. – Szczur, na którego polujemy, nie ukrywa się w ciemności. Wystarczy zaczekać, a przyjdzie do was.

– Jako konstabl Elenedel rozkazuję wam odłożyć broń i metale, a później poddać się aresztowaniu.

Entrone wydał z siebie udręczone westchnienie, jak człowiek, któremu trzyletnie dziecko właśnie postawiło ultimatum w sprawie pójścia spać. Dlatego Marasi wystrzeliła. Trafiła jednego ze strażników, ale drugi odpowiedział ogniem.

Wskoczyła do kuchni, o włos unikając kul.

– Pomyśl o tym, Entrone! – zawołała do środka. – Naprawdę jesteś gotów zabić tak wielu? Czy cokolwiek może być warte tak straszliwego czynu?

Nie odpowiedział. Na rdzę. Miała nadzieję, że skłoni go do mówienia. Wymieniła jeszcze kilka strzałów z drugim strażnikiem i przeładowała.

I wtedy usłyszała kroki. Odskoczyła odruchowo i o włos uniknęła uwięzienia w bańce spowolnionego czasu. Nie stworzonej przez nią, ale takiej, która przechodziła przez ścianę. Wskazywało na nią delikatne migotanie powietrza.

Wyjrzała i zobaczyła strażnika uwięzionego w bańce spowolnionego czasu stworzonej tuż za drzwiami. Entrone znajdował się bezpiecznie za nią. Ale jak...?

Strażnik dzieli moją moc Allomantyczną, uświadomiła sobie. Próbował mnie uwięzić w bańce, ale stworzył ją odrobinę za późno. Gdyby nie uskoczyła, zostałaby uwięziona w tej bańce razem z nim, a wokół nich czas zacząłby pędzić. Co dałoby Entrone'owi dość czasu na sprowadzenie wsparcia.

Sama wiele razy wykorzystywała tę taktykę. Myśl, że sama niemal dała się złapać, zmroziła jej krew w żyłach. Bańka spowolnionego czasu zajęła dużą część kuchni i większość drzwi do sali radiowej.

Entrone chodził po pomieszczeniu, oddzielony od niej tym spowolnionym czasem. Broń palna była bezużyteczna, mogli jedynie patrzeć na siebie z wściekłością. Nie widziała zbyt dużo pomieszczenia za jego plecami, ale ten blask... z czymś się jej kojarzył.

Burmistrz usiadł na pobliskim krześle.

– Dlaczego, Entrone? – spytała. – Dlaczego zamknąłeś tych wszystkich ludzi? Dlaczego udajesz, że świat się skończył?

Ponieważ róg drzwi nie został objęty bańką, jej głos powinien do niego dotrzeć. Niestety, mężczyzna nie połknął haczyka i usiadł wygodniej na krześle.

Może podchodzę do tego w niewłaściwy sposób, pomyślała. Sam nic nie powie. Ale gdyby myślał, że to on wydobywa informacje ode mnie?

– Wax i Wayne powstrzymali bombę – skłamała, ryzykując. – Elendel jest bezpieczne. Jesteś uwięziony, a to miejsce wkrótce wypełnią konstable.

Entrone nie roześmiał się od razu, co było dobrym znakiem. Miała nadzieję, że spróbuje uzyskać więcej informacji.

– To oczywiście bzdura – powiedział. – To...

I umilkł. Bo jego głos odbijał się echem wokół budynku i po całym mieście. Spojrzał na radio i zobaczył, że jest włączone. Posłał jej oschłe spojrzenie.

– Myślę, że jesteś poważnie chora od popiołu, młoda damo. Proszę, pozwól, żebyśmy ci pomogli.

Po czym wyciągnął rękę i wyłączył radio.

Do diabła.

– Sprytne – powiedział do niej. – Ale jak myślisz, co by się stało, gdyby ci w Społeczności poznali prawdę? To banda zastraszonych cywilów. Są uwięzieni tu od siedmiu lat i nie znają prawdy. Nie chcą jej poznać. Naprawdę myślisz, że by ci pomogli?

Marasi skrzywiła się. Tyle, jeśli chodzi o jej plan.

Strażnik wciąż stał nieruchomo między nimi. W końcu uświadomi sobie, że jej nie złapał, i opuści bańkę. Ale wewnątrz niej mogło mu to zająć sporo czasu. Znała to uczucie.

– Entrone, nie musisz tego robić.

– Czego dokładnie?

– Zamierzasz otworzyć portal, żeby pozwolić armii Niezależności na najechanie naszego świata. Znam ten plan.

Chrząknął i zgarbił się jeszcze bardziej. Nie przestał być łajdakiem – o czym świadczyła swoboda, z jaką nakazał zabicie tych więźniów – ale cała sytuacja wyraźnie mu ciążyła. Może udałoby jej się go przekonać.

– Dlaczego? – spytała ze szczerą ciekawością. – Wiesz, że oni przybędą tutaj nie po to, by rządzić, ale by niszczyć. Pustoszyć.

– Bo jeśli tego nie zrobię, ona i tak ich wyśle, a wtedy będę jednym z tych, którzy zginą. Nie możemy z nimi walczyć. Unicestwią nasze siły.

– Naprawdę? Z tego, co słyszałam, Niezależność się nas boi. Martwi się, że wyprzedzimy jej ludzi rozwojem techniki. Gdyby mogła łatwo nas zniszczyć, już by to zrobiła, prawda?

– Stworzenie jednego z tych portali wymaga szczególnych okoliczności. Nawet dla niej. Nie może pojawić się gdziekolwiek czy kiedykolwiek. – Odwrócił się i obejrzał przez ramię. – Ta druga kwestia sprawiła, że mieliśmy nieprzekraczalny termin.

Na rdzę. To pomieszczenie za nim... tam miał się otworzyć portal, prawda? Zakładała, że to będzie jakaś brama, ale to ziemia emanowała blaskiem. Na rdzę... może nie chciał wielkiej rezydencji z powodu dumy? Może wybudowali ją tutaj, by ukryć fakt, że portal, czymkolwiek był, pojawi się w tym miejscu?

– Lokalizacja... – Znowu się obejrzał. – Myślę, choć brzmi to dziwnie, że to z powodu tych ludzi. Tak wielkie zgromadzenie Metalicznych. I musieliśmy sprowadzić dziwną moc, świetlisty blask. To część klucza.

– Ale...

– Jesteś Ocalitką, konstablu?

– Tak.

– W takim razie znasz naszą podstawową zasadę. – Uniósł głowę i spojrzał jej w oczy. – Tę, której uczą nas od dzieciństwa?

– Przeżyć – szepnęła.

Pokiwał głową.

– Nie w taki sposób – sprzeciwiła się. – Nie kosztem innych. Kelsier nie poddał się bez walki. Nie spełnił po prostu żądań Ostatniego Imperatora. Nauczył nas, że mamy przeżyć wbrew przeszkodom. Nie dawać się powoli zmiażdżyć po to, by zaczerpnąć raz lub dwa tchu.

– Interpretuj to sobie, jak tylko chcesz, konstablu. – Entrone rozmasował czoło. – Ja myślę, że te wojska przyjdą do nas, nawet jeśli Telsin się powiedzie... by pomóc nas nadzorować, w tym nowym świecie. Takim, w którym służymy Niezależności.

– To usprawiedliwienie. Gorzej, to tchórzostwo. Jesteś burmistrzem tego miasta. Masz obowiązki wobec ludzi, Entrone.

Zaśmiał się i wstał.

– Nie możesz być aż taką idealistką.

Zarumieniła się.

Była nią?

Tak. I była z tego dumna.

Muszę znaleźć sposób, by zamknąć ten portal, pomyślała, spoglądając przez bańkę spowolnionego czasu w stronę pomieszczenia ze światłem. Po raz kolejny pomyślała, że wygląda znajomo. Białe, z perłowym blaskiem. Tak. Było jak czyste Napełnienie ze słojów Blasku Księżyca. Podłoga została wydrążona, a później nim napełniona, przez co w zagłębieniu powstała swego rodzaju sadzawka.

– Dużo mocy w jednym miejscu.... – powiedziała.

Allik zawsze powtarzał, że nie należy przechowywać zbyt wiele harmonium w jednym miejscu albo „dzieją się dziwne rzeczy, ta?" Nie wiedział co. Ale Marasi mogła przysiąc, że dostrzegła wypaczenie powietrza w tym pomieszczeniu. Ten płyn jakimś sposobem podtrzymywał portal.

Entrone podszedł do słabo widocznej granicy bańki spowolnionego czasu. Była mniejsza niż te, które zwykle tworzyła Marasi, rozmiarem przypominała raczej bańki Wayne'a. Entrone pokręcił głową, patrząc na uwięzionego strażnika.

– O ile pamiętam, jesteś podobna do niego. – Zrobił krok w bok. – Impulsowiec, zdolny do tworzenia baniek spowolnionego czasu.

Marasi nie odpowiedziała. Entrone odszedł w stronę ściany oddzielającej pomieszczenie radiowe od kuchni i nie widziała go już przez drzwi. Bańka wypełniała większość pomieszczenia radiowego, pomijając niektóre jego części na obrzeżach. Po chwili znów usłyszała głos mężczyzny.

– Czy czujesz się czasami zażenowana swoją bezużyteczną mocą, konstablu? Wiem, że twoja siostra przynosi wstyd twojemu ojcu. Ale przynajmniej ją uznał.

Odrobił lekcję – jeszcze przed kilku laty ten przytyk by ją zabolał. Teraz wiedziała, czym naprawdę był – próbą wytrącenia jej równowagi. Skupiła się na świetlistej sadzawce. Powierzchnia zaczynała falować. Czy istniała inna droga...?

W tej właśnie chwili Entrone przebił się przez ścianę, omijając bańkę spowolnionego czasu. Na rdzę! W jego głosie brzmiało takie znużenie, że Marasi prawie go zlekceważyła. Teraz przebił się przez drewno, miażdżąc belki, jakby były gałązkami.

Strzeliła mu w pierś, ale rany natychmiast się zasklepiły. Szybciej niż Wayne'a. Uśmiechnął się do niej ponuro.

Wpakowała w niego cały magazynek i jedynie zrobiła kilka dziur w jego garniturze. Złapał ją za koszulę i uniósł. Z jego ubrania opadał gipsowy pył, kiedy uniósł ją na wysokość swojej twarzy. Marasi uderzyła go kolbą pistoletu w bok głowy. Uśmiechnął się. Udało jej się chociaż strącić mu kapelusz.

– Jestem teraz bogiem, bękarcie – powiedział do niej. – Jaką masz moc, by stawić mi czoło? Twoja Allomancja? Żałosna. Twoje bronie? Śmieszne. Nie masz mocy, by mi zagrozić.

Odwrócił się i z trzaskiem wrzucił ją przez okno do głównej jaskini.

Bolało. Ostry, przeszywający ból całego ciała. Rany i rozcięcia, a później oszałamiające uderzenie w głowę i ramię, kiedy zatrzymała się zwinięta w kłębek na ziemi. Mimo załzawionych oczu, mimo bólu, dostrzegła jego sylwetkę – niewyraźną – kiedy wychodził za nią przez okno.

– Nadchodzi armia – powiedział, a w miarę jak się do niej zbliżał, jego głos brzmiał ciszej. Jego elegancki płaszcz był rozpięty. – Wyobrażałem sobie, że będę wielkim panem, rządzącym nowym światem. Ale pewnie... pewnie... wszyscy musimy robić to, co musimy, żeby przeżyć.

Wyciągnął do niej ręce. Próbowała się cofnąć i zauważyła grupę osób wyłaniającą się z cieni za budynkiem. Czyżby Armal i pozostali podążyli za nią do rezydencji?

Miała nadzieję, że usłyszą, jak Entrone wyznaje prawdę przez radio. Ale może... może ciekawość sprawiła, że byli dość blisko, by usłyszeć jego słowa teraz...?

Proszę, pomyślała Marasi, proszę, żebyście go usłyszeli.

Gave Entrone górował nad nią.

– Masz rację co do moich mocy. – Zakaszlała. – Znalazłam dla nich zastosowanie. Ale to nie one są moją siłą. Wcale nie.

Złapał ją.

– Źródłem mojej siły nigdy nie była Allomancja – wyszeptała. – Na rdzę... nauczyłam się tego w dzieciństwie. Nie są nim broń czy upoważnienia, które mam przy sobie.

Proszę...

Entrone uniósł ją w powietrze, kiedy rozległ się charakterystyczny brzęk. Znieruchomiał, odwrócił się i zobaczył Armal. Źródłem dźwięku był słój, który upuściła na ziemię. Niegdyś pełen światła. Teraz pusty.

Zastępnik metalu, powiedziała Blask Księżca. Ale potężny.

– Jestem konstablem, Entrone – szepnęła Marasi. – Moja siła nie pochodzi ode mnie. Pochodzi od ludzi.

Podżeganie, z mocą tysiąca Allomantów, uderzyło w ich uczucia jak fizyczna fala mocy.

60

Wstyd uderzył w Marasi jak fala.

Sztuka Podżegacza. Wybrać uczucie i uderzyć nim w człowieka z siłą karabinu maszynowego. Allomantom emocji łatwiej było skierować swoją moc w określoną stronę niż wybrać jednostkę.

Trafiło w Entrone'a, o czym świadczyło jego potknięcie, ale uderzyło również w Marasi poczuciem bezwartościowości. Całkowitą pewnością własnego braku znaczenia i nieistotności. Wspomnienia wznosiły się na powierzchnię jej duszy – chwile, kiedy zawiodła, kiedy nie spełniła oczekiwań. Czy w ogóle były sytuacje, kiedy nie zawiodła? Czy kiedykolwiek nie była bezwartościowa?

Spędziła dzieciństwo ukrywana przez ojca, którego zawstydzała. Spędziła młodość, śniąc o odległych legendach, po czym zrobiła z siebie całkowitą idiotkę, kiedy jedna z tych legend wkroczyła do jej życia. Choć Marasi już dawno nie kochała się w Waxie, przytłaczał ją wstyd na wspomnienie tego, jak mu się narzucała – i została odtrącona.

Sapnęła, podniosła się na kolana i klęczała ze zwieszoną głową, a krew z rozcięcia na czaszce sączyła się po jej policzku.

Była nikim. Zawsze była nikim.

Wax pozwolił, by do niego dołączyła, bo było mu jej szkoda. Przez lata żyła w jego cieniu. Nie mogła znaleźć sobie partnera wśród konstabli, więc musiała pożyczyć jego. Nie umiała prowadzić poważnych dochodzeń bez jego pomocy.

Ten ciężar przytłaczał ją, przypominając o wszystkim, czym nie była. I czym nigdy nie będzie. I...

To nie było nic nowego.

Czuła to wszystko już wcześniej. Mniej potężnie, owszem, ale nic z tego nie było niczym nowym. Z niektórymi z tych lęków żyła przez całe życie. Z innymi walczyła, gdy zaczęła karierę zawodową. Były nielogiczne.

Logika się nie liczyła. Było tylko uczucie. Ale mogła sobie z nim poradzić. Odetchnęła głęboko, szepnęła, że to wkrótce minie, i stawiła mu czoło.

Mogła to znieść.

Entrone tak nie potrafił. Zwinął się w kłębek na pomalowanym na zielono kamiennym patio i skomlał cicho. Wszelkie moce regeneracji na świecie nie mogły mu pomóc, jeśli nie potrafił się ruszyć – a bez kapelusza z wyściółką z aluminium był całkowicie na łasce Armal.

Przybiegli żołnierze, ale ktoś z mieszkańców poradził sobie z nimi za pomocą czegoś, co wyglądało na Uspokajanie. Najwyraźniej Armal podzieliła się Napełnieniem, jak zasugerowała Marasi.

Plan się ostatecznie powiódł. Marasi spełniła swoje pierwsze zadanie – oddała władzę mieszkańcom. Mogła teraz odpocząć i przetrwać Podżeganie.

Tyle tylko...

Tyle tylko że portal wciąż się otwierał. Wojska najeźdźców wciąż nadchodziły.

Ten niepokój – skupiony, przebijający jej wstyd jak nóż – zmusił Marasi do koncentracji. Bo Marasi...

Marasi mogła funkcjonować.

Zaczęła się ruszać, a miała przy tym wrażenie, jakby odczołgiwała się od tego wszystkiego – bólu, smutku, wstydu. Z każdym wyczerpującym calem czuła się silniejsza. Zrzucała z siebie te kłamstwa. Godziła się z osobą, którą się stała. Kobietą, która nie przejmowała się, w czyim cieniu stoi – jeśli tylko wykonała zadanie. Kobietą, która nie przejmowała się, czy jej ojciec albo społeczeństwo się jej wstydzą – dopóki miała wiarę w siebie.

Kobietą, która potrafiła, w bólu lecz z determinacją, ominąć skulonego Entrone'a. I – z westchnieniem ulgi – znaleźć się poza zasięgiem Podżegania Armal. Emocje zniknęły, jak dym w wietrzny dzień. Marasi odetchnęła głęboko, ale nie miała czasu się rozluźnić.

– Bądźcie ostrożni – powiedziała do jednego z pozostałych, kiedy do niej podeszli. – Entrone jest Metalicznym. Może się uzdrawiać i ma ogromną siłę.

Marasi nie była pewna, jak długo wytrzyma moc Armal, ale wyglądało na to, że otrzymała wyjątkowe zdolności – jak wtedy, kiedy Vin zaczerpnęła z mgieł, jak zapisano w piśmie.

Na rdzę. Czy to światło mogło być ciałem boga, jak kiedyś mgły? Marasi pokuśtykała z powrotem do rezydencji. Zignorowała znieruchomiałego strażnika. Dla niego minęły zaledwie sekundy. Może wciąż reagował na to, że nie złapała się w jego bańkę – a może Entrone po prostu kazał mu zablokować drzwi.

Na szczęście burmistrz zrobił inne przejście. Przecisnęła się obok zniszczonych resztek ściany, przekuśtykała obok stacji nadawczej i zatoczyła się w stronę drzwi portalu. Jak się okazało, rezydencja była w dużej części atrapą. Większość przestrzeni zajmowało jedno pomieszczenie, to ze świetlistą podłogą. Do sadzawki o średnicy dwudziestu stóp wlano promieniste światło, które zaczynało się burzyć. Emanowało jasnym blaskiem. Podświetlało ściany upiorną bielą.

Marasi nie musiała się długo zastanawiać nad mitycznymi implikacjami tego miejsca. Na rdzę. To była czysta, skoncentrowana moc. Jeden słój dał DwójDuszy moc stworzenia kamiennego ciała wysokiego na dwanaście stóp, drugi przeobraził Blask Duszy w inną osobę, a trzeci dał Armal moc Podżegania uczuć jak sam Ostatni Imperator.

W tej sadzawce musiały znajdować się tysiące słoi mocy. Podeszła bliżej i miała wyjątkowo koszmarne przeczucie – znalazła się na tyle blisko, że zobaczyła ich, w miejscu o ciemnym niebie i ziemi zasnutej mgłą. Tysiące nieludzkich żołnierzy o złocistej skórze i świecących czerwonych oczach. Żywe rzeźby. Nosili nowoczesne karabiny i wydawało się, że ich spojrzenia wiercą otwory w jej umyśle. Ludzie złota i czerwieni przybyli. Nosiciele ostatniego metalu, tak nazwał ich Miles. Niszczyciele.

Marasi zatoczyła się do tyłu, zniechęcona, gdy znów poczuła ból po ostatniej walce – sińce i rozcięcia, których dorobiła się, kiedy Entrone nią rzucił.

Ale w obliczu wezwania tej mocy jej ból wydawał się odległy. Błahy. Kiedyś oddała Żałobne Opaski. Nie potrzebowała takiej mocy.

Tego dnia jednak uświadomiła sobie coś jeszcze. Nie potrzebowała takiej mocy, ale w obowiązku nie chodziło o to, czego ktoś potrzebował. Chodziło o to, czego potrzebowali od niego inni.

Przed stuleciami Ostatni Cesarz Elend Venture stanął przed podobnym problemem – jak pozbyć się dużych ilości mocy. Wiedziała, co musi zrobić.

Po chwili wpadła do budynku i zobaczyła grupkę mężczyzn i kobiet ze Społeczności, którzy rozmawiali ze strażnikami – uspokajając ich. Armal skończyła wiązać Entrone'a. Szarpał się, ale nie mógł się wyrwać.

– Macil jest Pijawką. – Armal wskazała na jedną z pobliskich kobiet. – Może i się uzdrawia, ale wyssaliśmy z niego siłę.

Marasi pokiwała głową, zaciskając zęby z bólu i na wspomnienie Podżegania, które przeżyła.

– Wszyscy Allomanci w jaskini muszą zgromadzić się tutaj, i to już.

– Dlaczego? – Armal podeszła do niej.

– W pobliskim pomieszczeniu jest studnia mocy, która otwiera portal do czegoś koszmarnego. Powstrzymamy to starym sposobem. Spalając całą moc naszymi zdolnościami.

61

Z Wayne'em na plecach Wax skakał przez miasto do Shaw. Ostatni skok wykonał ze szczytu pobliskiego drapacza chmur – który i tak był wciąż o połowę niższy od Shaw – i wzniósł ich w stronę przeznaczenia, a wokół nich kłębiły się mgły.

W połowie wysokości wieży i nieco powyżej znajdowały się balkony, pozostające w zasięgu silnego Monetostrzelnego. Jeśli wrogowie mieli choć odrobinę zdolności przewidywania, byli gotowi na wtargnięcie w tych miejscach. To i tak była jego najlepsza szansa. Im wyżej dotarł, tym mniej miał do przebycia wewnątrz, gdzie najpewniej będą walczyć o każdy cal.

Wax skierował ich w stronę szerokiego balkonu z dwoma dużymi, ciemnymi oknami prowadzącymi w głąb budynku. Ponieważ kotwica znajdowała się za daleko, Odpychanie Waxa ledwo wystarczyło, i wylądowali delikatnie między niedużymi donicami.

– Ech... – Wayne zeskoczył z jego pleców. – Mieliśmy przebić się przez to szkło! Bardzo dramatycznie i w ogóle!

– To doskonały sposób, żeby dać się pociąć na strzępy. – Wax uskoczył w bok, poza zasięg wzroku kogoś stojącego przy jednym z okien. – Ja się nie potrafię uzdrawiać. Ty prawie nie możesz się uzdrawiać. A tam są drzwi.

– Wojowniczka Wstąpienia to zrobiła – mruknął Wayne.

– Kiedy?

– Tuż przed zabiciem Ostatniego Imperatora.

– A od kiedy wiesz takie rzeczy?

– Jest w tej książeczce dla dzieci, którą czytam czasem z Maxem. Jest na moim poziomie.

Wax nacisnął klamkę drzwi w ścianie znajdującej się po lewej stronie dużych okien, ale były zamknięte na klucz.

– Zabicie Ostatniego Imperatora? – spytał Wax. – Czy to nie jest nieco zbyt brutalne jak na książeczkę dla dzieci?

– Stary, to żadna przemoc, jeśli to religia. Czy ty nic nie rozumiesz?

– Najwyraźniej. Ja...

Urwał, kiedy w pomieszczeniu za balkonem włączyły się reflektory i przez okna wlało się jaskrawe światło. Wax przycisnął się do ściany, Wayne stanął obok niego. Odważył się zajrzeć do środka i zobaczył postacie za reflektorami i między nimi, ich sylwetki unosiły broń.

Odgłos wystrzałów zadudnił jak grom. Okno się rozpadło.

– Niech to – powiedział Wayne, kiedy ostrzał ucichł. – To są żołnierze, stary. Przybyłem do tej Kotliny przed laty z powodu takiej słodkiej małej sprawy z wagonami kolejowymi, co to je okradali w śmieszny sposób. Jak, na prawdziwe imię Zniszczenia, zamieszałem się w sprawy mrocznych bogów, armii, bomb niszczących całe miasta i... i duchów, Waxie? Wciąż jeszcze nie rozmawialiśmy o duchach.

Wax wysunął Wielką Spluwę spod płaszcza – tak przenosił w locie większe bronie.

– Możesz przyciągnąć ich uwagę, kiedy spróbuję ich oskrzydlić.

Wayne się uśmiechnął.

– „Straszne drzewo"? Możemy zrobić „straszne drzewo"!

– Masz dość zdrowia na „straszne drzewo"?

– Stary, do „strasznego drzewa" nie potrzebuję zdrowia. Sam zobaczysz.

Wax pokiwał głową, zdjął mgielny płaszcz i podał go Wayne'owi wraz z zapasowym pistoletem, który młodszy z mężczyzn przyjął z zadziwiającym spokojem. Zwykle musieli wrzucić parę nabojów do ognia, żeby zrobić „straszne drzewo".

Następnie Wayne ustawił się z boku okna i – okryty łopoczącym mgielnym płaszczem – zaczął strzelać do środka, przekonując wszystkich, że jest Waxem. Udało mu się nawet niepokojąco dobrze naśladować jego głos.

Ludzie mieli obsesję na punkcie Waxa. I klapki na oczach, kiedy walczyli z niesławnym Monetostrzelnym stróżem prawa. Ostatnio było jeszcze gorzej, bo gazety wyolbrzymiały historie o jego wyczynach. Pewnie odnalezienie i użycie Żałobnych Opasek też nie zaszkodziło jego reputacji.

Podczas gdy Wayne odwracał uwagę wszystkich, Wax otworzył drzwi krótkim Odpychaniem zasuwy. Kiedy wcześniej zajrzał przez okno, zauważył ścianę oddzielającą pomieszczenie, w którym przebywali żołnierze, od tego, co znajdowało się za tymi drzwiami. Uchyliwszy je, zobaczył nieduży korytarzyk.

Jeśli dobrze się domyślał, wrogowie wkrótce wykorzystają go, by dostać się na balkon. Dlatego wślizgnął się do środka i Odepchnął się pod sufit bezpośrednio po drugiej stronie drzwi. Wisiał tam, wykorzystując gwoździe w podłodze. Jak się spodziewał, nieduża grupka uzbrojonych ludzi wyślizgnęła się na ciemny korytarz, otoczona światłem reflektorów z pomieszczenia za ich plecami. Zostali przez nie oślepieni.

W dawnych czasach Allomantów – szczególnie Zrodzonych z Mgły – uważano za cienie. Albo samą mgłę. Cisi, ukryci, właściwie bezkształtni. Wax zrozumiał pochodzenie tych mitów, gdy trójka żołnierzy przeszła pod nim, trzymając się blisko siebie. Opadł na ziemię i pozbył się ich w staromodny sposób – kilka monet rzuconych w powietrze i wbijających się bezgłośnie od tyłu w mózgi. Żadnych wystrzałów. Żadnych krzyków bólu. Jedynie łoskot ciał padających na podłogę.

Zostawili otwarte drzwi, co pozwoliło Waxowi zajrzeć do pokoju za nimi. Reflektory zostały przygotowane do tego celu i poruszały się na kółkach. Pewnie mieli zwiadowców, śledzących Waxa skaczącego nad okolicznymi budynkami i przygotowujących zasadzkę w miejscu, w którym spodziewali się, że spróbuje dostać się do środka.

Wayne skutecznie odwracał uwagę. Żołnierze ustawili reflektory w szeregu na środku pomieszczenia, a sami stali w przerwach między nimi i strzelali aluminiowymi kulami.

Jak zauważył Wayne, to nie byli zwykli kryminaliści, z którymi Wax i Wayne walczyli wcześniej tego dnia – w codziennych ubraniach, z niedobranym i niskiej jakości wyposażeniem. Ci mieli czerwone mundury i nosili nowoczesne karabiny. Klęczeli w odpowiedniej postawie i starannie celowali. Kilku przesuwało się ostrożnie do przodu po lewej stronie pomieszczenia, by znaleźć lepszy kąt do ostrzału.

Niestety dla nich nie pilnowali własnej flanki. I choć Odpychanie Stali nie mogło zadziałać na aluminiową broń, na ogromne reflektory jak najbardziej działało. Wax sięgnął do ciężaru, by uczynić się masywniejszym, po czym Odepchnął w głąb pomieszczenia, popychając reflektory, tak by się zderzyły, i miażdżąc żołnierzy stojących między nimi.

Uderzył całą tą masą o przeciwległą ścianę, po czym zmniejszył ciężar i przemknął po ziemi, wykorzystując gwoździe w ścianie za plecami jako kotwicę. Po drugiej stronie pomieszczenia znów się ustawił i Odepchnął, przesuwając część szczątków w taki sposób, że na ich drodze znaleźli się pozostali żołnierze – a następnie wyrzucił całość przez okno w mgłę.

Po chwili do ciemnego pokoju wkroczył Wayne i rzucił Waxowi jego płaszcz.

– Przepraszam za dziury po kulach.

– Kilka dziur nie... – zaczął Wax, ale wtedy dostrzegł – w słabym blasku oświetlenia sufitowego – że jest w nim co najmniej szesnaście otworów, nawet w niektórych pasmach. – Jak to możliwe, że nie dałeś się postrzelić?

– Bo nie było mnie tam, gdzie były kule.

Wax włożył mgielny płaszcz. Miał przy sobie trzy sztuki broni. Wielka Spluwa w lewej dłoni. Stalowy Ocalały, aluminiowy, ale załadowany normalnymi ołowianymi kulami. I Obrońca, z aluminiowymi nabojami w normalnych komorach oraz dwoma mgłobójcami do walki z Metalicznymi.

– Naprawdę idziemy na górę wewnątrz budynku? – spytał Wayne.

Wax pokiwał głową. Potrzebowaliby odpowiedniego sprzętu, gdyby chcieli się wspinać po zewnętrznej ścianie, i to pomijając kwestię strzelców wyborowych Kręgu.

Wayne wyjął laskę pojedynkową. Wax spojrzał mu w oczy i pokręcił głową.

– Ale... – zaczął Wayne.

– Harmonia wiedział – powiedział cicho Wax. – Wiedział, kim będę musiał się stać.

Wydawało się, że miał chwilę przerwy, choć kolejni wrogowie bez wątpienia byli w drodze. Dlatego sięgnął do kieszeni i wyjął nieduży kawałek metalu. Wsunął go do ucha, a później starannie – wręcz rytualnie – sprawdził Obrońcę, upewniając się, że w każdej komorze jest nabój.

Podobnie jak wcześniej, kolczyk z trellium wywołał u niego uczucie dziwnej nieważkości. Ale nie miał wizji. Poczuł, że Telsin skupia na nim uwagę i słyszał – słabo – co robi. Wydawała rozkazy. Brzmiała gorączkowo.

Była na górze. Na szczycie. Czuł to.

Waxilliumie, powiedziała w jego umyśle. *Powinieneś był opuścić miasto, jak ci zasugerowałam.*

Z trzaskiem przekręcił bębenek o jedną komorę.

– Przybyłem, by posprzątać bałagan mojej rodziny.

To bardzo teatralne. Ty...

– Nie zmuszaj mnie do tego. Nie stawiaj mnie pod ścianą, Telsin.

Z początku nie odpowiedziała. Jedynym odgłosem był trzask bębenka.

Wciąż jesteś przestraszonym dzieckiem, Waxilliumie. Tyle lat minęło, a ty wciąż nie potrafisz zaryzykować. Nie potrafisz wyjść poza swój ograniczony sposób myślenia. Ja stanę się kimś niewiarygodnym.

– Wcześniej cię zabiję – powiedział cicho Wax.

Waxie, jesteś trzydzieści kondygnacji ode mnie – a między nami są setki żołnierzy Ukrytej Straży. Moi najlepsi. Zachowani, by cię tu powstrzymać.

Zatrzasnął bębenek.

Och, Waxie. Ty nigdy nie rozumiałeś. Nie pokonasz mnie. Nigdy nie byłeś wystarczająco dalekowzroczny. Cokolwiek zrobisz, zawsze będę kilka kroków przed tobą.

Wsunął Obrońcę do kabury i wypił kolejny flakonik stali – jeden z tych, które dostał od Harmonii. W końcu uniósł jedną ręką Wielką Spluwę. Ranette ostrzegała go przed jej zdolnościami. Dlatego stworzył bańkę stali, choć wróg był uzbrojony w aluminium.

– To zabawne, Telsin. Utrzymujesz, że to ty jesteś dalekowzroczna, choć nigdy mnie nie doceniałaś. Gdybyś była naprawdę przewidująca, zabiłabyś mnie, kiedy przed siedmiu laty wróciłem do miasta.

Zanim zdążyłeś dowiedzieć się, co robię?

– Zanim pokochałem rzeczy, które ty próbujesz zniszczyć.

Wyrwał kolczyk i odrzucił go, a później wyszedł z pomieszczenia i spojrzał w stronę środka budynku. Korytarz prowadził do prostopadłego holu, a zza drzwi oznaczonych napisem SCHODY dobiegały odgłosy kroków i krzyki. Po chwili ucichły.

Wayne podszedł do niego.

– Stary, pewien jesteś?

Wax uniósł broń w obu rękach i ruszył naprzód.

– Trzymaj się z tyłu. Idź za mną, kiedy skończę. Ale nie walcz. Nadeszła pora, by Miecz Harmonii wypełnił swoje zadanie.

62

Wax ruszył w stronę klatki schodowej i wysunął Stalowego Obrońcę, naładowanego zwykłymi ołowianymi kulami. Wystrzelił – i Odepchnął – dwa razy, przebijając kulami drewno po obu stronach drzwi. W nagrodę usłyszał krzyki bólu żołnierzy kryjących się w środku.

Telsin założyła, że jeśli wciśnie między nich wystarczająco dużo żołnierzy, to go spowolni. Ale Wax był Monetostrzelnym. Im więcej umieściło się między nim a celem, tym więcej śmiecia miał do przemiany w broń.

Zerwał gaśnicę ze ściany obok, rzucił nią i Odepchnął ją przed siebie – zwiększając jednocześnie swój ciężar. Wyrwane z zawiasów drzwi uderzyły w mężczyzn ukrywających się w środku. Jak się spodziewał, kilku innych wyjrzało przez otwór i próbowało go zastrzelić. W odpowiedzi strzelił każdemu w głowę.

Następnie wpakował pocisk w gaśnicę, a wtedy pomieszczenie wypełniły biały dym i chemikalia. W końcu uniósł lewą ręką Wielką Spluwę i wystrzelił. Potężny wybuchowy pocisk eksplodował wśród białego dymu, wypełniając korytarz odłamkami – ale bańka stali Waxa je Odpychała. Przeszedł nietknięty pośród deszczu stali.

Ten rewolwer stworzono dla niego. Był to granatnik, zaprojektowany tak, by wytwarzać jak najwięcej odłamków. Te zaś, jeśli kogoś nie zabiły, otaczały jego sylwetkę. Wax przeszedł przez drzwi, śledząc stalowym wzrokiem linie metalu wśród chaosu, i zabijał cienie, które próbowały wycelować do niego wśród dymu.

Patrząc przez dym, dostrzegł klatkę schodową typową dla nowoczesnego drapacza chmur. Prosta droga na samą górę, gdyby udało mu się ominąć żołnierzy. Mężczyźni i kobiety padali na schody, kiedy jego pistolet strzelał. Podobnie jak ci, z którymi walczył wcześniej, mieli na sobie eleganckie mundury i nie nosili ani odrobiny metalu. Ale Wax i tak miał dużo możliwości. Klatka schodowa miała metalową balustradę i była kręcona, z pustą przestrzenią w środku. Prawie poleciał nią do góry, ale nie mógł sobie pozwolić na pozostawienie wrogów za plecami. A poza tym musiał przygotować drogę dla Wayne'a.

Dlatego wystrzelił granat przez środek klatki schodowej, a ten rozpadł się na odłamki i wywołał krzyki. Wzniósł się i Odepchnął na zewnątrz, wyrywając metalową balustradę i przyciskając ją do ściany – jak również wszystkich ludzi, którzy wciąż jeszcze stali na własnych nogach. Z góry zaczęli strzelać, więc znów opadł na dół, o włos unikając gradu aluminiowych kul. Kolejny granat – wystrzelony przez otwór i detonowany w dokładnie wybranym miejscu za pomocą starannego Odpychania – sprawił, że zaczęli przeklinać i przestali.

Pędził na górę, niesiony impetem, i Odepchnął się od bezpieczników, a później metalowego znaku z numerem kondygnacji. Płynął w górę schodów i strzelał – owszem – ale równie często wykorzystywał odłamki metalu jako broń. Nacierał z ponurą determinacją, nie dotykał ziemi i budował przed sobą ścianę z metalu – łuski pocisków, odłamki, śmieci – nie przerywając Odpychania, ciągle zmieniając pozycję, szybując w górę schodów i przeskakując nad trupami.

Wax kiedyś uciekł przed swoim powołaniem. Widział obowiązek, który wymagał od niego nie tylko znajdowania odpowiedzi, nie tylko rozwiązywania problemów, lecz także stania się czymś przerażającym. Czymś, czego Harmonia – uwięziony w kajdanach mocy Zachowania – nie mógł sam zrobić.

Tej nocy Waxillium z radością przyjął ten obowiązek. Stał się wcielonym unicestwieniem. Bowiem oddawanie czci Harmonii oznaczało wielbienie nie tylko Zachowania – ale również Zniszczenia, ze wszystkim, co się z tym łączyło. Był czas starannego namysłu i empatii. I był czas, kiedy ludzie celowali bronią zdolną do zabicia milionów w jego dom, jego rodzinę, jego wyborców.

Wax wznosił się po schodach jak burza, ciągle kierując się w górę. W stronę fałszywego nieba potwornego boga. A kiedy to robił, zauważył mgłę spływającą po stopniach – na każdym piętrze był nieduży wywietrznik. To wystarczyło, by krew Harmonii wlewała się do środka. Rzadko wchodziła do budynków, ale tej nocy pokrywała schody jak widmowy płyn.

Metal zabrzęczał. Metal, którego nie widział. Odruchowo odskoczył – i sekundę później schodami wstrząsnął kolejny wybuch. Odkrył, że po jego ręce płynie krew – trafił go jeden z odłamków. Najwyraźniej tamci również znaleźli granaty. Ale kiedy naparli, by go powstrzymać, odkryli, że jest w całkiem dobrej formie.

Wycelował Obrońcę, wypuszczając aluminiową śmierć. Wróg ustawił mu na drodze drewniane tarcze i meble, by go powstrzymać, ale Wax posłał w ich stronę granat, a później wykorzystał drewno – teraz naszpikowane odłamkami stali – i Odepchnął je, by zmusić ich do cofnięcia się. Kiedy padli na ziemię, Wax wylądował za barykadą. Usłyszał dobiegające z góry okrzyki, co dało mu czas na załadowanie Wielkiej Spluwy kolejnymi sześcioma granatami. Zatrzasnął bębenek i zacisnął zęby.

Ci żołnierze może i uważali się za dobrze przygotowanych. Może nawet walczyli wcześniej z Monetostrzelnymi.

Ale nigdy nie walczyli z Waxilliumem Ladrianem.

Musiał wypić kolejną porcję stali. Zużywał ją szybciej, niż się spodziewał. Upuścił fiolkę, kiedy usłyszał okrzyki dobiegające z góry. Żołnierze rzucający liny i sieci do środkowego szybu nie zamierzali pozwolić mu się wznieść.

Wax wciąż nacierał, nieubłaganie. Czasem był ciężki jak ciężarówka, czasem lekki jak pocisk, ale cały czas się wznosił. Allomancja sprawiła, że schody zaczęły się trząść – beton wzmocniono stalą, którą mógł wyczuć i wykorzystać. Nagięła się do jego woli, beton popękał, a schody się powyginały, utrudniając celowanie tym, którzy próbowali do niego strzelać.

Wydawało się, że czas zaczął płynąć wolniej, kiedy uderzył w kolejną grupę żołnierzy. Uniknął ich ostrzału i zwiększywszy ciężar, wbił kulę w głowę jednego, a później rzucił nim w pozostałych. Całkowicie zniszczył stopnie pod nogami kolejnej grupy.

Tu nie chodziło o śledztwo. Tu nie chodziło o tajemnicę. Tu nie chodziło o pytania. Nie mógł się zatrzymać. Nie mógł sobie na to pozwolić. Gdyby to zrobił, życie by się skończyło. Walczył granatami, nabojami i stalą. Walczył jako miecz, który znajdował się tam, gdzie był potrzebny. Choć nienawidził myśli, że to konieczne.

W końcu – ciągnąc za sobą mgłę, ciągnąc za sobą śmierć – dotarł na szczyt. Koniec klatki schodowej. Z tego miejsca nie widział drogi na dach, ale dotarł na najwyższą kondygnację. Dysząc ciężko, spojrzał z góry przez środek klatki schodowej. Migające elektryczne lampy oświetlały połamany, rozpadający się beton, rozerwany jakby kulami armatnimi. Powykręcane, pokryte gruzem balustrady.

Z dołu dobiegały jęki jak zawodzenie potępionych. Wayne wystawił głowę piętro niżej – pokrywały go pył i odłamki ze zniszczonych schodów.

– Czy wiedziałeś, że to nadchodzi? – szepnął Wax do Harmonii. – Czy to dlatego sprowadziłeś mnie z powrotem do Elendel? Czy to dlatego kazałeś Lessie mnie obserwować? Czy zawsze wiedziałeś?

Rzecz jasna, nie było odpowiedzi. Wax nie był teraz przebity właściwym metalem, więc nie mógł połączyć się z Bogiem. Mimo to miał wrażenie, że czuje, jak Harmonia próbuje się przebić, próbuje zobaczyć. Walczy z wpływem Trella.

– Nie proś mnie o to więcej – szepnął Wax, odwracając się od rzezi poniżej. – To nie była przygoda. To była masakra. Dokończę zadanie, ale nie proś mnie więcej. Znajdź sobie inny miecz. Nie wiesz, jakie to uczucie.

W odpowiedzi dostał wyrazisty obraz. Niemal jak wspomnienie umieszczone bezpośrednio w jego umyśle – wyczerpany, przytłoczony mężczyzna leżący ranny na pokrytej popiołem ulicy, przed zmiażdżoną bramą miasta. Otoczony śmiercią.

Wayne dotarł po chwili, wspiął się po ostatnich popękanych stopniach.

– Stary – powiedział cicho, oglądając się. – Ja nie... to znaczy... rany.

– To się jeszcze nie skończyło.

Wax ostrożnie otworzył drzwi prowadzące na najwyższe piętro. Wyszli ostrożnie na duży marmurowy korytarz wyłożony grubym czerwonym dywanem i otoczony smukłymi kolumnami. Na drugim końcu, przed szerokimi dwuskrzydłowymi drzwiami, zbierała się kolejna grupa. Wax i Wayne ukryli się za dużą kolumną, ale wiedzieli, że w chwili, gdy tamci ruszą naprzód, zostaną oskrzydleni.

Na szczęście ta ostatnia grupa wydawała się niedobitkami wrogich sił. Stalowy wzrok pokazywał mu nieliczne aluminiowe pistolety, o ile jakieś w ogóle mieli. Ukazał mu też metalową broń, suwaki w ubraniach, klucze w kieszeniach. Ci ludzie nosili mundury, ale inne – raczej straży niż żołnierzy.

Wax wypił kolejną fiolkę metalu i szybko przeładował, a później... Na rdzę. Te rany ramienia bolały. Wyjął z kieszeni bandaż samoprzylepny i w miarę możliwości owinął nim rękę. Miał nadzieję, że uszkodzenia nie były zbyt wielkie. Wciąż mógł posługiwać się ręką.

– Nie są zbyt dobrze uzbrojeni – szepnął do Wayne'a. – Ale jest ich dużo. Pewnie ochrona budynku. Ja...

– Zatrzymaj się. – Wayne złapał go za rękę.

– Co? – szepnął Wax.

– Im na tym nie zależy – odpowiedział Wayne, a kiedy jego przyjaciel zmarszczył czoło, mówił dalej: – Tamci goście, ci, co pierwsi zeszli na dół? Oni chcieli naszej śmierci. Chcieli udowodnić swoją wartość. Chcieli walczyć. Ci biedacy tutaj? To ostatnia linia obrony. I im na tym nie zależy.

– Możesz mieć rację. Ale musimy ruszać dalej. Telsin może w każdej chwili wystrzelić.

Wayne pokiwał głową.

I zaczął krzyczeć.

63

– Ej! – zawołał głośno Wayne, a jego głos odbijał się echem w marmurowym holu. – Wy tam! Znam was!

Wax spiorunował go wzrokiem, ale Wayne go zignorował. Wax znał się na wielu rzeczach. Ale tej nocy gość był Zniszczeniem wcielonym. Wax się nie mylił. To jednak nie znaczyło, że miał rację.

– Znam was! – krzyknął Wayne głośniej.

W holu zapanowała cisza, przerywana brzękiem broni i szuraniem stóp. Wax wyjrzał zza kolumny, być może myślał, że wykorzysta głos Wayne'a jako odwrócenie uwagi. Wayne złapał przyjaciela za ramię i pokręcił głową.

– Znam was – mówił głośno Wayne, patrząc w stronę sklepienia. – Aha. Wiem, jak się czujecie. Jesteście strażnikami. Wartownikami. Gośćmi, co to mają pilnować budynku. Nie macie pojęcia o tych bzdurach, o niszczeniu miast, o mrocznych bogach. Jasne, widzieliście dziwne rzeczy, ale nie po to tu jesteście. Jesteście tu, żeby uczciwie zarabiać pieniądze. Mieliście dziś wrócić do domu. Uścisnąć dzieciaki. Zjeść kolację, może zimną, ale sycącą. Mieliście pójść się napić z kumplami albo choć raz porządnie się wyspać. Ale stoicie tutaj. Z bronią w ręku. I zastanawiacie się, jak do tego doszło. Jasne, przed sobą macie tylko dwóch gości. Ale słyszeliście, co się stało na dole. Może tylko dudnienie, ale słyszeliście. I wiecie, że między tymi dwoma gośćmi a wami było stu, może dwustu prawdziwych żołnierzy. A teraz nie został żaden.

Wayne pozwolił, by te słowa zawisły w powietrzu. Zapanowała taka cisza, że z odległości stu kroków można by usłyszeć człowieka odbezpieczającego broń. Wayne zamknął oczy i pamiętał. Czuł. A później mówił dalej, już ciszej.

– Ano, stoisz tutaj. Twoja dłoń jest śliska na rękojeści broni. Twoje serce robi wrażenie, jakby chciało się wyrwać z twojej piersi i uciec. Ale myślisz „Nie mam wyboru, podpisałem umowę, muszę strzelać". Mylisz się. Nie musisz tego robić, stary. Do diabła z tym, co obiecałeś. Do diabła z tym wszystkim. Jesteś w niewłaściwym miejscu i dobrze o tym wiesz. Po prawej masz drzwi. Nie wiem, dokąd prowadzą, ale przynajmniej nie tutaj. Za chwilę Świtostrzelny i ja wyjdziemy zabijać. Jeśli zostaniesz i będziesz walczyć, może będziesz miał szczęście. Może cię zabijemy i nie spędzisz reszty życia przytłoczony tym, co zrobiłeś dziś w nocy. Że strzelałeś do stróżów prawa, a później usłyszałeś o zniszczeniu całego miasta – pełnego dzieciaków, rodzin i mężczyzn, co to tylko chcieli żyć tak samo jak ty. Ale może będziesz miał pecha. Może rzeczywiście pociągniesz za spust i trafisz jednego z nas. A jeśli to zrobisz, będzie źle. Gorzej niż źle. Będzie się to za tobą ciągnąć przez całe twoje przeklęte życie... – Przerwał na chwilę. – Tak czy siak, chciałem tylko powiedzieć swoje. Mam nadzieję, że ktoś posłuchał. Kiedy wyjdziemy, jeśli będziesz miał pistolet w kaburze i w chaosie próbował dotrzeć do drogi wyjścia... no, ty nie będziesz naszym pierwszym celem.

Spojrzał na Waxa, który mocno zacisnął bandaż i pokiwał głową. Zostawił Wielką Spluwę – skończyła mu się amunicja. Ale trzymał w ręku swój rewolwer.

Czasami trzeba było zrobić to, co on zrobił. Potrzebny był miecz. Ale Wayne doszedł do wniosku, że czasami potrzeba czegoś innego. Tarczy? A może to było zbyt poetyckie? Nie znał się na poezji.

Czasem potrzeba było gościa, który znalazł się wcześniej w takiej sytuacji.

Wypadli zza kolumny z bronią w ręku i zobaczyli całą gromadę ludzi przepychających się i tłoczących przed tym wyjściem. Wax opuścił broń osłupiały, a Wayne uśmiechnął się szeroko, kiedy wszyscy wyszli. Jasne, paru na końcu obejrzało się za siebie – z niepokojem, jakby może byli gośćmi, co to kierowali całą tą bandą i nie chcieli opuścić stanowiska. Ale kiedy armia zostawiła cię samego w obecności dwóch Podwójnych, których nacięcia na kolbach dochodziły do trzech cyfr...

Po chwili cały marmurowy hol był pusty. Wax popatrzył na Wayne'a, po czym podeszli do dużych drewnianych drzwi na końcu i je otworzyli, ukazując wielkie schody prowadzące do czegoś, co wyglądało jak sala balowa ze świetlikiem. Na szczycie stali mężczyzna w garniturze i kobieta w meloniku, z całkiem uzdrowioną głową, wymachująca laską pojedynkową i próbująca – bez większego powodzenia – naśladować uśmiech Wayne'a.

– Znowu ci idioci? – westchnął Wayne. – Dobra. Ja biorę tę w kapeluszu. Ty...

– Nie – powiedział cicho Wax.

– Nie?

– Nie – powtórzył Wax. – Zostali stworzeni i wyszkoleni, by nas pokonać. Ten mężczyzna wie doskonale, jak na mnie polować.

– Więc... – Wayne wyszczerzył zęby. – Ja biorę gościa, a ty kobietę?

– Jasne. – Wax również się uśmiechnął. – Pamiętaj, że on jest Pijawką. Nie podchodź za blisko, bo odbierze ci zdolności Allomantyczne.

– Stary, ja na to liczę. Do roboty.

64

Granaty Allomantyczne w dłoniach Marasi wibrowały tak potężnie, że myślała, że zrzucą jej ciało z kości. Allomanci ze Społeczności zebrali się na skraju świetlistej sadzawki, która szybko znikała. Trzymali w niej dłonie, by z niej czerpać, wciągać ją. Ich skóra emanowała blaskiem, kiedy napełniali się mocą.

Marasi wyszła na sam środek. I czuła te oddziały po drugiej stronie, w miejscu, które było jednocześnie odległe i niemożliwie bliskie. Czekali.

Ta moc musiała zniknąć. Już. Marasi wciąż czerpała siłę i ładowała granaty. Nie miała pojęcia, ile mogą utrzymać. Nigdy nie miała dostępu do tak wielkiej siły.

– To za dużo! – krzyknął jeden z mężczyzn. – Co mam z tym zrobić!

– Spal to! – odkrzyknęła Marasi. – Zużyj!

– Na co?

– Nieważne! – ryknęła. – Musimy tylko się jej pozbyć!

Omywały ją wybuchy emocjonalnej Allomancji, gdy Armal wykorzystywała swoje moce do Podżegania. Metal w sali radiowej wibrował i rozpadał się. Allomanci w pomieszczeniu wykorzystywali każdą odrobinę energii.

Sadzawka kurczyła się coraz bardziej. Marasi pomyślała – pośród wybuchów pewności siebie, które posyłała jej Armal – że wyczuwa poruszenie oddziałów po drugiej stronie. A później poczuła coś innego. Coś się wyłaniało. Przechodzili. Zrozumiała to nagle – trzeba było chcieć przejść przez portal. Rozkazać, by cię przepuścił. Zaczynali ten proces.

Nie ma mowy, pomyślała. Po czym upuściła oba granaty i wykorzystała ten sam umysłowy rozkaz, by otworzyć portal do nich.

Ruch po drugiej stronie zatrzymał się. Zamarł w czasie, gdy Allomanci wokół niej wciąż czerpali z sadzawki. Wypijali niesamowitą moc, aż w końcu blask przygasł. Pomieszczenie nagle stało się zwyczajną salą balową, z wyrąbaną w kamiennej podłodze jamą głęboką na trzy stopy.

Pozostało jej ostatnie wrażenie z drugiej strony. Wstrząs. Biorąc pod uwagę, ile energii włożyła w te granaty, minie trochę czasu, zanim armia odkryje, co się wydarzyło.

Pozostali Allomanci osunęli się na siebie wyczerpani. Nigdy się nie spodziewała, że używanie mocy jest tak ciężką pracą, ale również czuła się wymęczona. Nie tylko z powodu tego, co tu zrobili – ale wszystkiego, co wydarzyło się w tak krótkim czasie.

Powlokła się do brzegu jamy i pozwoliła, by ją wyciągnęli.

– I co teraz? – spytała Armal.

– Teraz... – Marasi położyła się na skale – ...mamy nadzieję, że moim przyjaciołom idzie łatwiej niż mnie.

65

No jasne, pomyślał Wayne, wbiegając po schodach. Wax chce, żebym stawił czoło złej wersji jego samego. A on ma łatwą robotę. Moja zła bliźniaczka najpewniej piła przez całe popołudnie. To będzie prościzna. Szczególnie, że wcześniej tego dnia odstrzelili jej pół twarzy.

Schody prowadziły do dużej sali balowej z czerwonym dywanem na podłodze, lecz pozbawionej mebli. Świetlik utrzymywał mgłę na zewnątrz, ale poza tym było to duże pomieszczenie z wysokimi sklepieniami i pozbawione przeszkód. Jak również kryjówek. Tamta dwójka cofnęła się nieco, kiedy Wayne i Wax wbiegli po stopniach – Wax pod koniec skoczył do przodu z pomocą stali, bo czemu nie.

Wayne wpatrywał się w kobietę, udając, że zamierza ją zaatakować. Jednak w chwili, kiedy zbliżył się wystarczająco, odskoczył w lewo i rzucił się na Monetostrzelnego. Mężczyzna krzyknął z zaskoczenia, kiedy Wayne obalił go na dywan.

Na rdzę. Jego woda po goleniu strasznie śmierdzi.

Mężczyzna próbował się wyrwać, ale Wayne złapał go za marynarkę i trzymał się. Wiedział, jak walczyć u boku Waxa, co przekładało się na umiejętność walki przeciwko niemu. Trzeba się trzymać blisko Waxa, bo inaczej zrobi coś sprytnego, na przykład podleci do góry i będzie strzelał, aż umrzesz.

Mężczyzna chrząknął, próbując oderwać od siebie przeciwnika, i wydawał się skonsternowany, kiedy szarpali się na ziemi. W końcu położył dłoń na twarzy Wayne'a i Wypił go – a wtedy stop bizmutowy zniknął z żołądka Wayne'a.

Wayne nadal się z nim mocował, próbował otoczyć ramieniem jego szyję, ale tamten był silny. Zbyt silny.

– Wiesz, jesteś za przystojny jak na kopię Waxa – powiedział Wayne. – Powinieneś się dorobić jakiejś blizny albo czegoś w tym rodzaju.

Mężczyzna spróbował złapać Wayne'a za rękę i oderwać ją, ale wtedy Wayne puścił go tą ręką – i natychmiast złapał drugą. Uśmiechnął się szeroko i wciąż trzymał się blisko.

– Ty łotrze! – warknął mężczyzna. – Idź walczyć z Getrudą, to jest twoje zadanie. Ja muszę udowodnić swoją wartość przeciwko Ladrianowi!

– Dlaczego? – Wayne spróbował otoczyć ramieniem szyję mężczyzny, a jednocześnie schował w dłoni bryłkę stopu bizmutowego i wrzucił ją do ust. – Dlaczego wy dwoje macie tę dziwaczną obsesję na punkcie naśladowania nas?

– Przetrwanie – powiedział mężczyzna z chrząknięciem. – Tych najbardziej wartościowych. Trell żąda, by jej słudzy udowadniali swoją wartość. W walce z przeciwnościami. Ze społeczeństwem. Z rolami, które przyjmujemy. A kiedy istnieje kilkoro, którzy pasują do tego samego przedziału w życiu... cóż, jedynie najsilniejsi mogą przeżyć i otrzymać nagrodę.

– Na rdzę. To jedna z najbardziej pokręconych rzeczy, jakie słyszałem, stary.

Nie-Wax oderwał palce Wayne'a z siłą wspomaganą cyną z ołowiem.

– To droga Niezależności. Aby znaleźć sobie miejsce w nowym panteonie władców, musimy stać się najlepszą wersją samych siebie. To nie my was naśladujemy, to wy próbujecie zająć miejsca, które zgodnie z prawem należą do nas.

Wayne zmienił pozycję, ale nagle poczuł, jak coś drży z przodu płaszcza mężczyzny. Odtoczył się z drogi, kiedy jeden z guzików mężczyzny – najwyraźniej z metalu – oderwał się i wystrzelił jak kula.

– Do diabła. – Wayne się przetoczył. – Ukradłeś tę sztuczkę z guzikiem Waxowi?

Mężczyzna wstał, spiorunował Wayne'a wzrokiem i wyciągnął rewolwer z kabury.

– Oczywiście, że mu ją ukradłeś... Naprawdę próbujesz stać się nim. Myślałem, że nie jesteś aż tak dziwny jak tamta nie-ja, ale ty po prostu masz więcej klasy, co?

Mężczyzna zaczął strzelać, ale Wayne stworzył bańkę prędkości. Spodziewając się wyrazu zaskoczenia na twarzy mężczyzny, kiedy odkryje, że Wayne wciąż miał Allomancję, przesunął się.

***

Wax wiedział, że pokonanie nie-Wayne'a będzie wymagać trzymania się na tyle blisko niej, by nie mogła wykorzystać baniek prędkości. Dlatego kiedy Wayne skoczył w prawo, Wax skoczył w lewo, zaskakując niską, krępą kobietę w meloniku.

– Ej! To niesprawiedliwe! Walcz z kimś, kto jest tak samo duży! A przynajmniej tak samo śmierdzi!

Stworzyła bańkę prędkości na chwilę przed tym, jak Wax zbliżył się, by znaleźć się w jej zasięgu. Z jego perspektywy się rozmyła. Na szczęście długo współpracował z Wayne'em i wiedział, co robić. Zmienił kierunek ruchu i wystrzelił zwykłą kulę w podłogę. Kiedy kobieta wyłoniła się z bańki i skoczyła na niego, Odepchnął się z drogi, unikając ciosu laską pojedynkową.

– Ej! Stój w miejscu, żebym mogła ci przywalić, jak trzeba, ty zardzewiały idioto.

– Na nic więcej cię nie stać? – Wax cofnął się, unikając jej ciosów, ale jednocześnie trzymając się na tyle blisko, by znaleźć się w bańce prędkości, gdyby ją stworzyła. – Naprawdę, myślałem, że będziesz twardsza.

– Przestań cytować swoją żonę z poprzedniej nocy i walcz ze mną!

Stworzyła kolejną bańkę prędkości, w którą złapał się również Wax – ale Wayne i Monetostrzelny wyglądali, jakby zamarli w połowie walki. Wayne z jakiegoś powodu zwarł się z tym gościem.

Nieważne. Wax strzelił do kobiety, kiedy się zbliżyła, ale ona ledwie drgnęła. Wydawało się, że ma duży zapas zdrowia – co miało sens, jeśli od lat przygotowywała się do walki z nim i Wayne'em.

Odskoczył, unosząc się na lekkim Odpychaniu Stali do skraju bańki, gdzie powietrze migotało. Musiał oddzielić ją od metalmyśli. Przekręcił bębenek Obrońcy do komory z mgłobójcą, choć kiedy ostatnio postrzelił ją takim pociskiem, uzdrowiła się.

W co celować? Nauczył się na pamięć książki o Hemalurgii, którą przekazał im Śmierć, ale trudno by mu było wyrwać z niej kolce, bo miała je głęboko w swoim wnętrzu. Jednakże jej uzdrawianie pochodziło z metalmyśli, a wielu chirurgów umieszczało je w rękach lub nogach. Łatwiej było wydobyć szpilę przebijającą kości ramienia niż pierś, i łatwiej ją było w razie konieczności wymienić.

Kobieta zawarczała i opuściła bańkę, a później zaatakowała. Wyraźnie starała się go zmusić, by odskoczył za daleko. Ale lata u boku Wayne'a sprawiły, że instynktownie wiedział, na jaką odległość mógł się od niej oddalić – co niestety znaczyło, że musiał się trzymać niebezpiecznie blisko jej ataków. Podczas kolejnego skoku, którym ją omijał, musiał zostać na tyle nisko, że trafiła go w nogę. Całe szczęście nie połamała mu kości, ale, na rdzę, zabolało.

Zobaczyła to i uśmiechnęła się paskudnie.

– Och, ten ból. Ten ból jest smakowity. Chodź tutaj. To była tylko przystawka.

***

Wayne zachował ostrożność, stworzył bańkę prędkości i patrzył, jak Monetostrzelny do niego celuje. Ta sztuczka z guzikiem go zaniepokoiła. Resztki zmagazynowanego zdrowia pewnie pozwoliłyby mu przeżyć cios albo dwa, ale niewiele więcej. Czuł się odsłonięty.

Muszę uważać też na ten jego supermetal, pomyślał Wayne. Albo... właściwie... to pewnie najlepszy sposób, by go pokonać...

Sprawdziwszy, w którą stronę mężczyzna wyciągnął rękę, kiedy celował, Wayne przesunął się i opuścił bańkę. Rozległa się seria łoskotów, kiedy mężczyzna spudłował. Później Wayne skoczył z drugiej strony i znów rzucił się na przeciwnika, który tym razem nie dał obalić się na ziemię.

Wayne chrząknął.

– Wiesz co, Śmierdzący... mogę nazywać cię Śmierdzący?.... szanuję, co robisz. Wejść w głowę człowieka, żeby się dowiedzieć, jak go pokonać? To dobra strategia. Ale...

Mężczyzna Wypił stop bizmutowy Wayne'a, a później odepchnął go i zaczął machać pięścią. Twarz miał czerwoną ze złości. Wayne uchylił się przed ciosami, skoczył do przodu i znów go złapał.

– Ale nie martwisz się? – pytał dalej Wayne. – Zanieczyszczeniem? Widzisz, Wax nie jest tak do końca beznadziejny. A ty jesteś, to widać. Więc, udając, że jesteś nim, być może jednak przypadkiem zrobiłeś coś użytecznego.

Mężczyzna warknął, odepchnął Wayne'a i wystrzelił kilka razy. Wayne wziął na siebie jedną z kulek – auć – ale udało mu się znów połknąć stop bizmutowy. To był klucz. Ludzie spodziewali się, że komuś takiemu jak on tak drogi metal szybko się skończy.

Ale ten gość nie wiedział. Nie walczył tylko z Wayne'em sympatycznym łotrzykiem. Walczył z Wayne'em Terrisaninem, koszmarnie bogatym snobem, który miał stanowczo za dużo pieniędzy do spalenia.

– Wiesz, że mogę się uzdrowić? – powiedział Wayne, kiedy znów wyskoczył z bańki prędkości. – Strzelanie do mnie jest trochę głupie.

– Nie, jeśli boli – warknął mężczyzna, ale przestał strzelać.

To była głupota, dać się przekonać Wayne'owi. Nie mógł wiedzieć, że kończyło mu się zdrowie... ale też podstawowym sposobem na pokonanie Krwiotwórcy było zmuszenie go do zużycia metalmyśli.

Mężczyzna sięgnął do kieszeni i wyjął coś, co wyglądało na aluminiowe kajdanki. Wayne powstrzymał się przed żarcikiem. To... właściwie był dobry pomysł. Gdyby udało mu się zewrzeć z Wayne'em na dość długo, by przykuć go do czegoś, a później uciec, mógłby bez pośpiechu wpakować w niego mnóstwo kulek. A Wayne mógłby co najwyżej odciąć sobie rękę.

Kiedy się nad tym zastanawiał, mężczyzna machnął kajdankami w stronę Wayne'a – czego nie musiał robić, ale Wayne docenił ładną pozę – i wypuścił straszliwą falę Allomantycznej mocy, która wyrwała dywan razem z klamrami mocującymi i rzuciła Wayne'a do tyłu.

Na rdzę. Nawet jego metalmyśli – zaszyte pod skórą na udach – poczuły to uderzenie. Ale Wayne był na nie przygotowany. Dlatego udawał, że jest oszołomiony, a w rzeczywistości przyglądał się uważnie, jak mężczyzna wyjmuje aluminiową buteleczkę z wewnętrznej kieszeni płaszcza i pociąga łyk. Wax powiedział, że za każdym razem, kiedy ten gość używał tego super-Odpychania, musiał uzupełniać stal.

I teraz wiem, gdzie trzymasz tę flaszkę, przyjacielu.

Wayne stworzył kolejną bańkę prędkości i zbliżył się. Mężczyzna jęknął, kiedy Wayne – po raz kolejny – rzucił się na niego.

– Ty irytujący dupku – warknął.

– Och, stary. Słodki maminsynku. Nie masz najmniejszego pojęcia, jak bardzo irytujący mogę być.

***

– Powinnam lubić ból. – Kobieta okrążała Waxa, gdy wciąż tańczyli wokół siebie.

On próbował utrzymać się na tyle daleko od niej, żeby uniknąć trafienia, ale na tyle blisko, by nie dać jej szansy na wycofanie się i stworzenie bańki prędkości.

– To coś, czego o nim nie wiedziałam. Dowiedziałam się niedawno, wiesz? W tunelu? On lubi ból. Ja muszę lubić ból. Radować się strachem. Delektować cierpieniem.

Wax nie odpowiedział, skupiając się na zachowaniu odpowiedniej odległości.

– Wiesz, dlaczego? – Kobieta udała, że rzuca się do przodu, zmuszając Waxa do odskoczenia. – Ja z początku nie wiedziałam. To mnie zaskoczyło! Nie dostrzegłam w nim tego. Ale im dłużej myślałam, tym więcej sensu to miało. On musi lubić ból. Inaczej już dawno by ze wszystkim skończył. To jedyna odpowiedź, jaka ma sens.

Rzuciła się, a on cofnął się za daleko, bo kobieta oderwała się od niego, skoczyła w inną stronę, przetoczyła po ziemi i rozmyła. Wax zaklął i odskoczył – kątem oka zobaczył coś, co sprawiło, że nie czuł niepokoju z powodu wycofania się. Po chwili zderzył się plecami z Wayne'em.

– Jak ci leci? – spytał Wayne.

– Mogło być lepiej.

– Święta prawda – mruknął Wayne i stworzył bańkę prędkości. – Chcesz spróbować czegoś nowego? Narobić zamieszania? – Pomachał jedną z lasek pojedynkowych.

– Jasne.

Wayne wyrzucił w powietrze laskę, a Wax rzucił mu Obrońcę naładowanego aluminiowymi kulami.

– Zignoruj komory z mgłobójcami. – Wax złapał laskę w powietrzu. – Uruchamia je ta dźwignia na górze.

Bańka zniknęła, a Wax zwarł się z Getrudą, laska pojedynkowa uderzyła o laskę pojedynkową z trzaskiem niemal równie głośnym jak Obrońca, kiedy Wayne strzelił parę razy do Dumada.

Wax uśmiechnął się na ten dźwięk. To było w pewnym sensie śmieszne, cieszyć się, że przyjaciel strzela. Ale nie chodziło o sam akt. Chodziło o ranę, która w końcu się zasklepiła.

Wax zablokował kilka kolejnych ciosów laskami. Kobieta była lepsza od niego – ale ta zmiana wyraźnie ją zdezorientowała. Przyjęła nieco bardziej obronną pozycję, a jemu udało się na chwilę ją odeprzeć i zadać cios w udo. Szukał miejsca, gdzie jej metalmyśli ukrywały się pod skórą, chronione przed wpływem Allomancji.

Nie na udach, pomyślał, zadając kolejny cios. Wydawało się, że podobnie jak w przypadku Wayne'a, ciosy nie robiły na niej wrażenia. Po każdym w jej oczach pojawiał się ślad bólu, ale później uśmiechała się szeroko. Jednocześnie nie dostrzegał w niej tej szalonej przyjemności, którą zdarzało mu się widzieć u ludzi czerpiących prawdziwą przyjemność z bólu. Próbowała się zmusić do myślenia w taki sposób, w jaki jej zdaniem myślał Wayne.

W pewnym sensie było to jeszcze bardziej niepokojące.

W końcu zaatakowała go bardziej agresywnie, a po tym, jak przyjął cios w bok – taki, który prawdopodobnie posiniaczył mu żebro – zmusił się do wycofania. Wciąż bolała go ręka, zraniona wcześniej odłamkiem i, na rdzę... zaczynał się męczyć.

Dlatego kiedy Wayne go mijał, Wax rzucił mu laskę i złapał Obrońcę rzuconego przez Wayne'a. Zużył wszystkie pociski poza mgłobójcami.

– Znowu unikanie i walenie? – Kobieta ziewnęła. – Naprawdę mi to nie przeszkadza, bo miło popatrzeć, jak się wijesz. Ale nie chciałabym zmarnować całej nocy.

Musiał wypróbować coś innego. Dlatego za pomocą stalowego wzroku zlokalizował odpowiedni kawałek metalu – odbój przy pobliskich drzwiach. Skoczył, złapał go i odwrócił się z powrotem, kiedy kobieta rozmyła się w powietrzu, zbliżając się do niego.

Pora na coś staromodnego.

***

Wayne znów złapał Monetostrzelnego. Mężczyzna zrezygnował z prób wypalenia metali Wayne'a i zrobił coś sprytnego. Wzniósł się w powietrze – zmuszając Wayne'a, by trzymał się mocno. Monetostrzelny strzelił w stronę świetlika, a później wypadli w zamgloną ciemność. Po drodze rękę gościa mocno rozciął odłamek szkła.

Ha, pomyślał Wayne. Patrzcie no państwo.

Rana się nie zasklepiła. Nie był Krwiotwórcą. Więc istniało ograniczenie liczby kolców, które Krąg mógł wbić w człowieka. A może Trell/Telsin nie chciała, by stali się zbyt potężni i mogli rzucić jej wyzwanie.

Kiedy znaleźli się w powietrzu, Wayne nie panował nad walką. Musiał się trzymać ze wszystkich sił, bo gdyby spadł z takiej wysokości – no cóż, uzdrawianie zużyłoby wszystko, co miał. Ta potrzeba trzymania się obiema rękami pozwoliła gościowi zatrzasnąć kajdanki na jednym z nadgarstków Wayne'a. Na rdzę.

Wayne miał jednak okazję zobaczyć kawałek urządzenia umieszczonego na dachu, wśród elementów budowy. Była wśród nich długa, wąska broń, która strasznie przypominała... no, kiełbaskę. A kiełbaski wyglądały jak męski narząd.

To musiała być rakieta i nie została jeszcze wystrzelona, co było dobrym znakiem. Siostra Waxa stała między inżynierami, ubrana w marynarkę z fularem, a mgły trzymały się z dala od niej – jakby otaczała ją niewidzialna szklana bańka. To, że stała z rękami za plecami i wpatrywała się w ciemność... to był zły znak.

Monetostrzelny pozwolił, by opadli niżej, Odepchnął się od urządzenia, szarpnął ich do przodu, a później znów Odepchnął do tyłu. Ten ruch zrzucił Wayne'a, który z sapnięciem irytacji spadł na dach. Był na tyle nisko, że nie wymagał dużo uzdrawiania, ale i tak.

Niech to, niech to, niech to.

Cóż, jeśli gość zamierzał walczyć nieczysto, Wayne mógł postąpić podobnie. Jasne, Wayne i tak zamierzał walczyć nieczysto, ale w takich chwilach czuł się lepiej. Pobiegł w stronę uszkodzonego świetlika, skąd, jak liczył, mógł opaść w dół, by pomóc Waxowi w walce z Getrudą.

***

Wax użył metalowego odboju jak maczugi, Odpychając go w stronę kobiety. Uchyliła się odruchowo, bo coś tak dużego bolałoby znacznie bardziej niż kula.

Wax przeskoczył nad nią, kiedy się przetaczała, a później znów Odepchnął odbój w jej stronę, uderzając ją w ramię i miażdżąc kości.

Zawyła, ból przebił się przez jej fasadę. Sprawił, że zatoczyła się i na chwilę zwolniła, gdy czekała na uzdrowienie – co pozwoliło Waxowi przesunąć się i wbić odbój w jej stopę, również miażdżąc kości.

Kawał metalu odskoczył w bok, a Wax wykorzystał Odpychanie, by poszybować w jego stronę, złapać go i znów rzucić. Do tego czasu uzdrowiła się i udało jej się zejść z drogi – ale ta broń zmuszała ją do uchylania się. Kiedy była rozproszona albo maczuga spadła na tyle daleko, że nie mógł od razu jej odzyskać, uderzał w nią kulą Odpychaną z palców. Nie robił przerwy na przeładowanie. Po prostu cały czas w nią uderzał.

Jej złośliwe komentarze ucichły. Złapał kawał metalu ze zniszczonego świetlika i też go użył. Ciągle czymś w nią rzucał, nieubłaganie, deszczem stali, którego musiała unikać albo dać się spowolnić przez ból i uzdrawianie. Wkrótce robiła wrażenie bardziej wściekłej niż cokolwiek innego i próbowała znaleźć sposób, by bezpośrednio się z nim zewrzeć.

Wax jej nie pozwolił. Zranił kobietę w jeden bok. Później w drugi. Później wbił kulę prosto w jej rękę – i dostrzegł błysk metalu. Rana błyskawicznie się zabliźniła, ale wiedział, co zobaczył. Jej metalmyśl.

Sekundę później z góry opadł Wayne, dyszący ciężko i mamroczący pod nosem. Wax wyciągnął rękę i jego palce znalazły się wewnątrz bańki szybkości, kiedy się pojawiła. Ponieważ wystarczyło, by dowolna część ciała dotykała skraju bańki, by się w niej znaleźć, dzięki temu muśnięciu czubkami palców mógł wejść do środka i dołączyć do Wayne'a.

– Stary, walka z tobą jest rdzawo trudna – powiedział Wayne.

– I wzajemnie.

– Ale to też niezła zabawa. On jest naprawdę wściekły.

– Cóż, przyznam, że często chciałem mieć pretekst, żeby strzelić do kogoś niskiego, z przesadnym akcentem i melonikiem na głowie.

Wayne spojrzał na niego z ukosa.

– To naprawdę dziwne – dodał Wax. – Nie umiem powiedzieć, dlaczego tak się dzieje. Instynkt, tak przypuszczam.

– Ja noszę kapelusz woźnicy – mruknął Wayne i potrząsnął ręką... na której miał kajdanki. – To coś innego. – Odetchnął głęboko i wskazał w stronę nieba, gdzie wśród mgieł ukrywał się Dumad. – Muszę ściągnąć go z powrotem na dół. To co?

Wax pokiwał głową i kiedy bańka prędkości zniknęła, obaj rzucili się w stronę kobiety. To przyciągnęło uwagę Monetostrzelnego, bo nie mógł pozwolić, by jego sojuszniczka walczyła z dwoma przeciwnikami. Wylądował z powrotem na dywanie i wyrzucił grad Odpychanych kul. Kiedy to zrobił, Wax rzucił Wayne'owi kawałek metalu, a później rozdzielił ich ostrożnym Odpychaniem. Kule przebiły przestrzeń między nimi.

Wax odwrócił się do kobiety, gdyż Odpychanie sprawiło, że znalazł się blisko niej. Uzdrowiła rany, które jej zadał, ale wydawało się, że zwolniła. Dyszała ciężko i pokrywał ją pot. Znał to uczucie. Czuł ból w mnóstwie miejsc i nawet adrenalina uwolniona w czasie walki ustępowała przed wyczerpaniem po całym dniu spędzonym na ściganiu się z czasem.

Uniósł Obrońcę z mgłobójcą w komorze.

– Możesz mi chociaż powiedzieć, dlaczego? – spytał. – Dlaczego masz taką obsesję na punkcie udawania go? To coś więcej niż tylko próba poznania swojego wroga.

Odetchnęła chrapliwie.

– Byłeś kiedyś nikim, Świtostrzelny? – Zanim zdążył odpowiedzieć, pokręciła głową. – Nie. Zawsze byłeś kimś. Miałeś imię i nazwisko. Nawet kiedy uciekłeś, wciąż miałeś pieniądze... wiedzę... życie spędzone ze świadomością, że sam sobą rządzisz. Dla kogoś takiego jak ty ucieczka była luksusem. – Podrzuciła jedną z lasek pojedynkowych i złapała ją. – Nie wszyscy to mamy. Niektórzy z nas wykorzystują szanse, które dostają. A stać się kimś innym? To kuszące.

Wax celował w nią.

– Odejdź. Nie znam cię, ale przysięgam, że to prawda. Okłamali cię. Trell, Krąg. Skłamali. Jesteś kimś. I ktoś gdzieś za tobą tęskni.

Uśmiechnęła się szeroko.

– Powiedzieli, że spróbujecie namącić nam w głowie. Powiedzieli to! Ale widzisz, ja jestem bystrzejsza, niż myślisz. Zrobiłam to pierwsza.

Ruszyła biegiem w jego stronę. Wax przekręcił Obrońcę o ułamek stopnia i pociągnął za spust – wbijając mgłobójcę w jej prawe ramię. Chwilę później doszło do drugiego wybuchu.

Który oderwał jej rękę.

Zatrzymała się gwałtownie i wpatrzyła w ranę. Nie uzdrowiła się, bo w tej właśnie ręce miała zaszytą metalmyśl magazynującą uzdrawianie. Mogła mieć gdzie indziej inną metalmyśl – posiadanie kilku było sprytne – ale jeśli tak, zmusił ją do zużycia tak dużo zdrowia, że ją opróżniła. Bo ręka się nie uzdrowiła.

Rana była koszmarna, ale nie aż tak paskudna, jak można by sobie wyobrażać. Rany głowy bardzo krwawiły, ale jeśli oderwało się kończynę... cóż, to było paskudne. Ale zawsze było mniej krwi, niż człowiek się spodziewał.

Popatrzyła na niego, niemal błagalnie, ale wciąż biegła w jego stronę. Dlatego z westchnieniem wyrzucił kulę w powietrze i precyzyjnym Odpychaniem wbił ją w jej głowę.

Ciało kobiety osunęło się na ziemię. Wax westchnął, czuł się wyczerpany. A teraz... Dokąd pobiegł Wayne?

***

Monetostrzelny uniósł rękę w stronę Wayne'a, przygotowując się do tej swojej sztuczki z super-Odpychaniem.

Wayne przygotował się, poleciał do tyłu i w ostatniej chwili stworzył bańkę prędkości. Podniósł wzrok i zobaczył kulę przesuwającą się powoli w powietrzu cal od krawędzi bańki. Przetoczył się na bok, kiedy przebiła barierę, zmieniając przy okazji tor lotu, i przeleciała obok niego.

Dobrze. W porządku. Zacisnął zęby i rzucił się do przodu, opuścił bańkę i natarł na gościa. Nie-Wax się tego spodziewał, rzecz jasna. Wayne odstawił tę sztuczkę kilka razy. Gość rzucił parę kul, przed którymi Wayne się uchylił.

Nie-Wax z rezygnacją uniósł rękę, żeby zacząć się mocować z Wayne'em.

Który uderzył go prosto w twarz laską pojedynkową, miażdżąc jego nos. Mężczyzna zaklął i cofnął się, brocząc krwią.

– Tak jest lepiej – powiedział Wayne. – Nie jesteś już taki śliczny.

Mężczyzna zawył i uniósł pistolet.

Wayne zacisnął drugą obręcz kajdanek na nadgarstku mężczyzny. Monetostrzelny, krwawiący z ran na twarzy i ramieniu, zagapił się. Później zawył z wściekłości i frustracji, i z wielką mocą Odepchnął ich w powietrze. Dokładnie tak, jak miał nadzieję Wayne, choć siła szarpnięcia niemal wyrwała mu rękę ze stawu.

Zawisł na gościu, a później złapał się i zaczął wspinać się po jego ciele, trzymając się płaszcza, gdy wznosili się wysoko w niebo. W górę wśród mgieł z siłą niewiarygodnego Odpychania Stali, wielokrotnie wyżej, niż Wax mógłby tego dokonać z tym samym metalem. Ten super-metal – duraluminium, tak go nazywali? – naprawdę był czymś.

– Wiesz twój problem polega na tym, że za bardzo się wyspecjalizowałeś – powiedział Wayne pośród szumu powietrza.

Mężczyzna złapał Wayne'a za gardło, już nie przejmował się pistoletami. Wciąż się wznosili, aż wypadli spośród mgieł i znaleźli się w blasku gwiazd.

– Zrobiłeś wszystko, co w twojej mocy, by nauczyć się walczyć z Waxem, ale nie uczyłeś się, jak pokonać mnie. To pokazuje, że jesteś zbyt zdeterminowany. Powinieneś znaleźć sobie hobby albo coś!

W końcu dotarli na szczyt Odpychania i zaczęli opadać. Kiedy znów trafili między mgły, mężczyzna odepchnął Wayne'a, który znów zawisł na kajdankach. Drugą ręką nie-Wax sięgnął do wewnętrznej kieszeni marynarki.

Wyciągnął żółtą chusteczkę z króliczkiem wyhaftowanym w rogu.

– Proponuję, żebyś spróbował kradzieży kieszonkowych! – zawołał do niego Wayne. – Są rdzawo użyteczne!

I z tymi słowami Wayne rzucił aluminiową flaszkę pełną metalu w mrok nocy.

Mężczyzna wpatrywał się w nią szeroko otwartymi oczami. W miarę jak spadali, wiatr przybrał na sile. Mężczyzna gorączkowo obmacywał ciało.

– Nie masz innych? Co za pech!

Nie-Wax wyciągnął ręce w stronę Wayne'a, kiedy obaj spadali, oczy miał przekrwione i wściekłe. Ale spadanie szło szybko. Szybciej i szybciej, im dłużej trwało. Wayne zawsze się zastanawiał, dlaczego tak jest.

– Ej! – krzyknął Wayne. – Kiedy spotkasz Śmierć...

Przebili się przez świetlik i z trzaskiem uderzyli o podłogę.

Zrobiło się ciemno.

Kilka minut później Wayne zamrugał i jęknął. Zapas zdrowia wystarczył. Ledwie. Przetoczył się i spojrzał na zmiażdżone ciało Monetostrzelnego.

– Ojej – mruknął. – Za szybko spadliśmy. Nie wypowiedziałem mojego wspaniałego komentarza.

W kieszeni mężczyzny znalazł klucze do kajdanek i się uwolnił. Na Zniszczenie, ciało go bolało. Rano będzie miał koszmarne siniaki. Metalmyśl najpierw naprawiła najgorsze uszkodzenia i uratowała go przed śmiercią. Ale wystarczyła jedynie na oszczędnościowe uzdrawianie, a teraz już się wyczerpała.

– Kiedy spotkasz Śmierć... – Wayne kopnął trupa w bok – ...powiedz mu, że jest mi winien pięćdziesiąt spinek.

Podszedł do Waxa, usuwającego metalmyśli z oderwanego ramienia kobiety, która absolutnie nie była kopią Wayne'a. Ich wyjęcie było mądrym posunięciem. Krążyły opowieści o Łączących Krwiotwórcach, którzy odtwarzali całe przeklęte ciało z oderwanej kończyny.

– Powinniśmy też usunąć ich kolce – powiedział Wayne. – Na wszelki wypadek.

– Najpierw powstrzymajmy bombę.

– Twoja siostra jest na górze – ostrzegł Wayne. – Z tą rakietą gotową do wystrzelenia.

– W porządku.

Przeszli razem do świetlika.

– Dlaczego trzymałeś się tak blisko w czasie walki? – spytał Wayne. – Powinieneś trzymać się wysoko. Najlepszy sposób, żeby walczyć z kimś, kto może jest odrobinę podobny do mnie, choć tylko powierzchownie.

– Nie mogłem. Uciekałaby w bańki czasu. Musiałem trzymać się blisko, zmusić ją do zwarcia.

Hm. Może obaj tym razem chcieli walczyć twarzą w twarz? Stanęli pośrodku pomieszczenia, gotowi, by Wax wzniósł ich w górę przez rozbity świetlik – w stronę mgły, która spadała z góry jak widmowy wodospad.

Ale Wax się zatrzymał.

– Stary?

Wciąż wpatrując się w górę, Wax sięgnął do kieszeni i wyjął nieduży kolczyk. W kształcie wygiętego gwoździa. Dla Ścieżkowców to symbol religijny, ale dla niego o wiele więcej.

Rzadko go zakładał, o ile nie musiał. Tej nocy wcisnął go w ucho, a później coś szepnął.

66

– Zrobiłem swoje – szepnął Wax. – Stałem się twoim mieczem. Chcę, żebyś teraz zrobił swoje.

Moim, powiedział Harmonia w jego głowie, *jest umieszczenie cię w miejscu, w którym...*

– Nie. – Wax przeładował szybko, wpatrując się w mgłę. – To nie wystarczy. Do diabła, to nie wystarczy, Sazedzie. Umiem zabijać ludzi. Jestem w tym aż za dobry. Ale nie mogę zabić boga. Jeśli Niezależność się wtrąci, będę potrzebował ciebie.

Niezależność się nie wtrąci. My tak nie postępujemy, bo to nas odsłania. Napełniła twoją siostrę, ale głównie po to, by pozwolić Telsin na komunikowanie się z wyznawcami i wizualizowanie planów o większym stopniu skomplikowania, niż byłby zdolny zwykły człowiek. Nie będzie z tobą walczyć. Kolejnego etapu nie zwyciężysz za pomocą kul.

– Czy mogę zabić Telsin?

Liczę, że spróbujesz. Ale... nie jestem pewien. Może być tak bardzo Napełniona, że ci się nie uda. Jeśli tak, Telsin umrze jedynie, jeśli Niezależność wycofa swoją moc.

– Wciąż będę potrzebował twojej pomocy.

Ja...

– Co możesz zrobić?

Ja... nie wiem. Może uda mi się ją ogłuszyć. Na chwilę zerwać jej Związek z Niezależnością. Może.

– Bądź gotów.

Wax uniósł przeładowaną broń jedną ręką, a później złapał Wayne'a za ramię. Przyjaciel pokiwał głową i chwycił się mocno. Wax Odepchnął się od gwoździków w dywanie i polecieli wśród mgły na dach.

Wax od razu poczuł się lepiej, kiedy znalazł się wśród mgły. Jego zmęczenie zniknęło, ból osłabł. Mgła była czymś starożytnym, starszym od Harmonii. Widziała, jak Wojowniczka Wstąpienia i Ostatni Cesarz powstrzymują koniec świata. Wcześniej widziała, jak Ostatni Imperator zdobył władzę i ochronił świat, kiedy był młody. A może mu zagroził?

Coś mi zrobiłeś, pomyślał Wax do Harmonii, kierując ich w bok i lądując na dachu. Cały dzień dzieją się ze mną dziwne rzeczy. Czy to efekt uboczny trzymania Opasek?

Nie. To coś jeszcze innego. Ale nie działa tak, jak miałem nadzieję.

Mgły owinęły się wokół Waxa, kiedy szedł po zimnym dachu, by stawić czoło Telsin. Jej oczy płonęły czerwienią, nadając pobliskiej mgle krwawy odcień. Opar trzymał się z dala od niej. Podobnie jak pies starający się pozostać poza zasięgiem człowieka, który w przeszłości go kopnął.

– Masz rację – powiedziała. – Nie doceniłam cię.

Wax zatrzymał się w pewnej odległości, u boku miał Wayne'a. Za Telsin znajdowało się masywne urządzenie z rakietą na szczycie. Przed spojrzeniami z dołu osłaniała je „budowa" na skraju dachu, i zalewał je blask reflektorów. Inżynierowie pracowali gorączkowo, posyłając mu nerwowe spojrzenia.

– Waynie – syknął Wax, celując do Telsin. – Idź i pomóż tym inżynierom zrobić sobie przerwę obiadową.

– Z przyjemnością.

Wayne podszedł do inżynierów. Ustawienie ich wszystkich w rogu nie wymagało dużego wysiłku.

Wax stał z bronią wycelowaną w Telsin i czuł się... wytrącony z równowagi. Zaszedł tak daleko. Znalazł rakietę. To powinno być to, prawda? Ale co miał zrobić teraz?

Nie daj się znów zaskoczyć, pomyślał. Sześć lat temu cię pokonała. Musi mieć jakieś plany na dzisiaj. Nie daj się nabrać.

– Oto jesteśmy. – Oczy Telsin zapłonęły jaśniej. – A teraz zamierzasz pozwolić mi zniszczyć Elendel.

– Jak diabli – warknął Wax.

– Co byś oddał, Waxilliumie, żeby ocalić planetę? Jak wielu ludzi jesteś gotów poświęcić, by zrobić to, co konieczne?

Podeszła bliżej. Odbezpieczył Obrońcę i wycelował. Na rdzę.

– Niezależność cię lubi. Nazwała cię mistrzowskim dziełem. Nie zgadzałam się, ale oto jesteś, a ja poczułam się przekonana. Harmonia wie, że staje się bezsilny, że Niezgoda się zbliża, więc stworzył ciebie. Miecz. Który może działać, kiedy on nie może.

Podeszła bliżej, ignorując Obrońcę. A czemu nie? Harmonia powiedział, że broń mu nic nie da. Jej uśmiech, kiedy się zbliżała, przypominał mu chwilę, kiedy zwróciła się przeciwko niemu. To, jak się czuł, kiedy zdradziła go jedyna żyjąca krewna.

Tamta chwila. Tamta straszliwa chwila, kiedy uświadomił sobie, że ratując jej życie nie tylko dał się zastrzelić, ale potencjalnie doprowadził do śmierci Steris, Marasi i Wayne'a.

Ta koszmarna chwila trwała. Jak skrystalizowana udręka w jego wnętrzu. Ostatnia więź łącząca go ze starym życiem. Musiał to pokonać tak samo, jak musiał pokonać ją.

– Myślisz, że Harmonia mógłby to zrobić? – Telsin wskazała rakietę. – Gdyby to był jedyny sposób, by ocalić ludzi tego świata? Czy mógłby poświęcić jedno miasto, by ocalić resztę? A może unieruchomiłoby go niezdecydowanie? Jak konstabla pierwszego dnia pracy.

Na rdzę. Nie wydawało się, by przejmowała się ich przybyciem. Coś było nie w porządku. Coś było bardzo nie w porządku.

– Cóż. Ja jestem dość silna. Ja to zrealizuję.

Na rdzę, na rdzę, na rdzę. Wszystko było nie w porządku. Cicha rozmowa na dachu? Urządzenie zagłady powstrzymane? A jednak Telsin była tak rdzawo pewna siebie.

Nie jesteś tylko mieczem, Waxie, pomyślał. *Jesteś detektywem. Takie życie wybrałeś. Bądź człowiekiem, którym postanowiłeś być. Nie tym, którego ci przypisano.*

Wax skupił się na myślach, odpychając ból zdrady. *Myśl. Znalazłeś te schematy prób. Żadna z nich nie dotarła wystarczająco daleko. Czyli...*

Opuścił broń.

– Ono nie działa.

Telsin zamarła.

– Urządzenie dostarczające. Tyle czasu i nadal nie może unieść tak dużej bomby, prawda? Już byś je wystrzeliła, gdybyś mogła.

Telsin wzruszyła ramionami.

Detektyw w jego wnętrzu szukał połączeń. Gdyby szczerze wierzyła, że świat się skończy, jeśli nie zniszczy Elendel, i tak by je wystrzeliła. Z nadzieją, że zadziała. Bo gdyby jej się nie udało, wszystko i tak by się skończyło – więc czemu nie spróbować?

Waxowi zrobiło się zimno. Uniósł rękę i zwiększył ciężar, a następnie Odepchnął rakietę. Cała konstrukcja się zawaliła i ogromna broń – bomba – uderzyła w dach z rezonującym, pustym brzękiem.

To był cel pozorny.

Telsin otworzyła szerzej oczy.

Odwrócił się i spojrzał ponad miastem, otoczonym miękkim kokonem mgły, niewyraźnym – jak we śnie. Tutaj, pośród mgły, mógł myśleć, dostrzegać wnioski, które umykały mu przez cały dzień. Gdzie była bomba?

Planowali to od lat... czekali, aż urządzenie będzie gotowe. Wybudowali wyrzutnię wysoko, by mieć jak najwięcej szans. To były właściwe wątki. Podążał za poprawnymi wskazówkami.

Cały problem polegał na tym, że ostatecznie nie udało im się zmusić urządzenia do działania. I kiedy tego ranka przybył Wax, wpadli w panikę. Przenieśli bombę gdzie indziej. Ale dokąd? Z pewnością nie zamierzali dostarczyć jej koleją ani na ciężarówce. Za oczywiste. Poza tym kazał Steris zamknąć obie te drogi do miasta. To co? Musieli przenieść bombę i zainstalować ją na nowym urządzeniu. Czyli...

Doki, uświadomił sobie Wax, gdy kawałki układanki znalazły się na swoim miejscu. Byli szczerze zaskoczeni, kiedy zlokalizowałem tunel prowadzący z rezydencji. Dlaczego umieścili laboratorium tam, w pobliżu doków, zamiast bezpiecznie w tej wieży albo jednej z jaskiń?

Bo mieli inny sposób dostarczenia, zapasowy. Na wypadek gdyby rakieta zawiodła. A kiedy przybyłem do miasta, podjęli działanie i zabrali bombę stąd do...

Obrócił się na pięcie, rozglądając się w ciemności, i jakimś sposobem udało mu się spojrzeć poprzez mgłę. Jakby zrzedła wyłącznie dla niego. Daleko, poza miastem, dostrzegł odległe światła czegoś na otwartym morzu. Ogromny okręt wojenny klasy Cynoołowionauta, który cały dzień stał w porcie. Pokaz siły, tak sądził.

Ale również najszybszy sposób, żeby przenieść coś dużego w stronę Elendel. Sposób, którego nie powstrzymałyby blokady kolejowa ani drogowa.

Bomba była na okręcie.

– Ona myślała, że ją znajdziesz – szepnęła Telsin. – Myślę, że woli ciebie ode mnie. Ja... nie jestem pewna, jak się z tym czuję.

Wax myślał gorączkowo. Jak to powstrzymać? Podbiegł do krawędzi dachu i spojrzał pomiędzy stalowymi prętami rzekomej budowy.

– Waxie? – Wayne podbiegł do niego. – Prawie dostałem zawału, kiedy przewróciłeś tę bombę. Co się dzieje?

– Rakiety nie działały – mruknął. – Nie były dość dobre.

– Niezależność chciała je zrozumieć – powiedziała Telsin. – Okazuje się, że zaawansowana balistyka i rakiety z własnym napędem nieco wykraczają poza nasze pojmowanie. Co ciekawe, ta moc pozwala mi... zobaczyć sugestie tego, co nadejdzie. Ale mechanizmy? Cóż, to wymaga eksperymentów, uczenia się, powtarzania...

Na Rdzę i Zniszczenie. Nie dotrze do tego okrętu. Wyszedł już za daleko w morze, poza to, na co pozwoliłoby mu Odpychanie Stali. Jego kotwica nie wystarczy i zatonie w głębinach.

– Stary? – odezwał się Wayne. – Waxie? Co się stało?

Czy udałoby mu się wystarczająco szybko dotrzeć do Elendel? Wątpił, by był szybszy od tego okrętu. A nawet gdyby, to co mógłby zrobić po przybyciu? Okręt z całą pewnością detonuje bombę w chwili, kiedy wystarczająco duża część miasta znajdzie się w zasięgu wybuchu.

– Daj sobie spokój, Waxie. – Telsin podeszła bliżej. – Przyznaj, że mam rację. Wiedziałeś, że to jest najbardziej irytujące? Kiedy byliśmy młodzi, zapraszałam cię, żebyś do mnie dołączył, ale ty mnie oceniałeś. Zawsze uważałeś, że jesteś ode mnie lepszy.

Odwrócił się zaskoczony jadem w jej głosie.

– Nienawidzę cię od dziesięcioleci – syknęła, a jej oczy zapulsowały jeszcze głębszą czerwienią. – Bo nigdy nie potrafiłeś się do tego przyznać. Cóż, dzisiaj ja robię to, co konieczne. Ty będziesz patrzył. Będziesz płakał. A ja Wstąpię.

Jak?

Musiał istnieć sposób.

– Tej nocy zaczyna się nowy świat – powiedziała Telsin. – Wyłaniający się z dymiących zgliszczy Elendel. Kotlina będzie oddana nowemu bogu, który nie jest słaby. Nie jest podzielony. Cały dzień deptałeś mi po piętach. Ale teraz to ty zostałeś złapany, a okręt jest wolny. Bomba jest w drodze. Nie możesz jej powstrzymać. Dalej. Rzuć się w noc, Waxie! Skończysz, pływając w zatoce. A może pośpieszysz do Elendel, by dołączyć do wszystkich, którzy zginą w wybuchu. Bomba została skonstruowana w taki sposób, że wybuchnie, jeśli statek zostanie zatrzymany albo trafiony ostrzałem. Jest za późno. Zwyciężyła...

Uderz w nią, Harmonio, pomyślał Wax. Odetnij ją. Teraz.

Telsin sapnęła. Zatoczyła się, czerwony blask jej oczu przygasł, usta się otworzyły, i padła bez ruchu na dach.

Jej ciało został zmuszone do skrajnego wysiłku, powiedział mu Harmonia. *Waxilliumie... przy życiu utrzymuje ją tylko moc. Zmuś Niezależność do wycofania się. Powstrzymaj ten okręt!*

Wax spojrzał w oczy Wayne'owi, który patrzył na niego błagalnie, zmartwiony. Odpowiedź. Jaka była odpowiedź?

Popatrzył z góry przez zniszczony świetlik, przez który mgła przelewała się jak woda do kanału.

Ledwie widział trupa poniżej.

67

Steris stała na głównym dworcu kolejowym, gdzie mieszkańcy miasta wciskali się do pociągu – towarowego, bo w nich mieściło się więcej ludzi. Odhaczała punkty na liście. Kolejna dzielnica ewakuowana.

Gazety zaczynały zauważać jej wysiłki. Całe oktanty ewakuowane? Tajemnicze wycieki gazu jako wyjaśnienie? Ludzie w coraz większej liczbie uciekali samochodami, ale ona miała to w planach. To była część jej przewidywań dotyczących ewakuacji.

Skinęła TenSoonowi, który podszedł bliżej, wciąż w ciele konstabla.

– Daal i senatorowie uciekli z miasta. Wieści o ich zniknięciu zaczynają się rozchodzić.

– To niepokojące. Ale w świetle naszej obecnej potrzeby bez znaczenia.

Na jego twarzy pojawił się wyraz zamyślenia.

– Tak, ale zabrali Opaski. Nie powinienem ich przynosić, nie powinienem wypuścić ich z rąk. Zbyt długo trzymałem się z dala od ludzkiej polityki. – Spojrzał na nią. – Nie wiedziałem, Steris. Nie wiedziałem, że zostały opróżnione. Czuję, że nas rozegrali. Ja już... nie radzę sobie zbyt dobrze z byciem człowiekiem.

– Zajmiemy się problemem Opasek, jeśli będziemy mieli luksus przeżycia tego, co nadchodzi.

Zawarczał cicho, ale brzmiało to bardziej jak westchnienie niż odgłos sprzeciwu. Oboje odwrócili się, kiedy podszedł do nich gubernator Varlance, ocierający czoło chusteczką. Narady tego dnia rozpoczął z białym makijażem na twarzy, ale niewiele z niego pozostało, jedynie kilka plam na policzkach.

Jego obecność dodawała wagi rozkazom Steris. Ludzi uspokajał widok gubernatora kierującego wysiłkami. Sam fakt, że stał u jej boku, najpewniej ocalił życie tysięcy.

Trudno go było jednak powstrzymać przed odezwaniem się i popsuciem wszystkiego przez... cóż, bycie sobą.

– Jak się pan czuje? – spytała i zrobiła notatkę, kiedy kolejny pociąg odjechał. – Może jeszcze kawy?

– Nie. Dziękuję. – Po chwili wahania odezwał się ciszej: – Jak pani myśli, jak wielu możemy ocalić?

– Zależy od tego, ile mamy czasu.

– Załóżmy, że niewiele. – Jeszcze bardziej zniżył głos. – Lady Ladrian, właśnie dostaliśmy raport od naszego wywiadu w Bilming. Coś się wydarzyło.

Zrobiło jej się zimno.

– Wystrzał artyleryjski?

– Nie. Z portu w Bilming wypłynął jeden z okrętów wojennych. Kieruje się w stronę Elendel. Z pełną prędkością.

Okręt wojenny. Odwróciła się i zamachała w stronę Reddiego, który polecił swoim konstablom pilnować kolejek, kiedy ludzie wsiadali do pociągów. Podbiegł do nich.

– Z Bilming wypłynął okręt wojenny – powiedziała.

– Jeden okręt wojenny? – spytał Reddi. – Poradzimy sobie, nawet bez marynarki.

– W rzeczy samej – zgodził się gubernator.

Tylko jeden okręt wojenny. Płynący z maksymalną szybkością?

O nie.

Odpowiedź była dla niej oczywista.

– Okręt jest bombą. – Otworzyła szerzej oczy. – Wax powiedział, że spróbuje powstrzymać wystrzał artyleryjski. Dlatego wysłali okręt załadowany materiałami wybuchowymi.

– Błogosławione Zachowanie – szepnął Reddi i spojrzał na wielki dworzec kolejowy wciąż pełen ludzi. Razem z tymi, którzy już zostali ewakuowani, stanowili jedynie ułamek mieszkańców miasta. – Możemy go ostrzelać?

– I zdetonować bombę? – spytała Steris. – Nie wybraliby tej metody, gdyby zniszczenie okrętu mogło powstrzymać bombę.

– Czyli Świtostrzelny zawiódł. – Gubernator oparł się o kolumnę. – Elendel jest zgubione.

– Ile czasu mamy? – spytała Steris.

– Z maksymalną szybkością z Bilming? – powiedział Reddi. – Niewiele. Co najwyżej godziny. Najpewniej mniej.

– Możemy uciec, jeśli wyjedziemy teraz – stwierdził gubernator. – Musimy wsiąść do tego pociągu!

Steris stała odrętwiała. Inni senatorowie już się ewakuowali. Cały dzień rozprawiali na temat tego, czy się myliła, a kiedy poczuli dym, wyłamali drzwi, żeby uciec.

Ale ona wiedziała. Wiedziała.

Uderzyła dłonią o notatnik, zaskoczona własną zaciekłością, i sprawiła, że przerażony gubernator się zawahał.

– Ten okręt nie dotrze do miasta.

– Skąd pani wie? – spytał gubernator.

– Bo mój mąż, Waxillium Ladrian, temu zapobiegnie.

– A jeśli nie?

Steris przerzuciła kartki w notatniku, przeglądając scenariusze katastrof, które przewidziała, aż dotarła do strony poświęconej niebezpieczeństwom związanym z podmorskimi trzęsieniami ziemi.

– Zrobi to – obiecała Steris. – Ale na wszelki wypadek musimy ewakuować rejon najbliżej zatoki. I przygotować się na możliwość tsunami. – Otworzyła notatnik na mapie miasta i wskazała palcem. – Te okolice muszą być ewakuowane jako następne, na wypadek gdyby najlepszym, co uda się zrobić mojemu mężowi, było wcześniejsze zdetonowanie bomby.

– Ale... jeśli Świtostrzelny zawiedzie...

– Nie zawiedzie. – Steris złapała gubernatora za ramię. – Potrzebuję pańskiej pomocy. Niech pan nie odchodzi. Niech pan zostanie. Niech pan będzie bohaterem, Varlance.

– Ale...

– Mój mąż zatrzyma okręt.

– Skąd pani wie? – W pobliżu jeden z pociągów wypuścił parę i wezwano ostatnich pasażerów do wejścia. Gubernator Varlance zrobił jeden krok w tę stronę, ale później spojrzał na nią.

– Niektórych rzeczy w życiu nie da się zaplanować – powiedziała cicho. – Z trudem się tego nauczyłam, Varlance. Ale wiem, że jedno jest prawdą: niezależnie od sytuacji, Waxillium Ladrian zawsze dociera do miejsca, w którym musi się znaleźć. Jakimś cudem.

68

Marasi odciągnęła ostatnią zasuwę i uniosła ciężką metalową klapę. Ręka i noga wciąż ją bolały, ale nie czuła się już tak wyczerpana.

Nie pojawiła się armia. Po uwięzieniu Entrone'a żołnierze z Wędrowca się wycofali. Większość pozostałych – na rozkaz burmistrza – zamknęła się w swoich kwaterach.

Wszyscy czekali, co się wydarzy.

– Powinniśmy się domyślić – szepnęła Armal z dołu drabiny. – Tyle metalu, zgodnie z ich własnymi słowami, ściągnęłoby „mutantów". Ta klapa nie miała powstrzymywać ich, ale uwięzić nas, żebyśmy nie mogli wejść bez nadzoru do sali obserwacyjnej.

Marasi weszła po drabinie do pomieszczenia, rzeczywiście różniącego się od sali projekcyjnej, którą odwiedziła kilka godzin wcześniej. Była to prosta okrągła sala z jedną płaską ścianą – „oknem", które ukazywało zniszczone miasto i padający popiół. Najwyraźniej otworzenie klapy uruchamiało system.

Wiedząc to, co wiedziała, Marasi dostrzegała migotanie obrazu potwierdzające jego fałszywą naturę – ale dla kogoś, kto nigdy nie zetknął się z czymś podobnym, byłoby oszałamiająco przekonujące. Jakimś sposobem obraz pojawił się na tylnej ścianie bez projektora rzucającego przez całą salę promień światła, który coś mogłoby zasłonić.

Marasi pomogła Armal i innym wejść przez klapę. Całą czwórkę natychmiast urzekł obraz. W sąsiednim pomieszczeniu znaleźli projektor – ustawiony, by świecił na tył płótna i tworzył obraz w głównej sali.

Kiedy czworo byłych więźniów przyjrzało się urządzeniu i uniosło dłonie między nim a ekranem, Marasi znalazła i otworzyła inne nieduże drzwi – prowadzące na zewnątrz. Do środka wlały się mgły, ujawniając, że znajdowali się w niewielkim, niczym się niewyróżniającym budynku w dzielnicy magazynów. Drzwi wychodziły na ulicę – a za nią było widać dużą część miasta, oświetloną elektrycznymi światłami.

Armal i pozostali zebrali się wokół niej i patrzyli. Marasi mogła sobie jedynie wyobrażać ich emocje. Uwierzyli jej na dość długo, by walczyć z Entrone'em i Kręgiem, ale ten widok... świadomość, co im ukradziono...

– Przykro mi – powiedziała Marasi. – Ja...

– Czy to doceniłaś? – szepnęła Armal.

Marasi zmarszczyła czoło, kiedy kobieta patrzyła na miasto.

– Te siedem lat. Czy wykorzystałaś je? Czy je doceniłaś? Ja spędziłam je, marząc, by dostać choć jeszcze jeden dzień starego życia. Bym mogła pokazać swoim dzieciom świat świateł i życia, nie kamieni i cienia. Proszę. Powiedz mi, że przeżyłaś te lata wolności.

– Ja...

Czy tak było? Spędziła wiele z tego czasu z Allikiem, i to było cudowne. I tak wiele osiągnęła. Ale czy tego naprawdę pragnęła?

A raczej... czy to było wszystko, czego pragnęła?

Tak wiele widziała i poznała. A jednak... ci biedni ludzie, trzymani w cieniach. O ile wcześniej mogliby zostać uratowani, gdyby Blask Księżyca i jej towarzysze bardziej otwarcie dzielili się wiedzą? Marasi i Duchokrwiści przez lata dążyli do tego samego celu, a ona o tym nie wiedziała.

Ludzie cierpieli, kiedy prawda była towarem, którym spekulowano.

Na razie podniosła wzrok – patrzyła przez mgły w stronę reflektorów świecących wysoko w górze. Czy to... był szczyt Shaw? Rozświetlony tak, że płonął pośród mgieł jak mityczna latarnia?

Na jej oczach coś tam rozbłysło, światła wybuchły i zgasły.

69

Uznanie, że nienawidzi oceanu, zajęło Wellidowi stanowczo zbyt dużo czasu.

Zgłosił się na ochotnika do tego zadania – popłynięcia Cynoołowionautą A16 z Bilming do Elendel – bo uznał, że to będzie najbezpieczniejsze. Na wielkim okręcie ze stali? Największym, jaki widział świat? Chroniony przed kulami wroga przez gruby kadłub?

Uznał, że przynajmniej – kiedy zacznie się wojna – będzie na pokładzie najbardziej niezniszczalnego okrętu, jaki kiedykolwiek wybudowano. Tak, mieli zaatakować Elendel, ale wolał to od pozostania w Bilming, gdzie fruwał szalony stróż prawa.

I oto był, znajomy blask Bilming oddalał się coraz bardziej. Dostał polecenie pełnienia straży na pokładzie, gdy płynęli przez wzburzoną wodę. Straży przed czym? Nic tu nie było, poza kłębiącą się pianą i mgłą. Zgasili nawet światła na okręcie, bo wyszli z zatoki i nie było już innych jednostek, z którymi mogliby się zderzyć.

Myślał, że pływanie po oceanie będzie spokojne, ale nie tej nocy. Łoskot fal, dudnienie silników. I inne... widmowe odgłosy skądinąd. Chlupot, który nie pasował do przepływu wody. Odległe wrzaski, być może mew. Ale jakie mewy wrzeszczały po nocy?

Przestraszony tymi odgłosami zdjął osłonę z latarni. Niestety, jej blask jedynie rozświetlił mgły, tworząc jasne halo wokół Wellida. Niewiele widział na wodzie, bo pokład okrętu znajdował się dość wysoko. Kiedy się zaciągnął, nie uświadamiał sobie, jak niepokojące będzie patrzenie w dół. Zupełnie jakby znajdował się na szczycie trzypiętrowego budynku, a woda była na samym dole.

– Co ty wyprawiasz? – powiedział ktoś szorstko z tyłu. Gabria? Starsza marynarz wzięła go za rękę i szybko zasłoniła latarnię. – Nie słyszałeś rozkazu? Od wyjścia z zatoki płyniemy bez świateł. Chcesz, żeby Elendel mogło nas namierzyć?

– Wydawało mi się, że coś słyszałem. – Wellid wyrwał rękę. – Jestem na straży. Nie powinienem się rozglądać?

– Jeśli usłyszysz coś podejrzanego, zgłoś to. Nie odsłaniaj latarni, o ile nie będzie to absolutnie konieczne. Nie słuchałeś odprawy?

– Oczywiście, że słuchałem. – Choć zdarzało mu się zamyślić.

– Dlaczego masz kamizelkę ratunkową? Nie było takiego rozkazu.

– Chcę być bezpieczny. Ej, Gab? Co zamierzasz zrobić z nagrodą?

Po zasłonięciu latarni nie widział jej w ciemności. Ale miał wrażenie, że kobieta wpatruje się w niego przez niepokojąco długi czas. Przegapił coś?

– Nagrodą?

– Pewnie. Wielką nagrodą, którą nam obiecano. Za tę misję?

– Wellidzie, co twoim zdaniem robimy?

– Dostarczamy ładunek. Do Elendel. To broń, tak? Zostawiamy ją i spadamy?

Kolejna chwila niezręcznego milczenia.

– Tak. Spadamy. Masz rację. Ale nie robię tego dla nagrody.

Powinien się tego spodziewać. Pozostali, cóż, wszyscy byli trochę bardziej... gorliwi w związku z tym wszystkim. Trellem. Nadchodzącą wojną z Elendel. Pewnie zgłosiliby się na ochotnika do tej misji nawet gdyby nie była na pokładzie ogromnego niezniszczalnego okrętu wojennego.

– Nie odsłaniaj tej latarni – poleciła Gabria. – I przyjdź do mnie, jeśli usłyszysz coś podejrzanego. Wiarygodnie podejrzanego.

Odeszła przez pokład, zostawiając go samego z zimną mgłą i obojętną wodą. Miał patrolować, ale nie wyznaczyli mu trasy. Dlatego po tym, jak posłuchał tych fal i zaczął odnosić wrażenie, że ciemność go obserwuje, ruszył w stronę, w którą udała się Gabria. Logika podpowiadała, że powinien trzymać się blisko...

Co to było?

Uderzenie o kadłub z pewnością nie było wytworem jego wyobraźni. Znajdował się w pobliżu tyłu okrętu – to znaczy rufy, sir – a odgłos rozległ się nieco dalej. Przesunął się ostrożnie do przodu, trzymając latarnię drżącą ręką. Nawet osłonięta dawała odrobinę światła. Pozwalała mu lepiej zobaczyć reling na tyłach okrętu.

Ten hałas to nic takiego, powiedział sobie z naciskiem. W mgłach słyszy się różne rzeczy. Wszyscy to wiedzieli. Nie powinien nic mówić, bo Gabria powiedziała...

Z ciemności poniżej wyłoniła się ręka i złapała za reling. Podążył za nią kształt, czarny jak smoła, przypominający nieco człowieka, który wspiął się na pokład. Ciągnęły się za nim macki, cała setka, która kłębiła się jak mgła. W tym cieniu Wellid dostrzegł niewydarzony kształt. Istotę, która nie była człowiekiem, która nie mogła być człowiekiem. Wydawało się, że mgły to wiedziały, bo choć bawiły się z falującymi mackami, trzymały się z dala od sylwetki. Ona odpychała mgłę.

Wellid wiedział, że to był mgielny upiór. Groza z głębi, relikt starożytnych czasów. Istota z opowieści i legend, która przyszła po jego duszę.

W końcu odzyskał głos i wrzasnął. Drżącymi palcami zdjął zasłonę latarni, zalewając pokład światłem. Ukazując...

Mężczyznę. Był wysoki, miał obfite bokobrody, a spod jego grubego płaszcza wystawały kamizelka i fular. Wiatr łopotał pasmami jego mgielnego płaszcza.

Świtostrzelny tu był. Na okręcie.

Gabria, która znajdowała się nieco dalej na pomoście, odwróciła się gwałtownie.

– Wellidzie, dlaczego...

Urwała gwałtownie, kiedy zobaczyła Świtostrzelnego. Gapiła się tak długo, że przez reling zdążył przejść drugi mężczyzna, który wylądował z łoskotem, po czym włożył mokry melonik.

– Nie! – powiedziała w końcu kobieta. – Jak?

Świtostrzelny rozsunął poły mgielnego płaszcza, odsłaniając coś, co wcześniej nie było widoczne – z dolnej części jego klatki piersiowej wystawał duży metalowy kolec, wbity przez ubrania i zaklinowany między dwoma żebrami.

***

Telsin powoli wracała świadomość.

Odkryła, że znajduje się na dachu, w pobliżu przewróconego wabika. Nawet przed przybyciem Waxa martwiła się. Ten dzień był terminem ustalonym przez Niezależność. Może dostałaby więcej czasu, żeby zmusić rakietę do działania, gdyby... gdyby nie on.

Warknęła cicho i obróciła się. Jedna z kobiet-inżynierów szarpała ją za rękę. Co się wydarzyło? Jej Napełnienie przez Niezależność powinno zapobiec takiej utracie przytomności. Czuła się... wyczerpana. Jej wnętrze było zimne, ramiona miała podrapane po tym, jak upadła na dach, skórę lepką. Na rdzę. Właściwie czuła się znów śmiertelna.

Co się dzieje? zwróciła się do Niezależności.

Ty, powiedział odległy – zbyt odległy – głos, *zawodzisz mnie.*

Nie. Bomba jest dostarczana do celu! Ja... ja...

Po raz pierwszy dostrzegła zniszczenia wokół siebie. Uszkodzony dach. Powyginane stalowe dźwigary. Zmiażdżone resztki jej urządzenia do wystrzelenia rakiety.

– Co... co się stało? – syknęła.

– Wzięli kolce z trupów. – Kobieta wskazała palcem. – Zwykłe, nie te z waszego metalu. Ale jeden dawał... duraluminium.

Nie.

Telsin podniosła się z trudem i zatoczyła na skraj budynku, by spojrzeć na zatokę. Siła Odpychania Waxa powyginała i zmiażdżyła dźwigary drapacza chmur, przez co dach był popękany i przechylony.

Oto zaczyna się twoja porażka. Głos Niezależności brzmiał coraz odleglej. *Nie jesteś godna.*

Ogień we wnętrzu Telsin zgasł. Moc, która ogrzewała ją przez tak wiele miesięcy, odpływała powoli. Jej skóra zaczynała szarzeć.

Nie! – pomyślała. Nie! Bomby nie da się zatrzymać. Jeśli się wtrącą, zniszczą siebie i miasto. Potencjalnie oba miasta. Na rdzę.

My... zobaczymy...

Telsin sapnęła i osunęła się na kolana, próbując się uspokoić. To był tylko Wax. Od dziecka ją irytował, ale nigdy nie udało mu się przeszkodzić w niczym, co już wprawiła w ruch. Najpewniej w ogóle nie dotarł do okrętu. Taki skok był niemal niemożliwy, a on nie umiał aż tak dobrze wycelować.

Prawda?

***

Wax wypił zawartość fiolki z metalami, którą wyjął z pasa, i uzupełnił stal. Ten skok był niewiarygodny. Niósł Wayne'a na plecach, a szum wiatru i przypływ mocy przypominały mu chwilę, gdy trzymał Żałobne Opaski. Ledwie udało mu się dotrzeć do okrętu po tym, jak spowolnił ich podejście Allomancją – w końcu wylądowali w pobliżu bulajów kilka stóp poniżej pokładu. Spodziewał się, że Wayne zbeszta go za konieczność wspinaczki przez resztę drogi.

Marynarz sięgnęła po pistolet, Wax zrobił to samo. Jednakże zanim udało im się wycelować, Wayne rzucił w powietrze garść kul i Odepchnął je, zabijając kobietę.

– Na rdzęęęę. Czy z tobą jest tak zawsze? To było takie łatwe! – Wayne spojrzał na niego z ukosa. – Muszę być szczery, to prawie rujnuje twoją reputację, stary. Gdyby ludzie wiedzieli, jak łatwo być Monetostrzelnym, przestaliby gadać, jaki wielki z ciebie gość.

Wax pokręcił głową i wycelował Obrońcę w drugiego marynarza – tego, który drżącymi rękami trzymał latarnię. Wayne oczywiście uparł się, żeby też wziąć sobie kolec. Na Zniszczenie. Wax miał nadzieję, że to, co zrobili, nie było zbyt bluźniercze.

Nie, powiedział Harmonia w jego głowie, *nie bluźniercze, Waxilliumie. To raczej... przedsiębiorcze ponowne wykorzystanie.*

– Dobrze wiedzieć – mruknął Wax.

Nie widzę, gdzie jest bomba, powiedział mu Harmonia. *Widzę tylko to, co ty. Nie wiedziałem, że statek miał ją przewieźć – ale obawiam się, że urządzenie ma systemy zapasowe i czuwaki. Bądź ostrożny. Nie możemy sobie pozwolić na przypadkową detonację. Obawiam się, że nawet z takiej odległości zabiłaby wielu niewinnych ludzi.*

Dziwne. Przeszedł tak daleką drogę i odkrył, że głos Boga w jego głowie znów brzmi uspokajająco.

Wayne złapał gościa z latarnią za rękę, ścisnął go mocno i spojrzał mu w oczy – choć wydawało się, że mężczyzna nie potrzebuje dalszego zastraszania.

– Bomba – powiedział Wax. – Gdzie ona jest?

– Yyy... ładunek? – wykrztusił mężczyzna i wskazał na pobliskie drzwi. – W ładowni z amunicją. Na... na samym dole. Idźcie za czerwonymi liniami wymalowanymi na... na ścianach.

Wax spojrzał na Wayne'a i pokiwał głową.

– Nie możecie wejść do środka! – ostrzegł mężczyzna. – Broń jest delikatna i może wybuchnąć, więc tylko eksperci mogą jej dotykać! Wysadzicie cały statek!

– W takim razie, stary – powiedział Wayne, przeciągając samogłoski – sugeruję, żebyś znalazł sposób, by nie być dłużej na statku. I to szybko.

Wayne go puścił. Nerwowy gość przeniósł wzrok z Waxa na jego towarzysza, po czym – z wyraźną paniką – skoczył z pokładu w kłębiącą się wodę, zabierając latarnię i zostawiając ich dwóch w ciemności.

– Niech to – mruknął Wayne. – Miałem na myśli to, żeby znalazł sobie szalupę ratunkową albo coś w tym rodzaju.

– Ludzie na tym statku będą fanatykami. Bo to przecież misja samobójcza.

Krzyki na pokładzie i odgłos odsłaniania latarni wskazywały, że ktoś zauważył, co się działo.

Wax ruszył w pospiechu w stronę metalowych drzwi, które wskazał mężczyzna. Odpychanie otworzyło je z trzaskiem, ukazując schody prowadzące pod pokład. Zaskoczył kilku marynarzy idących na górę, uzbrojonych w karabiny. Zabił ich, nim zdążyli wystrzelić. Później sfrunął na podest. Cały statek był z metalu – łącznie ze schodami. To ułatwiało...

Wayne upadł z hukiem obok niego, co było efektem nieudolnego Odpychania Stali. Podniósł się niezgrabnie.

– Ta część jest trudniejsza, niż się wydaje – przyznał. – Jesteś pewien, że mój kolec jest we właściwym miejscu, stary?

– Przez te lata studiowałem książkę lorda Zrodzonego z Mgły, Waynie. Gdybym umieścił kolec w niewłaściwym miejscu, czułbyś ogromny ból.

Wayne chrząknął i zabrał karabin jednego z zabitych marynarzy. Skinął Waxowi i – choć wołali do marynarzy, by ci się poddali – musieli po drodze zastrzelić kilku z nich. Podążając za czerwonymi liniami dotarli do niedużej ładowni podpisanej SKŁAD AMUNICJI.

Ktoś naprawdę powinien im wyjaśnić, pomyślał Wax, otwierając drzwi i chowając klucz do kieszeni, że pozostawienie na zewnątrz strażnika z kluczem to naprawdę zły pomysł. Przeszedł nad ciałem wartownika i dołączył do Wayne'a w środku.

Pomieszczenie było kwadratowe, miało szerokość może trzydziestu stóp i trzy urządzenia w kształcie dużych beczek – owinięte przewodami, wysokie na pięć stóp – umieszczone na środku i oddalone od siebie o pięć stóp. Na przeciwnej ścianie znajdował się inny mechanizm, również owinięty przewodami, które prowadziły do trzech beczek. Nie było żadnych widocznych zegarów, tablic sterowniczych ani niczego takiego. Poczuł się zbity z tropu.

– Ostrożnie, stary. – Wayne przyglądał się mechanizmowi. – Bądź naprawdę ostrożny.

– To wygląda na czuwak. Te trzy beczki to urządzenia wybuchowe, każde ma swoje źródło mocy. Jeśli rozbroisz jedno, wyśle sygnał do detonacji pozostałych dwóch poprzez to coś na ścianie. Waynie, powiedz mi, że wciąż masz te plany.

– Oczywiście, że tak. – Wayne sięgnął do kieszeni. – Mam tu mnóstwo ciekawych rzeczy. – Wyjął plany, które dał mu Wax, i rozłożył je na podłodze.

Masz rację, powiedział Harmonia w jego głowie, przetwarzając informacje szybciej, niż potrafił on sam. *Właściwie jest jeszcze gorzej, niż myślisz. Urządzenie kontrolne wysyła co dwadzieścia sekund impuls do trzech beczek, mówiąc im, że mają powstrzymać detonację. Jeśli to się urwie, wybuchną.*

A to jest z kolei połączone z czuwakiem. Jeśli coś stanie się z jedną z bomb, dwie pozostałe wybuchną. Nawet gdybyśmy mieli trzech ludzi i każdy z nich rozbrajał jedną beczkę w tym samym czasie, nie udałoby się. Wymagałoby to wyczucia czasu zbyt precyzyjnego dla ludzi. Skończyłoby się wybuchem dwóch bomb.

– O jak wielkiej niszczycielskiej mocy mówimy? – Wax złożył plan bomby. – A gdybyśmy podłożyli ładunek, wydostali się stąd i pozwolili, by wybuchła na środku oceanu?

Waxilliumie, Waynie... powiedział Harmonia, a Wayne nadstawił uszu, bo najwyraźniej też to usłyszał. *To nowy rodzaj materiału wybuchowego – bezpośrednie przekształcenie materii w energię. Wątpię, by Niezależność i jej agenci rozumieli, jak bardzo jest niszczycielskie. Patrząc na to – i na to, ile metalu użyli – podejrzewam, że znacznie nie docenili mocy tej bomby.*

Gdybyśmy mówili o prostym wybuchu harmonium w kontakcie z wodą, to owszem, moglibyście zdetonować je bezpiecznie tutaj, na oceanie. Ale wybuch wywołany przez rozszczepienie harmonium z trellium... Przyjaciele, nie mam pojęcia, jak wiele mocy by to wyzwoliło. Nie jestem do końca pewien, co się stanie, jeśli coś tak potężnego zostanie zdetonowane. Równie dobrze może podpalić samą atmosferę.

Jeśli nie, potencjalnie wyparują nie tylko Elendel i Bilming, ale wiele miast w pobliżu. Twoja siostra jest zdesperowana, a Niezależność bezwzględna. Wątpię, by sprawdziły coś na tę skalę w tych jaskiniach. Nie możemy pozwolić, by to wybuchło. Ale... nie widzę też sposobu, by to rozbroić.

Wayne gwizdnął cicho. Wax wycofał się ostrożnie, nie dotykając przewodów. Jedynym bezpiecznym rozwiązaniem było zabranie tego okrętu – i całej jego zawartości – jak najdalej od cywilizacji.

– No to kradniemy okręt, co? – powiedział Wayne. – To coś nowego.

70

Steris nie miała dość czasu.

Ale zarówno księgowość, jak i umowy nauczyły ją, by nie dać się przytłoczyć skali. Obracanie milionami nie znaczyło, że tysiąc skrzyńców ma mniejszą wartość. W podobny sposób niemożność całkowitej ewakuacji miasta – a nawet jego części – nie zmniejszała wartości życia jednego człowieka.

Dlatego zostawiła konstabla-generała Reddiego z główną ewakuacją i pośpieszyła z gubernatorem do doków. Zgodnie z jej podstawowym planem ci ludzie mieli uciec na łodziach, więc w dokach tłoczyły się tłumy. Gdyby ta bomba wybuchła w pobliżu, wszyscy byliby w poważnym niebezpieczeństwie. Ponadto martwiła się zalaniem. Nie dowiedziała się wiele o tej możliwości z lektur – ale dość, żeby się niepokoić.

Musiała naprawić ten błąd w ocenie sytuacji. Wydostać jak najwięcej ludzi z tych okolic. Gubernator zaczął kierować robotnikami portowymi przez ich brygadzistów. Podążając za jej wskazówkami, wysłał ich, by zaczęli skłaniać ludzi do wycofania się w głąb miasta.

Steris rozłożyła notatniki na stole roboczym, w blasku latarni, i siedziała w ciemności nocy, na drodze nad zatoką, martwiąc się brakiem zasobów w tej okolicy.

– Steris Ladrian? – odezwał się ktoś za jej plecami.

Odwróciła się i zobaczyła ośmioro mężczyzn i kobiet w niczym się niewyróżniających ubraniach.

– Słyszeliśmy, że przyda się pani nasza pomoc – powiedział mężczyzna na ich czele.

– Gubernator was zwerbował? – spytała.

– Właściwie...

Przerwał, kiedy podbiegł do nich gubernator Varlance, a za nim kilkunastu robotników.

– Ty. – Steris wyrwała kartkę i podała ją jednemu z mężczyzn. – Konduktor? Ci wszyscy ludzie muszą się zebrać tutaj wewnątrz tych pociągów towarowych. Ty. – Wskazała na kolejnego. – Operator dźwigu, tak? Te kontenery muszą zostać przeniesione, by zablokować ulice, w taki sposób, by zatrzymać i spowolnić napływ wody, na wypadek tsunami. Robotnicy budowlani, gratulacje. Jesteście teraz konstablami. Załóżcie najbardziej jaskrawe kaski i kamizelki, i wyprowadźcie ludzi z tych trzech sekcji w głąb lądu, jak najdalej od doków. Narysowałam wam trasę. Nie zajdziecie daleko, ale jest niezbędne, by między wami a oceanem znalazły się budynki. Robotnicy portowi, potrzebuję lin. Tyle, ile tylko uda się wam znaleźć. Będziemy potrzebować stabilnych punktów zaczepienia, w których możemy zacząć łańcuchy życia, na wypadek gdyby ktoś został porwany przez wodę. Pośpieszcie się! Naszym głównym zmartwieniem jest wybuch w zatoce. Naszym drugorzędnym zmartwieniem jest fala.

Większość brygadzistów pobiegła przez mgły, wzywając swoje brygady. To było dość satysfakcjonujące, jak skwapliwie wypełniali jej polecenia. Nie była przyzwyczajona do ludzi, którzy po prostu robili, co im kazała – w przeszłości wymagało to dużo perswazji z jej strony.

– Zaznaczyłam budowle, które moim zdaniem są dość stabilne, by wytrzymać wybuch albo powódź. – Steris zwróciła się do gubernatora. – Powinniśmy ewakuować ludzi w tej okolicy na środkowe kondygnacje, z dala od okien.

– To... – Gubernator spojrzał na plany. – To niewiarygodne! Dlaczego się pani z nami tym nie podzieliła?

– Robiłam to głównie dla własnej rozrywki – przyznała Steris. – Albo z lęku.

– Co za marnotrawstwo. – Podniósł jedną z kartek. – Myślałem, że pani plany ewakuacji były wyczerpujące, ale te są jeszcze bardziej. To błyskotliwe. Ma pani równie szczegółowe plany na wypadek innych katastrof?

– Tylko pożarów, trzęsień ziemi, huraganów, nagłych najazdów, burz pyłowych, suszy, niedoboru żywności i masowego pękania rur. Jest jeszcze siedem, którymi chciałabym się zająć.

Patrzył na nią szeroko otwartymi oczami, a kilku innych urzędników zebrało się wokół i kiwało głowami, kiedy patrzyli na mapy, instrukcje i plany.

– Pani talenty w przeszłości się marnowały, lady Ladrian – szepnął gubernator.

Co... co to były za emocje?

Poczucie, że jest doceniana? Wcześniej czuła się doceniana przez Waxa, owszem, i czasami Marasi. Ale widzieć to w oczach obcych, którzy jej nadmierne upodobanie do planowania uznawali za talent, nie dziwaczną skazę na charakterze...

Na Ocalałego. To ciepło wewnątrz. Zawsze powtarzała, że nie obchodzi jej, co myślą o niej ludzie. I ciężko pracowała, by stworzyć wokół siebie tę bańkę, ochronę przed sposobem, w jaki zwykle ją traktowano.

Ale to... to było zadziwiające uczucie. Czy tak czuł się człowiek, kiedy był z siebie dumny? Zamiast się zamartwiać, że zawstydza swoje otoczenie?

Cudownie.

– Co teraz? – spytał gubernator. – Co jeszcze możemy zrobić?

– Chcę zatopić te statki. – Steris wskazała na duże statki towarowe w zatoce, które czekały na wezwanie, by przyjąć na pokład pasażerów. – Oczywiście po sprowadzeniu marynarzy w bezpieczne miejsce.

– Przepraszam? – odezwał się jeden z brygadzistów. – Zatopić je?

– Sądzę, że to może spowolnić wodę na wypadek tsunami. Czytaliście, co wydarzyło się na wyspie Alicago przed trzema laty? Nie? Cóż, pomyślcie o spowalniaczach ruchu. Duże statki handlowe na powierzchni będą się unosić na wodzie albo, co gorsza, zostaną przez nią poniesione i uderzą w ludzi w dokach. Ale zatopione na dnie zatoki doprowadzą do powstania oporu i spowolnią falę, jeśli nadejdzie.

Ponownie, zamiast sprzeciwiać się lub narzekać, brygadziści po prostu przyjęli jej wyjaśnienia – i rozkazy. Tylko jeden z nich wyglądał na zatroskanego. Zawahał się, kiedy inni zaczęli odchodzić.

– O co chodzi? – spytała Steris.

– Jego Ekscelencja gubernator powiedział nam, że nie ma dużo czasu. Zatopienie tych statków może zająć wiele godzin, pani. Musimy podpłynąć do nich holownikami, bo niewiele statków handlowych ma łączność radiową, a później wyjaśnić to kapitanom, może się z nimi pokłócić. A sam proces zatapiania... nie jest tak łatwy, jak się wydaje. Oceniam, że na zatopienie ich potrzeba czterech, może pięciu godzin. Co najmniej.

Na rdzę. To nic nie da.

Ktoś odchrząknął za jej plecami. Jedno z ośmiorga ludzi, którzy podeszli do niej wcześniej. Ach, racja – wciąż nie wiedziała, kto ich przysłał ani nawet kim byli.

– Może moglibyśmy pomóc – powiedział mężczyzna na czele. – Jesteście pewni, że to legalne? Masowe zatapianie prywatnych statków?

– Tak – powiedział gubernator. – Z mojego upoważnienia. Jeśli będziemy mieli szczęście i okaże się, że nasze działania były przesadzone, miasto wynagrodzi straty kapitanom statków.

– Och... – Steris nachyliła się do niego. – Varlance, to zabrzmiało wręcz bohatersko.

– Naprawdę? – spytał z przejęciem. – Bohatersko?

– Zdecydowanie. Jak prawdziwy przywódca.

Pierwszy z ośmiorga ludzi skinął jej głową i wzniósł się w powietrze.

Och! Allomanci. Wszyscy oficjalnie zarejestrowani pomagali przy głównej ewakuacji. Ale ich wsparcie przy zatapianiu statków z pewnością się przyda. A później może ich wykorzystać do przenoszenia rannych lub niesprawnych z pomocą Odpychania Stali.

Pozostali podążyli za nim, jedno za drugim, aż pozostał tylko jeden. Skinął Steris. Na grzbiecie jego dłoni – w większości zasłoniętej – dostrzegła czerwony tatuaż.

– Pani siostra przesyła pozdrowienia. – I również wzniósł się w powietrze.

To było ostatnie sensowne działanie, które mogła podjąć Steris. Z tego miejsca mogła jedynie dopilnować, by jej plany zostały wprowadzone w życie. Wszystko inne zależało od Waxilliuma. Nic z tego nie miałoby znaczenia, gdyby ta bomba dotarła do miasta.

Lepiej, żebyś był na tym okręcie, Waxie, pomyślała.

71

Oczyszczenie okrętu okazało się ciężkim zadaniem. Nawet gorszym niż wtedy, kiedy Wax postanowił nauczyć Wayne'a „wartości ciężkiej pracy", zmuszając go do oczyszczenia stajni. Tak, poznał wartość ciężkiej pracy – wynosiła trzy spinki. A w każdym razie tyle chciał od niego Jeffy za tę robotę.

Tym razem nie było nikogo innego. Zamknęli na klucz drzwi do pomieszczenia z bombą i wyruszyli, by przejąć kontrolę nad okrętem. Wayne trzymał klucz w kieszeni, na wypadek gdyby Wax musiał walczyć z kolejnym Monetostrzelnym.

Nie natknęli się na żadnego. Okręt miał szkieletową załogę – wydawało się, że większość wojska zatrzymali do ochrony Shaw. Przebicie się na mostek i tak zajęło im trochę czasu, bo musieli sprawdzić każdy kąt i wykurzyć ludzi, którzy próbowali się na nich zasadzić. Wayne uznał, że wszyscy członkowie załogi zostali zebrani, by ich zatrzymać.

Kiedy pół godziny później Wax w końcu Odepchnął wzmacniane drzwi na mostek, czekał ich niepokojący widok. Czwórka ludzi – trzy kobiety i gość – leżała martwa na podłodze. Zastrzelili się sami. Wszyscy nosili mundury oficerów. Zabili się, żeby nie dać się wziąć w niewolę.

– Wiesz co, myślałem, że wszyscy dziwacy są w Dziczy. – Wayne zarzucił karabin na ramię. – No wiesz... Ludzie z miasta ponoć są wykształceni. I... i wyrafinowani. I nie są przeklętymi fanatykami.

Wax sprawdził trupy, żeby się upewnić, po czym podszedł do pulpitu sterowniczego okrętu. Znajdowała się tam dezorientująca masa dźwigni, jak również wielkie koło sterowe, które zablokowano w jednej pozycji. Okręt wciąż płynął z maksymalną prędkością przez mgłę i, na rdzę, Wayne'owi wydawało się, że widzi blask Elendel na horyzoncie. Zbliżali się.

Wax podszedł do urządzeń i zaklął cicho.

– Co? – spytał Wayne.

– Są połączone z tym samym systemem. Harmonio, możesz potwierdzić?

Tak, niestety, powiedział bóg. *Teraz, gdy dajesz mi wzrok, widzę, że są podłączone do bomby.*

– Jeśli otworzymy blokady na urządzeniach sterowniczych, wybuchnie. Powinienem to przewidzieć. Zmarnowaliśmy czas, przychodząc tutaj.

– Ale...

– To ma brutalny sens. Sprowadzili okręt tutaj i zablokowali go na kursie, po czym się zabili. To coś wybuchnie w chwili, kiedy się zatrzyma... kiedy uderzy w ląd. Nie jesteśmy na tradycyjnym okręcie. To jest rakieta, jak te, które wybudowali, by poleciały w stronę Elendel. Z własnym napędem. Nie potrzebuje sterowania. Ma wybuchnąć, kiedy uderzy w cel.

– Stary. – Wayne wskazał okno z przodu. – Widzę światła.

Macie w przybliżeniu dwadzieścia minut, powiedział cicho Harmonia, *przy zachowaniu obecnej prędkości.*

– Musimy zaryzykować rozbrojenie tej bomby. – Wax wypadł na pokład.

Wayne podążył za nim, potykając się o trupy.

– Zaczekaj! Powiedziałeś, że jeśli spróbujemy, niemal z całkowitą pewnością to wybuchnie!

– Masz lepszy pomysł?

– Może.

Wayne zatrzymał się przy relingu. Mgły płynęły jak rzeka po niebie.

Wax zamarł i odwrócił się w jego stronę.

Czy Wayne miał lepszy pomysł?

Właściwie... właściwie miał. Spojrzał na ocean i coś sobie uświadomił. Ten okręt tutaj... cóż, to było prawie jak samotna mesa. Pasowało lepiej niż Shaw. Tak, samotna mesa pośrodku równiny...

I musiała połknąć bohatera.

– Mówiłeś, że ta bomba... ona wybuchnie z wielkim hukiem, jeśli zostanie odpowiednio detonowana – powiedział Wayne. – Ale jej część to ettmetal, tak?

– Harmonium. Tak. I?

– I to coś jest tak niestabilne, że wybucha, jeśli zetknie się z wodą. Tyle że to mniejszy wybuch? Taki, który nie zrówna z ziemią miasta i tak dalej?

– Nadal będzie duży. Ale nie katastrofalny. Ale jeśli będziemy majstrować przy jednym z urządzeń, wlewając do niego wodę, żeby doprowadzić do wybuchu ettmetalu, pozostałe po prostu detonują.

– Chyba że użyjemy bańki prędkości. Widzisz, jest to tam urządzenie na ścianie, tak? I jeśli będziemy majstrować przy jednej z bomb, detonuje pozostałe?

– Zgadza się.

– A gdybyśmy stworzyli bańkę prędkości, która nie obejmuje urządzenia na ścianie? Moglibyśmy zająć się jedną z beczek, detonować harmonium, żeby nie doszło do prawdziwego wybuchu. Przygotujemy tę eksplozję, a później wykopiemy tę beczkę z bańki prędkości. Wyśle ostrzeżenie do pozostałych dwóch, ale ten sygnał będzie musiał przejść przewodami poza bańką prędkości, żeby dotrzeć do skrzynki na ścianie. Więc sygnał znieruchomieje w czasie i nie wróci! W tym czasie możemy zająć się pozostałymi beczkami.

– Waynie, czy ty masz pojęcie, jak szybko porusza się elektryczność? Nawet zakładając, że udałoby ci się zrobić coś niewiarygodnego... jak przyśpieszyć czas tysiąc razy... to nie byłoby dość szybko, by przegonić sygnał elektryczny.

Och.

Zaczekajcie, powiedział do nich Harmonia. *To się może udać. Mam sposób. Waxie, dałem ci fiolkę z czerwonym korkiem.*

– Mam ją. – Wax sięgnął do pasa z fiolkami. Zmarszczył czoło i wyjął... chusteczkę.

– Prawie nieużywana – powiedział Wayne.

– Waynie...

Wayne uśmiechnął się szeroko i podał Waxowi swój karabin, a później sięgnął do kieszeni.

– Pomyślałem, że powinna się znaleźć w bezpiecznym miejscu. Dlatego się wymieniłem.

– Harmonio, gdyby ci się to udało, statek i tak by wybuchł, prawda? – zapytał Wax.

Tak.

– Waynie... wywołanie mniejszych wybuchów zabije wszystkich w tym pomieszczeniu. Nie przeżyłbyś takiej eksplozji ettmetalu, nawet gdybyś miał pełne metalmyśli.

– Ach – powiedział Wayne, kiedy okręt wbił się w falę, a woda ochlapała pokład. – Domyśliłem się tego. Musiałem tylko wiedzieć, czy mój plan się powiedzie. I potwierdzić jeszcze jedno.

– To znaczy?

– Że nie jesteś potrzebny do jego realizacji, stary.

Wayne Odepchnął. Wypychając Waxa – przez lufę karabinu, który trzymał w ręku – poza statek i we mgłę. Wayne czuł się dumny z tego Odpychania. Zrobił to tak, jak Wax, najpierw przykucnął, żeby wznieść go trochę w górę.

Przyjaciel spojrzał na niego z oburzeniem... i może żalem...kiedy zniknął w zamglonej ciemności nad wodą.

– Wyląduj bezpiecznie, stary – szepnął Wayne. – I przeżyj.

Uchylił kapelusza i wyciągnął fiolkę z czerwonym korkiem.

– Co to w ogóle jest, do diabła?

Wcześniej w tym tygodniu przeprowadziliście próbę, powiedział Harmonia. *Rozszczepienie harmonium.*

– Tę samą, co nasi wrogowie sto razy albo i więcej.

Owszem, ale ta była inna. Nie mam pojęcia, co się wydarzyło, ale Wax zrobił coś innego niż wszyscy pozostali, którzy próbowali. Bo nie tylko wysadził pomieszczenie. Stworzył coś. Coś zadziwiającego.

Wayne uniósł flakonik i wpatrzył się w metalowy pył na dnie.

To jest odrobina lerasium, Waynie. Metalu z legendy. Metalu, który Vin znalazła przy Studni Wstąpienia i wykorzystała, by uczynić Elenda Venture'a Zrodzonym z Mgły. Metalu, który nie istniał od stuleci i, o ile mi wiadomo, nie został stworzony od tysiącleci. Wypij zawartość tej fiolki, a staniesz się Zrodzonym z Mgły, zdolnym używać wszystkich metali. W środku jest odrobina każdego.

– Dlaczego nie dałeś go wcześniej Waxowi do wypicia?

Nie chciałem ujawnić, że tak się stało, bo nie wiem jak ani dlaczego. Nie wiem, co zrobił. Poza tym... być może dostał już porcję, odetchnął nią w czasie wybuchu.

Hm. To wyjaśniało kilka kwestii.

Wayne wypił zawartość fiolki. I czekał. Nic się nie stało.

– To dość rozczarowujące – mruknął.

Musisz spalić lerasium, Waynie.

Och, racja. Poszukał i znalazł nową rezerwę metalu. Nieźle. Sięgnął i spalił ją.

Błysk światła.

Ogień w żyłach.

Uczucie jak kopniak w twarz.

Niech to.

– Co to da?

Możesz teraz spalać duraluminium.

– Ten wyszukany metal, który nie-Wax wykorzystywał, żeby robić te wielkie wybuchy Odpychania Stali.

Dokładnie.

– Ale ja nie muszę Odpychać.

Waynie, użycie duraluminium spala wszystkie twoje metale jednocześnie. Każdą odrobinę. Im więcej masz, tym jest potężniejsze. Nie działa tylko na stal. Działa na każdy Allomantyczny metal.

Statek się kołysał. Wayne stanął i zagwizdał cicho, kiedy zrozumiał.

– To znaczy...

Ile stopu bizmutowego ci zostało?

Wyciągnął woreczek z kieszeni.

Hm. Może dosyć...

Wayne wyciągnął kolejny woreczek z innej kieszeni.

W porządku, i...

I woreczek ze skarpetki. Niewygodny, ale poręczny.

Waynie, ile ich masz?

– Siedemnaście. Jestem teraz bogatym gościem. To nie wystarczy?

Och, Waynie. Tak. Sądzę, że wystarczy.

Wayne odwrócił się, zabrał manierkę jednemu z trupów i zbiegł po schodach. Po drodze przełykał garściami metalowe bryłki, napełniając się stopem bizmutowym. Hałasy ostrzegły go, że marynarze próbowali włamać się do pomieszczenia z bombą, żeby ją detonować, ale nie mieli klucza. Zajął się oboma mężczyznami i wpadł do pomieszczenia. Elektryczne światła migotały na ścianach, słyszał też odgłos silników gdzieś w głębi okrętu.

...I nagle nie był sam. Obok niego stała – w większości przezroczysta – postać, wysoki, łysy mężczyzna. A za nim inny, ciemniejszy gość. Nie w sensie koloru skóry czy czegoś w tym rodzaju. Jakby... ten drugi był cieniem. Naśladował Harmonię, kiedy ten wyciągnął ręce do Wayne'a.

– Wiedziałem – powiedział cicho – że muszę sprowadzić Waxa do Elendel. Można dostrzec przyszłe potrzeby. Rozumiałem, że ta decyzja będzie dobra, choć nie zawsze się wie, dlaczego. Nawet jeśli ktoś jest bogiem. – Zawahał się. – Myślałem, że potrzebuję tylko Waxa. Wydaje się, że się myliłem.

Wayne stworzył bańkę prędkości, żeby czas nie biegł tak szybko. Potrzebował chwili, by zapanować nad sobą.

– To powinien być Wax. To on robi porządek z takimi katastrofami.

– Nie. Ty przez całe życie ćwiczyłeś z bańkami prędkości. Wax byłby nowicjuszem. Być może jesteś jedynym człowiekiem na świecie, który może to zrobić.

– To trochę przygnębiające. – Wayne odwrócił się do Harmonii. – Naprawdę jestem najlepszym, co możesz wykorzystać? Nie jesteś Bogiem?

Spojrzenie Harmonii złagodniało.

– Waynie, nie jesteś najlepszym, co mogę wykorzystać. Jesteś najlepszym, który istnieje. I żadna istota, czy to bóg, czy śmiertelnik, nie mogłaby zapragnąć czegoś więcej niż ktoś taki jak ty.

Wayne chciał to odrzucić. Ale, niech to, skoro mówił to Bóg, to... może... może Wax miał rację? Co do Wayne'a?

Do diabła. Czy Wax miał przez cały czas rację?

– Nie musisz tego robić – szepnął Harmonia. – Nigdy więcej nie zmuszę nikogo do podjęcia takiej decyzji. Niestety, to jedyne pewne rozwiązanie, jakie udało mi się wymyślić, a moje myśli poruszają się z wyjątkową prędkością. To zachowuje, ale też... niszczy.

– Jedyne pewne rozwiązanie. Jest inne?

– Jest możliwe... mało prawdopodobne... że mógłbyś wykorzystać nowe moce, by Odepchnąć się wystarczająco mocno od zbliżających się źródeł metalu, żeby utrzymać okręt w miejscu, co dałoby nam czas i pozwoliło wymyślić coś innego. Byłoby to wyjątkowo trudne, ale jest możliwe.

– Widzisz przyszłość. Udałoby się?

– Widzę prawdopodobieństwa. Widzę, co może się wydarzyć. Czasami to frustrujące.

– I... jakie są szanse, że to drugie rozwiązanie się uda?

– Może jedna na sto.

Jedna na sto? Procent szans na przetrwanie.

...i dziewięćdziesiąt dziewięć procent szans, że się nie uda. Co oznacza, że mnóstwo ludzi wyparuje.

Do diabła. Co za dzień, żeby nie mieć szczęśliwego kapelusza.

– Jest ta rodzina, co to nie ma taty z mojego powodu. – Wayne zrobił krok do przodu. – Zatroszczysz się o nich?

– Oczywiście.

– Czy Wax to przeżyje?

– Normalnie nikomu by się nie udało. Ponieważ wybuchy w wodzie są wyjątkowo niebezpieczne. Całe szczęście ten będzie skierowany głównie w górę... a Wax ma teraz cynę z ołowiem. Jak długo spala metale w tych innych flakonikach, które mu dałem, powinien przeżyć wybuch. Ja... zrobię, co mogę, by go Zachować. Ale, Waynie, dla ciebie nic nie mogę zrobić. Ta eksplozja będzie za wielka.

Wayne pokiwał głową, po czym zawahał się i spojrzał w stronę Harmonii.

– Czy to sprawi, że... zasłużę na wybaczenie?

– Och, Waynie. Słyszałeś to od Waxa. Jak sądzę, musisz usłyszeć to również ode mnie. Nie możesz zrobić tego dla wybaczenia. Już nie potrzebujesz wybaczenia.

I... miał rację.

Wayne nie robił tego dla wybaczenia ani ze wstydu albo z potrzeby, by coś udowodnić. Nie był mężczyzną, którego Wax wyciągnął z kryjówki. Był kimś innym.

– Waynie, wiesz, kim jesteś? – spytał Harmonia.

– Ano, wiem, kim jestem. Jestem. Przeklętym. BOHATEREM. – Ucichł. – Przepraszam.

– W tych okolicznościach rozumiem – Harmonia się uśmiechnął. – Każda z tych beczek ma otwór na górze, żeby zapewnić dostęp powietrza, kiedy zacznie się wybuch. Harmonium zostało usunięte z oleju i jest obecnie podgrzewane. To oznacza, że jeśli wlejesz wodę, zdetonujesz harmonium. To zniszczy mechanizm, który podgrzewa bombę, i zapobiegnie znacznie większej eksplozji. Kiedy nalejesz, użyj Allomancji, by Odepchnąć beczkę poza bańkę prędkości.

– W porządku. Będę potrzebował twojego kapelusza.

– Mojego... kapelusza?

– Muszę odpowiednio ukształtować bańkę i dać z siebie wszystko w Odpychaniu. Spalić tyle stopu bizmutowego w jednej chwili, że właściwie roztopię się od środka... spowolnić czas tak bardzo, że nawet sygnały elektryczne zrobią się tępe.

– Nie noszę kapelusza.

– Jesteś Bogiem. Improwizuj.

Harmonia zawahał się, po czym dotknął głowy Wayne'a. Poczuł ciepło. I kolczyki też. Poczuł takie kolczyki, jakie nosił każdy porządny Terrisanin. Którym być może zawsze był, tylko w tajemnicy.

To nie było nic magicznego. Ale kiedy nosił czyjś kapelusz, wydawało mu się, że go rozumiał. A kogo było lepiej zrozumieć, jeśli nie samego Boga.

– Dobrze – powiedział Wayne z odpowiednim akcentem. Staromodnym, ale terrisańskim. Jak Harmonia. Zdjął bańkę prędkości i zgromadził moc. – Nie zgub szat, mój drogi przyjacielu. Jak sądzę, nigdy wcześniej nie widziałeś czegoś takiego.

***

Marasi kroczyła w stronę komisariatu Blantach, prowadząc ze sobą Armal i kilkoro jej przyjaciół poprzez ciemne miasto zajęte swoimi sprawami. Nieświadome kryzysu.

Poczuła jednak coś wśród mgieł. Wax zawsze mówił o nich, jakby miały w sobie coś nadnaturalnego, co ona rzadko czuła.

Tej nocy jednak wydawało się, że wstrzymywały oddech.

***

Steris znieruchomiała w dokach. Robotnicy i konstable wciąż pracowicie wypełniali jej polecenia, ale coś wydawało się... Dziwne? W tej chwili? Odwróciła się w stronę wody i spojrzała na spowite mgłą morze.

Ścisnęła małą srebrną włócznię, którą nosiła na szyi, i pomodliła się.

***

– Teraz! – powiedział Harmonia.

Wayne stworzył doskonałą bańkę prędkości. Większość Allomantów z jego mocami nie umiała zmieniać kształtu bańki. Ale stop bizmutowy był tak drogi, że ludzie nie mogli sobie pozwolić na ćwiczenie.

On mógł. Najpewniej robił to częściej niż ktokolwiek inny na świecie. W tej chwili stworzył bańkę, która otaczała trzy urządzenia w kształcie beczek – ale miała otwór, dzięki czemu nie obejmowała urządzenia na ścianie koordynującego wybuchy.

Później spalił duraluminium i Odepchnął.

Ludzie rzadko nazywali bańki prędkości i spowolnionego czasu Odpychaniem i Przyciąganiem, jak mówili o Odpychaniu Stali i Przyciąganiu Żelaza. Ale to było to samo. Tym, co robił Wayne, było Odpychanie samej rzeczywistości. Zniekształcanie jej, wpychanie do środka, wypaczanie.

Tego dnia Odepchnął mocniej niż ktokolwiek w historii. Odpychał jak bóg, bo nosił kapelusz samego Sazeda. Bo miał ten dziwny metal, bo był bohaterem. Czas ścisnął się wokół niego, skompresowany jak węgiel zmieniany w zardzewiały diament. Dalej, dalej, gdy w jednej chwili spłonął stop bizmutowy wypełniający cały jego żołądek.

Sam Bóg zamarł. Stał nieruchomo. Bańka się skrystalizowała, stając się widzialną kulą. Światła, które migotały, zatrzymały się w połowie, częściowo włączone. Coś zabawnego stało się nawet z jego wzrokiem, wszystko było dziwne, aż wziął kolejną fiolkę metali Harmonii i spalił stal, by patrzeć w ten sposób.

Dalej.

Wayne wziął manierkę i zalał pierwszą bombę. Cofnął się, kiedy woda ściekała, a później Odepchnął tę beczkę poza bańkę prędkości, gdy zaczął się wybuch. Widok urzekł go na chwilę, ogień i światło wylewające się z beczki, otoczone tymi dziwnymi niebieskimi liniami. Jakby beczka oddawała duszę.

W jego skrystalizowanej bańce prędkości pojawiły się pęknięcia. Do diabła. Wayne skoczył do drugiej beczki, zalał i ją również Odepchnął. Posłała elektryczne ostrzeżenia przewodami – ale skrzynka, która kontrolowała detonacje, utknęła w spowolnionym czasie i sygnał poruszał się jak melasa.

Do diabła, jak szybko się poruszał? A myślał przecież, że zaczął zwalniać, bo się starzał. Ha.

Uderzył w trzecią beczkę i wylał do niej resztę zawartości manierki. Odepchnął ją, po czym odwrócił się i wpatrzył w trzy beczki zawieszone bez ruchu w czasie. Poruszał się tak szybko, że tylko pierwsza zaczęła wybuchać, a to dlatego, że jej Odepchnięcie zajęło mu najwięcej czasu. Eksplozja została teraz całkowicie zatrzymana.

Odetchnął i upuścił manierkę. Został połknięty, to prawda. Ale kiedy tak się stało, należało udusić potwora od środka.

Jego krystaliczna bańka prędkości się rozpadła.

I wszystko wypełniły czerwone światło i płomienie.

72

Wax miotał się w ciemnej wodzie.

Nagle po jego prawej coś wybuchło. Błysk światła, oślepiający i oszałamiający. A później fala uderzeniowa w powietrzu i kolejna w wodzie. W obu wypadkach wydawało mu się, że dostrzegł – przez krótką chwilę, wśród wszechobecnego światła – postać hamującą falę bezpośrednio przed nim. Spokojny Terrisanin stojący na powierzchni wody, z ręką wyciągniętą przed siebie.

I znów ciemność. Wax zamrugał oślepiony wybuchem. Wokół opadały odłamki. Z chlupotem wpadały do wzburzonej wody.

Po chwili Wax walczył o utrzymanie się na powierzchni. Mocno uderzył w wodę i wydawało mu się, że złamał przynajmniej jedną nogę. Wayne, próbujący uratować mu życie? Ten frustrujący, doprowadzający do szału...

...ten cudowny człowiek.

– Żegnaj, przyjacielu – szepnął Wax, dusząc się emocjami. – Ty niewiarygodny zardzewiały człowieku. Dziękuję.

Woda zrobiła się jeszcze bardziej wzburzona i Waxowi było coraz trudnej. Walczył z bólem, smutkiem i wyczerpaniem, żeby utrzymać się – z trudem – na powierzchni. Spalił stal i... coś jeszcze. Coś głęboko, co sprawiło, że było mu ciepło.

Mimo to był zagubiony w ciemności i nawet mgła trzymała się na dystans. Nie mógł poruszać nogą, płaszcz ciągnął go w dół, ciążyło mu wyczerpanie nadziejami narodu, które spoczywały na jego barkach, i czuł, że zaczyna słabnąć. Zaczyna przegrywać walkę z morzem. Zaczyna...

Co to?

Zbliżające się malutkie światełko. Małe, ale nieugięte pośród mgieł. Zmieniło się w... latarnię? Na łódce? Jak...

Łódź podpłynęła do niego, a wtedy na pokładzie wyprostował się mężczyzna w stroju woźnicy, z białymi rękawiczkami. Wyciągnął ręce do Waxa.

– Pański powóz, sir – powiedział Hoid.

73

Fala uderzeniowa wbiła się w Steris jak grzmot. Sapnęła zaskoczona, a w uszach dzwoniło jej od huku. Na rdzę.

Po zakończeniu wysiłków w dokach ona i gubernator zostali zaniesieni przez Allomantę daleko w głąb miasta, blisko ich pierwotnego punktu dowodzenia ewakuacją. Ale to nie było dość daleko, by całkiem uciec. Wokół niej zadrżały okna. Bliżej doków zostały wybite. A budynki najbliżej wybuchu...

Na szczęście jedynym negatywnym skutkiem, jaki poczuła – stojąc na szczycie budynku tak daleko od wybuchu – była fala uderzeniowa. I dlatego po początkowej panice patrzyła, jak odległe jasne światło powoli gaśnie.

Jeszcze przed chwilą ten wybuch był jak słońce na horyzoncie, wspaniały i złowróżbny jednocześnie, płonący pośród mgieł. Teraz, po kilku sekundach, zostały jedynie powidok i słabe dzwonienie w uszach.

Gubernator wyjrzał zza kamiennej balustrady dachu, za którą schował się w chwili wybuchu. Później się wyprostował.

– On to zrobił, prawda? Na Zachowanie! Zrobił to! Detonował bombę wcześniej! Miasto jest ocalone!

Steris pokiwała głową i odetchnęła. Wax był dokładnie tam, gdzie się go spodziewała. Teraz, gdy zobaczyła to światło – a później przeżyła detonację – przepełniła ją nowa troska.

Lepiej, żeby nie było cię na tym okręcie, kiedy doszło do wybuchu, Waxilliumie Ladrianie, pomyślała. Ty... po prostu... zszedłeś z pokładu, jasne?

– Czy nadejdzie tsunami? – spytał gubernator.

– Tak. Jest nieuniknione.

– My... no... – Gubernator poprawił fular. – My pomogliśmy, prawda?

– Tak. Budynki w okolicach doków w najbliższych tygodniach będą obszarem klęski żywiołowej... czeka nas odbudowa. Ale sądzę, że ewakuowaliśmy większość ludzi z zagrożonej okolicy.

Na jej oczach woda zaczęła się szybko wycofywać z doków. Cofała się przed nadejściem tsunami. Oby nie było zbyt wielkie. Badania, z którymi się zapoznała, nie były rozstrzygające w kwestii reakcji wody na wybuch.

– Chwała Ocalałemu – powiedział gubernator. – Ja... cieszę się, że pozwoliła nam pani się wycofać. Martwiłem się, że będzie się pani upierać przy pozostaniu w dokach.

– Nie ma sensu umierać z miastem, jeśli miasto nie umiera.

Pokiwał skwapliwie głową. Właściwie był całkiem przyjemnym człowiekiem. Co miało sens. Został wybrany przez ludzi, którzy chcieli nim kierować. Ludzi, którzy nie spodziewali się, że weźmie ster we własne ręce i przejmie kontrolę.

Zamrugała, w oczach miała powidoki eksplozji.

Po prostu... bądź bezpieczny, pomyślała Steris w stronę tego odległego, teraz gasnącego światła. Proszę.

74

Wayne się unosił.

Unosił się gdzieś wysoko. Niech to. Czy pod sobą miał całą planetę? Była kulą, jak mówili wszyscy. Zawsze miał nadzieję, że może będzie miała, no, kształt pączka z dziurką albo coś. Żeby wytrącić bystrych gości z równowagi.

Czuł się trochę dziwnie tak wysoko, w ciemności. Pochylił się i poczuł się zdezorientowany. Był zamroczony, niepewny.

Ha. Kto by pomyślał, że bycie martwym tak bardzo przypominało bycie upojonym? Mógłby napisać o tym całą świętą księgę, tak.

Obok niego unosiła się postać. Ogromna. Jego szaty były jak nieskończone barwy stworzenia, jego esencja rozrastała się w ciemność przestrzeni. Ale w samym środku wyglądał jak łysy, życzliwy Terrisanin.

– Hej, Boże – powiedział Wayne. – Jak tam... no... stworzenie? Czas i przestrzeń? Rzeczywistość? No wiesz, sprawy?

– Dobrze – odpowiedział Harmonia. – Dzięki tobie.

– Chwileczkę. Nie zostanę duchem, prawda?

– Nie. Kiedy umarłeś, byłeś Napełniony, więc pozostaniesz przez krótki czas, ale niedługo udasz się Poza.

– Dobrze, dobrze.

– Nie czujesz się tym zaniepokojony?

– Do diabła, nie. Już i tak umarłem. Bałem się, że to będzie bolało. – Zagapił się na planetę poniżej. – Jest taka wielka.

– Tak, Waynie. Rozumiem, że na ten widok można poczuć onieśmielenie. Kiedy dostrzega się ogrom tego, na czym się żyło. To dużo do zaakceptowania, tak sądzę. Można się poczuć małym, pozbawionym znaczenia i...

Wayne uśmiechnął się szeroko.

– A ja uratowałem to całe przeklęte coś!

Harmonia się zawahał.

– Pewnie tak. Z pewną pomocą Marasi i Waxilliuma. – Harmonia wskazał w stronę czerwonej mgiełki, która, wirując, cofała się od planety, jakby wpadła w lejek, i znikała w oddali.

Wayne wyczuwał w niej coś. Swego rodzaju gniewny szacunek. Niechętny. Jej awatar został pokonany, więc Niezależność wycofała się z planety.

– To już koniec? – spytał Wayne.

– Na razie. Za bardzo się rozciągnęła, żeby zniszczyć nas tak szybko, tak sądzę. Porażka Telsin i Kręgu to ogromne utrudnienie, a Marasi szybko zniszczyła portal prowadzący na tę planetę. Powraca mi wzrok i spróbuję dopilnować, by nikt już mnie nie zaskoczył.

– Wydajesz się zaniepokojony? – Wayne przechylił głowę.

– Nerwowy. – Harmonia miał zamyśloną minę. – Widzę elementy poruszające się w cosmere. Ustawiające się. Wskazujące nas. Nie jesteśmy wolni od ich wpływów. Ale teraz mamy... czas. Czas na przygotowanie. Dzięki tobie, Waynie.

– Ja. Ja ocaliłem cały przeklęty świat. Ja... pewnie jestem najlepszym konstablem, który kiedykolwiek rdzawo żył!

– Przypuszczam... że Vin, Elend i pozostali nie byli konstablami...

– Wax nigdy nie ocalił całego świata. A większość pozostałych w komendzie oktantu? Nie umiała się zaopiekować kuponem na darmowe piwo, nawet kiedy im go dałem. Głupi żyrafowaty kandra. Wayne, najlepszy kons na całym przeklętym świecie... Ha! A masz, Reddi! A masz!

Kiedy to mówił, Wayne poczuł, że coś się dzieje. Takie jakby... rozciąganie. Jakby był ciągnięty gdzieś. Gdzieś, gdzie było... ciepło?

– Zanim odejdziesz, czy chciałbyś coś wiedzieć? – zapytał Harmonia. – Nie jestem tak naprawdę wszechwiedzący, ale moja wiedza wykracza poza tę śmiertelnych. Niektórzy przed odejściem mają do mnie ostatnie pytanie. Masz taką prośbę, Waynie?

Ha. Dowolne pytanie. To było trudne. Zastanawiał się przez chwilę.

– No więc, zanim MeLaan odeszła, powiedziała mi, że byłem jej najlepszym kochankiem, i zastanawiałem się...

– Waynie... – przerwał Bóg. – Co ci zawsze mówi Ranette?

– Spróbuj się uchylić przed tym?

– To drugie.

– Nie bądź obleśny?

– Tak, to.

– Racja, racja. Słuszna uwaga. Słuszna uwaga. Jesteś bystry, może nawet równie bystry jak Ranette. To pewnie ma sens.

Myślał dalej, choć to wrażenie rozciągania... robiło się silniejsze. O co mógł spytać? Co...

Uśmiechnął się. To było doskonałe.

– Założę, że Wax i pozostali czują się dobrze. Już to obiecałeś. Więc nie zmarnuję pytania na nich. I nie skłonisz mnie, żebym to zrobił. Zatroszczysz się o nich. Wiem, że to zrobisz.

– Najlepiej, jak potrafię – powiedział Harmonia.

– Dobrze. W takim razie powiedz mi, Boże. – Wayne wymierzył w niego palec. – Czy to był największy przeklęty wybuch, do jakiego doprowadził kiedykolwiek człowiek?

Harmonia uniósł brew.

– To jest twoje ostatnie pytanie? Twoja ostatnia prośba do Boga, zanim odejdziesz do wieczności?

– Jasne, że tak! Pomyślałem sobie, że skoro jestem martwy, to i tak wkrótce poznam inne odpowiedzi. Nie skłonisz mnie podstępem, żebym zadał bezużyteczne pytanie. Więc mów. Był?

Harmonia się uśmiechnął.

– Ach, Waynie. Podejrzewam, że większość rzeczy, które mogły mu dorównać, jak wybuchy Popielnych Gór, należy sklasyfikować jako dzieła Boga. Wobec tego ogłaszam, że tak. Tak, Waynie. Wysadziłeś się w największym przeklętym wybuchu, do jakiego doprowadził człowiek w historii naszej planety.

– Dopilnuj, żeby Steris się dowiedziała. – Wayne wyszczerzył zęby w uśmiechu. – Ciągle narzeka, że wysadzam rzeczy. Tym razem uratowałem jej w ten sposób skórę. A poza tym sprawiłem, że wybuch był mniejszy. Nie ogarnie tego rozumem. Sprawiłem, że był mniejszy, a i tak był największy.

Poczuł, że naprawdę odchodzi. Wyciągnął rękę do Boga. Który uścisnął ją z uśmiechem.

– Wiedziałem, że będziesz świecił – powiedział Wayne z mrugnięciem.

I z tymi słowami rozciągnął się do innego miejsca, do innego czasu. Rozciągnął się w wiatr. I w gwiazdy.

I we wszystkie nieskończone rzeczy.

EPILOGI

MARASI

Dziesięć godzin po detonacji

Jakimś cudem słońce już wschodziło, kiedy Marasi wyszła z pociągu na peron dworca w Elendel. Mogła się spodziewać, że pociąg będzie pusty, ze względu na katastrofy – tę, której zapobieżono, i tę, którą ograniczono – znaczące poprzednią noc.

Tymczasem pociąg był zatłoczony. Niektórzy wyruszyli na pomoc zatopionej i zniszczonej północno-zachodniej części Elendel. Inni chcieli sprawdzić, jak się miewają ich rodziny. Jeszcze inni wracali do domów po ewakuacji, szukając znajomego miejsca w tych dziwnych czasach.

Pozwoliła, by kłębili się wokół niej, kiedy stała na peronie i czuła się dziwnie wyalienowana. Nie na miejscu. Częściowo z wyczerpania. W Bilming udało się jej przespać dwie godziny, po naradzie z konstabl Blantach, która w końcu przyjęła dowody na nadużycia Entrone'a. Zeznania ludzi, których Marasi uwolniła – szczególnie dziennikarzy i polityków wyprowadzonych na zewnątrz przez DwójDuszę – miały się okazać kluczowe.

Pozostawienie burmistrza i jego wspólników w rękach konstabli, którzy jeszcze niedawno odpowiadali przed nim, wydawało się niewłaściwe. Ale jeśli Marasi miała być szczera, nie wiedziała, co innego mogłaby zrobić. Najechanie Bilming przez Elendel było niewykonalne, ze względu na katastrofy i sytuację polityczną. Musiała więc mieć nadzieję, że zeznania, wybuch i przytłaczające dowody materialne wystarczą, by zmusić konstabli z Bilming do wykonania swoich zadań.

Przynajmniej wydawało się, że Wax i Wayne całkowicie zrujnowali strukturę organizacyjną – i siły wojskowe – Kręgu. Znaleźli ciało

Telsin na szczycie Shaw. Na dziwnie poszarzałej skórze jej ramienia wypisano – jej własnym paznokciem – następujące słowa:

Udowodniliście swoją wartość. Na razie.

Stan, w jakim pozostawił ją jej bóg, dziwnie niepokojąco przypominał Wojowniczkę Wstąpienia i Ostatniego Cesarza, kiedy odnaleziono ich po zakończeniu Katacendre. Dziwnie spokojna i...

I, na rdzę, Marasi się wyłączyła. Stała oszołomiona jak wieśniak z Dziczy, który po raz pierwszy przybył do miasta. Zmusiła się, by ruszyć wraz z ostatnimi pasażerami, którzy opuścili pociąg. Musiała się wykąpać. Musiała coś zjeść. I musiała...

Z tłumu przed nią wypadła rozgorączkowana postać w masce, która przebiła się przez nurt idących. Marasi nie była pewna, jak udało mu się przekonać strażników do przepuszczenia go przez bramkę biletową, ale w końcu poczuła się uspokojona, kiedy Allik wpadł na nią i objął ją mocno.

O to chodziło, pomyślała, kiedy ją ściskał. O to i o miliony innych ludzi. Ale dla niej... chodziło przede wszystkim o to.

Allik cofnął się i uniósł maskę. Na twarzy miał ślady łez.

– Już dobrze. – Otarła jego łzy. – Alliku, nic mi nie jest. Obiecuję. Myślałam, że opuściłeś miasto.

– Wróciłem wcześniej. I nie płaczę z twojego powodu, ukochana. Próbowaliśmy przesłać ci wiadomość, ale... panował chaos, a linie były zajęte...

Jej świat zaczął się rozpadać.

– Kto? – szepnęła.

– Wayne.

Nie. To było niemożliwe.

Wayne był w zasadzie nieśmiertelny. Był jak... jak kamień. Taki, który wpada do buta i nie da się go pozbyć.

Nie... był takim, o jaki można się było oprzeć. Kiedy potrzebowało się stabilności. On...

On był jej partnerem.

Wiedziała, że ich praca jest niebezpieczna. Wiedziała, że codziennie ryzykowali życie. Mimo to zawsze zakładała, że to ona będzie tą... tą...

– Wax? – wykrztusiła.

– Nic mu nie jest. To znaczy, poza jedną nogą, ta? Ale wyzdrowieje. – Skrzywił się. – Mówi... że Wayne został na okręcie. Zdetonował bombę. Żeby ocalić miasto...

Objęła go wtedy, bo jego łamiący się głos odpowiadał jej uczuciom, i musiała się czegoś przytrzymać. Kiedy się przytulała, czuła, że narastający w jej wnętrzu smutek może ją zniszczyć.

Ona... nie mogła się z tym pogodzić. Nie uwierzy, że on odszedł. On... on przeżywał gorsze rzeczy. Pewnego dnia Marasi wróci do domu, a on będzie siedział w jej kuchni i popijał jej czekoladę.

A jeśli tak się nigdy nie stanie?

Teraz sobie z tym nie poradzę, pomyślała. Nie po tym, jak przespałam dwie godziny.

Pozwoliła, by urojenie pozostało jeszcze przez jakiś czas. By wraz z upływem czasu mogło zwietrzeć, jak kamień wśród fal.

Allik ścisnął jej ramiona.

– Wyglądasz, jakbyś potrzebowała ogromnych ilości wyrobów cukierniczych – stwierdził. – Dostarczonych z pośpiechem godnym dowódcy na polu bitwy. Ta?

– Ta. – Znów go objęła. – Po tysiąckroć ta, Alliku.

***

Godzinę później – najedzona egzotycznymi ciastami i ciasteczkami – usadowiła się wygodnie w fotelu w swoim małym mieszkaniu. W końcu się przebrała, ale nie w piżamę. Włożyła mundur. Długa spódnica, bluzka, płaszcz konstabla.

Allik spojrzał na nią z ukosa, po czym wyślizgnął się – z charakterystycznymi słowami przeprosin – by kupić butelkę wina. Cały problem polegał na tym, że choć Marasi czuła zmęczenie, inne emocje z nim wygrywały. Wrażenie zawieszenia. Poczucie, że coś jest nie w porządku.

Nie mogła pogodzić się z myślą, że Wayne umarł. Odmawiała uwierzenia w to, dla zachowania zdrowych zmysłów. To była część problemu. Ale był jeszcze jeden element. Poczucie, że coś pozostało niedokończone, że jakaś kwestia ważyła się na szali. I musiała się nią zająć, zanim będzie mogła naprawdę odpocząć.

Nie było więc wielkim zaskoczeniem, że wkrótce po wyjściu Allika usłyszała pukanie do drzwi. To była młoda posłańczyni – jedna z tych, które można było zatrudnić za kilka spinek. Tacy jak ona znali szczegóły kamienic, apartamentów i wijących się ulic lepiej niż większość listonoszy.

Dziewczyna wręczyła jej niedużą kopertę i czmychnęła. W środku znajdowała się wizytówka z symbolem przeplatających się trójkątów. Duchokrwiści. A na drugiej stronie adres.

Marasi sprawdziła swoje rzeczy. Dokumenty w kieszeni. Pistolet w kaburze u boku. Emblematy na kurtce. Nie wzięła karabinu. Tego dnia nie musiała być uzbrojona, lecz raczej wyposażona.

Szybko napisała wiadomość do Allika, obiecując, że wkrótce wróci, i ruszyła przez miasto. Swoje miasto.

Kochała Elendel. Tę różnorodność ludzi. To, że gazety już sprzedawały historię o wybuchu. Niektórzy uważali to za strzał ostrzegawczy zewnętrznych miast, inni za próbę wywołania powodzi – jakby wysadzenie miasta nie było bardziej skutecznym rozwiązaniem. Zaskakująca liczba przedstawiała fakty zgodnie z prawdą.

Świtostrzelny i zastępca ratują sytuację.

Śmiały wyścig o ocalenie Elendel!

Odważny konstabl detonuje bombę z Bilming!

Zastanawiała się, co napiszą, kiedy poznają jej historię. Ukryta jaskinia pełna ludzi wykorzystywanych, by tworzyć Zrodzonych z Mgły? Ruchome zdjęcia i Hemalurgiczne potwory? Coś takiego było materiałem dla gazet na dziesięciolecia.

Szła w stronę celu. Delektowała się zapachami – przyjemnymi i nieprzyjemnymi, ale zawsze silnymi – dźwiękami, wrażeniem miasta tak żywego, że nawet katastrofa nie mogła tego zatrzymać.

Baza Duchokrwistych w Elendel rzucała się w oczy bardziej niż ta w Bilming. Wielka staromodna rezydencja z witrażami i wypielęgnowanymi ogrodami. Marasi została wpuszczona do środka, zanim zdążyła zapukać, a później zaprowadzona do pomieszczenia, które wypełniał półmrok. Zakładała, że ma siedzieć i czekać, ale po chwili zauważyła kogoś po przeciwnej stronie. Siedział w wygodnym – ale głębokim – fotelu, jego eleganckie buty odbijały światło, a twarz kryła się w cieniach. Ale jedno rzucało się w oczy – kolec wbity w prawe oko.

Sam Ocalały.

Spotkała Śmierć, rozmawiała z kandrami, słyszała, jak Wax opowiada o Harmonii. Postaci z legend, które wychodziły z cienia i zjawiały się w jej życiu, nie były niczym nowym. To jednak było coś innego. Oto był mężczyzna, który zaczął to wszystko. Mężczyzna, który przeżył własną śmierć. Mężczyzna, któremu w dzieciństwie oddawała cześć.

Oto on. I było to najbardziej przerażające doświadczenie w życiu. Próbowała się odezwać, ale w ustach jej zaschło.

Drzwi się otworzyły i stanął w nich DwójDusza. Przytrzymał się klamki, by zachować równowagę. Choć znali się krótko, i tak poczuła się dobrze, kiedy go uścisnęła, a on odpowiedział tym samym.

– Dobrze cię widzieć całą i zdrową, milady – powiedział do niej. – I słyszeć o twoich osiągnięciach.

– Och! DwójDuszo, Blask Księżyca, ona...

– Słyszeliśmy raporty. Ona została... zmuszona do użycia pieczęci?

– Tak.

– Trudno będzie ją odzyskać – odezwał się Kelsier z cienia. – Być może przez to fiasko straciłem jedną z najlepszych agentek.

Marasi odruchowo zamierzała przeprosić, ale się powstrzymała.

– Wolałbyś, żebyśmy dopuściły do inwazji?

Kelsier pochylił się i Marasi miała wrażenie, że dostrzega na jego wargach cień uśmiechu. Być może opowieści były prawdziwe. Że, choć cechowała go brutalność, nie był surowy. Ale kto to wiedział? Czy można ufać historiom sprzed setek lat? A nawet jeśli, człowiek z pewnością zmieniał się przez cztery stulecia życia – cóż, nie bycia martwym.

– Dalej, DwójDuszo – powiedział Kelsier.

– Marasi Colms, z dumą proponuję ci członkostwo w Duchokrwistych. Jeśli przyjmiesz, będę zaszczycony, mogąc zostać twoim mentorem, zgodnie z naszą tradycją. Możesz towarzyszyć mi w czasie kolejnej misji, by odnaleźć Blask Księżyca i spróbować przywrócić jej naturalną osobowość.

– Tej propozycji towarzyszy dostęp do wszystkiego, co wiedzą Duchokrwiści – dodał Kelsier. – Nie mamy przed sobą tajemnic.

– Nawet ty, Ocalały? – spytała z zaciekawieniem Marasi. – Czy ty masz tajemnice?

Nie odpowiedział na to. Ale znów się uśmiechnął.

– Mamy dostęp do wiedzy i wtajemniczeń, które zachwycą cię i wzbudzą twój podziw, milady – powiedział DwójDusza. – Nasze obowiązki prowadzą nas do fascynujących miejsc, a wszystko w służbie tego, czego tak bardzo pragniesz: chronienia Scadrialu.

– Nie rozdajemy pochopnie takich zaproszeń – dodał Kelsier.

Oto było. Pytanie. Przyjmie? Ostatnio tak bardzo chciała zrobić coś więcej. Każda wzmianka o większych konfliktach – większym cosmere – sprawiała, że chciała zobaczyć je całe. Jak kobieta oglądająca zachód słońca przez szparę w ścianie.

A jednak.

– Od jak dawna wiedzieliście o Kręgu? – spytała. –Od jak dawna wiedzieliście, co chcieli zrobić? Kim był Trell?

Cisza.

– Udzielamy odpowiedzi po złożeniu przysiąg – odparł DwójDusza. – Taki mamy zwyczaj.

– Podzieliliście się wiedzą z Harmonią?

– Saze ostatnio zachowuje się... nieobliczalnie – powiedział Kelsier. – Narasta w nim problem. Obawiam się, że w porównaniu z nim nawet dzisiejsze wydarzenia będą się wydawać trywialne. Niestety musimy działać w tajemnicy. Na razie jesteśmy zbyt mali, zbyt słabi. Gdybyśmy wyszli na otwartą przeszłość, siły w cosmere by nas zmiażdżyły.

Nie była odmiennego zdania, nie do końca. Każdy stróż prawa rozumiał, że czasem należało działać w ukryciu.

A jednak.

Marasi obracała ich wizytówkę w palcach, a później uniosła ją i spojrzała na przeplatające się krwiste romby.

Czy tego naprawdę chciała? Od czasu do czasu była niezadowolona ze swojej służby. Ale czy istniała praca, która nigdy nie wzbudzała niechęci? Kiedy znów obróciła wizytówkę, przypomniała sobie, dlaczego została konstablem. Nie tylko po to, by rozwiązywać zagadki kryminalne. Aleby rozwiązywać problemy. Uczynić świat lepszym miejscem, nie tylko go chronić.

Nie mogła tego robić, kryjąc się w cieniach, prawda? Inni być może tak, ale Marasi? Musiałaby okłamać tak wielu ludzi. To byłoby pogwałcenie przysiąg, które złożyła.

„Czy to doceniłaś?" – spytała ją Armal. To pytanie dręczyło Marasi.

– Kiedyś – powiedziała – przed siedmiu laty, myślałam, że dostałam w swoje ręce wszystko, czego pragnęłam. Myślałam, że wiem, czego chcę. A później on odszedł. Ta odmowa była jedną z najlepszych rzeczy, jakie mi się przydarzyły.

– Milady?

– Jak sądzę, trudno jest wiedzieć, czego się chce. Nigdy nie dysponujemy wszystkimi informacjami. Musimy sobie radzić z tym, co mamy. – Spojrzała w ukryte w cieniu oczy Kelsiera. – Jeśli do was dołączę, czy pozwolicie mi się dzielić moimi odkryciami z resztą konstabli?

– A jak myślisz? – spytał Kelsier.

– Myślę, że służę ludziom. – Podeszła, by odłożyć wizytówkę na stolik przy drzwiach. – Że wszelka moja władza i autorytet pochodzą od nich. Nie służą im ciemność i kłamstwa, niezależnie od najlepszych intencji.

– Bądź ostrożna – powiedział Kelsier, zanim odłożyła wizytówkę. – Jesteś pewna, że tego chcesz?

– Nie. Moim zadaniem nie jest być pewną. Moim zadaniem jest dawać z siebie wszystko. Nawet jeśli mam niepełne informacje. – Upuściła kartonik.

Wciąż musiała coś znaleźć. Odpowiedź dla samej siebie. Ale ta nie była właściwa.

– Służę rządowi i prawu. Rzeczom, z którymi ty, jak sądzę, w przeszłości miałeś problem, Ocalały. Doceniam twoją pomoc w czasie tej misji. W przyszłości też ją przyjmę. – Pokręciła głową. – Ale nie pasuję do twojej organizacji. Nie dochowałabym tajemnicy, jeśli prawda mogłaby ocalić ludzkie życie.

Musiała się dowiedzieć, co się tam kryło – ale była detektywem. Odnajdzie odpowiedzi, nie sprzedając duszy. Nawet Ocalałemu we własnej osobie.

Kelsier nie wyglądał na człowieka, który dobrze znosił odmowę. W końcu jednak skinął głową. Uścisnęła rękę DwójDuszy, zaproponowała, że i tak pomoże mu z Blaskiem Księżyca, i wyszła.

Z powrotem do miasta.

Z powrotem do mieszkańców Elendel.

A kiedy kroczyła między nimi – słuchała ich trosk, ich obaw, ich niepewności – przypomniała sobie, co utraciła w żmudnej codziennej pracy. Plany na życie, które realizowała przez lata, ale w końcu wyrosła poza nie.

Czyżby znów w nie wrosła? Mądrzejsza, więcej rozumiejąca, dostrzegająca więcej niuansów?

Wtedy właśnie, zmęczona i wyczerpana, ale zwycięska, uświadomiła sobie, czego pragnie.

Potrzebowała tylko planu.

***

Prasanva – DwójDusza – odprowadził ją wzrokiem i pokręcił głową. Niefortunne. A jednocześnie niezwykłe. Lubił patrzeć, jak ludzie bronią swoich zasad. W końcu etery stworzyły wszystkich ludzi, by każdy myślał inaczej.

Kiedy zewnętrzne drzwi się zamknęły – a Marasi Colms wyszła – z cieni za fotelem Kelsiera wyłonił się Dlavil. Niski mężczyzna nosił skomplikowaną i przerażającą maskę, drewnianą i malowaną – ale kiedy się odezwał, nie mówił z akcentem z południowego Scadrialu, lecz ze Srebrnoświatła.

– Musimy się nią zająć – powiedział cicho Dlavil.

– To kobieta pełna prawości – sprzeciwił się DwójDusza. – Nie pozwolę, by stała jej się krzywda.

– Zna nasze tajemnice – stwierdził Dlavil. – Zna bazę. Widziała, co możecie zrobić ty i Blask Księżyca. Ma pewne pojęcie o mapach, mocach, wiedzy. Jest teraz dla nas zagrożeniem.

– Oddaliśmy jej te rzeczy z własnej woli i choć nas odrzuciła, niczego nam nie zabrała. Mistrzu Kelsierze, pohamuj go.

– Dość, Dlavilu. – Kelsier włączył światło i usiadł wygodniej w fotelu. – DwójDusza ma rację. Ona nie wie nic, czego nie dowiedziałaby się po krótkich odwiedzinach w cosmere. Być może będziemy musieli przenieść bazy, ale to nasza wina. Blask Księżyca była przekonana, że ona do nas dołączy.

Dlavil się nie odzywał, a jego oczy za tą przeklętą maską były nieprzeniknione. DwójDusza nie mógł znieść, że nie widzi pełnego wyrazu twarzy mężczyzny, ale Dlavil – podobnie jak jego siostra, która szalała na Rosharze – nosił maskę, której nigdy nie zdejmował. Była tak wrośnięta, że właściwie stopiła się z jego skórą.

– Mówię poważnie, Dlavilu – powiedział Kelsier. – Nie zwrócisz się przeciwko niej ani komukolwiek w tym mieście bez mojego pozwolenia. Rozumiesz?

– Tak, lordzie Kelsierze. – Dlavil wyszedł przez tylne drzwi.

Kelsier westchnął głośno i wstał. Stanął obok DwójDuszy przy oknie i razem patrzyli na miasto.

– Dobra robota wczoraj – powiedział mu Kelsier. – Bardzo dobra robota, stary przyjacielu. Byliśmy blisko utraty wszystkiego.

DwójDusza pochylił głowę, przyjmując pochwałę. Była przyjemna.

Jesteś błogosławiony, powiedział Silajana w jego duszy. *I godny pochwały.*

To było jeszcze przyjemniejsze.

– Nie powinno zajść tak daleko – dodał Kelsier. – Z Sazedem jest coś nie tak. I robi się coraz gorzej.

– Co robimy, milordzie? – spytał DwójDusza.

Kelsier zmrużył oko.

– Ja zamierzam odbyć trudną rozmowę z „Bogiem" – odpowiedział cicho.

STERIS

Dwa dni po detonacji

Drugiego dnia powrotu miasta do normalności Steris zabrała Waxilliuma ze szpitala do domu. Wyszli niepewnie z samochodu Hoida, jej mąż o kulach, i spojrzeli na ogromny drapacz chmur, w którym znajdował się ich apartament. Wax patrzył na niego, a spojrzenie miał udręczone.

– Myślisz o Shaw? – spytała cicho Steris.

Pokiwał głową.

– Na tamtym dachu Wayne skłonił mnie, żebym wbił mu kolec. Gdybym nie posłuchał, nie mógłby mnie Odepchnąć.

– Żebyś mógł co zrobić? – powiedziała łagodnie. – Umrzeć razem z nim? Wiedział, co musi zrobić.

Wax spojrzał na nią i zobaczyła w jego oczach ten sam ból, co po drugiej śmierci Lessie. Tym razem złagodzony, ale i tak dręczący. Nie znosiła patrzeć, jak cierpi. Zdarzało się to stanowczo zbyt często.

– Powinienem chociaż się pożegnać – szepnął Wax. – Opuścił Dzicz z mojego powodu...

– I żył, bo dałeś mu drugą szansę. – Kiedy wpatrywał się w dach, Steris ukradkiem zajrzała do notatek z książek na temat traumy, które czytała. – To nie była twoja wina, Waxilliumie. Musisz oddać Wayne'owi jego sprawczość, pozwolić mu na podejmowanie własnych decyzji. Poświęciłbyś się dla miasta, oboje o tym wiemy. Pozwól więc, by on podjął tę samą decyzję.

Milczał przez chwilę, a ona próbowała – z niepokojem – domyślić się, co czuł. Czy ta skrzywiona twarz oznaczała irytację? A może ból? Na rdzę, pogorszyła sytuację?

– Masz rację – powiedział cicho i zamrugał, by pozbyć się łez z oczu. – Masz rację, Steris. Muszę pozwolić mu, by był bohaterem, prawda? Harmonio... on naprawdę odszedł.

Wsunęła notatnik do kieszeni i przytuliła go, ignorując świat wokół nich. Przygasiła wszystko inne, niczym starą latarnię gazową z pokrętłem. Skręcała, aż pozostali tylko oni dwoje. Tylko oni dwoje się liczyli.

Obejmował ją i w końcu odetchnął głęboko.

– Marasi wciąż nie wierzy, że on nie żyje. Myśli, że za parę miesięcy wejdzie spacerowym krokiem, w słomkowym kapeluszu, i zacznie opowiadać nam, jak pyszne są owocowe drinki w Konsorcjum Malwiańskim. Ale myli się. Tym razem się skończyło.

– Tak – szepnęła Steris. – On odszedł. Ale nic się nie skończyło. Powiedziałeś to samo, kiedy umarła Lessie. Wtedy nie było to prawdą. I teraz nie jest prawdą. Minie trochę czasu, zanim w to uwierzysz, ale możesz być pewien, że tak się stanie.

Ścisnął jej dłoń.

– Ponownie masz rację. Jak stałaś się w tym taka dobra, Steris?

– Uczyłam się od Wayne'a.

– Pomagania... cierpiącym ludziom?

– Nie. – Wyjęła notatnik. – Oszukiwania.

Waxillium się uśmiechnął. To był pierwszy szczery uśmiech, jaki widziała na jego twarzy od incydentu. Później podał jej kulę i upuścił na ziemię zużytą łuskę.

– Och! – powiedziała. – Jesteś pewien, że to rozsądne?

– Może się starzeję, ale nie osłabłem. – Złapał ją. – Jesteś gotowa?

– Zawsze. – Przepełnił ją cudowny dreszczyk na myśl o czekającym ją locie. Przytuliła się do niego.

Wzniósł ich w górę, wykorzystując metalowe instalacje, które umieścił po drodze, by mieć szereg odpowiednich kotwic. Szybkie, upajające wznoszenie się z wiatrem we włosach i niewiele znaczący świat stał się jeszcze mniejszy. Aż byli tylko oni dwoje i niebo.

Wax wylądował ostrożnie na platformie przed ich apartamentem. Kiedy odebrał kule, Steris sięgnęła po notatnik.

– Myślę... – powiedział Wax. – Myślę, że nic mi nie będzie.

– Dobrze. – Przerzuciła kartki. – Mam cytat z Wayne'a pasujący do tej chwili.

– Że co?

– Pomyślałam, że w ten sposób możemy go wspominać. Mieć pod ręką kilka stosownych zdań. Czy to... makabryczne? To makabryczne, prawda? Przepraszam.

– Nie. To znaczy... może i jest, ale jemu by się spodobało.

Uśmiechnęła się szeroko.

– „Ej, niosłeś tą dziewczynę całą tą drogę, stary, i nawet nie pomacałeś jej po tyłku, chociaż trochę?".

– Wymyśliłaś to sobie.

Pokazała mu notatnik i zapisane zdanie.

– No cóż... – powiedział Wax – ...powinniśmy zrobić to, o czym mówił.

Przyciągnął ją do siebie i pocałował, a jej sylwetka przylgnęła do niego i naciskała na niego we wszystkich właściwych miejscach. To było cudowne uczucie – jakby byli płynni, dopasowani, żywi, płonący.

I owszem, doszło do porządnego macania po tyłku. Prawie polecieli na bok, bo Wax stracił równowagę na jednej nodze. Przerwali pocałunek zanim doszło do wypadku, ale się nie rozdzielali.

– Dziękuję ci – szepnął Wax – że jesteś sobą.

– To jedyne, w czym jestem dobra. Poza rzucaniem krowami w ludzi.

Wax zmarszczył czoło.

– Wayne czasami tak mówił.

W odpowiedzi spojrzał w niebo.

– Dziękuję, Waynie. Gdziekolwiek jesteś. Za to, że pozwoliłeś mi to mieć. Że zmusiłeś mnie, żebym żył.

Pociągnęła go do środka, żeby mógł usiąść. Nie powinien obciążać tej nogi, niezależnie od gipsu. Nawet jeśli mógł oszukiwać, zmniejszając swój ciężar.

Niestety, Kath była trochę szybsza, niż się spodziewali, i dzieci już wróciły z posiadłości Harmsów w głębi Kotliny. Dlatego Wax, rażąco ignorując polecenia lekarza, ukląkł i wziął Maxa w objęcia.

– Tato! – powiedział Max. – Udało ci się! Kath powiedziała, że ci się udało!

– Udało się? – spytał.

– Powstrzymać złych ludzi! Uratować świat!

– Pewnie rzeczywiście trochę z tego zrobiłem. Ale Wayne dużo pomógł.

– Jennid w szkole mówi, że kiedy uratuje się świat, dostaje się dziewczynę – kontynuował Max. – Ale to głupie. Ja nie lubię dziewczyn.

– Co takiego? – spytał Wax. – Nawet mamy?

– Tato – powiedział Max z przesadnym zmęczeniem w głosie, jakby to była najbardziej oczywista rzecz, jaką jakikolwiek chłopiec musiał kiedykolwiek wyjaśniać. – Mama nie jest dziewczyną, jest mamą.

Steris uśmiechnęła się i podeszła do Kath, kiedy Wax wziął małą Tindwyl i przytulił ją mocno, pozwalając, by złapała go za bokobrody.

– To przyszło do pani – powiedziała cicho Kath i wyjęła list z torebki. – Niedawno. Wyglądało na ważne.

– Dziękuję. – Steris wzięła list, który był zaadresowany do niej, i zauważyła pieczęć gubernatora.

Od razu wpadła w panikę. Martwiła się tym. Zanotowała tę możliwość, ale z pewnością to nie... nie mogło...

Rozerwała kopertę, a ręce drżały jej z przerażenia. Potrzebował nowego wicegubernatora, po tym jak oficjalnie zwolnił Adawathwyn. Z pewnością nie...

Droga Steris Harms Ladrian,

chciałbym się z Panią spotkać i omówić możliwe stanowisko w moim rządzie. Biorąc pod uwagę Pani bezcenne wsparcie w czasie ostatniego kryzysu...

O nie. O nie. Nie to.

...postanowiłem poprosić Panią, by przyjęła pani stanowisko miejskiego specjalisty do spraw zarządzania kryzysowego. Zapewniłbym Pani miejsce w mojej radzie i grupę zadaniową do wykorzystania, by się upewnić, że miasto jest przygotowane i odpowiednio wyposażone na wypadek wszelkich potencjalnych katastrof i istotnych zagrożeń.

Proszę o odpowiedź z godzinami, które Pani pasują, byśmy mogli usiąść i porozmawiać. Bardziej osobiście, chciałbym Pani szczerze podziękować. Zostałem uznany za bohatera i zdecydowanego przywódcę. Nie zasłużyłbym na te pochwały bez Pani udziału.

Specjalista do spraw... zarządzania kryzysowego?

Zamrugała.

Ależ... to wcale nie było przerażające.

To mogła być niezła zabawa.

Wax oddał Tindwyl Kath i pokuśtykał do Steris – kiwając odruchowo głową, kiedy Max wyjaśniał szczegółowo zasady nowej gry w kulki. Spojrzał ponad jej ramieniem, przeczytał list i wziął ją za łokieć.

– Steris, to cudowne.

– Nie zasługuję na to. Tsunami nie było aż tak wielkie, jak się obawiałam.

– Kochanie, naprawdę na to zasługujesz.

Odwróciła się i spojrzała mu w oczy.

– A może, zamiast cytować Wayne'a, oddamy mu cześć w inny sposób? – powiedział łagodnym tonem. – A gdybyśmy tak postarali się być szczęśliwi? Co o tym sądzisz, lady Ladrian?

– Lordzie Ladrianie, sądzę, że bardzo mi się to podoba.

I mogła już sobie wyobrazić całą listę planów, by upewnić się, że do tego dojdzie.

ALLRIANDRE

Pięć dni po detonacji

Allriandre powoli wspinała się po schodach. Stopy miała jak z ołowiu. Nogi jak z żużlu. Plecy pochylone, jakby obciążone stalowymi sztabami. Jej szare ubranie nosiło kilka nowych śladów z kuźni, które strzelały iskrami, kiedy je mijała. Nie pracowała przy nich – sortowała kawałki metalu do stopienia.

Kiedy zbliżyła się do małego mieszkania – na szóstym piętrze, w budynku bez windy – już słyszała wrzaski pani Coussaint. Mimo wyczerpania przyśpieszyła kroku. Podeszła do drzwi i otworzyła je gwałtownym ruchem. Jej córka Ruri – trzylatka, wciąż mała na swój wiek – kuliła się pod kocami. Znów była przerażona.

– Dlaczego pomyślałaś, że pasta do zębów służy do rysowania?! – krzyczała panna Coussaint. Była kobietą z licznymi podbródkami, z których ostatni, najbardziej napuchnięty, władał pozostałymi jak straszliwy regent. Spojrzała na Allriandre, kiedy ta weszła do środka, po czym uniosła słój z pastą do zębów. – Widzisz, co zrobiła tym razem?

– Przepraszam. – Allriandre mimo wyczerpania wzięła Ruri w ramiona, kiedy dziewczynka podbiegła do niej, żeby się ukryć. – Dziękuję, że pani z nią została.

Coussaint obrzuciła ją uważnym spojrzeniem, zauważając brudną twarz, zlepione włosy, osmalone ubranie.

– Czynsz? – spytała. – Minęły trzy dni.

– Nigdy wcześniej nie spóźniał się z płatnością. – Wayne, mężczyzna, który zamordował jej ojca. – Z pewnością wkrótce się pojawi.

– Muszę zająć się remontem. Może kiedy przyjdzie, mogłabyś...

– Dziękuję, panno Coussaint. – Allriandre odsunęła się, by kobieta mogła wyjść. – Za popilnowanie jej. To ogromna pomoc.

Kobieta prychnęła, ale wyszła z pokoju i ruszyła ciężkim krokiem po schodach. Allriandre przytuliła córkę i przez chwilę rozmyślała o swoich decyzjach życiowych. O tym, że najlepsze wykształcenie w mieście niewiele znaczyło, kiedy miało się długi u nieodpowiednich ludzi. O tym, jak coś, co bardzo kochała – jak dziewczynka, którą trzymała teraz w objęciach – mogło być też wspomnieniem jednego z największych błędów w życiu.

Była wyczerpana, ale opuściła Ruri na ziemię i razem malowały pastą do zębów, aż dziewczynka znów zaczęła się śmiać. Aż zrozumiała, że błędy mogły się czasem zmienić w cudowne, wspaniałe, cenne rzeczy. Wystarczyła odpowiednia perspektywa.

Rozległo się pukanie do drzwi.

Allriandre zamarła i szybko wytarła ręce szmatą. Nikogo się nie spodziewała. Na rdzę, właściwie nikogo nie znała. Wszystkie jej koleżanki ze studiów wyszły za mąż, pracowały w biurach, a wieczorami oddawały się życiu towarzyskiemu. Jej rodzina wciąż mieszkała w Dziczy, a ona pilnowała, by nie dowiedzieli się, co się z nią stało. Bo mieli własne problemy.

Z wahaniem otworzyła drzwi i zobaczyła na zewnątrz dwóch mężczyzn w garniturach – wysokiego i niskiego. Natychmiast poczuła ściskanie w żołądku. Czy to byli nowi egzekutorzy Ponurego? Zwykle pojawiali się jakiś tydzień po tym, jak dostała comiesięczną zapłatę.

– Panna Allriandre? – spytał niższy z mężczyzn. – Nazywam się pan Call, a to pan Daring, z firmy Call i Syn i Córki Księgowość i Sprawy Majątkowe. Możemy wejść? Mamy pewną ważną kwestię do omówienia.

– Nie mam jeszcze pieniędzy – powiedziała szybko. – Nie zapłacę wam, dopóki ich nie dostanę. Nie ma tu nic, co moglibyście zabrać.

Mężczyźni popatrzyli po sobie, a niższy znów zrobił gest. Niechętnie wpuściła ich do środka.

– Jeśli skrzywdzicie moją córkę… – wyszeptała.

– Nie jesteśmy tymi, za których pani nas najwyraźniej bierze – powiedział wyższy mężczyzna wesołym tonem, spoglądając na ścianę pomazaną pastą do zębów, a później na zniszczone wyposażenie. – Jesteśmy reprezentantami pana Wayne'a Terrisanina z Inkling Lane nr 662.

– Och. – Poczuła ulgę. – Jego. Chwileczkę. Czyżby w końcu zmądrzał i przestał się upierać, bym spotykała się z nim osobiście?

– W rzeczy samej. – Wyższy mężczyzna odłożył melonik na blat. Allriandre skrzywiła się, kiedy zauważyła zmiażdżone jabłko, które zostawiła tam Ruri. Dziewczynka podeszła do matki i przytuliła się. Obcy wzbudzali jej niepokój.

– Czemu się spóźniliście? – spytała. – On zawsze płaci pierwszego dnia miesiąca.

Wyższy zakaszlał.

– Nie słyszała pani? Nie... nie czyta pani gazet?

– A wyglądam na kogoś, kto ma czas na gazety? Jeśli macie moje pieniądze, to świetnie. Przydadzą mi się. Ale naprawdę chciałabym pójść spać. Więc...

– Panno Allriandre – powiedział niższy. – Pan Wayne odszedł w poprzednim tygodniu. Było to dość spektakularne wydarzenie... to on detonował bombę. Słyszała pani o tym?

Słyszała plotki w kuźniach. Nie o jego udziale. Ale o całej tej powodzi, ewakuacji i... Chwileczkę...

– On nie żyje?

Pokiwali głowami.

Na rdzę. Jak się z tym czuła? Szczęśliwa? Mężczyzna, który zabił jej ojca, w końcu umarł. Powinna czuć ogromną radość, prawda?

Tymczasem czuła niepewność. Odrobinę złości, owszem. Wiedziała, że pozostanie z nią na zawsze. Ślad ulgi. Ale głównie... żal. Żal z powodu tego, jak to wszystko wyszło. Żal, że dawno opatrzone rany od czasu do czasu wciąż przeszywały ją bólem. Żal z powodu błędów. Błędy nie zawsze wychodziły na dobre, bynajmniej. Ale rozumiała teraz, co do nich prowadziło. Nawet do tych wielkich.

Wyższy mężczyzna położył teczkę na jedynym stole w pokoju.

– Możemy?

– Możemy co? – spytała w odpowiedzi.

– Panno Allriandre, jest pani główną spadkobierczynią majątku pana Wayne'a – wyjaśnił niższy.

– A co się na niego składa? Trzy kulki gumy do żucia i nieopłacony rachunek z baru?

– Obecnie to dwadzieścia milionów skrzyńców, dostępnych od ręki, jak również udziały w kilku ważnych budynkach, równe co najmniej kolejnej setce.

Zapadła cisza, którą przerwało jedynie pociąganie nosem Ruri. Dziewczynka wytarła go w kombinezon Allriandre. Kobieta właściwie nie zwróciła na to uwagi.

– Powiedział pan... sto dwadzieścia milionów? – szepnęła.

– Mniej więcej, zależnie od sytuacji na rynku – powiedział wyższy. – Inwestował mądrze, właściwie błyskotliwie, w sprzeczności z obiegowymi poglądami, wykorzystując duże ilości aluminium jako zastaw. Okazuje się, że elektryczność, produkcja przemysłowa i energii były przed sześcioma laty najlepszymi inwestycjami.

Niższy mężczyzna odsunął dla niej krzesło.

– Proszę. Niech pani usiądzie. Musimy omówić kilka kwestii.

– Sto dwadzieścia milionów – powtórzyła. Oczy miała szeroko otwarte i z trudem myślała. Jej długi, po upadku jej atelier, wynosiły ledwie dziesięć tysięcy.

– Tak. – Wyższy mężczyzna wyjął kilka dokumentów. – Wedle moich szacunków została pani czwartą najbogatszą osobą w mieście. – Uniósł wzrok. – Musi pani pamiętać, że nie otrzyma pani wszystkiego. Pan Wayne przeznaczył zawartość niektórych rachunków na inne cele. Ale to w sumie mniej niż pięćset tysięcy. Wszystko pozostałe... cóż, należy do pani.

Osunęła się głębiej na krześle.

Niższy mężczyzna podał jej wiadomość. Napisaną ręcznie i poplamioną.

– Chciał, żeby to pani przekazać.

Napisał po prostu „Przepraszam".

Jakby to mogło wszystko wyjaśnić. Przytłoczona wzięła kartkę i przycisnęła ją do piersi. Te pieniądze pozwoliłyby jej sprowadzić rodzinę do Elendel. Rozwiązać ich problemy. Dać im życie, które im obiecała, kiedy złożyli się, żeby wysłać ją do miasta.

Ruri złapała kartkę i pomazała ją pastą do zębów.

– Na jaki cel przeznaczono tamte pieniądze? – spytała. – Nie narzekam. Jestem po prostu ciekawa.

Popatrzyli po sobie.

– Na różne rzeczy – powiedział niższy. – Każda ma... osobisty charakter.

Kelsier

Trzy tygodnie po detonacji

Kelsier, Ocalały, lubił wysokie miejsca. Na szczęście miasto w obecnej postaci miało ich mnóstwo.

Był jednym z niewielu, którzy pamiętali czasy, kiedy wspaniałe twierdze Luthadel uważano za wysokie, bo wznosiły się na szesnastki stóp w górę. Obecnie uważano by je za staroświeckie w porównaniu z drapaczami chmur. Monolitami epoki nowoczesnej.

Kelsier nie postrzegał wszystkiego tak jak kiedyś. Jednym okiem widział jak śmiertelny, drugim jak nieśmiertelny. Kolec w oku nie tylko przyszpilił jego duszę do kości, ale też nakładał na wszystko niebieską warstwę, która pozwalała mu postrzegać świat tak jak Sazed. Wskazywała ona nie tylko źródła metalu, ale wszystko. Same osie, z których składała się materia, miały własną biegunowość, na którą w odpowiednich okolicznościach dawało się wpłynąć Odpychaniem Stali.

Jedno oko bogów. Drugie zwykłych ludzi. Tak zawsze starał się postrzegać świat.

Tego dnia widok ze szczytu drapacza chmur był spektakularny. Pamiętał radość, wolność, którą poczuł przed laty, kiedy po raz pierwszy wspiął się ponad mgły i zobaczył gwiazdy. Teraz te gwiazdy przez większość nocy były nagie i odsłonięte. Nawet jeśli pojawiły się mgły, łatwo było znaleźć budynek, który sięgał poza nie i pozwalał dostrzec pełen widok. Gwiazdy. Słońca. Planety.

A każda była potencjalnym zagrożeniem.

Wzdłuż skraju drapacza chmur w stronę Kelsiera szła postać. Harmonii nie towarzyszył jego ciemny bliźniak, cienista wersja, która ostatnio czasem się pojawiała. Symbol jego drugiej tożsamości.

– Marsh będzie żył. – Sazed usadowił się obok Kelsiera. Jeśli nie patrzyło się na niego bezpośrednio, prawie można było zignorować fakt, że jego esencja rozciągała się w nieskończoność.

Sazed mówił tak samo jak zawsze, choć był teraz dosłownie bogiem. Kelsier nie był pewien, czy to dlatego, że Harmonia prezentował osobowość, którą Kelsier znał, by poczuł się swobodniej. A może mężczyzna, który kiedyś był jego przyjacielem, jakimś cudem pozostał wciąż tą samą osobą.

– Marsh będzie żył. – Kelsier myślał na głos. – Czy to znaczy, że mamy znowu atium? Czy znalazłeś inny sposób?

– Kandra znalazł atium w zniszczonym laboratorium Waxilliuma. Wydaje się, że jeśli doprowadzić do wybuchu harmonium za pomocą trellium... choć przypuszczam, że jego właściwa nazwa to bavadinium... jako efekt uboczny powstaje niewielka ilość atium.

– Lerasium?

– Przykro mi. Zostaje w całości unicestwione w wybuchu. Wypróbowaliśmy to kilka razy.

Niech to. Kolejna ślepa uliczka.

– I tak by na ciebie nie wpłynęło – powiedział Sazed. – Nie w twoim obecnym stanie.

– To bez znaczenia, Saze. Potrzebujemy Allomantów, prawdziwych Allomantów, jak za starych czasów, by stawić czoło temu, co nas czeka. Do problemów z Trellem nigdy by nie doszło, gdybyśmy mieli prawdziwych Metalicznych.

– Zgadzasz się więc z Kręgiem? I ich potwornymi przedsięwzięciami w imię stworzenia Metalicznych?

Zgadzał się? Trudno mu to było ocenić. Czasami, żeby zrobić omlet, trzeba było rozbić parę czaszek. Nie podobało mu się, co Krąg robił niewinnym ludziom, i nigdy nie zgodziłby się na takie postępowanie. Ale jeśli Hemalurgia była konieczna, zawsze dało się znaleźć kogoś, kto był przeciwieństwem niewinnego.

– Nie wiesz, do czego mogłyby doprowadzić eksperymenty Kręgu – powiedział Sazed. – Nawet prosta próba wyhodowania Allomantów... to prowadzi w mrok, Kell. Próba stworzenia idealnych ludzi przez wymuszone rozmnażanie? Nie trzeba być Terrisaninem, by poczuć obrzydzenie.

– Być może Zniszczenie i Zachowanie powinni się nad tym zastanowić, zanim obdarzyli dziedzicznymi mocami jedynie część populacji. Moim celem jest ich demokratyzacja. Odebrać moc nielicznym, dać ją wielu.

Lerasium byłoby najprostszym sposobem, ale wydawało się, że będzie musiał szukać dalej. Jednakże ten cel dawał mu nadzieję. Lerasium nie miałoby na niego wpływu, a Hemalurgia okazała się bezużyteczna wobec tego, czym się stał. Utrzymywała jego duszę i ciało w jednym kawałku, ale nic więcej.

Musiał istnieć inny sposób. Miał nadzieję. Zawsze miał nadzieję. Nadzieję, że będzie mógł znów panować nad metalami. Nadzieję, że znów poszybuje. Nadzieję, że wpłynie na metale, które widział wszędzie w otaczającym go świecie.

Przez jakiś czas siedzieli w milczeniu. Robili to coraz częściej podczas rzadkich spotkań. Może dlatego, że obaj uważali to za lepsze od kłótni.

– Lubię wysokości – powiedział w końcu Kelsier. – Bardziej, niż kiedy byłem w pełni śmiertelny. Może część mnie ma żal do ziemi i tego, co mi zrobiła w tych jaskiniach. Może po prostu staram się od niej jak najbardziej oddalić. – Przerwał. – Wybuchy, by stworzyć atium. Zastanawiam się, czy kiedykolwiek pojawi się sposób, by je zdobyć, który nie będzie traumatyczny.

Sazed nie odpowiedział.

– Jak mogłeś pozwolić, by to zaszło tak daleko? – spytał wreszcie Kelsier. – To był prawie koniec.

– Miałem to pod kontrolą.

– Jak diabli. Masz szczęście, że stróż prawa był w stanie funkcjonować po tym, do czego go zmusiłeś przed sześcioma laty. Masz szczęście, że ten drugi był Ślizgaczem. Nadal nie mam pojęcia, jakim cudem udała mu się ta częściowa detonacja w ładowni okrętu.

– Szczęście znaczy coś innego dla boga, który widzi przyszłość, tak sądzę – odparł cicho Sazed.

– Nieistotne. To trwało do ostatniej minuty. Powinieneś powstrzymać Trella przed laty. Ale nie zrobiłeś tego. Dlaczego?

Sazed spoglądał na miasto. Poza miasto. Na rzeczy, których Kelsier nie widział, nawet jednym okiem boga.

– Nie możesz ochronić tego świata, Saze. Musimy stawić temu czoło. Coś się z tobą dzieje.

– Mam to pod kontrolą.

– Tak? Naprawdę?

Sazed siedział z przymkniętymi oczami. I niech to, patrzenie na niego było dezorientujące. Na powierzchni był jego przyjacielem, spokojnym Terrisaninem. Ale rozciągał się. Jakimś sposobem był kamieniami, na których siedzieli. Miastem. Planetą. I wszystkim poza nimi.

A wewnątrz miał ciemność. Twarz inną od tej, którą pokazywał. Moce nie były zrównoważone. Zniszczenie zawsze było silniejsze.

– Czego ode mnie oczekujesz? – spytał Sazed.

– Mamy potencjalnych sojuszników. Może świat Blasku Księżyca. Albo ląd eterów. Do diabła, może nawet Mythos. Musimy znaleźć sposób, by do nich dotrzeć.

– Cieniomorze...

– Nie można na nim polegać. Wiem, że z trudem udało ci się wprowadzić kandry do szerszego cosmere, a do podróżowania na większą skalę zupełnie się nie nadaje. Poza tym poruszanie się po nim przypomina raczej pchanie się w ręce różnych bogów, którzy pragną naszej śmierci. Musi istnieć lepszy sposób.

– Co proponujesz?

– Poprowadź nas w nową epokę techniki. Pomóż nam znaleźć sposób, byśmy mogli się obronić, a może nawet osiągnąć coś więcej. Niezależność systematycznie dzieli się ze swoimi ludźmi rzeczami, które mogą osiągnąć za pomocą elektryczności i przemysłu. Ty nie.

– Ludzie powinni odkryć je samodzielnie. Jeśli tego nie zrobią, ma to pewne nieoczywiste konsekwencje. Powinniśmy pozwolić, by mijały dziesięciolecia, stawały się stuleciami, a ludzkość odnalazła własną drogę do cosmere...

– Nie. Nie możemy czekać przez stulecia, ledwie mamy dziesięciolecia. Jeśli czegoś nie zrobisz, rzeczywiście samodzielnie odkryjemy technikę... kiedy uzbrojone w nią wrogie armie przybędą, by nas zniszczyć. Poprowadź nas do rewolucji, Saze. Zaprowadź do nowego świata.

– Ten, do którego przybyliśmy, nie rozwija się wystarczająco szybko?

– A jak myślisz? Jeszcze kilka tygodni, a ta ich rakieta zaczęłaby działać, czyż nie? Wystrzeliliby ją prosto w serce Elendel, miliony ludzi wyparowałyby... a my nie wiedzielibyśmy nawet, że to możliwe. To znaczy nikt z nas poza tobą.

Sazed spuścił wzrok.

– Ja... się zastanowię.

– Zastanowię? Sytuacja będzie się pogarszać, chyba że będziemy mogli stawić czoło przychodzącym z zewnątrz. Tak, ich armia wycofała się z Cieniomorza... nie musisz dziękować za pomoc moich towarzyszy, tak na marginesie... ale jedynie dlatego, że Niezależność się przegrupowuje. Wrócą, a my musimy być gotowi. Z techniką. Co więcej, z naszym najpotężniejszym zasobem. Potrzebujemy Allomantów i Feruchemików. Czy istnieje jakiś sposób na zwiększenie liczby Metalicznych? Oni mają w sobie nasienie, prawda? Serce Zachowania?

– Nie wiem – szepnął Sazed.

– Kłamiesz?

– Czy ja cię kiedykolwiek okłamałem, stary przyjacielu? – Sazed otworzył oczy i napotkał jego spojrzenie. W ich głębi kryła się nieskończoność.

– Ochronię nasz lud – stwierdził Kelsier. – Niezależnie od ceny. Proszę, powiedz mi, że nigdy nie będę musiał chronić ich przed tobą.

– To zależy wyłącznie od ciebie, stary przyjacielu.

Ranette

Sześć miesięcy po detonacji

Miesiąc miodowy Ranette był koszmarny. Pełen relaksu i czytania książek i zwiedzania w krajach Malwian. Ani jednej spluwy. Właściwie miała zakaz rysowania schematów i projektów.

– Lepiej, żebyś to doceniła – mruknęła do Jaxy, kiedy samochód podjechał do ich domu w Elendel.

– Podobało ci się. – Jaxy sprzedała jej kuksańca. – Nie udawaj, że nie.

– Dobra zabawa szybko się nudzi – mruknęła Ranette.

– Pomyśl tylko, jaka jesteś odświeżona. Jak wiele pomysłów wpadło ci do głowy, kiedy nie musiałaś się przejmować terminami i datami dostawy!

– Lubię terminy.

Jaxy spojrzała na nią z ukosa.

– W porządku – przyznała Ranette. – Nie było koszmarnie. Było prawie przyjemnie. Nawet jeśli to miejsce jest dziwne. Szkoda, że Wax je odkrył. Inaczej może pojechałybyśmy do Dziczy.

– Do Dziczy. Na miesiąc miodowy.

Ranette wzruszyła ramionami.

– To ty lubisz tę głupią restaurację.

Jaxy przewróciła oczami, kiedy samochód – co dziwne – nie zatrzymał się przed ich domem. Jechał dalej.

– Chwileczkę. – Ranette odwróciła się i obejrzała.

– Musisz coś zobaczyć.

– To już nie jest „zabawa", prawda? W tej chwili mam jej już tak dosyć, że zaraz zacznę nią rzygać.

– Jesteś taka romantyczna. – Jaxy wzięła ją za rękę.

Ranette prychnęła. Bardzo się starała, żeby nie zepsuć samego miesiąca miodowego takim zachowaniem. Była miła i przyjemna, i radosna.

W porządku. Nie radosna. Ale nie była też zrzędliwa. A w każdym razie przez większość czasu. Musiała przyznać, że Południowy Kontynent był wyjątkowy. Nawet jeśli napięcia... cóż, robiły się coraz bardziej napięte.

Tak czy inaczej, wróciły do domu. To miał być jej czas na narzekania. Tak działał związek. Odpychanie i Przyciąganie. Dawała. Teraz mogła trochę wziąć. Teraz mogła...

– Co, do diabła? – spytała, kiedy samochód zatrzymał się przed jej warsztatem. Niedużym domkiem na niedużej działce... z którego jakimś sposobem wyrósł bardzo duży dom na niedużej działce.

– Prezent ślubny – wyjaśniła Jaxy.

– Jak mogłaś sobie na to pozwolić? – Ranette otworzyła drzwi i wyszła niepewnym krokiem z samochodu.

– Ja nie. To nie ode mnie.

Ranette obejrzała się na nią.

– Przyszli do mnie mili panowie ze sporą sumką od Wayne'a. Po... no, sama wiesz. Powiedzieli, że mam zrobić coś miłego dla ciebie, ale „nie w obleśny sposób", instrukcje były jasne. Zasugerował odnowienie warsztatu.

Ranette nie mogła powstrzymać uśmiechu. Zaskoczyło ją, jak bardzo za nim tęskniła. Kiedy się nauczył – co za szok, ludzie się uczyli – jak nie być oślizgłym, zostali przyjaciółmi.

Oczywiście zginął w najbardziej niewiarygodnym wybuchu w historii. Więc nie było jej tak przykro. Jeśli już ktoś miał umrzeć, to był właściwy sposób, do diabła.

Wciąż próbowała wymyślić, jak położyć ręce na tych materiałach wybuchowych. Rzeczy, które mogła stworzyć z czegoś, co miało w sobie takiego kopa...

– Zostawił wiadomość. – Jaxy podała jej kartkę.

Hej, napisał Wayne. Kredką. *Ci dwaj goście w garniakach mówią mi, że mam to napisać i podjąć decyzję o tym całym towarze, na wszelki wypadek. Najwyraźniej moja robota jest „wysokiego ryzyka". Powiedziałem im, że jeśli chcą, żeby ich robota stała się wysokiego ryzyka, powinni jeszcze bardziej zmuszać mnie do robienia głupich rzeczy.*

Ale... pewnie, skoro to czytasz, już po mnie. Zostałem pochowany. Może spalony. Może pożarty. Nie wiem. Cokolwiek się stało, mam nadzieję, że to wina Marasi, bo ona zawsze mi powtarzała, że wpakuję ją w tarapaty, i byłoby miło, gdyby ten kapelusz trafił na jej głowę.

Tak czy siak... chcę podziękować. Za nie wyrzucenie Wayne'a z Wayne'em, czaisz? Ciesz się prezentem. Wybuduj coś naprawdę wspaniałego.

– Niech to. – Oparła dłonie na biodrach. – Naprawdę tęsknię za tym małym łobuzem.

Jaxy uśmiechnęła się i ścisnęła jej ramię.

– Ranette. To było prawie ciepłe.

– Mówię poważnie. Tęsknię za nim. – Uśmiechnęła się. – Nie było nikogo innego, do kogo z taką przyjemnością mi się strzelało.

MELAAN

Dziewiętnaście miesięcy po detonacji

Posłaniec frunął ponad ciemnym oceanem Cieniomorza, emanując słabym blaskiem.

MeLaan siedziała na pokładzie łodzi unoszącej się dzięki jakiejś świetlistej substancji na kadłubie. Czerń poniżej była jak płyn, bardziej lepki niż woda. Podobno był idealnie przezroczysty – jeśli ktoś się poślizgnął i wpadł do środka, ponoć można było patrzeć, jak spada, i spada, i spada.

– Wiesz w ogóle, czym są ci posłańcy? – spytała MeLaan.

– Napełniona istota która może odczytać Związek, by znaleźć kogokolwiek, gdziekolwiek – powiedziała jej przewodniczka.

– To... trochę niepokojące.

Jej przewodniczka – Jan Ven – wzruszyła ramionami. Miała czworo ramion, kredowobiałą skórę i wielkie, niemal gadzie oczy. Jej białe włosy były szerokie, jak źdźbła trawy. Sho Del podobno byli tu rzadkością, ale doskonale nadawali się na przewodników. Coś z bezpośrednim połączeniem z ich bogami.

Na kopercie znajdowała się pieczęć Poczta handlowa Srebrnoświatła. Wewnątrz MeLaan znalazła wiadomość od Harmonii. Krótką, rzeczową, pełną empatii. Wayne powstrzymał atak na miasto. I zginął w trakcie.

Zaparło jej dech w piersi. Odkryła, że się trzęsie.

Na rdzę. Powinna lepiej sobie z tym radzić. Była nieśmiertelna. Stoicka. Dlaczego nie mogła przypominać pozostałych?

Wiedziała, że nigdy więcej go nie zobaczy. Ale to? Chciała, żeby znalazł sobie kogoś innego. Dla jego własnego dobra. I, jeśli miała być szczera, dla jej własnego dobra. Bo przez niego zapominała, kim była. Bo z nim świat był zbyt interesujący, a to sprawiało, że zapominała, co jest mądre.

Martwy? On...

To miał być przelotny romans. Po prostu bardzo kiepsko sobie radziła z byciem nieśmiertelną. Złożyła list i ostrożnie wsunęła go za kurtkę.

– Złe wieści? – Jan Ven wiosłowała ostrożnie przez niekończący się czarny przestwór.

– Tak – szepnęła MeLaan.

– Chcesz, żebym poczekała z przybiciem do brzegu?

MeLaan odwróciła się. Przed sobą dostrzegła ląd. I światła, które wydawały się zbyt żywe, by być zimnym ogniem tego dziwnego miejsca. Tłoczyli się tam ludzie, całe setki, w dziwnych strojach, wielu miało dziwne czerwone włosy. Byli zagubieni.

To było jej zadanie. Ocalić tych ludzi.

– Nie. – MeLaan wstała. – Mam tu obowiązki.

W końcu mogła stworzyć na nowo, odbudować i zregenerować serce. Tak postępował jej gatunek.

WAXILLIUM

Dwa lata po detonacji

Najtrudniejszą kwestią przy zamawianiu pomnika Wayne'a było podjęcie decyzji, który kapelusz powinien mieć na głowie.

Odpowiedź okazała się oczywista.

Musiał być wymienny.

I tak oto Wax i Steris stanęli przed nadspodziewanie wierną brązową podobizną Wayne'a, noszącą wymienną brązową wersję jego szczęśliwego kapelusza. Był większy niż w rzeczywistości, uśmiechał się przebiegle i wyciągał przed siebie rękę. Najpewniej po to, by drugą sięgnąć do kieszeni upatrzonej ofiary, ale większość ludzi myślała, że proponował pomoc.

Uznali, że będą wymieniać kapelusz raz do roku. Żeby się nie nudziło i było ciekawie. Nie było to jeszcze oficjalnie odsłonięcie, ale artysta pozwolił Waxowi i Steris obejrzeć rzeźbę. Parkany powstrzymywały innych, którzy spacerowali wokół Pola Odrodzenia w samym centrum Elendel. Pagórka, z którego wyłonili się ludzie po stworzeniu świata na nowo.

Posągi Wojowniczki Wstąpienia i Ostatniego Cesarza znajdowały się w takiej odległości, że gdyby Wayne żył, mógłby od czasu do czasu trafić ich kamykiem w tył głowy. Wydawało się to stosowne.

Steris uklękła i przeczytała inskrypcję.

– „Twoim przeznaczeniem jest pomagać ludziom" – przeczytała, a później zauważyła drugą, mniejszą tabliczkę na dole, przy podstawie.

Wax skrzywił się, kiedy ją również przeczytała.

– „Żaden gość nie pożałował jeszcze, że potrząsnął raz za dużo, ale mogę się założyć, że każdy gość żałował, że potrząsnął raz za mało". Nie wierzę, że wykorzystałeś ten cytat.

– Dolną tabliczkę można usunąć – powiedział szybko Wax. – Ją też będziemy od czasu do czasu wymieniać. Ale... no cóż, on otwarcie poprosił, żebym wykorzystał ten cytat.

Wstała i pokręciła głową, ale już widział, że uznała to za dobre miejsce, by umieścić kilka co trafniejszych cytatów, które zanotowała.

Wax stał i wpatrywał się w twarz przyjaciela. Wciąż czuł tępy ból. Wiedział, że tak będzie już zawsze. Ale żył dalej. On, Steris i dzieciaki przygotowywali się do kolejnego wyjazdu do Dziczy. Wyjazdu o charakterze politycznym, by uzyskać poparcie dla ich dążenia do zostania prowincją w obliczu zmian w Kotlinie.

Dwa lata ciężkiej pracy powstrzymały wojnę domową. Prawdziwy postęp doprowadził w końcu do utworzenia zgromadzenia narodowego dla miast Kotliny. Kolejna była Dzicz. Niektórzy pragnęli stworzyć własny kraj – miał nadzieję przekonać ich, że zjednoczenie było lepsze.

Furtka w parkanie trzasnęła i wkrótce do pomnika podeszła Marasi. Na głowie miała prawdziwy szczęśliwy kapelusz Wayne'a. Odziedziczyła go po nim. Jak się dowiedzieli, został w ostatniej chwili dopisany do testamentu. Wax z początku sądził, że nie dostanie nic szczególnego. A później pewne obiekty zaczęły się... pojawiać.

Pokazał ostatni z nich Marasi.

– Suszona żaba? – spytała.

– Wypchana. Rano znalazłem ją w kieszeni płaszcza. Razem z przeprosinami. Najwyraźniej zgodnie z instrukcją miała to być żywa żaba, ale nie umieli się do tego zmusić.

– Dowiedziałeś się, komu za to zapłacił? – Marasi uniosła żabę za łapę.

– Zakładam, że ludzie, którzy zajmują się jego masą spadkową, o czym świadczy uprzejmy i przepraszający ton wiadomości. Nie miałem serca skonfrontować się z nimi.

– Nie powinieneś im w tym przeszkadzać – powiedziała Steris.

Wax zmarszczył czoło, kiedy podeszła do niego.

– Nie myślisz, że to obrzydliwe? Poprzednim razem to była połówka kanapki.

– Oczywiście, że to obrzydliwe. Ale... świadczy o niezwykle skrupulatnym planowaniu ze strony Wayne'a. Coś takiego powinniśmy wspierać.

– On nie żyje – zauważyła Marasi.

– W takim razie coś takiego powinniśmy uszanować.

Marasi spojrzała z ukosa na żabę.

– Powiadają, że w prezencie liczy się intencja. To... no... jak to zinterpretujemy?

Wax westchnął.

– Jestem pewien, że wkrótce skończą im się przedmioty na liście.

Obie kobiety wpatrzyły się w niego.

– Czy ty w ogóle znałeś Wayne'a? – spytała Marasi. – Czy on kiedykolwiek dał sobie spokój z dowcipem?

To była... słuszna uwaga. A po tym, czego dowiedzieli się na temat zadziwiającego stanu finansów Wayne'a, miał dość pieniędzy, by ten żart trwał bardzo długo. I, cóż, rzeczy w rodzaju żaby były irytujące. I rozczulające. Jednocześnie.

Podobnie jak sam Wayne.

– Jesteś gotowa do wyjazdu, Marasi? – spytała Steris.

Młodsza z kobiet się skrzywiła.

– Fizycznie? Tak. Jesteśmy spakowani. Ale psychicznie? Emocjonalnie?

– Doskonale sobie poradzisz – stwierdziła Steris. – Będziesz najlepszą zardzewiałą ambasadorką w całej przeklętej Kotlinie!

Marasi przechyliła głowę.

– Używam pełnego szacunku języka, jeśli wziąć pod uwagę lokalizację – wyjaśniła Steris, spoglądając na pomnik Wayne'a.

Wax zwrócił się do Marasi.

– Ona ma rację. Jesteś dokładnie tym, kogo potrzebujemy. Kobieta z Kotliny z partnerem Malwianinem. Urzędniczka cywilna znana z tego, że jest sprawiedliwa, ale twarda. Przywódcy narodów Południa cię wysłuchają.

Marasi pokiwała głową, minę miała stanowczą.

– Muszę być szczery. – Wax poruszył inny temat. – Trochę mnie zaskoczyło, że opuszczasz konstabli. Sądziłem, że nigdy z tego nie zrezygnujesz. To było twoje marzenie.

– Nie. Moim marzeniem było zrobić więcej. Od samego początku.

– Przypuszczam, że jako ambasadorce ci się to uda – powiedział Wax.

Marasi uśmiechała się, ręce trzymała założone na piersiach. Waxa radowała jej pewność siebie.

– Coś planujesz. – Poczuł rozbawienie. – Co to, Marasi?

– Jakiś czas temu uświadomiłam sobie, że jest coś, co chcę zrobić, coś, co pragnę osiągnąć. Ale potrzebowałam doświadczenia, którego jeszcze nie miałam. Myślę, że zostanie ambasadorką mi w tym pomoże.

Wax zmarszczył czoło, próbując domyślić się, o co jej chodziło. Ale zanim zdążył się odezwać, zrobiła to Steris.

– Mam nadzieję, że uda ci się złagodzić napięcie. Jeśli ktokolwiek może ich skłonić, by znów z nami handlowali, to ty.

Zgadzał się z tym przekonaniem. Nie był obecny na spotkaniu, na które przyniesiono Opaski i okazało się, że zostały opróżnione, ale całość robiła na nim wrażenie ustawki. Niestety, od czasu detonacji kontakty obu krajów były coraz bardziej napięte. Kotlina czuła, że Opaski zabrano niesprawiedliwie, a Malwianie twierdzili, że samo zastanawianie się nad ich wykorzystaniem było aktem agresji ze strony Kotliny.

Ale Opaski były jedynie symbolem. Częścią większej walki o władzę. Nowa frakcja wśród Malwian – ta, która kierowała ich zjednoczeniem – powtarzała, że tak wiele przecierpieli przez stulecia w wyniku katastrof na Północy, i ostrzegała, że odkrycie tych bomb było zaledwie kolejnym krokiem. Postrzegali Północ jako chaotyczną, nieprzewidywalną.

Przychyliwszy się do tej grupy, Konsorcjum Malwiańskie zakazało rzeczy takich jak turystyka i nawet najbardziej podstawowe formy handlu między kontynentami. Co najważniejsze, zakazali przekazywania harmonium na Północ.

Brak harmonium oznaczał brak statków powietrznych. I bomb opartych na Napełnieniu, choć to trellium było tu rzadszym składnikiem. Niestety, Kotlina miała dość duże zapasy obu metali, by były niebezpieczne. I mimo jego sprzeciwów rozważali stworzenie broni z wykorzystaniem tych resztek.

Weszli w nową epokę. Wojna była jedną z głównych katastrof, na które przygotowywała się Steris. Nie dojdzie do tego. Miał nadzieję. Gdyby tylko udało mu się dowiedzieć, kto opróżnił Opaski...

Nie idź tą ścieżką, pomyślał.

Jednakże jeśli nie zadawał takich pytań, to kim był? Stróżem prawa? Ojcem? Senatorem?

Pytania były częścią jego tożsamości. Pragnął jedynie mieć całkowitą pewność, że sam podejmował decyzje. Choć, kiedy rozmyślał – a stare odruchy działały na jego korzyść – doszedł do wniosku, że chyba wie, co planowała Marasi. Sposób, w jaki spoglądała na szereg haseł politycznych na pobliskim trawniku. Fakt, że wybrała strategicznie tak wysokie stanowisko.

Powiedziała, że potrzebuje doświadczenia. Może w negocjowaniu. Ugłaskiwaniu ego. Skłanianiu ludzi, by współpracowali...

– Na rdzę! – Wymierzył w nią palec. – Zamierzasz ubiegać się o stanowisko gubernatora!

Podskoczyła, kiedy wykrzyknął te słowa. Później się zarumieniła. A później uniosła wysoko brodę i pokiwała głową.

Wax spojrzał na żonę, która się uśmiechała.

– Wiedziałaś?

– Potrzebowała pomocy w planowaniu. Ale to nie była moja tajemnica, więc jej nie wyjawiłam.

– Musiałam naprawdę podjąć decyzję – dodała Marasi. – Musiałam sama wiedzieć. Potrzebuję doświadczenia. Muszę zobaczyć, czy dobrze sobie radzę z tego rodzaju zadaniami. Ale... tak.

Hm.

– Po tym, co zobaczyłam i czego się dowiedziałam, odkryłam, że praca konstabla nie daje mi satysfakcji. Muszę mieć wpływ na sytuację. Naprawdę mieć wpływ na sytuację. – Spojrzała na niego. – Myślisz, ze jestem głupia? Przez lata, w młodości, myślałam, że może jestem szkolona do wejścia do świata polityki. Wtedy od tego uciekłam, ale teraz...

Popatrzyli sobie w oczy. A ona wyglądała, jakby po raz pierwszy uświadomiła sobie, co mówi. Do kogo to mówi. Tak, rozumiał to uczucie. Skinął jej głową i znów spojrzał na cytat na pomniku Wayne'a. Te słowa, które wypowiedział przed laty. „Twoim przeznaczeniem jest pomagać ludziom".

Podeszła do nich kolejna postać, w długim czarnym płaszczu i kapeluszu. Stanęła obok nich, przyglądając się pomnikowi oczyma przebitymi kolcami.

– Dobrze wygląda – stwierdził Śmierć.

– Jak to możliwe, że chodzisz po okolicy i nie zwracasz na siebie uwagi? – spytała Steris.

– Allomantyczny wpływ na uczucia – rzucił w zamyśleniu.

– Wyglądasz lepiej – zauważyła Marasi. – Leczenie działa.

– Dziękuję. Wolałbym sam nie posmakować tego, co daję innym. Wydaje się, że przez jakiś czas nie będę musiał. – Odwrócił się do Waxa. – Witaj, Bracie.

Wax pomacał brzuch, w miejscu, gdzie znajdował się kolec. Choć zapewniono go, że nawet jeśli istoty takie jak kandry i Śmierć nazywały go „bratem", nie znaczyło to jeszcze, że jest nieśmiertelny, i tak czuł się niezręcznie. Dołączył do skrajnie niepokojącej grupy. Przebitych kolcami.

– Rozważałem usunięcie go – stwierdził Wax.

– Pomogę ci, jeśli tego pragniesz – zaproponował Śmierć. – Ale nie wszystkie z nich da się usunąć. Raz prawie straciłem jeden, który by mnie zabił. Wciąż uważam za niesamowite, że przeżyłem.

– Może masz to we krwi – powiedziała Steris.

– Może. – Zawahał się. – Harmonia prosił, bym przekazał pozdrowienia.

Ze względu na kolec Bóg mógłby odezwać się w głowie Waxa. Ale przyrzekł – na prośbę Waxa – że nigdy więcej tego nie zrobi, chyba że zostanie o to poproszony. Powiedział, że nawet nie będzie patrzył.

Kolec jednak oznaczał niezmienny problem. Kim był Wax? Ojcem, stróżem prawa, senatorem? A może żadnym z tej trójki? Częściowo wciąż się martwił, nawet po tych wszystkich latach, że był czymś zupełnie innym. Pionkiem.

– Żelaznooki? – odezwała się Marasi. – Czy... czy Wayne naprawdę odszedł? To znaczy... czy jesteśmy całkowicie pewni?

Śmierć się uśmiechnął.

– Nie spotkałem jego duszy, Marasi. Robię to tylko czasami, kiedy Saze Napełni mnie mocą. Chyba podoba mu się wizja, że postępuje zgodnie z opowieściami, które ludzie postanowili snuć na mój temat. To... dla niego typowe. Tak czy inaczej, nie spotkałem Wayne'a, kiedy odchodził. Harmonia zrobił to osobiście. Tak, wasz przyjaciel odszedł. – Skinął w stronę rzeźby. – Zadziwiająco udana podobizna... Żeby Vin wyglądała odpowiednio, konieczna była interwencja. Ale to jest bezbłędne od samego początku.

Skinął im i podał Waxowi wiadomość. Następnie Śmierć odszedł. Wax nie kupował jego wyjaśnienia, że to Allomancja wpływająca na uczucia pozwalała mu pozostać w ukryciu. Było tam coś jeszcze.

Obrócił w ręku kartkę, którą dał mu Śmierć. Była od Harmonii.

Usłyszałem o niepokojących rzeczach, Waxilliumie Ladrianie, którymi się martwisz. Chciałbym Ci coś obiecać. Z całej esencji i wszystkich osi mojego istnienia, stwierdzam.

Nie porusza Tobą nikt inny.

Twoje życie należy do Ciebie.

I z całego serca przepraszam za swój udział w przekonaniu Cię, że jest inaczej.

Wax przez dłuższą chwilę trzymał kartkę. Następnie wsunął ją do kieszeni. Wziął Steris za rękę i spojrzał na rzeźbę.

Kim był? Przypuszczał... Cóż, był tym, kim chciał być. Żadna decyzja nigdy nie zmusiła go do wybrania jednej roli ze szkodą dla innych – a bycie jednym mężczyzną nie przeszkadzało mu w byciu również innymi. Ciągle popełniał ten błąd, ale przysiągł, że przestanie. Że będzie słuchał żony, serca i samego Harmonii.

Ojciec, stróż prawa, senator. Mógł być wszystkimi trzema i więcej jeszcze.

Jak długo pomagał ludziom.

KONIEC 2EJ ERY ZRODZONEGO Z MGŁY

ARS ARCANUM

Skrócony wykres właściwości metali

Metal	Efekt allomantyczny	Efekt feruchemiczny	Efekt hemalurgiczny
Żelazo	Przyciąga najbliższe metale	Magazynuje ciężar	Kradnie siłę
Stal	**Odpycha najbliższe metale**	Magazynuje prędkość	Kradnie Allomancję materii
Cyna	Wyostrza zmysły	Magazynuje zmysły	Kradnie zmysły
Cyna z ołowiem	**Zwiększa możliwości fizyczne**	Magazynuje siłę	Kradnie Feruchemię materii
Cynk	Rozpala (pobudza) uczucia	Magazynuje bystrość umysłu	Kradnie panowanie nad uczuciami
Mosiądz	**Uspokaja (tłumi) uczucia**	Magazynuje ciepło	Kradnie Feruchemię umysłu
Miedź	Ukrywa Allomancję	Magazynuje wspomnienia	Kradnie panowanie nad umysłem
Brąz	Ujawnia Allomancję	Magazynuje przytomność	Kradnie Allomancję umysłu
Kadm	Spowalnia czas	Magazynuje oddech	Kradnie Allomancję czasu
Stop bizmutowy	**Przyśpiesza czas**	Magazynuje energię	Kradnie Feruchemię ducha
Złoto	Patrzenie w swoją przeszłość	Magazynuje zdrowie	Kradnie mieszaną Feruchemię
Elektrum	**Patrzenie w swoją przyszłość**	Magazynuje zdecydowanie	Kradnie Allomancję wzmacniającą
Chrom	Niszczy wszystkie rezerwy Allomantyczne drugiej osoby	Magazynuje szczęście	Może kradnie przeznaczenie
Nicrosil	**Wzmacnia Allomantyczne spalanie drugiej osoby**	Magazynuje Napełnienie	Kradnie Napełnienie
Aluminium	Niszczy wszystkie rezerwy Allomantyczne	Magazynuje Tożsamość	Usuwa wszystkie moce
Duraluminium	**Wzmacnia kolejny spalany metal**	Magazynuje Związek	Kradnie Związek i Tożsamość

BOSKIE METALE

Atium	Patrzenie w cudzą przyszłość	Magazynuje młodość	Kradnie każdą moc
Lerasium	Daje wszystkie zdolności Allomantyczne	Nieznany	Kradnie wszystkie zdolności
Harmonium	Nieznany	Nieznany	Nieznany
Trellium	Nieznany	Nieznany	Nieznany

Metale zewnętrzne oznaczono *kursywą*, metale odpychające **wytłuszczonym drukiem.**

Lista metali

Aluminium. Zrodzony z Mgły, który spala aluminium, natychmiast metabolizuje wszystkie swoje metale bez żadnego dodatkowego efektu, pozbywając się w ten sposób wszystkich rezerw Allomantycznych. Mgliści, którzy mogą spalać aluminium, nazywani są Aluminiowymi Komarami, ze względu na bezużyteczność tej zdolności bez pozostałych. Ferryci Jaźniowi mogą przechowywać w aluminiowej metalmyśli swoją duchową tożsamość. Jest to umiejętność, o której poza Terris rzadko się wspomina, a nawet sami Terrisanie nie do końca ją rozumieją. Czyste aluminium i niektóre jego stopy są bierne allomantycznie – nie można ich Przyciągać ani Odpychać, za to można wykorzystywać je do ochrony przed Allomantycznym wpływem na uczucia.

Brąz. Mgliści Szperacze spalają brąz, żeby „usłyszeć" Allomantyczne impulsy wysyłane przez innych Allomantów spalających metale. Różne metale wysyłają różne impulsy. Ferryci Wartownicy mogą magazynować przytomność w brązowej metalmyśli. Podczas jej napełniania czują się senni, a później mogą do niej sięgnąć, by zmniejszyć senność lub wyostrzyć zmysły.

Chrom. Mgliści Pijawki, którzy spalają chrom, jednocześnie dotykając innego Allomanty, niszczą wszystkie rezerwy metalu tego Allomanty. Ferryci Obrotowi mogą magazynować szczęście w chromowej metalmyśli. Podczas jej napełniania mają większego pecha, a później mogą do niej sięgnąć, by zwiększyć swoje szczęście.

Cyna. Mgliści Cynoocy, którzy spalają cynę, zwiększają wrażliwość swoich pięciu zmysłów, wszystkich jednocześnie. Ferryci Szepcący mogą magazynować wrażliwość jednego z pięciu zmysłów w cynowej metalmyśli – dla każdego zmysłu muszą używać innej metalmyśli.

Podczas jej napełniania wrażliwość tego zmysłu się zmniejsza, a później mogą sięgnąć do metalmyśli, by wyostrzyć określony zmysł.

Cyna z ołowiem. Mgliści Cynozbrojni (zwani również Zbirami) spalają cynę z ołowiem, żeby zwiększyć swoją siłę fizyczną, prędkość i wytrzymałość, jak również zdolność regeneracji swojego ciała. Ferryci Brutale mogą magazynować siłę fizyczną w metalmyśli z cyny z ołowiem. Podczas jej napełniania słabną, a później mogą do niej sięgnąć, by zwiększyć swoją siłę.

Cynk. Mgliści Podżegacze spalają cynk, by rozpalać (pobudzać) uczucia pobliskich osób. Mogą pobudzać uczucia jednej osoby lub wszystkich na określonym terenie, mogą się również skupiać na określonych uczuciach. Ferryci Błyskotliwi mogą magazynować bystrość umysłu w cynkowej metalmyśli. Podczas jej napełniania zmniejszają swoją zdolność myślenia i rozumowania, a później mogą sięgnąć do metalmyśli, by myśleć szybciej.

Duraluminium. Zrodzony z Mgły, który spala duraluminium, natychmiast spala wszystkie inne metale, które spalał w tym samym czasie, uwalniając gwałtowny impuls ich mocy. Mgliści, którzy mogą spalać duraluminium, nazywani są Duraluminiowymi Komarami, ze względu na bezużyteczność tej zdolności bez pozostałych. Ferryci Wiążący mogą magazynować duchowy związek w duraluminiowej metalmyśli. Podczas jej napełniania zmniejszają więź i przyjaźń, jaką czują wobec nich inni, a później mogą sięgnąć do metalmyśli, by szybko nawiązać przyjaźń z innymi.

Elektrum. Mgliści Wyrocznie spalają elektrum, by zobaczyć, jak mogłaby wyglądać ich przyszłość. Zazwyczaj ogranicza się to do zaledwie kilku sekund. Ferryci Szczytowcy mogą magazynować zdecydowanie w metalmyśli z elektrum. Podczas jej napełniania popadają w depresję, a później mogą do niej sięgnąć, by wejść w fazę maniakalną.

Kadm. Mgliści Impulsowcy spalają kadm, by spowolnić upływ czasu w otaczającej ich bańce, przez co wydaje się, że w jej wnętrzu płynie wolniej. Dzięki temu, z punktu widzenia Impulsowca wydarzenia na zewnątrz bańki biegną oszałamiająco szybko. Ferryci Sapacze mogą magazynować oddech wewnątrz kadmowej metalmyśli. Podczas jej napełniania muszą hiperwentylować, by dostarczyć swoim ciałom dość powietrza, a później mogą zaczerpnąć oddechu z metalmyśli, by móc przez jakiś czas nie oddychać lub oddychać rzadziej. Mogą również nasycić swoją krew tlenem.

Miedź. Mgliści Chmury Miedzi (zwani również Dymiarzami) spalają miedź, żeby otoczyć się niewidzialną chmurą, która ukrywa pobliskich Allomantów przed Szperaczami i chroni znajdujących się w pobliżu przed Allomancją wpływającą na uczucia. Ferryci Archiwiści mogą magazynować wspomnienia w miedzianej metalmyśli (miedziomyśli). Podczas napełniania to wspomnienie znika z ich umysłu, a w późniejszym czasie można je odzyskać bez żadnych zniekształceń.

Mosiądz. Mgliści Uspokajacze spalają mosiądz, żeby uspokoić (stłumić) uczucia pobliskich jednostek. Mogą tłumić uczucia jednej osoby lub wszystkich na określonym terenie, mogą się również skupiać na określonych uczuciach. Ferryci Ogniści mogą magazynować ciepło w mosiężnej metalmyśli. Podczas jej napełniania ochładzają się, a później mogą do niej sięgnąć, by się ogrzać.

Nicrosil. Mgliści Wybuchowi, którzy spalają nicrosil, jednocześnie dotykając innego Allomanty, natychmiast spalają wszystkie metale, które w danej chwili spalał inny Allomanta, uwalniając gwałtowny (i być może niespodziewany) wybuch mocy tych metali. Ferryci Duchowi mogą magazynować Napełnienie w metalmyśli z nicrosilu. O tej mocy wie bardzo niewielu – jestem wręcz przekonany, że mieszkańcy Terris tak naprawdę nie rozumieją, co robią, kiedy wykorzystują te moce.

Stal. Mgliści Monetostrzelni, którzy spalają stal, mogą Odpychać pobliskie źródła metalu, przy czym muszą je Odpychać od swojego środka ciężkości. Ferryci Stalowi Biegacze mogą magazynować prędkość w stalowej metalmyśli. Podczas jej napełniania stają się spowolnieni, a później mogą do niej sięgnąć, by zwiększyć swoją prędkość.

Stop bizmutowy. Mgliści Ślizgacze spalają stop bizmutowy, by przyśpieszyć upływ czasu w otaczającej ich niewielkiej bańce. Dzięki temu, z punktu widzenia Ślizgacza wydarzenia na zewnątrz bańki biegną niezmiernie wolno. Ferryci Pochłaniacze mogą przechowywać substancje odżywcze i kalorie w metalmyśli ze stopu bizmutowego. Podczas jej napełniania mogą jeść dużo i nie czują się przy tym najedzeni ani nie przybierają na wadze, a później mogą do niej sięgnąć, by wyzbyć się potrzeby przyjmowania pokarmów. Osobną metalmyśl ze stopu bizmutowego można wykorzystać w ten sam sposób do przyjmowania płynów.

Złoto. Mgliści Wróżbici spalają złoto, by zobaczyć wizję siebie w przeszłości albo to, kim by się stali, gdyby w przeszłości dokonali innego wyboru. Ferryci Krwiotwórcy mogą magazynować zdrowie w złotej metalmyśli. Podczas jej napełniania czują się chorzy, by później, sięgając do niej, uzdrowić się szybciej lub w sposób wykraczający poza normalne zdolności ludzkiego ciała.

Żelazo. Mgliści Szarpacze, którzy spalają żelazo, mogą Przyciągać pobliskie źródła metalu, a przy tym muszą je Przyciągać do swojego środka ciężkości. Ferryci Muskacze mogą magazynować swój ciężar w żelaznej metalmyśli. Podczas jej napełniania redukują go, a później mogą sięgnąć do metalmyśli, by go zwiększyć.

O TRZECH SZTUKACH METALICZNYCH

Na Scadrialu istnieją trzy podstawowe przejawy Napełnienia. Lokalnie mówi się o nich jako o „sztukach metalicznych", choć istnieją również inne nazwy.

Allomancja jest najpopularniejsza z nich trzech. Zgodnie z moją terminologią, jest sztuką o sumie dodatniej, co oznacza, że uprawiający ją sięga do mocy ze źródła zewnętrznego. Następnie ciało filtruje ją, nadając jej różne formy. (Sposób, w jaki moc objawia się w rzeczywistości, nie jest wybierany przez korzystających z niej, lecz na stałe zapisany w ich Sieci Ducha). Kluczem do sięgnięcia po tę moc są różne rodzaje metali, przy czym wymagany jest ściśle określony skład. Choć metal jest pochłaniany w czasie procesu, moc sama w sobie nie pochodzi z metalu. Można by powiedzieć, że metal jest katalizatorem, który rozpoczyna Napełnienie i je podtrzymuje.

Właściwie Allomancja nie różni się zbytnio od opartego na formie Napełnienia znanego z Sel, gdzie kluczem jest ściśle określony kształt – jednak interakcja jest bardziej ograniczona. Nie można jednak zaprzeczyć sile Allomancji. Dla uprawiającego ją jest instynktowna i intuicyjna, w przeciwieństwie do znanego z Sel Napełnienia opartego na formie, która wymaga długiej nauki i dokładności.

Allomancja jest brutalna, surowa i potężna. Istnieje szesnaście podstawowych metali, które się w niej wykorzystuje, choć dwa inne – lokalnie zwane Boskimi Metalami – mogą zostać wykorzystane w stopach, by stworzyć zupełnie inne zestawy, każdy po szesnaście metali. Ponieważ jednak te Boskie Metale nie są już powszechnie dostępne, innych metali nie wykorzystuje się zbyt często.

Obecnie **Feruchemia** jest szeroko znana i wykorzystywana na Scadrialu. Można wręcz powiedzieć, że jest teraz częstsza niż w poprzednich epokach, gdy była ograniczona do Terris lub ukrywana przez Opiekunów.

Feruchemia jest sztuką o sumie zerowej, co oznacza, że mocy się nie zyskuje ani się jej nie traci. Również wymaga metalu jako punktu skupienia, jednak nie jest on pochłaniany, lecz służy jako środek do przechowywania umiejętności użytkownika w czasie. Jednego dnia można napełnić metal, drugiego opróżnić. To urozmaicona sztuka, obejmuje sferę Fizyczną, Umysłową, a nawet Duchową. Te ostatnie moce są obiektem licznych eksperymentów Terrisan, o których jednak nie mówią osobom z zewnątrz.

Należy zwrócić uwagę, że krzyżowanie się Feruchemików z innymi mieszkańcami planety w pewien sposób rozwodniło moc. Zdarza się często, że ludzie rodzą się tylko z jedną z szesnastu zdolności Feruchemicznych. Podejrzewa się, że gdyby dało się stworzyć metalmyśli ze stopów Boskich Metali, można by odkryć inne zdolności.

Hemalurgia jest współcześnie właściwie nieznana na Scadrialu. Ci, którzy przeżyli odrodzenie świata, utrzymywali ją w tajemnicy, i jedynymi, którzy obecnie ją praktykują, są kandry, służące (w większości) Harmonii.

Hemalurgia to sztuka o sumie ujemnej, co oznacza, że w czasie jej używania traci się moc. Choć w historii wielu nazywało ją „złą" sztuką, żadne z Napełnień nie jest tak naprawdę złe. Sednem Hemalurgii jest odbieranie zdolności – czy też atrybutów – jednej osobie i przekazywanie ich innej. Dotyczy głównie dziedziny Duchowej, przez co jest dla mnie najbardziej interesująca. Jeśli jedna z tych trzech sztuk miałaby być ważna dla cosmere, to właśnie ta. Sądzę, że istnieje wiele możliwości jej wykorzystania.

Kombinacje

Na Scadrialu można się urodzić ze zdolnościami korzystania zarówno z Allomancji, jak i z Feruchemii. Bardzo mnie to zainteresowało, gdyż łączenie różnych typów Napełnienia daje ciekawe efekty. W poszukiwaniu przykładów wystarczy tylko spojrzeć na to, co wydarzyło się na Rosharze – po połączeniu dwóch mocy często dochodzi wręcz do reakcji chemicznej. Zamiast otrzymać sumę składników, uzyskuje się coś nowego.

Na Scadrialu ktoś dysponujący jedną mocą allomantyczną i jedną mocą feruchemiczną jest nazywany „Podwójnym". Efekty są bardziej subtelne niż w przypadku łączenia Mocy na Rosharze, ale jestem przekonana, że każda wyjątkowa kombinacja tworzy również coś charakterystycznego. Można by powiedzieć, że to nie tylko dwie moce, ale dwie moce... i efekt. Ta kwestia wymaga dalszego zbadania.

O kolcach i Łączeniu Mocy

Coś dziwnego dzieje się z naturą kolców i Hemalurgii na Scadrialu, co jest szczególnie znaczące dla wszystkich badających naturę Intencji i Związku. Po długich poszukiwaniach udało mi się porozmawiać z Marshem, na Scadrialu zwanym Żelaznookim. (Na marginesie, to interesujące, jak wieści o jego naturze docierają do innych światów. To naturalne pogłoski czy coś bardziej nadnaturalnego?).

Mogę potwierdzić, na ile to możliwe, że jest całkowicie zdolny do Łączenia Mocy, by przedłużyć swoje życie. Mówi o rzeczach w przeszłości, jak rozkład Hemalurgiczny i negatywny wpływ tak wielu kolców na ciało. W jego czasach Inkwizytorzy przesypiali wiele godzin – zakładam, że to efekt uboczny niewiarygodnego ciężaru, jaki stanowiła natura ich straszliwego przeobrażenia dla ich dusz.

Wydaje się jednak, że nowoczesne dusze po prostu odrzucają kolce tych rozmiarów. Potrzeba dalszych badań, ale wierzę, że ma to coś wspólnego z naturą poddania Zniszczenia Zachowaniu w obecnym podwójnym naczyniu znanym jako Harmonia. Poziom zepsucia duszy, jaki był możliwy w starożytności, obecnie nie jest realny. Po dodaniu zbyt wielu kolców dusze przestają zyskiwać moce. Marsh wątpi, by to była świadoma decyzja Harmonii. W rzeczy samej, sądzę, że wykracza to poza świadome umiejętności, nawet Odprysku.

Zamiast tego wierzę, że wynika to z natury dusz (czytaj o: Napełnionej części natury danej osoby) i ich równowagi w cosmere. W starożytności Zniszczenie naciskał mocno na materię Scadrialu i w każdy możliwy sposób przeciekał do sieci ducha. Sprawiał, że dusze rozkładały się szybciej, przyjmowały więcej kolców, niż powinny, a ich biorca był obciążony w sposób wykraczający poza zdrowy rozsądek.

Tak czy inaczej, końcowym efektem jest ograniczenie liczby kolców, jakie może przyjąć osoba bez interwencji z zewnątrz. I, co kluczowe, wydaje się, że Łączenie Mocy wykracza poza zdolności Hemalurgów stworzonych w epoce nowoczesnej. Zrozumienie, dlaczego tak się dzieje i jak to obejść, może być niezmiernie ważne dla tych, którzy obserwują Hemalurgię i (rzekome) zagrożenie, jakie stanowi dla całego cosmere.

PODZIĘKOWANIA

Szesnaście lat temu siedziałem z żoną w ciemnym boksie w miejscowej restauracji ze stekami i po raz pierwszy przedstawiłem jej zuchwały pomysł, nad którym pracowałem: wziąć świat typowy dla epickiej fantasy, a później rozwijać go w kolejnych epokach w przyszłości. Widziałem wcześniej połączenia fantasy i science-fiction, jak również epicką fantasy ostrożnie włączającą elementy technologii przemysłowej. Nigdy jednak nie widziałem, by jakiś autor rozwinął świat w taki właśnie sposób – przedstawiając szeroko zakrojoną wizję planety idącej w stronę przyszłości, z wykorzystaniem wydarzeń z wcześniejszych tomów jako podstawy religii i mitów.

To było ryzyko. Czytelnicy lubią wyraźne granice między gatunkami. A ja wymyśliłem coś, co naruszało te granice w sposób, który dotychczas nie sprzedawał się zbyt dobrze. Byłem jednak przekonany, że ten projekt (wizja planety i jej magii w różnych epokach) jest wart ryzyka. I tak oto znaleźliśmy się tutaj, w ostatnim tomie *Drugiej Ery Zrodzonego z Mgły* i mojego wielkiego eksperymentu z gatunkiem.

Ocena, czy mi się udało, należy do Was, czytelnicy. Ale mogę powiedzieć jedno – z pewnością nie dotarłbym tak daleko bez pomocy wielu ludzi. Wiem, że te podziękowania przypominają trochę listę nazwisk, ale jestem ogromnie wdzięczny im wszystkim. To ludzie, którzy, kiedy wymyślam kolejny zuchwały plan, nie przewracają oczami – nie, oni zakasują rękawy i biorą się do roboty.

Joshua Bilmes jak zwykle był doskonałym agentem przy tej książce. Susan Velazquez i Christina Zobel z jego zespołu również bardzo pomogły, zajmując się umowami zagranicznymi i z innymi agentami.

Skoro już mowa o drugiej stronie Atlantyku, szczególnej pomocy udzieliła mi Gillian Redfearn – jest moją brytyjską redaktorką i kierowała pracami redakcyjnymi, za co zwykle odpowiada wydawca amerykański. Wykonała kawał świetnej roboty i mam szczęście, że mogła mi pomóc. Chciałbym również podziękować Emadowi Akhtarowi i Brendanowi Durkinowi z wydawnictwa Gollancz, jak również moim brytyjskim agentom, Johnowi Berlyne'owi i Stevie Finegan z Zeno Agency.

W USA główną redaktorką tego projektu była Devi Pillai, która jak zawsze uważnie przyglądała się fabule i bohaterom. Na moje podziękowania zasługują również inne osoby z wydawnictwa Tor: Molly McGhee, Tessa Villanueva, Lucille Rettino, Eileen Lawrence, Alexis Saarel-a, Heather Saunders. Rafal Gibek, Amelie Littell i Hayley Jozwiak. Adiustatorką była nasza wieloletnia współpracowniczka na tym polu, Terry McGarry.

Co się tyczy audiobooka, moim bohaterom ponownie udzielił głosu Michael Kramer, który sprawił, że brzmią dobrze. Doceniam cię, Michaelu. Dziękuję za wszystko, co robisz. Na moje podziękowania zasługują również Steve Wagner, Samantha Edelson i Drew Kilman z Macmillian Audio.

Moje kolejne książki wymagają coraz większej pracy w zakresie oprawy graficznej. Dlatego ci rewolwerowcy dostają swój własny fragment – nawet jeśli niektórzy z nich mogliby pojawić się w innych. Na przykład Peter Lutjen jest dyrektorem artystycznym wydawnictwa Tor i zasługuje na serdeczne podziękowania. Chris McGrath przygotował ilustrację na obwolutę. Dyrektorem artystycznym w Dragonsteel jest |ᛉ< – artysta dawniej znany jako Isaac Stewart. Stworzył mapy, symbole i dużą część gazet (w tym pismo). Miejcie oko na książki stworzone przez |ᛉ< w przyszłości. (Tak, właśnie wymyśliłem ten symbol. Mogę to zrobić. Licencja artystyczna). Nasz bliski przyjaciel i wieloletni współpracownik Ben McSweeney stworzył większość ilustracji w gazetach. Rachael Lynn Buchanan była asystentką artystyczną, a Jennifer Neal pomogła przy tworzeniu gazet.

W mojej firmie, Dragonsteel, szefem redakcji jest Nienasycony Peter Ahlstrom, Karen Ahlstrom troszczy się o zachowanie ciągłości, a Betsey Ahlstrom udziela dodatkowej pomocy redakcyjnej. Zaś Kirsty S. Gilbert właśnie zaczęła pracę jako nasz redaktor techniczny.

Działem wydarzeń i zamówień w Dragonsteel kieruje Kara Stewart, a pracują w nim Christi Jacobsen, Lex Willhite, Kellyn Neumann, Mem Grange, Michael Bateman, Joy Allen, Katy Ives, Richard Rubert, Sean VanBuskirk, Isabel Chrisman, Tori Mecham, Ally Reed, Jacob Chrisman, Alex Lyon i Owen Knowlton.

Działem reklamy i marketingu kieruje Adam Horne, a Jeremy Palmer jest dyrektorem do spraw marketingu. Działem operacyjnym kieruje Mat „Tak naprawdę moje imię pisze się Matt przez dwa t" Hatch, a pomagają mu Jane Horne, Emma Tan-Stoker, Kathleen Dorsey Sanderson, Makena Saluone i Hazel Cummings.

A moja cudowna żona Emily Sanderson jest dyrektorem operacyjnym Dragonsteel. I najbardziej uroczą osobą na liście.

Mniej uroczy, ale wciąż bardzo pomocni, są członkowie mojej grupy pisarskiej. W tym tomie zaliczają się do nich: Kaylynn ZoBell, Peter Ahlstrom, Karen Ahlstrom, Alan Layton, Eric James Stone, Darci Stone, Kathleen Dorsey Sanderson, Emily Sanderson i Ben „Rick Stranger" Olsen. Oraz, rzecz jasna, Ethan Skarstedt, któremu ta książka jest dedykowana. Ethan był inspiracją dla postaci Blizny z Mostu Czwartego i od dwudziestu lat pomaga mi poprawnie opisywać wszystko, co wiąże się z żołnierką i bronią palną. Ethanie, wielkie dzięki, że pomagasz mi udawać, że wiem, o czym piszę.

Mi'chelle Walker stworzyła bazę danych informacji zwrotnych od czytelników beta, która okazała się niezwykle użyteczne. Czytelnikami beta byli: Trae Cooper, Tim Challener, Ted Herman, Suzanne Musin, Sumejja Muratagić-Tadić, Paige Phillips, Shannon Nelson, Sean VanBuskirk, Ross Newberry, Rosemary Williams, Richard Fife, Rahul Pantula, Poonam Desai, Philip Vorwaller, Paige Vest, Mi'chelle Walker, Megan Kanne, Matt Wiens, Mark Axies Lindberg, Marnie Peterson, Lyndsey Luther, Linnea Lindstrom, Lauren McCaffrey, Kendra Wilson, Kendra Alexander, Kellyn Neumann, Kalyani Poluri, Joy Allen, Joshua Harkey, Jory „Chief Chicken Head Scratcher" Phillips, Jessie Lake, Jessica Ashcraft, Jennifer Neal, Ian McNatt, Chris „Gunner" McGrath, Gary Singer, Frankie Jerome, Evgeni „Argent" Kirilov, Erika Kuta Marler, Eric Lake, Drew McCaffrey, Deana Covel Whitney, David Fallon, David Behrens, Darci Cole, Craig Hanks, Christina Goodman, Christopher Cottingham, Chana Oshira Block, Brian T. Hill, Brandon Cole, Linting „Botanica" Xu, Bob Kluttz, Ben Marrow, Becca Reppert, Bao Pham, Anthony Acker, Alyx Hoge, Alice

Arneson, Alexis Horizon, Aaron Biggs, Joe Deardeuff, Rob West i Jayden King.

Przy pracy nad tym tomem uzyskaliśmy pomoc od pewnej określonej grupy – ludzi, których poprosiłem, by mieli oko na systemy magiczne i zwracali mi uwagę na miejsca, w których potrzeba było więcej wyjaśnień albo ryzykowałem wewnętrzną sprzeczność. Nazywamy ich naszym Zespołem Magicznej Ciągłości, ale od tej pory będę ich oficjalnie nazywał Arkanistami. Są to Joshua Harkney, Eric Lake, Evgeni Kirilov, David Behrens, Ian McNatt i Ben Marrow.

Chciałym szczególnie podziękować moim bliskim przyjaciołom, Kalyani i Rahulowi, wieloletnim czytelnikom beta, którzy od lat zachęcali mnie, bym poszukał inspiracji w indyjskiej mitologii i opowieściach. Korzystałem z ich wsparcia przy pracy nad pewną postacią w tej książce i całą trójką staraliśmy się nieco rozwinąć cosmere w tym kierunku.

Dziękuję wszystkim na liście. I, oczywiście, czytelnikom. *Zrodzony z Mgły* był przez te szesnaście lat niezwykłą podróżą, a ja mam przeczucie, że stanie się jeszcze bardziej niezwykła – jak również (przy odrobinie szczęścia) jeszcze bardziej niewiarygodna.

SPIS TREŚCI

ELANTRIS

Brandon Sanderson

Elantris – gigantyczne, piękne, dosłownie promienne miasto, zamieszkane przez istoty wykorzystujące swoje potężne zdolności magiczne, by pomagać ludowi Arelonu. Każda z tych boskich istot była jednak kiedyś zwykłym człowiekiem, dopóki nie dotknęła jej tajemnicza, odmieniająca moc Shaod. A potem, dziesięć lat temu, magia zawiodła. Elantryjczycy stali się zniszczonymi, słabymi, podobnymi do trędowatych istotami, a samo Elantris okryło się mrokiem, brudem i popadło w ruinę. Shaod stał się przekleństwem. Nowa stolica Arelonu, Kae, przycupnęła w cieniu Elantris, a jej mieszkańcy ze wszystkich sił ją ignorowali. Księżniczka Sarene z Ted przybywa do Kae, by zawrzeć polityczne małżeństwo z księciem korony Raodenem. Sądząc z korespondencji, mogła się spodziewać, że odnajdzie miłość. Dowiaduje się jednak, że Raoden nie żyje, a ona uważana jest za wdowę po nim…

ROZJEMCA

Brandon Sanderson

„Rozjemca" to opowieść o dwóch siostrach, które urodziły się księżniczkami, o Królu-Bogu, który ma poślubić jedną z nich, pomniejszym bóstwie, które nie wierzy w siebie, i o nieśmiertelnym człowieku, starającym się naprawić błędy, jakich dopuścił się setki lat temu.

W ich świecie ci, którzy zginęli w chwalebny sposób powracają jako bogowie i żyją w zamknięciu w stolicy Hallandren. W tym samym świecie o potędze magii stanowi moc zwana BioChromą, oparta na Oddechach, które można zbierać jedynie pojedynczo od konkretnych osób.

Dzięki Oddechom i czerpaniu koloru z nieożywionych przedmiotów Rozbudzający są w stanie zarówno dopuszczać się nikczemności, jak i tworzyć cuda. Siri i Vivenna, księżniczki Idris; Dar Pieśni, zniechęcony bóg odwagi, Król-Bóg Susebron i tajemniczy Vasher – Siewca Wojny, zetkną się z jednymi i drugimi.

DROGA KRÓLÓW

Brandon Sanderson

Chirurg, zmuszony do porzucenia swej sztuki i zostania żołnierzem w najbardziej brutalnej wojnie od niepamiętnych czasów.

Skrytobójca, morderca, który płacze, kiedy zabija.

Oszust, młoda kobieta, skrywająca za płaszczem z kłamstw swoją prawdziwą naturę.

Arcyksiążę, wojownik, owładnięty żądzą krwi.

Świat może się zmienić. Ta czwórka jest kluczem do przyszłości. Jeden z nich może przynieść zbawienie. Drugi doprowadzi do zagłady.

SŁOWA ŚWIATŁOŚCI

Brandon Sanderson

Świetliści Rycerze muszą znów powstać.

W końcu wypowiedziano starożytne przysięgi, spreny powracają. Ludzie szukają tego, co zostało utracone. Być może ta misja ich zniszczy.

Wiatrowy zagubił się w strzaskanej krainie i balansuje na granicy między zemstą a honorem. Tkaczka Światła, którą powoli pochłania przeszłość, poszukuje kłamstwa, którym musi się stać. Kowal Więzi, zrodzony z krwi i śmierci, teraz próbuje odbudować to, co zostało zniszczone. Badaczka, od której zależą losy dwóch ludów, zostaje zmuszona do dokonania wyboru między powolną śmiercią a straszliwą zdradą wszystkiego, w co wierzy.

Najwyższy czas, by się przebudzili, nadchodzi bowiem Wieczna Burza.

I przybył Skrytobójca.

RYTMATYSTA

Brandon Sanderson

Joel ponad wszystko pragnie zostać Rytmatystą. Rytmatyści, wybierani przez Mistrza w tajemniczej ceremonii przyjęcia, mają moc nadawania życia dwuwymiarowym rysunkom zwanym kredowcami. Są też jedyną obroną ludzkości przed dzikimi kredowcami – bezlitosnymi istotami, które pozostawiają za sobą zmasakrowane trupy. Dzikie kredowce niemal opanowały terytorium Nebrasku, a teraz zagrażają całym Amerykańskim Wyspom.

Jako syn zwyczajnego wytwórcy kredy z Akademii Armedius Joel może się jedynie przyglądać, jak młodzi Rytmatyści uczą się magicznej sztuki, dla której on poświęciłby wszystko. Uczniowie zaczynają znikać – są porywani ze swoich domów, a pozostają po nich jedynie plamy krwi. Joel zostaje pomocnikiem profesora, którego zadaniem jest zbadanie tych zbrodni, i wkrótce wraz z przyjaciółką Melody trafia na ślad zaskakujących odkryć, które na zawsze zmienią Rytmatykę – oraz cały ich świat.

Brandon Sanderson przenosi swoje niezwykłe epickie opowieści do świata literatury młodzieżowej, tworząc absorbującą opowieść pełną niebezpieczeństw i suspensu – pierwszy tom cyklu. Jak zawsze Sanderson stworzył system magii, który jest tak pomysłowy i szczegółowy, że wielbiciele gier strategicznych i taktycznych być może zapragną ożywić Rytmatykę w naszym świecie.

BEZKRES MAGII

Brandon Sanderson

„Tancerka Ostrza", zupełnie nowa mikropowieść ze świata Archiwum Burzowego Światła jest ukoronowaniem Bezkresu magii, pierwszego zbioru opowiadań Brandona Sandersona. Obowiązkowa lektura dla fanów.

Zbiór zawiera ponadto osiem innych tekstów:

„Nadzieja Elantris" (Elantris)

„Jedenasty metal" (Z Mgły Zrodzony)

„Dusza cesarza" (Elantris)

„Allomanta Jak i Czeluście Eltanii, odcinki od 28 do 30" (Z Mgły Zrodzony)

„Biały piasek" (fragment, Taldain)

„Cienie dla Ciszy w lasach Piekła" (Tren)

„Szósty ze Zmierzchu" (Pierwsza od Słońca)

„Z Mgły Zrodzony: Tajna Historia" (Z Mgły Zrodzony)

Te wspaniałe utwory ukazują ogrom cosmere i opowiadają ekscytujące historie. Wśród nich znajduje się nagrodzona Hugo mikropowieść „Dusza cesarza" i fragment powieści graficznej „Biały piasek".

Ponadto zbiór zawiera komentarze i ilustracje przedstawiające różne układy planetarne, w których rozgrywa się akcja opowiadań.

75p

MAIGRET AND THE MILLIONAIRES

AND

MAIGRET AND THE GANGSTERS

The attempted suicide of the glamorous Countess Paverini at the luxury hotel, George V, is reported to the Police Judiciaire; a few hours later, in his suite on the same floor of that hotel, the thrice married multi-millionaire David Ward, who was known to be the Countess's lover, is found dead in his bath. Maigret's investigations take him behind the glittering façade of the world-famous hotels of Paris, Monte Carlo and Lausanne, into the private and often bewildering world of the very rich. Puzzled by the behaviour of this small group of society, Maigret is forced to gamble dramatically to discover the truth.

* * *

Detective Lognon had been missing for two days. Two suave-looking men armed with pistols had apparently searched his invalid wife's Montmartre flat, brazenly ignoring her outraged protests. When Lognon reappeared he told Maigret how he had seen a body pushed from a car on to the pavement, only to vanish minutes later. He had tried to tackle the case alone—and almost died in the attempt. . . . Why have two dangerous Sicilian gangsters, Tony Cicero and Charlie Cinaglia, come to Paris? Is the disappearance of a third gangster, Mascarelli, connected with their arrival? Whose body was thrown from the car? Ignoring warnings, Maigret seeks the answers and is entangled in a web of crime that reaches from Missouri to Montmartre.

Also by

GEORGES SIMENON

★

MAIGRET RIGHT AND WRONG
(*Maigret in Montmartre* and *Maigret's Mistake*)
MAIGRET AND THE YOUNG GIRL
MAIGRET AND THE BURGLAR'S WIFE
MAIGRET GOES TO SCHOOL
MAIGRET AND THE OLD LADY
MAIGRET TAKES A ROOM
MAIGRET AFRAID
MAIGRET'S FAILURE
MAIGRET'S SPECIAL MURDER
MAIGRET AND THE SATURDAY CALLER
MAIGRET SETS A TRAP
MAIGRET AND THE HEADLESS CORPSE
THE PATIENCE OF MAIGRET
MAIGRET AND THE NAHOUR CASE
MAIGRET'S PICKPOCKET
MAIGRET TAKES THE WATERS
MAIGRET HESITATES
MAIGRET'S BOYHOOD FRIEND
MAIGRET AND THE WINE MERCHANT
MAIGRET AND THE KILLER
MAIGRET AND THE MADWOMAN
MAIGRET AND THE FLEA
MAIGRET AND MONSIEUR CHARLES
MAIGRET AND THE DOSSER

MAIGRET AND THE MILLIONAIRES

and

MAIGRET AND THE GANGSTERS

*

GEORGES SIMENON

THE
COMPANION BOOK CLUB
LONDON AND SYDNEY

This edition, published in 1975 by
The Hamlyn Publishing Group Ltd,
is issued by arrangement with
Hamish Hamilton Ltd

Made and printed in Great Britain
for the Companion Book Club
by Odhams (Watford) Ltd
600871924
9.75/292

CONTENTS

*

MAIGRET AND THE MILLIONAIRES

*

Translated from the French by
JEAN STEWART

CHAPTER ONE

'THE MOST MADDENING CASES are those that appear so ordinary at first that you don't attach much importance to them. It's rather like those illnesses that attack you stealthily, beginning with vague discomfort. When you finally take them seriously it's often too late.'

Maigret had once said this to Inspector Janvier, one evening when they were returning together to the Quai des Orfèvres over the Pont-Neuf.

But on this particular night Maigret passed no comment on the events taking place, because he was sound asleep beside Madame Maigret in their flat.

If he had expected any trouble, it would not have been from the Hôtel George V, a place more often mentioned in the social columns of the Press than among the sensational news items, but rather from the daughter of a Deputy, a girl whom he'd had to summon to his office to warn her to stop indulging in certain eccentricities. Although he had adopted a fatherly tone, she had taken his reproof in bad part. It's true that she had just been celebrating her eighteenth birthday.

'You're just a jack-in-office and I'll get you fired.'

At three o'clock in the morning a fine drizzle was falling, barely visible yet just enough to make the street surfaces glisten and the lights glitter as though seen through tears.

At half-past three, on the third floor of the George V, a bell rang in the room where a chambermaid and a manservant were dozing. They both opened their eyes. The man was the first to notice that it was the yellow light which had just gone on and said: 'It's for Jules.'

That meant a summons for the room-waiter, who went to take a bottle of Danish lager to one of the guests.

The two servants dozed off again on their chairs. There was a longish pause, then the bell rang again just as Jules, who was over sixty and had always done night duty, came back with his empty tray.

'All right, all right!' he grumbled between his teeth.

He made his way leisurely to Suite 332, where a light shone above the door; he knocked, waited for a moment and then, hearing nothing, opened the door gently. There was nobody in the darkened sitting-room. A little light came from the bedroom where a faint continuous moaning, like a child's or an animal's, could be heard.

The little Countess was stretched out on her bed, her eyes half-closed, her lips parted, both hands clasped over her heart.

'Who's that?' she moaned.

'The waiter, Madame la Comtesse.'

They knew one another well.

'I'm dying, Jules. I don't want to. Call the doctor quickly. Isn't there one in the hotel?'

'Not at this time of night, Madame la Comtesse, but I'll get in touch with the nurse. . . .'

A little over an hour before, he had brought up to that very suite a bottle of champagne, a bottle of whisky, some soda water and a bucket of ice. The bottles and glasses were still in the sitting-room, except for the champagne glass which had been overturned on the bed-side table.

'Hullo! Put me through to the nurse at once. . . .'

Mlle Rosay, the telephonist on duty, showed no surprise, but inserted one plug, then another, into one of the many holes in the switchboard. Jules heard a distant ringing sound, then a sleepy voice.

'Hullo! . . . Nurse speaking. . . .'

'Will you come down immediately to No. 332?'

'I'm dying, Jules. . . .'

'You'll see, you won't die, Madame la Comtesse. . . .'

He did not know what to do while he was waiting. He went to switch on the lights in the sitting-room, and noticed that the champagne bottle was empty while the whisky bottle was still three-quarters full.

The Countess Paverini went on moaning, with her hands clenched over her breast.

'Jules. . . .'

'Yes, Madame la Comtesse?'

'Suppose they come too late. . . .'

'Mlle Genévrier is coming down right away.'

'If they should come too late all the same, tell them that I've taken poison, but that I don't want to die. . . .'

The nurse, grey-haired, grey-faced, her body still redolent of sleep under her white overall, came into the apartment, after tapping gently at the door for form's sake. She had a bottle of something brownish in her hand and her pockets were bulging with boxes of medicaments.

'She says she's taken poison. . . .'

Mlle Genévrier cast round a preliminary glance, saw the waste-paper basket, extracted from it a pharmaceutical container and read the label.

'Ask the telephonist to call Dr Frère. It's urgent. . . .'

It seemed as though now there was somebody to look after her the Countess had surrendered to her fate, for she no longer attempted to speak and her moans became weaker.

'Hullo! Please ring up Dr Frère immediately. . . . No no, not for me! . . . It's nurse who's asking. . . .'

These things happen so frequently in luxury hotels and in certain districts of Paris that at the Police First Aid Posts, when, for instance, they get a call from the XVIth *arrondissement*, somebody nearly always asks: 'Barbiturate?'

'Fetch me some hot water.'

'Boiled?'

'It doesn't matter, so long as it's hot.'

Mlle Genévrier had felt the Countess's pulse and lifted her upper eyelids.

'How many tablets did you swallow?'

A girlish voice replied: 'I don't know. . . . I can't remember. . . . Don't let me die. . . .'

'Of course not, dear. Drink this, anyhow. . . .'

She had her arms round the patient's shoulders and was holding a glass to her lips.

'Is it nasty?'

'You drink it up. . . .'

Close by, in his flat in the Avenue Marceau, Dr Frère dressed hurriedly, grabbed his case and presently, leaving the silent building, got into his car which was parked beside the pavement.

The marble entrance hall of the Hôtel George V was deserted, except for the night receptionist who was reading a newspaper behind his mahogany desk on one side, and on the other the head porter who was doing nothing at all.

'No. 332 . . .' announced the doctor as he went past.

'I know.' The telephonist had given them the news.

'Shall I ring for an ambulance?'

'I'm going up to see. . . .'

Dr Frère was familiar with most of the suites in the hotel. Like the nurse, he gave a token knock on the door, then went in, took off his hat and made for the bedroom.

Jules, after bringing a jug of hot water, had withdrawn into a corner.

'Poison, doctor. . . . I've given her . . .'

They exchanged a few words, like a kind of shorthand or conversation in code, while the Countess, still propped up on the nurse's arm, was retching violently and beginning to vomit.

'Jules!'

'Yes, doctor?'

'Get them to call the American Hospital at Neuilly to send an ambulance. . . .'

There was nothing unusual about it all. The telephonist, her headphones over her ears, spoke to another night telephonist over at Neuilly.

'I don't exactly know, dear. It's Countess Paverini, and the doctor's up there with her. . . .'

The telephone bell rang in No. 332. Jules answered, and reported:

'The ambulance will be here in ten minutes.'

The doctor put away the hypodermic which he had just used for an injection.

'Shall I get her dressed?'

'Just wrap her in a blanket. If you can see a suitcase anywhere, pack a few things. You know better than I do what she'll need.'

A quarter of an hour later, two ambulance men carried the little Countess downstairs and lifted her into the ambulance, while Dr Frère got into his own car. 'I'll be there as soon as you are.'

The doctor and the ambulance men were old acquaintances. He also knew the hospital receptionist, to whom he said a few words, and the young doctor on duty. These people spoke little, and always as though in code, because they were accustomed to working together.

'Room 41 is free. . . .'

'How many tablets?'

'She doesn't remember. The container was found empty.'

'Did she vomit?'

The doctor knew this nurse as well as the one at the George V. While she organized things, he lit a cigarette at last.

Stomach pump. Pulse-taking. Another injection.

'Just let her sleep now. Take her pulse every half hour.'

'Yes, doctor.'

He went down in a lift exactly like the one in the hotel and gave some instructions to the receptionist, who noted them down.

'Have you told the police?'

'Not yet. . . .'

He glanced at the black and white clock. Half-past four.

'Put me through to the police station in the Rue de Berry.'

There, bicycles were standing in front of the door, under the lamp. Inside, two young constables were playing cards and a sergeant was brewing himself some coffee on a spirit lamp.

'Yes, Rue de Berry police station here. . . . Doctor what? . . . Frère? . . . Like brother? . . . O.K. . . . I'm listening. . . . One minute. . . .' The sergeant grabbed a pencil and noted on a scrap of paper the information imparted to him. 'Yes. . . . Yes. . . . I'll tell them you're going to send in your report. . . . Is she dead? . . .'

He hung up again, and said to the other two who were watching him, 'Barbiturate. . . . George V. . . .'

For him this simply meant extra work. He lifted the receiver again with a sigh.

'Head office? . . . Rue de Berry station here. . . . It's me, Marchal. . . . How are things your end? . . . It's quiet here. . . . The fight? . . . No, we didn't keep them at the station. . . . One of the chaps knows a lot of people, you get me? . . . I had to ring up the Super, who told me to let them go. . . .'

There had been a fight in a night-club in the Rue de Ponthieu.

"Well, I've got something else. . . . A barbiturate. . . . Will you take it down? . . . A countess. . . . Yes, a countess. . . . Real or phoney, I don't know. . . . Paverini . . . P for Peter, A for Apple, V for Victor, E for . . . Paverini, yes. . . . Hôtel George V. . . . Suite 332. . . . Doctor Frère, like your brother. . . . American hospital at Neuilly. . . . Yes, she talked. . . . She'd wanted to die, then she'd stopped wanting to. . . . The old story. . . .'

At half-past five Inspector Justin of the VIIIth

arrondissement questioned the night porter of the George V, wrote a few words in his notebook, next talked to Jules the waiter, and finally made his way to the hospital at Neuilly, where he learned that the Countess was asleep and that her life was not in danger.

At eight o'clock that morning it was still drizzling, but the sky was lighter, and Lucas, who had a slight cold, sat down in his office in the Quai des Orfèvres, where the previous night's reports were awaiting him.

He was thus informed, in a few official phrases, of the fight in the Rue de Ponthieu, the arrest of ten or twelve prostitutes, some cases of drunkenness, a knifing incident in the Rue de Flandre and a few other happenings, none of which were out of the ordinary run.

Six lines told him, moreover, of the attempted suicide of the Countess Paverini, *née* La Serte.

Maigret turned up at nine o'clock, still rather worried about the Deputy's daughter.

'Has the Chief asked for me?'

'Not yet.'

'Anything important in the reports?'

Lucas hesitated for a second, decided that, all things considered, an attempted suicide, even at the George V, was not an important matter and answered:

'Nothing.'

He had no idea that he was making a serious mistake, which was going to complicate Maigret's existence and that of the entire Police Judiciaire.

When the bell rang in the passage the Superintendent, carrying a few files, left his office and went with the other departmental heads to a meeting in the Big Chief's room. They discussed outstanding business that concerned the various superintendents, but Maigret said nothing about Countess Paverini because he knew nothing about her.

By ten o'clock he was back at his desk and, his pipe between his lips, was beginning his report on a case of robbery with violence that had occurred three days earlier; an Alpine beret which had been dropped on the scene of the crime would, he hoped, enable him to trace and arrest the criminals very shortly.

At about the same time, in the Hôtel Scribe on the Grands Boulevards, a certain John Arnold, who was breakfasting in pyjamas and dressing-gown, picked up his telephone receiver.

'Hullo, mademoiselle. . . . Will you put me through to Colonel Ward at the Hôtel George V?'

'Right away, Mr Arnold.'

For Arnold was an old habitué of the Hôtel Scribe; he lived there almost all the year round.

The telephonists at the two hotels, the Scribe and the George V, knew one another without having met, as telephonists do.

'Hullo, dear, will you put me through to Colonel Ward?'

'For Arnold?'

The two men habitually rang one another up several times a day and the ten o'clock call was traditional.

'He hasn't rung for his breakfast yet. . . . Shall I call him all the same?'

'Wait a minute. I'll find out. . . .'

The plug shifted from one hole to another.

'Mr Arnold. . . . The Colonel hasn't rung for his breakfast yet. Shall I ask them to wake him up?'

'Has he left no message?'

'I've not been told of any. . . .'

'It's ten o'clock, isn't it?'

'Ten past ten.'

'Call him again. . . .'

The switchboard got busy again.

'Call him, dear. . . . Never mind if he grumbles. . . .'

There was silence on the line. The telephonist at the Scribe had time to put through three other calls, including one to Amsterdam.

'Hullo there, dear, you've not forgotten my Colonel?'

'I keep on ringing him. He doesn't answer.'

A few minutes later there was another call from the Scribe to the George V.

'Listen, dear. I've told my caller that the Colonel doesn't answer. He says that's impossible, that the Colonel is expecting a call from him at ten o'clock, that it's very important. . . .'

'I'll try ringing him once more. . . .'

Then, after a vain attempt:

'Wait a sec. I'll ask the porter if he's gone out.'

A pause.

'No. His key's not on the board. What shall I do?'

In his room, meanwhile, Mr John Arnold was losing patience.

'Well, mademoiselle, have you forgotten my call?'

'No, Mr Arnold. The Colonel doesn't answer. The porter hasn't seen him go out and his key isn't on the board.'

'Get them to send somebody to knock on his door.'

The messenger this time was not Jules but an Italian named Gino, who was on duty on the third floor, where Colonel Ward's suite was five doors away from Countess Paverini's.

Gino rang back to tell the porter:

'There's no answer and the door's locked.'

The porter turned to his assistant:

'You go and see. . . .'

The assistant, in his turn, rang, knocked, and said softly, 'Colonel Ward . . .'

Then he took a master-key from his pocket and managed to open the door.

Inside, the shutters were closed and a lighted lamp stood on one of the sitting-room tables. The light was on in the bedroom too, with the bed turned down for the night and the pyjamas laid out.

'Colonel Ward . . .'

Some dark clothes lay on a chair, some socks on the floor and a pair of shoes, one of them sole upwards.

'Colonel Ward! . . .'

The bathroom door was shut. The porter's assistant knocked first, then pushed open the door. He simply uttered a brief oath.

He thought of telephoning from the bedroom, but felt so reluctant to remain there that he hurried out of the suite, closing the door behind him, and without waiting for the lift ran down the stairs.

Three or four guests were gathered round the porter, who was consulting a transatlantic airways timetable. The assistant whispered in his boss's ear.

'He's dead.'

'One moment. . . .'

Then the porter, realizing the meaning of the words he had just heard:

'What's that you said?'

'Dead. . . . In his bath.'

The porter spoke to his visitors in English, asking them to be patient for a moment. He crossed the hall and leaned over the reception desk.

'Is Monsieur Gilles in his office?'

On receiving an affirmative nod he went to knock at the door in the left-hand corner.

'Excuse me, Monsieur Gilles. I've just sent René up to the Colonel's. It seems he's dead, in his bath. . . .'

M Gilles wore striped trousers and a black jacket. He turned to his secretary.

'Call Dr Frère immediately. He must be on his rounds. See that they get hold of him. . . .'

M Gilles knew certain things of which the police were still ignorant. So did the porter, M Albert.

'What d'you think about it, Albert?'

'The same as you do, I suppose. . . .'

'You've heard about the Countess?'

A nod was enough.

'I'm going up there. . . .'

But as he felt disinclined to go there alone, he took with him one of the sleek-haired, tail-coated young reception clerks. As he went past the porter, who had gone back to his post, he told him:

'Get in touch with the nurse. . . . Send her down to No. 347 at once.'

The hall was not empty, as it had been during the night. The three Americans were still arguing as to which plane they should take. A newly arrived couple were filling in forms at the reception desk. The florist was at her stall, so was the woman who sold newspapers, next to the theatre ticket agency. Several people were sitting waiting in armchairs, including the head saleswoman of a leading couturier with a box full of dresses.

Upstairs, on the threshold of the bathroom in Suite 347, the manager dared not take a second look at the obese corpse of the Colonel, lying in the bath in a curious position with the head under water and only the paunch protruding.

'Ring up the . . .'

He broke off on hearing the telephone ringing in the next room and hurried to answer it.

'Monsieur Gilles?' It was the telephonist's voice.

'I was able to contact Dr Frère at one of his patients' in the Rue François Ier. He'll be here in a few moments.'

The young reception clerk was asking:

'Whom shall I ring up?'

The police, obviously. In the case of an accident of this sort, it was unavoidable. M Gilles knew the local Superintendent, but the two men did not get on. Moreover, the local police sometimes behave with a lack of tact that can be embarrassing for a hotel like the George V.

'Ring up the Police Judiciaire.'

'Who shall I ask for?'

'The Director.'

They had occasionally been fellow-guests at dinners, which, although they had only exchanged a few words, would serve as an introduction.

'Hullo! Is that the Director of the Police Judiciaire? Excuse me for bothering you, Monsieur Benoit. This is Gilles, manager of the Hôtel George V. . . . Something has just happened. . . . I mean I have just discovered . . .'

He was at a loss how to put it.

'Unfortunately a very important person is concerned, a world celebrity . . . Colonel Ward. . . . Yes, David Ward. . . . A member of my staff has just found him dead in his bath. . . . No, I don't know anything more. I thought it best to call you right away. . . . I'm expecting the doctor at any moment. I need not ask you . . .'

To be discreet, of course. He had no desire to see the hotel invaded by journalists and photographers.

'No. . . . No, of course. . . . I promise you nothing shall be touched. . . . I'll stay on the spot myself. . . . Here is Dr Frère. . . . Would you like to speak to him?' The doctor, who was still in complete ignorance, picked up the receiver which was offered him.

'Dr Frère speaking. . . . Hullo! . . . Yes, I've just arrived, I was at a patient's. . . . What did you say? . . . No, I can't say he was one of my patients, but I do know him. I once attended him in a mild case of flu. . . . What? . . . On the contrary, very fit, in spite of the life he leads . . . used to lead, rather. Excuse me, I haven't seen the body yet. . . . Of course. . . . Yes. . . . Yes . . . I understand. . . . Presently, then, Monsieur le Directeur. . . . Do you want to speak to him again? . . . You don't? . . .'

He hung up, then asked: 'Where is he?'

'In the bath.'

'The head of the Police Judiciaire says he'll be sending somebody round and nothing is to be touched meanwhile.'

M Gilles spoke to the young reception clerk:

'You can go down again. Keep a look out for whoever comes from the police and see that they're sent up quietly. . . . No gossip about this in the lobby, please. . . . Understood?'

'Yes sir.'

A bell rang in Maigret's office.

'Will you come in here a moment?'

It was the third time the Superintendent had been disturbed since beginning his report on the robbery with violence. He relit his pipe, which had gone out, crossed the corridor and knocked at the Chief's door.

'Come in, Maigret. Sit down.'

A little sunshine was now mingling with the rain and gleaming on the brass inkstand on the Chief's desk.

'Do you know Colonel Ward?'

'I've read his name in the papers. He's the man with three or four wives, isn't he?'

'He's just been found dead in his bath at the George V.'

Maigret remained unmoved, for his mind was still full of the hold-up affair.

'I think you had better go there personally. The doctor, who's more or less attached to the hotel, has just told me that the Colonel was in the best of health only yesterday and had never, to his knowledge, suffered from heart trouble. . . . The thing is likely to cause a stir in the Press, not only in France but internationally. . . .'

Maigret loathed all such cases, involving celebrated personalities, that had to be handled with kid gloves.

'I'll go,' he said.

His report would have to be postponed yet again. Looking disgruntled, he pushed open the door of the inspectors' room, wondering which of them to take with him. Janvier was there, but he had been dealing with the robbery.

'You go into my room, Janvier, and try to carry on with my report. . . . You, Lapointe . . .'

Young Lapointe looked up delightedly.

'Put on your hat and come with me.' Then to Lucas: 'If anyone asks for me, I'm at the George V.'

'About the poisoning business?'

It had slipped out involuntarily, and Lucas blushed.

'What poisoning business?'

Lucas stammered: 'The Countess . . .'

'Who are you talking about?'

'There was something in the reports this morning about a Countess with an Italian name who tried to commit suicide at the George V. The reason I didn't tell you . . .'

'Where is the report?'

Lucas rummaged through the papers piled up on his desk and pulled out an official sheet of paper.

'She didn't die. . . . That was why . . .'

Maigret scanned the brief statement.

'Has anyone been able to question her?'

'I don't know. Somebody from the VIIIth *arrondissement* went to the Neuilly hospital. I don't know whether she was in a fit state to talk. . . .'

Maigret was unaware that, shortly before two o'clock that morning, Countess Paverini and Colonel Ward had got out of a taxi in front of the Hôtel George V and that it had not surprised the porter to see them collect their keys together.

Neither had Jules, the room-waiter, been surprised when, answering a summons from No. 332, he had found the Colonel in the Countess's room.

'The usual, Jules!' she had told him.

This meant a bottle of Krug 1947 and an intact, unopened bottle of Johnny Walker, since the Colonel was suspicious of whisky he had not opened himself.

Lucas, who was expecting a reproof, was even more mortified when Maigret stared at him in surprise, as though he could not credit such an error of judgement on the part of his oldest collaborator.

'Come on, Lapointe.'

On the way out they met a petty thief whom Maigret had sent for.

'Come back and see me this afternoon.'

'What time, Boss?'

'Whatever time you like. . . .'

'Shall I take a car?' asked Lapointe.

They took one. Lapointe drove. At the George V, the janitor had been given his instructions.

'Leave it to me. I'll park it. . . .'

Everybody had been given instructions. As the two policemen went in, doors opened before them, and in a few moments they were outside Suite No. 347, where the manager was awaiting them, having been notified by telephone.

Maigret's job had not often taken him to the Hôtel George V, but he had none the less been called in there on two or three occasions and he knew M Gilles, with whom he shook hands. Dr Frère was waiting in the sitting-room, beside the small table on which his black case lay. He was a man of good appearance and calm bearing, whose patients were important people and who knew nearly as many secrets as Maigret himself. Only he moved in a different world, one which policemen seldom have the occasion to enter.

'Is he dead?'

A slight flicker of the eyelids.

'About when?'

'Only the post-mortem can establish that accurately, if, as I suppose, there will have to be a post-mortem.'

'Could it have been an accident?'

'Come and see. . . .'

Maigret did not relish, any more than M Gilles had done, the sight of that naked body in the bath.

'I haven't shifted him, since it was useless from a medical point of view. At first sight it might have been one of those accidents that occur in baths more frequently than you might expect. One slips, and one's head comes up against the rim of the bath. . . .'

'I know. . . . Only then there are no marks left on the shoulders. . . . Isn't that what you mean?'

Maigret, too, had noticed two darker patches on the dead man's shoulders, like bruises.

'You believe somebody helped him, don't you?'

'I can't say. . . . I'd rather the pathologist decided that question.'

'When did you last see him alive?'

'About a week ago, when I came to give the Countess an injection.'

M Gilles seemed to scowl. Had he been hoping to keep her out of it?

'A countess with an Italian name?'

'Countess Paverini.'

'The one who tried to commit suicide last night?'

'I'm not sure, in fact, that her attempt was a serious one. She had undoubtedly taken a certain amount of pheno-barbitone; I knew, actually, that she always took some at night. She took an overdose, but I doubt whether she had swallowed enough to prove fatal.'

'A phoney suicide?'

'That's what I'm wondering. . . .'

They were both of them familiar with those women—pretty women, almost invariably—who, after a quarrel, a disappointment, some love affair, take just enough sleeping tablets to produce the symptoms of poisoning without any real risk to their lives.

'You say the Colonel was present when you gave the Countess her injection?'

'When she was in Paris I used to give her two a week—Vitamins B and C, all quite innocuous—overstrain. . . .'

'And the Colonel?'

M Gilles took it upon himself to answer.

'The Colonel and the Countess were close friends. . . . They had separate suites. I wondered why, because . . .'

'He was her lover?'

'The position was generally accepted, one might almost say official. Two years ago, if I'm not mistaken, the Colonel asked his wife to divorce him, and everyone in their set expected that as soon as he was free he would marry the Countess. . . .'

Maigret nearly asked with assumed naïvety: 'Which set?'

What was the use? The telephone bell rang. Lapointe looked at his boss to find out what he ought to do. Obviously, the young detective was somewhat overawed by his surroundings.

'Answer it.'

'Hullo. . . . What? . . . Yes, he's here. . . . It's me, yes. . . .'

'Who is it?' Maigret asked.

'Lucas would like a word with you.'

'Hullo, Lucas . . .'

The latter, to make up for his previous mistake, had made contact with the American Hospital at Neuilly.

'I'm very sorry, Chief. . . . I can't forgive myself. . . . Has she gone back to the hotel?'

Countess Paverini had left her room in the hospital, where she had been alone, and had gone off without anyone attempting to prevent her.

CHAPTER TWO

JUST ABOUT THEN an incident occurred which, though apparently insignificant, was to affect Maigret's mood throughout the whole inquiry. Was Lapointe aware of it, or did Maigret attribute to him a reaction which in fact he never had?

A little earlier, when M Gilles had spoken of the set to which the Countess Paverini and Colonel Ward belonged, the Superintendent had restrained himself from asking: 'Which set?'

If he had said that, would not his voice have betrayed a touch of irritation, of irony, possibly of aggressiveness?

He was reminded of an impression he'd had at the start of his career in the Force. He'd been about the age Lapointe was now, and he had been sent, merely to check a statement, into the very district where he now was, between the Etoile and the Seine, he could not remember the name of the street.

At that time, town mansions were still privately owned, and young Maigret had felt he was entering an unfamiliar world. What had struck him most was the quality of its silence, its remoteness from the crowd and the din of public transport. Nothing could be heard but birdsong and the rhythmical clatter of horses' hoofs as ladies and gentlemen, wearing light-coloured bowlers, rode towards the Bois.

Even the adjoining buildings had as it were a secret face. In the courtyards you could see chauffeurs polishing the cars, and sometimes in a doorway or at a window a valet in striped waistcoat or a *maître d'hôtel* wearing a white tie.

The young detective at that time knew practically nothing about the private lives of their masters, almost all of whom bore well-known names that could be read any morning in the *Figaro* or the *Gaulois*; and he felt awestruck when he had to ring at one of those majestic doors.

Today, in Suite 347, he was certainly no longer the novice he had been then. And most of the private mansions had disappeared, and many of the streets which were once so silent had become busy commercial thoroughfares. None the less he was now in the district which had once housed the aristocracy, and the Hôtel George V stood there as the hub of a private universe which was unfamiliar to him.

The newspapers would publish the names of people who were still asleep or eating their breakfast in neighbouring flats. The avenue itself, the Rue François Ier and the Avenue Montaigne made up a world apart, where plaques on the houses bore the names of great couturiers, and where even a shirt-maker's shop-window displayed things to be seen nowhere else.

Wasn't it all rather puzzling for Lapointe, who lived in modest furnished rooms on the Left Bank? Did he not feel an involuntary respect for this newly-revealed luxury, just as Maigret himself had done in the old days?'

'A policeman—the ideal policeman—ought to feel at home in any surroundings.'

Maigret had said this one day, and all his life he had striven to forget the surface differences between men, to scrape away the varnish and discover the naked human being under the various appearances.

But this morning, involuntarily, he was irritated by something in the atmosphere around him. M Gilles, the manager, was an excellent person, despite his striped trousers, a certain professional smoothness and his dread of any sort of trouble; and so was the doctor, with his list of illustrious patients.

He somehow felt a sort of complicity between them. They uttered the same words as everybody else, and yet they spoke a different language. When they mentioned 'the Countess' or 'the Colonel', the words bore a meaning that eluded ordinary mortals.

In short, they shared a secret. They belonged, if only on the fringe, to a private world to which the Superintendent's conscience would not allow him to display hostility *a priori*.

This was what he was obscurely thinking, or rather feeling, as he hung up the receiver and turned to ask the doctor:

'Do you believe that if the Countess had really taken a dose of barbiturate large enough to kill her she would have been able, after your treatment, to get up unaided, about half an hour ago, and leave the hospital?'

'She's gone?'

The bedroom shutters were still closed, but those in the sitting-room had been opened and a little sunlight, a mere gleam of reflected light, had crept into the room. The doctor was standing next to the table on which his case was lying. The hotel manager was near the sitting-room door and Lapointe a little further back, on Maigret's right.

The dead man was still in the bath, and the bathroom, the door standing open, was the most brightly lit room.

The telephone rang once again. The manager lifted the receiver, after a glance towards the Superintendent as though to ask his leave.

'Hullo, yes? . . . Speaking. . . . He's coming up? . . .'

Everyone was staring at him and he stood there looking worried and wondering what to say, when the door on to the passage was flung open.

A man of about fifty, tanned and silver-haired, wearing a light grey suit, looked round the assembled company in turn and finally caught sight of M Gilles.

'Ah, there you are. . . . What has happened to David? Where is he? . . .'

'Oh, Mr Arnold . . .' He pointed to the bathroom and then, quite naturally, began speaking English. 'How did you learn of it?'

'I rang up five times this morning. . . .' Mr Arnold replied in the same language.

This was another detail that increased Maigret's irritation. He could understand English at a pinch, but by no means spoke it fluently. And now the doctor, too, began speaking English.

'Unfortunately, Mr Arnold, there's no doubt of his being dead. . . .'

The newcomer stood in the doorway of the bathroom and stayed there for a while, gazing at the body in the bath, with his lips moving as though in silent prayer.

'A stupid accident, I suppose?'

For some unknown reason he had reverted to French, which he spoke with scarcely a trace of accent.

It was just at that moment that the incident occurred. Maigret was standing beside the chair on which the dead man's trousers had been flung. There was a slender platinum chain fastened to a button at the waist, to the other end of which, in the pocket, some object such as a key or a watch was presumably attached.

Automatically, out of sheer curiosity, the Superintendent put out his hand to take hold of the chain, and just as he did so the man Arnold turned towards him with a severe look as though to accuse him of unseemly or indelicate behaviour.

It was all done much more subtly than by words, with just a glance, barely insistent, and a scarcely perceptible change of expression.

Then Maigret dropped the chain and assumed an attitude of which he promptly felt ashamed, since it was that of a guilty man.

Had Lapointe really noticed this, and averted his eyes on purpose?

There were three of them at Police Headquarters—it had become a joke—whose admiration for the Superintendent amounted to a cult: Lucas, the oldest, Janvier who had once been as young, as inexperienced and as enthusiastic as Lapointe, and finally the latter, 'little Lapointe' as they called him.

Had he been disillusioned or merely embarrassed on seeing his Chief affected, just as he was himself, by the atmosphere into which they had suddenly been plunged?

Maigret reacted by stiffening, which was perhaps yet another mistake, as he realized, but he couldn't help it.

'I should like to put a few questions to you, Monsieur Arnold. . . .'

The Englishman did not ask Maigret who he was, but turned towards M Gilles, who explained:

'Superintendent Maigret of the Police Judiciaire.'

He gave a vague and barely courteous little nod.

'May I ask you who you are and why you have come here this morning?'

Once again Arnold looked at the manager in some surprise, as though the question was a peculiar one, to say the least.

'Mr John Arnold is . . .'

'Let him speak for himself, please.'

The Englishman said: 'Couldn't we go into the sitting-room?'

Before doing so he went to cast another glance into the bathroom, as if to pay his respects to the dead man once again.

'Do you still need me?' asked Dr Frère.

'So long as I know where to find you. . . .'

'My secretary is informed of my movements. . . . The hotel has my telephone number. . . .'

Arnold asked M Gilles in English: 'Could you have a Scotch sent up for me?'

And Maigret, before resuming the conversation, took up the receiver.

'Get me the Parquet, please, mademoiselle. . . .'

'The what?'

They didn't speak the same language here as at the Quai des Orfèvres.

'Please put me through to the Public Prosecutor or one of his deputies. . . . Superintendent Maigret. . . . Yes. . . .'

While he was waiting, M Gilles found time to whisper, 'Could you ask these gentlemen to act with great discretion, to come into the hotel as if nothing was the matter and . . .'

'Hullo! . . . I am at the Hôtel George V, Monsieur le Procureur. . . . They've just found a man dead in a bathroom, Colonel David Ward. . . . Ward, yes. The body is still in the bath and certain signs suggest that the death was not accidental. . . . Yes, so I've been told. . . .'

At the other end of the line the Public Prosecutor had just informed him: 'You know that David Ward is a *very important* man?'

Maigret went on listening patiently.

'Yes. . . . Yes . . . I'll stay here. . . . There was another incident last night in the same hotel. . . . I'll tell you about that presently. . . . Yes. . . . We'll be expecting you. . . .'

While he was speaking, a waiter in a white jacket had appeared briefly and Mr Arnold had sat down in an armchair and lit a cigar, after carefully clipping its end.

'I asked you . . .'

'Who I am and what I am doing here. . . . Now it's my turn to ask you something: do you know *who* my friend David Ward is . . . was, as I must now say?'

Perhaps it was not insolence, after all, but innate self-assurance. Arnold was at home here. The manager was reluctant to interrupt him but eventually did so, rather like a schoolboy asking leave to go to the lavatory during a lesson.

'Will you excuse me, gentlemen . . . I'd like to know whether I may go downstairs to give certain instructions. . . .'

'We are expecting the Parquet.'

'Yes, so I gathered. . . .'

'We shall need you. I am also expecting some technical experts and photographers, as well as the police pathologist. . . .'

'Might I ask for some, at any rate, of these gentlemen to come in by the service door? You must understand, Superintendent. If there is too much coming and going in the entrance hall and if . . .'

'I understand. . . .'

'Thank you. . . . Your whisky will be up directly, Mr Arnold. . . . Won't you take something, gentlemen?'

Maigret shook his head and then regretted it, for he could have done with a drink himself.

'I'm listening, Monsieur Arnold. . . . You were saying?'

'I was saying that you have probably read my friend David's name in the papers like everyone else. . . . Generally accompanied by the word "multi-millionaire" . . . "The English multi-millionaire". . . . And that's quite true, if you reckon in francs, though not in pounds. . . .'

'How old was he?' cut in Maigret.

'Sixty-three. . . . David did not make his fortune himself but, as we say, he was born with a silver spoon in his mouth. . . . His father already owned the biggest wire-mills in Manchester, founded by his grandfather. Are you following me?'

'I'm following you.'

'I won't go so far as to say that the business ran itself and that David didn't have to bother about it, but it required very little effort from him, an occasional interview with his directors, a board meeting, some documents to sign. . . .'

'He did not live in Manchester?'

'Hardly ever.'

'According to the newspapers . . .'

'The newspapers adopt two or three dozen public figures, once and for all, and retail their most trivial activities. That does not mean that everything they say is accurate. Thus with regard to David's divorces they printed a great many unfounded stories. . . . But that's not what I want to try and make you understand. . . . In most people's view David, who had inherited a considerable fortune and a sound business, had nothing to do but enjoy himself in Paris, at Deauville, Cannes, Lausanne or in Rome, frequenting night-clubs and race-courses in the company of pretty women and other well-known public figures. . . . But that is not the case. . . .'

Mr Arnold took his time, stared for a moment at the white ash of his cigar, then beckoned to the waiter who had just come in and took his glass of whisky from the tray. 'If you don't mind . . .'

Then, sinking back into his armchair:

'If David never led the usual life of a wealthy British industrialist in Manchester, it was just because his position there was already established and he had nothing to do but carry on the work of his father and his grandfather, which did not interest him at all. Can you understand that?' And from the way he looked at the Superintendent and then at young Lapointe it was clear that he considered the two men as incapable of understanding such a feeling.

'The Americans have a word which we in England don't use very often. . . . They speak of a "playboy", meaning a rich man whose sole aim in life is to have a good time, playing polo or going to winter sports, yacht racing, frequenting night-clubs in pleasant company. . . .'

'The Parquet will soon be here,' observed Maigret, looking at his watch.

'I apologize for inflicting this lecture on you, but you asked me a question which I cannot answer in a couple of words. . . . Perhaps, too, I'm anxious to save you from making blunders . . . *gaffes*, as you say. . . . Far from being a playboy David Ward took a personal interest, not merely in his capacity as owner of the Ward Wire-mills of Manchester, in a number of widely differing concerns. Only he did not consider it necessary to shut himself up eight hours a day in an office in order to work. Believe me when I tell you he was a businessman of genius. He used to bring off remarkable deals at the most unexpected times and places. . . .'

'For instance?'

'Once when we were driving together on the Italian

Riviera, some trouble with his Rolls obliged us to stop at a modest little inn. While our meal was being prepared David and I went for a walk in the neighbourhood. This was about twenty years ago. By the same evening we were in Rome, but a few days later I had to buy on David's behalf five thousand acres of land, partly covered with vineyards. . . . Today you would find there three grand hotels, a casino, and one of the prettiest stretches of beach along the coast laid out with villas. . . . While in Switzerland, near Montreux . . .'

'In short you were his personal business agent?'

'His friend and his business agent, if you like. . . . His friend primarily, for when I first knew him I had never had anything to do with commerce or finance. . . .'

'Are you staying at the George V too?'

'No, at the Hôtel Scribe. It may seem odd to you, but in Paris as elsewhere we almost always lived in separate hotels, for David always guarded his privacy most jealously. . . .'

'Was it for the same reason that Countess Paverini stayed in a suite at the farther end of the corridor?'

Arnold reddened slightly.

'For that reason among others. . . .'

'Meaning . . .'

'It was a question of discretion. . . .'

'But didn't everybody know of their relationship?'

'Everybody talked about it, certainly.'

'And was it true?'

'I suppose so. I never asked him any questions on that subject.'

'And yet you were intimate friends. . . .'

It was Arnold's turn, now, to be annoyed. He, too, must be thinking that they were not speaking the same language, that they were on different wavelengths.

'How many lawful wives has he had?'

'Only three. The newspapers have ascribed more to him

because whenever he met a woman and was seen in public with her a few times there were rumours of another marriage.'

'Are the three wives still living?'

'Yes.'

'Did he have any children by them?'

'Two. A son, Bobby, who's eighteen and is at Cambridge, by the second, and a daughter, Ellen, by the third.'

'On what sort of terms was he with them?'

'With his former wives? Oh excellent terms. He was a gentleman.'

'Did he sometimes see them?'

'He met them occasionally. . . .'

'Are they wealthy?'

'Only the first, Dorothy Payne, whose people own an important textile mill in Manchester.'

'And the other two?'

'He has provided for them.'

'So that none of them had anything to gain by his death?'

Arnold gave a puzzled frown and looked shocked.

'Why should they?'

'And Countess Paverini?'

'He would no doubt have married her once his divorce from Muriel Halligan had been made absolute.'

'In your opinion, who stood to gain by his death?'

The answer came swift and unhesitating. 'Nobody.'

'Did he have any enemies, to your knowledge?'

'Only friends, so far as I know.'

'Had he come to the George V for a long stay?'

'Wait a minute. . . . This is the 7th of October. . . .'

He took out his diary, a pretty little book bound in soft red leather with gilt edges.

'We arrived from Cannes on the 2nd. . . . Before that we were in Biarritz, having left Deauville on August 17th. . . . We were to leave for Lausanne on the 13th. . . .'

'On business?'

Once again Arnold cast a despairing glance, as though this thick-skulled man was definitely incapable of understanding the most elementary things.

'David had a flat in Lausanne, and had even made his home there. . . .'

'And here?'

'He had this suite which he rented by the year, as he did one in London and another at the Carlton in Cannes. . . .'

'And in Manchester?'

'He owned the Ward family mansion, an enormous Victorian building, where I don't suppose he'd spent three nights in the last thirty years. . . . He detested Manchester.

'Do you know Countess Paverini well?'

Arnold did not have time to answer. Steps and voices were sounding in the corridor. M Gilles, obviously more impressed than he had been by Maigret, ushered in the Public Prosecutor and a young examining magistrate with whom the Superintendent had not previously worked; his name was Calas and he looked like a student.

'This is Mr Arnold . . .'

'I am John Arnold,' the latter introduced himself.

Maigret went on: 'The close friend and private business agent of the deceased.'

As though he were delighted to be dealing, at last, with somebody important, Arnold spoke to the Public Prosecutor:

'I had arranged a rendezvous with David for ten o'clock this morning, to be accurate I was to ring him up. That was how I heard of his death. I now learn that it is thought not to have been an accident, and I suppose the police have good reasons for saying so. What I would like to ask you, Monsieur le Procureur, is to avoid too much talk getting around about the affair. David was an important man and I cannot tell you how many repercussions his death will involve, not only on the Stock Exchange but in various other circles.'

'We shall be as discreet as possible,' murmured the Public Prosecutor. 'Don't you agree, Superintendent?'

Maigret bowed his head.

'I suppose,' Arnold went on, 'that you have questions to put to me?'

The Public Prosecutor looked at Maigret, then at the examining magistrate.

'Presently, perhaps. . . . I don't know. . . . For the time being, I think that you are free to . . .'

'If you need me, I shall be downstairs in the bar.'

When the door had closed behind him, they exchanged worried looks.

'A nasty business, isn't it?' said the Public Prosecutor. 'Have you any ideas?'

'Not one. Except that a certain Countess Paverini, who was Ward's mistress and who lived in a suite at the far end of the passage, tried to poison herself last night. The doctor had her taken to the American Hospital at Neuilly, where she was given a private room. The nurse went to visit her every half hour. A little while ago she found the room empty. . . .'

'The countess has vanished?'

Maigret nodded, and went on:

'I've had a watch put on the stations, the airports and all the various exits from Paris.'

'It's strange, isn't it?'

Maigret shrugged his shoulders. What could he say? Everything about this business was strange, from the dead man who had been born with a silver spoon in his mouth and who carried on business while frequenting race-courses and night-clubs, to that socialite man of affairs who had talked to him like a schoolmaster addressing a dull pupil.

'Do you want to see him?'

The Public Prosecutor, a highly dignified magistrate who belonged to the old aristocracy of the legal profession, confessed:

'I rang up the Ministry of Foreign Affairs. . . . David Ward really was an important figure. He acquired his Colonel's rank during the war, as head of a branch of the Intelligence Service. . . . Do you think that might have some bearing on his death?'

Footsteps sounded in the corridor, followed by a knock on the door, and Dr Paul appeared, carrying his case.

'I actually thought they were going to send me in by the tradesmen's entrance. . . . That's what's happening down below to your technical people. . . . Where's the body?' He shook hands with the Prosecutor, with Calas, the new magistrate, and finally with Maigret. 'Well, my old partner?'

Then he took off his jacket and rolled up his shirt sleeves.

'A man or a woman?'

'A man. . . .'

Maigret showed the doctor the bathroom, and they heard him utter an exclamation. The men from the Technical Branch arrived next, bringing their apparatus, and Maigret had to look after them.

At the Hôtel George V just as anywhere else, for David Ward as for any other victim of a crime, routine had to be followed.

'Can we open the shutters, Chief?'

'Yes. This glass doesn't count; it's just been brought up for a witness.'

The sun, by now, was flooding into the sitting-room and also into the bedroom, a large, bright room containing, as they now discovered, quantities of small personal possessions, almost all rare or precious objects. For instance, the alarm clock on the bedside table was of gold and came from Cartier's, as did a cigar case lying on a chest of drawers, while the manicure set bore the mark of a famous London firm.

In the hanging cupboard an inspector counted eighteen suits, and there were probably as many in Ward's other homes, in Cannes, in Lausanne, in London.

'You can send in the photographer,' said Dr Paul's voice.

Maigret looked all round and nowhere in particular, taking in the smallest details of the apartment and what was in it.

'Call Lucas, will you, and find out if he's got any news,' he told Lapointe, who seemed a bit bewildered by the general hubbub.

There were three telephones, one in the sitting-room, a second at the head of the bed and the third in the bathroom.

'Hullo, Lucas? . . . Lapointe speaking. . . .'

By the window, Maigret was talking in an undertone to the Prosecutor and the examining magistrate, while Dr Paul and the photographer were still out of sight in the bathroom.

'We shall see whether Dr Paul confirms Dr Frère's opinion. According to him, the bruises . . .'

The police doctor re-emerged at last, as cheerful as usual.

'Pending my report and probably the post-mortem, for I assume one will be ordered, I can tell you this:

'First, that fellow was built to last to at least eighty.

'Secondly, he was pretty drunk when he got into his bath.

'Thirdly, he didn't slip, and the person who helped him to meet his end had to use a certain amount of force to hold him under the water.

'That's all for the moment. If you'll send him along to the Medico-Legal Institute for me I'll try to find out something more. . . .'

The two magistrates exchanged a glance. Post-mortem or no post-mortem?

'Has he any relatives?' the Prosecutor asked Maigret.

'From what I could learn he has two children, both minors, and the divorce proceedings from his third wife had not yet been concluded.'

'Brothers or sisters?'

'One moment. . . .' He took up the telephone again. Lapointe was making signs that he wanted a word with him, but the Superintendent first asked for the bar.

'Mr Arnold, please.'

Shortly after that Maigret informed the magistrate:

'No sister. He had a brother who was killed in India at the age of twenty-two. . . . He has some cousins with whom he has lost contact. . . . What did you want to say, Lapointe?'

'Lucas has told me one detail he has just learnt. This morning, about nine o'clock, Countess Paverini made several telephone calls from her bedroom. . . .'

'Did they note the numbers?'

'Not the Paris calls; there were two or three of those, and she rang one number twice. Afterwards she rang Monte Carlo. . . .'

'Which number?'

'The Hôtel de Paris. . . .'

'To speak to whom?'

'They don't know. Would you like me to ring the Hôtel de Paris?'

The milieu was still the same: in Paris the George V and at Monte Carlo the most sumptuous hotel on the Riviera.

'Hullo, mademoiselle, will you kindly get me the Hôtel de Paris, Monte Carlo? . . . What did you say? . . .' He turned to the Superintendent in some embarrassment. 'She's asking to whose account the call is to be charged.'

And Maigret replied impatiently: 'To Ward's. . . . Or to mine, if she'd rather. . . .'

'Hullo, mademoiselle. . . . The call is for Superintendent Maigret. . . . Yes. . . . Thank you.'

He hung up, and reported that there would be ten minutes to wait.

In a drawer, some letters had been found, some in English, others in French or Italian, letters from women mixed up with business communications, invitations to cocktail parties and dinners, while in another drawer were neatly classified files.

'Are we to take them?'

Maigret nodded, after a questioning glance at Calas, the examining magistrate. It was eleven o'clock and the hotel was beginning to come to life, bells could be heard ringing, servants coming and going and the continuous click of the lift.

'Doctor, do you think a woman could have held his head under the water?'

'That depends on the woman.'

'They call her the "little Countess", which suggests that she's of slight build.'

'It's not size or weight that count. . . .' muttered Dr Paul, philosophically.

And Maigret added: 'Perhaps we'd better go and cast an eye over No. 332. . . .'

'What is 332?'

'It's the Countess's suite.'

They found the door shut and had to hunt for a chambermaid. The suite had already been tidied; it, too, consisted of a sitting-room, smaller than that of No. 347, a bedroom and a bathroom. Although the window was open the air was still redolent of perfume and alcohol, and whereas the bottle of champagne had been removed, the whisky bottle, three quarters full, still stood on a small table. The Public Prosecutor and the examining magistrate, too well brought up or too timid, stood hesitating on the threshold while Maigret flung open cupboards and drawers. What he discovered was the feminine equivalent of what he had found in Ward's rooms: luxury articles such as are to be found only in very special shops, and which are, as it were, the symbol of a certain life style.

Jewels were strewn about on the dressing-table as if they were things of no value: a diamond bracelet, a tiny watch, ear-rings and rings, worth altogether some twenty million francs.

Here, too, there were papers in a drawer, invitations, dressmakers' and milliners' bills, prospectuses, time-tables from Air-France and Pan-American.

There were no personal letters, as though the little Countess neither wrote nor received any. On the other hand, in a cupboard, Maigret counted twenty-eight pairs of shoes, some of which had never been worn, and their size implied that the Countess was indeed a tiny person.

Lapointe hurried up. 'I've just got through to the Hôtel de Paris. The telephonist notes outgoing but not incoming calls, except when guests are absent and she has to leave a message for them. She's had more than fifteen calls from Paris this morning and cannot say for whom this one was.'

Lapointe added, hesitantly: 'She asked me if it's as hot here as it is down there. Apparently . . .'

Nobody was listening to him now, and he fell silent. The little group went back to David Ward's suite and met a somewhat odd procession. The manager, who had doubtless been summoned, walked in front, like a scout, anxiously watching lest any door should open suddenly. He had brought one of the pages in sky-blue uniform as a reinforcement, to clear the way.

Four men followed, carrying the stretcher on which lay the body of David Ward, still naked, concealed under a blanket.

'This way,' M Gilles said in a muffled voice.

He was walking on tiptoe. The bearers moved forward cautiously, trying to keep clear of walls and doors. They did not go towards any of the lifts, but took a narrower, dingily-painted passage that led to the goods-lift.

David Ward, who had been one of the most distinguished of the hotel's guests, was leaving it by the back way, the one used for trunks and heavy baggage.

There was a silence. The magistrates, who had nothing more to do, were reluctant to return to the suite.

'You'll see to things, Maigret,' sighed the Public Prosecutor.

He hesitated, then, lowering his voice: 'Be prudent. Try to prevent the newspapers . . . Well, you get my meaning. . . . The Ministry has strongly urged me . . .'

Things had been less complicated yesterday, at about the same time, when the Superintendent had visited the cashier in the Rue de Clignan-court, a father of three children, who had received two bullet wounds in the stomach while trying to protect his wallet which contained eight million francs.

He had refused to be taken to hospital. If he was going to die he wanted to do so in the little room with the pink flowered wallpaper where his wife was tending him and where his children, back from school, walked about on tiptoe.

There was a clue in that case, the beret that had been dropped on the spot, which would eventually put him on the track of the criminals.

But in the case of David Ward?

'I think,' Maigret said suddenly, as though talking to himself, 'that I shall make a trip to Orly.'

Perhaps because of the time-tables of Air-France and Pan-Am that were lying about in a drawer, or because of the telephone call to Monte Carlo?

Perhaps, after all, because he had to do something or other, and an airport seemed in keeping with a person like the little Countess.

CHAPTER THREE

HE WAS NOT to get away from the George V as quickly as he had intended. While he was giving instructions over the telephone to Lucas, before leaving for the airport, young Lapointe, who had been prowling about Countess Paverini's suite, brought back from it a coloured tin box; it had originally contained English biscuits, and it was full of photographs.

It reminded Maigret of the box in which, when he was small, his mother used to keep buttons, and from which she would fish one out whenever a garment was short of one. That had been a tea-caddy decorated with Chinese characters, a somewhat unusual object to find in the home of a country estate-manager who never drank tea.

In the cupboard in Suite 332 the Superintendent had noticed suitcases that came from a celebrated trunk-maker in the Avenue Marceau, and the most trivial common articles, such as a shoe-horn or a paperweight, bore the imprint of a luxury firm.

Yet it was in an ordinary biscuit tin that the Countess kept, jumbled together, photographs of herself and her friends, snapshots taken in the various places where she had stayed, showing her in a swimsuit on board a yacht, probably in the Mediterranean, or water-skiing, or else at winter sports on a snowy mountain slope.

On a number of these photographs she appeared with the Colonel, sometimes alone together, more frequently with other people the Superintendent happened to recognize since they were well-known actors and writers.

'Are you taking away the tin, sir?'

Maigret seemed strangely loath to leave that floor of the George V, although there was really nothing more for him to discover there.

'Send for the nurse. Make sure, first, that it's the same one who was on duty last night.'

It was the same one, for the simple reason that there were no others on the hotel staff. Her work consisted chiefly, as Maigret discovered presently, in relieving hang-overs and in giving injections.

For the last few years one-third of the guests had been receiving injections of one sort or another on their doctors' orders.

'Tell me, mademoiselle . . .'

'Genévrier. . . .' She was a dignified, sad-looking person of indeterminate age, with the glazed eyes of someone who never gets enough sleep.

'When Countess Paverini left the hotel in the ambulance, she was in her night clothes, wasn't she?'

'Yes. We wrapped a blanket round her. I didn't want to waste time dressing her. I put some clothes in a suitcase for her.'

'A dress?'

'A blue suit, the first I happened to lay my hands on. Shoes and stockings too, of course.'

'Nothing else?'

'A handbag which was lying in the room. I made sure it contained a comb, a powder compact, lipstick, all the things a woman needs.'

'Do you know whether there was any money in the bag?'

'I saw a wallet, a cheque-book and a passport. . . .'

'A French passport?'

'An Italian one.'

'Is the Countess Italian by birth?'

'She's French. She became Italian by her marriage to Count Paverini and I suppose she's kept that nationality. I don't know. Such things aren't my business.'

In the lift there was a man at whom Lapointe stared avidly and whom Maigret eventually recognized as the greatest comedian of the American cinema. He, too, found it odd, after seeing him so often on the screen, to meet him in the flesh in a hotel lift, dressed like anybody else, with pouches under his eyes and the gloomy look of a man who has drunk too much the night before.

On his way to the reception hall the Superintendent went through the bar, where John Arnold was standing at the counter with a glass of whisky before him.

'Will you come over here for a moment?'

There were only a few customers there, most of them looking as bilious as the American actor, except for one couple who had spread out business papers on a small table and were deep in a serious discussion.

Maigret handed the photographs, one by one, to his companion. 'I suppose you know all these people? I noticed you were on some of the snapshots. . . .'

Arnold did in fact know them all, and many of them were people whose names Maigret himself knew: two former kings, who had once reigned in their own countries and were now living on the Riviera, an ex-Queen who lived in Lausanne, a few princes, an English theatrical producer, the proprietor of a leading brand of whisky, a ballerina and a tennis champion. . . .

There was something irritating about the way Arnold talked of them. 'You don't recognize him? That's Paul.'

'Paul what?'

'Paul of Yugoslavia. And there's Nénette. . . .'

Nénette was not the name of a starlet or a demimondaine, but that of a lady of the Faubourg Saint-Germain, an aristocratic hostess who entertained ministers and ambassadors.

'And who's this with the Countess and the Colonel?'

'Jef.'

'Jef what?'

'Jef Van Meulen, of the chemical products firm.'

Another name that Maigret knew, of course, having seen it on tins of paint and a host of other products. Jef was wearing shorts and a huge straw sombrero, and was playing bowls in one of the squares of Saint-Tropez.

'He was the Countess's second husband.'

'One more question, Mr Arnold. Do you know who is living at present in the Hôtel de Paris in Monte Carlo, whom the Countess might have rung up if she'd been in trouble?'

'Did she ring up Monte Carlo?'

'I asked you a question.'

'Jef, of course.'

'You mean her second husband?'

'He spends a good part of the year on the Coast. He owns a villa at Mougins near Cannes, but for most of the time he prefers the Hôtel de Paris.'

'Have they kept on good terms?'

'Excellent. She always calls him Daddy.'

The American comedian, after taking a turn round the hall, had come up to lean against the bar, and without inquiring what he wanted, the barman automatically mixed him a large gin and tomato juice.

'Were Van Meulen and the Colonel on good terms?'

'They were very old friends.'

'And Count Paverini?'

'He's on one of the photographs you've just shown me.'

Arnold looked it out. A tall dark young man with a fine head of hair, in bathing trunks, at the prow of a yacht.

'Also a friend?'

'Why not?'

'Many thanks. . . .'

Maigret was about to leave, then changed his mind.

'Do you know who is the Colonel's lawyer?'

John Arnold once again betrayed some impatience, as though his interlocutor was excessively ignorant.

'He had a great many. Not necessarily the sort of lawyer you would call a *notaire* in France. In London he had a firm of solicitors called Philps, Philps and Hadley; in New York, Harrison and Shaw looked after his interests; in Lausanne . . .'

'And to which of these firms do you think he has entrusted his will?'

'He left wills all over the place. He was always changing them.'

Maigret had accepted the whisky he had been offered, but Lapointe, out of tact, merely took a glass of beer. 'Thank you, Mr Arnold.'

'Above all, don't forget what I have told you. Be careful. You'll see there'll be trouble.'

Maigret was so sure of it that he wore his gloomiest look. He was annoyed by all these people whose habits were so different from those of ordinary mortals. He realized that he was ill equipped to understand them and that it would take him months to get acquainted with all their affairs.

'Come on, Lapointe. . . .'

He hurried through the hall without looking to right or left, for fear of being buttonholed by M Gilles, whom he quite liked but from whom he would inevitably get another talk about prudence and discretion. The hall was by now almost full of people speaking every conceivable language and smoking cigarettes and cigars from every country under the sun.

'This way, Monsieur Maigret. . . .'

The car attendant led him to the spot where he had parked the small police car between a Rolls and a Cadillac.

To tip or not to tip? Maigret did not tip him.

'To Orly, son. . . .'

'Yes, Chief. . . .'

The Superintendent would have liked to go to the American Hospital at Neuilly, to interrogate the nurse, the receptionist, the switchboard girl. There were heaps of things that he would have liked to do and ought to have done. But he could not be everywhere at once and he was in a hurry to get hold of the little Countess, as her friends called her.

She was, in fact, a little person, slight and pretty as he

knew from her photographs. How old might she be? It was hard to judge from the snapshots, mostly taken in bright sunlight, which showed more of her body, half-naked in a bikini, than of any facial details.

She was dark, with a pert little pointed nose, bright eyes, and a liking for *gamine* poses.

He could have sworn, though, that she was getting on for forty. The hotel register might have informed him, but he had not thought of it in time. He was dealing with the most urgent matters first, with a disagreeable feeling that he was sabotaging his own investigation.

'You'll have to go back to the George V presently,' he told Lapointe, 'to look at her registration form. Get the clearest of the pictures enlarged.'

'Shall we send it to the papers?'

'Not yet. Then you must go to the American Hospital. You understand?'

'Yes. Are you going off?'

That wasn't certain, but he had a foreboding.

'In any case, if I go, ring up my wife.'

He had travelled by air four or five times, but that was some time ago, and he hardly recognized Orly, where new buildings had gone up and where there was greater activity than at the Gare du Nord or the Gare Saint-Lazare.

The difference was that here, just as in the George V, you heard every language being spoken and you saw tips being given in every variety of currency. Press photographers, clustering round a large car, were taking pictures of a celebrity whose arms were full of flowers and whose suitcases were mostly of the same famous brand as those of the little Countess.

'Shall I wait for you, Chief?'

'No. Drive down town and do what I told you. If I don't leave I'll take a taxi.'

He slipped through the crowd to dodge the journalists,

and by the time he had reached the main hall, where the desks of the various airways companies stood in a row, two cameras had been set up, while a group of Hindus, some of them in turbans, crossed the hall and made for the customs office.

The loudspeaker sent out continuous appeals.

'Calling Mr Stillwell. . . . Mr Stillwell. . . . Would Mr Stillwell go to the office of Pan-American Airways. . . .'

The request was repeated in English, then came another in Spanish for Señorita Consuelo Gonzales.

The office of the special Airport Superintendent was no longer where it used to be: Maigret found it at last, however, and pushed open the door.

'Hullo, Colombani. . . .'

Colombani, whose wedding Maigret had attended, did not belong to the Police Judiciaire but was directly responsible to the Ministry of the Interior.

'Was it you who sent me a note?'

Superintendent Colombani was hunting through his untidy desk for a scrap of paper on which the name of the Countess had been scribbled in pencil.

'You haven't seen her?'

'I gave the word to the inspectors. I've not been notified of anything yet. I'll check the passenger lists. . . .'

He went into another office with a glass door, and came back with a bundle of papers.

'One moment. . . . Flight 315 for London. . . . Paverini . . . Paverini. . . . No, there's no Paverini among the passengers. . . . You don't know where she was going? . . . The next plane: Stuttgart. . . . No Paverini here either. . . . Cairo, Beyrouth. . . . P . . . Potteret. . . . No! . . . New York by Pan-Am. . . . Pittsberg . . . Piroulet. . . . Still no Paverini. . . .'

'Have there been any flights to the Riviera?'

'The Rome plane, calling at Nice, yes, at ten thirty-two.'

'Have you the passenger list?'

'I've the list of passengers for Rome, because my men checked their passports. . . . They don't bother about passengers to Nice, who go in by a different gate and who don't have to go through the same Customs and police formalities. . . .'

'Is it a French plane?'

'A British one. . . . Come and see B.E.A. . . . I'll take you there. . . .'

In the entrance hall the stands were lined up like fairground booths, crowned with panels bearing the colours of different countries, usually with mysterious initials.

'Have you the passenger list for flight 312?'

The attendant, an English girl with a freckled face, looked through her files and held out a sheet.

'P . . . P . . . Pearson . . . Paverini, Louise, Countess Paverini. . . . Is that it, Maigret?'

Maigret addressed the English girl. 'Can you tell me if this passenger had reserved her seat?'

'One moment. . . . My colleague was on duty at the time. . . .' She left her desk, plunged into the crowd and finally came back with a tall, fair-headed young man who spoke French with a strong English accent.

'Was it you who made out a ticket for Countess Paverini?'

He replied in the affirmative. His neighbour from Alitalia had brought her along. She was determined to get to Nice and had missed the Air-France plane that morning.

'It's complicated, you know. There are some planes which only fly on certain lines once or twice a week. The landing-stops are not always the same on certain routes. I told her that if we had a vacancy at the last minute . . .'

'Did she take the plane?'

'Yes, at ten twenty-eight.'

'So that she'll have got to Nice?'

The employee looked up at a clock on the opposite wall. 'Half an hour ago.'

'How did she pay for her ticket?'

'By cheque. She explained to me that she had left in a hurry and had no money on her.'

'Do you usually accept cheques?'

'When the travellers are well-known people.'

'Have you still got hers?'

He opened a drawer, flicked through a few papers and extracted a sheet to which a pale blue cheque was pinned. The cheque was drawn not on a French bank but on a Swiss bank which had a branch in the Avenue de l'Opéra. The writing was a feverish, irregular scrawl.

'Thank you.' And, to Colombani: 'Can I call Nice from your office?'

'You may even send a message by telescriptor which will be received immediately.'

'I'd rather speak to them.'

'Come along. . . . Is it something important?'

'Very!'

'Tiresome?'

'I'm afraid so.'

'Is it the airport police you want to speak to?'

Maigret nodded.

'It'll take a few minutes. We've time for a drink. . . . This way. . . . Let us know when you get through to Nice, won't you, Dutilleul?'

At the bar they squeezed in between a Brazilian family and some pilots in grey uniforms speaking French with a Swiss or Belgian accent.

'What'll you have?'

'I've just had a whisky. I'd better carry on.'

Colombani explained: 'The message we had from Police Headquarters did not mention passengers for a French airport. As we only deal, as a rule, with those who have to get their passports visa'd . . .'

Maigret drained his glass, for he had just been summoned to the phone.

'Hullo! . . . Is that the airport police? . . . Maigret speaking, Police Judiciaire. . . . Yes. . . . Can you hear me? . . . Hullo, I'm speaking as clearly as I can. . . . A young woman . . . Hullo! Countess Paverini . . . P for Peter, A for Apple, V for Victor, E for Edward, R I N I, yes. . . . She must have left on a B.E.A. aircraft a little over half an hour ago. . . . Yes, the plane from London via Paris. . . . What's that? I can't hear a thing. . . .'

Colombani considerately went to close the door, for the din from the airport, including the sound of a plane approaching the huge glass door, pervaded the office.

'The aircraft has only just landed? A delay, eh? All the better. . . . Are the passengers still in the airport? . . . Hullo! . . . Go as fast as you can. . . . Paverini. . . . No, keep her back under some pretext or other . . . to check her papers for instance. . . . Make haste. . . .'

Colombani commented, knowingly:

'I thought there'd be a delay. There are warnings of storms all along the route. The Casablanca plane was an hour and a half late and the . . .'

'Hullo! . . . Yes. . . . What's that? . . . You saw her? . . . So what? . . . She's gone?' At the other end of the line, too, the noise of an engine could be heard. 'Is that the plane leaving? . . . Is she on board? . . . No!'

He eventually understood that the policeman had just missed her. The passengers from London were still there, since they had to pass through the Customs, but the Countess, who had boarded in Paris, had gone out first and had immediately got into a waiting car.

'A car with a Belgian number plate, did you say? . . . Yes, I hear you: a big car . . . chauffeur driven. . . . No, nothing. . . . Thank you. . . .'

From the American Hospital she had telephoned to Monte Carlo, where her second husband, Joseph Van Meulen, was probably staying at the Hôtel de Paris. Then she'd had herself driven to Orly and had taken the first plane to the Riviera. At Nice a big Belgian car was waiting for her.

'Are things working out all right?' queried Colombani.

'What time is there a plane for Nice?'

'At one nineteen. As a rule they're full, although it's out of season. At the last minute, though, there are always one or two passengers who fail to turn up. . . . Would you like me to book you a seat?'

But for Colombani, Maigret would have lost precious time.

'That's done. Now you only have to wait. They'll send for you when the time comes. Will you be in the restaurant?'

Maigret lunched alone, in a corner, after phoning Lucas who had nothing fresh to tell him.

'The journalists haven't found out yet?'

'I don't think so. I saw one prowling about the corridor just now, but it was Michaux, who's always hanging about the place, and he said nothing to me. . . .'

'Lapointe knows what he's to do. . . . I'll call back from Nice during the afternoon. . . .'

They fetched him, as promised, and he followed the line of passengers to the aircraft, where he took a seat at the back. He had left the tin of photographs with Lapointe, but had kept a few of them which seemed to him the most interesting, and instead of reading the newspaper which the air-hostess offered him with a packet of chewing-gum, he began to examine them thoughtfully.

He had to wait to smoke his pipe and unfasten his seat-belt until the lighted warning in front of him went out, then almost immediately he was offered tea and cakes which he did not want.

As he lay back in his armchair with his eyes half closed, he seemed to be thinking of nothing, while the aircraft flew over a thick carpet of luminous clouds. Actually he was trying to bring to life names and figures which, only that morning, had been as unfamiliar to him as the inhabitants of another planet.

How long would it be before the death of the Colonel became known and the Press got hold of the affair? That was when complications would begin, as they always do when a public figure is involved. Wouldn't the London papers send reporters to Paris? According to John Arnold, David Ward had interests in most parts of the world.

What a curious figure he was! Maigret had only seen him in a pitiful and grotesque position, naked in his bath, with a big pallid paunch emerging as though it were floating.

Had Lapointe felt that at a certain point the Superintendent had been taken aback, had not been quite equal to his task; had his faith in his Chief been shaken?

It was a fact that these people exasperated him. Confronting them, he was in the position of a new member of some club, or a new boy at school, who feels awkward and ashamed because he does not yet know the rules, the customs, the passwords, and who imagines that the others are laughing at him.

He was convinced that John Arnold, so easy and self-confident in the company of bankers and ex-kings in London, Rome, Berlin or New York, had been amused by his gaucherie and had treated him with a somewhat pitying condescension.

Maigret knew like everyone else, better than most people by reason of his job, how certain kinds of business are handled, how certain sets of people live. But his knowledge was theoretical. He did not 'feel' it. Tiny details puzzled him.

This was the first time he had had anything to do with that privileged society, news of which usually only reaches one through the indiscretions of the Press.

There are some multi-millionaires, to use the accepted term, who are easily identified and whose way of life can be more or less imagined, big business men or bankers who go to their offices every day and who in their private lives are not so very different from the rest of humanity.

He had known some important industrialists in Northern and Eastern France, wool merchants or iron masters, who were at work by eight in the morning and in bed by ten at night, whose family life was not unlike that of their managers and foremen.

He had begun to realize, now, that these men were not right at the top of the ladder, that they were small fry compared with the really wealthy.

Above them were men like Colonel Ward and perhaps like Joseph Van Meulen, who practically never set foot in an office now but went from one grand hotel to another, surrounded by pretty women, cruising on their yachts, keeping up complicated inter-relationships, and meeting in hotel lounges or night-clubs to handle business matters far more important than those of the middle-class financiers.

David Ward had had three legal wives, whose names Maigret had put down in his notebook. Dorothy Payne, the first, was the only one who had belonged to more or less the same social set and was like himself a native of Manchester. They had had no children and had divorced after three years. She had since remarried.

However, she had not reverted to the bourgeois world of her family after her divorce, and she had not gone back to Manchester. She had married a replica of Ward, so to speak, an Italian artificial silk magnate named Aldo de Rocca, who had a passion for motor cars and raced at Le Mans every year.

He, too, presumably stayed at the George V or the Ritz in Paris, at the Savoy in London, at the Carlton in Cannes, at the Hôtel de Paris in Monte Carlo.

All these people must inevitably have met constantly. There are only some twenty or thirty real luxury hotels in the world, a dozen or so fashionable seaside resorts, a limited number of social occasions, Ascots and Grand Prix race meetings. Everyone patronizes the same dressmakers, tailors and jewellers, the same hairdressers and manicurists.

The Colonel's second wife, Alice Perrin, whose son was at Cambridge, came from a different milieu, being the daughter of a village school-teacher in the Nièvre, and had been working as a fashion model when Ward met her. But fashion models, too, live on the fringes of the same world.

On her divorce she had not resumed her profession, but the Colonel had provided her with an income.

What sort of people did she frequent now?

The same question could have been asked about the third—Muriel Halligan, daughter of an overseer in Hoboken, near New York, who had been selling cigarettes in a Broadway night-club when David Ward fell in love with her. She lived in Lausanne now with her daughter, and she, too, was free of financial anxieties.

Was John Arnold married, incidentally? Maigret could have wagered he was not. He seemed born to be the factotum, the *éminence grise* and the confidant of a man like Ward. He must belong to a good English family, possibly a very old family having come down in the world. He had probably been to Eton and Cambridge, gone in for golf, tennis, rowing and sailing. No doubt before meeting Ward he had been in the army or in the Foreign Service.

The fact remained that he had led, in the Colonel's shadow, the sort of life he seemed made for. Who knows? Perhaps he discreetly took advantage not only of his patron's love of luxury but of his love affairs.

'Ladies and gentlemen, kindly fasten your seat belts and refrain from smoking. In a few minutes we shall be landing at Nice. We hope you have had a pleasant journey. . . .'

Maigret had some difficulty in emptying his pipe into the minute ashtray embedded in the arm of his chair, and his broad fingers struggled with the buckle of his belt. He had not noticed that for the last few moments they had been flying over the sea, which suddenly came up quite close to the porthole, almost vertically, as the plane began to swing round; there were some fishing boats that looked like toys and a two-masted sailing-ship that left a silvery wake behind it.

'Kindly remain in your seats until the aircraft comes to a complete standstill. . . .'

The plane touched the ground, bounced slightly, and the engine grew noisier as it approached the white building of the airport. Maigret's ears were buzzing.

He was one of the last to alight because he was right at the back and a stout lady, in front of him, had left a box of chocolates in her seat and was struggling back against the stream.

At the foot of the gangway a young man wearing no jacket, his shirt gleaming in the sunshine, spoke to him and raised a finger to his straw hat.

'Superintendent Maigret?'

'Yes.'

'I'm Inspector Benoît. . . . It was my colleague, whom I've just relieved, who got your message at midday. The Superintendent of the airport apologizes for not being here to welcome you. He's been called to Nice on urgent business.'

Some way ahead of them, passengers were hurrying towards the buildings; the concrete runway was hot and in the sunshine they could see a crowd of people behind a barrier, waving handkerchiefs.

'We were rather bothered what to do just now, and after asking the Super's advice I took the liberty of ringing up the Quai des Orfèvres. I got an officer called Lucas on the line and he told me he knew about the business. The lady in whom you're interested . . .'

He glanced at a piece of paper he had in his hand.

'. . . Countess Paverini arrived just in time to catch the Swissair plane. As I had no instructions I did not like to keep her back on my own authority. The Superintendent didn't know what to do either. That's why I called Police Headquarters first and Inspector Lucas . . .'

'Sergeant. . . .'

'Sergeant Lucas, I beg your pardon, seemed as bothered as I was. The lady was not alone. She had with her an important-looking gentleman who had brought her in his car and had rung up half an hour earlier to reserve a seat for her on the plane to Geneva.'

'Van Meulen?'

'I don't know. They can tell you in the office.'

'In short, you let her get away?'

'Was I wrong?'

Maigret did not reply immediately.

'No, I don't think so . . .' he sighed at last. 'At what time is there another plane for Geneva?'

'There's none before tomorrow morning. If you've absolutely got to get there, there's another way, however. Only the day before yesterday we had somebody in the same fix. If you take the 20.40 plane for Rome you'll be in time for the Rome-Geneva-Paris-London plane and . . .'

Maigret nearly burst out laughing, for he suddenly had the impression that he was behind the times. To travel from Nice to Geneva you merely had to go to Rome and from there . . .

In the bar, just as at Orly, he saw pilots and air hostesses, Americans, Italians, Spaniards. A child of four, who had travelled alone from New York, and who was being handed from one hostess to another, was solemnly eating ice cream.

'I'd like to make a telephone call.'

The inspector did him the honours of the tiny police office, where everyone knew by now who he was and looked at him with curiosity.

'What number, Superintendent?'

'The Hôtel de Paris at Monte Carlo.'

A few minutes later he knew, through the porter at the Hôtel de Paris, that M Joseph Van Meulen was indeed staying in the hotel, that he had been summoned to Nice by a telephone call, had gone there with his car and his chauffeur, had been away for some little time and had only just returned. He was now having a bath, and he had reserved a table for the gala dinner that evening at the Sporting Club.

Nobody had seen the Countess Paverini, who was well known at the hotel. As for Mademoiselle Nadine, she had not accompanied Van Meulen when he left in his car.

Who was Nadine? Maigret had no idea. The porter, however, seemed to assume that the entire world knew about her, and Maigret avoided asking any questions.

'Will you take the plane to Rome?' asked the young policeman from Nice.

'No. I shall reserve a seat on the Swissair plane for tomorrow morning and I shall probably spend the night at Monte Carlo.'

'I'll take you along to Swissair. . . .'

It was a desk in the hall beside other desks.

'Do you know Countess Paverini?'

'She's a good customer of ours. She took the plane for Geneva a short while ago. . . .'

'Do you know where she stays in Geneva?'

'Usually she doesn't stop in Geneva but at Lausanne. We have often sent her tickets to the Lausanne-Palace. . . .'

Maigret suddenly felt that Paris was very large, but that the world was very small. It took him nearly as long to go by car to Monte Carlo as it had taken him to come from Orly.

CHAPTER FOUR

HERE, TOO, they seemed anxious to keep quiet about the presence of the police. On entering the lobby Maigret recognized the hall porter, to whom he had telephoned from the airport, and with whom, as he realized on seeing him, he had been in contact more than once when the man was employed in a grand hotel in the Champs-Elysées. At that time he had not been sitting in state at the reception desk, wearing a frock-coat, but had been an ordinary messenger, waiting to hurry forward at his guests' beck and call.

In the lobby there were still some people in beach wear, while others were in evening dress, and in front of Maigret a large half-naked woman with a scarlet back, carrying a small dog under her arm, exuded a powerful smell of sun-tan oil.

The porter was careful not to address Maigret by his name and, above all, not to call him Superintendent, but instead gave him a knowing wink as he said:

'Half a minute. . . . I've been dealing with it. . . .'

Then he unhooked the receiver:

'Hullo. . . . Monsieur Jean? . . .'

Telephones in this hotel must have been particularly sensitive, for the porter spoke almost in a whisper:

'The person I mentioned has come. . . . Shall I send him up? . . . All right. . . .'

And to Maigret: 'Monsieur Van Meulen's secretary will be waiting for you at the gate of the elevator, fifth floor, and he'll take you up. . . .'

It was as though Maigret was having a favour conferred on him. A dapper young man was, as arranged, waiting for him in the corridor.

'Monsieur Joseph Van Meulen sends you his apologies for receiving you while he has his massage, but he has to go out immediately afterwards. He asks me to tell you that he is delighted to meet you in the flesh, for he has followed some of your investigations with the greatest interest. . . .'

Wasn't this a little odd? Why couldn't the Belgian financier tell him that himself, since they were going to meet in a moment?

Maigret was taken into a suite which so closely resembled that in the George V—the same furniture, arranged in the same way—that he would have fancied himself still in Paris if he had not seen the harbour and the yachts through the window.

'Superintendent Maigret,' announced Monsieur Jean, opening the bedroom door.

'Come in, Superintendent, sit down and make yourself comfortable,' said a man lying on his stomach, completely naked, who was being kneaded by a masseur in white trousers and a singlet revealing enormous biceps. 'I expected a visit of this sort, but I thought I should merely get a local inspector. That you should have taken the trouble to come personally . . .'

He did not complete his remark. This was the second multi-millionaire Maigret had met in one day, and he was stark naked like the first, which in no wise seemed to embarrass him.

On the photographs he had found in the biscuit tin, many people were scantily clad, as though above a certain social level different standards of decency prevailed.

This man seemed to be very tall and with scarcely any surplus flesh, sun-tanned all over except for a narrow band of skin which had been protected by his trunks and which looked uncomfortably white. The Superintendent could not see his face, which was buried in a pillow, but his tanned skull was bald and smooth.

Without paying any attention to the presence of the masseur, who presumably did not count for him, the Belgian went on:

'I knew, of course, that you would pick up Louise's track

and I warned her myself, this morning, on the telephone, not to try and hide. Note that I know nothing about what happened. She dared not tell me any details over the telephone. Besides, she was in such a state. . . . Do you know her?'

'No.'

'She's a funny creature, one of the oddest and most engaging women in the world. . . . Finished, Bob?'

'Just two minutes longer, monsieur. . . .'

The masseur must have been an ex-boxer, for he had a broken nose and cauliflower ears. There were beads of sweat on the black hairs on his forearms and the backs of his hands.

'I suppose you're in touch with Paris? What's the latest news?'

'The investigation has only just begun,' Maigret replied cautiously.

'I don't mean the investigation. What about the papers? Have they published the news?'

'Not as far as I know.'

'I shall be surprised if one of the Philps brothers at least, probably the younger, hasn't already taken the plane for Paris.'

'Who could have given them the information?'

'Arnold, of course. And as soon as the women get to know . . .'

'You're referring to the Colonel's former wives?'

'They're the most interested parties, surely? I don't know where Dorothy is, but Alice must be in Paris and Muriel, who lives in Lausanne, will jump aboard the first plane. . . . That'll do, Bob. . . . Thanks. . . . Tomorrow at the same time. . . . No! I've got an engagement. . . . Say four o'clock? . . .'

The masseur had laid a yellow towel over the man's back and Van Meulen got up slowly, wrapping it round him like an apron. He stood up; he was indeed a very tall man, powerfully built and muscular, in perfect physical condition for a man of sixty-five or seventy. He stared at the Superintendent with unconcealed curiosity.

'I'm glad,' he said without explaining himself further. 'You don't mind if I get dressed in front of you? I've got to, for I'm giving twenty people dinner at tonight's gala. I'll have a quick shower. . . .'

He went into the bathroom and there was a sound of running water. The masseur packed his things away in a case, put on a coloured jacket and went off; he, too, had glanced at Maigret with curiosity.

Van Meulen was soon back, clad in a bathrobe, water still gleaming on his face and on his bald head. His dinner jacket, while silk shirt, socks and shoes, all the things he was going to wear were laid out on an ingenious coat-hanger of a type unfamiliar to Maigret.

'David was a good friend of mine, an old partner I might say, for we'd known each other for over thirty years—thirty-eight to be precise—and we'd gone shares in a number of concerns. The news of his death came as quite a shock, particularly a death of that sort. . . .'

What was surprising was the absolute naturalness of his behaviour. He went to and fro, getting ready, exactly as if he had been all alone and were talking to himself.

This was the man whom the little Countess called 'daddy', and the Superintendent had begun to see why. He was so obviously strong and reliable. The young secretary had gone into the next room to telephone. A waiter whom nobody had rung for brought in a misted glass of some transparent liquid, presumably a martini, on a silver tray. Drinks at this time must form part of a regular series of habits.

'Thanks, Ludo. Can I offer you something, Maigret?' He said neither Superintendent nor Monsieur, and yet there was nothing offensive about it. It seemed, rather, a way of putting them on an equal footing.

'I'll take the same as yourself.'

'Very dry?'

Maigret nodded. His interlocutor had already slipped on his underpants, his waistcoat and his black silk socks, and was looking round for a shoe-horn before putting on his patent leather shoes.

'Have you ever met her?'

'Countess Paverini, you mean?'

'Yes, Louise. . . . If you don't know her yet you'll find it hard to understand. . . . You've a long experience of men, I know, but I wonder if you're equally good at understanding women. Are you planning to go and see her in Lausanne?' There was no hanky-panky, no attempt to pretend that the Countess was anywhere else.

'She'll have had time to calm down a little. . . . This morning, when she called me from the hospital, she was talking so incoherently that I told her to get into the first plane and come over and see me. . . .'

'You were married to her, weren't you?'

'For two and a half years. We're still good friends. Why shouldn't we be? It's a miracle that the hotel nurse thought of putting some of Louise's clothes and her handbag into the ambulance, for otherwise she'd not have been able to leave the nursing home. . . . There was no money in the purse, only a little small change. . . . At Orly she had to pay her taxi by cheque, and that wasn't too easy. . . . In short, I had her met at the airport and we had a bite to eat in Nice, where she told me her story. . . .'

Maigret avoided asking any questions, choosing rather to let his interlocutor talk as he pleased.

'I assume you don't suspect her of killing David?'

As Maigret did not answer, Van Meulen looked grave.

'That would be a big mistake, Maigret, I tell you that as a friend. And to begin with let me ask you a question. Is it certain that somebody held David's head under water in the bath?'

'Who told you about that?'

'Louise, of course.'

'She saw him?'

'She saw him, and she doesn't attempt to deny it. . . . Were you unaware of that? . . . Jean, would you give me my studs and cuff-links?'

He suddenly seemed a worried man.

'Listen Maigret, I'd better put you in the picture, otherwise you're likely to go off on a false trail and I'd like to spare Louise any unnecessary bother. She's still a little girl. Even though she's thirty-nine she is, and always will be, a child. That's what gives her her charm, in fact. And that's what makes her continually get herself into impossible situations.'

The secretary helped him to insert his platinum cuff-links, and Van Meulen sat down opposite the Superintendent as though allowing himself a moment's respite.

'Louise's father was a general, and her mother's family were provincial gentry. I believe she was born in Morocco, where her father was posted, but she spent a large part of her youth in Nancy. She was already longing to be independent and she persuaded her parents to let her go to Paris to study art history. . . . Your health. . . .'

Maigret drank a mouthful of martini and looked round for a table on which to stand his glass.

'Put it on the floor, anywhere. . . . She met an Italian, Count Marco Paverini, and fell head over heels in love. Do you know Paverini?'

'No. . . .'

'You will. . . .' He seemed quite sure of it.

'He's a real Count, but penniless. As far as I know he was at that time living on the favours of a middle-aged lady. Her parents at Nancy took a lot of persuading; Louise gilded the pill so effectively that they ended by giving their consent to the marriage. Let's call that the first stage, when people had begun to call her "the little

Countess". They had a flat in Passy, then a room in a hotel, then another flat, various ups and downs, but they never failed to appear at cocktail parties, receptions and entertainments.'

'Did Paverini make use of his wife?'

Van Meulen had the honesty to hesitate.

'No. Not in the way you think. She'd not have agreed to it, anyway. She was madly in love and still is. It's getting harder to understand, isn't it? And yet it's the truth. I'm even convinced that Marco is in love with her too, that in any case he can't do without her.

'None the less they were always quarrelling. She left him three or four times after violent scenes, but never for more than a few days. Marco had only to reappear looking pale and distraught, and beg her pardon, for her to fall into his arms again.'

'What did they live on?'

Van Meulen gave an imperceptible shrug of the shoulders.

'*You're* asking me that? What do so many of one's acquaintances live on? It was after one of those quarrels that I met her. I was very sorry for her. I thought that it was the wrong sort of life for her, that she was wearing herself out, that she'd soon lose all her charm in the hands of a man like Marco, and as I'd recently been divorced I asked her to marry me.'

'Were you in love?'

Van Meulen looked at him in silence and his eyes seemed to be repeating the question.

'The same thing has happened several times in my life, as it happened to David. Does that answer your question? I won't conceal the fact that I had a talk with Marco and gave him a large cheque to make himself scarce in South America.'

'Did he accept?'

'I had certain means of persuading him.'

'I suppose he had done something . . . unscrupulous?'

Another barely perceptible shrug.

'Louise was my wife for nearly three years and I was fairly happy with her. . . .'

'Did you know she still loved Marco?'

Van Meulen's expression implied: 'So what?' He went on:

'She went about with me all over the place. I travel a great deal. She met my friends, some of whom she already knew. There were occasional clouds, of course, and even some bad storms. . . . I believe she was, and still is, really fond of me. . . . She calls me "daddy", which doesn't worry me, since after all I'm thirty years older than she is. . . .'

'Was it through you that she met David Ward?'

'It was through me, as you say.'

There was a flicker of irony in his eyes.

'It wasn't David that took her away from me, but Marco, who came back one fine day, looking thin and miserable, and began to hang about the pavement opposite looking like a stray dog. . . . One evening she fell on my neck in a fit of weeping and confessed . . .'

The telephone bell had rung in the next room and the secretary, who had answered the call, appeared in the doorway. 'Mr Philps is on the line.'

'Donald or Herbert?'

'Donald. . . .'

'What did I tell you? The younger Philps. Is he calling from Paris?'

'Yes.'

'I'll take it.'

He reached out for the receiver and the conversation took place in English. Van Meulen replied to the questions he was being asked over the phone with:

'Yes. . . . No, I don't know yet. . . . Apparently there's no doubt about it. . . . Superintendent Maigret, who's in charge, is right here with me. . . . I shall certainly go to Paris for the funeral, although it couldn't be more inconvenient, as I was to have left for Ceylon the day after tomorrow. . . . Hullo! . . . Are you at the George V? . . . If I find out anything I'll call you back. . . . No, tonight, I shall be out and I shan't be back before three in the morning. . . . Goodbye. . . .'

He looked at Maigret.

'Well, it's happened. Philps is here, as I'd foretold. He's in a great state of excitement. The English papers have got hold of the news and he's being besieged by reporters. . . . What was I saying? I really must finish dressing . . . my ties, Jean. . . .'

The secretary brought him half a dozen to choose from; they all looked identical, but he examined them carefully before selecting one.

'What was I to do? I offered to divorce her, and so that Marco should not leave her penniless some day I made her a modest allowance, rather than giving her a specific sum.'

'You went on seeing her?'

'Seeing both of them. Does that surprise you?'

He was fastening his bow tie at the mirror, his neck stretched out and his Adam's apple protruding.

'As was to be expected, the scenes began again. Then one fine day David got divorced from Muriel, and it was his turn to play the good Samaritan.'

'He didn't marry her, though?'

'He didn't have time to. He was waiting for the divorce proceedings to be completed. . . . I wonder, come to that, what's going to happen. . . . I don't know exactly how far they'd got but if all the papers have not been signed, there's some likelihood of Muriel Halligan being considered as David's widow. . . .'

'Is that all you know?'

He replied, simply:

'No. I also know, at any rate in part, what happened last night, and you may as well hear it from me as from Louise. Above all I want to impress on you that she did not kill David Ward. To begin with she'd probably have been incapable of it. . . .'

'Physically?'

'That's the meaning I give to the word, yes. Morally, if I may use that term, we are all capable of killing, provided we have an adequate motive and can feel sure of not being caught.'

'An adequate motive?'

'Passion, for a start. One's bound to believe that, since we're constantly seeing men and women committing crimes of passion. Although my opinion on that subject . . . but that's by the way. . . . Self-interest . . . if it's sufficiently in someone's interest. . . . But this was not the case with Louise, quite the reverse. . . .'

'Unless Ward had made a will in her favour or . . .'

'There's no will in her favour, believe me. . . . David was an Englishman, and consequently he kept his head and assessed everything at its right value. . . .'

'Was he in love with the Countess?'

Van Meulen frowned irritably.

'That's the third or fourth time you've used that word, Maigret. Try to understand. David was my age. Louise is a pretty little creature, amusing, even fascinating. Moreover she has done her homework, if I may express myself so, that's to say she has picked up the habits of a certain social set, a certain way of life. . . .'

'I think I understand.'

'Then I needn't dot the i's. I don't claim that it's very high-minded, but it's human. Journalists don't understand, they just build a romance out of any of our affairs. Jean, my cheque book. . . .'

He only had his dinner jacket to put on, and he was looking at his watch.

'Last night they dined in town, then went together for a drink at some night-club, I didn't ask her which. It so happened that they met Marco with a big blonde Dutchwoman who belongs to the top social set. . . . They just greeted one another from a distance. Marco danced with his partner. Louise was all on edge, and when she got back to the George V with David, she told him in the lift that she wanted another bottle of champagne. . . .'

'Does she drink a lot?'

'Too much. David drank a lot too, but only at night. They sat talking, each of them with a bottle, for David only drank Scotch, and I suspect that by the end their conversation had begun to be incoherent. After a few drinks Louise tends to develop a guilt complex and to accuse herself of all imaginable sins. . . . According to what she told me today, she declared to David that she was unworthy of him, that she despised herself for being a poor crazy female, but that she couldn't help running after Marco and begging him to take her back. . . .'

'What did Ward answer?'

'Nothing. It's even doubtful whether he understood. That's why I asked you whether there was any proof that somebody had held him down in the bath. Until midnight or one o'clock he'd have been all right, because he only started drinking at five in the afternoon. By about two in the morning he'd become fuddled, and I often thought he might have an accident when he took a bath. I even advised him to have a manservant always within reach, but he hated feeling dependent on people. For the same reason he insisted that Arnold should live in a different hotel. I wonder if it wasn't out of a kind of shyness.

'Well, that's about all. Louise got undressed and put on her dressing-gown and it's possible that since the champagne bottle was empty she may have taken a drop of whisky. Then she started fancying she must have upset David and she wanted to go and beg his pardon. . . .

That's quite in character, believe me, for I know her well. . . . She went down the corridor. She swore to me that she found the door ajar. . . . She went in. . . . In the bathroom she saw what you know, and instead of calling for help she ran back to her room and flung herself on the bed. . . . She declares that at that point she really wanted to die, and it's quite possible. . . .

'So she took some of her sleeping tablets, which she already used to take in my day, particularly when she'd been drinking. . . .'

'How many tablets?'

'I can guess what you're thinking. You may be right. She wanted to die, because that would settle everything, but she wouldn't have minded going on living. The intention was enough; it produced the same effect. . . . The fact remains that she rang the bell in time. . . . Put yourself in her place. . . . It was all a sort of nightmare to her, in which reality and unreality were hopelessly confused. . . .

'At the nursing home, when she recovered consciousness, it was harsh reality that prevailed. . . . Her first thought was to ring up Marco, and she called his number. . . . Nobody answered. . . . Then she called a hotel in the Rue de Ponthieu where he sometimes stays when he's in funds. . . . He wasn't there either. . . . She thought of me. . . . She told me, incoherently, that she was done for, that David was dead, that she'd nearly died herself, that she wished she had died too, and she begged me to come over immediately. . . .

'I told her it was impossible. After trying in vain to get more details out of her I advised her to go to Orly and take the plane for Nice. . . .

'That's all, Maigret. I sent her to Lausanne, where she feels at home, not in order to hide her from the police but to save her from being beset by journalists and busybodies and from all the complications that are bound to ensue.

'You tell me that David was murdered and I believe you.

'And I declare that it wasn't Louise who killed him and that I haven't the slightest idea who could have done so. . . . And now . . .'

He finally put on his dinner jacket.

'If anyone asks for me, I'm at the Sporting Club,' he told his secretary.

'What shall I do if it's New York?'

'Tell them I've thought it over and my answer is no.'

'All right, monsieur.'

'Coming, Maigret?'

They took the lift together, and when they reached the ground floor they were unpleasantly startled by a blinding flash from a camera.

'I might have guessed . . .' growled Van Meulen.

And pushing aside a fat little man who was standing beside the photographer and trying to bar his way, he hurried to the exit.

'Superintendent Maigret?'

The little man was a reporter from a local paper.

'Couldn't we have a moment's chat?'

The porter was watching them from a distance, with a frown.

'We might sit down in a corner . . .'

Maigret had enough experience to know that it was no use trying to escape, for then statements would be imputed to him that he had never made.

'I suppose I can't offer you a drink at the bar?' went on the journalist.

'I've just had one.'

'With Joseph Van Meulen?'

'Yes.'

'Is it true that Countess Paverini was down here this afternoon?'

'That is so.'

The Superintendent had sat down in a huge leather armchair and the reporter, notebook in hand, sat in front of him, perched on the edge of a chair.

'I suppose she's No. 1 suspect?'

'Why?'

'That's what they told us on the phone from Paris.'

Somebody must have alerted the Press, from the George V or from the airport, possibly one of the Orly inspectors in collusion with a newspaper?

'You just missed her?'

'That's to say when I reached Nice she had already left.'

'For Lausanne, I know.'

The Press had wasted no time.

'I've just been on the line to the Lausanne-Palace. She came there from Geneva in a taxi. She seemed exhausted. She refused to answer any questions from the reporters who were waiting for her, and went up right away to her suite, No. 214.' The journalist seemed pleased at being able to give Maigret these details.

'She had a bottle of champagne brought up, then she sent for a doctor, who's expected there at any moment. Do you believe she killed the Colonel?'

'I'm not such a quick worker as you and your friends.'

'Will you go to Lausanne?'

'Maybe.'

'By the morning plane tomorrow? You know that the Colonel's third wife lives in Lausanne and that she and Countess Paverini can't stand one another?'

'I didn't know.'

It was an odd interview, in which the reporter was providing the news.

'Supposing she's guilty, I imagine you won't have the right to arrest her?'

'Not without an extradition order.'

'I suppose that in order to procure that you'd have to provide formal proof?'

'See here, I've got the impression that you're making up your article and I don't advise you to write it in this vein. There's no question of arresting or extraditing anybody. . . .'

'The Countess is not a suspect?'

'I have no idea.'

'So then . . .'

This time Maigret lost his temper.

'No!' he almost shouted, so that the porter gave a jump. 'I've told you nothing, for the good reason that I know nothing, and if you put any ambiguous remarks into my mouth, such as those you've just been making, you're going to be sorry for it. . . .'

'But . . .'

'Not a word!' he said abruptly, getting up and making for the bar. He was so furious that he ordered a martini almost without being aware of it.

The barman must have recognized Maigret from his photographs, for he looked at him with some curiosity. Two or three customers perched on their stools turned round to stare at him. In spite of the porter's precautions everyone already knew that he was at the hotel.

'Where are the phone boxes?'

'On the left, in the passage. . . .'

Feeling very cross, he shut himself up in the first he came to. 'Get me Paris, please. . . . Danton 44.20. . . .'

The lines were not busy and there were only five minutes to wait. He paced up and down the passage. He was rung back before the five minutes were up.

'Police Judiciaire? . . . Put me through to the inspectors' room. . . . Maigret speaking. . . . Hullo! Is Lucas still there? . . .'

He guessed that Lucas, good fellow, would have had a busy day too, and would not be going to bed early.

'Is that you, Chief?'

'Yes, I'm in Monte Carlo. . . . What news?'

'You know, of course, that in spite of all our precautions the Press has got wind of things?'

'I know, yes. . . .'

'The third edition of *France-Soir* came out with a big front-page article. At four o'clock this afternoon English journalists came over from London at the same time as a Mr Philps, a lawyer of sorts. . . .'

'A solicitor. . . .'

'That's it. He insisted on a personal interview with the Big Chief. They were closeted together for over an hour. . . . When he came out he was surrounded, interviewed and photographed, and he hit one photographer with his umbrella when he tried to smash his camera. . . .'

'Is that all?'

'They're saying that Countess Paverini, Ward's mistress, may have committed the crime, and that you're personally on her tracks. . . . I was rung up by a certain John Arnold. . . . He's in a furious temper. . . .'

'What next?'

'The journalists invaded the George V, and the hotel detectives had to throw them out. . . .'

'Where's Lapointe?'

'He's here. He wants to talk to you. . . . I'll hand over to him. . . .'

Lapointe's voice.

'Hullo, Chief. . . . I went to the American Hospital at Neuilly as arranged. . . . I questioned the nurse and the switchboard girl. Then I found out from the receptionist that on leaving, Countess Paverini had given her a letter to post. It was addressed to Count Marco Paverini, in the Rue de l'Étoile. . . . As I had found out nothing of interest in the hospital I went to this address. It's a rather smart apartment house. . . . I talked to the landlady, who began by raising various objections. . . . Apparently Count Paverini did not sleep at home last night, which is not unusual for him. He came back about eleven this morning, looking worried, without even calling in at the porter's lodge to see if there was any mail for him. . . . Less than half an hour later he went off again, carrying a small suit-case. Since then there's been no news of him. . . .'

Maigret said nothing, for he had nothing to say, and Lapointe, at the other end of the line, was obviously baffled.

'What shall I do? Shall I go on looking for him?'

'If you like. . . .' The answer was calculated to bewilder Lapointe still further.

'Don't you think . . . ?'

What had Van Meulen said to him a little while ago? Anyone is capable of committing murder provided they've got an adequate motive. Passion. . . . Could that be the case here, when Louise had been someone else's wife for three years and the Colonel's mistress for over a year? Was she not, in fact, on the point of leaving the latter to go back to her first husband?

Interest? What had Paverini to gain from Ward's death?

Maigret was somewhat discouraged, as often happened to him at the start of an investigation. There is always a moment when the protagonists appear unreal and their actions seem incoherent.

During such periods Maigret was apt to turn sullen, stolid, almost dull. Young Lapointe, although the newest member of the team, was beginning to know him well enough to realize, even over the telephone, what was happening.

'I'll do my best, Chief. . . . I've drawn up a list of the people who are on the photographs. There are only two or three still to be identified. . . .'

The air was stifling in the phone box, particularly since Maigret was not dressed for the Riviera. He went to finish his drink at the bar, and noticed tables laid for dinner on the terrace.

'Can I get dinner?'

'Yes. But I think those tables are all reserved. They are every evening. You can have a table inside. . . .'

Of course! If they had dared, they would probably have sent him to eat with the staff!

CHAPTER FIVE

HE SLEPT BADLY, never completely losing consciousness of his surroundings, of the hotel with its two hundred open windows, the public garden with its lawns blue-grey in the lamplight, the casino that was as old-fashioned as the elderly ladies in out-of-date dresses he had seen entering it after dinner, and the lazy sea which, every twelve seconds—he had counted them over and over again, as other people count sheep—broke into a rippling fringe of foam on the rocky shore.

Cars stopped and started off again, performing complicated manœuvres. Car-doors slammed. Voices sounded so distinctly that he felt like an eavesdropper, and there were still some noisy coaches bringing batches of gamblers and taking away others, while the music went on playing on the terrace of the Café de Paris over the way.

When by some miracle a brief silence fell he could hear in the background, like the sound of a flute in an orchestra, the faint, anachronistic noise of a cab.

He had left his window open because of the heat. But as he had brought no luggage and had gone to bed without pyjamas, he felt chilled presently and went to close it, casting a resentful glance at the distant lights of the Sporting Club, where Joseph Van Meulen, the little Countess's 'daddy', was presiding over a table laid for twenty.

Because of his change of mood, he now saw people in

a different light, and he felt vexed with himself, almost humiliated at having listened so meekly to the Belgian financier, as though not daring to interrupt him.

Hadn't he basically been flattered that such a well-bred person should have treated him with friendly familiarity? Unlike John Arnold, the plump little Englishman with his irritating self-confidence, Van Meulen had not appeared to be giving him a lecture on the habits of a certain social set, and had indeed seemed impressed at receiving a personal visit from Maigret.

'I know *you* can understand me,' he had seemed to be saying all the time. Had Maigret allowed himself to be taken in? *Daddy . . . the little Countess . . . David . . .* and all the other Christian names these people used without bothering about further details, as though it was up to everybody else to recognize them.

He dozed off a little, rolled over clumsily and suddenly saw, in his mind's eye, the Colonel lying naked in his bath, then the Belgian, equally naked, being pummelled by a masseur who looked like a boxer.

Weren't these fellows too highly civilized not to be above suspicion?

'Anyone is capable of killing, provided he has an adequate motive and feels sure of not being caught. . . .'

Van Meulen, however, had not considered passion an adequate motive. Hadn't he subtly implied that in some cases passion is almost inconceivable?

'At our age. . . . A young, attractive woman, who has done her homework. . . .'

Their *little Countess* sent for the doctor, groaned, let herself be taken to hospital, then, on the sly, telephoned first to try and get hold of her first husband, who was still intermittently her lover, and then her kind 'daddy', Van Meulen.

She knew Ward was dead. She had seen the corpse. The poor little thing didn't know which way to turn.

Should she call the police? That was out of the question. Her nerves were too shaken. And how could policemen, with their heavy boots and their narrow minds, understand the sort of thing that went on in her set?

'Take the plane, my dear. Come and see me and I'll advise you. . . .'

And meanwhile that other character, Mr John Arnold, was at the Hôtel George V lavishing advice and barely disguised threats.

'Take great care! Don't let the Press know. Mind your step. This affair is dynamite. There are big interests at stake. There'll be world-wide repercussions.'

At the same time he had been ringing up lawyers in London, urging them to come over, presumably to help him cover things up.

Van Meulen had deliberately sent Countess Paverini off to Lausanne to rest, as though this were the natural and proper thing to do. She'd not been running away, of course. She was not trying to evade the police.

'You understand, over there she feels at home. . . . She'll avoid being beset by journalists and all the fuss that an investigation involves. . . .'

And so it was Maigret who had to bestir himself and take the plane once more. . . .

Maigret hated demagogy. His judgement of people did not depend on whether they had too much money or too little. He was anxious to remain cool, but he could not help being irritated by innumerable details.

He heard the guests returning from the famous gala dinner, talking in loud voices outside and then inside the hotel, the sound of running water and flushing toilets.

He was up before anyone else next morning, by six o'clock, and he shaved with the cheap razor he'd had bought, together with a toothbrush, by a hotel messenger. It took him nearly half an hour to get a cup of coffee. In the hall, as he went through, cleaners were at work. When he asked for his bill the weary reception clerk told him: 'M Van Meulen said . . .'

'Never mind what M Van Meulen said.'

He insisted on paying. Outside the door the Belgian financier's Rolls was waiting, the chauffeur holding open the door. 'Monsieur Van Meulen has told me to take you to the airport. . . .'

He did get into the car, all the same, because he had never driven in a Rolls. He arrived early at the airport and bought some newspapers. On the front page of the local paper there was a picture of himself with Van Meulen, leaving the lift, with the caption: 'Superintendent Maigret after a conference with the multi-millionaire Van Meulen.'

A conference!

The Paris papers headlined in heavy type:

English Multi-millionaire Found Dead in Bath.

They were certainly splashing the millionaire aspect!

Crime or Accident?

Presumably the journalists were not yet up, for he was allowed to fly off in peace. He fastened his seat belt, stared vaguely through the porthole at the sea as it grew distant and at the little red-roofed white houses scattered over the dark green of the mountainside.

'Coffee or tea?'

He seemed to be sulking; the air hostess, fussing round him, did not even earn a smile, and when, under a cloudless sky, he beheld the Alps beneath him, he refused to admit that the sight was a magnificent one.

Actually, less than ten minutes later, they ran into a fine mist that streamed alongside the plane and that soon turned into dense vapour, like the hissing steam that pours out of railway engines.

At Geneva it was raining. It was not just starting to rain, it had been raining a long time, one could feel that; it was cold and people were wearing raincoats.

Scarcely had he set foot on the gangway when flashes broke out. Though the journalists had not been there to see him off, they were waiting for him to arrive, seven or eight of them with notebooks and questions.

'I've nothing to say.'

'Are you going to Lausanne?'

'I don't know.'

He brushed them aside, with the kind help of a representative of Swissair who piloted him through the back passages of the air terminal so as to spare him formalities and queues.

'Have you a car? Are you taking the train to Lausanne?'

'I think I shall take a taxi.'

'I'll call you one.'

Two cars followed his, crammed with reporters and photographers. Still feeling cross, he tried to doze in a corner, casting a vague glance from time to time over the wet vineyards and the stretches of grey lake-water to be glimpsed between the trees.

What annoyed him most was the sense that his movements had been more or less decided for him. He was not going to Lausanne because he had thought of doing so himself, but because a path had been laid down for him which led there whether he liked it or not.

His taxi drew up in front of the colonnade of the Lausanne-Palace. Photographers bombarded him. He was asked questions. The janitor helped him to thread his way through.

Inside, he found the same atmosphere as in the George V or the Hôtel de Paris. Apparently people who do a lot of travelling like to keep to the same surroundings. Possibly, here, the décor was rather heavier and more sober, with a porter in a black frock-coat discreetly trimmed with gold, who spoke five or six languages like the others, the only difference being that his French betrayed a slight German accent.

'Is Countess Paverini here?'

'Yes, Monsieur le Commissaire. In No. 214 as usual.'

In the lobby an Asiatic family sat waiting for heaven knows what, a woman in a gilded sari and three children with huge dark eyes stared at him with curiosity.

It was barely ten o'clock in the morning.

'I suppose she's not up yet?'

'She rang for her breakfast half an hour ago. Shall I let her know you're here? I think she's expecting you.'

'Do you know if she has made or received any telephone calls?'

'You'd better ask at the switchboard. Hans, take the Superintendent to the switchboard.'

It was at the end of a passage behind the reception desk. Three women, side by side, were fiddling with telephone plugs. 'Can you tell me . . .'

'One moment, please. . . .' And in English: 'Your call to Bangkok, monsieur. . . .'

'Can you tell me whether Countess Paverini has made or received any calls since she's been here?'

They had lists in front of them.

'At one o'clock this morning she had a call from Monte Carlo. . . .'

Van Meulen, of course; 'daddy', who between a couple of dances at the Sporting Club, or more likely between two runs of luck at the gaming table, had taken the trouble to ring up for news of her.

'This morning she called Paris. . . .'

'What number?'

It was the number of Marco's bachelor apartment in the Rue de l'Étoile.

'Did she get an answer?'

'No. She left a message asking to be rung back. . . .'

'Anything else?'

'Some ten minutes ago she asked for a call to Monte Carlo again.'

'Did she get it?'

'Yes. Six minutes.'

'Will you let her know I'm here?'

'Of course, Monsieur Maigret.'

It was idiotic. He had heard so much about her that he felt a certain sense of excitement, and this humiliated him. Going up in the lift, he felt like a young man about to meet a famous actress for the first time in the flesh.

'This way . . .'

The pageboy knocked at a door. A voice said: 'Come in.' When the door was opened Maigret found himself in a sitting-room whose two windows overlooked the lake.

There was no one there. A voice spoke from the adjoining room, the door of which was ajar.

'Sit down, Monsieur le Commissaire. I'll be with you in a moment.'

On a tray were eggs and bacon that had hardly been touched, rolls and a crumbled croissant. He thought he caught the characteristic sound of a bottle being recorked. At last there came a rustle of silk.

'Forgive me. . . .'

And, as happens to the young man who disturbs an actress in her dressing-room, he felt a sense of confusion and disappointment. There stood before him a very ordinary little person, her face scarcely made up, pale skinned and heavy eyed, holding out a damp, shaky hand to him.

'Do please sit down.'

Through the half-open door he had time to glimpse an unmade bed, things strewn about untidily, a bottle of medicine on the bedside table.

She sat down opposite him, folding the edges of a cream-coloured silk dressing-gown over her legs: her nightgown showed through the thin stuff.

'I'm sorry to have given you all this trouble. . . .'

She looked every day of her thirty-nine years, and, at

this moment, even rather more. Her eyes were ringed with dark bluish shadows and there was a tiny crease running down beside each nostril.

She was not acting weariness. She really was exhausted, at the end of her tether, about to burst into tears, he'd have sworn. She was looking at him, not knowing what to say, when the telephone rang.

'May I?'

'Please do.'

'Hullo! Yes, speaking. . . . You can put her through to me. . . . Yes, Anne, how kind of you to call me. . . . Thank you. . . . Yes . . . I don't know yet. . . . I have somebody with me at the moment. . . . No. Don't ask me to go out. . . . Yes. . . . Tell Her Highness. . . . Thank you. . . . Goodbye. . . .'

Tiny drops of sweat were beading on her upper lip and, as she spoke, Maigret caught a whiff of alcohol.

'Are you very angry with me?' She was not being affected, however, she seemed quite natural, too much shaken to have the courage to play a part. 'It's so horrible, so unexpected! . . . And on the very day when . . .'

'When you were going to tell Colonel Ward that you'd decided to leave him? Isn't that what you were going to say?'

She nodded.

'I think Jef . . . I think Van Meulen told you all about it, didn't he? I wonder what more I can tell you. . . . Are you going to take me back to Paris?'

'Does that frighten you?'

'I don't know. . . . He advised me to go with you if that was what you wanted. . . . I do whatever he tells me. . . . He's such a wonderful man, so kind and so intelligent! . . . You feel he knows everything, foresees everything. . . .'

'He did not foresee the death of his friend Ward. . . .'

'But he did foresee that I'd go back to Marco. . . .'

'Was anything settled between Marco and yourself? I

thought that when you came face to face with your first husband in the night-club he was with a young Dutch-woman and that you didn't speak to him. . . .'

'That's true . . . but all the same I'd made up my mind. . . .'

Her hands, which looked older than her face, were twitching nervously, and she was wringing her fingers, leaving white marks over the knuckle joints.

'How can you expect me to explain it when I don't know myself? Things were going so well, I thought I was cured; David and I were going to get married as soon as the final documents were signed. . . . David was the same sort of man as Van Meulen, not quite the same but rather like . . .'

'What do you mean by that?'

'With "Daddy", I have the feeling that he always tells me what he's thinking. . . . Not necessarily everything, since he doesn't want to bother me with details. . . . I feel in direct contact, d'you understand? . . . David, on the other hand, used to watch me with a twinkle in those big round eyes of his. Perhaps he wasn't making fun of me but of himself. He was like a big, wise, cunning cat. . . .'

Again she said: 'D'you understand?'

'Earlier that evening, when you went out to dinner with the Colonel, you had no intention of breaking with him?'

She thought for a moment.

'No.' Then she corrected herself: 'But I suspected it would happen some day. . . .'

'Why?'

'Because it had happened before. I didn't want to go back to Marco, because I knew . . .'

She bit her lip.

'What did you know?'

'That it would all begin again. . . . He has no money, nor have I. . . .'

She suddenly launched out on a new idea, speaking in

the quick jerky style of someone under the influence of a drug.

'I'm not rich, did you know? I've got nothing at all. If Van Meulen hadn't sent money to the bank this morning the cheque I signed at the airport would have bounced. He had to give me some yesterday so that I could come here. I'm very poor. . . .'

'Your jewellery . . .'

'Some jewellery . . . and my mink. That's all! . . .'

'But the Colonel . . . ?'

She sighed, as though in despair of making herself understood.

'It wasn't like you imagine. . . . He paid for my lodging, my bills, my travels . . . but I never had any money in my bag. . . . As long as I was with him I didn't need it. . . .'

'Whereas if you'd been married . . .'

'It would have been just the same.'

'He gave his other three wives an allowance. . . .'

'After he had left them! . . .'

He put the question crudely: 'Did he act this way to prevent you giving money to Marco?'

She stared at him.

'I don't know. I didn't think of that. David never had any money about him either. It was Arnold who paid the bills at the end of the month. Now that I'm forty . . .' She looked around as if to say that she would have to give up all this. The sallow creases at the corners of her nose deepened. She hesitated before getting up. 'If you'll excuse me one moment. . . .'

She hurried into her bedroom and closed the door, and when she returned, Maigret smelt another whiff of alcohol.

'What have you just been drinking?'

'A drop of whisky, if you must know. I'm dropping on my feet. I can sometimes last out weeks without drinking. . . .'

'Except champagne?'

'Except a glass of champagne from time to time, that's true, but when I get into the state I'm in now, I need to . . .'

He could have sworn she'd drunk straight from the bottle, greedily, the way some addicts inject themselves through their clothes to save time.

Her eyes were glittering more, her words came more volubly. 'I assure you I'd not decided anything. I saw Marco with that woman and it gave me a shock. . . .'

'Did you know her?'

'Yes. She's divorced, and her ex-husband, who's in the shipping business, had had dealings with David. . . .'

These people all knew one another, attended the same Board meetings, met on the same beaches and at the same night-clubs, and their wives apparently moved from one man's bed to another's with perfect unconcern.

'I knew that she and Marco had had an affair at Deauville. . . . I'd even been told that she'd decided to marry him, but I hadn't believed it. . . . She's very wealthy and he's not got a penny. . . .'

'Had you determined to prevent that marriage?'

Her lips became a hard thin line. 'Yes. . . .'

'Do you think Marco would have consented to it?'

Her eyes grew moist, but she kept back the tears.

'I don't know . . . I didn't think about it . . . I was watching them together. . . . While he was dancing he went straight past me on purpose without a single glance at me. . . .'

'So that, logically, it's Marco who should have been killed?'

'What do you mean?'

'Did the thought of killing him never occur to you? Did you never threaten to do so?'

'How do you know that?'

'He didn't believe you'd be capable of it?'

'Did Van Meulen tell you that?'

'No.'

'It wasn't as simple as that. . . . We'd already had drinks with dinner. . . . At the Monseigneur I finished off a bottle of champagne and I believe I took two or three drinks from David's glass of whisky. . . . I didn't know whether to make a scene, to go and drag Marco away from the arms of that horrible fat woman whose skin's as pink as a baby's . . .

'David insisted on our leaving. . . . In the end I followed him. . . . In the car I never said a word . . . I planned to slip out of the hotel later on and go back to the night-club to . . . I don't know why. . . . Don't ask me to make things clearer. . . . David must have guessed. . . . It was he who suggested that we should have a final drink in my rooms. . . .'

'Why in yours?'

The question surprised her and she repeated, in some bewilderment, 'Why?'

She sought an answer, as though to satisfy herself.

'It was always David who came to mine. . . . I think he didn't like . . . he was keen on protecting his privacy. . . .'

'Did you tell him you intended to leave him?'

'I told him everything that was in my mind, that I was just a bitch, that I'd never be happy without Marco, that Marco had only to appear for me to . . .'

'What did David say?'

'He went on quietly drinking his whisky and looking at me with his big mischievous eyes. . . .

'"What about money?" he finally objected. "You know that Marco . . ."'

'He said *vous* to you?'

'He never used to *tutoyer* anyone.'

'Was the remark about Marco true?'

'Marco needs a lot of money. . . .'

'Has it never occurred to him to work?'

She gazed at him in astonishment, as if that question revealed boundless naïvety. 'Whatever could he do? . . . In the end I got undressed . . .'

'Did anything happen between David and yourself?'

Again a look of surprise.

'Nothing ever happened. . . . You don't understand. . . . David had drunk a good deal too, as he always did at bedtime. . . .'

'A third of a bottle?'

'Not quite. . . . I know why you're asking that. . . . It was I who drank a little whisky after he'd gone, because I didn't feel well. . . . I wanted to crumple up on my bed and stop thinking. . . . I tried to sleep. . . . Then I said to myself that it wouldn't work out with Marco, that it would never work out, and that it would be better if I died. . . .'

'How many tablets did you take?'

'I don't know. . . . A whole handful. . . . I felt better then. . . . I was crying softly and beginning to fall asleep. . . . Then I imagined my funeral, the cemetery and the . . . I began to struggle. I was afraid it was too late and that I wouldn't be able to call for help. . . . I found I couldn't shout . . . the bell-pushes seemed very far away . . . my arm was heavy. . . . You know, just as in dreams when you're trying to run away and your legs refuse to move. . . . I must have reached the bell-push, since somebody did come. . . .'

She broke off on seeing Maigret's face, suddenly hard and stern.

'Why are you looking at me like that?'

'Why are you lying to me?'

He had almost been taken in.

'At what point did you go into the Colonel's room?'

'That's true . . . I'd forgotten. . . .'

She was shaking her head, really in tears now.

'Don't be hard on me . . . I swear I didn't mean to lie to you. . . . The proof is that I told Jef Van Meulen the truth. Only when I found myself in hospital and was seized with panic I first decided to pretend I didn't know what had happened. . . . I was sure I wouldn't be believed, that I'd be suspected of killing David. . . . So now, when I was talking to you, I forgot that Van Meulen had advised me not to conceal anything. . . .'

'How long after the Colonel had left you did you go to his room?'

'Will you believe me now?'

'That depends.'

'You see! It's always like that with me. I do what I can . . . I've got nothing to hide. Only I end by losing my head and I don't know what's happening to me. Mayn't I go and have a drink, just one drop? . . . I promise you I won't get drunk. . . . I can't stand it, Superintendent! . . .'

He let her go, feeling almost inclined to ask for a drink himself.

'It was before swallowing the tablets. . . . I hadn't decided to die yet, but I'd already drunk the whisky . . . I was tipsy and ill . . . I felt sorry for what I'd said to David. . . . Life suddenly seemed terrifying. I saw myself as a lonely old woman, without money, incapable of earning a living, since I've never learnt to do anything. . . . David was my last chance. . . . When I left Van Meulen I was younger. . . . The proof is that . . .'

'That you found the Colonel after that.'

She looked surprised and hurt at his aggressive manner. 'You can think what you like about me. *I* know, at any rate, how wrong you are. I was afraid of David's dropping me. . . . I went in my nightgown, without even a wrapper, as far as his suite, and I found the door ajar. . . .'

'I asked you how much time had elapsed since the Colonel had left you?'

'I don't know. I remember I smoked several cigarettes. They must have been found in the ashtray. . . . David only smoked cigars. . . .'

'You saw nobody in his rooms?'

'Only him. . . . I nearly screamed . . . I'm not sure I didn't scream. . . .'

'He was dead?'

She stared at him wide-eyed, as if the idea had struck her for the first time. 'He was . . . I think. . . . In any case I thought so, and I ran away. . . .'

'Did you meet nobody in the corridor?'

'No. . . . But . . . wait a minute! I heard the lift going up. . . . I'm sure of that, because I began running. . . .'

'Did you have any more to drink?'

'I may have . . . automatically. . . . Then I felt so depressed that I took the tablets. . . . I've told you the rest. Can I . . . ?'

She was no doubt going to ask his leave to take another drink of whisky, but the telephone bell rang, and she held out a shaky arm.

'Hullo. . . . Yes, he's here, yes. . . .'

It was restful, almost refreshing, to hear Lucas's voice, a calm, normal voice, and to imagine him sitting at his desk in the Quai des Orfèvres.

'Is that you, Chief?'

'I was going to call you presently.'

'I expected you would but I thought I'd better put you in the picture at once. Marco Paverini is here.'

'You found him?'

'It wasn't we who found him; he came of his own accord. He turned up some twenty minutes ago, fit and well and quite unconcerned. He asked if you were there, and when he heard you were not he asked to speak to one of your colleagues. I saw him myself. For the moment I've left him with Janvier in your office.'

'What does he say?'

'That he only learnt about this whole business through the papers.'

'Last night?'

'Not till this morning. He was out of Paris, staying with some friends who have a country house in the Nièvre and who were having a shooting party.'

'Did the Dutch lady go with him?'

'To the shoot? Yes. They left together in her car. He declares they're going to get married. Her name is Anna de Groot and she's a divorcee. . . .'

'I know. Go on. . . .'

Huddled in her armchair, the little Countess was listening to him, biting her nails with their flaking varnish.

'I asked him what he'd been doing the night before. . . .'

'And?'

'He was in a night-club, the Monseigneur . . .'

'I know.'

'With Anna de Groot. . . .'

'I know that too.'

'He saw the Colonel with his ex-wife. . . .'

'And then?'

'He went back with the Dutchwoman to her place.'

'Where?'

'The George V, where she has a suite on the fourth floor. . . .'

'What time was this?'

'According to him, about half-past three or four. I sent somebody to check up, but I've not got the reply yet. . . . They went to bed and he only got up at ten this morning. He declares that they were invited over a week ago to this shooting party at the country house of a banker in the Rue Auber. Marco Paverini left the George V and went home in a taxi to collect his suitcase. He kept the taxi, which waited outside the door. He returned to the George V, and at about half-past eleven the pair of them left in Anna de Groot's Jaguar. . . . This morning, just before setting out on the shoot, he glanced casually at the papers in the hall of the country house, and immediately set off for Paris, still in his shooting gear. . . .'

'Did the Dutchwoman come back with him?'

'No, she stayed behind. Lapointe rang up the country house to check and a manservant told him she had gone out shooting. . . .'

'What impression did he make on you?'

'He was perfectly at ease and seemed sincere. I thought he was quite a nice fellow. . . .'

Of course! They were all nice people!

'What am I to do with him?'

'Send Lapointe to the George V. Let him investigate last night's comings and goings, and question the night staff. . . .'

'He'll have to visit their homes, for they're not on duty in the daytime.'

'Let him do that. . . . As for . . .' He preferred not to mention the name in front of the young woman, who had kept her eyes fixed on him. 'As for your visitor, you can't do anything at this juncture but let him go. . . . Tell him not to leave Paris. . . . Set somebody . . . Yes. . . . Yes . . . the usual thing, you know! . . . I'll call you back later. I'm not alone . . .'

Why did he ask at the last minute:

'What sort of weather are you having?'

'Coolish, with a little sharp sunshine.'

As he hung up, the little Countess muttered:

'Was it him?'

'Who?'

'Marco. . . . You were talking about him, weren't you? . . .'

'Are you sure you didn't meet him in the corridors of the George V or in the Colonel's rooms?'

She sprang out of her armchair, in such a state of frenzy that he apprehended a fit of hysterics.

'I knew it!' she cried, her features distorted. 'He was there with her, wasn't he, just above my head? . . . Yes! I know. . . . She always stays at the George V. . . . I found out where her rooms were. They were there together in bed. . . .'

She seemed beside herself with rage. 'They were there laughing and making love, while I . . .'

'Don't you think perhaps Marco was doing something else? . . .'

'What?'

'Possibly holding the Colonel's head under the water?'

She could not believe her ears. Her body was quivering under the flimsy dressing-gown, and she suddenly flung herself at Maigret, belabouring him with her fists.

'Are you mad? . . . Are you mad? . . . How can you dare? . . . You're a monster! . . . You . . .'

He felt ridiculous, in that hotel room, trying to grasp the wrists of a fury whose energy was intensified tenfold by anger.

His tie askew, his hair dishevelled, out of breath, he had finally succeeded in immobilizing her when there came a knock at the door.

CHAPTER SIX

THE INCIDENT had ended less badly than might have been anticipated. For the little Countess, the knock on the door was providential, for it allowed her to extricate herself from a scene which she probably did not know how to bring to an end.

Once again she rushed into her bedroom, while the Superintendent, taking his time, rearranged his tie and smoothed his hair, then opened the door to the passage.

It was simply the room-waiter asking, with sudden diffidence, whether he might remove the breakfast tray. Had he been listening at the door, or, without deliberately listening, had he overheard the sounds of the scuffle? If so, he gave no signs of it, and when he left, the Countess reappeared, looking calmer and wiping her lips.

'I suppose you mean to take me back to Paris?'

'Even if I wanted to I should have some longish formalities to go through.'

'My lawyer here would not allow you to get an extradition order. But I want to go back myself, for I'm anxious to attend David's funeral. Are you taking the four o'clock plane?'

'Probably, but you're not going to take it.'

'And why not, may I ask?'

'Because I don't want to travel with you.'

'I have a right to, haven't I?'

Maigret was thinking of the journalists and photographers who would undoubtedly bombard her both in Geneva and at Orly.

'You may be within your rights, but if you try to take that plane I shall find some more or less legal means to stop you. I suppose you've no statement to make to me?'

The end of this interview had really been almost grotesque, and in order to recover contact with ordinary reality the Superintendent had then had a telephone conversation, lasting almost half an hour, with Lucas. The manager of the hotel had of his own accord provided a small office near the reception desk.

Although Dr Paul had not yet sent in his official report, he had given Lucas a preliminary report over the telephone. After the autopsy he was more than ever convinced that somebody had held David Ward down in his bath, for there could be no other explanation for the bruises on the shoulders. Furthermore, there were no signs of injury to the neck or back, such as would almost certainly have been seen had the Colonel met his death by slipping and hitting the rim of the bath.

Janvier had been shadowing Marco and, as was to be expected, the first thing that the little Countess's ex-husband had done on leaving the Quai des Orfèvres was to ring up Anna de Groot.

Lucas had been pestered with endless phone calls, many from leading banks and financial companies.

'Are you coming back this afternoon, Chief?'

'By the four o'clock plane.'

Just as he was hanging up the receiver he was handed an envelope which a uniformed policeman had brought for him. It was a charming note from the head of the Lausanne detective force, expressing his delight at having the opportunity to meet the famous Maigret at last, and inviting him to 'a very simple lunch, in a quiet Vaudois inn beside the lake'.

Maigret, who had half an hour to wait, rang up his flat in the Boulevard Richard-Lenoir.

'Are you still in Lausanne?' Madame Maigret asked.

Police Headquarters had informed her, on the previous day, of her husband's departure, and she had had news of him that morning through the newspapers.

'I'm catching a plane this afternoon, but that doesn't mean I shall be home early. Don't expect me for dinner.'

'Are you bringing back the Countess?'

Of course she was not jealous, but for the first time Maigret thought he noticed a certain uneasiness, as well as the faintest trace of irony, in his wife's voice.

'I've no desire to bring her back.'

'Oh!'

He lit his pipe and left the hotel, informing the hall porter that if anyone asked for him, he would be back in a few moments. Two photographers followed him, hoping that his actions would give something away.

He merely gazed into shop windows, hands in pockets, and then entered a tobacconist's to buy a pipe, having left so hastily that he had only one with him, which was unusual.

He let himself be tempted by tins of various sorts of

tobacco unknown in France, and bought three of different brands, then as though seized with remorse went into the next shop and bought for Madame Maigret a handkerchief embroidered with the arms of Lausanne.

The police chief came to fetch him at the appointed time. He was a big fellow of athletic build who must have been a keen skier.

'You don't mind if we go and eat out in the country, a few kilometres away? You needn't worry about your plane. I'll have one of our cars drive you to the airport.'

He was clear-skinned and so close shaven that his cheeks shone. His whole appearance and bearing were those of a man who has remained in close contact with the countryside, and as Maigret learned presently, his father was in fact a vine-grower in the neighbourhood of Vevey.

They sat down in a lakeside inn where the only others present were a group of local people talking about the choral society to which they belonged.

'Will you allow me to choose the menu?'

He ordered dried meat from the Grisons, ham and country sausage, followed by salmon trout from the lake. He kept watching Maigret with discreet, furtive glances which revealed his curiosity and his admiration.

'She's a strange woman, isn't she?'

'The Countess?'

'Yes. She's well known here too, for she spends part of the year in Lausanne.'

He explained with a somewhat touching pride:

'We're a small country, Monsieur Maigret. But just because we're a small country the proportion of V.I.P.s, as the English say, of very important people, is higher here than in Paris or even on the Riviera. You may have more of them than we do, but they are lost in the crowd. Here it's impossible not to notice them. They're the same people, indeed, that frequent the Champs-Elysées and La Croisette. . . .'

Maigret was doing justice to the meal and to the light white wine which was served chilled in a misted carafe.

'We know Colonel Ward, and practically all the people you're concerned with just now. By the way, Ward's third wife Muriel left in a hurry this morning for Paris.'

'What sort of life does she lead in Lausanne?'

His interlocutor had blue eyes which, when he was being thoughtful, grew lighter, almost transparent.

'That's not easy to explain. She has a comfortable flat, fairly luxurious but not very large, in a new block at Ouchy. Her daughter Ellen is a boarder at a school where most of the pupils are American, English, Dutch and German girls from wealthy families. We have a great many such schools in Switzerland, and they send us children from all over the world.'

'Yes, I know. . . .'

'Muriel Ward—I call her Ward, for the divorce is not absolute yet and she still uses the name—belongs to what we call the club of unattached ladies. It's not a real club, of course. It has no regulations or subscriptions or membership cards. It's the name we give to those ladies who come to live in Switzerland on their own, for various reasons. Some of them are divorced, others are widows. There are a few singers or famous artistes, and some married women whom their husbands come to visit from time to time. They have their own reasons for being here, which don't concern us: political or financial reasons, or sometimes reasons of health. We have Royal Highnesses and commoners, wealthy widows and women with modest incomes.'

He told all this somewhat in the manner of a guide, with a slight smile which gave a touch of humour to his words.

'Their common characteristic is that they're all V.I.P.s of some sort, whether on account of their name or their wealth or what have you. And they make up groups. It's not a club, but a set of groups, more or less friendly or hostile to one another. Some of them rent rooms by the year at the Lausanne-Palace, which you have seen. The richest of them have villas at Ouchy or country houses in the neighbourhood. They give tea parties for each other or meet at concerts. . . . But isn't it just the same in Paris? The difference, as I was saying, is that here one notices them more. . . . We get men, too, from all over the place, who have decided to live all the year round or for part of the year in Switzerland. . . . I mentioned the Lausanne-Palace; well, at the present moment there are about twenty members of King Saud's family living there. Add to that delegates to the International conferences, UNESCO and so forth, which take place in our country, and you'll understand how much work we've got. Our police works discreetly, but I fancy efficiently. . . . If I can be of any help to you . . .'

Maigret was smiling in much the same way as his host. He realized that although Swiss hospitality was generous, the police was none the less well informed as to the doings of all these well-known personalities.

What he had just been told, in fact, amounted to: 'If you've any questions to ask . . .'

He said, softly: 'I gather Ward was on excellent terms with his ex-wives. . . .'

'Why should he have borne them ill will? It was he who left them when he was tired of them.'

'Did he treat them generously?'

'Not excessively. He gave them a respectable allowance, but not a lavish one.'

'What sort of person is Muriel Halligan?'

'An American woman.'

He put a great deal of meaning into the words.

'I don't know why the Colonel chose to get his divorce in Switzerland . . . unless he had other reasons for staying here. . . . The fact is that the proceedings have been dragging on for two years. . . . Muriel has chosen the two best lawyers in this country and she must know what that'll cost her. . . . Her case, which apparently has been upheld in certain American courts of law, is that since her husband has accustomed her to a certain standard of living he must enable her to maintain it to the end of her days. . . .'

'And the Colonel didn't accept that?'

'He has excellent lawyers too. On three or four occasions there was a rumour that agreement had been reached, but I don't think the final documents have been signed. . . .'

'I suppose that while the case is *sub judice* the wife is careful to avoid any indiscretions?'

The Lausanne policeman filled their glasses with deliberate slowness, as if seeking to weigh his words.

'No indiscretions, no. The ladies of the club generally don't go in for anything sensational. . . . You have met Mr John Arnold, I suppose?'

'He turned up at the George V before anybody else.'

'He's a bachelor,' the policeman remarked laconically.

'And . . . ?'

'At one time it was whispered that he was queer. I know from the staff of the hotels where he stays that this is not the case.'

'What else do you know?'

'He was and always had been a close friend of the Colonel's. He was at one and the same time his confidant, his secretary and his business agent. . . . Apart from his legal wives the Colonel used to have passing affairs, generally brief ones, sometimes for a night or just an hour. . . . As he was too lazy to pay court to women and as, in his position, he found it embarrassing to make propositions to a cabaret dancer or a flower girl, John Arnold saw to things for him. . . .'

'I see what you mean.'

'Then you can guess the rest. Arnold took his commission in kind. . . . It's said, although I have no formal proof, that he also did so with Ward's legal wives. . . .'

'Muriel?'

'He has twice been to Lausanne alone to see her, but there's nothing to prove that he was not acting on Ward's behalf. . . .'

'The Countess?'

'Undoubtedly! And he wasn't the only one. When she's drunk enough champagne she often feels the need to pour out her heart to somebody. . . .'

'Did Ward know?'

'I've not had much to do with Colonel Ward. You forget that I'm just a policeman. . . .'

They both smiled. It was a strange conversation, with things left unsaid and many hints dropped, which they understood.

'As I see it, Ward knew a great deal but didn't mind very much. . . . In Monte Carlo, as I gather from this morning's papers, you met another customer of ours, Monsieur Van Meulen. The two men, who were great friends, had much experience of life, and they did not expect from people, particularly from women, more than they were likely to get. They were roughly of the same calibre, except that Van Meulen is cooler and has more self-control, whereas the Colonel was rather given to drink. . . . I imagine you'll take coffee?'

Maigret was long to remember that lunch in the little restaurant which reminded him of a certain *guinguette* on the banks of the Marne, with Swiss decorum added, less lively perhaps but more genuinely intimate.

'Will the Countess take the same plane as yourself?'

'I've forbidden her to.'

'It will depend on what she has to drink between now and four o'clock. You'd rather she did not take it?'

'She's rather conspicuous and tiresome. . . .'

'She shan't take it,' the Chief promised. 'Would it be a bore for you to look in for a few minutes at our office? My men are so anxious to make your acquaintance. . . .'

They did him the honours of their Police Headquarters, in a new building, on the same floor as a private bank and just beneath a ladies' hairdresser. Maigret shook hands, bestowed smiles, repeated the same friendly remarks ten times over, feeling euphoric from the light Vaudois wine.

'Now it's time I put you in your car. If you wait any longer we shall have to have the siren shrieking all the way. . . .'

He was soon back in the atmosphere of air terminals, loudspeakers, bars where uniformed pilots and air hostesses drank hurried cups of coffee.

Then came the plane journey, over mountains that were lower than those he had seen that morning, and meadows and farms glimpsed between clouds.

Lapointe was waiting at Orly with one of the black police cars.

'Had a good journey, Chief?'

He was back in the suburbs of Paris, where a fine afternoon was drawing to a close.

'You've had no rain?'

'Not a drop. I thought you'd like me to come and meet you.'

'Anything new?'

'I haven't heard all the latest. It's Lucas who's been co-ordinating information. I went to see some of the night staff, which meant a good deal of travelling since most of them live in the suburbs.'

'What did you find out?'

'Nothing definite. I tried to make out a plan, with the times when everyone arrived and left. It's not easy. Apparently there are three hundred and ten guests in the hotel and they all keep coming and going, telephoning, ringing for the waiter or the chambermaid, wanting a taxi, a messenger, the manicurist, Lord knows what. Furthermore, the staff are afraid of talking too much. Most of them give evasive answers. . . .'

While he drove, he pulled out a piece of paper from his pocket and gave it to Maigret.

'*8 p.m.* The chambermaid on the third floor goes into No. 332, the Countess's suite, and finds her in her dressing-gown having a manicure.

"Have you come to turn down the bed, Annette?"

"Yes, madame la Comtesse."

"Come back in half an hour, will you?"

'*8.10 p.m.* Colonel Ward at the hotel bar with John Arnold. The Colonel looks at his watch, leaves his companion and goes to his rooms. Arnold orders a sandwich.

'*8.22 p.m.* The Colonel, from his rooms, asks for a call to be put through to Cambridge and speaks to his son for some ten minutes. Apparently he used to ring him up like this twice a week, always at about the same time.

'*8.30 p.m. or thereabouts.* At the bar, Arnold goes into the phone box. He must have made a call to a Paris number, for the switchboard girl made no note of it.

'*8.45 p.m.* The Colonel rings up No. 332 from his own rooms, probably to find out if the Countess is ready.

'*About 9 p.m.* The Colonel and the Countess emerge from the lift and hand in their keys on the way out. The doorman calls a taxi for them. Ward gives the address of a restaurant near the Madeleine.'

Lapointe watched Maigret as he read.

'I went to the restaurant,' he explained. 'Nothing special there. They often dine there and they're always given the same table. Three or four people came to shake hands with the Colonel. There were no signs of a quarrel between our two. While the Countess was eating her sweet, the Colonel (who never takes dessert) read the evening papers.'

'*11.30 p.m.* The pair arrive at the Monseigneur.'

'There, again, they're habitués,' said Lapointe, 'and the gipsy band automatically strikes up a special tune as soon as the Countess appears. Champagne and whisky. The Colonel never dances.'

Maigret imagined the Colonel, first at the restaurant, taking advantage of the fact that he never took dessert to read his newspaper, and then sitting on the red velvet seats of the Monseigneur. He did not dance, and he would not have flirted, since he and his companion were old acquaintances. The musicians would come up and play at his table.

'There, again, they're habitués,' Lapointe had said.

Three nights, four nights a week? And elsewhere, in London or Rome, in Cannes or Lausanne he must presumably have frequented almost identical night-clubs, where they played the same tune on the Countess's appearance and where, again, he did not dance.

He had an eighteen-year-old son at Cambridge, to whom he spoke over the telephone for a few minutes every three days, and a daughter in Switzerland to whom, presumably, he also telephoned.

He had had three wives, the first of whom had remarried and led the same sort of life as himself, then Alice Perrin who divided her time between London and Paris, and finally Muriel Halligan, who belonged to the unattached ladies' club.

In the streets, people on their way home from work were hurrying towards metro stations and bus stops.

'We're there, Chief. . . .'

'I know. . . .'

It was rather dark already in the courtyard of Police Headquarters and the lights were on in the perennially dingy staircase.

He did not go straight to see Lucas but went into his office, switched on the light and took his usual seat, with Lapointe's notebook in front of him.

'*12.15 a.m.* Ward receives telephone call. I couldn't find out where it came from. . . .'

Automatically, it seemed, Maigret reached for his own receiver.

'Put me through to my home number. . . . Hullo, is that you? . . . I'm back. . . . Yes, I'm in my office . . . I don't know yet. . . . Everything's all right. . . . No, no! I assure you. . . . Why should I be feeling depressed?'

What reason had his wife to ask him that question? He had just wanted to make contact with her, that was all.

'*About half-past twelve.* Marco Paverini and Anna de Groot arrive at the Monseigneur.

'(*Note.* Anna de Groot had left the George V at 7 p.m. She was alone. She met Marco at Fouquet's, where they dined hastily before going to the theatre. Neither of them in evening dress. At Fouquet's, as at the Monseigneur, they are well known and their liaison seems accepted as official.)'

Maigret was aware of the number of journeys this report represented and the patient efforts Lapointe had made in order to obtain such apparently unimportant information.

'*12.55 a.m.* The barman at the George V informs his five or six remaining customers that he is going to close down. John Arnold buys a Havana and goes into the lobby, taking with him the three men with whom he was playing cards.

'(*Note.* I have not been able to ascertain whether Arnold left the bar during the evening. The barman cannot say categorically. Until 10 p.m. all the tables and all the stools were occupied. He then noticed Arnold, in the left-hand corner by the window, in the company of three newly-arrived Americans, who included a film producer and an actor's agent. They were playing poker. I could not find out, either, whether Arnold knew them already or had made their acquaintance that evening in the bar. They were using chips, but by the end the barman noticed dollars changing hands. He thinks they were playing high. He does not know which of them won.)

'*1.10 a.m.* The waiter is sent for in the little Empire-style lounge at the end of the lobby and asked if refreshments are still obtainable. He says yes and is told to bring a bottle of whisky, soda and four glasses. The four customers from the bar had found this place to carry on with their game.

'*1.55 a.m.* On returning to the Empire-style lounge the waiter finds it empty. The bottle is almost empty, the chips on the table and cigar-butts in an ashtray.

'(I questioned the night porter on this subject. The producer's name is Mark P. Jones and he has come over to France with a famous American comedian to make a film, or some sequences of a film, in the South of France. The star's agent is called Art Levinson. The porter does not know who the third player was. He has seen him several times in the lobby but the man is not a hotel guest. He thinks he saw him leave that night about 2 a.m. I asked him if Arnold was with the man. He couldn't say either yes or no. He had been at the telephone, a fifth floor guest was complaining of the noise her neighbours were making; he went up himself to request the couple in question, tactfully, to be less exuberant.)'

Maigret leaned back in his chair, slowly filled his pipe and looked out at the evening greyness outside his windows.

'*About 2.5 a.m.* The Colonel and the Countess leave the Monseigneur, take a taxi that was standing outside the night-club and drive back to the George V. I easily traced the taxi. The couple did not exchange a word throughout the journey.

'*2.15 a.m.* The room waiter summoned to No. 332. Finds the Colonel sitting in an armchair, looking tired, as he usually did at that time of night, and the Countess, opposite him, taking off her shoes and massaging her feet. She orders a bottle of champagne and one of whisky.

'*About 3 a.m.* Anna de Groot returns to the hotel, accompanied by Marco Paverini. Both cheerful and affectionate, but discreetly so. She seems rather livelier than he, presumably excited by champagne. They are talking English together, although both speak French fluently, the Dutchwoman with a noticeable accent. They go up in the lift. A few minutes later they ring for mineral water.

'*3.35 a.m.* A call from No. 332. The Countess tells the telephonist that she is dying and asks for a doctor. The telephonist summons the nurse, then rings up Dr Frère.'

Maigret ran through the rest more rapidly, then got up and opened the door of the inspectors' room. He found Lucas at the telephone beside his green-shaded lamp.

'I don't understand,' Lucas was shouting with an air of exasperation. 'I tell you I don't understand a word of what you're saying. . . . I don't even know what language you're talking. . . . No, I've got no interpreter at hand. . . .'

He hung up and mopped his brow.

'As far as I could make out, that was a call from Copenhagen. I don't know if they were speaking German or Danish. . . . It's been going on ever since this morning. Everybody's clamouring for details. . . .'

He stood up, apologetically.

'I'm sorry, I haven't even asked you if you had a good journey. . . . Actually I've had a call from Lausanne for you . . . to say that the Countess is taking the night train and will arrive in Paris at seven in the morning. . . .'

'Was it she herself who made the call?'

'No. The person with whom you had lunch. . . .'

That was kind, and Maigret appreciated the tactfulness of the gesture. A good turn, discreetly done. . . . The police chief had not given his name. Actually Maigret, having lost his card, had already forgotten it.

'What has Arnold done today?' he asked.

'First of all, this morning, he went to a hotel in the Faubourg Saint-Honoré, the Bristol, where the English solicitor Philps is staying. . . .'

The Englishman had not gone to the George V, too cosmopolitan for his liking, nor to the Scribe, which was too French, but had chosen to stay opposite the British Embassy as though he wanted not to feel too remote from his own country.

'They conferred together for an hour, then they went to an American bank in the Avenue de l'Opéra, then to a British bank in the Place Vendôme, in both of which they were immediately received by the manager. They stayed there for a longish time. Just at noon they separated on the pavement of the Place Vendôme, and the solicitor took a taxi back to his hotel, where he had lunch by himself.'

'And Arnold?'

'He went through the Tuileries on foot, without hurrying, as if he had plenty of time to spare, occasionally looking at his watch to make sure. He even rummaged a bit in the bookstalls along the *quais*, glancing at old books and engravings, and at a quarter to one he went into the Hôtel des Grands Augustins. He was soon joined by Ward's third wife. . . .'

'Muriel Halligan?'

'Yes. . . . She usually stays at that hotel. . . . Apparently she had arrived at Orly about half-past eleven, had taken a bath and rested for half an hour before going down to the bar. . . .'

'Did she make any phone calls?'

'No. . . .'

So she must have called from Lausanne, before leaving, to make her date with Arnold.

'Did they lunch together?'

'In a little restaurant in the Rue Jacob which looks like a bistrow but is very expensive. Torrence, who followed them in, says the food is marvellous but the prices are steep. . . . They chatted quietly like old friends, but spoke too low for Torrence to catch a word. . . . Then Arnold took her back to her hotel and went off in a taxi to find Philps. At the Bristol there have been endless telephone calls, from London, Cambridge, Amsterdam, Lausanne.

A number of people have visited Philps in his suite, including a Parisian lawyer, Demonteau, who stayed longer than the rest. There's a group of journalists in the lobby. They're waiting to know when the funeral is to take place and whether it's to be in London, Paris or Lausanne . . . it seems that Ward's official residence was Lausanne. They're also anxious to know about the will, but hitherto they've received no information at all. Furthermore, the reporters declare that Ward's two children are expected at any moment. . . . You look tired, Chief. . . .'

'No . . . I don't know. . . .'

He was limper than usual and, to tell the truth, he'd have found it hard to say what he was thinking about. He was experiencing the same sensation as after a sea crossing; his body still felt as if it were in the plane, while images mingled confusedly in his mind. It had all happened too fast: too many people, too many things one after the other. Joseph Van Meulen lying naked on his bed, in the hands of his masseur, and then leaving him in the lobby of the Hôtel de Paris to go off, wearing a dinner jacket, to the gala at the Sporting Club. . . . The little Countess with her tired face and the creases beside her nose, and her unsteady, tippler's hands. . . . And then the fair-haired Lausanne police chief . . . whatever was his name? . . . who had filled his glass with light cool wine while smiling openly, and with a touch of irony, at the people he talked about. . . . And the 'club of unattached ladies'. . . .

Now, in addition, there was that four-handed poker party in the bar of the George V, and subsequently in the Empire-style lounge. . . .

And Mr Philps in his English hotel opposite the British Embassy, and those attentive bank managers. . . . Conversations, telephone calls, the French lawyer Demonteau, the journalists in the lobby of the Faubourg Saint-Honoré hotel and at the door of the George V, although there was nothing more to be seen there. . . .

A boy at Cambridge who would probably be a multi-millionaire himself had suddenly learnt that his father, who had rung him up the day before from a continental hotel, was dead.

And a fourteen-year-old girl, whom her schoolmates may have envied because she was packing her bags to go to her father's funeral. . . .

At that very moment the little Countess was probably tipsy, but she would none the less catch the night train. Whenever she felt faint she just had to take one more drink to pull herself together. Until she broke down for good.

'You look as if you'd got an idea, Chief?'

'Do I?'

He shrugged his shoulders in a disillusioned way. Then he asked, in his turn: 'Are you very tired?'

'Not too bad.'

'In that case let's go for a quiet meal together at the Brasserie Dauphine.'

The company there would be different from that in the George V or the aeroplane, from that of Monte Carlo or Lausanne. A heavy smell of cooking, like that of a country inn. The mother at her stove, the father behind the bar counter, the daughter helping the waiter to serve.

'And after that?'

'After that I'm going to start all over again, as if I knew nothing, as if I'd never met any of these people. . . .'

'Shall I go with you?'

'It's not worth while. . . . To do this job I'd as soon be alone. . . .'

Lucas knew what that meant. Maigret was going to prowl about the Avenue George V, brooding, puffing at his pipe, glancing briefly to left and right, sitting down occasionally and getting up again almost at once, as if he did not know what to do with his big body.

And nobody, not even Maigret himself, could say how long it would go on, and the prospect was not pleasant.

Someone who had seen him behaving thus one day had commented disrespectfully:

'He looks like a great sick animal!'

CHAPTER SEVEN

HE TOOK THE METRO, for he had plenty of time and did not plan to travel far afield that night. He seemed to have overeaten deliberately so as to feel even more cumbrous. When he left Lucas in the Place Dauphine the latter had hesitated briefly, opening his mouth to say something, and the Superintendent had looked at him expectantly.

'No . . . it's nothing.' Lucas had decided.

'Tell me. . . .'

'I was going to ask you if it was worth while my going to bed. . . .'

Because when the Chief was in this particular mood, it usually meant that before very long the last act would be played out between the four walls of his office.

As chance would have it, this nearly always took place at night, with the rest of the building in darkness, and several of them would take it in turn to stay with the man or woman who had gone into Police Headquarters as a mere suspect but would leave it, after a certain lapse of time, wearing handcuffs.

Maigret understood what was in Lucas's mind. Without being superstitious, he was reluctant to anticipate events, and at such moments he never felt self-confident.

'You go to bed.'

He felt a little chilly. He had left home on the morning of the previous day, sure of returning to the Boulevard Richard-Lenoir at noon for lunch. Was it only the day before? It seemed to him much longer ago.

He emerged from underground on to the Champs-Elysées, where the avenue was ablaze with lights and the autumn evening was mild enough for the café terraces to be crowded with people. His hands in his jacket pockets, he walked down the Avenue George V, where, in front of the hotel, a giant in uniform stared at him in surprise as he pushed the revolving door.

This was the night janitor. On his previous visit Maigret had seen the day staff. The janitor obviously wondered what this sullen-faced man in the travel-crumpled suit, who was not a hotel guest, was up to.

The page-boy on duty on the other side of the revolving door displayed equal curiosity and surprise, and was on the point of asking Maigret what he wanted.

Some twenty people were scattered about the lobby, most of them in dinner jackets or evening dress; diamonds and mink were displayed and, as Maigret moved forward, he encountered a succession of scents.

Since the page-boy was staring fixedly at him, ready to pursue and accost him if he ventured too far, Maigret chose to go straight to the reception desk, where the attendants, in their black morning-coats, were all unfamiliar to him.

'Is Monsieur Gilles in his office?'

'He's at home. What did you want?'

He had often noticed that the night staff in hotels are less obliging than those on duty by day. Almost invariably one has the impression that they are an inferior grade of personnel, who bear the world a grudge for making them live the wrong way round, working while other people slept.

'I'm Superintendent Maigret . . .' he murmured.

'Do you want to go upstairs?'

'I shall probably go up. . . . I just want to warn you that I intend to walk about in the hotel for a while. . . . Don't worry, I'll be as discreet as possible. . . .'

'The keys of 332 and 347 aren't at the porter's desk. I have them here. . . . We left the rooms just as they were, at the request of the examining magistrate. . . .'

'I know.'

He thrust the keys into his pocket and, encumbered with his hat, looked round for somewhere to put it, finally laid it on one armchair and sat down on another, like a number of other people who were waiting in the lobby. From where he sat he could see the reception clerk pick up the telephone, and he realized that it was to inform the manager of his visit. The proof of this was that a few minutes later the tail-coated clerk came up to him.

'I got Monsieur Gilles on the line. I'm instructing the staff to allow you to come and go as you please. However, Monsieur Gilles would like to remind you . . .'

'I know! I know! . . . Does Monsieur Gilles live in the hotel?'

'No. He has a house at Sèvres.'

To interrogate the night porter Lapointe had had to go as far as Joinville. The barman, as Maigret knew, lived even farther from Paris, in the Chevreuse valley, where he had a big kitchen garden which he looked after himself, and kept hens and ducks.

It was rather paradoxical! Guests paid astronomical prices to sleep a stone's throw from the Champs-Elysées, while the staff—at least those of the staff who could afford such genuine luxury—fled into the country as soon as their work was done.

The groups standing about, particularly those in evening dress, were people who had not yet dined, and who were waiting until their parties were complete to go off to Maxim's, La Tour d'Argent or some other restaurant of the same class. There were some of them at the bar too, having a final cocktail before starting on what, to them, was the most important part of the day: dinner and the hours after dinner.

The same scene must have taken place in just the same way on the previous night, with the same cast. The florist, at her stall, was making up buttonholes. The theatre-ticket agent was handing tickets to late-comers; the porter was suggesting entertainments to people who did not yet know where to go.

Maigret had drunk a calvados after his meal, on purpose, out of sheer contrariness, because he was about to re-enter a world where one did not drink calvados, let alone marc; only whisky, champagne or Napoleon brandy.

A group of South Americans cheered loudly as a young woman in a blond mink coat came bustling out of one of the lifts and brought off a star's entry.

Was she pretty? The little Countess, so he'd been told, was wonderful; and he had seen her close up, without any make-up, had even caught her drinking whisky from the bottle, like a down-and-out alcoholic swigging red wine.

Why, during the last few minutes, had he felt as if he were living on board ship? The atmosphere of the hotel lobby reminded him of that journey he had made to the United States when an American multi-millionaire (yet another of them!) had begged him to come over and solve a knotty problem. He remembered the confidences imparted by the purser one night when they had been left alone in the saloon, after the somewhat puerile games that had been organized there.

'Do you know, Superintendent, that in the first class there are three staff-members to serve a single passenger?'

And indeed, every twenty yards or so, on decks, in lounges or gangways, you met a member of the staff, uniformed or white-jacketed, ready to oblige you in some way or other.

Here, too. In the bedrooms there were three bell-pushes marked house-steward, chambermaid, room-waiter, and by the side of each—could some of the guests not read?—the silhouette of the appropriate domestic.

At the door, in the yellowish light over the pavement, two or three janitors and car attendants, not to mention luggage porters in green aprons, were standing to attention as if at the entry to a barracks, and in every corner more men in uniform stood waiting, bolt upright, with a faraway look.

'Believe it or not,' the purser had gone on, 'the hardest part of our job on a boat isn't keeping the engines running, steering the vessel, navigating in heavy weather or arriving on time at New York or Le Havre. Nor is it feeding a population as large as that of a *sous-préfecture*, nor keeping cabins and lounges in good order. What gives us the most trouble is . . .'

He had paused a moment.

'Is *keeping the passengers amused*. We have to find occupations for them from the moment they get up until the moment they go to bed, and some of them don't go to bed before dawn. . . .'

That was why the minute breakfast was over they started serving bouillon on deck. And then games began, and cocktails. . . . Then came caviare, foie-gras, duck with orange and flambée omelettes. . . .

'They're most of them people who have seen everything, who've enjoyed themselves in every conceivable sort of way, and yet we must at all costs . . .'

In order not to doze off, Maigret got up and went to look for the Empire-style lounge, which he discovered eventually, dimly lit and solemn and deserted now except for an old white-haired gentleman in a dinner jacket, asleep in an armchair with his mouth open, still holding a cigar which had gone out. Farther on he came to the dining-room, and the head waiter on guard at the door looked him over from head to foot. He did not offer Maigret a table; had he realized that this was not an authentic guest?

In spite of the man's censorious expression, Maigret cast

a glance into the room where, under the lighted chandeliers, about a dozen tables were occupied.

An idea, not a particularly original one actually, was taking shape in his mind. He went past a lift beside which was stationed a fair young man in olive-green livery. It was not the lift he had taken with the manager on the previous morning. And he discovered yet a third lift elsewhere.

He was being watched. The chief reception clerk had probably not had time to inform the whole staff, but had merely warned the heads of the various departments of his presence.

Nobody asked him what he wanted, what he was looking for, where he was going, but no sooner was he out of the range of one set of suspicious eyes than he found himself under equally intense scrutiny elsewhere.

His little idea . . . it had not as yet taken clear shape, and yet he had a feeling that he had made an important discovery. It was roughly this: surely all these people—and he included the guests of the George V and those of the Monte Carlo and Lausanne hotels, the Wards and Van Meulens and Countess Paverinis, all those who lead that kind of life—would feel lost, defenceless, naked as it were, as helpless and clumsy and frail as babies if they were suddenly plunged into ordinary life?

Would they be capable of elbowing their way through a crowd to take the metro, of consulting a railway timetable, asking for a ticket at the booking office, carrying a suitcase?

Here, from the moment when they left their hotel suites until they settled down in identical suites in New York, London or Lausanne, they never had to worry about their luggage, which was passed from hand to hand out of their ken, and they found their belongings later put away for them in the right places. . . . They themselves were passed from hand to hand . . .

What was it Van Meulen had said about *interest providing an adequate motive*? Could someone kill from motives of self-interest?

Maigret was becoming aware that the size of the sum of money involved was relatively unimportant. He was even beginning to understand those American divorcees who insist on being maintained for the rest of their lives in the conditions to which their ex-husbands have accustomed them.

He could scarcely picture the little Countess going into a bistrow, ordering a cup of coffee and coping with an automatic telephone.

That was a secondary aspect of the question, of course. . . . But aren't these secondary aspects often the most important? . . . Living in a flat, would Louise Paverini be capable of regulating the central heating, lighting the gas stove in the kitchen and boiling herself an egg?

His thoughts were more complicated than that, so complicated that he could not define them clearly.

How many people were there, throughout the world, who went from one place to another, sure of encountering everywhere the same atmosphere, the same attentive service, the same people, as it were, looking after the petty details of life for them?

A few thousands, probably. The purser on the *Liberté* had told him: 'One can't invent anything fresh to amuse them with, for they like to keep to their habits. . . .'

Just as they liked to keep to the same setting, barring a few details. Was this a means of reassuring themselves, of deluding themselves that they were at home? Even the fittings in the bedrooms were in identical positions.

'It's no use entering our profession unless one has a good memory for names and faces. . . .'

It was not the ship's purser who had said this, but the porter of a hotel in the Champs-Elysées, where Maigret had made some investigations twenty years previously.

'Our guests insist on being recognized, even if they've only been here once before. . . .'

Probably that, too, provided them with some sort of reassurance. Little by little Maigret had come to feel less severely critical of them. It seemed as if they were afraid of something, afraid of themselves, of reality, of solitude. They went round in a limited circle, between a few places in which they could count on being treated with the same care and consideration, of eating the same dishes and drinking the same champagne or the same whisky.

They might not even have enjoyed it particularly, but once having acquired the habit they would have been incapable of living in any other way.

Was this an adequate motive? Maigret had begun to think so, and consequently the death of Colonel Ward appeared in a fresh light.

Somebody in his circle had been threatened, or felt threatened, with suddenly having to live like everybody else, and had lacked the courage to do so. Moreover, Ward's death must have enabled that person to keep up the way of life that he or she could not bear to renounce.

Nothing was known about the will. Maigret had not heard to which solicitor it had been entrusted. John Arnold had implied that there might have been several wills, placed in the hands of different lawyers.

Was Maigret perhaps wasting his time prowling about in the corridors of the George V, and would it not be more sensible to go to bed and wait?

He went into the bar. The barman on night duty did not know him either, but one of the waiters recognized him from his photographs and whispered something to his boss, who frowned, seemed uneasy rather than flattered at the prospect of serving Superintendent Maigret.

There were a great many people there, and the air was thick with cigar and cigarette smoke; apart from the Superintendent's, there was only a single pipe.

'What can I give you?'

'Have you any calvados?'

He saw none on the shelves, where every brand of whisky was displayed. The barman unearthed a bottle, however, and filled a huge balloon-shaped glass as if any other sort of glass for spirits was unknown here.

People were mostly speaking English. Maigret recognized one woman, wearing a mink stole casually thrown round her shoulders, with whom he'd had to deal at Police Headquarters in the days when she worked for a petty Corsican pimp in Montmartre.

That was two years ago. She had wasted no time, for she now wore a diamond ring on her finger and a diamond bracelet round her wrist. She condescended to recognize the policeman, however, and fluttered her eyelids at him discreetly.

Three men were sitting round a table at the far end, on the left, close by the silk-curtained windows, and Maigret asked on the off-chance:

'Isn't that Mark Jones, the producer?'

'The short fat fellow, yes. . . .'

'Which is Art Levinson?'

'The dark-haired one in horn-rimmed glasses.'

'Who's the third?'

'I've seen him several times, but I don't know who he is.' The barman answered reluctantly, as though he disliked having to give away his customers.

'What do I owe you?'

'Don't bother. . . .'

'I wish to pay.'

'Just as you like. . . .'

Without using the lift, he went slowly upstairs to the third floor, commenting to himself that not many guests must tread on that red stair-carpet. He met a woman in black with a notebook in her hand and a pencil behind her ear, some member of the hotel hierarchy; he assumed that she was responsible for giving orders to the chambermaids on certain floors, and distributing sheets and towels, for she had a bunch of keys at her waist.

She turned to look at him, seeming to hesitate, and probably informed the management that an odd-looking individual was wandering about the back regions of the George V.

For he had unintentionally strayed into the back regions. He had pushed open the door through which the woman had emerged and discovered another staircase, narrower and uncarpeted. Its walls were dingier. A half-open door disclosed a cupboard full of brooms with a great pile of dirty linen in the middle.

There was no one there. Nor was there anyone in the floor above that, in another more spacious room in which stood a deal table and chairs. There was a tray on the table with plates, cutlet bones and sauce and a few congealed fried potatoes.

Above the door he saw a set of bells, with three electric light bulbs of different colours.

He saw a great many things in the course of an hour, met a few people, waiters and chambermaids, a bootboy cleaning shoes. Most of them looked at him in surprise, or stared after him mistrustfully. But with one exception nobody spoke a word to him.

Perhaps they thought that since he was there he must have the right to be there. Or did they hastily ring up the manager as soon as his back was turned?

He met a workman in overalls carrying tools which suggested that there was trouble with the plumbing somewhere or other. The man, who had a cigarette stuck to his lip, looked him over from head to foot and asked: 'Are you looking for something?'

'No, thanks very much.'

The man moved off, shrugging his shoulders, turned round once again and finally disappeared behind a door.

Maigret was not interested in revisiting the two suites he already knew; he went up higher than the third floor, so as to get to know the lie of the land. He had learnt to recognize the doors that divided the corridors with their spotless walls and thick carpets from the less luxurious back passages and narrow stairways.

Passing from one side to the other, noticing here a service-lift, elsewhere a waiter asleep on his chair or two chambermaids telling one another about their illnesses, he eventually emerged on to the roof, surprised at suddenly seeing stars overhead and the coloured halo of the Champs-Elysées glowing in the sky.

He stopped there for a little while, emptying his pipe, walking round the flat roof, leaning over the balustrade from time to time, watching the cars glide noiselessly along the avenue, draw up in front of the hotel and set off again with their load of richly dressed women and gentlemen in black and white.

Over the way, the Rue François Ier was brightly lit up and the English pharmacy at the junction of that street and the Avenue George V was still open. Was it on late duty, or did it stay open every evening? What with the customers from the George V and those from the Prince de Galles next door, who fussed over their health and who turned night into day, it must do good business.

On the left, the Rue Christophe-Colomb, which was quieter, was lit only by the red neon light of a restaurant or night-club, and great gleaming cars stood idle alongside both pavements. Further back, in the Rue Magellan, was a bar, the sort of bistrow used by chauffeurs in rich quarters. A man in a white jacket, probably a waiter, crossed the street and went in.

Maigret's mind was working slowly, and it took him some time to find the way down again from the roof. Later on he strayed into a room where a head waiter was finishing up the contents of someone's tray.

When he reappeared in the bar it was eleven o'clock and there were fewer people drinking. The three Americans he had noticed earlier were still in the same place playing poker, with another American, a huge gaunt fellow.

This man's high-heeled shoes puzzled the Superintendent for a moment until he realized that they were actually Western boots, the legs of which, made of particoloured leather, were concealed by his trousers. A man from Texas or Arizona; he was more demonstrative than the others and spoke in a loud voice. One expected to see him pull out a revolver from his belt.

Maigret eventually sat down on a stool and the barman asked him: 'The same again?'

He nodded, and then asked: 'Do you know him?'

'I don't know his name, but he owns a lot of oil wells. Apparently the pumps work by themselves and this man makes a million a day without doing a thing.'

'Was he here the night before last?'

'No. He arrived this morning. He's leaving tomorrow for Cairo and Arabia, where he has interests.'

'Were the three others here?'

'Yes.'

'With Arnold?'

'Wait a minute. . . . The night before last. . . . Yes. . . . One of your inspectors has already asked me about that.'

'I know . . . who's the third, the one with fair hair?'

'I don't know his name. He's not staying at the hotel. I believe he's at the Crillon and I'm told he owns a chain of restaurants. . . .'

'Does he speak French?'

'None of them do except Mr Levinson, who lived in Paris before he became a film star's agent. . . .'

'Do you know what he used to do?'

The barman shrugged his shoulders.

'Would you go and put a question for me to the one who's staying at the Crillon?'

The barman pulled a face, but not daring to say no he asked without enthusiasm: 'What question?'

'I should like to know where he parted from Arnold on leaving the Hôtel George V yesterday.'

The barman, getting ready his smile, went across to the four poker players' table. He leaned over towards the third man, who stared at Maigret with some curiosity, and the other three followed suit, having learnt who he was. The explanation took longer than might have been expected.

At last the barman came back, while the game was resumed in the left-hand corner of the room.

'He asked me why you needed to know that and pointed out to me that in his country things don't happen that way. . . . He couldn't remember right away. He'd had a great deal to drink, the night before last. He'll be like that again when we close tonight. . . . They went on with their game in the Empire room.'

'Yes, that I know.'

'He lost ten thousand dollars, but he's making up for it now. . . .'

'Did Arnold win?'

'I didn't ask him that. He thinks he remembers that they shook hands at the door of the Empire room. He says he'd thought that Arnold, whom he only met a few days ago, was staying in the George V.'

Maigret showed no reaction. He spent a good quarter of an hour over his drink, casually watching the poker players. The young woman he had recognized was no longer there, but there was another, on her own, whose diamonds were fake and who seemed to take as keen an interest in the game as himself.

Maigret directed the barman's attention to her with a glance.

'I thought you didn't allow that sort of person . . .'

'In principle. We make an exception for two or three

that we know, who can be trusted to behave themselves. . . . It's almost a necessity. . . . Otherwise guests go and pick up girls in the street and you wouldn't believe the sort of creature they bring back. . . .'

For a moment Maigret wondered. . . . Surely not! . . . For one thing, nothing had been stolen from the Colonel . . . and besides, it didn't fit in with his character.

'Are you leaving?'

'I may be back presently. . . .'

He intended to wait until three in the morning, and he had plenty of time before him. Not knowing where to go, he prowled about again, sometimes in the guests' quarters and sometimes in the staff's, and as time went on the comings and goings became more sporadic. He saw two or three couples returning from the theatre, heard bells ring, met a waiter with a trayful of beer bottles, and another carrying up a complete meal.

At one moment, turning a corner, he ran into the chief reception clerk.

'You don't need me, Superintendent?'

'No, thanks.'

The clerk was pretending to be there to help him, but Maigret was convinced he had come to keep an eye on him.

'Most of our guests don't come back much before three in the morning.'

'I know. Thank you.'

'If you should need anything at all . . .'

'I'll let you know.'

The man came back yet again.

'I did give you the keys, didn't I?'

The Superintendent's presence in the house was clearly making him uneasy. Maigret none the less went on roaming around, found his way into a basement as large as a cathedral crypt and glimpsed men in blue working in a furnace-room which might have been a ship's stoke-hole.

Here, too, they turned round to stare at him. A clerk in a sort of glass cage was checking the bottles emerging from the wine cellar. In the kitchens, women were busy washing the tiled floor.

Another stairway, lit by a ceiling lamp surrounded by wire netting, a swing door, another glass cage in which there was nobody. The air felt cooler and Maigret, pushing open a second door, was surprised to find himself back in the street, on the opposite pavement of which a man in shirtsleeves was lowering the blind of the little bar he had noticed from the roof.

He was in the Rue Magellan and to the right, at the far end of the Rue Bassano, lay the Champs-Elysées. In the next doorway a couple were embracing; perhaps the man was the clerk who ought to have been in the glass cage?

Was this door watched day and night? Was a check kept over the comings and goings of the staff? Had not Maigret recently noticed a waiter in a white jacket cross the street and disappear into the bistrow over the way?

Automatically, he took mental note of all these details. When he returned to the bar, all the lights were out, the poker players had gone and the waiters were busy clearing the tables. There was no sign of the four Americans in the Empire-style lounge, which was deserted and looked like a silent chapel.

When he saw the barman again he hardly recognized him in his town clothes.

'Have the poker players gone?'

'I believe they've gone up to Mark Jones's suite, where I suppose they'll go on playing all night. . . . You're staying on? Good night. . . .'

It was only a quarter past one, and Maigret went into the suite that had belonged to the late David Ward, where everything had been left as it was, including the scattered garments and the water in the bath.

He did not attempt to examine the place, but just sat down in an armchair, lit a pipe and stayed there drowsing.

Perhaps he'd made a mistake in hurrying off to Orly, Nice, Monte Carlo and Lausanne. Incidentally, by this time the little Countess must be in bed in her sleeping-car. Would she stay at the George V, as usual? Was she still hoping that Marco would take her back?

She was nothing, now; neither Ward's wife nor his widow, nor Marco's wife. She had admitted that she had no money. How long could she subsist on her furs and jewellery?

Had the Colonel foreseen that he might die before his divorce from Muriel Halligan had been made absolute and he'd been able to marry the Countess? That seemed unlikely.

She had not even the consolation of joining the Lausanne club for unattached ladies, who, in a restaurant, would insist on dishes cooked without salt or butter, but who drank four or five cocktails before every meal.

Did she not fulfil the conditions laid down by Van Meulen?

He did not attempt to reach any conclusion, to solve any problem. He gave up thinking and just let his mind wander.

Everything was perhaps going to depend on one little experiment. And even that would not necessarily be conclusive. It was just as well that the journalists who praised his methods did not know how he sometimes set about things, for his prestige would undoubtedly have suffered.

Twice he almost fell asleep, waking with a start in time to look at his watch. The second time it was half-past two, and in order to keep himself awake he changed his surroundings and went into No. 332, where the only alteration made had been the prudent removal of the Countess's jewellery into the hotel safe.

Nobody, it seemed, had touched the bottle of whisky,

and after some ten minutes Maigret rinsed out a glass in the bathroom and poured himself a drink.

Finally, at three o'clock, he made his way into the back regions again, just as a fairly tipsy couple were passing. The woman was singing and carrying in her arms, like a baby, an enormous teddy bear made of white plush, which she must have bought in some night-club.

He met one single waiter with a gloomy face who ought to have been pensioned off, found his bearings and went downstairs, too far at first, so that he landed in the basement, eventually returning to the glass cage which was still unoccupied, and then breathed the cold night air of the Rue Magellan.

The bar, over the way, had been closed for a long time. He had seen its blinds being lowered. The red neon light in the next street had gone out and although the cars were still there he saw nobody on the pavement, and only when he reached the Rue Bassano did he meet a passer-by walking very fast, who seemed to be scared at the sight of him.

Fouquet's was closed too, at the corner of the Champs-Elysées, and so was the brasserie over the way. A tart standing at the door of a travel agency muttered something to him which he did not understand.

On the other side of the avenue, where only a few cars were gliding past, two shop windows were still lighted up.

Maigret hesitated on the edge of the pavement, and he must have looked like a sleep-walker, for he was trying to put himself into the skin of somebody else, of someone who a few minutes earlier had killed a man by holding his head under the water in his bath and who had taken the same route as himself all the way from Suite No. 347.

An empty taxi coming along the avenue slowed down as it passed him. Would the murderer have signalled to it to stop? Would he not have reflected that this was too dangerous, since the police almost always got hold of taxi drivers who have made a particular journey?

He let it pass, and considered walking down the same pavement towards the Place de la Concorde.

Then he looked across the road again at the lighted café and the long, copper-lined bar counter. From a distance he could see the barman serving beer, the woman at the cash desk, and four or five customers sitting motionless, two of them women.

He crossed over, hesitated again, and then went in.

The two women looked at him, preparing to smile, then they seemed to realize, without recognizing him, that there was nothing to be hoped for from him.

Was this what had happened two nights ago? The man behind the bar counter looked at him, too, questioningly, waiting for his order.

The spirits he had drunk had given Maigret a sour mouth and he asked for a glass of beer.

Outside, two or three women emerged from the shadows to stare at him through the window.

One of them ventured briefly inside the café and then went back on to the pavement, presumably to tell the others there was nothing doing.

'Do you stay open all night?'

'All night.'

'Are there any other bars between here and the Madeleine?'

'Only striptease joints.'

'Were you here the night before last at this time?'

'I'm here every night except Monday.'

'And you too?' he asked the cashier, who wore a blue woollen shawl over her shoulders.

'Wednesday's my night off.'

The night in question had been a Tuesday. So they had both been there.

He lowered his voice as he indicated the two young women:

'Are they always here too?'

'Except when they take a customer home to the Rue Washington or the Rue de Berry. . . .'

The barman was frowning, trying to place this strange customer whose face seemed somehow familiar. It was one of the two tarts who eventually recognized Maigret, and her lips moved in silent warning.

She was not aware that Maigret could see her in the mirror, but kept repeating the same word, mouthing mutely like a fish, and the barman failed to understand her, stared at her and then at the Superintendent, and then looked questioningly at her again.

In the end Maigret acted as interpreter.

'Watch out!' he said. And as the barman seemed utterly bewildered, he explained: 'She's telling you I'm a cop.'

'And is it true?'

'It's true.' He must have looked funny as he said this, for the girl, after a moment's embarrassment, could not help bursting into laughter.

CHAPTER EIGHT

'WHY, NO, CHIEF. I don't mind at all. I was expecting it, in fact I said as much to my wife when we went to bed.'

Lucas had recovered his wits as soon as the telephone bell rang, but had probably not looked at the clock. He might not even have switched on the bedroom light.

'What time is it?'

'Half-past three. . . . Have you a pencil and paper?'

'One moment. . . .'

Through the window of the phone box Maigret could see the lavatory attendant asleep in her chair with her knitting on her lap, and he knew that upstairs in the bar they were talking about him.

'I'm listening. . . .'

'I haven't time to explain. Just follow my instructions exactly. . . .'

He gave them slowly, repeating every sentence so as to be sure there could be no mistake.

'See you presently.'

'You're not too tired, Chief?'

'Not too bad.'

He hung up, then called Lapointe, who took longer to wake up, possibly because he was younger.

'First go and have a drink of cold water. Then you can listen to me. . . .'

Lapointe, too, was given precise instructions. Maigret wondered whether to call Janvier, but the latter lived outside Paris and would presumably take some time to find a taxi.

He went upstairs again. The girl who had offered to go and wait for Olga outside her apartment house in the Rue Washington, and to bring her along, was not yet back, and Maigret had another glass of beer. The drink made him feel a little heavy, but that might be a help for what he had to do.

'Is it essential for me to go too?' pleaded the barman across his counter. 'Won't the two girls be enough? Even if he doesn't remember Malou, to whom he never spoke, he's sure not to have forgotten Olga, and she'll be coming along presently. He not only stood her a drink and chatted to her, but I thought he seemed inclined to go off with her. Now with that red hair and that bosom of hers, you don't forget Olga in a hurry. . . .'

'I want you to be there. . . .'

'It's not for my own sake I'm asking but on account of my mate, who'll have to be got out of bed. He'll groan. . . .'

The girl who had gone in search of Olga now returned with a flaming redhead, proudly displaying a splendid bosom.

'That's him,' her friend told her. 'Superintendent Maigret. Don't be afraid. . . .'

Olga still felt slightly mistrustful. Maigret stood her a drink and gave her, and the other two, instructions.

Finally he left the café alone and walked down the Champs-Elysées in a leisurely way, his hands in his pockets, puffing gently at his pipe.

Passing Claridge's he saw the door-keeper and nearly stopped to recruit him too. The reason he did not was that he had noticed an old woman sitting on the ground a little farther on, leaning against the wall, beside a basket of flowers.

'Were you here the night before last?'

She looked at him suspiciously and he had to argue until he had finally persuaded her and handed over some money, after repeating his instructions two or three times.

Now he could walk a little faster. He had assembled his cast. Lucas and Lapointe could see to everything else. He almost took a taxi, but he'd have got there too soon.

He reached the Avenue Matignon, hesitated, then said to himself that the man had probably taken the route he was used to, a short cut through the Faubourg Saint-Honoré; he therefore passed in front of the British Embassy and the hotel where Mr Philps was resting after the previous day's excursions.

The Madeleine, the Boulevard des Capucines. . . . Another uniformed attendant at the door of the Hôtel Scribe, another revolving door, and a lobby less brightly lit than that of the George V, and furnished in a more old-fashioned way.

He showed his card to the reception clerk.

'Is Mr John Arnold in?'

A glance at the key rack, a nod.

'Has he been in bed a long time?'

'He came in about half-past ten.'

'Does that often happen?'

'It's rather unusual for him, but with all this business he's had a pretty full day.'

'What time did you see him come in last night?'

'Shortly after midnight.'

'And the night before?'

'Much later.'

'After three o'clock?'

'Possibly. You must know that we're not entitled to give information about the comings and goings of our guests.'

'Everyone is obliged to give evidence in a criminal case.'

'Then you must speak to the manager.'

'Was the manager here the night before last?'

'No. I shan't speak without his permission.'

The man was stubborn, stupid and disagreeable.

'Put me through to the manager.'

'I can't disturb him except for a really serious matter.'

'This matter is so serious that if you don't call him immediately I shall take you along to the police station.'

He must have realized that Maigret meant what he said.

'In that case I'll give you the information. It was after three o'clock, in fact after half-past three, just before I had to send up to stop those Italians making such a noise.'

He, too, got his instructions from Maigret, and the hotel manager had to be consulted after all.

'Now be kind enough to put me through to John Arnold. . . . Just ring his rooms. . . . I'll speak to him myself. . . .'

With the telephone in his hand, Maigret felt somewhat nervous, for the game he was playing was a difficult and delicate one. He heard the ringing of the telephone bell in a room he did not know. Then the receiver was lifted.

He asked, quietly: 'Mr John Arnold?'

A voice replied: 'Who is it?' Still half asleep, Arnold had naturally answered in his native tongue.

'I'm sorry to disturb you, Mr Arnold. Superintendent Maigret here. I'm on the point of arresting the murderer of your friend Ward and I need your help.'

'Are you still in Lausanne?'

'No, in Paris.'

'When do you want to see me?'

'Right away.'

There was a pause, a moment's hesitation.

'Where?'

'I am downstairs in your hotel. I'd like to come up and talk to you for a moment.'

A fresh silence. Was the Englishman entitled to refuse such an interview? Would he do so?

'Is it about the Countess you want to speak to me?'

'About her, among other things. . . .'

'Did she travel with you? Have you brought her along?'

'No. . . . I'm alone. . . .'

'All right. . . . Come up. . . .'

Maigret hung up, relieved.

'Which number?' he asked the clerk.

'551. The page will take you.'

Passages, numbered doors. They met a single waiter, and he, too, knocked at the door of No. 551.

Mr John Arnold, puffy-eyed, looked older than when the Superintendent had met him at the George V. He was wearing a black dressing-gown with a floral pattern, over silk pyjamas.

'Come in. . . . Excuse the untidiness. . . . What did the Countess tell you? . . . She's a hysterical creature, you know? . . . And when she's been drinking . . .'

'I know. . . . Thank you for letting me come to see you. It's in everyone's interest, isn't it, except the murderer's, that this case should be cleared up quickly. . . . I heard that you went to a great deal of trouble yesterday with the English solicitor, to get Ward's inheritance settled. . . .'

'It's very complicated . . .' sighed the pink-cheeked little man. He had ordered tea from the waiter. 'Will you have some too?'

'No, thanks.'

'Anything else?'

'No. To tell you the truth, Mr Arnold, it's not here that I need to see you. . . .'

He was watching the other man's reactions as he spoke, although pretending not to look at him.

'My men at Police Headquarters have made certain discoveries which I should like to bring to your attention. . . .'

'What discoveries?'

Maigret gave no sign of having heard.

'I might, of course, have waited until tomorrow morning to send for you. As you are the person who was the closest to the Colonel and the most devoted to him, I thought you would forgive me for disturbing you in the middle of the night. . . .'

He was as bland as possible, speaking in the slightly embarrassed tone of an official faced with an unpleasant duty.

'In cases such as this, time is a vital factor. You yourself stressed the importance of Ward's affairs, the repercussions that his death is bound to have in business circles. . . . If you wouldn't mind getting dressed and coming along with me. . . .'

'Where to?'

'To my office. . . .'

'Can't we talk here?'

'It's only there that I can put my evidence before you and consult you on certain problems. . . .'

This went on for a little longer, but eventually Arnold decided to get dressed, moving around between sitting-room, bedroom and bathroom.

Not once did Maigret utter the name of Muriel Halligan, but he talked a good deal about the Countess, in a half-serious, half-joking tone. Arnold drank his scalding tea. Despite the time of night and the destination in prospect, he dressed with his usual care.

'I suppose it won't be a long business? I went to bed early, because tomorrow I've an even busier day than today. You know that Bobby, the Colonel's son, has come over with a friend from his college? They are staying here.'

'Not at the George V?'

'I thought this was better, considering what happened there. . . .'

'You were quite right.'

Maigret did not hurry him, quite the reverse. It was important to give Lucas and the others time to do all that they had to do, and get the stage set.

'Your life is going to be very different, isn't it? How long, in fact, had you been with your friend Ward?'

'Nearly thirty years. . . .'

'Going about everywhere with him?'

'Everywhere. . . .'

'And now, all of a sudden . . . I wonder if it was on his account that you have never married. . . .'

'What do you mean?'

'If you'd been married you'd have been less free to accompany him. . . . In short, you sacrificed your personal life to him. . . .'

Maigret would have preferred to set about things differently, to stand face to face with the plump, neat little man and tell him frankly: 'Now let's have it out! . . . You killed Ward because . . .'

The unfortunate thing was that he did not know exactly why, and the Englishman would probably not have turned a hair.

'Countess Paverini is arriving at the Gare de Lyon at seven o'clock. . . . She's in the train at this moment. . . .'

'What has she told you?'

'That she went into the Colonel's rooms and found him dead. . . .'

'Have you summoned her to Police Headquarters?' He frowned. 'You're not keeping me waiting till she arrives?'

'I don't expect so.'

At last they made their way together to the lift and Arnold automatically pressed the button.

'I've forgotten to bring a coat.'

'I haven't one either. It's not cold, and we shall only have a few minutes' journey in a taxi. . . .'

Maigret did not want to let him go back to his room. Presently, when they were in the cab, a detective would give it a thorough search.

They crossed the lobby too quickly for Arnold to notice that a different clerk was at the reception desk. A taxi was waiting.

'Quai des Orfèvres. . . .'

The boulevards were deserted. Just the odd couple here and there, and a few taxis mostly on their way to railway stations. Maigret would not have to go on much longer playing his unpleasant role and wondering whether perhaps he was on the wrong track.

The taxi did not drive into the courtyard, and the two men went on foot past the policeman on guard and under the stone vault where the air was always colder than anywhere else.

'Do you mind if I lead the way?'

The Superintendent walked ahead, up the great ill-lit staircase, pushed the glazed door and held it open for his companion. The huge corridor, on to which the doors of various departments opened, was empty, and only a couple of lights were on.

Just like hotels at night, Maigret thought, remembering all the passages along which he had wandered that night. He said aloud: 'This way. . . . Please go in.'

He did not show Arnold straight into his own office, but into the inspectors' room. He himself stood back, for he knew what the Englishman was going to see when he went through that door.

One step . . . another step. . . . A pause. . . . He was

aware of a shudder running down his companion's back, as though the man were repressing an impulse to turn round.

'Come in.'

He closed the door and found the stage set just as he had imagined it. Lucas was seated at his desk, apparently very busy writing a report. At the opposite desk young Lapointe sat smoking a cigarette, and Maigret noticed that he was the palest of all. Had he understood that the Superintendent was playing a difficult and possibly dangerous game?

Lined up against the walls, sitting on chairs, were figures and faces as motionless as waxworks.

These silent actors had not been placed at random, but in a definite order. First came the night waiter on duty on the third floor of the George V, his coat open over his black trousers and white jacket. Then a uniformed page-boy. Next a little old man with a peevish expression, the one who should have been on duty in the glass cage beside the back door in the Rue Magellan.

These seemed the most uneasy, and they avoided looking at Arnold, who could not have failed to recognize them, the first in any case and the second on account of his uniform.

The third of them could have been anybody; it didn't matter. Next came Olga, the redhead, with the big bosom, who was chewing gum to steady her nerves, and the girl-friend who had been to collect her outside the apartment house in the Rue Washington.

Finally the barman, wearing an overcoat and carrying a checked cap, the old flower-vendor and the reception clerk from the Scribe.

'I suppose you know all these people?' Maigret said. 'We'll go and sit in my office and hear their evidence one at a time. Have you the written statements, Lucas?'

'Yes, Chief.'

Maigret pushed open the communicating door.

'Please come in, Mr Arnold. . . .'

The man stood unmoving for a moment, as though rooted to the floor, his eyes intently fixed on Maigret's.

Above all, Maigret must not avert his gaze, but maintain his air of self-assurance.

He repeated: 'Please come in.'

He lit the green-shaded lamp on his desk and pointed to an armchair opposite his own.

'You may smoke if you like.'

When he looked at his interlocutor again he realized that the latter had not stopped staring at him in unmistakable terror.

As naturally as possible, he filled his pipe and began:

'And now, if you don't mind, we will call in the witnesses one by one so as to determine your movements from the moment when, in Colonel Ward's bathroom . . .' And as he deliberately stretched out his hand towards the electric bell, he saw Arnold's prominent eyes grow moist and his lower lip quiver as though for a sob.

The man did not cry. Swallowing to ease the tension in his throat he said, in a voice that was painful to hear: 'There's no need. . . .'

'You confess?'

A silence. Arnold's eyelids flickered.

And then something happened which was practically unprecedented in Maigret's career. He had been so tense, so acutely anxious, that his whole being suddenly relaxed in a manner that betrayed his relief.

Arnold, who had never taken his eyes off Maigret, was stupefied at first, then he frowned, his face ashen.

'You . . .' He could hardly get the words out. 'You didn't know, did you?'

Finally, as he grasped the whole thing:

'They hadn't seen me?'

'Not all of them,' Maigret admitted. 'I'm sorry, Mr Arnold, but it was better to get it over, don't you think?

It was the only way. . . .' Hadn't he spared him hours, whole days perhaps, of questioning? 'I assure you it's better for you, too. . . .'

All the witnesses were still waiting next door, those who had really seen something and those who had seen nothing. By arranging them side by side in the order in which Arnold *might* have met them, the Superintendent had given the impression of an unbreakable chain of evidence. The weak links had, so to speak, passed muster under cover of the strong ones.

'I suppose I can let them go now?'

The Englishman made some effort to protest.

'What's to prove, now, that . . .'

'Listen to me, Mr Arnold. Now, as you have said, I know. You may retract your confession, and even pretend that it was extorted from you by brutal methods. . . .'

'I didn't say that. . . .'

'You see, it's too late now to go back. Up till now I have not thought it necessary to send for a certain lady who is staying at a hotel on the Quai des Grands Augustins, and with whom you had lunch yesterday. I can still do so. She will take your place in front of me and I shall ask her enough questions to get an answer from her in the end. . . .'

There was an oppressive silence.

'Were you going to marry her?'

No answer.

'In how many days would the divorce have become absolute, thus obliging her to give up her claims to the inheritance?'

Maigret, without waiting, went to open the window. The sky was beginning to turn pale and tugs could be heard hooting to their barges, downstream from the Ile Saint-Louis.

'Three days. . . .'

Had Maigret heard? As though unconcerned, he opened the communicating door.

'You can go home, all of you. I don't need you any more. . . . You, Lucas . . .'

He had hesitated between Lucas and Lapointe. Seeing the latter's face fall he added:

'And you too. . . . Come in, both of you, and take down his statement. . . .'

He went back into his office, chose a clean pipe and filled it slowly, looking round for his hat.

'Now, if I may, I'll leave you, Mr Arnold. . . .'

The Englishman sat huddled in his chair; he had suddenly aged, and every minute he seemed to be losing that sort of . . . That sort of what? . . . Maigret would have found it hard to express his thought. That indescribable quality of ease and self-assurance, that gloss that distinguishes those who belong to a certain social class and who stay in Grand Hotels. . . . Now he was nothing but a mere man, a broken, unhappy man who had lost the game.

'I'm going home to bed,' Maigret told his colleagues. 'If you should need me . . .'

It was Lapointe who noticed that the Superintendent, as he went by, laid his hand for an instant, as though absent-mindedly, on John Arnold's shoulder; and the young policeman's eyes took on a troubled look as they followed his chief to the door.

MAIGRET AND THE GANGSTERS

*

Translated from the French by
LOUISE VARESE

CHAPTER ONE

'OKAY . . . OKAY. . . . Yes, of course. . . . Certainly. . . . I'll do my best. . . . That's right. . . . Well then good-bye. . . . What? I said good-bye. . . . Quite all right. . . . Good-bye. . . .'

For the tenth time at least, he hadn't kept count, Maigret hung up the receiver, relighted his pipe, gave a reproachful glance at the long, cold rain outside his window, and picking up his pen, bent over the report begun over an hour ago and still with less than half a page written.

Actually, as he began writing the first words, he was thinking of something else: he was thinking of the rain, of that particular kind of rain which is the forerunner of the real winter cold and which has a way of creeping down your neck, into your shoes, of falling in great drops off the brim of your hat, a cold-in-the-head rain, dirty and dreary, that makes people want to stay at home, where you see them looking like ghosts behind their windows.

Is it boredom that impels them to telephone at such times? Of the eight or ten calls, almost in succession, there hadn't been three that were of the least use. And the bell was ringing again. Maigret looked at the instrument as if tempted to demolish it with his fist, finally barking:

'Hello?'

'Madame Lognon insists on speaking to you personally.'

'Madame who?'

'Lognon.'

On such a foul day and with his nerves already on edge, it seemed like some kind of a practical joke, suddenly hearing on the wire the name of the man they had nicknamed 'Old Grouch', the most dismal man of the Paris police force, so proverbially unlucky that some of the men insisted he had the evil eye.

And it wasn't even Lognon on the phone, but Madame Lognon. Maigret had met her only once at their flat in Place Constantin Pecqueur in Montmartre. Since then, he no longer resented the man, although he still avoided him as much as possible, but pitied him from the bottom of his heart.

'Put her on. . . . Hello! Madame Lognon?'

'Excuse me for disturbing you, Inspector . . .'

She pronounced each syllable with affected care, like people who want to prove they have had a good education. Maigret noticed that the date was Thursday the nineteenth of November. The black marble clock on the mantelpiece pointed to eleven o'clock in the morning.

'I should never have taken the liberty of insisting upon speaking to you personally if I had not had an imperative reason. . . .'

'Yes, of course.'

'You know us, Inspector, my husband and myself. You know that . . .'

'Yes, madam . . . ?'

'I simply must see you, Inspector. Terrible things are happening and I am frightened. If it weren't for my health, I would rush right over to the Quai des Orfèvres. But, as you know, for years now I've been confined to this fifth floor of mine.'

'Am I to understand that you would like me to come there?'

'Please do, Monsieur Maigret.'

It was prodigious. She said it politely but firmly.

'Your husband isn't at home?'

'He has disappeared.'

'What! Lognon has disappeared? Since when?'

'I don't know. He is not at his office, and no one knows where he is. The gangsters were here again this morning.'

'The what?'

'The gangsters. I will tell you all about it even if it makes Lognon furious. I am too frightened.'

'You mean to say that some men entered your flat?'

'Yes.'

'Broke in?'

'Yes.'

'While you were there?'

'Yes.'

'Did they take anything?'

'Some papers perhaps. I haven't looked.'

'Did it happen this morning?'

'Half an hour ago. But the other two had already been here the day before yesterday.'

'What was your husband's reaction?'

'I haven't seen him since.'

'I'll be right there.'

Maigret still didn't believe it. Not really. He scratched his head, chose two pipes, which he slipped into his pocket, and opened the door into the detectives' room.

'Anyone heard anything of Lognon lately?'

The name invariably raised a smile. No. No one had heard anything. Lognon, despite his frantic desire, did not belong to the Murder Squad in the Quai des Orfèvres, but to the second district of the Ninth Arrondissement, at the police station in Rue de la Rochefoucauld.

'If anyone asks for me, I'll be back in an hour. Is there a car outside?'

He slipped into his thick overcoat, found a small police car in the courtyard, gave the address in Place Constantin Pecqueur. It was about as gay in the streets as under the glass dome of the Gare du Nord, and people walked along stoically, their legs drenched by the jets of water the cars kept swishing over the pavements.

It was an ordinary-looking block of flats, about a century old, with no lift. Sighing, Maigret climbed the five flights; a door opened before he had time to knock; Madame Lognon, with red eyes and a red nose, ushered him into the flat, murmuring:

'I am so grateful to you for coming! If you only knew how my poor husband admires you!'

It wasn't true. Lognon detested him. Lognon detested everyone who was lucky enough to work at the Quai des Orfèvres, all the inspectors, everyone who was a grade above him. He detested everyone older than he because they were older and the young ones because they were younger. He . . .

'Sit down, Inspector. . . .'

She was short and thin, with untidy hair, and she was wearing a dressing gown in a hideous shade of mauve. She had deep circles under her eyes, pinched nostrils, and she kept pressing her hand to her left side like someone suffering from heart trouble.

'I thought it preferable not to touch anything so that you could see for yourself. . . .'

The flat was tiny: dining room, sitting room, bedroom, kitchen, and bathroom, everything on a diminutive scale, with doors that couldn't quite open because of the furniture. A black cat was curled up on the bed.

Madame Lognon had taken Maigret into the dining room, and it was obvious that the sitting room was never used. There was no silver in the open drawers of the sideboard, only papers, notebooks, and photographs that had been left in wild disorder; letters were scattered over the floor.

'I think,' he said, hesitating to light his pipe, 'you'd better begin at the beginning. On the phone you spoke of gangsters.'

Before answering she said in a tone of long-suffering resignation: 'You may smoke your pipe if you like.'

'Thank you.'

'Well, you see, it was Tuesday morning. . . .'

'In other words, the day before yesterday?'

'Yes. Lognon is on night duty this week. On Tuesday morning he came home about six o'clock as usual. But, instead of going to bed as soon as he had eaten, he kept pacing up and down in the flat until it made me fairly dizzy.'

'Did he seem worried?'

'You know how terribly conscientious he is, Inspector. I keep telling him that he is much too conscientious, that he will ruin his health, and that no one will thank him for it. You must excuse me for speaking so frankly, but you will have to admit that he has never been treated as he deserves. He's a man who thinks of nothing but his duty, and frets himself to death——'

'So on Tuesday morning . . . ?'

'At eight o'clock he went out to do the shopping. I am ashamed to be nothing but a helpless invalid, practically good for nothing, but it isn't my fault. The doctor forbids me to climb the stairs, and so of course Lognon has to buy what we need. It's no work for a man like him, I know. Every time, I——'

'Tuesday morning?'

'He did the shopping. Then he told me that he had to go back to his office, that he probably wouldn't be long and would sleep in the afternoon.'

'He didn't say anything about this case he's working on?'

'He never talks about his work. If I'm unfortunate enough to ask him a question, he always says it's a professional secret.'

'He hasn't been home since?'

'At about eleven o'clock, yes.'

'The same day?'

'Yes. Tuesday at about eleven o'clock in the morning.'

'Was he still nervous?'

'I don't know if he was nervous or if it was his cold, for he had caught a cold in his head. I insisted he should take care of it. He replied that he would later when he had time, that he had to go out again, but would be home before dinner.'

'Did he come home?'

'Oh, but wait! My God! I've just thought! What if I never see him again. And to think the way I reproached him. I said he never worried about his wife but only about his work . . .'

Resigned, Maigret waited, uncomfortable on a flimsy, straight-backed chair, not daring to tilt back for fear of breaking it.

'It was perhaps half an hour after he left, not even that, towards one o'clock, I heard footsteps on the stairs. I thought it was the woman on the sixth floor, a person who, between ourselves . . .'

'Yes. Footsteps on the stairs. . . .'

'They stopped on my landing. I had just gone back to bed as the doctor ordered me to do after my meals. Someone knocked at the door and I didn't answer. Lognon has warned me never to answer unless people tell their names. No one can work the way my husband does without making enemies, can they? I was surprised when I heard the door open, then steps in the hall, then in the dining room. There were two of them, two men looking into my bedroom, staring at me still there in bed.'

'Did you get a good look at them?'

'I ordered them to leave, threatened them with the police: I even reached for the telephone, which was on the table by my bed.'

'And then?'

'One of them, the little one, pointed a revolver at me and said something in a language I didn't understand, probably English.'

'What did they look like?'

'I don't know how to describe them. They were very well dressed. They were both smoking cigarettes. They kept their hats on. They seemed surprised not to find something or somebody. "If it's my husband you're looking for . . ." I began. But they didn't listen. The tall one went all over the flat while the other stayed watching me. I remember they looked under the bed and in the cupboards.'

'Didn't they go through the drawers?'

'Not those two, no. They didn't stay more than five minutes, didn't ask any questions, and calmly left as if their visit had been perfectly natural. Of course I rushed over to the window, and I saw them arguing down on the pavement near a big black car. The tall one got in, and the other walked to the corner of Rue Caulaincourt. I think he went into the bar. I phoned my husband's office right away.'

'Was he there?'

'Yes. He had just come in. I told him what had happened.'

'Did he seem surprised?'

'It's hard to say. He's always queer on the telephone.'

'Did he ask you to describe the two men?'

'Yes, and I did.'

'Will you describe them again.'

'They were both very dark like Italians, but I'm sure it wasn't Italian they were speaking. I think the tall one was the boss, a handsome man, I must say, a little bit too stout, about forty. He looked as if he'd just come from the barber's.'

'And the short one?'

'More vulgar, he had a broken nose, ears like a boxer's, and a gold front tooth. He wore a pearl-grey hat and a grey overcoat, the other one had a brand-new camel-hair coat.'

'Didn't your husband hurry right home?'

'No.'

'Didn't he ask the police in your district to come over?'

'No, he didn't. He told me not to worry even if he didn't come home for several days. I asked him what I'd do about food, and he said he'd attend to it.'

'And did he?'

'Yes. The next morning delivery boys brought everything I needed. They came back again this morning.'

'You didn't hear from Lognon all day yesterday?'

'He telephoned me twice.'

'And today?'

'Once, about nine o'clock.'

'You don't know where he was when he phoned?'

'No. He never tells me where he is. I don't know how other detectives are with their wives, but he——'

'Let's get to the visit you had this morning.'

'Again I heard someone on the stairs.'

'What time was it?'

'A little after ten. I didn't look at the clock. Perhaps ten-thirty.'

'They were the same men?'

'There was only one. I'd never seen him before. He didn't knock, came right in as if he had the key. Maybe he had a skeleton key. I was in the kitchen preparing my vegetables. I got up and I saw him standing in the doorway. "Don't move," he said. "And don't scream. I'm not going to hurt you." '

'Did he have a foreign accent?'

'Yes, he made several mistakes in French. This one, I'm sure, was really an American, a tall reddish-blond man with broad shoulders, and he was chewing gum. He looked all around with curiosity, as if he'd never been in a Paris flat before. When he glanced in the sitting room, right away he noticed the diploma Lognon received after twenty-five years in the Force.'

The diploma was framed in a black wooden frame ornamented in gold, with Lognon's name and title written in large round letters.

' "So he's a cop," the man said. "Where is he?" I told him I didn't know and he didn't seem to care. Then he began opening drawers and rummaging through the papers, tossing them aside so carelessly some fell on the floor.

'He found a photograph of my husband and I, taken fifteen years ago. He looked at me and shook his head. Then he slipped the picture in his pocket.'

'In short, he hadn't expected to find that your husband was a policeman?'

'He didn't seem exactly surprised, but I feel sure he didn't know it when he came.'

'Did he ask what department of the Force he belonged to?'

'He asked me where he could find him. I said I didn't have the faintest idea, that my husband never talked to me about his business.'

'He didn't insist?'

'He went on reading everything he could lay his hands on.'

'Were your husband's credentials in the drawers?'

'Yes. The man put some of them in his pocket with the photograph. In the upper part of the sideboard he found a bottle of Calvados and poured himself a big drink.'

'That's all?'

'He looked under the bed like the others, and in the cupboards. He went back to the dining room for another drink. Then he left, making me a most sarcastic bow.'

'Did you notice if he was wearing gloves?'

'Pigskin gloves, yes.'

'And the other two?'

'I think they were wearing gloves too. The one who threatened me with his revolver was, I know.'

'Did you look out of the window again?'

'Yes. I saw him leave the house and join one of the others, the short one, who was waiting at the corner of Rue Caulaincourt. Right away I phoned the Rue de la Rochefoucauld police station and asked to speak to Lognon. They told me they hadn't seen him this morning, that they didn't expect him, and when I insisted, they said he hadn't been at the station last night at all, though he's on night duty.'

'Did you tell them what had happened?'

'No. Right away I thought of you, Inspector. You see, I know Lognon better than anyone. He's a man who tries too hard. Till now he's never had the recognition he deserves, but he has often spoken of you. I know that you are not like the others, that you are not jealous of him, that—— I'm frightened, Monsieur Maigret. He must have attacked someone stronger than himself, and by this time, God knows where——'

The telephone rang in the bedroom. Madame Lognon gave a start. 'Will you excuse me, please?'

Maigret could hear her in a suddenly changed tone saying stiffly:

'Oh, it's you, is it? Where have you been? I telephoned your office and they said you hadn't set foot in the place since yesterday. Inspector Maigret is here. . . .'

Maigret, who had followed her, reached for the telephone. 'May I? . . . Hello! Lognon?'

The man on the other end of the wire remained silent, eyes stubborn, no doubt, lips set.

'Tell me, Lognon, where are you now?'

'At my office.'

'I'm here in your flat with your wife. I must have a talk with you. I'll stop off at Rue de la Rochefoucauld on my way back. Wait there for me . . . What?'

He heard Lognon stammering:

'Not here, Inspector. I'll explain. . . .'

'Then be at the Quai des Orfèvres in half an hour.'

He hung up, went to get his pipe, his hat.

'You don't think anything's wrong?'

And as he looked at her without understanding, she added: 'He's so reckless, always trying to outdo himself, that sometimes . . .'

'Tell him to come in.'

Lognon was drenched, covered with mud as if he'd been wandering the streets all night, and he had such a cold that he had to keep his handkerchief in his hand all the time. He hung his head like someone who expects to be hauled over the coals, remained standing in the middle of the room.

'Sit down, Lognon. I've just come from your home.'

'What did my wife tell you?'

'Everything she knew, I suppose.'

Lognon took advantage of the rather prolonged silence that followed to blow his nose, without daring to look at Maigret, and the Inspector, aware of his touchiness, felt at a loss as to how to tackle him.

What Madame Lognon had said about her husband was not so far from the truth. The imbecile, by trying to outdo himself, was always getting himself into hot water, was convinced that the whole world was against him, that he was the victim of a concerted plot to keep him from being promoted and from at last enjoying the place he deserved in the Murder Squad of the Quai des Orfèvres.

It was all the more distressing since he wasn't stupid, was really conscientious, and the most honest man in the world.

'Is she in bed?' he finally asked.

'She was up when I arrived.'

'Is she annoyed with me?'

'Look at me, Lognon. Relax. I only know what your wife told me, but it's enough to take one look at you to know something's wrong. You're not accountable to me directly, so whatever you've done is none of my business. But now that your wife has consulted me, wouldn't it be better to bring me up to date? What do you think?'

'I suppose so, yes.'

'In that case I must ask you to tell me everything. You understand? Not just a part, not *almost* everything.'

'I understand.'

'Fine. Don't you want to smoke?'

'I don't smoke.'

That was true. Maigret had forgotten. He didn't smoke because the smell of tobacco made Madame Lognon sick.

'What do you know about these gangsters?'

To that Lognon replied with conviction:

'I believe they really are gangsters.'

'Americans?'

'Yes.'

'How did you happen to get mixed up with them?'

'I don't really know, myself. The way things are now I might as well tell you everything, even if I lose my job.'

He kept his eyes fixed on the desk and his underlip was trembling.

'It was bound to happen sooner or later.'

'What?'

'You know very well. They keep me because they can't help themselves, because they can't find an excuse, but for years they've been waiting to get me. . . .'

'Who?'

'Everybody.'

'Oh, come now, Lognon.'

'Yes, Inspector.'

'Will you please stop imagining you're being persecuted!'

'Excuse me.'

'Stop hunching your shoulders and stop avoiding my eyes. That's better! Now talk to me like a man.'

Lognon wasn't crying, but his cold made his eyes water and it was irritating to see him continually putting his handkerchief to his nose.

'I'm listening.'

'It happened on Monday night, or rather early on Tuesday morning.'

'When you were on duty?'

'Yes. It was about one o'clock in the morning.'

'Where?'

'Right by the church of Notre Dame de Lorette up against the fence at the corner of the Rue Fléchier.'

'That isn't in your district, is it?'

'Just at the boundary. Rue Fléchier is in the third district, but I was watching a little bar at the corner of Rue des Martyrs, which is in my area. I'd had a tip that a man came there at night to sell dope. Rue Fléchier is dark and almost deserted at that time of night. I was standing flat against the iron fence around the church. While I was waiting a car turned the corner of Rue de Châteaudun, slowed down, stopped for a second not ten yards away from me. Nobody in the car had any idea I was there. The door opened and a body was tossed out on to the pavement; then the car made off down Rue Saint Lazare.'

'Did you get the number?'

'Yes. First I ran over to have a look at the body. I'd almost swear the man was dead, but I'm not sure. In the dark I felt his chest and when I took my hand away it was sticky with blood, still warm.'

Maigret frowned:

'I didn't see anything like that in the report.'

'I know.'

'This took place on the pavement of Rue Fléchier, consequently in the third district.'

'Yes.'

'How does it happen——'

'I'll explain. I realize I was wrong. Perhaps you won't believe me.'

'What happened to the body?'

'That's just it. I'm coming to that. There wasn't a policeman in sight. The little bar was open not a hundred yards away. I went in to telephone.'

'To whom?'

'To the police station of the third district.'

'And did you?'

'I stopped at the counter to get a coin. I happened to glance outside and I saw another car leaving Rue Fléchier and disappearing down Rue Notre Dame de Lorette. It had stopped near where I'd left the body. So I ran out to try to get the number but by that time it was too far away.'

'A taxi?'

'I don't think so. It all happened awfully fast. I had a hunch. I ran over towards the church. The corpse wasn't there near the fence any longer.'

'You didn't turn in an alarm?'

'No.'

'Didn't it occur to you that by broadcasting the number of the first car, the police would have a chance of catching it?'

'I thought of that. But it seemed to me that the men who'd pulled this job weren't so stupid as to go around in the same car for very long.'

'You didn't draw up a report?'

Maigret had, of course, understood. For years and years poor Lognon had been waiting for something big to break, something that would put him in the limelight at last. It really seemed as if fate were against him. Although there were more crimes in his district than in any other, every time one was committed there, either it happened when he was off duty, or else for some reason the Murder Squad would take over.

'I know it was wrong. I realized it almost at once but as I hadn't turned in the alarm, by that time it was too late.'

'Have you found the car?'

'In the morning I went to the Motor Vehicle Bureau to look up the licence number. The car belongs to a garage at the Porte Maillot, so I went up there. It's a garage that rents cars you drive yourself, either by the day or by the month.'

'Had the car come back?'

'No. It had been rented two days before for an unspecified length of time. I saw the record form with the name and address of the customer, a certain Bill Larner, an American, living at the Hotel Wagram, Avenue Wagram.'

'Did you find Larner at his hotel?'

'He had left the hotel at about four o'clock in the morning.'

'You mean that he was in his room until four o'clock in the morning?'

'Yes.'

'So he wasn't in the car?'

'He couldn't have been. The night clerk saw him come in about midnight. He got a telephone call at half-past three and went right out.'

'With his luggage?'

'No. He told the night clerk that he was going to the station to meet a friend and would be back for breakfast.'

'And naturally he hasn't come back.'

'No.'

'And the car?'

'It was found this morning near the Gare du Nord.'

Once more Lognon blew his nose and looked penitently at Maigret.

'I can only repeat that I was wrong. This is Thursday, and ever since Tuesday morning I've been trying to figure it out. I haven't been back home.'

'Why?'

'My wife must have told you that they came just a little after I left on Tuesday. That's a clue, isn't it?'

Maigret let him go on talking.

'The way I see it, they must have caught sight of me there in the dark after they'd dumped the body out on the pavement. They reckoned I'd got the licence number. I'm talking about the first car, naturally, because there were two. So they got rid of it in a hurry. Then they phoned Bill Larner to let him know he'd probably be traced through the garage.'

Maigret was absently doodling on his blotter while he listened.

'And then?'

'I don't know. I'm only guessing. They must have scoured the papers and not found any mention of the affair.'

'Have you any idea how they got on to you?'

'I can think of only one explanation and it proves they know all the answers, that they're professionals. They must have kept a watch on the garage, saw me go in to ask about the car, and tailed me. I went home for breakfast and when they saw me come out again they went up to the flat.'

'Where they hoped to find the body?'

'You think so too?'

'I don't know. Why haven't you gone home since?'

'Because I suppose they're watching the house.'

'Scared, Lognon?'

Lognon's face grew as red as his bulbous nose.

'I knew that's what people would think. But it isn't true. I wanted to keep my freedom of action. I took a room in a little hotel in Place de Clichy and kept in touch with my wife by phone. Since then I've been working night and day. I've been to a hundred hotels, first in the neighbourhood of Avenue de Wagram, then around the Opéra. My wife gave me a description of the two men who came to the flat. I went to the Aliens Bureau at police headquarters. During all this time I've kept up with my routine work.'

'In short, you counted on carrying through the investigation on your own.'

'At the beginning, yes. I believed I was capable of doing it. Now they can do what they like with me.'

Poor Lognon! There were moments when, in spite of his forty-seven years and his unprepossessing appearance, he looked like a sulky boy, a boy at the awkward age, glowering furtively at grown-ups.

'Your wife had another visitor this morning and as she couldn't reach you she telephoned me.'

Discouraged, Lognon looked at Maigret as much as to say that, considering the way matters stood, it was all the same to him.

'It wasn't either of the men who came on Tuesday, but a tall reddish-blond man. . . .'

'Bill Larner,' growled Lognon. 'That's how he was described to me.'

'When he left your house he joined one of the others outside. He took away at least one photograph of you and probably some papers.'

'I suppose I'll be called before the disciplinary board.'

'That's something we'll discuss afterwards.'

'After what?'

'After the investigation.'

His face still gloomy, Lognon frowned incredulously.

'The first thing to do now is to find these crooks.'

'You mean me too?'

Maigret didn't answer, and Lognon blew his nose for three good minutes.

When he left the room, anyone would have sworn he'd been crying.

CHAPTER TWO

IT WAS ALMOST FIVE O'CLOCK before Maigret's call came through. The lights had been turned on long ago and people traipsing in and out all day had left the floors wet and muddy. In such weather does tobacco really taste so different, or was Maigret, too, coming down with a cold?

He heard the operator on the other end of the line say in English, pronouncing his name as if it had at least three *t*'s at the end:

'Paris calling. Police Judiciaire. Inspector Maigret on the line.'

Then, almost instantly J. J. MacDonald's youthful, cheerful, friendly tones:

'Hello there, Jules!'

This was something Maigret had more or less inured himself to during his tour of the United States, but it still gave him a queer feeling.

He had to take a long breath before replying in the same vein:

'Hello, Jimmy!'

MacDonald was one of J. Edgar Hoover's chief aides in the F.B.I. in Washington. He had been Maigret's guide through most of the principal cities of the United States, a tall fellow with bright blue eyes, whose necktie was usually in his pocket, his jacket on his arm.

Over there, after ten minutes everybody called you by your Christian name.

'How's Paris?'

'It's raining.'

'Here it's swell, bright and sunny.'

'Tell me, Jimmy, I need some information and I don't want to waste the taxpayers' money. First, have you ever heard of a certain Bill Larner?'

'You mean Sweet Bill?'

'I don't know. I only know the name, Bill Larner. According to his description, he's about forty.'

'That must be Sweet Bill. He left the country about two years ago, and he spent a couple of months in Havana before sailing for Europe.'

'Dangerous?'

'Not a killer, if that's what you mean, but one of the best confidence men in America. No one can beat him at getting fifty grand out of a sucker by promising him a million. So you've got him in your country now?'

'He's in Paris.'

'Perhaps with your laws you'll be able to get him. Here we've never succeeded in getting enough evidence against him and we've always had to let him go. Do you want me to send you his dossier?'

'If possible. That's not all. I'll read you a list of names. Stop me if you know any of them.'

Maigret had set Janvier to work. The Police Judiciaire had procured a list of all the passengers who had landed at Le Havre and at Cherbourg in the past few weeks, and the passport inspectors had supplied information that had made it possible to eliminate a certain number of the names.

'Can you hear me?'

'As if you were in the next room.'

At the tenth name MacDonald stopped his French colleague. 'Did you say Cinaglia?'

'Charles Cinaglia.'

'Is he there too?'

'He landed two weeks ago.'

'You'd better keep your eye on that baby. He's been in prison five or six times and if he had what he deserved he'd have gone to the chair long ago. He's a killer. All we've been able to get him for is illegal possession of arms, assault and battery, vagrancy, etc. . . .'

'What does he look like?'

'Short, husky, always well dressed, a diamond ring, high heels. Broken nose and cauliflower ears.'

'It seems he arrived at the same time as a certain Cicero, who had the cabin next to his.'

'Sure! Tony Cicero worked with Charlie in St Louis. Only Tony never does any of the dirty work. He's the brains.'

'Have you any data on them?'

'Enough to start a library. I'll send along the most interesting. Also photographs. They'll leave by plane tonight.'

The other names meant nothing to MacDonald and after another exchange of 'Jules' and 'Jimmys,' Maigret's voice ceased to echo through an F.B.I. office in Washington, where the sun was shining and where it was not yet time for lunch.

As he had to consult the director of the Police Judiciaire about another case, Maigret, picking up a handful of papers, left his office. Crossing the anteroom, he felt that someone was there in one of the dim corners. He turned to look and was surprised to see Lognon sitting there. The detective gave him a wan smile.

It was almost six o'clock. The offices were beginning to empty and the permanently dusty entrance hall was deserted.

Ordinarily, if Lognon wanted to speak to Maigret he would telephone, or else, if he happened to be in the neighbourhood, would send up his name or even go up to the detectives' office himself, for he was more or less one of them even though officially he did not belong to the Quai des Orfèvres.

But not today! He was at fault, and he felt the need to appear abnormally humble and to sit there until someone happened to notice him.

Maigret almost lost his patience, for he felt that this humility was just another form of arrogance. The man seemed to be saying, 'You see! I've been to blame. You could have had me up before the disciplinary board. You have been good to me. I appreciate it and I am putting myself in the place I deserve, that of a poor beggar who lives on charity.'

It was idiotic! It was Lognon through and through, and it was perhaps this trait in him that made any attempt to help him so discouraging. Even to his cold, which he endured as a kind of penance!

He had gone home to change. His suit was just as drab as the one he'd been wearing that morning and his shoes were already soaking wet. As for his overcoat, it was probably the only one he had. If he had been scouring the city he had certainly taken buses, waiting for them on street corners in the pouring rain *on purpose*.

'Naturally, *I* don't have a car at my disposal! Naturally, I can't—I don't want to take taxis. It's beneath my dignity to argue with the cashier at the end of every month. He always acts as if I were cheating on my expense account. I don't cheat. I'm an honest man, a conscientious man.'

Maigret rapped out: 'You want to talk to me?'

'There's no hurry. Whenever you have time.'

'Then go and wait for me in my office.'

'I'll wait here.'

The idiot! The dreary idiot! Yet it was impossible not to feel sorry for him. He was certainly very unhappy. He was eating his heart out.

When Maigret came back from the director's office twenty minutes later, Lognon hadn't moved, he hadn't smoked; he just sat there in the waiting room dripping like an umbrella.

'Come in. Sit down.'

'I thought perhaps I'd better tell you what I've found out. Before lunch you didn't give me any definite instructions and I understood that I was to do the best I could.'

Too much humility again. Usually, of course, it was too much pride that made him unbearable.

'I went back to the Hotel Wagram. Bill Larner still hadn't showed up and I got some information about him.'

Maigret almost said, 'So did I.'

But what was the use?

'He's been living in the same room for nearly two years. I had a look at it. His luggage is still there. Apparently he took only a brief-case with his papers. I didn't find any letters or passport in the drawers. His clothes all bear the labels of the best tailors. He spent money freely, gave big tips, and he entertained a lot of women, all the same kind, the kind you see in night clubs. The concierge said he seemed to like brunettes, preferably small, plump.'

Lognon very nearly blushed.

'I asked if friends came to see him sometimes. He says no. On the other hand, he got a lot of telephone calls. No letters. None at all. One of the desk clerks thinks he often went to eat at Pozzo's in Rue des Acacias. He's seen him there several times.'

'Did you go to Pozzo's?'

'Not yet. I thought maybe you'd rather go yourself. I questioned the clerks at the post office in Avenue Niel. That's where he went for his mail at General Delivery. Mostly letters from the United States. He got letters there again yesterday morning. They hadn't seen him today but there isn't any mail for him.'

'That's all?'

'Almost. I went to police headquarters to the Aliens Bureau. I found his record for he regularly received his alien resident's card. He was born in Omaha—I don't know where that is but it's in America—and he's forty years old.'

Lognon took from his wallet one of those passport photographs that foreigners have to bring with them in triplicate when they apply for their card. According to the photo, Bill Larner was a good-looking man with keen laughing eyes. He looked as if he enjoyed life and was only slightly overweight.

'That's all I could find out. I looked for fingerprints in my flat but there weren't any. They used a skeleton key to get in.'

'Is your wife feeling better?'

'She had an attack soon after I got home. She's in bed.'

Why couldn't he say it in a natural tone of voice? He seemed to be apologizing for the state of his wife's health, as if he were responsible, as if the whole world held him personally to blame.

'I forgot. I stopped at the garage at the Porte Maillot to show them the photograph. It's Larner, all right, who rented the car. When he paid the deposit he took out a wad of money, nothing less than thousand-franc notes, it seems. The car was standing right there, so I examined it. They'd washed it, but you could still see spots on the back seat that were probably blood.'

'No trace of a bullet?'

'I didn't find any.'

He blew his nose, the way some women who have had their share of troubles will suddenly shed a few tears in the middle of a conversation.

'What do you intend to do now?' asked the Inspector, careful not to look at him.

Just the sight of his red nose and watery eyes made his own eyelids prick and he had the impression he was catching Lognon's cold. He couldn't help feeling sorry for him. The man had just spent several hours in the cold rain scouring Paris from one end to the other. A few telephone calls would have achieved the same results, but what was the use of telling him so? Didn't he have to punish himself?

'I'll do whatever you tell me to do. I'm grateful to you for still allowing me to help in the investigation. I know I've no right to.'

'Is your wife waiting for you for dinner?'

'She never waits for me. And even if she were waiting...'

Maigret felt like shouting, 'For God's sake, stop it!'

But instead, in spite of himself, Maigret proposed what amounted to a gift.

'Listen, Lognon. It's half-past six. I'll phone my wife and tell her that I won't be home and we'll go and have dinner together at Pozzo's. Maybe we'll dig up something there.'

He went into the next room to leave instructions with Janvier, who was on duty, shrugged into his heavy overcoat, and a few minutes later they were waiting for a taxi on a corner of the quai. It was still raining. Paris gave you the sensation of going through a tunnel in the train: the lights seemed unnatural, people hugged the walls as if they were fleeing some mysterious danger.

On the way, Maigret had an idea, stopped the cab outside a bistro.

'I have to make a phone call. It will give us time for a quick drink.'

'Do you need me inside?'

'No, why?'

'I'd rather wait for you here. Drinking gives me heartburn.'

It was a little bar for chauffeurs, very warm and very smoky, with the telephone next to the kitchen.

'Is this the Alien Residents Bureau? Is that you Robin? Hello, old man. Will you look and see if the two names I'm going to give you are registered?'

He dictated Cinaglia's and Cicero's names. 'All I need to know is if they've taken out alien residents' cards.'

They hadn't. They hadn't been near police headquarters, which seemed to indicate they didn't intend to stay long in Paris.

'Rue des Acacias.'

He had the impression that this was his day for good

deeds. In the taxi he gave Lognon a full account of his activities.

'The two men who went to your place on Tuesday, the dark ones, seem to be Charlie Cinaglia and Tony Cicero. They're evidently tied up with Larner. He got them the car, and it was Larner who went to your flat the second time. Probably because the others didn't know any French.'

'I thought of that, too.'

'The first time they weren't looking for papers, but for a man, either dead or alive, the one they'd tossed out on the pavement of Rue Fléchier. That's why they looked under the bed and in the cupboards. When they didn't find anything, they wanted to know who you were, and where to find you, so they sent Larner and he searched your drawers.'

'Now they know that I belong to the police.'

'That must have given them a jolt. And the newspapers' silence must have them worried, too.'

'Aren't you afraid they may beat it?'

'To play safe, I've alerted all the stations and airports and the road police. Their description has been sent out, or to be more exact, Janvier is taking care of it at this moment.'

Even in the darkness of the taxi Maigret sensed Lognon's little smile.

'And that's why he's called the great Maigret? While a poor detective like me tramps the streets when he's carrying out an investigation, all the famous inspector has to do is telephone Washington, order a lot of people around, notify railway stations and local police!'

Poor old Lognon! Maigret felt like giving him a friendly slap on the knee and saying, 'Come on, Lognon, be yourself!'

As a matter of fact, he might be unhappy if he no longer deserved the title of Old Grouch. He needed to grouse all the time, needed to convince himself that he was the unluckiest man in the whole world.

The taxi came to a halt in the narrow Rue des Acacias, in front of a restaurant with red and white checked curtains at the door and windows. The minute he stepped inside, Maigret seemed to get a whiff of the New York Jimmy MacDonald had shown him. Pozzo's was not like a Paris restaurant. It reminded Maigret of the ones you find in many of the streets off Broadway. It was so dimly lit it took some time before you could distinguish anything, leaving the faces floating in a kind of chiaroscuro.

There was a row of high stools along the mahogany bar, and small American and French flags were arranged between the bottles on the shelves. A radio was playing softly. There were nine or ten tables covered with red and white checked cloths like the curtains, and on the panelled walls hung photographs of boxers and actors, especially boxers, most of them inscribed.

The place was almost empty at that hour. Two men at the bar were shooting craps with the bartender. In the rear a couple sat eating spaghetti under the indifferent eyes of the waiter who was standing near the kitchen beside the service window.

No one rushed forward to meet them. For an instant eyes turned towards the strange couple presented by Maigret and the lean, lugubrious Lognon, and there was a very special silence, as though someone had given the warning when they opened the door: 'Watch it! Cops!'

Maigret hesitated whether to sit down at the bar, then, after getting rid of his coat and hat, decided to take the nearest table. There was an agreeable smell of highly seasoned cooking with a decided reek of garlic. The dice were rolling again, but the bartender kept looking at the newcomers with rather an amused expression on his face.

Without a word the waiter held out the menu.

'Do you like spaghetti, Lognon?'

'I'll take whatever you take.'

'Give us two spaghettis to begin with.'

'What kind of wine?'

'A fiasco of Chianti.'

His glance wandered over the photographs and after a while he rose and went over to examine one of them more closely. It must have been taken many years ago. It showed a husky young boxer, was inscribed to Pozzo and signed: 'Charlie Cinaglia.'

The man at the bar hadn't taken his eyes off Maigret. Without stopping his game he called out:

'So you're interested in boxing?'

And Maigret came back with:

'In certain boxers, perhaps. You're Pozzo, aren't you?'

'And you're Maigret, I suppose.'

All this very calmly and casually like two tennis players batting balls to each other before a match.

When the waiter came with the bottle of Chianti, Pozzo made another remark:

'I thought you never drank anything but beer.'

He was short, almost bald, with a few hairs carefully brushed across the top of his head, and had great promineet eyes, a nose as bulbous as Lognon's, and a clown's flexible mouth. With the two men facing him at the bar he spoke Italian. They were both dressed in expensive bad taste and Maigret would probably have found their names in his files. The younger was plainly a drug addict.

'Help yourself, Lognon.'

'After you, Inspector.'

Had Lognon really never eaten spaghetti before? Was he doing it on purpose? He conscientiously imitated all Maigret's gestures with the air of a guest who is determined to please his host.

'Do you like it?'

'It's not bad at all.'

'Would you rather have something else?'

'No indeed. It must be very nourishing.

The spaghetti kept sliding off his fork and the woman eating at the back of the restaurant couldn't help bursting out laughing. At the bar the crap game had come to an end. The two customers shook hands with Pozzo, glanced at Maigret, and then strolled towards the door slowly as if to prove they had nothing to fear, nothing on their conscience.

'Pozzo!'

'Yes, Inspector.'

The Italian was even shorter than he looked behind his bar. His legs were disproportionately short and it was all the more noticeable because his trousers were too large.

He came up to the policemen's table wearing his genial business smile, a white napkin over his arm.

'So you like Italian cooking?'

Instead of replying, Maigret glanced over at the photograph of the boxer.

'Have you seen Charlie lately?'

'You know Charlie? Then you've been to America?'

'And you?'

'Me? I lived there for twenty years.'

'In St Louis?'

'In Chicago, in St Louis, in Brooklyn.'

'When did Charlie come here with Bill Larner?'

More and more Maigret was reminded of his stay in the United States, and he felt that Lognon was listening in some amazement to this conversation.

It was certainly not the way things would normally happen in France. Pozzo's attitude was not that of the proprietor of a more or less shady joint being questioned by the police.

He stood there in front of them without ceremony, perfectly at ease, an ironic look in his bulging eyes. He made a little face and scratched his head.

'So you know Bill too? Sweet Bill, eh? A nice guy.'

'One of your good customers, isn't he?'

'You think so?' He seated himself at their table. 'A glass, Angelino.'

He poured himself some Chianti. 'Don't worry. The wine is on me. The dinner too. It isn't every day I have the honour of entertaining Inspector Maigret.'

'You're enjoying yourself, Pozzo?'

'I always enjoy myself. I'm not like your friend here. Has he just lost his wife?' He contemplated Lognon with a look of false commiseration.

'Angelino! Bring these gentlemen *scaloppine alla fiorentina*. Tell Giovanni to do them the same as for me. You like *scaloppine alla fiorentina*, Inspector?'

'I met Charlie Cinaglia three days ago.'

'Then you've just come from New York by plane?'

'Charlie was in Paris.'

'Really? That shows you what people are. Ten years ago I was his dear old Pozzo here, his dear old Pozzo there. I think he even called me Papa Pozzo. Now he's in Paris and doesn't even come to see me!'

'And Bill Larner? He hasn't come either? Or Tony Cicero?'

'What was that last name?'

He didn't even try to hide that he was kidding. Quite the contrary. He was exaggerating on purpose, more and more like a clown going through his routine. Only when you looked at him closely you noticed that, in spite of his gags and grimacing, his eyes remained hard and wary.

'It's funny. I've known lots of Tonys but I don't recall any Cicero.'

'From St Louis.'

'You were in St Louis? That's where I became an American citizen. I still am.'

'But at this moment you are living in France. And the French Government could very well take away your licence.'

'Why? Doesn't my place conform to all your health regulations? You can ask the district police. Never any trouble. No call girls, either. In fact the district inspector sometimes does me the honour of dining here with his missis. There aren't many people at this hour. It's too early. My clientele comes later. Now just tell me what you think of that *scaloppine.*'

'Have you a telephone?'

'Naturally. It's in the back at the left, the door next to the cloakroom.'

Maigret rose, went to the phone booth, and closed the door. He dialled the number of the Police Judiciaire, spoke in a low voice:

'Janvier? I'm at Pozzo's, the restaurant on Rue des Acacias. Will you tell the switchboard to keep someone on this line all evening? You have plenty of time. It won't be for another half hour. I want all the conversations taken down, especially if these three names are mentioned.' He dictated the names of Cinaglia, of Cicero, and of Bill Larner.

'Nothing new?'

'Nothing. I'm having all the rooming-house records searched.'

When he got back to his table he found Pozzo trying in vain to get a smile out of Lognon.

'So you didn't come to see me just for my cooking, Inspector?'

'Listen, Pozzo. Charlie and Cicero have been in Paris for two weeks and you know it as well as I do. They probably met Larner here.'

'I don't know Cicero, but if Charlie came here he sure must have changed. I didn't recognize him.'

'Okay. For certain reasons I want to have a little private talk with these gentlemen.'

'All three?'

'This is serious. It's murder.'

Pozzo crossed himself comically.

'You understand? We're not in America, where proof is hard to get.'

'You hurt me, Inspector. I never expected this from you, I really didn't.'

And, holding up his glass: 'Your health! And to think I was so happy to meet you! I'd heard a lot about you, like everybody. I always said, "There's a man who understands life." Then you come to see me and you treat me as if you didn't know that Pozzo never hurt anybody. You talk to me about some boxer I haven't seen for ten or fifteen years and you insinuate I don't know what!'

'That'll do! I'm not arguing today. I'm warning you. I said, "Murder".'

'Funny, I didn't see anything in the papers. Who was murdered?'

'It doesn't matter. If Charlie and Cicero have been here, if you have the least idea where they are now, I can have you up for aiding and abetting.'

Pozzo shook his head sadly.

'To do that to me!'

'Have they been here?'

'When would you say they'd come to my place?'

'Have they been here?'

'So many people come through here. At certain hours all the tables are taken and people waiting outside on the street. I can't see everybody.'

'Have they been here?'

'Listen. We'll make a deal and you'll see Pozzo's a real friend. I promise if they set foot in here I'll phone you immediately. Is that talking? Tell me what's he look like, this guy Cicero?'

'Not necessary.'

'Then how am I supposed to recognize him? Can I ask all my customers for their passports? Can I do that? I'm married, I have a family. I've always respected the laws of every country I've lived in. I might as well tell you: I've asked to be naturalized French.'

'After being naturalized American?'

'That was a mistake. I don't like the climate over there. I'm sure your friend here understands me.'

He fixed his eyes on Lognon with savage irony and Lognon blew his nose, not knowing where to look.

'Waiter!' Maigret called.

'But I told you that you are my guest.'

'Sorry, but I don't accept.'

'I consider that an affront.'

'Have it your own way. Waiter! Bring me the bill.'

Maigret was not really as angry as he seemed. Pozzo was tough, and Maigret didn't mind that. And he didn't mind having these top racketeers to deal with either, knowing they had proved too much for the American police. Ruthless, they played to win and stopped at nothing. And he wouldn't mind being able to telephone Washington in a few days, remarking casually, 'Hello, Jimmy . . . I got them!'

Maigret hadn't the slightest idea of the identity of the man who had been tossed out on to the pavement of Rue Fléchier almost at Lognon's feet. He didn't even know if the man was dead or not.

As for the second car, which had picked up the corpse, or the wounded man, it was still more anonymous.

There were two opposite groups in this business as far as he could judge. In the first group there were at least Charlie Cinaglia, Tony Cicero, and Larner, who had hired the car and ransacked Lognon's papers.

But who were the occupants of the second car? Why had they taken the risk of making off with the body?

If the man was dead, what had they done with the corpse? If not, where was he being cared for?

It was one of the rare investigations in which, at the outset, there was no clue. These people had apparently crossed the Atlantic to settle some scores about which the French police knew nothing.

Their only hope of finding a lead was Pozzo's bar, with its New York atmosphere so oddly transplanted a stone's throw from the Arc de Triomphe.

'I hope someday I'll get even with you for that!' grumbled the Italian after Maigret had paid the waiter and stood up to go.

'And by that you mean?'

'I mean, Inspector, that I am sure one of these days you will allow me to offer you a good dinner without insulting me by taking out your wallet.'

His big mouth was smiling but his eyes were not. He accompanied the two men to the door and took a malicious pleasure in giving Lognon a friendly pat on the back. 'Shall I call you a taxi?'

'Don't bother.'

'That's so, it isn't raining. Well, then, good night, Inspector. I hope this gentleman will get over the loss of his wife.'

The door finally closed and the policemen began walking down the street. Lognon said nothing. Perhaps he was secretly jubilant to have seen Maigret treated as a novice.

'I've had their wire tapped,' the Inspector told him as they were nearing the corner.

'I thought as much.'

Maigret frowned. If Lognon, seeing him go to the telephone, had had that idea, it was all the more certain to have occurred to a man like Pozzo.

'In that case he won't telephone. He is more likely to send a message.'

The street was deserted. A garage on the other side was closed. Avenue Mac-Mahon shone darkly, still wet from the rain, and there was nothing in sight but a cruising taxi and two or three vague forms up towards Avenue de la Grande Armée.

'I think, Lognon, you'd do well to watch the house. As you haven't had much sleep during the last few days, I'll send someone to relieve you in a little while.'

'I am on night duty all this week.'

'But you're supposed to have slept during the day and you haven't.'

'That doesn't matter.'

Always just as exasperating! Maigret had to exercise a fund of patience he would not have shown towards Janvier or Lucas or any of his own staff of detectives.

'As soon as someone comes, you go home and to bed.'

'If that's an order . . .'

'It's an order. In case you should have to leave before, try your best to phone the Quai des Orfèvres.'

'Very well, Inspector.'

Maigret left him on the corner, walked quickly to the Avenue des Ternes, where he went into a bar and made a telephone call.

'Janvier? Nothing from the switchboard? Good. Who's with you? Torrence? Will you ask him to jump into a taxi and go to Rue des Acacias. He'll find Lognon on duty and he is to relieve him. Lognon will give him the story.'

He went home in a taxi, and sat chatting with his wife over a little glass of prunelle.

'Madame Lognon telephoned.'

'What about?'

'She hasn't heard from her husband since early in the afternoon and is worried. He was out of sorts, it seems.'

He shrugged his shoulders, was on the point of telephoning. No! He'd had enough. He went to bed, slept, was wakened by the smell of coffee, and all the time he was dressing he couldn't get Lognon out of his mind.

When he arrived at the Quai des Orfèvres at nine o'clock Lucas had replaced Janvier, who had gone home to bed.

'No news of Torrence?'

'He phoned at about ten o'clock last night. Seems he didn't find Lognon at Rue des Acacias.'

'Where is he?'

'Torrence? Still there. He just called to ask if he was to keep watching the place. I told him to call back in a few minutes.'

Maigret asked them to ring Lognon's flat.

'This is Inspector Maigret.'

'Have you heard from my husband? I haven't slept a wink all night. . . .'

'He isn't at home?'

'What! You don't know where he is?'

'And you?'

It was ridiculous. Now he had to reassure her, tell her something, anything at all.

Lognon had disappeared between the time Maigret left him at the corner of Rue des Acacias and the time Torrence arrived to relieve him.

He hadn't telephoned, hadn't given any sign of life.

'Admit, Inspector, that you agree with me that something terrible must have happened to him. . . . I've always said it would end like this . . . and I'm all alone, helpless, up here on my fifth floor and can't even move! . . .'

God knows what he said to calm her. By the time he'd finished he was quite disgusted.

CHAPTER THREE

FURIOUS, his hands in his overcoat pockets and stamping his feet, Maigret was waiting, trying to look in over the checked curtains to see what was going on at the back of the restaurant. He had been surprised to find Pozzo's closed. Yet there was a light inside, a single bulb burning at the back of the room.

He had knocked on the window twice, three times, and it seemed to him someone had moved. It wasn't raining this morning. It was very cold with frost in the air, and the sky was the colour of lead. The world seemed hard and wicked.

'He's there,' the vegetable man next door told him. 'But I'd be surprised if he let you in. He always cleans the place in the mornings and he doesn't like to be disturbed. He won't open to anyone until eleven, unless you know how to knock.'

Maigret tried again, stood on tiptoe so that his face would show above the curtains. He was in no mood to be trifled with that morning. No one could touch one of his men. Even if it was only a detective of the ninth arrondissement, even if it was Lognon.

A dark silhouette, looking from a distance somewhat like a bear, finally began to move towards him in the dim light, growing more distinct as it neared the door, and soon Maigret saw Pozzo's face close to his own on the other side of the glass. Only then did the Italian undo a chain, turn a key, and pull open the door.

'Come in,' he said as if he'd been expecting Maigret.

He was wearing a pair of old trousers, baggy in the seat, a pale blue shirt with the sleeves rolled up, and worn red slippers that made him shuffle as he walked. Paying no attention to Maigret, he went back to the rear of the room where a light was burning and sat down again in front of the remains of a hearty breakfast.

'Make yourself at home. Would you like a cup of coffee?'

'No.'

'A little glass of something?'

'No, again.'

Without showing surprise Pozzo shook his head as much as to say, 'Okay. No hard feelings!'

His face was a little grey, with bags under the eyes. In

fact, he looked not so much like a clown as like certain old comics whose faces are like rubber from grimacing all their lives. And from knocking about the world, they also acquire the same rather vague look of supreme indifference.

In a corner near the wall there were brooms and a bucket. From the kitchen, which could be seen through the service window, came the smell of bacon.

'I thought you were married and that you had children.'

And Pozzo, as if playing a scene in slow motion, scratched his head, went to get a cigar in a box on the shelf, lit it, and blew the smoke almost in Maigret's face.

'Does your wife live at the Quai des Orfèvres?' he said finally.

'You live here, don't you?'

'I might answer that it is none of your business. I might even throw you out of my place and you'd have nothing to complain about. You agree with me? Last night I received you cordially and I tried to invite you to dinner. Not that I like cops. And I don't mean any offence by that, either. But you are somebody in your business, and I respect people who are somebody in their own line. Okay! You refused to be my guest. That's your own affair. This morning you disturb me to ask me questions. I can choose either to answer or not to answer.'

'Would you rather I took you down to the Quai des Orfèvres?'

'That's something else again, and I'd be curious to see what would happen. You forget that I'm still an American citizen. Before I went with you I'd take good care to get in touch with my consul.'

He sat down in front of his empty plate, his elbows on the table, like a man in his own house, and watched Maigret through the smoke of his cigar.

'You see, Monsieur Maigret, you've been spoiled. After you left last night someone reminded me that you'd been to America. I could hardly believe it. I wonder what your colleagues over there could have showed you. They must at least have told you that things don't happen the same as here. Just figure I'm in my own home. You understand that word? Suppose someone comes to your apartment and begins asking your wife questions . . . Okay. That's just so's you'll know who you're dealing with, so's you'll damn well know that if I answer your questions it's because I choose to. No use threatening me, like you did last night, to take away my licence.

'Now, to get back to your question, I haven't any reason to hide from you that my wife and kids live in the country because this is no place for them, and that most of the time I sleep in a room upstairs, and finally that in the morning I do my own cleaning up.'

'How did you warn Charlie and Larner?'

'What's that?'

'Yesterday, after I left, you got word to Charlie and his friends that I'd been here.'

'Really?'

'You didn't telephone.'

'I take it you had my wire tapped.'

'Where is Charlie?'

Pozzo sighed, looked over at the photograph of Cinaglia as a boxer.

'Yesterday,' Maigret went on, 'I warned you that this was serious. It is even more so today. The detective who was with me yesterday has disappeared.'

'The cheerful guy?'

'I left him at the corner of the street. Half an hour later he was no longer there and he hasn't shown up since. You understand what that means?'

'Should I?'

Maigret managed to restrain himself, but he, too, had become hard, and his eyes never left Pozzo's face.

'I want to know how you warned them. I want to know where they are hiding. Bill Larner hasn't been near the

Hotel Wagram. The other two are hiding somewhere, very likely in Paris, and more than likely not far from here, since you were able to get a message to them in a few minutes, without using the phone. You'd better come clean, Pozzo. What time does the waiter get here?'

'At noon.'

'And the cook?'

'Three o'clock. We're not open for lunch.'

'They'll both be questioned.'

'That's your job, isn't it?'

'Where's Charlie?'

Pozzo seemed to be thinking. He rose slowly, as if reluctantly, walked over to the photo of the boxer, and studied it carefully.

'While you were in the United States did you go to Chicago, to Detroit, to St Louis?'

'I went all over the Middle West.'

'You probably noticed that the guys over there aren't exactly boy scouts? Were you there before or after prohibition?'

'After.'

'Well, then, I'm telling you, during prohibition it was ten times, twenty times worse.'

Maigret waited, not knowing just what Pozzo was driving at.

'I worked five years as headwaiter in Chicago before I went into business for myself in St Louis. I opened a restaurant a little like this one where all sorts of people came—politicians, boxers, gangsters, and artists. And let me tell you, Monsieur Maigret, I never had any trouble with anybody, not even with the police lieutenant who used to come and drink his double whisky at my bar. Do you want to know why?'

He was like an old actor playing to the gallery.

'Because I never stuck my nose into other people's business. Why should I change my rule now that I'm in

Paris? Wasn't your spaghetti good? That is something I'm ready to discuss with you.'

'But you refuse to tell me where Charlie is?'

'Listen, Maigret . . .'

In another minute he'd be calling him Jules. His tone was almost patronizing and he was within an ace of putting his hand on Maigret's shoulder.

'In Paris you're by way of being a great man, and people say you're always the winner. Do you want me to tell you why?'

'What I want is Charlie's address.'

'Forget it. We're talking about serious things. You always win because you have nothing but amateurs to deal with. Over there there aren't any amateurs. And even with the third degree the police can't often get a guy to talk if he's decided not to.'

'Charlie's a killer.'

'Really? I suppose the F.B.I. told you that. And did the F.B.I. also tell you why, in that case, they haven't sent Charlie to the electric chair yet?'

Maigret had decided to let him talk and several times he even forgot to listen, looking around the room with a scowl on his face. He was pursuing his idea. Charlie and his friends had certainly been warned that Maigret and Lognon were at Pozzo's. The telephone hadn't been used. If someone had left the restaurant to warn them, that someone hadn't gone very far. On the other hand, if Lognon had seen the waiter leave, for example, or the cook, or Pozzo himself, he would have been suspicious.

'And that's where all the difference lies, Maigret, the difference between amateurs and professionals. Didn't I just tell you that I respect anyone who is somebody in his line?'

'Including killers?'

'Yesterday you told me a story that's none of my business that I've already forgotten. This morning you come here and give me some more of the same and I'm not having any. You're a real man, and probably a good egg, too. You enjoy a very fine reputation. I don't know if the gentlemen of the F.B.I. asked you to take charge of this business, but I doubt it. So now I'm telling you, *drop it*!'

'Thanks for the advice.'

'It's sincere. When Charlie was fighting in Chicago he was in the featherweight class, and it never entered his head to take on a heavyweight.'

'When did you see him lately?'

Pozzo, with a sort of ostentation, remained silent.

'I suppose you couldn't tell me the name of the customers you were shooting craps with, either?'

Pozzo's face showed amazement.

'Am I supposed to know the name, the address, and the family history of all my customers?'

Like Pozzo a few moments before, Maigret got up and, with the same absent air, walked over behind the bar and examined the shelves under it.

Pozzo watched him with apparent indifference.

'You see, when I find one of those customers, I have a notion things will begin to get a little hot for you.'

Maigret held up a pad and pencil he'd just found.

'I know now how you warned Charlie, or Bill Larner or Cicero, it doesn't matter which, as they're working together. My mistake was thinking it was after I left. But it happened while I was still here. When you saw me come in with Lognon you knew what was up. You had time while we were ordering dinner to scribble a message on the pad and slip it to one of those two customers at the bar. What do you say to that?'

'I say it's extremely interesting.'

'That's all?'

'That's all.'

The telephone rang in the booth. Pozzo scowled, went to answer it.

'It's for you!' he said.

Maigret had left word where he was going and it was Lucas on the line.

'They've found him, Chief.'

There was something in Lucas's voice that told Maigret that things had taken an unpleasant turn.

'Dead?'

'No. About an hour ago a fish dealer from Honfleur driving along Route 13 in the Forêt de Saint Germain between Poissy and Le Pecq picked up a man lying unconscious at the side of the road.'

'Lognon?'

'Yes. He seemed in a bad way. The dealer took him to Dr Grenier's at Saint Germain and the doctor's just phoned us.'

'Wounded?'

'The face is all swollen, probably smashed by somebody's fists, but there's a wound in his head that's more serious. According to the doctor he must have been hit hard with the butt of a revolver. Anyway I thought I'd better get an ambulance and have him taken to Beaujon right away. He'll be there in another fifteen minutes.'

'Anything else?'

'Through the rooming houses we've picked up the trail of the two men.'

'Charlie and Cicero?'

'Yes. Ten days ago they arrived in Paris from Le Havre and went to the Hotel de l'Etoile, Rue Brey. They were out all night on Monday. On Tuesday morning they came back, paid their bill, and left with their baggage.'

It all centred around the same neighbourhood: Rue Brey, Hotel Wagram, Pozzo's restaurant. Rue des Acacias, the garage where the car had been rented.

'That's all?'

'A car that was stolen last night about nine o'clock in Avenue de la Grande Armée was found this morning at the Porte Maillot. It belongs to an engineer who was playing bridge at some friends'. He states that he'd had his car washed yesterday afternoon, but it was found covered with mud as if it had been driven along country roads.'

Still the same neighbourhood.

'What do you want me to do, Chief?'

'Go to Beaujon and wait for me.'

'Shall I notify Madame Lognon?'

Maigret heaved a sigh.

'You'd better, of course. Don't give her any details. Tell her he isn't dead. And I don't think you ought to do it by phone. You could run up to Place Constantin Pecqueur before going to Beaujon.'

'That'll certainly be a picnic!'

'Don't mention his being beaten up.'

'Okay.'

Maigret almost smiled. It really seemed that for once luck was with the lugubrious Lognon. If he were seriously hurt, he would become a sort of hero, probably receive a medal!

'I'll be seeing you, Chief!'

'Good luck.'

Pozzo, meanwhile, had begun sweeping out his restaurant, the chairs piled up on the tables.

'My detective was beaten up,' Maigret told him, looking him straight in the eye.

But he didn't get any reaction.

'*Only* beaten up?'

'That surprises you?'

'Not much. It's probably a warning. That's done a lot over there.'

'You still refuse to open up?'

'I've told you I never poke my nose into other people's business.'

'You'll see me again.'

'That will be a pleasure.'

Just as he was about to go out, Maigret turned on his heel, and went back to get the pad he had left on the table. This time he caught a look of uneasiness on Pozzo's face.

'Hey! That's mine.'

'I'll return it.'

He found the police car waiting for him.

'Beaujon,' he said.

Then, when they were in front of the dark entrance of the hospital, he gave the pad to the policeman who was driving. 'You're to go back to the Quai. Take this up to the laboratory and give it to Moers. Careful how you handle it.'

'What shall I tell him?'

'Nothing. He'll know what it's about.'

Thinking he had plenty of time before the ambulance arrived, he went into a bar, ordered a Calvados, and shut himself in the telephone booth.

'Moers? Maigret speaking. I've sent you a pad of paper. Last night I think someone wrote something on one of the sheets and tore it off.'

'I see. You want to find out if it left an imprint on the next sheet?'

'That's it. It's possible the pad hasn't been used since, but I'm not sure. And step on it. I'll be at the office round about noon.'

'Okay, Chief.'

As a matter of fact, Pozzo's calm assurance had not left Maigret unimpressed. There was a grain of truth, and even more than a grain, in what the restaurateur had said. It was the general opinion in the Murder Squad that most, if not all, murderers were imbeciles.

'Amateurs!' Pozzo had declared.

He wasn't far wrong. On this side of the Atlantic barely ten per cent escaped the police, while over there known killers like Cinaglia were free to go where they pleased for lack of evidence against them.

They were professionals who, to use Pozzo's language, played to win and stopped at nothing.

The Inspector couldn't remember anyone ever having talked to him in that patronizing tone before: 'Drop it, Maigret!'

Naturally he didn't intend to do any such thing, but he couldn't help thinking that yesterday on the phone MacDonald had not exactly encouraged him.

He wasn't on familiar ground. He was confronted by people whose methods he didn't know, except by hearsay, and whose mentality and reactions were a mystery to him.

Why had Charlie and Tony Cicero come to Paris? They seemed to have crossed the ocean with a definite purpose in mind, and they had lost no time.

Eight days after their arrival, they left a body on the pavement near the Church of Notre Dame de Lorette.

That body, alive or dead, had disappeared a few minutes later, almost under Lognon's nose.

'The same.'

He drank a second Calvados, with the feeling that he was catching cold. Then he crossed the street and arrived at the hospital just as an ambulance drove up.

It was Lognon they were bringing from Saint Germain and who was insisting that he could walk. When he caught sight of Maigret they could no longer hold him down on the stretcher.

'But I tell you I'm perfectly able to stand up.'

For a moment Maigret had to turn his face away. In spite of everything, he couldn't help smiling at the sight of Old Grouch. One eye was swollen and completely closed, and the doctor at Saint Germain had covered a corner of his mouth and the side of one nostril with gaudy pink adhesive tape.

'Inspector, I must explain . . .'

'Later . . .'

Poor Lognon staggered and a nurse had to help him to

the room that had been prepared for him. A houseman accompanied them.

'Call me as soon as you've fixed him up. Try to get him in shape to talk.'

Maigret walked up and down the corridor and ten minutes later Lucas joined him.

'And Madame Lognon? Pretty grim?'

Lucas's expression was eloquent.

'She was indignant because he hadn't been brought home. She insists that they have no right to keep him in the hospital away from her.'

'How would she take care of him?'

'That's what I pointed out to her. She wants to see you, talks of calling the Commissioner. According to her she's being neglected, left there alone, sick and unprotected, at the mercy of gangsters.'

'You told her we had a man watching the buildings?'

'Yes. That calmed her down a bit. I had to take her over to the window and show her the man on duty outside. At the end she said, "Some people get the honours, others all the raw deals."'

When the houseman came out of the room he seemed worried.

'Fracture of the skull?' asked Maigret in a low voice.

'I don't think so. We'll get an X-ray later, but it's unlikely. Only, he's taken an awful beating. Besides he's been out in the forest all night and there's a chance of pneumonia. You can talk to him. It'll relieve his mind. He keeps asking for you, refuses to let us do a thing before he sees you. I had the devil of a time trying to give him a shot of penicillin, he was so afraid I wanted to put him to sleep. I had to show him the name on the ampoule.'

'Better if I see him alone,' Maigret said to Lucas.

Lognon was lying in a white bed, with a nurse fussing about the room. His face was now very flushed, as if his temperature were rising.

Maigret sat down beside the bed.

'Well, old man?'

'They got me.'

A tear appeared in his one good eye.

'The doctor says you mustn't excite yourself. Just give me the essentials.'

'When you left me, I stayed at the corner, where I could watch the door of the restaurant. I stood flat against the wall quite a distance from the street light.'

'No one left Pozzo's?'

'No one. In about ten minutes a car came down Avenue Mac-Mahon, made the turn, and stopped right in front of me.'

'Charlie Cinaglia?'

'There were three of them. It was Cicero, the big one, who was driving with Bill Larner beside him. Charlie was in the back. I didn't even have time to reach for my gun. Charlie had the door open already and had me covered. He didn't say anything, just motioned me to get in. The two other men didn't even look around. What should I have done?'

'Climbed in,' sighed Maigret.

'The car started again right away while I was being frisked and my gun taken away. No one spoke. I saw we were leaving Paris by the Porte Maillot, then I recognized the Saint Germain road.'

'The car stopped in the forest?'

'Yes. It was Larner who kept directing his friend at the wheel. We went down a little side road and stopped a long way from the main road. They made me get out.'

Hadn't Pozzo been right in his contention that they weren't amateurs?

'Charlie never opened his mouth. It was the big one, Cicero, with his hands in his pockets and smoking one cigarette after the other, who told Larner in English what questions to ask me.'

'In other words they'd taken Larner along as an interpreter?'

'Yes. And I don't think he was happy about his job. Several times he seemed to be advising them to let up on me. Before they began asking questions, Charlie had smashed his fist right in my face and my nose started bleeding.

'"*I think you'd better be nice,*" Larner said with a slight accent, "*and tell these gentlemen what they want to know.*"

'It was really always the same question they asked:

'"*What have you done with the body?*"

'At first I didn't want to give them the satisfaction of answering and just glowered at them. Then Cicero said something to Charlie in English and he hit me again.

'"*You're making a mistake,*" Larner said, and he looked annoyed. "*They always talk in the end, you know.*"

'After four or five more punches, I don't remember how many, I swore that I didn't know what had happened to the body, that I didn't even know whose it was.

'They didn't believe me. Cicero kept on smoking and he'd walk around now and then to stretch his legs.

'"*Who told the police?*"

'What was I to say? That I just happened to be there, not because of them, but on another job entirely.

'Every time I answered, Cicero would motion to Charlie, who was just waiting to punch me in the face again.

'They emptied my pockets, examined my wallet under the car headlights.'

'How long did it last?'

'I don't know. Perhaps half an hour, perhaps longer. I hurt all over. One blow had cut my eye and I could feel the blood running down my face.

'"*I swear I don't know a thing,*" I told them.

'Cicero wasn't satisfied, began talking to Larner again, and Larner asked me more questions. He asked me if I'd seen another car stop in Rue Fléchier. I said I had.

'"*What was the licence number?*"

'"*I didn't have time to see the number.*"

'"*You're lying!*"

'"*I'm not lying.*"

'They'd seen you go into my flat and wanted to know who you were. I told them. Then they asked me if you'd been in touch with the F.B.I. and I said I didn't know, that in France plain detectives didn't ask inspectors questions. Larner laughed at that. He seemed to know you.

'Finally Cicero shrugged his shoulders and walked off towards the car. Larner, looking relieved, followed him, but Charlie stayed behind. He shouted something after them. I don't think they answered. Then he drew his gun and I thought he was going to kill me, I——'

Lognon was suddenly silent, tears of rage shone in his one eye. Maigret preferred not to know what he had done, if he'd fallen on his knees, if he'd pleaded. Probably not. Lognon was capable of just standing there, glowering and bitter to the end.

'But he only hit me over the head with the butt of the revolver and I fainted. When I came to, they'd gone. I tried to get up. I shouted for help.'

'You roamed around the forest all night?'

'I must have turned in circles. I fainted several times. Sometimes I'd crawl on hands and knees. I'd hear cars passing and I'd do my best to shout. In the morning I came to at the edge of the main road and a lorry stopped and picked me up.'

Without transition he asked:

'Has my wife been notified?'

'Yes. Lucas went to see her.'

'What did she say?'

'She insisted on your being brought home.'

A look of distress appeared in Lognon's one eye.

'They're going to take me home?'

'No. You need medical care and you'll be better here.'

'I did the best I could.'

'Of course you did.'

Then it was as though Lognon was suddenly struck by a thought that worried him. He hesitated, finally muttering as he looked away:

'I'm not worthy to be in the Force.'

'Why?'

'Because, if I'd known where the body was, I'd have ended up by telling them.'

'So would I,' Maigret rejoined without its being quite clear if he just said it to make the detective happy.

'Will I have to stay in the hospital long?'

'A few days at least.'

'And I won't be told what's happening?'

'Of course you will.'

'You promise? You're not angry with me?'

'What for, old man?'

'You know very well it's my fault.'

He was really taking advantage of the situation. Of course Maigret had to deny it, had to repeat that he had done his duty, that if he hadn't acted as he had on Monday night they might never have got on the track of Charlie and Cicero. Besides, it was almost true.

'What is my wife doing about the shopping?'

Maigret replied at random:

'Lucas is taking care of it.'

'I'm ashamed to be giving you all this trouble.'

That was Lognon. He hadn't changed. Exaggerated humility. He couldn't help exaggerating one way or the other. Fortunately someone knocked at the door just then, for Maigret didn't know how to make his escape.

The nurse announced: 'It's time to go for the X-ray.'

This time Lognon was forced to lie down on the wheeled stretcher and when he passed by, Lucas, who was waiting in the corridor, gave him a friendly nod.

'Let's go.'

'What did they do to him?'

Without replying directly, Maigret murmured:

'Pozzo's right. They're tough.'

Then, thoughtfully:

'What amazes me is that a man like Bill Larner should be working with them. Racketeers in his class aren't in the habit of taking chances.'

'You think the other two forced him to help them?'

'At any rate I'd like to have a little talk with him.'

Larner was also a professional, but of a different kind, a different class, one of those international crooks who pull off a job only once in a long while, a really serious job, carefully planned down to the last detail, that nets them twenty or thirty thousand dollars and afterwards allows them to rest on their laurels, as it were, unnoticed. He had been in Paris for two years now and during that time he had apparently been living on his capital and had not once been bothered.

Maigret and Lucas took a taxi and Maigret gave the address of police headquarters. Then, as they were crossing Rue Royale, he changed his mind.

'Rue des Capucines,' he told the driver. 'Manhattan Bar.'

The idea came to him while he was thinking of the photographs at Pozzo's. At the Manhattan too the walls were decorated with photographs of boxers and actors. But it wasn't the same clientele as at Rue des Acacias. For twenty years Luigi had seen the whole American colony file through his place, and the pick of the tourists from across the Atlantic. It was not yet noon and the place was almost deserted. Luigi himself was behind the bar arranging his bottles.

'Greetings, Inspector. What can I offer you?'

Like Pozzo, he was of Italian origin and it was said that all the money he made in his restaurant he lost at the races. Not only betting on the horses, but on anything and everything. Boxing matches, tennis tournaments, swimming contests, everything served as an excuse for betting, including tomorrow's weather.

During the slack hours of the afternoon, between three and four, with a compatriot who was vaguely connected with the American Embassy, he would often bet on the cars streaming past the windows.

'I bet you five thousand francs that twenty Citroëns go by within ten minutes.'

'It's a bet.'

For the sake of local colour, Maigret ordered a whisky and, letting his eyes wander over the rows of pictures on the walls, was not long in locating the one of Charlie Cinaglia in boxing trunks, exactly the same photograph he had seen at Pozzo's except that this one was not inscribed.

CHAPTER FOUR

WHEN THE TWO OF THEM left the Manhattan Bar in their black overcoats and black hats, with Maigret looking twice as tall and broad as Lucas, they were for all the world like two widowers who had stopped at several bars on their way home from the cemetery.

Had Luigi done it intentionally? It was possible. In any case he had not done it maliciously. He was a decent sort, no one had anything to say against him, and the most notable personalities in the American Embassy were not ashamed of lingering at his bar.

He had been generous with his drinks, that's all, especially to Maigret, and it had been a long time since the Inspector had tasted whisky. Besides, he had just had two glasses of Calvados in the Faubourg Saint Honoré.

He wasn't drunk and neither was Lucas. Did Lucas

think his chief was? He had an odd way of glancing up at him as they threaded their way through the crowd.

Lucas had not been at Pozzo's that morning. He hadn't heard Pozzo's speech, or rather his lecture, and consequently it was difficult for him to understand Maigret's state of mind.

First of all, and almost at once, there had been Luigi's little lecture on boxers. Maigret had looked at Charlie's picture and had asked casually, as if it didn't matter one way or the other:

'You know him?'

'A little guy who might have gone a long way. He was probably the best in his class and he'd worked hard to get there. Then one fine day he gets himself mixed up in some shady business and the Boxing Commission takes away his licence.'

'What's happened to him?'

'What do you think happens to guys like that? Every year thousands of boys in Chicago, in Detroit, in New York, in all the big cities enrol in training gyms, sure they're going to be champions. But how many champions can you count in a generation, Inspector?'

'I don't know. Not many, naturally.'

'And even for them success doesn't last long. Those who haven't spent their money on platinum blondes and Cadillacs open a restaurant or a sporting-goods shop. But what about the rest, all the youngsters who thought they'd arrived and who end up punch-drunk from being hit on the head so much? They've learned how to hit and nothing else, but there are always people who need them as bodyguards, as strong-arm men. That's what's happened to Charlie.'

'I've heard he's become a killer.'

Then Luigi, as though it were the most natural thing in the world:

'It's possible.'

'You haven't seen him lately?'

Maigret had asked the question with his most innocent air, not even looking at Luigi. He knew Luigi, and Luigi knew him. The two men appreciated each other. And now in a flash the atmosphere was no longer the same.

'Is he in Paris?'

'I think so.'

'How do you happen to be interested in him?'

'Oh! Just incidentally. . . .'

'I've never seen Charlie Cinaglia in the flesh. I'd left the United States before he'd made a name for himself and I hadn't heard he'd come to Europe.'

'I thought someone might have spoken to you about him. He's been to Pozzo's several times. And as both of you are of Italian origin . . .'

'I am of Neapolitan origin,' Luigi corrected him.

'And Pozzo?'

'Sicilian. It's as if you'd confuse a Corsican and someone from Marseilles.'

'I wonder who else, besides Pozzo, Charlie went to see on arriving in Paris. He didn't come alone. Tony Cicero was with him.'

That was when Luigi filled the Inspector's glass a second time. Maigret seemed a little vague, spoke lifelessly, without conviction. It was what Lucas, who knew him well, called going fishing, and the Inspector sometimes succeeded in appearing so perfectly innocuous that he even fooled his collaborators.

'It all seems devilishly complicated,' he sighed. 'To say nothing of another American in this business, Bill Larner.'

'Bill has nothing in common with the other two,' Luigi protested quickly. 'Bill is a gentleman.'

'One of your customers?'

'He comes here from time to time.'

'Supposing Bill Larner had to hide out, where do you think he'd go?'

'Supposing, as you say, for I don't believe that ever happens, Bill would hide out where nobody would find him. But you can take it from me, Bill has nothing in common with the other two.'

'You know Cicero?'

'Sometimes his name appears in the American papers.'

'A gangster?'

'Are you seriously interested in these people?'

Already Luigi had lost some of his cordiality. In spite of his insistence that he was a Neapolitan and not a Sicilian, he now began speaking and looking at the Inspector a little like Pozzo.

'You've been to America, haven't you? Then you ought to realize that these aren't matters for the French police. The Americans themselves, with the exception of a few F.B.I. agents, can't get anywhere with these organizations. I don't know what the individuals you're talking about are doing in Paris, that is, if they are in Paris. If you say they are, I'll buy it, but it's news to me. In any case what they're up to is no concern of ours.'

'And if they've killed a man?'

'A Frenchman?'

'I don't know.'

'If they've killed someone it's because they were ordered to do the job and you'll never get evidence against them to prove it. Let me point out that I know neither of them. The two you first mentioned are Sicilians. As for Bill Larner, I still insist that he has nothing in common with them.'

'In what connection do the American papers speak of Cicero?'

'In connection with rackets, most likely. You can't understand. Here you don't have any real criminal organizations like the ones over there. You don't even have real killers. Supposing a crook in Paris went around to the storekeepers in his neighbourhood and explained that they were in need of protection against some tough customers and that, for a consideration of so many thousand francs a week, he would do the protecting. The storekeeper would go right to the police, wouldn't he? Or he would laugh in the man's face. Well, in America nobody laughs and only fools go to the police. Because if they do, or if they don't pay up, a bomb explodes in their store unless they're riddled with machine-gun bullets on their way home.'

Luigi was warming to his subject. Like Pozzo, you would have sworn that he was proud of his compatriots.

'That isn't all. Supposing one of these characters is arrested. There's almost always a judge or a powerful politician to get him off. Or let's say the sheriff or the district attorney gets stubborn. A dozen witnesses will come forward to testify that the poor guy was at the other end of town at the time. And if an honest witness claims the opposite, and if he's crazy enough to stick to it, he'll have an accident before the day of the trial. You get me?'

A tall blond man had just come in and was leaning on the bar a few feet from Maigret and Lucas. Luigi gave him a wink. 'A martini?'

'A martini,' the newcomer repeated, looking at the two Frenchmen with an expression of amusement.

Maigret had already blown his nose once or twice. His nose tickled. His eyelids felt hot. Had he caught Lognon's cold?

Lucas, good old Lucas, was waiting for some reaction on Maigret's part. But the Inspector let Luigi go on talking as if he had nothing to reply.

To tell the truth, he was beginning to get fed up. That Pozzo should tell him to drop it was one thing. The restaurateur in Rue des Acacias probably had his reasons. But that here in this smart bar Luigi should tell him the same thing was just a little too much.

'Supposing, Inspector, that an American arrived in

Marseilles and tried to get nosy with the tough boys down there. You know damn well what would happen to him! Well, let me tell you, they're mere children compared to . . .'

Okay! Okay! Who knows? Perhaps if Maigret had gone to the American consul or to the ambassador, those gentlemen would have said the same thing: 'Keep out of it, Maigret. This is not for you.'

Not for the kindergarten, in other words! He almost felt like answering, which of course would have been ridiculous, 'And Landru? Was that kindergarten stuff too?'

Silent and sullen, he had drained his glass, feeling certain that Lucas was disappointed in him and was wondering why he didn't put Luigi in his place.

Now that they were out on the street, Lucas still didn't dare ask any questions. Maigret said nothing about taking a taxi or a bus. He was walking along sulkily, his hands in his pockets, and they had gone some distance when, turning to Lucas, he said very seriously:

'What do you want to bet I'll get them?'

'I'm sure of it,' Lucas made haste to reply.

'And I am positive! Understand? Positive! They give me a——!'

Maigret didn't often indulge in offensive expressions, but he gave vent to this one with a feeling of relief.

Nothing might come of it, but on the off-chance he had sent Lucas to Rue des Acacias to keep an eye on Pozzo's restaurant.

'No use trying to keep under cover. Our friend is smart enough to spot you. I'm pretty sure he hasn't telephoned because he knows his line's tapped, but if he possibly could he must have got word to those two characters who were at the bar yesterday and who warned Charlie and Cicero. There is just a chance he couldn't contact them and that one of them may come back to Rue des Acacias.'

He had described them to Lucas, had given him detailed instructions. Back at the Quai des Orfèvres, he went straight to the laboratory without calling at his office.

Moers was eating a sandwich while waiting for him. He at once turned on a projector, which looked like a huge magic lantern, and an image appeared on the screen.

It showed the pencil marks Pozzo had left on the pad. The first letters were fairly distinct: 'G A L.' After that came some numbers.

'As you thought, Chief, it's a telephone number. The exchange is Galvani. The first number is a 2, the second 7, the third is completely illegible, the fourth too, perhaps a zero, but I'm not sure, or a 9 or a 6.'

Moers too was looking at Maigret curiously, not because the Inspector smelled of whisky, but because of a peculiar air of vagueness about him. In addition, when he was leaving, he came out with a word he never used except at moments like this: 'Thanks, *son*!'

He went to his office, took off his overcoat, opened the door into the detectives' office.

'Janvier, Lapointe . . .'

Before giving them instructions, he phoned the Brasserie Dauphine.

'Have you eaten, you two?'

'Yes, Chief.'

He ordered sandwiches for himself and beer for all of them. 'Each of you take a list of telephone numbers. Look under Galvani.'

It was a tremendous job. Without an extraordinary stroke of luck it would take them hours to find the right number.

Yesterday the two men shooting craps at Pozzo's had gone out just after the waiter brought the spaghetti, in other words about three-quarters of an hour to an hour before Maigret and Lognon left. Pozzo had told them to phone a certain number with a Galvani exchange. That was in Avenue de la Grande Armée zone. And wasn't it in Avenue de la Grande Armée that the car which had taken Lognon to the forest of Saint Germain had been stolen?

It all added up. Either the three Americans were together when they had been notified, or else they were able to get together very quickly. In fact, an hour later they were on the lookout near the restaurant.

'Would it be a hotel, Chief?'

'I have no idea. Perhaps. At any rate they haven't registered at any hotel under their real names. If they're at a hotel they must have got hold of false identification cards or passports.' That wasn't impossible. A man like Pozzo must know the ropes. 'But I don't think they're at a hotel or a boarding house. They know that's where we'd be apt to look first.'

At one of Larner's friends', perhaps, for Larner had been living in Paris for two years and must have connections. In that case it was probably at a woman's.

'Try all the numbers that seem to fit. Draw up a list of women living alone, with American and Italian names.'

He had no illusions. When they hit on the right number, if they did, the birds would have flown. Pozzo was neither a simpleton nor a novice. He had seen Maigret put the pad in his pocket. By this time he had once more given the alarm.

Maigret telephoned his wife that he would not be home for lunch, then he called Madame Lognon, who complained some more.

The door between his office and that of the detectives was still open. He could hear Janvier and Lapointe telephoning various numbers, reciting a different story each time, and little by little he sank deeper into his chair, puffed less and less frequently at his pipe.

But he wasn't asleep. He felt hot. He was almost sure he

had a temperature. His eyes half closed, he tried to think, but his mind was getting foggier and foggier, until there was just one thought that kept hammering in his head: 'I'll get them!'

How he was going to 'get them' was another matter. To tell the truth, he hadn't the faintest idea, but seldom in his life had he been so determined to bring off a job. It was almost taking on the proportions of a national issue, and the very word gangster was enough to put him in a foul mood.

'Precisely, Monsieur Luigi! Precisely, Monsieur Pozzo! Precisely, all you Americans! None of you will make me change my mind. I've always said, and I still say that murderers are imbeciles. If they weren't they wouldn't kill. Do you understand? No? You're not convinced? Well, all right. I, Maigret, will prove it. There! That's all. Now, to hell with you!'

When the office boy knocked at the door and, getting no answer, peeped in, Maigret was sleeping with his pipe dangling from his mouth.

'A special-delivery, Inspector.'

They were the photographs and records sent by air from Washington. Ten minutes later the laboratory was busy making a series of glossies. At four o'clock the reporters had gathered in the waiting room and Maigret was handing out copies.

'Don't ask me why they are wanted. Just help me find them. Run the pictures on the front page. Say that anyone who has seen one of these men is requested to phone my office immediately.

'Are they armed?'

Maigret hesitated before replying honestly:

'They are not only armed but they are dangerous.' And, using the word that was beginning to irritate him: 'They're killers. At least one of them is.'

Their pictures were being telephoto'd to all the railway

stations, frontier stations, post offices, and to all gendarmeries.

All this, as poor Lognon would have said, was easy. Lucas was cooling his heels on the corner of Rue des Acacias. Janvier and Lapointe kept on telephoning. As soon as they hit on a number that seemed to them suspicious, they would send someone to verify it.

At five o'clock Maigret was told that Washington was calling and he heard the voice of MacDonald hailing him with a cordial 'Jules.'

'Jules, I've been thinking about your telephone call, and I've had occasion to mention it casually to the big boss. . . .'

Maigret was perhaps imagining things, but it seemed to him that MacDonald sounded less frank than the day before. There were long pauses.

'Yes, I'm listening.'

'Are you sure that Cinaglia and Cicero are in Paris?'

'Positive. I've just had it confirmed from their photographs by someone who saw them close to.'

It was true. He had sent a detective up to Madame Lognon and she had been positive.

'Hello! . . .'

'Yes. I'm still listening.'

'Are there only two of them?'

'They've contacted Bill Larner.'

'As I've told you before, he's not important. They haven't met anyone else?'

'That's what I'm trying to find out.'

MacDonald seemed to be beating about the bush, like someone who was afraid of saying too much.

'You haven't heard anything of a third Sicilian?'

'What's his name?'

Another hesitation.

'Mascarelli.'

'Would he have arrived at the same time as the others?'

'Certainly not. Several weeks earlier.'

'I'll have the name looked up in our boarding house register.'

'Mascarelli is not registered under his own name, probably.'

'In that case . . .'

'Try, anyway. If you hear of a Mascarelli, nicknamed Sloppy Joe, let me know, preferably by telephone. Here's his description. Short and skinny, looks fifty and is only forty-one, sickly-looking, with his neck covered with scars from boils. You understand the word "sloppy"?'

Maigret understood the word, but would have been hard put to translate it in French exactly.

'Good! That's his nickname and he fully deserves it.'

'What's he doing in France?'

A silence at the other end of the line.

'What are the other two doing here?'

MacDonald said something in an undertone, as if conferring with someone standing beside him, finally replied: 'If Charlie Cinaglia and Cicero met Sloppy Joe in Paris, the chances are that the body your detective saw thrown out of a car was Sloppy Joe.'

'Clear as mud!' rejoined Maigret sarcastically.

'I'm sorry, Jules, but that's about all I know myself.'

The Inspector called Le Havre, then Cherbourg, got hold of the officials in charge of incoming passengers. They examined passenger lists without finding any Mascarelli. Maigret described him as best he could and they promised to question their detectives.

Janvier came in.

'Torrence wants you on the phone, Chief.'

'Where is he?'

'In the neighbourhood of Grande Armée, verifying addresses.'

It was hardly worth while for him to come back to the Quai des Orfèvres each time. He would telephone results from a bar, and be given another address.

'Hello! Is that you, Chief? I'm phoning from the flat of a lady I'd rather like to keep an eye on. I think you'd better come and have a little talk with her. She's a tough customer.'

Maigret heard a woman's voice in the background, then the detective's, no longer speaking into the phone:

'You shut up now or I'll smack your face for you. . . . Are you there, Chief? I am at 28 bis Rue Brunel—third floor left. The woman's name is Adrienne Laur. It might be a good idea to see if the name's registered.'

Maigret entrusted Lapointe with the job, then, putting on his heavy overcoat and picking up two pipes from his desk, he went downstairs. He was lucky enough to find one of the police cars in the courtyard.

'Rue Brunel.'

Still the same neighbourhood, not far from Avenue Wagram, only a couple of hundred yards from Rue des Acacias, perhaps three hundred from the place where the car had been stolen the previous evening. It was a comfortable middle-class block of flats. There was a lift, carpeting on the stairs. When he reached the third floor a door opened and the big detective stood there looking relieved.

'Maybe you can get something out of her, Chief. I give up!'

A dark woman with quite opulent curves was standing in the middle of the living-room wearing nothing but a housecoat that opened every time she moved.

'What, another!' she greeted him sarcastically. 'How many of you are going to gang up on me?'

Politely, Maigret took off his hat and laid it on a chair, and as it was very hot in the room he also removed his coat, murmuring, 'With your permission.'

'I'm not permitting a damn thing!'

She was really quite good-looking, about thirty, with the husky voice of those who live at night and sleep by day. The room reeked of a heavy perfume. The bedroom door stood open, disclosing an unmade bed, and in the living-room there was a bed pillow on the couch, another on the floor, where two rugs had been laid, one on top of the other.

Torrence, who had followed Maigret's glance, said:

'You see the set-up, Chief?'

It was evident that she was not the only person who had slept in the flat the night before.

'She took her own sweet time answering after I rang. She claims she was asleep. She was even sleeping in the nude because she hasn't a stitch on under that thing.'

'And what business is it of yours?'

'I asked her if she knew an American called Bill Larner and I saw she was hesitating, playing for time, pretending to be trying to remember. She tried to stop me from looking in the bedroom. Take a look for yourself. On that chest of drawers to the left.'

In a red leather frame, there was a photograph, probably taken at Deauville, of a man and a woman in bathing suits: Adrienne Laur and Bill Larner.

'You see why I telephoned you? That's not all. Just glance at that waste-paper basket. I counted eight cigar butts. And they are those extra-long Havanas that last at least half an hour. I suppose when I rang she noticed the ashtrays full of butts and dumped them in the basket in a hurry.'

'I had callers yesterday evening.'

'How many callers?'

'It's none of your business.'

'Bill Larner?'

'That's none of your business either. Besides, that picture was taken a year ago and since then we've split up.'

There was a bottle of brandy and a glass on the table; she poured herself a drink without offering them any, lit another cigarette, fluffed up her hair at the back.

'Am I going to be allowed to go back to bed?'

'Listen, my dear.'

'I'm not your dear.'

'You'd be smart to answer my questions like a good girl.'

'Oh, really!'

'You didn't see any harm in it. Larner asked you to let him stay here with two of his friends. He probably didn't explain why.'

'I just love the sound of your voice, honey.'

Torrence's expression seemed to say, 'You see how she is!'

And Maigret, without losing patience:

'Are you French, Adrienne?'

'She's Belgian,' Torrence put in. 'I saw her identification card in her bag. She was born in Antwerp and has been living in France for five years.'

'In other words we can take away your work permit. I suppose you work in night-clubs?'

'She's one of the Folies Bergère nudes,' Torrence again interposed.

'So what? I'm a Folies Bergère nude. And that gives you the right to barge in here as if it were a stable, I suppose! You, big boy'—turning on Torrence—'if I hadn't snatched your hat off your head you wouldn't have bothered taking it off. But every time my housecoat opens a little I know damn well where you look.'

'Listen, Adrienne. I don't know what Larner told you. He probably didn't tell you the truth about his friends. Do you speak English?'

'Plenty for what I do with it.'

'The two men who slept here are wanted for murder. You know what that means? It means you can be prosecuted as an accessary after the fact. Do you know how many years you can get for that?'

He had struck home. She had stopped pacing up and down, was looking at him anxiously.

'Five to ten years.'

'I haven't done anything.'

'I'm sure you haven't, and that's why I'm telling you you're making a mistake. It's fine to help a friend on condition you don't have to pay too high a price.'

'You're trying to make me talk.'

'The shorter of the two men Bill brought here with him is called Charlie.'

She didn't deny it.

'The other is Tony Cicero.'

'I don't know them. I know that Bill never killed anyone.'

'I know it, too. I am even convinced that Bill wasn't helping them of his own free will.'

'Do you really mean that?'

She looked at the bottle, poured herself another half glass, almost offered one to Maigret, shrugged.

'I've known Larner for years,' Maigret said.

'He's only been in France for two years.'

'But for fifteen we've had his record in our files. As someone said to me yesterday, he's a gentleman.'

She was watching him, frowning, not too sure whether he wasn't trying to trap her.

'For at least two days, probably three, Charlie and Cicero have been hiding out here. Have you a refrigerator?'

Once more Torrence interrupted:

'I thought of that. There's one in the kitchen. It's full. Two cold chickens, half a ham, almost a whole salami . . .'

'Yesterday evening,' Maigret continued, 'someone telephoned and delivered a message, then they all left in a hurry.'

She sat down now and with unexpected modesty pulled her housecoat over her legs and thighs.

'They came back some time during the night,' he went on. 'I'm sure they'd been drinking. Especially Bill Larner, if what I know of him is true, because he had just witnessed a scene that was too much for him.'

As Torrence kept roaming around the flat, she snapped at him: 'Hey, you! Can't you stay quiet a minute?'

Then she turned to Maigret. 'Well, what else?'

'I don't know what time this morning they got another message. Not before eleven o'clock, at any rate. They were probably asleep, Bill in your bed, the other two in this room. They got dressed in a hurry. Did they tell you where they were going?'

'You're trying to drag me into this!'

'On the contrary, I'm trying to pull you out!'

'Are you the Maigret the papers are always talking about?'

'Why do you ask?'

'Because they say you're straight. But I don't like your friend!'

'What did they say when they left?'

'Nothing. Not even thanks.'

'How did Bill seem?'

'I've never admitted Bill was here.'

'You must have heard what they said when they were getting ready to leave.'

'They were talking in English.'

'I thought you knew English.'

'Not the kind they were talking.'

'Last night, when he was alone with you in your room, Bill talked to you about his friends.'

'How do you know?'

'Didn't he tell you confidentially that he was going to try to get rid of them?'

'He said that as soon as he could he'd take them out to the country.'

'Where?'

'I don't know.'

'Did he often go to the country?'

'Practically never.'

'Didn't you ever go together?'

'No.'

'You were his mistress, weren't you?'

'From time to time.'

'Have you ever been to his room at the Hotel Wagram?'

'Once. I found him with some tart. He threw me out. Then three days later he came around here just as if nothing had happened.'

'Does he fish?'

'No! That's not his style.'

'Does he play golf?'

'Golf, yes.'

'Where?'

'I don't know. I never went with him.'

'Would he go away for several days?'

'He'd leave in the morning and come back the same night.'

It didn't fit. What he had to find out was a place where Larner was in the habit of staying overnight.

'Besides the two men who slept here, didn't he introduce you to any of his friends?'

'Hardly ever.'

'What sort of friends?'

'Mostly at the races, jockeys, trainers.'

Torrence and Maigret exchanged glances. They felt they were getting warm.

'Did he do much betting on the horses?'

'Yes.'

'Big bets?'

'Yes.'

'Did he win?'

'Almost always. He got tips.'

'From the jockeys and the trainers?'

'That's what I understood.'

'Did he ever mention Maisons Laffitte?'

'He once telephoned me from there.'

'At night?'

'After the races.'
'To ask you to join him there?'
'I should say not. To break a date with me!'
'He was going to sleep there?'
'I suppose so.'
'At an inn?'
'He didn't say.'
'Thank you, Adrienne. I apologize for having disturbed you.'
She seemed surprised that he wasn't going to take her along with him, could hardly believe that he hadn't been trying to trap her.
'Which one did the killing?' she asked when Maigret was already at the door.
'Charlie. Does that surprise you?'
'No. But I like the other one even less. He's as cold as a crocodile.'
She ignored Torrence's salutation, smiled vaguely at Maigret, who bowed almost ceremoniously.
As they were on their way downstairs, the Inspector said, 'We'll have to have her phone tapped. Not that it will get us anywhere. These men are suspicious.' Then, remembering how both Pozzo and Luigi had been at great pains to put him on his guard against killers, he added: 'You'd better keep an eye on her. She's not a bad sort and it would be a pity if anything happened to her.'
Pozzo's restaurant was only a stone's throw away, with Lucas still on duty nearby. Maigret ordered the driver to go down Rue des Acacias.
'Nothing to report?'
'One of the men you described, who shot craps, went in about fifteen minutes ago.'
They were just opposite the restaurant. Maigret allowed himself the pleasure of stepping calmly out of the car and going in, touching two fingers to the brim of his hat.
'Greetings, Pozzo.'

Then, turning to the man sitting at the bar:

'Your identification card, please.'

The man looked like a night-club musician or a gigolo. He hesitated, seemed to glance inquiringly at Pozzo, but Pozzo was looking the other way.

Maigret jotted down the name and address in his notebook.

Surprisingly he was neither Italian nor American, but a Spaniard, and, according to his papers, a crooner by profession. He lived in a small hotel in the Avenue des Ternes.

'Thank you.'

Maigret returned the card, asked no questions, touched his hat as he had before, while the Spaniard and Pozzo stupidly watched him leave.

CHAPTER FIVE

BUNDLED UP in his overcoat, warm and snug in the back of the car, Maigret sat ruminating as he watched the lights flash by.

When they were crossing Place de la Concorde he spoke to the driver:

'Go round by Rue des Capucines, I want to make a phone call.'

It was a call to the Quai des Orfèvres and it wouldn't have taken five minutes to drive straight there. But to tell the truth, he wasn't sorry to have an excuse for returning to the Manhattan Bar in a better frame of mind than he had been in that morning and, besides, having got back his taste for whisky, the idea of having another shot was not disagreeable.

The place was crowded and at least thirty heads were lined up along the bar in a fog of cigarette smoke. Every one, or just about, spoke English and several customers were absorbed in American newspapers. Luigi and two bartenders were busy mixing drinks.

'The same whisky I had this morning,' Maigret said, and the proprietor was struck by his little air of quiet cheerfulness.

'A bourbon?'

'You served me yourself this morning. I don't know.'

Luigi didn't seem pleased to see him, and Maigret thought he caught him giving his customers a quick survey, as if to make sure there was nobody there whom the Inspector should not see.

'Tell me, Luigi . . .'

'Just a second . . .'

He was serving drinks right and left, bustling about more than was necessary, as if anxious to discourage the Inspector's questions.

'I was saying, Luigi, that there's another compatriot of yours I'd like to meet. Have you ever heard of a certain Mascarelli, also known as Sloppy Joe?'

He had spoken in a normal tone of voice, though others around him were shouting to make themselves heard. Yet, at least ten people turned around curiously. He felt rather like the gentleman who in a gathering of old ladies has inadvertently told a dirty joke.

As for Luigi, he abruptly rejoined:

'I don't know him and don't want to know him.'

Maigret went to the telephone booth.

'Is that you, Janvier? Will you see if the Baron is still in the building? If he is, ask him to wait there for me. If not, try to get him on the phone and tell him to come to the Quai as soon as possible. It's absolutely necessary for me to speak to him.'

He threaded his way through the groups who stood drinking, went back to finish his whisky, noticed a face he had seen before: a tall blond fellow who seemed right out of an American movie and who had been following the Inspector with his eyes.

Luigi was too busy to say good-bye. Maigret went out, got into his car, and half an hour later, when he walked into his office, someone started up from the one easy chair in the room.

He was a man they called the Baron, not because he was a baron, but because that was his name. He did not belong to Maigret's department. For twenty-five years he had specialized in the race tracks and preferred to remain a simple detective all his life rather than change to any other kind of police work.

'You asked for me, Inspector.'

'Sit down, old man. Excuse me a minute . . .'

Maigret took off his overcoat, went into the next room to see if there were any messages.

Finally, he settled himself behind his desk and filled his pipe.

After years of frequenting the race tracks where he was assigned to mix, not with the *hoi polloi*, but with the habitués of the paddock, the Baron had finally come to resemble them. Like them, he wore his field glasses slung on a strap across his shoulder, and on the day of the Grand Prix sported a pearl-grey derby and spats to match. There were those who claimed they had seen him wearing a monocle. It was perfectly possible. It was also possible, as rumour had it, that he had developed a passion for playing the ponies himself.

'Let me explain the situation and you'll tell me what you think.'

Maigret in the course of his career in the Police Force had passed through almost all the departments. He'd been on the beat, had worked in the railway stations, the department stores, and, much to his disgust, in the Murder Squad, but he had never had anything to do with the race tracks.

'Supposing an American who's been living in Paris for two years and who frequents the races regularly . . .'

'What kind of an American?'

'Not one who gets invited to receptions at the embassy. A big-time crook, Bill Larner.'

'I know him,' calmly remarked the Baron.

'Good. That will simplify matters. This morning, for certain reasons, Larner found it necessary to go into hiding, together with two of his compatriots who landed only recently and who don't speak a word of French. We have their descriptions and I doubt if they've taken a train or a plane. I even doubt if they've gone very far from Paris. Something seems to be keeping them here. They haven't a car of their own but are expert at borrowing the first one they come across and then abandoning it later.'

The Baron was listening attentively with the air of a specialist called in consultation. 'I've run into Larner a few times and always with good-looking girls.'

'I know. He was hiding out with one of them until today, he and his two friends. I hardly think he'd try the same trick twice.'

'I don't either. He's smart.'

'I was told by this same woman that he had friends among the jockeys and trainers. You see what I'm getting at? He must have had to make a quick decision, find a hide-out at a moment's notice. It is more than likely that he turned to one of his compatriots. Do you know of many Americans in the racing world?'

'There are some. Fewer than English, though. But wait. I remember a jockey, young Lope. No, come to think of it, he must be racing in Miami now. I also met a trainer, Teddy Brown, who's in charge of the stable of one of his compatriots. There must be others.'

'Hold on, Baron. It would have to be someone who lives in an absolutely safe place. In my opinion you should put yourself in Bill Larner's shoes, ask yourself where you'd be sure of being out of danger. I've heard he's spent the night at Maisons Laffitte on occasion, or near there.'

'Not so stupid.'

'What's not stupid?'

'There are a good many stables around there. Do you have to have the answer right away?'

'As soon as possible.'

'In that case I'll have to hang around certain bars I know to refresh my memory. These characters come and go. If I have an answer tonight, where can I reach you?'

'At my home.'

He started towards the door looking very important, and Maigret, after a slight hesitation, stopped him.

'Another thing. Watch your step. When you get a tip don't go to the place yourself. We're dealing with killers.'

He couldn't help pronouncing the word with a certain irony, for hadn't he been having it drummed into him for the last forty-eight hours?

'Okay. I'll almost certainly phone tonight. In any case I'll have something by tomorrow morning. Will it be all right if it costs a few rounds?'

When Maigret arrived at his flat in the Boulevard Richard Lenoir, he found Madame Maigret dressed to go out. He had been looking forward to going straight to bed, with a hot grog and an aspirin, hoping to cut the cold that was beginning to annoy him, but he remembered now that it was Friday and that Friday was their day for the cinema.

'How's Lognon?' his wife asked.

He had received the latest news. It had turned out that Old Grouch really had pneumonia, which they hoped to check with penicillin, but that the doctors were more worried about the blow on his head.

'There's no fracture but they're afraid of a concussion. By four o'clock he was slightly delirious.'

'What does his wife say?'

'She claims they haven't the right to separate people who have been married for thirty years, insists on having him brought home or else on being allowed to stay at the hospital.'

'Will they let her do that?'

'No.'

Maigret and his wife were in the habit of strolling peacefully arm in arm to Boulevard Bonne Nouvelle, and it didn't take them long to decide on a film. Maigret was not difficult in the matter of films. In fact he preferred the secondary films to any super productions and, slouched in his seat, he would watch the images flow by without paying the least attention to the story. In fact, the more unpretentious the theatre, the thicker its atmosphere, with an audience laughing at the right moments, eating ice cream and peanuts, and lovers taking advantage of the darkness, the happier he was.

The damp cold persisted. When they came out of the theatre, they went to a café for a glass of beer, sitting on the terrace near a *brasero*, and it was eleven by the time they opened the door of their flat and heard the telephone ringing.

'Hello! Baron?'

'This is Vacher, Inspector. I came on duty at eight o'clock. I've been trying to reach you since nine.'

'Something new?'

'A special-delivery for you. A woman's handwriting. It has "very urgent" written in enormous letters. Shall I open it and read it to you?'

'Please.'

'One second. Here it is:

'*Dear Sir:*

'*I simply must see you right away. It's a question of life and death. Unfortunately, I can't leave my room and I don't even know how I'll get this message to you. Can you come to the Hôtel de*

Bretagne, Rue Richer, almost directly opposite the Folies Bergère? My room is Number 47. Don't tell anybody. There's probably someone watching the hotel.

'Please, please come.'

The signature, which was hardly legible, began with an *M*.

'Mado, probably,' Vacher said. 'I'm not sure.'

'What time was the letter posted?'

'At ten past eight.'

'I'm going. Nothing else? No news of Lucas or Torrence?'

'Lucas is at Pozzo's. It seems Pozzo made him come in, said it was stupid hanging around in the street when it was warmer inside. He's waiting for instructions.'

'Tell him to go to bed.'

Madame Maigret, who had been listening, sighed without protesting when Maigret picked up his hat. She was used to it. 'Do you think you'll be back tonight? Anyway you'd better take a scarf.'

He gulped down some brandy before leaving, had to walk to the Place de la République before finding a taxi.

'Rue Richer opposite the Folies Bergère.'

He knew the Hôtel de Bretagne, where the first two floors were reserved for what hotel owners called 'casuals', prostitutes who bring in a customer for an hour or a moment. The other rooms were rented by the week or by the month.

The theatre was closed and the street deserted except for a few persistent women hopefully walking up and down.

He shrugged, entered a badly lit hall, and tapped on the glass panel of a door to the right. A light went on.

'Who is it?' mumbled a sleepy voice.

'For Number 47.'

'Go on up . . .'

Through the curtain he could vaguely make out a man lying on a camp bed near the key rack. The man started to stretch out his hand towards the switch that opened the second door. But his hand stopped in mid-air. It had taken him a while to collect his wits and at first Number 47 meant nothing to him.

'There's no one there,' he growled, lying down again.

'One moment. I have to talk to you.'

'What do you want?'

'Police.'

Maigret thought it better to turn a deaf ear to the mutterings coming from the cubicle, for they were anything but friendly. The man got off the bed, where he'd been sleeping in his clothes. Glowering, he came and unlocked the door. Finally he looked at Maigret and scowled. 'You're not from the Vice Squad, are you?'

'How do you know there's no one in 47?'

'Because the man hasn't been there for days and the woman left a little while ago.'

'When?'

'I don't know exactly. Maybe half-past nine.'

'Is her name Mado?'

The man shrugged his shoulders.

'I'm only on at night and I don't know the names. She left her key as she went out. Look! There it is on the rack.'

'Was the lady alone?'

He didn't answer at once.

'I'm asking you if she was alone.'

'What do you want of her? Oh, all right! No use getting angry. Someone went up to her room a few minutes before.'

'A man?'

The night man seemed amazed that in a house like this anyone should be naïve enough to ask such a question.

'How long did he stay upstairs?'

'About ten minutes.'

'Did he ask you for the number?'

'He didn't ask anything. He went up without even looking at me. At that hour the doors aren't locked.'

'How do you know he went to Number 47?'

'Because he came down with her.'

'Have you the registration slips?'

'The proprietress has them locked up in her desk.'

'Where is the proprietress?'

'In bed with the proprietor.'

'Give me the key of Number 47 and go and wake her. Tell her to meet me up there.'

The man gave Maigret a queer look and sighed:

'You're a brave man. Are you sure you're from the police?'

Maigret showed him his badge and, taking the key, started upstairs. Number 47 was on the fifth floor, a commonplace room with an iron bedstead, a washbasin, a bidet, a dilapidated armchair, and a chest of drawers.

The bed was made. There was a newspaper spread out on the dubious counterpane, with pictures of Charlie Cinaglia and Cicero on the first page. It was the final edition, which had come out at about six o'clock. The notice included the request that anyone who might have met or had any knowledge of either of the two men should get in touch with Inspector Maigret at once.

Was that why the woman, who was apparently called Mado, had sent him a special-delivery?

There were two suitcases in a corner of the room. One was old and well worn and one was brand-new. Both had labels of a Canadian transatlantic company pasted on them. They were not locked. Maigret opened them, began laying the contents on the bed, lingerie, various feminine garments, most of them practically new, all of them purchased in Montreal shops.

'Make yourself at home!' said a voice from the doorway. It was the proprietress, slightly out of breath from climbing the stairs. She was small and hard, and her grey hair was done up on metal curlers which did nothing to improve her appearance. 'And first of all, who are you, anyway?'

'Inspector Maigret, Murder Squad.'

'What do you want?'

'I want to know who the woman is who has been living in this room?'

'Why, what's she done?'

'I advise you to give me her registration slip without arguing.'

She had brought it with her just in case, but she now held it out to him grudgingly.

'You'll never learn manners, the lot of you.'

She walked over to a half-open door with the evident intention of closing it.

'One moment. Who occupies that room?'

'The lady's husband.'

'Leave the door alone. I see that the couple are registered under the name of Perkins, Monsieur and Madame Perkins of Montreal, Canada.'

'So what?'

'Did you look at their passport?'

'I wouldn't have taken them if their papers hadn't been in order.'

'According to this paper they arrived one month ago.'

'Have you any objection?'

'Will you please describe John Perkins.'

'A little dark man, sickly-looking, with bad eyes.'

'What makes you say he had bad eyes?'

'Because he always wore dark glasses even at night. Has he done something wrong?'

'How was he dressed?'

'Everything new from top to toe. That's natural enough for newlyweds, isn't it?'

'They were newlyweds?'

'I think so.'

'What makes you think so?'

'They practically never left their rooms.'

'Why two rooms?'

'That's none of my business.'

'Where did they have their meals?'

'I didn't ask them. Monsieur Perkins must have eaten here because I practically never saw him go out in the daytime, especially lately.'

'What do you call lately?'

'The past week. Or the last two weeks.'

'Didn't he ever go out for a breath of fresh air?'

'Only at night.'

'With dark glasses?'

'I'm just telling you what I saw. You don't have to believe me if you don't want to.'

'Did his wife go out?'

'She used to go out to buy food. I've even come up to make sure they weren't cooking, because that isn't allowed in this house.'

'So that for weeks he ate nothing but cold meals.'

'Seems so.'

'Didn't you think that strange?'

'With foreigners you see stranger things than that.'

'Your night man told me that Perkins had left the hotel several days ago. Can you remember just when you saw him last?'

'I don't know. Sunday or Monday.'

'He didn't take any luggage with him?'

'No.'

'Did he tell you he was leaving?'

'He didn't tell me a thing. He could have told me anything at all and I wouldn't have been the wiser since he didn't speak a word of French.'

'And his wife?'

'She speaks French like you and me.'

'Without an accent?'

'She has an accent like a Belgian accent. The Canadian accent, they say.'

'They had a Canadian passport?'

'Yes.'

'How did you know that Perkins had left?'

'He went out for a walk one evening, Sunday or Monday, as I told you, and next day Lucile, who does the rooms on that floor, said he wasn't there and his wife seemed worried. If you're going on asking me questions I might as well sit down.'

She seated herself with dignity, looking at him disapprovingly.

'Did Perkins have any callers?'

'Not to my knowledge.'

'Where is the telephone?'

'In my office and I'm there all day. They never telephoned, either of them.'

'Did they get any letters?'

'Not a single letter.'

'Did Madame Perkins go to General Delivery for the post?'

'I didn't follow her. Look here, are you sure you have the right to search their things like that?'

For Maigret, while talking, had gone on emptying the two suitcases, and their contents were now spread out on the bed.

The clothes were neither expensive nor cheap, but of fairly good quality. The shoes had extremely high heels and the lingerie would have been more suitable for a bar girl at a night-club than for a bride.

'I'd like to see the other room.'

'Isn't it a bit late in the day to ask my permission?'

She followed him as though to prevent him from making off with anything. Here too there were brand-new suitcases bought in Montreal and all the clothes bore the labels of Canadian firms. It was as if the couple had suddenly decided to start all over again from scratch, and in a few hours had bought everything they needed for the voyage. On the chest of drawers there were a dozen or more American newspapers, ones that were to be found only in the Place de l'Opéra or the Place de la Madeleine.

Not a single photograph. Not a paper. At the very bottom of one of the suitcases Maigret found a passport in the name of Mr and Mrs John Perkins, Montreal, Canada. According to the dates on the visas the couple had sailed six weeks before from Halifax and had landed at Southampton, then entered France via Dieppe.

'Did you find what you wanted?'

'Does the chambermaid, Lucile, live in the hotel?'

'She sleeps on the seventh floor.'

'Will you ask her to come down.'

'Why not? It's so handy being a policeman. You can get people out of bed at any hour of the night, keep them from their sleep and . . .' She was still grumbling to herself as she started upstairs.

Maigret picked up a bottle of blue ink that had evidently been used to write the letter. He also found some cold meat left on the window ledge to keep cool.

Lucile was a dark little thing and cross-eyed, with a habit of letting one flabby breast pop out of her sky-blue bathrobe.

'I won't need you any longer,' Maigret said to the proprietress. 'You can go back to bed.'

'You are really too kind! Don't let him upset you, Lucile.'

'No, madame.'

Lucile was not in the least upset. The door had hardly closed when she exclaimed ecstatically:

'Are you really the famous Inspector Maigret?'

'Sit down, Lucile. I want you to tell me all you know about the Perkins.'

'Well, I always thought they were a funny sort of

couple.' She managed to blush. 'Don't you think it funny, too, when married people sleep in separate rooms?'

'Didn't they ever sleep in the same bed?'

'Never.'

'Are you sure they didn't get together at night?'

'Well, you see, we chambermaids know right off by the way the beds are in the morning, if . . .'

She blushed more than ever, pushing her breast back inside her bathrobe.

'In other words, your impression is that they were not sleeping together?'

'I am almost sure of it.'

'What time did you make up their rooms?'

'That would depend on the day. Sometimes about nine o'clock in the morning, sometimes in the afternoon. I tried to do her room when she was out. But he was always in his.'

'What did he do with himself all the time?'

'He'd read those enormous newspapers of I don't know how many pages, did crossword puzzles, too, and wrote letters.'

'You saw him writing letters, did you?'

'Yes. Quite often.'

'He never went out during the day?'

'Only at first. Not for the last two weeks, I'm sure.'

'Wasn't there something wrong with his eyes?'

'Not when he was in his room. He never wore his glasses when he was in here but he'd put them on to go to the toilet at the other end of the hall.'

'In other words, he was hiding?'

'I think so.'

'Did he seem frightened?'

'That's what I thought. Whenever I'd knock I could hear him jump, and I'd have to say my name before he'd unbolt the door.'

'And was she like that too?'

'It wasn't the same thing, not until Monday, that is.'

The breast was out again, pale and limp.

'Or rather since Tuesday morning. It was Tuesday when I noticed that Monsieur Perkins wasn't here.'

'Did she tell you he'd gone away on a trip?'

'She didn't tell me anything. She wasn't the same. Several times she asked me to go and buy her food at the delicatessen. This evening——'

'It was you who posted the special-delivery?'

'Yes. She rang for me. I used to run all her little errands and she always gave me good tips. I'd buy the newspapers for her too.'

'Did you bring her this evening's paper?'

'Yes.'

'Did she look as if she were planning to go out.'

'No. She was undressed.'

'And when she gave you the letter?'

'She was wearing a housecoat. See, there it is hanging on the hook.'

'What time did you go up to bed?'

'At nine o'clock. I begin work at seven in the morning. I clean all the shoes on three floors.'

'Thank you, Lucile. If you happen to think of anything else, telephone me at the Quai des Orfèvres. In case I'm not there leave the message with the detective who answers the phone.'

'Yes, Inspector Maigret.'

'You can go back to bed now.'

She hung around a few moments longer, smiled at him, murmured: 'Good night, Monsieur Maigret.'

'Good night, Lucile.'

He went down a few minutes later and found the night man waiting, with a bottle of red wine in front of him.

'Well, what did the boss have to say?'

'She was very nice,' replied the Inspector. 'So was Lucile.'

'Did Lucile try to make up to you?'

A habit of the chambermaid, no doubt?

'Do you always come on duty at nine o'clock?'

'Yes. But I don't go to bed until eleven, even later, not until the Folies closes up.'

'Did you get a good look at the man who came for Madame Perkins?'

'Only through the curtain, but good enough.'

'Will you describe him?'

'A tall blond guy with a fedora hat pushed back on his head. He didn't have any overcoat and that's what struck me, because it's cold.'

'Perhaps he had a car outside.'

'No. I could hear them walking away on the pavement.'

This detail about the overcoat seemed to remind Maigret of something, but what it was he couldn't recall for the moment.

'Did she seem to go with him quite willingly?'

'What do you mean?'

'Did she open the office door?'

'Well, she had to open it to give me her key.'

'Did the man stay outside?'

'Yes.'

'He didn't seem to be threatening her?'

'He just stood there peaceably smoking his cigarette.'

'She didn't leave any message?'

'No. She just handed me her key and said, "Good night, Jean." That was all.'

'Did you happen to notice how she was dressed?'

'She was wearing a coat that was kind of dark and a greyish hat.'

'She didn't have any luggage?'

'No.'

'When her husband went out at night, did he sometimes take a taxi?'

'I always saw him leave and come back on foot.'

'Did he go far?'

'I don't think so. He was never gone for much more than an hour.'

'Did they ever go out together?'

'When they first came.'

'Not for the last two weeks?'

'I don't think so, no.'

'Did he always wear his dark glasses?'

'Yes.'

Upstairs, Number 47 and the adjoining room both overlooked the street. If the woman never went out with the so-called Perkins it must have been because she kept watch to see if the coast was clear. Perhaps they had some sort of a signal to let him know when he got back whether it was safe for him to come in or not.

The description of Perkins, except for the clothes, was very like that of Mascarelli, nicknamed Sloppy Joe.

Didn't his disappearance on Monday night indicate that he might very well be the unknown man who had been thrown out of a car on to the pavement of Rue Fléchier, almost at poor Lognon's feet?

Maigret took a photograph of Bill Larner out of his pocket, and showed it to the night man.

'Do you recognize him?'

'I've never seen him before.'

'You're sure this wasn't the man who came for Madame Perkins?'

'Positive.'

Maigret showed him the two other photographs, of Charlie and of Cicero. 'How about these?'

'Don't know them. I read about them tonight in the paper.'

Maigret had not kept his taxi. He began walking towards Faubourg Montmartre in the hope of finding one there, and he hadn't gone a hundred yards before he became aware of being followed.

He stopped and automatically the sound of footsteps at some distance behind him also stopped. He started walking again, and the sound echoed. Abruptly he turned on his heel and someone more than fifty yards behind him did the same.

He could make out only a vague form in the shadow of the houses. He could not very well start running. He could not call out to his unknown shadow, either.

When he got to Faubourg Montmartre, instead of hailing a taxi, he went into an all-night café, where two or three prostitutes were waiting, without much hope, at the bar. Convinced that the unknown man was outside watching for him, he ordered a Calvados and went over to the telephone booth.

CHAPTER SIX

THE POLICE STATION of the third district was only a few houses away from the glaringly lit bar which Maigret had entered, and if it hadn't been for the overzealous Lognon, this district would have taken charge of the case, since Rue Fléchier, where the body had been dumped, was just within the limits of its territory.

Looking worried, Maigret dialled the number.

'Hello! Who am I speaking to? This is Maigret.'

'Detective Bonfils, Inspector.'

'How many men are at the station with you, Bonfils?'

'Only two, Big Nicolas and Danvers.'

'Now listen carefully. I am at the Bar du Soleil. A man's been tailing me.'

'What's he look like?'

'I have no idea. He's been careful to keep in the shadow and far enough away so I couldn't even make out his build.'

'Do you want us to collar him?'

Irritated, Maigret nearly replied like Pozzo, like Luigi: 'We're not dealing with amateurs!'

'Listen carefully,' he said. 'If this man came up to the window and saw me go to the telephone booth, he knows what's up and may have beat it by now. Even if he didn't see me he'd probably guess that I'd telephone and . . . What's that?'

'I say that people don't always think of everything.'

'*These people do*. Anyway, he's on his guard.'

Though he couldn't see Bonfils's expression, Maigret was sure it was slightly ironic. What a fuss about challenging a man on the street when he wasn't expecting it. It was simple routine. It happened a dozen times a day.

'You're staying in the bar, Inspector?'

'No. There are still people going by. I'd rather manage this operation in a deserted street. Rue Grange Batelière would be the place. It isn't long and it won't be difficult to shut off both ends. You'll send two or three men in uniform to Rue Drouot immediately. Warn them not to show themselves and to keep their revolvers ready.'

'As serious as all that?'

'Probably. Nicolas and Danvers are to station themselves on the steps of Passage Jouffroy. I suppose by this time the gates of the passage are closed?'

'Yes.'

'Better repeat their instructions twice rather than once. In ten minutes I'll leave here and walk slowly towards Rue Grange Batelière. I'll go a little beyond the entrance to the passage, but the men aren't to budge. When the guy shadowing me reaches them, they're to jump him. Be careful! He is certainly armed.'

Maigret added, knowing very well that it would make the detective smile: 'If I'm not mistaken, he's a killer. As for you, Bonfils, you'll take several uniformed men and cut off Rue du Faubourg Montmartre.'

It isn't often that such forces are mustered to arrest one man and yet at the last moment Maigret added:

'Just to be on the safe side, you might have a car parked in Rue Drouot.'

'Speaking of cars, Inspector . . .'

'What is it?'

'There's probably no connection, but I'd better tell you, just in case. Has this man been following you long?'

'From Rue Richer.'

'Do you know if he came there by car?'

'No, I don't.'

'About half an hour ago in Faubourg Montmartre, a little above Rue Richer, a stolen car was spotted. Its description had been broadcast early in the afternoon.'

'Where was it stolen?'

'At the Porte Maillot.'

'Did your man pick it up?'

'No. It's still in the same place.'

'It's not to be moved. Now repeat the instructions.'

Like a good pupil, Bonfils repeated them, including the word 'killer,' which he pronounced after just a suspicion of a pause.

'Will ten minutes be enough for you?'

'You might make it fifteen.'

'I'll leave here in fifteen minutes. Remember, everybody armed!'

He himself was not armed. He went over to the bar and because of his cold he drank a hot grog, turning his back on the women watching him hopefully.

Now and then a couple went by outside. It was one o'clock in the morning, and most of the taxis were headed for the Montmartre night spots. His eye on the clock, Maigret drank another grog, buttoned up his overcoat, opened the door, and with his hands in his pockets strolled down the street. Since he was retracing his steps, his shadow should have been in front of him, but he saw no one. Had the man passed the bar while he was in the telephone booth?

Maigret was careful not to look back, played all his trump cards, walking with unhurried steps, even stopping under a street light as though to consult his notebook.

The stolen car was still parked at the kerb and there was no policeman in sight. In all, there were not more than a dozen people in the street, which was filled for the moment with the boisterous shouts of a happily inebriated group.

Until he reached Rue Grange Batelière, Maigret would not know whether he was being followed or not and, when he at last turned into it, he felt a sudden tightening of his throat. He had gone about fifty yards when he thought he heard footsteps rounding the corner behind him.

Now everything depended on Big Nicolas, a real giant whose greatest joy in life was a good free-for-all. Maigret did not turn his head as he walked past Passage Jouffroy, but he knew that there were two dark figures crouched on the steps that separated the pavement from the closed passage. Two or three windows of the hotel opposite were still lit.

He walked on, smoking his pipe, and calculated that the man must be almost up to the passage entrance. Another dozen steps . . . now he had reached it. . . .

Maigret was listening for the sound of a struggle, bodies rolling on the pavement. What stopped him in his tracks was the sudden report of a gun without the anticipated sounds.

He wheeled around, saw, in the middle of the street, a short, stocky man shooting for the second time, then a third time, in the direction of the passage.

A whistle shrilled at the corner of Faubourg Montmartre: undoubtedly Bonfils warning his men.

Rue Grange Batelière was guarded at both ends. A body had rolled down the steps, Big Nicolas, probably, because, stretched out on the pavement, it looked enormous. And the other man, Danvers, had begun shooting too. The men at the corner of Rue Drouot came running up now. One of them started shooting much too soon and a bullet came within an inch of hitting Maigret. Then the police car drove up.

The killer had practically no chance of escaping, yet, by the strangest fluke, the miracle occurred.

Just when the policemen were closing in from both sides, a vegetable truck came around the corner of Rue Drouot, going, God knows why, in the direction of Faubourg Montmartre on its way to the Halles. It was tearing along making a terrific noise. The driver had no idea what was going on. He must have heard the shots. One of the policemen shouted something at him, probably ordering him to stop, but, suddenly seized with panic, he stepped on the accelerator instead and went charging down the street.

The unknown man, taking advantage of this lucky chance, leaped on to the back of the truck while Danvers kept firing at him, and Nicolas, prone on the pavement, was shooting too.

Nevertheless it still looked like victory for the police in as much as the police car was following. But, before it had reached the corner of Faubourg Montmartre, one of its tyres was hit by a bullet and collapsed.

Bonfils, who had darted back out of the way of the truck, was blowing his whistle more frantically than ever, hoping to alert any policeman who might be on duty on the Grands Boulevards. But they knew nothing of what was afoot. They saw the truck race by and wondered what they were expected to do. Hearing shots, the terrified pedestrians had started running.

Maigret knew now that the game was up. Leaving Bonfils to continue the chase he went over to Big Nicolas and bent over him.

'Wounded?'

'Right in the gut!' the man growled, his face contorted.

A car from the police station arrived, and a stretcher was taken out.

'You know, Chief, I'm sure I got him, too,' Nicolas said as they hoisted him into the car.

It was true. When they examined the street where the gangster had stood during the scrimmage, they found traces of blood.

From a distance came two or three more shots on the other side of the Grands Boulevards, towards the Halles. There the man had every chance of making his escape. At that hour all the trucks were coming in from the country in every direction and fruits and vegetables were being unloaded in the middle of the street. The whole neighbourhood was clogged up. Hundreds of poor devils hung around waiting for a chance to lend a hand and earn a few pennies, while drunks straggled out of the cheap saloons.

Dejectedly, Maigret walked towards the police station and went into Bonfils's office. There was a little stove in the middle of the room and, automatically, the Inspector began putting on more coal.

The station was almost empty. There were only a sergeant and three men left. They didn't dare ask questions and their attitude was one of utter stupefaction.

Things were not happening in the usual way. The chips had come down too soon, with disconcerting precision and ruthlessness.

'You've alerted the Emergency Squad?' Maigret asked the sergeant.

'Just as soon as I got the word. They've thrown a cordon around the whole neighbourhood.'

That was routine. It wouldn't do any good. If the fellow had succeeded in escaping a dozen armed men in a deserted street guarded at both ends, he would certainly have no trouble disappearing in the teeming confusion of the Halles.

'Aren't you going to wait to hear what happens?'

'Where did they take Nicolas?'

'To the Hôtel Dieu hospital.'

'I'm going to the Quai des Orfèvres. Keep me posted.'

He took a taxi and, going through the market district, was stopped twice by cordons of police. They had thrown out the dragnet. Prostitutes were scampering away in every direction to escape it. The patrol car was parked near one of the stalls.

Pozzo and Luigi were not so far wrong. Maigret had known it from the beginning. The Cinaglias and Co. were not novices, or amateurs. They seemed to foresee every move of the police and acted accordingly.

Slowly, he climbed the main stairway, and went through the detectives' office where Vacher, who still hadn't heard of the new developments, was busy making coffee over a gas ring.

'Will you have some, Chief?'

'With pleasure.'

'Did you find the Mado woman?'

But after a glance at the Inspector he decided he'd better not ask any more questions.

Maigret had taken off his overcoat. Without knowing it he had kept on his hat and had sat down at his desk, where he began absently playing with a pencil.

Barely conscious of what he was doing, he dialled his own number, heard his wife's voice saying:

'Is that you?'

'I won't be home all night, probably.'

'What's the matter?'

'Nothing.'

'You seem out of sorts. Is it your cold?'

'Perhaps.'

'Anything wrong?'

'Good night.'

Vacher brought him a cup of steaming coffee, and he went to his cupboard, where he always kept a bottle of cognac.

'Would you like some?'

'A drop in my coffee wouldn't do any harm.'

'The Baron hasn't phoned?'

'Not yet.'

'Have you his home number?'

'I jotted it down.'

'Call him.'

This worried him too. Baron had promised to telephone and it wasn't likely that he was still on the prowl at this hour.

'They don't answer, Chief.'

'And Lucas?'

'I sent him home to bed as you told me to.'

'Torrence?'

'He followed the lady to the Folies Bergère, afterwards to a brasserie in Rue Royale where she had supper with a woman friend. Then she went home alone, and Janvier is still watching the house.'

Maigret shrugged. What was the good of all this since his opponent was always one jump ahead? He gritted his teeth thinking of Pozzo and his advice, of Luigi's patronizing attitude. They both seemed to say:

'You're a good egg, Inspector, and here in Paris against second-rate criminals you're tops. But this is no job for you. These guys play a rough game and they may hurt you. Drop it! What business is it of yours, anyway?'

He called the hospital, had some difficulty getting anyone who could give him the information he wanted.

'They are operating now.'

'Serious?'

'Laparotomy.'

Lognon! Taken for a ride, beaten up in the forest of

Saint Germain and almost finished by a blow with the butt of a gun! Big Nicolas, with a bullet in his guts before he'd had time to budge!

In other words, even while he was following Maigret in Rue Grange Batelière, the man expected an ambush and had his gun in his hand ready to shoot. It was a miracle that Danvers hadn't got hit too.

Judging by his build, it must have been Charlie. And Charlie, who hardly knew Paris, who didn't speak a word of French, nevertheless came and, singlehanded, pulled a job in the very heart of the city.

Mascarelli, the man they called Sloppy Joe, had left Montreal under an assumed name, in the company of a woman with whom he was not apparently on intimate terms. The other two, Charlie and Cicero, had sailed openly from New York under their own names, like people who had nothing to fear, and it was also under their own names that they had registered at a hotel in the Rue de l'Etoile.

Did they know in advance what they were coming for? Probably. They also knew whom they could count on to help them.

Maigret would have sworn that it was not without reluctance that a man like Bill Larner, who had never employed strong-arm methods, had agreed to work with them. Somehow or other, they had secured his collaboration, had sent him to a garage to rent a car.

Did they already know Mascarelli's address when they landed? It wasn't at all sure, since they had waited two weeks before attacking him.

They did nothing lightly, waited coldly until they had all the trumps in their hand. During the two weeks they had been preparing to strike, they had probably gone to Pozzo's restaurant with Larner.

Had they also frequented the Manhattan? It was possible. But Luigi, honest as he was, would not have told

Maigret. Hadn't he spoken with a certain insistence of the American businessmen who preferred paying the racketeers to being shot?

As for Sloppy Joe, he seemed to have been tipped off. During the last two weeks, that is, ever since the arrival of the other two men in France, he had redoubled his precautions.

It was a poker game in which you staked your life and in which each player seemed to guess the cards held by his opponent.

Sloppy Joe in his hotel in the Rue Richer knew he was threatened and he went into hiding, going out for a short time only at night, decked out in dark glasses like a Hollywood star.

Charlie and Cicero must have been watching his movements for several days, preparing their trap, and that Monday night, in the car Larner had rented, were lying in wait for him near the Hôtel de Bretagne.

It must have happened exactly as it had with Lognon, the car driving up to the kerb, the revolver levelled at Mascarelli. . . . 'Get in!'

In the very heart of the city, at a time when there was still considerable traffic in the street. Had they taken him to the country before shooting him? Probably not. It was more likely they had used a silencer. A few moments later they were dumping his body on to the pavement of Rue Fléchier.

Maigret kept doodling on a piece of paper like a schoolboy on the margin of his copybooks.

Just as the car was starting off, Charlie or Cicero mut have caught sight of Lognon's shadowy form. It had been too late to shoot. And besides, at that moment, it no longer mattered whether the body was discovered or not, since the job was done.

On all these points Maigret was sure he was not mistaken. The car drove around the neighbourhood, came back a few minutes later and the two men saw that the body had been taken away. It could not have been the police. They would have been slower about it, there would have been more red tape. But there wasn't a soul on the pavement.

Who had whisked away the body?

'They are professionals,' Luigi had stated emphatically.

They had acted like professionals. Suspecting that the man they had caught a glimpse of had taken down the licence number, the next day they had kept watch on the garage that had rented them the car, then trailed Lognon, probably expecting to find the wounded man, or the body, at his home.

Charlie and Cicero, who didn't speak a word of French, were unable to question either the concierge or Madame Lognon. So they sent Larner.

They must have been dismayed to learn that the man in Rue Fléchier was actually a policeman, and wondered why nothing appeared in the papers.

It was, of course, of capital importance for them to find their victim, dead or alive. At the same time, now that they knew that the police were on their track, they had to do a quick fade-out.

It was as if from then on they had foreseen all Maigret's slightest moves and parried them.

They had left their respective hotels, then, after Pozzo's warning, had abandoned their refuge in Rue Brunel.

Photographs of the three men appeared in the papers. A few hours later Sloppy Joe's companion disappeared from the Hôtel de Bretagne. And when Maigret left the hotel he was trailed by Charlie Cinaglia who, in Rue Grange Batelière, did not hesitate to start a fight in the well-known Chicago manner.

'Vacher!'

'Yes, Chief. . . .'

'Will you make sure Baron isn't home yet.'

This business of Baron's silence had him more and more worried. The detective had told him that he was going to hang around certain bars frequented by the race-track crowd.

Maigret did not underestimate his adversary. Baron might perhaps learn something. But wouldn't the others, by the same token, realize that he was on their trail? Wouldn't the same thing happen to Baron that had happened to Lognon?

'There's still no answer.'

'Are you sure you have the right number?'

'I'll check.'

Vacher called directory inquiries, was told the number was correct.

'What time is it?'

'Five to two.'

It had just occurred to Maigret that the Manhattan was one of the bars frequented by people interested in horse-racing. It might still be open. If not, it was possible that Luigi was still there checking his cash.

Sure enough, Luigi himself answered the phone.

'This is Maigret.'

'Ah!'

'Are there still people there?'

'I closed ten minutes ago. I'm alone. I was just leaving.'

'Tell me, Luigi, do you know a plain-clothes man they call the Baron?'

'The racecourse cop?'

'Yes. I'd like to know if you saw him tonight?'

'I saw him.'

'What time?'

'Let me see. The bar was still crowded. It must have been about eleven-thirty. Yes. Just after the theatres closed.'

'Did he talk to you?'

'Not to me personally.'

'Do you know whom he talked to?'

There was a silence at the other end of the line.

'Listen, Luigi. You're a decent sort, and there's never been a thing against you.'

'Well?'

'One of my men just got a bullet in his belly.'

'Is he dead?'

'They are operating right this minute. A woman has disappeared from her hotel room.'

'You know who she is?'

'Sloppy Joe's companion.'

Silence again.

'Baron didn't go to your bar just for a drink.'

'I'm listening.'

'It was Charlie who shot my man.'

'Have you arrested him?'

'He got away, but with some lead in him, too.'

'What do you want to know?'

'I haven't heard from Baron and I must find him.'

'How do you expect me to know where he went?'

'Perhaps if you told me whom he talked to this evening it would put me on the right track.'

Another silence, longer this time.

'Listen, Inspector, I think you'd better come here for a moment so we can have a little chat. I'm not sure whether it's really worth your while, because I don't know much. On second thoughts, we'd better not meet here. You never can tell.'

'Will you come to my office?'

'No, thanks, I think not! Let's see. If you'll go to La Coupole, Boulevard Montparnasse, and make sure nobody's tailing you, I'll meet you in the bar.'

'How long will you be?'

'Long enough to close up and get there. I have my car outside.'

Before leaving, Maigret called the hospital again.

'There's a chance he'll pull through!' he was told.

After that he had Bonfils on the line.

'You didn't get him?'

'No. Half an hour ago we got a report about a car stolen in Rue de la Victoire. I've broadcast the number.'

Always the same tactics.

'Say, Bonfils, did you examine the other car, the one left in Faubourg Montmartre?'

'I thought of that. It's been in the country today. There's some fresh mud on it. I telephoned the owner and he says it was clean this morning.'

Maigret got into one of the police cars outside, after waking its sleeping driver.

'La Coupole.'

Luigi was there ahead of him eating a couple of sausages with a glass of beer at a little table near the bar. There was scarcely anyone in the place.

'You weren't tailed?'

'No.'

'Sit down. What will you have?'

'The same.'

It was the first time Maigret had seen Luigi out of his own surroundings. He looked grave, worried. He began talking in an undertone without taking his eyes off the door.

'I don't like getting mixed up in jobs like this, I don't like it at all. On the other hand, I'd have you in my hair if I didn't.'

'Unquestionably,' Maigret replied coldly.

'This morning I tried to put you on your guard. Now it seems it's too late.'

'Yes, the chips are down and the game will be played to a finish. What do you know?'

'Nothing definite. All the same, it might possibly give you a lead. Any other night I wouldn't have paid any attention to the Baron, probably. But his being in my bar tonight struck me particularly, because he was the second . . .'

He looked as if he'd like to bite off his tongue.

'. . . the second cop today,' Maigret finished for him. He added: 'Had the Baron been drinking?'

'Well, he wasn't exactly on the wagon.'

It was one of the detective's weaknesses, but he didn't often lose his self-control.

'He sat alone for quite a while just watching people, then he went over and spoke to a certain Loris, who used to be a trainer for one of the Rothschilds. I don't know what they talked about. Loris likes to drink. In fact that's why he lost his job. They were at the end of the bar against the wall. Later I saw them go over to a table at the back where Loris introduced the Baron to Bob.'

'Who is Bob?'

'A jockey.'

'American?'

'He lived in Los Angeles for a long time but I don't think he's an American.'

'Does he live in Paris?'

'Maisons Laffitte.'

'That's all?'

'Bob made one, maybe several, telephone calls, out-of-town calls, probably, because he asked me for quite a number of coins.'

'Enough to call Maisons Laffitte, for instance?'

'Could be.'

'Did they all leave together?'

'No. I didn't notice them for quite a while. As I said, it was the rush hour after the theatre. When I looked over at their table again Bob and your friend were alone.'

Maigret didn't know just how all this added up, and Luigi motioned to the waiter for two more beers.

'There was a customer at the bar who kept watching them,' Luigi went on.

'Who?'

'A guy who's been coming in for an occasional whisky the last few days. As a matter of fact he was at the bar this morning when you were there.'

'A tall blond man?'

'He told me to call him Harry. All I know is that he's from St Louis.'

'Like Charlie and Cicero,' growled Maigret.

'Exactly.'

'He didn't ask you about them?'

'He didn't ask any questions. The first day he stopped for a moment in front of that picture of Charlie in boxing trunks and sort of smiled.'

'Could he have heard what Bob and the Baron were saying?'

'No. He seemed satisfied just to watch them.'

'Did he follow them when they left?'

'We haven't got that far. Remember I'm only telling you what I saw. I'm drawing no conclusions. It's already too damn much, and I'd rather know that Charlie was dead than wounded. Bob came to ask me if I'd seen Billy Fast.'

'Who's Billy Fast?'

'A kind of bookmaker who lives somewhere in Maisons Laffitte. He was downstairs. I don't know if you've ever been down there. It's a little room under the bar where regular customers get together.'

'I know.'

'Bob went down alone first. Then he came to get your man and I didn't see them again for quite a while. Finally, a good quarter of an hour later, I saw the Baron crossing the large room towards the door.'

'Alone?'

'Alone. He was pretty loaded.'

'Very drunk?'

'Drunk enough.'

'And your customer at the bar, the tall blond man from St Louis?'

'That's just it. He left right after him.'

Maigret thought that was all, and looked dejectedly at his glass. What he'd just heard had some meaning, but it was devilishly hard to fathom.

'That's really all you know?'

Luigi looked at him hard for a moment before replying, 'Do you realize I may be risking my hide?'

Maigret realized it was wiser to say nothing and wait.

'It's clearly understood that I haven't told you a thing, that I haven't seen you tonight, that, no matter what happens, you won't call me as a witness?'

'It's a promise.'

'Billy Fast does not live right in Maisons Laffitte but mostly at an inn in the forest near there. I've heard it mentioned occasionally. As far as I can make out it's a place where certain people go when they want a bit of country air. It's called Au Bon Vivant.'

'Is it run by an American?'

'An American woman who used to be a chorus girl and is soft on Billy.'

As Maigret started to take his wallet out of his pocket, Luigi waved it aside with what was more a grimace than a smile: 'Nothing doing! This is on me! People might say I let the police buy me drinks. How much, waiter?'

They were both equally worried.

CHAPTER SEVEN

WHEN VACHER saw Maigret walk into the office he knew right away that something was brewing, but he also knew that it was no time to ask questions.

'Bonfils phoned a few moments ago,' he said. 'The man

got away. One of the market women says she noticed him behind a pile of baskets and that he threatened her with his revolver to keep her quiet. It's probably true because they found traces of blood on one of the baskets. In Rue Rambuteau he bumped into a tart who says he was holding one shoulder higher than the other. Bonfils thinks that instead of trying to get out of the neighbourhood right away, he stayed there for quite a while watching every move of the police and changing his place accordingly. They're still patrolling the district.'

As though not listening, Maigret had taken an automatic out of the drawer and was examining it to make sure it was loaded.

'Do you know if Torrence is armed?'

'Probably not unless you gave him a specific order.'

Torrence always insisted that his two fists were better than any weapon.

'Get me Lucas on the line.'

'But you only sent him home a couple of hours ago.'

'I know.'

The Inspector's gaze was heavy and his voice dragged, as if very weary.

'Is that you, Lucas? Sorry to wake you, old man. I thought you wouldn't be pleased if, by any chance, we reached the finish tonight and you weren't in on it.'

'I'm on my way, Chief.'

'Not here. You'll make better time if you jump into a taxi and meet me at the corner of Grand Armée and Rue Brunel. I have to go there to pick up Torrence. By the way, better bring your gun.'

After a slight hesitation, Lucas demurred:

'But Janvier?'

And that only a few at the Police Judiciaire would have understood. Even before his chief mentioned a revolver, Lucas had known that it was serious. Maigret was phoning him, was going to pick up Torrence, too, taking him off duty, and automatically Lucas thought of Janvier, Maigret's other stand-by, as though it would be unheard of that any expedition took place without him.

'Janvier is at home. It would take too long to collect him.'

He lived in the suburbs in the opposite direction from where they were going.

'Can't I come along?' asked Vacher timidly.

'And leave nobody on duty?'

'Buchet's in his office.'

'I can't leave the entire responsibility to him. And you, do you know Maisons Laffitte?'

'I've often driven through and I've been to the races a few times.'

'Do you know the country around there, towards the forest?'

'I used to go there with the kids sometimes.'

'Have you ever heard of a place called Au Bon Vivant?'

'There are a good many places everywhere with that name. The simplest thing would be to phone the gendarmerie. Do you want me to get them?'

'On no account! Nor the local police. Nor anybody at all. And don't breathe the word Maisons Laffitte in front of anyone! Is that clear?'

'Yes, Chief.'

'Good night, Vacher.'

'Good night, Chief.'

Maigret had hesitated, glancing towards the cupboard where the bottle of cognac was kept. His pockets were already weighted down with the two revolvers. Outside he asked the policeman who was driving:

'Armed?'

'Yes, Inspector.'

'Have you any children?'

'I'm only twenty-three.'

'What of it?'

'I'm not married.'

He was a policeman of the new school who looked more like an Olympics champion than like one of the old-time cops one used to see at street corners, with their paunches and their big moustaches.

A fairly stiff, very cold wind had risen, and it gave an odd character to this night. For there were two distinct banks of cloud in the sky. The lower one, thick and dark, driven swiftly before the wind, made the darkness for the most part complete. But occasionally there would occur a sudden rent, and then you could see, as though through a crack between two rocks, a lunar landscape where, very high, fleecy, moonlit clouds stood motionless.

'Don't drive too fast.'

He wanted to give Lucas, who lived on the left bank, time to get to Avenue de la Grande Armée. At first Maigret had thought of accepting Vacher's offer. He had even thought of taking along Bonfils, who would have liked nothing better.

He realized the responsibility he was assuming and the nice mess he might be getting himself into.

First of all, he had no right to be operating around Maisons Laffitte, which was outside his jurisdiction. According to regulations he should have referred the case to Rue des Saussaies, who would have sent men of the Sûreté, or he'd have had to obtain letters rogatory for the police of Seine et Oise, which would have taken hours.

If only from the point of view of prudence, considering what he knew of his opponents and what had just happened in Rue Grange Batelière, a massive operation seemed indicated. But that, Maigret was convinced, would be one sure way of inviting bloodshed.

That's why he had chosen Torrence and Lucas. He would have added Janvier if it had been possible and also perhaps young Lapointe for the experience.

'Turn down Rue Brunel; stop when you see Torrence.'

He was there pacing up and down.

'Get in. Are you armed?'

'No, Chief. The lady isn't dangerous you know.'

Maigret handed him one of the two revolvers while the car was sliding along the kerb at the corner of the avenue.

'You got a tip? Are we going to arrest them?'

'Probably.'

'If she'd had her way you wouldn't have found me here.'

'Why?'

'Because I'd be in the lady's bed at this moment. Even before we left for the theatre she started working on me. "Why don't you ride in the same taxi with me," she says. I didn't see any objection and she sat plastered against me the whole way. "Aren't you coming in to see the show?" I thought I'd better keep an eye on her dressing room. I only watched from the wings while she was on. We came back together.'

'She didn't talk?'

'Only about Bill Larner. I think she's on the level about not knowing the others, and she swears she's scared of them. She took a girl friend with her to get a bite to eat in Rue Royale. She invited me too but I declined. Then we came back here alone and we stood in the doorway a long time, like a pair of goddamn lovers. "Don't you think you could watch me better up in my room?" she said. I was on to her. What would you have done in my place? I'm not saying I would've minded. . . .'

Maigret suspected Torrence of deliberately rattling on because he saw that the Inspector was on edge. A taxi stopped directly behind the police car, a door banged, and Lucas, all eagerness, came briskly towards them.

'We're going after them?'

'You didn't forget your gun?'

And to the driver:

'Maisons Laffitte.'

They went through Neuilly, then Courbevoie. It was three-thirty in the morning and they kept passing trucks still going to the Halles, big lumbering trucks, fast express trucks, very few private cars.

'Do you know where they're hanging out, Chief?'

'Maybe. It isn't certain. The Baron promised to call me but he didn't. I'm afraid he may have had the same idea as Lognon and decided to go it alone.'

'Was he drinking?'

'Apparently.'

'Did he have his car?'

Maigret frowned.

'He has a car?'

'For a week or more, a convertible he bought second-hand. He runs around in it everywhere.'

Didn't that explain the detective's silence? When he left Luigi's bar, excited by all the drinks he'd had and seeing his car at the door, didn't he suddenly decide to run out to Maisons Laffitte to find out for himself if the tip was good?

Then Lucas asked:

'Did you telephone the local police?'

Maigret shook his head.

'Does Rue des Saussaies know about this?'

'No.'

They understood each other, and for some time there was an impressive silence.

'Are there still three of them?'

'Unless they've separated, which I don't believe. Charlie's wounded. As far as we know, he got a bullet in one shoulder.'

Maigret described briefly the fracas in Rue Grange Batelière and they listened like men sizing up a situation.

'He seems to have come back to Paris alone. You think he came for the woman?'

'It looks that way. He seems to have been too late.'

'If he expected to do the job by himself, he couldn't have thought it very difficult.'

To tell the truth, they were all equally worried because they felt that they were on unfamiliar ground. Ordinarily, they could tell in advance and almost to a certainty what the adversary's reactions would be. They were familiar with just about every kind of crook.

But these Americans employed methods that baffled them. They acted more quickly. And it was this very quickness of decision which seemed to be their chief characteristic. At the same time they never hesitated to show themselves, as if the fact that the police knew their identity as well as their activities were a matter of complete indifference to them.

'Do we shoot?' asked Torrence.

'If absolutely necessary. I'm not anxious to have a corpse on my hands.'

'Have you some idea of how we're going to manage it?'

'Not the slightest.'

He only knew that he was fed up and that he wanted to finish it one way or another. These people from the other side of the Atlantic had shot down a man right in the heart of Paris, they had beaten up Lognon, they had picked off a policeman point-blank, without counting the woman they had kidnapped opposite the Folies Bergère.

In spite of the photographs in all the papers, in spite of the description that had been sent to the police all over the country, these men were calmly going about their business as if they were at home, in a city they hardly knew, stealing any car that happened to be at hand whenever they needed one, as naturally as they would hail a taxi.

'What shall I do now?' the driver asked as they were driving over the bridge and could see the lights of Maisons Laffitte. They caught sight of the Château, the pale splotch of the race track in the moonlight. The streets were deserted, with only a few lighted windows here and there.

They had to locate the Bon Vivant, and the simplest thing would be to ask at the police station they were just passing.

'Go on. There's a crossroad a little farther along.'

By luck, there was a light in the gatekeeper's cottage. Maigret got out of the car, went into the house, and found a man with an enormous moustache in intimate conversation with a bottle of wine.

'Do you know an inn called Au Bon Vivant?'

There followed endless explanations. Maigret lost track of all the crossroads, the turns to the right, and the turns to the left, and had to call in the driver.

'You go over the next crossroads and continue in the direction of Etoile des Tetrons. You got that? Be sure not to take the road to Château de la Muette, but the one just before it. . . .'

The driver seemed to understand. Nevertheless, ten minutes later they were lost in the forest, and had to get out at every crossroad to try to make out the names on the signposts. The lower clouds had again closed in and they had to use a flashlight.

'There's a car parked up the road ahead of us with its lights off.'

'We'd better investigate.'

It was standing in the middle of the road, in the middle of the forest. They started towards it, all four of them, and Maigret cautioned them to keep their guns in their hands. It was one of the smaller roads and the dead leaves crackled under their feet. It may have been ridiculous to take such precautions, but Maigret didn't want to risk his men's lives, and they were more than ten minutes approaching the abandoned car.

It was empty. On the plate inside was the name of a businessman with an address in Rue de Rivoli. The flashlight beam falling on the driver's seat revealed spots of blood that were still fresh.

Another stolen car!

'You know why they left it here, don't you? The house isn't in sight. If we're where I think we are, and if the gatekeeper was right, the Bon Vivant is at least half a kilometre farther on.'

'Will you check the petrol, Lucas?'

That was the ridiculously simple explanation. Charlie had taken the first car he came across and had suddenly found himself out of petrol. The inside of the car still smelled of cigarette smoke.

'Let's go! The important thing is not to let them hear us coming.'

'Do you think the Baron came along here?'

In many places the road was muddy, but there were too many fallen leaves for them to make out any trace of footsteps or tyre marks. And now, besides, they no longer dared to use their flashlights.

They finally came to a turn in the road, with a clearing on the left, and in this clearing they saw light filtering through drawn curtains in two windows. Maigret whispered his instructions:

'You stay here,' he said to the driver, 'and don't come any nearer unless there's a fight. Torrence, you go around to the back of the house in case anyone tries to make a break that way.'

'Do I shoot at the legs?'

'Preferably. Lucas, you come with me. Stay near the house, but far enough away so you can watch the windows.'

It was an impressive moment for the three of them. And yet they had all engaged in more difficult arrests than this. Maigret was thinking in particular of a Pole who had for months terrorized the farms in the North and who had finally hidden in a little hotel in Paris. He was armed to the teeth. He too was a killer. A man who, feeling himself cornered, might have shot into the crowd, causing a veritable massacre in a final act of bravado.

What the devil was so extraordinary about these men, anyway? It was as though Pozzo and Luigi had finally succeeded in giving Maigret God knows what complex!

'Okay, boys, let's go!'

'Okay!' growled Torrence, touching wood.

And Lucas, who prided himself on not being superstitious, furtively did the same.

As far as they could judge, the Bon Vivant was a former gamekeeper's lodge, comprising not more than three rooms on the ground floor, and the same number upstairs, with a pitched slate roof, barely discernible in a faint ray of moonlight.

Maigret and Lucas crept noiselessly towards the lights on the ground floor and when they were not more than twenty yards away from the house the Inspector touched his detective on the arm, motioning him to turn left.

He himself waited a few moments without moving until he was sure that each man was in position. Fortunately, the wind, stronger here than in Paris, shook the branches and made the dead leaves rattle along the ground. But for at least two minutes they were all in danger when, through a rift in the clouds, the moon suddenly illuminated the whole place so brightly that Maigret could see the buttons on Torrence's overcoat, and Lucas's revolver, although Lucas was farther from Maigret than Maigret was from the house.

As soon as the clouds closed over the moon again, he took advantage of the darkness to cover the distance between him and the lighted windows. The nearest one was covered with red and white checked curtains like the ones at Pozzo's, but they were carelessly drawn, leaving a slit through which he could see into the room.

It was the bar-room of the inn, with a zinc counter and half a dozen tables of polished wood. The white-washed walls were hung with cheap chromos. There were no chairs, but only rustic benches, and on one of these sat Charlie Cinaglia with his profile turned towards the Inspector.

His chest was bare, rather fat, and covered with very black hair that stood out startlingly against the white skin. A big woman with bleached hair was coming in from the kitchen carrying a steaming pot. Her lips were moving, she was speaking, but her voice was inaudible outside.

Tony Cicero was there too, in his shirt sleeves. On the table, beside a bottle that evidently contained pure alcohol or some other disinfectant, lay two revolvers.

Glancing down at the floor, Maigret noticed a basin full of reddish water in which pieces of cotton were floating. Charlie was still bleeding and it seemed to worry him. The bullet had hit the tip of his left shoulder and without penetrating had, as far as the Inspector could judge, nipped off a piece of flesh.

None of the three seemed to be worrying about the possibility of an attack. The woman poured hot water into a saucer, added some of the liquid from the bottle, wet a piece of cotton and applied it to the wound, while Charlie gritted his teeth.

A cigar in his mouth, Tony Cicero picked up a flask of whisky on the table and handed it to his friend, who took a long swig from the bottle.

Bill Larner was nowhere in sight. Until now Cicero had not turned his full face towards Maigret, but when he did the Inspector was surprised to see that he had a black eye.

The rest occurred so quickly that no one really knew what was happening.

As he handed back the bottle to Cicero, Charlie had glanced towards the window. Maigret was evidently not as invisible as he thought, for without the slightest change of expression to show that he was on the alert, Charlie had reached out with his good arm and his hand had touched one of the revolvers.

At the same moment Maigret had pressed the trigger

of his own revolver and, as in a Hollywood film, Charlie's gun fell to the floor, his hand hanging limp.

With the same rapidity Cicero, without looking around, had overturned the table, using it as a barricade; the woman took two or three steps and flattened herself against the wall near the window out of the line of fire.

Maigret ducked just in time as a bullet smashed the windowpane and splintered some of the woodwork.

He heard footsteps at his left, as Lucas rushed up to him.

'Did you get him?'

'I got one of them. Look out!'

Cicero kept on shooting. Lucas began crawling towards the door on his belly.

'What shall I do?' shouted the chauffeur, who had been left behind.

'Stay where you are.'

Maigret raised his head a little, trying to see inside. A bullet whizzed through his hat.

He kept wondering where Bill Larner was and if he would join the party. It was all the more dangerous because, having no idea where he was, Maigret realized that he might attack them from any direction, shooting, for instance, from one of the upstairs windows; or he might surprise them from behind.

Lucas kicked open the door.

At the same time a voice from inside gave a kind of war whoop. It was Torrence yelling:

'Go to it, Chief!'

The woman was yelling, too. Lucas charged. Maigret stood up, saw two men wrestling on the floor on the other side of the overturned table, while the woman was in the act of picking up an andiron from the fireplace.

Lucas got to her in time to prevent her from using it, and it was funny to see the little man hanging on to the wrists of the big American woman, who was a whole head taller than he.

The next instant Maigret was also in the room. On the floor, Charlie was trying to reach one of the revolvers, a few inches away from his hand, and the Inspector did something he had never done before in his whole career. For once he let his fury have free rein, bringing his heel down on the killer's hand.

'You filthy beast!' the woman spat at him while Lucas still clung to her wrists.

As for Torrence, he was bearing down with all his weight on Cicero, who tried to gouge out the detective's eyes, and Maigret had to make several attempts before he succeeded in snapping handcuffs around the man's wrists.

When Torrence stood up he was beaming. Dust from the floor streaked his sweating face, and Cicero had torn his shirt collar and left a nasty scratch on his cheek.

'Don't you want to put the bracelets on her too, Chief?'

Exhausted, Lucas was calling for help and it was Torrence's handcuffs that Maigret snapped around the wrists of the Bon Vivant's proprietress.

'You ought to be ashamed of yourself, attacking a woman!'

The driver appeared in the doorway. 'Need any help?'

And Torrence, lifting Charlie by the shoulders, making him wince with pain:

'What shall I do with him, Chief?'

'Sit him over there in the corner.'

'When I heard the shots I decided to come in the back way. The door was locked. I broke a window and got into the kitchen.'

Still breathing hard, Maigret slowly and meticulously filled his pipe. When he'd got his breath he went over to a cabinet full of glasses. 'Who wants some whisky?'

But he was still uneasy, and sent the chauffeur outside to make sure no one was trying to leave the house.

To Lucas he said: 'Will you take a look around and see if there isn't another car?'

He glanced into the kitchen, where the remnants of a cold supper were still on the table, opened a door into a smaller room which was probably used as a dining room.

He started up the stairs, his revolver, still warm, in his hand, stopped on the landing to listen, and with a kick opened another door.

'Anybody here?'

There was nobody. It was the woman's room and, like Pozzo's restaurant, the walls were covered with photographs. There were at least a hundred, both of men and women, most of them dedicated 'to Helen', and many of herself as a chorus girl taken at least twenty years ago.

Before studying them, Maigret made sure there was no one in the other rooms. The beds had not been slept in. In one of the rooms he found suitcases full of silk underwear, toilet articles, and shoes, but not a single document.

These were evidently the suitcases Charlie and Cicero had taken with them on their successive migrations. At the bottom of the heaviest one were two more automatics, a silencer, a pair of brass knuckles and a blackjack, as well as a respectable supply of ammunition.

Of Sloppy Joe's companion not a trace. On the other hand, returning to the kitchen, he found, lying by the coffee-pot, a cigarette case marked 'B.L.', which seemed to indicate that Larner had been there.

Lucas returned from his tour of inspection, his boots covered with mud. 'No sign of another car anywhere.'

Meantime Torrence had examined the wounded man's hand, which had been pierced by the bullet. Strangely enough the wound was not bleeding, a clot of blood having formed on each surface, but the fingers were visibly swelling, turning blue.

'Is there a telephone in the house?'

It was behind the door.

'Call a doctor in Maisons Laffitte, any doctor, without mentioning the police. Better say there's been an accident.'

Lucas nodded, and Maigret for the first time, not without hesitation and some embarrassment, tried out his bad English on these men.

He first turned to Cicero, who was seated on a bench leaning against the wall.

'Where is Bill Larner?'

As he expected, his only answer was a contemptuous smile.

'Bill was here tonight. Did Bill give you your black eye?'

The smile disappeared, but the mouth remained tightly clamped.

'Have it your own way. I hear you're tough, but we have them just as tough on this continent.'

'I want to telephone my consul,' Cicero finally uttered.

'Is that all? At this time of night? And may I ask what you think you'll tell him?'

'Okay. You'll have to take the responsibility.'

'That's right. I will. Did you get the doctor, Lucas?'

'He'll be here in a quarter of an hour.'

'What was your impression? Will he telephone the Maisons Laffitte police?'

'I don't think so. He didn't turn a hair.'

'I wouldn't be surprised if there were some pretty wild goings-on in this place sometimes. Will you get the Quai des Orfèvres and find out if they have any news of the Baron.'

That still worried him, and also the disappearance of the woman from the Hôtel de Bretagne.

'While you're about it, ask Vacher to send along another car. We can't all crowd into ours.'

Then, turning to face Charlie: 'Nothing to tell me?'

The only answer he received was the crudest insult in the English language, an allusion to the manner in which his mother had conceived him.

'What did he say?' asked Torrence.

'He made a discreet allusion to my parentage.'

Lucas reported, 'Vacher has no news of Baron, Chief. He just tried his number again a quarter of an hour ago. Seems Bonfils telephoned to report that a car was stolen. . . .'

'Rue de Rivoli?'

'Yes.'

'Did you tell him we'd found it?'

A car stopped in front of the door, and a man, still quite young, came in carrying a black bag. He hesitated when he saw the state of the room, the revolvers on one of the tables, and finally the handcuffs.

'Come in, Doctor. Pay no attention. We belong to the police and we've just had a little argument with these gentlemen and with this lady.'

'Doctor,' she began, 'I want you to tell the Maisons Laffitte police—they know me—that these brutes . . .'

Maigret introduced himself and pointed to Charlie, who was ready to faint in his corner.

'I wish you'd fix him up so we can take him back to Paris with us. He was messed up first in Paris, and again in the course of our little discussion.'

While the doctor was looking after Charlie, Maigret made another tour of inspection, taking particular interest in the pictures in the woman's bedroom. Then he went to get one of the suitcases, emptied it, and filled it with all the pictures on the walls, the papers in the drawers, letters, bills, newspaper clippings. He put in the cigarette case, and also, after carefully wrapping them, the glasses and cups that had been used.

When he got back to the bar-room, Charlie looked groggy, and the doctor explained:

'I thought I'd better give him a sedative to keep him quiet.'

'Serious?'

'He's lost a great deal of blood. Perhaps at the hospital they'll want to give him a transfusion. He's tough.'

Cinaglia just sat staring at them stupidly.

'No one else to patch up?'

'You'll have a drink with us, won't you, Doctor?'

Maigret knew what he was about.

Fearing the doctor might report to the police at Maisons Laffitte, he wanted to keep him from leaving until the car Vacher was sending out arrived.

'Sit down, Doctor. Have you had occasion to come here before?'

'Now and then, haven't I, Helen?'

He seemed to know her very well.

'But never under similar circumstances. Once it was a jockey who had broken his leg and who stayed here in one of the rooms upstairs for a month nursing it. Another time I was called in the middle of the night to treat a gentleman who had had too much to drink and whose heart was giving out. I seem to remember a girl, too, who had been hit on the head with a bottle, accidentally, I was told, a night when everyone was a bit excited.'

The car came at last. Charlie, whose legs gave way under him, had to be carried. Cicero walked out contemptuously, his hands on his stomach and, without a word, got into the car.

'Will you go with them, Torrence?'

It was to give him a little well-earned satisfaction, since he'd done the lion's share of the work.

'Too bad it isn't a little later in the day and that Pozzo's restaurant isn't open yet.'

Perhaps if it had been nine o'clock instead of half-past four, Maigret would not have been able to resist the temptation of going through Rue des Acacias and inviting Pozzo to come out and take a look at the occupants of the car.

'Leave Charlie at Beaujon hospital. It will please Lognon to know he's under the same roof. Bring the other to the Quai.'

Then to the woman, whose name was Helen Donahue, according to her papers:

'Let's go!'

She just stared at him in the face without moving.

'I said, "Let's go!"'

'You're not going to make me budge. I'm in my own house. You haven't a warrant. I insist upon talking to my consul, too.'

'Okay. We'll talk about that later. So you won't come with us?'

'No.'

'Ready, Lucas?'

They took hold of her, one on each side, and lifted her bodily. The doctor, who couldn't help laughing at the sight, held the door open for them. She kept struggling so furiously that Lucas lost his hold and she fell to the ground. He had to call the driver to the rescue.

Finally they got her to the car, pushed her in as best they could, and Lucas climbed in beside her.

'Quai des Orfèvres,' Maigret ordered.

They hadn't gone a hundred yards when he changed his mind.

'Tired, Lucas?'

'Not specially. Why?'

'I hate to leave the place without anyone.'

'Okay. I'll get out.'

Maigret changed to the back seat and, lighting his pipe, asked politely:

'I don't suppose the smoke bothers you, does it?'

The only answer he received was the same insult of which a short time ago he had given an extremely vague translation.

CHAPTER EIGHT

SNUGLY ENSCONCED in his corner, his coat collar turned up, his eyes stinging from lack of sleep and the cold in his head, Maigret, ignoring his companion, stared straight ahead. But they hadn't been driving more than five minutes before she began talking of her own accord, in little snatches, and as though to herself.

'Some policemen I know think they're smart, but they're going to be taught a lesson. . . .'

A long silence. She was probably waiting for some reaction, but the Inspector was nothing but an inert mass beside her.

'I'm going to tell the consul that these people behaved like savages. He knows me. Everybody knows Helen. I'll say they struck me and that one of the detectives even made passes at me.'

She must have been beautiful once. Even at fifty she still had a certain attraction. Was she already drunk when Maigret burst into the house? Possibly. It was difficult to say. She had the hoarse voice of women who drink and stay up all night, with that peculiarly vague look in her eyes.

It was amusing the way she would sit in sullen silence for a few moments, then mutter a sentence, usually just one, addressed apparently to no one in particular.

'Besides, I'll say they hit a man when he was down. . . .'

Perhaps she was just venting her pent-up rage, but she might also have been goading Maigret, trying to make him lose his temper.

'Some people think themselves superior because they can put handcuffs on a woman who hasn't done anything.'

It was so funny at times that the driver had a hard time keeping a straight face. As for Maigret, he kept puffing hard on his pipe, trying not to smile.

'I'll bet they won't even give me a cigarette. . . .'

Maigret didn't budge, forcing her to a direct attack.

'Well, have you got a cigarette or haven't you?'

'Pardon me. I didn't know that you were talking to me. I don't carry cigarettes. I'm a pipe smoker. As soon as we arrive I'll find you one.'

This time the silence lasted to the La Jatte bridge.

'They think nobody in the world is smart but Frenchmen. All the same, if Larner hadn't put them wise . . .'

This time Maigret looked at her in the faint light of the instrument panel. Her face revealed nothing, so that for some time he wondered whether she had spoken intentionally.

After all, with that little sentence she had given him an important piece of intelligence. He had suspected it. From the beginning he had had the impression that Bill Larner was not working with people like Charlie and Cicero of his own accord. Besides, his part had been confined to getting a car, to examining Lognon's papers, and finally to taking them to Rue Brunel to one of his friends', then probably out to the Bon Vivant.

When they'd whisked Lognon off to the forest of Saint Germain, Bill had served as translator, but had not laid hands on him.

Tonight, to recover his liberty, he had taken advantage of the fact that Charlie was in Paris and that he had only Cicero to deal with. This he had been anxious to do for a long time, especially since things had grown too hot for him.

Had he told Cicero of his intention? Had Cicero surprised him as he was leaving and tried to stop him? In any case Bill Larner had hit him. In the face.

'Do you own a car?' Maigret asked the woman.

Now that he was asking questions, Helen was silent, once more assuming a scornful expression.

He didn't remember having seen a garage near the inn. Charlie had gone back to Paris in the car that had brought them out to Maisons Laffitte. Larner must have left on foot through the forest, making for either the main road or the station. He had at least two hours' start, and there was little chance of catching up with him before he crossed the border.

As they were passing a little bistro already open, Helen said, still not addressing anyone in particular:

'I'm thirsty.'

'I have some cognac in my office. We'll be there in ten minutes.'

The car was speeding through the deserted streets. There were a few early risers about already. When the car stopped at the Quai des Orfèvres, in the courtyard of the Palais de Justice, Helen, before stirring from her seat, asked:

'No kidding, do I really get that cognac?'

'I promise.'

Maigret heaved a sigh of relief. For a moment he had been afraid they would have to carry her as before.

'Wait here,' he said to the driver.

And when he started to help her up the stairs:

'Don't touch me,' she snapped. 'I'll also say that you tried to sleep with me.'

Was she perhaps playing a part? Perhaps that was what she always did? Playing a part to be able to endure her life?

'This way . . .'

'The cognac?'

'Yes.'

He opened the door into the detectives' office. Torrence and his prisoner had not yet arrived, having had to stop at the hospital to leave the wounded man. Vacher was there at the telephone, and he glanced at the American woman with curiosity.

'You say the receiver is off the hook? Are you sure? Thanks.'

'One moment,' Maigret interposed as Vacher started to speak. 'Keep an eye on her, will you?'

He went into his office, got the bottle of cognac and some glasses, held out a drink to Helen, who gulped it down and motioned towards the bottle for more.

'Not too much at a time. In a little while. Have you a cigarette, Vacher?'

He slipped one between her lips and held up a lighted match. In return, blowing the smoke in his face, she assured him: 'I detest you all the same.'

'Haven't you anyone here who can watch her? We'd better not talk too much in front of her.'

'Why not put her in the cubbyhole?'

What they called the 'cubbyhole' was at the top of the stairs, a narrow cell with nothing but a bed and a mattress and no light. Maigret hesitated, decided to lock her up in one of the empty offices.

'The cognac,' she reminded him through the door.

'Later!'

He returned to Vacher.

'What was that about a telephone off the hook?'

'The Baron's. I've been dialling his number about every half hour. Up to an hour ago the phone rang, but there was no answer. For an hour now I've been getting the busy signal. It had me worried, so I finally called the operator. She tells me the receiver's been left off the hook.'

'Do you know where he lives?'

'Rue des Batignolles. I have the number on my pad. You think you'll go?'

'I think I'd better. Meanwhile send out a general alarm about Bill Larner. He left the neighbourhood of Maisons Laffitte about three hours ago. The Belgian border's the place to watch particularly. Torrence will be here with Tony Cicero at any minute.'

'And the other man?'

'At Beaujon.'

'Did you damage him much?'

'Not too much.'

'What do they say?'

'Nothing.'

Suddenly they looked at each other, listening, and Maigret started for the office in which Helen was locked up. In spite of the handcuffs, she was engaged in wrecking the place, hurling inkwells, desk lamp, papers, everything she could lay hands on, on the floor.

When she saw the Inspector she merely smiled.

'I'm behaving about like you behaved in my house.'

'The cubbyhole?' queried Vacher.

'She's asked for it.'

On the Pont Neuf, his car passed the one bringing in Torrence and Cicero, and the drivers exchanged a little sign of recognition. When he reached Rue des Batignolles, Maigret noticed a convertible parked with two wheels on the pavement and, looking inside, he saw Baron's name on a little plate surmounted by a St Christopher medal.

He rang. The concierge, who was still half asleep, released the outer door catch and Maigret had to stop to ask her, through the glass panel of the door, where the detective lived.

'Did he come in alone?' he inquired.

'What business is it of yours?'

'I'm a colleague of his.'

'He can tell you himself what he did.'

It was one of those blocks of flats where several families lived on each floor, working-class families for the most part, and even at that early hour there were lights in many of them. The contrast was striking between this modest house and the aristocratic airs Baron tried to emulate. Now Maigret understood why the detective, who was a bachelor, never mentioned his private life.

On one of the doors on the fourth floor there was a visiting card with Baron's name, but no mention of his profession.

Maigret knocked, and receiving no answer, turned the knob.

The door opened, and the first thing he saw was Baron's hat lying on the floor. After turning on the light he noticed a tiny kitchen to the left, then a dining room, with a set of Henri II furniture and embroidered doilies such as one still sees occasionally in a concierge's quarters, and finally a bedroom with the door wide open.

The Baron was lying fully dressed across the bed, one arm dangling to the floor, and if he hadn't been snoring, one might have thought he had met with an accident.

'Hey! Baron! Wake up, old man . . .'

He flopped over like a fish without waking up and the Inspector went on shaking him.

'It's me . . . Maigret . . .'

It took several minutes. Finally the detective grunted, half opened his eyes, groaned because the light hurt his eyes, recognized Maigret, and, in a sort of panic, tried to sit up.

'What day is it?'

He probably meant to ask, 'What time is it?' for his eyes began searching for his alarm clock, which had fallen on the floor and was ticking away under the bed.

'Would you like a glass of water?'

Maigret went to the kitchen and when he returned with the water the detective looked both miserable and worried.

'Please excuse me. . . . Thank you . . . I'm sick. . . . If you knew how awful I feel . . .'

'Perhaps I'd better make you some strong coffee?'

'I'm awfully ashamed . . . I swear that——'

'Lie still.'

The flat was more like that of an old maid than a bachelor, and one could well imagine Baron coming home from work, and donning an apron, to go about his household chores.

This time Maigret found him sitting on the edge of the bed, looking utterly hopeless.

'Drink. . . . You'll feel better . . .'

Maigret had poured himself a cup of coffee too. Taking off his overcoat, he sat down by the bed. The room reeked of liquor. The detective's clothes were wrinkled and filthy, as though he had spent the night under the bridges.

'It's terrible,' he sighed.

'What's terrible?'

'I don't know. I have important things to tell you. But terribly important!'

'Well?'

'I'm trying to remember. Tell me what's happened?'

'We've arrested Charlie and Cicero.'

'You've arrested them!'

His face betrayed the effort he was making.

'I don't think I've ever been so drunk in my life. I feel really sick. It's something about them. Wait. I remember—they mustn't be arrested.'

'Why?'

'Harry told me . . .'

The name came back to him and that seemed to him a great victory.

'His name is Harry. . . . Wait . . .'

'I'll help you. You were at Luigi's, Rue des Capucines. You talked to several people and you had a lot of drinks . . .'

'Not at Luigi's. At Luigi's I hardly drank anything. It was afterwards . . .'

'Was somebody trying to get you drunk?'

'I don't know. I'm sure it will all come back to me little by little. He told me that they mustn't be arrested because it would be running the risk of——Damn it all! It's so hard to——'

'Run the risk of what? It was quite late when you left Luigi's. Your car was at the door. You got in and you must have intended to drive out to Maisons Laffitte.'

'How do you know?'

'Someone during the evening, probably Lope or Teddy . . . Brown.'

'How in the devil do you know all that? I did talk to them. I remember now. That's what you'd told me to do. I had been to several other bars already.'

'Where you drank.'

'A drink here and a drink there. That's the way you have to do it. I can't even feel my head any more.'

'Wait.'

Maigret went to the bathroom, came back with a towel wrung out in cold water and put it on the Baron's forehead.

'They told you about Helen Donahue and her inn in the forest, Au Bon Vivant.'

The detective looked at him in amazement.

'What time is it?'

'Five-thirty in the morning.'

'How did you manage to find out?'

'It doesn't matter. When you left Luigi's and got into your car, somebody followed you, a blond man, very tall and quite young, who must have spoken to you.'

'That's true. His name's Harry.'

'Harry what?'

'He told me. I'm sure he told me. It's a name of one syllable. The name of some singer.'

'He's a singer?'

'No, but he has the same name as a singer. Before I had time to shut the door he got in beside me. He said:

'"*Don't be scared.*"'

'In French?'

'He speaks French with a strong accent, makes lots of mistakes, but you can understand him.'

'American?'

'Yes. Wait. After that he said, "*I'm connected with the police in a way. Let's not stay here. Let's drive along. Anywhere you like!*"

'Then as soon as I'd started the engine he explained that he was assistant district attorney. A district attorney, it seems, is a cross between an examining magistrate and a public prosecutor. In big cities there are several assistant district attorneys.'

'I know.'

'That's true, you were over there. He asked me to stop so he could show me his passport. When a case is important the district attorney and his assistants take charge of the investigation themselves. Is that right?'

'Right.'

'He knew where I thought of going when I left Luigi's.

'"*You mustn't go to Maisons Laffitte tonight. It won't do any good. I must talk to you first.*"'

'Did he talk?'

'We talked for more than two hours, but that's the hard part to remember. First we went on driving around the streets at random, and he gave me a cigar. Maybe it was the cigar that upset my stomach? I felt thirsty. I didn't know where we were, but I saw a place that was open. I think it was somewhere around the Gare du Nord.'

'Didn't you suggest his coming to see me at the Quai des Orfèvres?'

'Yes, but he didn't want to.'

'Why?'

'It's complicated. If only I didn't have such a head! Don't you think a glass of beer would make me feel better?'

'Have you any beer?'

'There must be some on the sill outside the kitchen window.'

Maigret drank some too. Ashamed of the disorder of his

bedroom, Baron had dragged himself into the dining room.

'I remember certain details very clearly; there are whole sentences I could repeat, but, in between, complete blanks.'

'What did you drink?'

'Everything.'

'Harry, too?'

'He was always the one who'd look over the bottles behind the bar and choose one.'

'Are you sure he drank as much as you did?'

'Even more. He was really stinking. Why once he even fell off his chair, flat on the floor.'

'You didn't tell me why he refused to get in touch with me.'

'As a matter of fact, he knows you very well and admires you.'

'Ah!'

'He even met you at a cocktail party given in your honour in St Louis and he says he remembers a sort of lecture you gave. He came to France to look for Sloppy Joe.'

'Was he the one who picked him up in Rue Fléchier?'

'Yes.'

'What has he done with him?'

'He took him to a doctor's. Wait! Don't say anything. There's a whole bunch of stuff coming back. Because of the doctor. He told me how he had happened to know the doctor. It was right after the Liberation. Harry, who was in the American Army, belonged to I don't know exactly what service stationed in Paris. He wasn't assistant district attorney then. He was having himself a time. One of the people he met was a doctor. I have it! It was because of a girl who didn't want to have a baby and who . . .'

'An abortion?'

'Yes. He didn't use the word. He's awfully prudish. But

I knew what he meant. He's a young doctor who hasn't established himself yet, lives near Boulevard Saint Michel.'

'Is that where Harry is having Sloppy Joe fixed up?'

'Yes. I'm pretty sure he was on the square with me. He kept saying, "You must tell Maigret this . . . and this too."'

'It would have been simpler for him to come and see me.'

'He doesn't want to have any official contact with the French police.'

'Why?'

'It seemed all very simple last night. I remember telling him he was right. Now it doesn't seem so clear. Ah! Yes. First of all because you would have to question the man, and then it would get into the newspapers.'

'Does Harry know that Cinaglia and Cicero are in Paris?'

'He knows everything. He knows everything about them from the word go. He knew about their hide-out at the Bon Vivant before I did.'

'Does he know Bill Larner?'

'Yes. I think I'm beginning to piece it all together. You see, we were both drunk. He kept repeating the same thing over and over again. He seemed to think that being a Frenchman I was incapable of understanding.'

'I know just what you mean!'

Like Pozzo! Like Luigi!

'They've started a big investigation in St Louis. As happens periodically, they're trying to clean up the city, get rid of the gangsters. It's mostly Harry's job. Everybody knows who the boss of the rackets is. Harry told me his name, an important man, to all appearances a perfectly respectable citizen, and the friend of politicians and police officials.'

'The same old story.'

'That's what he said. Only over there the laws aren't

the same as ours and it's hard to convict anyone. Is that true?'

'It's true.'

'No one dares testify against a man like that, because anyone who opens his mouth won't be alive forty-eight hours later.'

The Baron was happy now. He'd just remembered quite a lot all at once.

'Do you mind if I take some more beer? It makes me feel better. Would you like some too?'

His skin was still a sickly grey and there were dark circles under his eyes, but the pupils were beginning to show a little spark.

'We went on to some other place because our little bistro was closing. I don't remember where we went. Montmartre, probably. A small night-club where there were three or four dancers. One of them a little brunette, gave Harry the eye and came and sat on his lap almost the whole time. There was nobody in the place but us.'

'Did he mention Sloppy Joe?'

'That's what I'm trying to remember. Sloppy Joe's a poor devil in the last stages of tuberculosis. He's spent his life in the rackets, but he's just a kind of hanger-on. Two months ago a man was killed in St Louis in front of a night-club. If I could only remember the names! Everybody is convinced it was the man I just told you about who shot him. There were only two witnesses, one of them the doorman at the night-club, and he was found dead in his room the next morning.

'That was when Sloppy Joe decided to beat it because he was the other witness, and that's always unhealthy.'

'To Canada?'

'Montreal, yes. On one side, the district attorney's office was trying to lay hands on him to make him talk; on the other, the gangsters were bent on finding him to keep him from talking.'

'I understand.'

'Well, I didn't understand. It seems Sloppy Joe really represents millions. If he talks a whole criminal organization as well as a powerful political machine will collapse, and I can still hear Harry saying:

'"*Over here you don't know anything about these things. You don't have anything to compare with these big associations of criminals that are organized like regular business concerns. You have it easy . . .*"'

Maigret could hear him too. It was a song he was beginning to know by heart.

'In Montreal, Sloppy Joe still didn't feel far enough away from his countrymen. He succeeded in getting a forged passport. The passport was in the name of a married couple so he arranged for a woman to go along with him, thinking this would be an even better way of throwing all the people looking for him off the scent. He persuaded a cigarette girl in a night-club to leave with him. She'd always dreamed of going to Paris. . . . Excuse me a moment.'

The Baron dragged himself to the bathroom, coming back with two aspirins.

'Sloppy Joe didn't have much money. He realized that even in Paris they'd get him in the end. So, one day he sent a long letter to the district attorney saying that if they would promise to protect him and would come and get him here and give him a certain amount of money, he would be willing to testify. I may be getting it a little mixed up but that's the general idea.'

'Did Harry ask you to explain all this to me?'

'Yes. He almost telephoned you. He would have called you this morning if he hadn't found out that I knew the killers' hide-out. Because they really are killers. Especially Charlie.'

'How did Charlie and Cicero get on to Sloppy Joe's trail?'

'In Montreal. Through the girl Mascarelli brought over. She has a mother back there and she was stupid enough to write to her from Paris.'

'Giving her address?'

'A general-delivery address. But she told her that she lived just opposite a big music hall. When Harry decided to come over to get Sloppy Joe and take him back to St Louis, he learned that Cinaglia and Cicero had forty-eight hours' start on him.'

Maigret couldn't help thinking of the miserable existence poor Mascarelli had led since he left St Louis, first in Montreal, then in Paris, where he didn't even dare leave the hotel for more than a few moments at night to get a little fresh air.

He understood now why Cicero and Charlie had to have a rented car. For two or three days they had probably been on the watch near the Folies Bergère, waiting for the right moment to act. By that time the assistant district attorney was on their heels.

'Harry described the whole thing to me. It was like the films. He was on foot. He had just turned the corner of Rue Richer when he saw Sloppy Joe get into a car. He knew what that meant. There was no taxi in sight. So he looked in front of the theatre for a car that wasn't locked.'

It was rather amusing to think of the assistant district attorney in a stolen car! These Americans, no matter on which side of the law, acted in Paris just as if they were at home. The people on the streets that Monday night never dreamed they were participating in a gangster chase in true Chicago style. And if it hadn't been for poor Lognon, who was standing by the iron fence around Notre Dame de Lorette on the watch for a small-time cocaine peddler, no one would have known a thing about it.

'Sloppy Joe isn't dead?'

'No. As Harry says, his doctor is "patching him up." A transfusion was absolutely necessary and it was Harry who gave I don't know how much blood. He watches over him like a brother, better than a brother. His whole career, it seems, is at stake. If he arrives back in St Louis with Sloppy Joe alive, if he succeeds in keeping him alive until the day of the trial, and if his man doesn't lose his nerve at the last minute and actually appears as a witness, Harry will be almost as famous as Dewey was after he cleaned the gangsters out of New York.'

'What about the woman? Was it Harry who kidnapped her?'

'Yes. He was awfully sore at you when he saw Charlie's and Cicero's pictures in the paper.'

One had to admit that these people, no matter which side they were on, knew their stuff, the assistant district attorney as well as the killers. They had foreseen how Mascarelli's companion would react when she saw the photographs in the paper, had expected her to contact the police. And she had done just that by sending the special-delivery to Maigret.

Leaving the Bon Vivant, Charlie had gone on his own to see that she didn't talk. But a few minutes before he arrived, Harry had come to take her away and put her in a safe place.

They made themselves perfectly at home! They went about their business as if Paris were a sort of no-man's-land where they could do as they pleased.

'Is she at the doctor's too?'

'Yes.'

'Isn't Harry afraid Charlie might find out the address?'

'It seems he's taken precautions. Whenever he goes to the place he makes sure no one's following him and he has someone there as a bodyguard.'

'Who?'

'I don't know.'

'Now tell me, exactly what was the message he wanted you to give me?'

'He asks you not to do anything about Charlie and Cicero, at least not for a few days. Sloppy Joe can't be moved for another week. Harry intends to take him to America by plane. Until then there's still danger.'

'If I'm not mistaken, he's letting me know that it's none of my business! Is that it?'

'Just about. He has the greatest admiration for you, is looking forward to seeing you after all this is over, either here or in St Louis.'

'How kind of him! Where did you leave this gentleman?'

'In front of his hotel.'

'Do you remember the address?'

'It's somewhere around Rue de Rennes. I think if I went to the neighbourhood I'd recognize the building.'

'Do you feel up to going now?'

'If you'll just let me change my clothes.'

It was almost daylight. People were beginning to move about in the house and a radio somewhere was spouting the news. Maigret could hear the Baron splashing about in the bathroom and when he came back to the dining-room he resembled a fashion plate except for his face, which still looked like putty.

He seemed mortified when he saw his car with two wheels on the pavement.

'Do you want me to drive?'

'I'd rather take a taxi. But you might get your car parked properly.'

They walked to Boulevard des Batignolles, where they found a taxi.

'Left bank. Go to Rue de Rennes.'

'What number?'

'Drive the length of the street.'

They wandered around the neighbourhood for at least fifteen minutes while Baron inspected the façades of all the hotels.

Suddenly he said: 'That's it!'

'You're sure?'

'I recognize the brass plate on the door.'

They went in. A man was wiping up the foyer with a damp cloth.

'Isn't there anyone at the desk?'

'The boss doesn't come down till eight. I'm the night man.'

'Do you know the names of the people who live here?'

'They're on the rack.'

'Is there an American, a big blond man, quite young, whose first name is Harry?'

'Most certainly not.'

'Won't you check?'

'I don't have to. I know who you mean.'

'How's that?'

'The man who came in about four o'clock this morning. He asked for the room number of Monsieur Durand. I told him we didn't have any Monsieur Durand.

'"*And Dupont?*" he said.

'I thought he was kidding me, so I tried to give him the brush-off, especially as he seemed pretty drunk.'

Maigret and Baron exchanged glances.

'He stood where you're standing now and didn't seem to want to leave. He kept fumbling in his pocket and finally pulled out a thousand-franc bill and handed it to me. He said he was just joking, that a woman was pestering him and he'd popped into the hotel to shake her. He asked me to look outside and see if there was a car anywhere. He hung around for a little while longer, then he left.'

The Baron was furious.

'He's made a damn fool of me!' he muttered between his teeth when they were out on the street again. 'Do you think he's really assistant to the district attorney?'

'It's more than likely.'

'Then why did he do that?'

'Because,' Maigret answered calmly as he got into a taxi, 'these people, the good ones as well as the bad ones, think we're children. In kindergarten!'

'Where do you want to go, Monsieur Maigret?' asked the taxi driver, who had recognized him.

'Quai des Orfèvres.'

And, glowering, he slumped down in his corner.

CHAPTER NINE

'THE COMMISSIONER's just come in, Inspector.'

'I'm going.'

It was nine o'clock and Maigret's cheeks looked grey in the bleak morning light, and his eyes were a little red. For the last half hour he had kept his handkerchief in his hand, tired of having to take it out of his pocket every minute.

Three times he had been informed, 'The woman's raising a devil of a row.'

'Let her!'

Then a detective had come to say, 'I opened the door a crack to hand her a cup of coffee and she threw it in my face. The mattress is in shreds and the stuffing's all over the place.'

He had shrugged his shoulders. He had asked them to telephone Lucas to tell him he need not stay at the Bon Vivant any longer.

'Tell him to go home to bed.'

But Lucas, anxious to be in at the finish, had hurried back to the Quai des Orfèvres, his face also covered with a dark stubble.

As for Torrence, he had shut himself up in one of the offices with Tony Cicero and persisted in asking questions which were answered by a scornful silence.

'You're wasting your time, old man,' Maigret had pointed out.

'I know. I enjoy it. He doesn't understand a word I say but I can see I have him worried. He's dying for a cigarette and much too proud to ask. But he will! He' already opened his mouth once and closed it again without a word.'

There was a strange excitement in the air which only those who had worked on the case could understand, the handful of men who were Maigret's intimate colleagues. Young Lapointe, for example, when he came to the office, wondered why Maigret and his men were going about their strange task with such grim persistence.

The police stations of the Fifth and Sixth Arrondissements had been alerted.

'A doctor, yes, probably pretty young. He lives somewhere in the neighbourhood of Boulevard Saint Michel, but I don't believe he has a name plate on the door. The prostitutes must know him. He does abortions occasionally. You'd better question the druggists in the neighbourhood. It is probable that last Tuesday he bought quite a supply of various drugs. And go to the surgical supply firms, too.'

That morning, district detectives who knew nothing about the case were going from door to door, from pharmacy to pharmacy, without dreaming that their job had anything to do with people who had come all the way from St Louis to settle old scores.

Another detective from the Police Judiciaire was at the Ecole de Médecine copying lists of the students who had graduated in the last few years. Others were questioning the professors. The Vice Squad was working overtime, waking up prostitutes who couldn't imagine what was up.

'Ever had an abortion?'

'Say! What do you take me for?'

'Okay! Don't get excited. We're not trying to get you

into trouble. There's a doctor in the neighbourhood who does that sort of thing. Who is he?'

'I only know a midwife. Have you asked Sylvie?'

Counting the border guards and the road police who were on the watch for Bill Larner, there were several hundred people mobilized on account of the Americans.

Maigret knocked on a door, closed it after him, held out his hand to the Director of the Police Judiciaire, and sank into a chair. For ten minutes, his voice expressionless, he summed up all he knew about the case. And when he had finished, his chief seemed even more embarrassed than himself.

'What do you plan to do? Get hold of this Mascarelli?'

Maigret was tempted to. He had had his fill of being treated like a small boy.

'If I do, I'll prevent the assistant district attorney from nabbing his gangster boss.'

'And if you don't you can't accuse Charlie and Cicero of attempted murder.'

'Obviously. And we still have Lognon. They actually *kidnapped* Lognon, as they say over there, took him to the Forêt de Saint Germain and beat him up. They also broke into his house and, finally, Charlie shot down a detective in Rue Grange Batelière.'

'He will say he was attacked, or that he thought he'd run into an ambush, and appearances are in his favour. His lawyer will say that he was walking peacefully along the street when he saw two men about to jump him.'

'Okay. Even if it goes that way we still have Lognon, and that will cost them several years behind bars, or at the very least several months.'

The Commissioner couldn't help smiling at Maigret's stubborn expression.

'The woman is not mixed up in this Lognon business,' he again objected.

'I know. We'll have to release her. That's why I'm

letting her yell. I haven't a thing on Pozzo, either. But one of these days he'll slip up and we'll close down his bar.'

'Angry, Maigret?'

At that, Maigret also smiled.

'Admit, Chief, that they go a bit too far. If it hadn't been for Lognon's misplaced zeal, they would have got away with it right under our noses. Later the story would have been all over St Louis. I can just hear them:

'"*What about the French Police?*"

'"*The French police? They were completely hoodwinked, the French police! . . . Naturally! . . .*"'

It was eleven o'clock and Maigret had just finished trying to pacify Madame Lognon, who was telephoning for the second time that day, when a detective of the Sixth Arrondissement was put on his line.

'Hello! Inspector Maigret? The doctor's name is Louis Duvivier and he lives at 17 bis Rue Monsieur le Prince.'

'Is he there now?'

'Yes.'

'Is there anyone with him?'

'The concierge thinks there's been a sick man living in his flat for several days, and that surprised her because usually he only has women patients. True enough, there's a woman there too.'

'Since when?'

'Since yesterday.'

'No one else?'

'An American, who comes almost every day.'

Maigret hung up, and a quarter of an hour later he was slowly climbing the stairs in the doctor's block of flats. It was an old building without a lift, and the flat was on the sixth floor. A bell rope hung down on the left side of the door. He gave it a pull and immediately heard steps inside. Then the door opened a crack, he caught a glimpse of a face, shouldered his way in, growling:

'What are *you* doing here?'

He felt like bursting out laughing. The man facing him with a revolver in his hand was no other than a certain Dédé-de-Marseille, who liked to play the bully in the dives of Rue de Douai.

Dédé just gaped at the Inspector, not knowing what to say and trying to hide his gun.

'I'm not doing anything, honest.'

'Hello, Monsieur Maigret!'

The big blond American, in his shirt sleeves, came out of a room with a sloping ceiling and a skylight like an artist's studio. His face was a little puffy, his eyes bleary like the Baron's. But his expression was almost one of elation.

He held out his hand.

'I figured I'd talked too much last night and that you'd manage to find my address. Are you awfully sore at me?'

A young woman came out of the kitchen, where she'd been stirring something on the stove.

'Let me introduce——'

'I'd rather you and I went downstairs.'

He had caught sight of a bed with someone in it: a dark-haired man who was trying to hide his face.

'I see. Just wait a second.'

He came back a moment later with his coat on and his hat in his hand.

'What do you want me to do?' Dédé asked him, but looking at Maigret at the same time.

'Anything you please,' Maigret answered. 'We have the birds under lock and key.'

The Inspector and his companion were silent on their way downstairs. Outside they began walking towards Boulevard Saint Michel.

'Is what you just said true?'

'As far as Cicero is concerned, yes. Charlie's in the hospital.'

'Did your man give you my message?'

'How soon can you take a plane with your charge?'

'In three or four days. It depends on the doctor. Are you going to make it hot for him?'

'Tell me, Monsieur Harry . . . Harry what?'

'Pills.'

'Of course. Like the singer! That's what Baron told me. Well, suppose I should go to your country and behave the way you have behaved here?'

'I stand corrected.'

'You haven't answered.'

'You'd risk getting into trouble, into serious trouble.'

'How did you come to know Dédé?'

'After the Liberation when I used to spend most of my nights in Montmartre joints.'

'You hired him to guard your patient?'

'I couldn't stay in the flat night and day. Neither could the doctor.'

'What are you going to do with the woman?'

'She hasn't enough money to go back to Canada. I'm paying her passage. There's a boat sailing the day after tomorrow.'

They were in front of a bar and Harry Pills stopped, asked hesitantly: 'Don't you think we might have a drink? I mean, wouldn't you let me . . .'

It was funny to see this tall, athletic young man blushing like a Lognon.

'They may not have whisky,' Maigret objected.

'Yes, they have. I know the place.'

He gave the order, lifted his glass, holding it in front of him for a moment. Still disgruntled, Maigret looked at him like someone who still has plenty on his mind, and then, half in jest half in earnest, said: 'To Gay Paree, as you say!'

'Still sore?'

Perhaps to show that he really wasn't as sore as all that or because he liked Pills, Maigret had another drink. And as he couldn't leave without paying his round, he had a third.

'Listen, Maigret, old man . . .'

'No, Harry, I'm doing the talking . . .'

Towards noon, Pills was saying:

'You see, Jules . . .'

* * *

'What's the matter?' asked Madame Maigret. I'd say——'

'That I simply have a cold and that I'm going to bed with a grog and two aspirins.'

'You don't want anything to eat?'

He crossed the dining room without replying, went into his bedroom, and began undressing. If it hadn't been for his wife he might have gone to bed with his socks on.

Well, anyway, he'd shown them. . . . Precisely!